KNAUR

Im Knaur Taschenbuch Verlag sind bereits folgende Bücher der Autorin erschienen:
Stern der Göttin
Stolz der Kriegerin
Fluch des Magiers

Über die Autorin:
Hinter dem Pseudonym Sandra Melli verbirgt sich ein bekanntes Autorenehepaar, das seit etlichen Jahren sehr erfolgreich historische Romane veröffentlicht. Ihre ersten Erfolge errangen sie jedoch mit Kurzgeschichten und Novellen in Fantasy-Anthologien verschiedener großer Verlage. Darüber hinaus entwickelten sie im Lauf der Zeit mit der Welt der magischen Farben ihr ganz eigenes Fantasy-Universum. Das Paar lebt in einer aufstrebenden Gemeinde bei München.

Sandra Melli

DIE SEELENDIEBIN

ROMAN

KNAUR

Besuchen Sie uns im Internet:
www.knaur.de

FSC
www.fsc.org
MIX
Papier aus verantwortungsvollen Quellen
FSC® C083411

Originalausgabe Juni 2014
Knaur Taschenbuch

Ein Unternehmen der Droemerschen Verlagsanstalt
Th. Knaur Nachf. GmbH & Co. KG, München

Umschlaggestaltung: ZERO Werbeagentur, München
Umschlagabbildung: FinePic®, München
Satz: Adobe InDesign im Verlag
Druck und Bindung: CPI books GmbH, Leck
ISBN 978-3-426-51327-9

2 4 5 3 1

1. DIE GEISTERBRAUT SEHNT SICH NACH DEM EISERNEN TIGER

Die Leute in diesen Ländern glauben allen Ernstes, die Erde sei ein Viereck und der Himmel darüber eine runde Kuppel, in der ganz oben ihr höchster Gott wohnt …«

Nü Ying seufzte kopfschüttelnd und wusch ihren Pinsel aus. Dabei überlegte sie, ob es nicht ungehörig war, einfach »die Leute« zu schreiben. Immerhin sprach der Berichterstatter in seinem Text von den Bewohnern der zivilisierten Welt.

Fu Rong, die Vorsteherin der großen Bibliothek, hatte von ihr verlangt, dieses barbarische Geschreibsel möglichst wortwörtlich zu übersetzen. Das tat sie, so gut sie es vermochte, auch wenn sich sogar ihr Pinsel gegen die holprigen Texte zu sträuben schien. Dennoch hielt Nü Ying sich an Fu Rongs Anweisungen. Sie gehorchte der weisen Fee gerne, schließlich hatte die alte Dame ihrem Leben einen Sinn gegeben und ihr das Warten leicht gemacht.

Obwohl sie froh war, eine Aufgabe zu haben, fiel es ihr schwer, ein Leben in Stille und Abgeschlossenheit zu führen. Die philosophischen Abhandlungen, die sie von vergilbten Seidenbahnen in Schönschrift auf frische Schreibseide übertragen musste, langweilten sie, und die barbarischen Texte reizten sie immer wieder zum Lachen. Aber die Arbeit und das Studium lenkten sie von trüben Gedanken ab, und die hohen Mauern des »Hauses des umfassenden Wissens« beschützten sie vor vielerlei Ärger und Gefahr.

Eigentlich sollte sie stolz auf diese Berufung sein, denn Fu Rong nahm nur die Begabtesten unter den jüngeren Unsterblichen in ihre heiligen Hallen auf. Ihre Kandidaten waren zumeist Seelen, die als Menschen nach vielen Leben zur Vollendung gefunden und die sich schon in der Welt des roten Staubes der Literatur, der Philosophie und der Kunst der Schönschrift gewidmet hatten. Normalerweise handelte es sich bei ihnen um Männer, denn die engstirnigen Regeln der Menschen erlaubten nicht, dass Frauen diese Künste zu ihrem Lebensinhalt machten. Sie, Nü Ying, war das erste weibliche Wesen seit vielen Jahrhunderten, das auserwählt worden war, und genau wie Fu Rong war sie keine Menschenseele, sondern hier auf dem Kunlun-Berg geboren worden.

Als man ihre Aufnahme in die Bibliothek bekanntgegeben hatte, war ein Aufschrei durch die Reihen der männlichen Unsterblichen gegangen. Viele von ihnen hatten sie umschwärmt, und sie war sogar von jenen bedrängt worden, die durch eine Heirat mit ihr in der Hierarchie der Götter und Unsterblichen aufsteigen wollten. Es gab immer noch einige, die sich Hoffnung auf ihr Jawort machten, aber sie war nicht frei, sondern schon seit ihrer Kindheit einem Mann versprochen. Von diesem Ehegelübde würde sie sich auf keinen Fall entbinden lassen, und wenn sie bis zum Ende aller Zeiten zwischen Schriftrolle und Tusche leben musste.

Nü Ying spürte, dass ihre Gedanken zu ihren privaten Problemen abgeschweift waren, und versuchte, sich auf ihre Arbeit zu konzentrieren. Draußen herrschte herrliches Sommerwetter, und still im Halbdunkel zu sitzen fiel ihr noch schwerer als sonst. Zu dieser Stunde konnte man vom Kunlun-Berg aus über die halbe Welt schauen, und sie wäre gern zu einem der Aussichtstürme gelaufen, um den Anblick zu genießen. Aber sie hatte sich vorgenommen, bis zum Sonnenuntergang noch zwei weitere Seiten dieses sonderbaren Reiseberichts zu übersetzen. Daher fuhr ihr Pinsel lautlos und ein wenig flüchtig über das Stück vergilbter, schon mehrmals ausgewaschener Schreibseide, das für einen ersten Entwurf noch gut genug war.

»Sie glauben daran, dass besonders hohe Götterberge die Ecken der Welt begrenzen, und nennen diese ›Weltenberge‹. Diese sollen prächtige Paradiese voller Wunder tragen und von Göttern und unsterblich gewordenen Menschen bewohnt werden. Der Berühmteste dieser Berge ist der westliche Weltenberg, der auch Kunlun-Berg genannt wird. Er soll hoch über die Wolken hinausragen und ganz oben neun Terrassen tragen, auf denen eine Stadt inmitten üppiger Gärten liegt. Die Häuser dort bestehen aus Gold und Edelsteinen, und ganz in der Mitte entspringen die Wasser der Unsterblichkeit. Alles, was um diese Quelle wächst, verleiht demjenigen, der davon isst, eine zauberische Kraft.

Dieser sagenhafte Berggipfel wird von einer wilden, hässlichen Göttin namens Xiwangmu beherrscht, einer bösen Zauberin und Menschenfresserin mit wirren, schmutzigen Haaren, dem Maul eines Tigers und dem Schwanz eines Leoparden. Diese Dämonin schickt den Menschen die Pest und andere schreckliche Seuchen. Von ihr kann man aber auch das Kraut des langen Lebens oder die Frucht der Unsterblichkeit erlangen. Zuweilen gibt sie ein Festessen in dem sogenannten Jadeturm, der in einem Jadeteich liegen und von einem Wald aus Pfirsichbäumen umgeben sein soll. Die Früchte dieses Waldes machen Menschen zu Göttern, heißt es. Überhaupt sind alle Götter in diesen Ländern bis auf ein paar Ausnahmen, wie der Oberste Himmelsgott und die Leoparden-Tiger-Göttin, früher einmal Menschen gewesen. Vor ihrem Aufstieg sind diese durch eine Hölle hindurchgegangen, die die ›Gelben Quellen‹ genannt wird und aus stinkenden Sumpfwäldern besteht, wo scheußliche, Seelen fressende Dämonen hausen …«

An dieser Stelle tauchte Nü Ying ihren Pinsel wieder ins Wasser und legte ihn vorsichtig in seine Halterung. Dann deckte sie die angerührte Tusche ab, damit sie nicht austrocknete. Als sie damit fertig war, hatte sie sich weit genug beruhigt, so dass sie die Hallen des stillen Studiums nicht mit lautem Gelächter entweihte. Eine derart skurrile Beschreibung ihrer Heimat und ihrer königlichen Herrin Xiwangmu hatte sie noch nie gelesen.

Der Schreiber dieser Zeilen konnte wirklich nur ein Barbar gewesen sein. Kein halbwegs gebildeter Mensch unter dem ewigen Himmel würde den Kunlun-Berg und seine oberste Göttin auf diese beleidigende Art und Weise beschreiben.

Natürlich ging Xiwangmu, die Königin der Feen und des westlichen Weltenberges, in ihrem ureigensten Reich nicht in der Gestalt der Todesgöttin umher. Das tat sie nur, wenn sie die Gelben Quellen besuchte, die tief im Bauch der Erde entsprangen.

Dort unten, noch unterhalb der achtzehn Ebenen der Hölle, erstreckte sich tatsächlich eine unheimliche Wildnis, die ebenso weit von der Welt des roten Staubes entfernt war wie der Palast des Göttlichen Jadekaisers, der im Zenit der Himmelsschale hoch über allen anderen Weltenebenen schwebte. Die Menschen meinten allerdings nicht den tiefsten Punkt der Unterwelt, wenn sie von den Gelben Quellen sprachen, sondern die achtzehn Ebenen der Hölle im Allgemeinen.

Ganz unten in jenen Sumpfwäldern hatten die Seelen der Toten nichts zu suchen. Dort lebten mächtige Tigergeister und andere halbgöttliche Wesen, die in Xiwangmu ihre oberste Herrin sahen. Wenn die Göttin dort in der Gestalt der Pesthexe und Seuchenbringerin umherwanderte, konnte es vorkommen, dass sie im Auftrag des Himmelsherrn Krankheit und Tod über jene Länder schickte, die die Sitten und Gesetze missachteten oder ihren vom Himmel eingesetzten Herrschern nicht mehr gehorchten. Hier oben auf den neun Jadeterrassen des westlichen Weltenberges erschien Xiwangmu jedoch nur als gütige, sanfte und vornehme Dame.

Auch gab es auf den neun Jadeterrassen keine Stadt aus Gold, sondern eine Parklandschaft, in der weitläufige, einstöckige Häuser und kleinere Pavillons wie Perlen eingebettet lagen. Die Gebäude bestanden aus luftigen Hallen und Zimmern, die sich um Innenhöfe mit zauberhaften Gärten und kleinen Teichen gruppierten. Daneben gab es auch ein paar hübsche Wohntürme, an deren geschwungenen Dächern kleine Glocken aus Silber oder klarem Kristall hingen. Doch keines der Gebäude bestand aus kaltem Metall, denn das würde die Harmonie mit der Natur stören.

Die Quellen der Unsterblichkeit gab es natürlich ebenso wie den Jadeturm, den Palast der göttlichen Königin des Westens, wie Xiwangmu auch genannt wurde. Er stand auf der obersten Terrasse inmitten des Jadeteiches, der aus jenen Quellen gespeist wurde. Dort wuchsen auch die Pfirsiche der Unsterblichkeit, die nur jene Auserwählten kosten durften, die von der Herrin Xiwangmu und dem Göttlichen Jadekaiser, dem Obersten Himmelsherrn, zu dem großen Fest im heiligen Pfirsichhain eingeladen wurden.

Bei dem Gedanken an das höchste aller Feste schossen Nü Ying Tränen in die Augen. Sie stand von ihrem Stuhl auf, trat zu dem winzigen Fenster und starrte gedankenverloren in die Ferne. Das Fest der Unsterblichkeit fand nur alle tausend Jahre statt, wenn die kostbaren Früchte wieder herangereift waren, und das nächste würde es in vier Jahren geben. Aber trotz ihres hohen Ranges würde sie als verlobtes Mädchen ohne ihren Bräutigam nicht dazu eingeladen werden.

Nü Ying legte ihre Stirn an die kühle Mauer und ließ ihren Tränen freien Lauf. Sie benötigte keine Frucht der Unsterblichkeit, denn sie war als Kind einer Göttin und eines göttlichen Beamten selbst eine Fee. Wie ihre Mutter gehörte sie zum Hofstaat der Herrin Xiwangmu und durfte den Gürtel

mit den Tigerstreifen tragen, das Zeichen der hochrangigsten Hofdamen der Göttin.
Ein Bissen von einem der heiligen Pfirsiche würde jedoch ihre magischen Kräfte stärken und sie reifer und weiser machen. Das wäre sie gerne, aber es machte ihr nichts aus, noch tausend Jahre darauf zu warten. Schließlich war sie erst neunzehn Menschenjahre alt und damit in den Augen vieler Unsterblicher noch so etwas wie ein Kind im Wickelkissen. Ihre Eltern aber hatten sie schon früh wie eine Erwachsene behandelt und sie im Alter von sechs Jahren mit dem gleichaltrigen Sohn einer Freundin der Familie verlobt, wie es bei den Menschen Sitte war. Das war der Wunsch ihrer Mutter gewesen, und ihr Vater hatte nur höflich dazu genickt. Er machte seiner Frau auch jetzt keinen einzigen Vorwurf wegen dieses voreiligen Schrittes, obwohl die Verbindung unter einem schlechten Stern stand und es wohl niemals zu einer Gemeinschaft zwischen ihr und ihrem Bräutigam kommen würde.
Nü Yings Gedanken glitten zu jenen Tagen zurück, an denen ihre Verlobung im kleinen Kreis gefeiert worden war. Bei dem Vater ihres Bräutigams hatte es sich um einen Sterblichen gehandelt, auch wenn dieser sich göttlicher Abkunft rühmen konnte, seine Mutter Shi Shing aber war die Tochter der Herrin Xiwangmu und eines Tigergeistes von den Gelben Quellen gewesen, die einen sterblichen Körper angenommen hatte. Die Königin des Westens hatte ihre Tochter wegen dieser unpassenden Heirat verstoßen, und daher musste das Paar wie gewöhnliche Menschen unten in der Welt des roten Staubes leben.
Nur einmal waren Shi Shing und ihr Gemahl heimlich auf den Kunlun-Berg gestiegen, um ihren Sohn der Freundin vorzustellen und die Verbindung zwischen ihren Kindern zu besiegeln. Sie selbst war von der Idee der Verlobung mit dem

Sohn der Feendame Shi Shing hellauf begeistert gewesen, auch wenn sie die Bedeutung dieses Schrittes nicht wirklich begriffen hatte. Bei der Geburt ihres Verlobten waren seltsame Vorzeichen aufgetaucht, und mehrere Orakel hatten vorausgesagt, ihr zukünftiger Gemahl würde der große Feldherr Eisentiger werden, ein strahlender, berühmter Held. Da in den Geschichten, die ihr ihre Kinderfrau erzählt hatte, nur solche Männer kleine Feenmädchen glücklich machen konnten, war sie selig gewesen.

Zwar wusste sie nun, dass die Dienerin ihr Ammenmärchen erzählt hatte, aber sie hatte nie bereut, dem Plan ihrer Mutter zugestimmt zu haben. Seltsamerweise musste sie in den letzten Wochen öfter an die schlimmen Vorahnungen denken, die sie kurz vor jener Feier überfallen hatten und die zum Teil schon eingetroffen waren. Feen und andere hohe Unsterbliche konnten eigentlich nur schöne Träume bekommen, da Albtraumgeister ihnen nichts anhaben konnten. In der Nacht vor ihrer Verlobung aber war sie von grausamen Traumgesichtern überfallen worden.

Zum Glück hatte sie sich schon am nächsten Tag nicht mehr an alles erinnern können, aber das, was sie noch wusste, war beängstigend genug. Ihr künftiger Held würde sie unten in der Welt der Menschen vergessen, um ein anderes Mädchen werben und deswegen in schreckliche Gefahr geraten, die ihn sein Leben und seine unsterbliche Seele kosten sollten.

Damals hatte sie auf Abhilfe gesonnen und heimlich einen Granatapfel von einem zauberischen Baum im Garten ihrer Mutter gepflückt. Nach der offiziellen Verlobungsfeier hatte sie die Frucht mit ihrem kindlichen Bräutigam geteilt, so dass von dieser Stunde an ihre Seelen untrennbar miteinander verbunden waren.

Die magische Frucht bewirkte auch, dass sie jederzeit in den Träumen ihres Bräutigams auftauchen und ihm auf diese

Weise nahe sein konnte. Zu ihrem Leidwesen aber war es ihr bisher nicht gelungen, sich ihm mitzuteilen. Auch konnte sie nur selten verstehen, was er dachte. Aber sie konnte seine Träume miterleben, und sie vermochte seine Erinnerung an sie beständig wachzuhalten.

Die magische Verbindung mit ihrem Bräutigam hatte ihr in der kurzen Zeit mehr Kummer gebracht, als ein Unsterblicher sonst in Jahrzehntausenden erfuhr, denn das Schicksal meinte es wirklich nicht gut mit ihrem Helden. Kurz nach ihrer Rückkehr in die Welt des roten Staubes waren seine Eltern von einem rachsüchtigen Tiergeist ermordet worden, und das Ungeheuer hatte nicht nur die Körper des Paares zerstört, sondern auch ihre unsterblichen Seelen. Nun irrten die beiden edlen Wesen als kraftlose Gespenster umher, und ihnen war der Weg in die Welt der Unsterblichen für immer versperrt. Sie konnten nicht einmal wie gewöhnliche Menschen den Weg in die Unterwelt finden, um in den Kreis der Wiedergeburten einzutreten. Damit waren die Eltern ihres Bräutigams so tot wie eine zertretene Schnecke.

Das Schicksal des jungen Eisentigers gestaltete sich kaum besser, denn er hatte durch einen Fluch des Tierdämons sein Gedächtnis verloren und hielt sich für einen ganz gewöhnlichen Menschen. Auch wusste er nichts mehr von seiner Verlobung, nannte aber ihr Bild in seinen Träumen seine »Geisterbraut«, weil sie ihm Nacht für Nacht erschien. Wenn man es genau nahm, war sie nur ein Geist für ihn, eine Shen-Frau, wie die Menschen die ihnen gutgesinnten Unsterblichen und Feen im Gegensatz zu den bösartigen Gui-Gespenstern nannten.

Als guter Geist begleitete sie den jungen Eisentiger durch sein Leben, immer in der Hoffnung, er würde doch noch den Weg zu ihr finden. Ganz so unerfüllbar schien ihr Wunsch nicht zu sein, denn als ihr Bräutigam das Alter erreicht hatte, in dem junge Männer sich für Frauen zu interessieren begannen, hatte er sich geschworen, das Mädchen aus seinen Träumen zu suchen und zu seiner Frau zu machen. Nun betete sie zum Göttlichen Jadekaiser, dass ihr Held auch als erwachsener Mann zu dem Schwur seiner Jugendtage stehen würde.

2. DIE SCHWARZE FÜCHSIN SUCHT EINE STARKE SEELE

Die Sterne des Großen Scheffels standen noch klar am Himmel, ohne dass ein Hauch von Morgendämmerung ihren Glanz trübte. Über den See strich ein kalter Wind und trieb schwarze Wellen vor sich her, deren Schaumkronen im Mondlicht schimmerten. Am Ufer tanzten die Zweige der Weiden über dem Wasser, und im Park flüsterten die Päoniensträucher dem schwankenden Bambus kleine Geheimnisse zu.

In den Häusern war das letzte Licht erloschen, und sogar die halbwilden Hunde hatten sich verkrochen. Kein Mensch mit gesunden Sinnen und einem reinen Gewissen würde sich nun freiwillig den Gefahren der Nacht aussetzen, denn die Stunden vor dem Erwachen des Morgens gehörten Geistern, Gespenstern und Dämonen.

Der weitläufige Park um den Königspalast wirkte ebenfalls wie ausgestorben. Die Pavillons, die Wohntürme und die Paläste der hohen Würdenträger existierten nur noch als Schattenrisse, und die hell gekiesten Wege glichen einem silbrigen Spinnennetz, das auf den Tau des Morgens wartete. Bei einem der einstöckigen Pavillons im westlichen Teil des

Parks flackerte mit einem Mal ein Licht auf, dessen schwacher Schein kaum mit dem der Sterne konkurrieren konnte. Es handelte sich um eine Laterne aus roter Seide, die nur eine dünne Kerze enthielt und von einer älteren Frau gehalten wurde. Diese war der Frisur nach Witwe und trug den dunklen Rock einer höheren Bediensteten unter einem wattierten Überwurf. Nun leuchtete sie einer jungen, elegant frisierten Hofdame den Weg aus.

Diese hatte sich mit üppigen Pelzen gegen die Nachtkälte geschützt, wirkte aber auch darin zart und ätherisch schön. Doch als der Schein des fast vollen Mondes auf ihr vorher so liebliches Gesicht fiel, erschien es hart und spitz, und ihr Lächeln verwandelte sich in das Zähnefletschen eines wilden Tieres. Die junge Dame schien sich dieses Umstands bewusst zu sein, dennoch ließ sie das Mondlicht eine Weile auf sich wirken. Dann nickte sie selbstzufrieden und drehte sich zu der Älteren um.

»Nein, Tantchen! Ich werde es mir nicht anders überlegen. Es gibt keine schlechte Tageszeit – es gibt nur lächerliche Einbildungen! Jammere nicht, sondern mach dem faulen Zofenpack da drinnen Beine. Ich habe nicht vor, hier Wurzeln zu schlagen.«

Sie nahm der Älteren die Laterne ab und ging mit tänzelnden Schritten den Weg hinab, der zu einem der großen Aussichtstürme in der Nähe der westlichen Palastmauer führte. Die ältere Frau zuckte unwillig mit den Schultern und trat in den Pavillon zurück. Mit gedämpften, aber harschen Worten scheuchte sie eine Schar schluchzender Dienerinnen ins Freie, die zwei Truhen und einige große Stoffbündel schleppten.

Die Zofen sahen sich verängstigt um und folgten der Hofdame trotz ihrer schweren Last so flink, als säßen ihnen übelwollende Totengeister im Nacken. Darüber schien sich

die hochrangige Bedienstete, die sich fester in ihren wattierten Mantel wickelte, zu amüsieren.
Sie schätzte die schwatzhaften, faulen und immer neugierigen Zofen nicht sonderlich. Kaum war der letzte Schein der Dämmerung erloschen, glaubten die dummen Dinger, in den Zweigen der Bäume und den dunklen Winkeln des Parks Gespenster zu sehen, und sie jammerten jedes Mal, wenn sie nach Anbruch der Dunkelheit das Haus für eine Besorgung verlassen mussten.
»Dummes Menschenpack!«, schimpfte die Alte leise vor sich hin. »Geister und Gespenster haben Besseres zu tun, als in dunklen Ecken zu hocken und auf solch hirnlose Geschöpfe wie euch zu warten.«
Manchmal zwickte es sie, diesen ständig lamentierenden Geschöpfen tief in die Augen zu sehen und ihnen ihr wahres Gesicht zu zeigen. Der Schrecken wäre sicher heilsam und würde all den Klagen wegen der nächtlichen Lebensweise ihrer Herrin ein Ende bereiten. Vielleicht würde das Gesinde dann auch sie, Frau Mochin Shao, ihres Zeichens Pflegemutter und Haushofmeisterin der adeligen Dame Haokan Hei, endlich mit dem Respekt behandeln, der ihr zustand.
Unter den Verhältnissen hier im Palast wäre die Enthüllung ihrer wahren Natur jedoch ein Todesurteil gewesen, denn nicht nur die Dienerschaft fürchtete sich vor Gespenstern. Seit vielen Jahren ging das Gerücht um, der Feldherr des Feindes im Osten, der mörderische General Rattenkopf, sei ein zauberkräftiger Tiergeist. Seitdem wimmelte es am Hof des Königs von Wey von Magiern, Astrologen, Geisteraustreibern, Orakelpriestern und in Hexenkünsten bewanderten Frauen. Einer dieser gelehrten Herren war der Wahrsager dritten Grades, Cong Ming, ihr Bruder und der Pflegevater der Dame Haokan Hei. So wie sie beide war er ein

alter, mächtiger Geisterfuchs, und das hatte keiner von diesen angeblich allwissenden Zauberern bislang bemerkt.

Das Leben hier im Palast des Königs von Wey war aufregend und prickelnd und ließ das Blut machtvoll in den Adern pulsieren. Aber gleichzeitig war es ein Balanceakt auf einer scharf geschliffenen Schwertklinge. Entdeckte jemand ihre füchsische Natur, brächte man sie nach den grausamen Regeln zu Tode, die der Aberglaube den Menschen diktierte, und ihre Existenz würde für immer vernichtet sein. Wie andere Tiere hatten auch Geisterfüchse keine Seelen in der Art der Menschen und wurden daher auch nicht wiedergeboren. Dafür konnten sie die geheimen Künste des langen Lebens erlernen und viele hundert oder tausend Jahre alt werden. Selten starben sie auf natürliche Weise, aber wenn sie umkamen, blieb von ihnen kaum ein Funke übrig.

Das war eine große Ungerechtigkeit der Götter gegenüber so edlen und klugen Geschöpfen wie den Füchsen. Genauso ungerecht war der Hass und der Abscheu, mit dem die Menschen die Geistertiere als amoralisch und unnatürlich verfolgten und danach trachteten, sie zu vernichten. Aus diesem Grund war sie, Mochin Shao, eine mehr als tausend Jahre alte Geisterfüchsin und zauberkundige Hexe, gezwungen, sich mit einem gebrechlichen, ständig frierenden Menschenkörper herumzuquälen, dem der Aufstieg auf der steilen Treppe den Atem raubte. Überdies musste sie sich auch noch von den Zofen verspotten lassen, die mit ihren schweren Lasten den Turm hinaufeilten, als trügen sie nur ein paar Federbetten.

Eine schmale Hand legte sich auf Mochin Shaos Schulter und schob sie vorwärts. »He, Tantchen, träum nicht! Schau lieber, was die Zofen da oben treiben. Sie sollen es mir warm und gemütlich einrichten. Sag ihnen, sie sollen zwei Kohlenpfannen zwischen die Decken stecken. Ich erstarre hier schon zu einem Eiszapfen.«

Die alte Frau drehte sich schnaufend um und sah Haokan Hei besorgt an. Nein, wie ein Eiszapfen sah sie nicht aus. Ganz im Gegenteil – ein Feuer schien in ihr zu brennen, eine verzehrende Flamme, die ihr schon seit Wochen den Schlaf raubte und ihr Gesicht immer spitzer werden ließ. Mochin Shao hatte in der letzten Zeit ebenfalls nur wenig Schlaf finden können. Tagsüber versah Haokan Hei den Dienst einer Hofdame dritten Ranges, nachts aber hielt sie sie und die Zofen Stunden um Stunden auf Trab. Immer wieder ließ sie sich starken Tee kochen und wühlte in den Zauberbüchern und ausgebleichten Schriftrollen, die sie auf dem Berg der sanften Stille erworben hatte.
Auch jetzt hatte sie eine Ledertruhe voller Bücher mitnehmen lassen, obwohl es viel zu dunkel war, um die kunstvollen Kalligraphien lesen zu können, die das geheime Wissen der Geisterfüchse in einer den Menschen unbekannten Sprache enthielten. Es war nach Mochin Shaos Meinung viel zu gefährlich, in dem von menschlichen Zauberern wimmelnden Palastbereich solche Bücher zu besitzen, sie aber herumzuschleppen erschien ihr als der Gipfel des Leichtsinns. Sie zitterte bei dem Gedanken, einer der Magier könnte plötzlich auftauchen, um zu schauen, was sie hier nächtens trieben, und dabei die Schriften entdecken.
Oben auf dem Turm angekommen, hetzte Haokan Hei ihre Pflegemutter und die Zofen so lange hin und her, bis diese ihr am günstigsten Aussichtspunkt ein erhöhtes Lager aus Kissen, Pelzen und Decken bereitet hatten. Als Tee und Reiswein auf den Kohlebecken standen und sich Schüsseln mit Gebäck und Süßigkeiten in Reichweite befanden, befahl Haokan Hei den Zofen herrisch, schlafen zu gehen und erst wiederzukommen, wenn die Stunde des Drachen schon halb vorüber wäre.
Mochin Shao hätte gerne gewusst, warum ihre Pflegetochter

bis in den späten Vormittag auf diesem kahlen Turm verweilen wollte, aber sie fragte lieber nicht, sondern schloss sich den Zofen an in der Hoffnung, sich unauffällig auf ihr beheizbares Alkovenbett zurückziehen zu können.

Haokan Heis spöttisches Lachen nagelte sie auf der oberen Stufe fest. »Nein, meine Liebe! Du bleibst hier! Setz dich neben mich und deck dich gut zu. Dann kannst du mir eine Schale Reiswein reichen. Die Herbstkälte kriecht selbst durch die Pelze, und ich muss mich aufwärmen.«

Sie nahm den Wein entgegen, wartete, bis Mochin Shao sich ebenfalls eine Schale gefüllt hatte, und trank ihr zu. »Möge dieser Tag mich meinem Ziel einen großen Schritt näher bringen!«

»Ich wünsche es dir von Herzen, liebe Hei-Hei! Aber ich wüsste für mein Leben gerne, was dich so stark beschäftigt.«

Haokan Hei begann unvermittelt zu kichern. »Ach, Tantchen, wie hast du die letzten Wochen nur überstanden? Du bist vor Neugierde beinahe gestorben, weil ich dich nicht ins Vertrauen gezogen habe. Aber ich musste meiner Sache erst sicher sein. Nun brauche ich deine Hilfe.«

»Du denkst nur dann an mich, wenn du meine Hilfe benötigst«, antwortete das Tantchen spitz. »Meinen Rat aber verschmähst du. Was warst du für ein liebes Geschöpf, ehe du zum Berg der sanften Stille gegangen bist.«

Haokan Hei drohte Mochin Shao mit dem Zeigefinger. »Möchtest du hören, was ich herausgefunden habe, oder willst du mir einen Vortrag über mangelnden Respekt halten? Ich weiß, was du aufgegeben hast, um mir die Mutter zu ersetzen. Aber ich bin kein kleines Mädchen mehr, das gerade seine ersten Schriftzeichen erlernt, sondern habe all das Wissen und die Weisheit erlangt, die mir die erhabenen Geister und die unsterblichen Weisen auf dem Berg der sanften Stille vermitteln konnten. Jetzt muss ich meinen eigenen Weg gehen.«

Mochin Shao wollte auffahren, doch Haokan legte besänftigend die Hand auf ihren Arm. »Schon gut, Tantchen! Ich weiß, ich war immer sehr egoistisch, und ich habe deine Gegenwart und deine Fürsorge so selbstverständlich hingenommen wie den Wechsel von Tag und Nacht. Oft hast du mir geholfen, wenn ich nicht weiterwusste, und ich habe es dir selten gedankt. Jetzt bitte ich dich um eines: Hilf mir noch ein letztes Mal. Danach solltest du zum Berg der sanften Stille gehen und dich deiner eigenen Vervollkommnung widmen. Ich werde dich begleiten und dich den Drachen und Dämonen, den Geisteräbten und den versteinerten Philosophen empfehlen, die dich durch das Wissen aller drei Weltenebenen führen werden.«
Mochin Shao wehrte ab. »Was redest du da, Hei-Hei? Ich werde dich nicht eher verlassen, als bis ich dich gut verheiratet weiß. Das habe ich deinen Eltern versprochen.«
»Willst du mich deswegen an Onkel Cong Ming verkuppeln? Da hast du kein Glück, Tantchen. Du weißt, es gehört sich nicht, dass so enge Verwandte heiraten. Das ist gegen die fünf menschlichen Grundbeziehungen und gegen alle Sittengesetze. Wir sind doch keine Tiere!«
»Wir sind auch keine Menschen und stehen über ihren kleinlichen Gesetzen.«
»Das ist nur zum Teil richtig. Wer Vollkommenheit anstrebt, muss die Gesetze einhalten, nach denen sich die Menschen und die himmlischen Untertanen des Jadekaisers richten. Sogar die dienstbaren Kreaturen der Hölle achten sie.«
»Dazu gehört aber auch die Heirat! Wie willst du einen Mann von unserer Art finden? Es gibt nicht mehr viele. Onkel Cong Ming ist der einzige männliche Geisterfuchs im weiten Umkreis. Außerdem ist er nach unseren Regeln nur sehr weitläufig mit dir verwandt.«
Haokan Hei biss sich auf die Lippen. »Du hast ja recht,

Tantchen. Abgesehen von den uralten Ahnen auf dem Berg der sanften Stille gibt es im Umkreis von fünfhundert Meilen nur noch dich, mich und Onkel Cong Ming.

Wir sind von Generation zu Generation weniger geworden, und wenn es so weitergeht, wird es in diesem Land bald keine Geisterfüchse mehr geben. Aber eine unbedachte Heirat wird dem Verderben Tür und Tor öffnen, wenn nicht ein paar neue Tatsachen geschaffen werden. Ich weiß jetzt endlich, was zu tun ist, um den Fortbestand unserer Art zu sichern. Dabei bin ich auf deine Hilfe angewiesen. Aber eine Bedingung muss ich stellen: Sprich mit niemandem über das, was ich dir heute mitteile, besonders nicht mit Onkel Cong Ming!«

»Was denkst du dir, Hei-Hei? Ich bin doch keine Schwätzerin, dass ich deine Geheimnisse an einen Mann weitertrage!«

»Das weiß ich! Aber es ist eine Angelegenheit, die ihn ebenso betrifft wie mich und natürlich auch dich. Ich habe das Problem erkannt und weiß, dass nur ich es lösen kann. Versprichst du mir zu schweigen, jetzt und bis zu dem Zeitpunkt, an dem die Gefahr beseitigt ist?«

»Wenn es Cong Ming direkt angeht, müsste ich eigentlich …«, begann Mochin Shao, wurde aber barsch unterbrochen.

»Es geht ihn nicht direkt an! Jedenfalls noch nicht. Tantchen, bitte! Ich brauche dein Versprechen, sonst muss ich alleine handeln und mich vielleicht gekaufter Vermittler bedienen. Willst du das?«

»Ach, Hei-Hei, seit du zurückgekommen bist, hast du so einen harten, ganz eigenen Kopf. Ich kenne dich gar nicht mehr wieder!«, jammerte Mochin Shao, beobachtete ihre Pflegetochter jedoch scharf.

»Tantchen, du stirbst doch vor Neugier und würdest mir keine Ruhe lassen, bis ich dich eingeweiht habe. Also, was ist? Schweigst du?«

»Wie könnte ich dir einen Wunsch abschlagen! Natürlich werde ich nicht ohne deine Erlaubnis mit meinem Bruder reden.«

Haokan Hei lehnte sich zufrieden zurück und reichte Mochin Shao die leere Reisweinschale, duldete es aber, dass ihr die Ältere statt des Weins Tee einschenkte. Mochin Shao hatte offensichtlich verstanden, dass es galt, einen klaren Kopf zu bewahren. Die Schwarze Füchsin trank und genoss dabei die Wärme, die sich in ihr ausbreitete.

»Tantchen, du warst doch die Erste, die mir von dem Orakel der blauen Schildkröte berichtet hat, das seinen Schatten über unsere Sippe wirft.«

Mochin Shao zuckte zusammen und schüttete Tee in ihren Schoß. »Um des ewigen Himmels willen, Kind, schweige davon! Du kannst diese Dinge doch nicht hier unter freiem Himmel und außerhalb der Abwehrzauber des Palastes aussprechen! Wer weiß, welche neidischen Gui-Gespenster zufällig am Turm vorbeischweben. Sie könnten dich hören und dafür sorgen, dass die böse Prophezeiung in Erfüllung geht.«

»Du vergisst, dass wir die bösen Geister sind, zumindest in den Augen der Menschen! Aber sorge dich nicht. Ich habe alle Vorkehrungen getroffen, damit uns niemand belauschen kann, sei er Mensch, Gott oder Geist. Das Ritual des Kreises der undurchdringlichen Stille gehört zu den ersten Lektionen, die man beherrschen muss, wenn man ein richtiger Magier werden will. Ich muss jetzt und hier mit dir reden, denn ich glaube, das Orakel beginnt, in Erfüllung zu gehen.«

»Hei-Hei, du hast in tausend Jahren viel gelernt, und deine neun Schwänze zeigen, dass du eine vollendete Geisterfüchsin geworden bist. Dennoch musst du dich irren! Cong Ming hat nach dem Tode unseres Sippenältesten alle Weisen, alle

Drachenfürsten und alle Wasser- und Erdgötter gefragt, denen er je begegnet ist. Keiner vermochte ihm die Worte des blauen Schildkröterichs richtig zu deuten. Vielleicht hat die rachsüchtige Kreatur damals nur sinnlose Worte gesagt, um Schatten auf das Glück unserer Sippe zu werfen.«

»Nein, der Schildkröterich hat die Wahrheit gesagt. Ich glaube, er meinte es auf seine verdrehte Art sogar gut mit unserem Ahnen, trotz des großen Streits zwischen ihnen. Er vermochte aber sein Wissen nur in Rätselbildern weiterzugeben. Ich bitte dich, Tantchen, wiederhole seinen Spruch noch einmal. Dann werde ich ihn dir deuten.«

Mochin Shao wickelte sich fester in ihre wattierte Jacke und zog die Pelzdecke fast bis zum Kinn. Dann sah sie sich nach allen Richtungen um. Der Himmel färbte sich im Osten bereits rot, und es versprach ein schöner Tag zu werden, wie geschaffen für das herbstliche Seefest, das an diesem Tag vor den Toren der Stadt Wey Cheng seinen Ausgang nehmen würde. Dann aber sah sie vor ihrem inneren Auge jenseits des ersten Morgenrots dunkle Wolken aufziehen, die ihr und Haokan Heis künftiges Geschick überschatten mussten.

»Mögen die Folgen auf dein Haupt kommen, Hei-Hei! Der Schildkröterich sagte zu unserem Ahnen:

»Wenn Berg und Erde sich verbinden
und Geist und Fleisch zusammenfinden,
wenn an den Gelben Quellen für Weiße Tiger
rote Kerzen brennen,
wenn aus dem Westen ein Stern zur Erde steigt
und zum wilden Panther sich gesellt,
wenn der kleine Tiger die Geisterbraut vergisst,
dann wird in deinem Haus die letzte Ahnentafel aufgestellt.«

Mochin Shao verstummte schwer atmend, so als hätte sie sich die Worte aus der Brust pressen müssen. Haokan Hei aber lächelte, und dieses Lächeln war scharf wie eine frisch geschliffene Klinge. »Ich danke dir, Tantchen, und will dich auch nicht lange raten lassen. Hast du schon einmal vom Panther vom Glockenberg gehört?«

»Wer hätte das nicht? Zhong Bao Hong, der Rote Panther, war ein großer Mann mit ungewöhnlichen Kräften, aber roh und ungebildet. Seine Mutter soll eine Sklavin aus Zhou gewesen sein und er nur wildes Blut, wie die Menschen zu sagen pflegen, denn niemand kennt seinen Vater. Es heißt, Zhong Bao Hong habe sich alleine durch ein feindliches Heer gekämpft und sich dabei in einen riesigen Geisterpanther mit blutrotem Fell verwandelt, dessen Brüllen alle Kriegstrompeten übertönte.«

»So war es tatsächlich! Dieser Mann wird im ersten Teil des Orakels beschrieben. Erde – das bedeutet seine Mutter. Sie war ein ungebildetes, plumpes Bauernmädchen, muss aber ihre Reize gehabt haben, denn sie hat einen Berggeist verführt. Der Berg – das Wort beschreibt den Vater des Roten Panthers. Er ist der unsterbliche Hüter des Glockenberges in der östlichen Provinz von Wey. Geist und Fleisch sind nur noch ein weiterer Hinweis auf die Herkunft des Zhong Bao Hong.

Es gibt viele Erzählungen über den Roten Panther als Kriegsheld und General des früheren Königs von Wey. Er besaß große Ländereien am Fuß des Glockenberges, und dorthin brachte er seine erste und einzige Gemahlin. Da er nur zur Hälfte der Welt des roten Staubes angehörte und zur anderen Hälfte der Welt der Geister und Götter, konnte er eine ganz besondere Frau für sich gewinnen, nämlich Shi Shing, die vom Kunlun-Berg stammte und dort Weißer Tigerstern genannt wurde. Sie war ein ungebärdiges Weib, dem die Unsterblichkeit schon in die Wiege gelegt worden war. Ihr Vater soll ein Tigergeist aus den tiefsten Tiefen der Unterwelt, dem Reich der Gelben Quellen, gewesen sein und ihre Mutter niemand anders als Xiwangmu höchstselbst, die göttliche Königin des Kunlun-Berges.

Als die Tochter von Himmel und Hölle einen sterblichen Körper annahm und ohne die Erlaubnis ihrer Eltern einen Sterblichen heiratete, einen ungebildeten Raufbold zweifelhafter Herkunft, erschütterte der Skandal die neun Jadeterrassen. Xiwangmu war außer sich vor Zorn und hat ihre Tochter verflucht und verstoßen.«

Mochin Shao hob die Hand, um Zweifel anzumelden, Haokan Hei aber winkte ab. »Es hört sich unglaublich an, denn kein Sterblicher und nur wenige Feen und Geister wissen von Xiwangmus Tochter. Das liegt an dem Befehl, den die Herrin des Westens allen Unsterblichen erteilt hat. Shi Shing sei vergessen, und ihren Namen sollte niemand mehr aussprechen. Aber daran haben sich nicht alle gehalten.

Doch zurück zum Panther vom Glockenberg. Er brachte es fertig, die Heere von Zhou trotz ihres hervorragenden Anführers zu schlagen, obwohl dieser als besonders klug und listig, aber auch als grausam galt. Der Feldherr von Zhou hat viele Jahre lang Angst und Schrecken in Wey verbreitet, und ich kann die Einschätzung seines Charakters nur bestätigen.«

»Du kennst den früheren General von Zhou, der von der Hand des Panthers fiel?«, fragte Mochin Shao ungläubig.

»Ich meine General Rattenkopf. Nun, tot ist er nicht. Er hat sich nur ein paar Jahre zurückziehen müssen und ist jetzt wieder am Hof von Zhou. Natürlich nennt er sich anders und gibt vor, sein eigener Sohn zu sein. In Wahrheit handelt es sich um Lao Shu, den Rattengeist, der aus den Gefilden des Kunlun-Berges vertrieben worden ist.

Er galt als streitsüchtig, aufrührerisch und respektlos, und er ist einer kriegerischen Fee des Kunlun-Berges zu nahe getreten. Als diese sich gegen seine Zudringlichkeiten gewehrt hat, versuchte er, ihren Ruf zu beschmutzen, und als ihm das nicht gelang, wollte er sie vernichten. Da ist sie vor seinen Nachstellungen in die Welt des roten Staubes geflohen. Er aber wurde wegen seiner Verbrechen auf Xiwangmus Befehl gebrandmarkt und vom westlichen Weltenberg verbannt.
Die Fee war niemand anders als Shi Shing, die vor dem Rattengeist direkt in die Arme eines anderen Tiermenschen geflohen ist. Das erklärt auch, warum der Feldherr des Königs von Zhou mitten im beschworenen Frieden mit einer als Maultierhändler verkleideten Söldnertruppe durch Wey gereist ist, um das Landgut des Roten Panthers zu überfallen. Er hatte öffentlich geschworen, Shi Shing, ihren Mann, ihren Sohn und ihr gesamtes Gefolge bis zum letzten Küchenmädchen zu den Gelben Quellen zu schicken.
Tatsächlich hat er Zhong Bao Hong vernichtet und Shi Shings menschliche Hülle zerstört. Überdies hat er ihre Feenkraft mit seiner Hexenkunst so weit geschwächt, dass sie zu einem machtlosen Gui-Gespenst wurde. Sein Ziel hat er bisher jedoch nicht vollständig erreicht, denn Shi Shings Sohn war nicht unter den Toten. Zudem ist Lao Shu im Zweikampf mit dem Panther so stark verletzt worden, dass auch er seine sterbliche Hülle aufgeben und sich eine Weile auf den Berg der sanften Stille zurückziehen musste.
Wäre Shi Shing nicht so dumm gewesen, hätte auch sie sich retten können. Wahrscheinlich hat sie ein paar schlechte Orakel zu Rate gezogen, denn sie hat ihren Sohn Zhong Tie Hu – den kleinen Tiger – noch vor dem Überfall hierher an den Königshof von Wey gebracht, ist aber selbst zu ihrem Mann zurückgekehrt, um mit ihm zugrunde zu gehen.
Nach der Zerstörung ihres menschlichen Körpers ist sie

trotz des Urteilsspruchs ihrer Mutter zum Kunlun-Berg gegangen, war aber nicht mehr fähig, ihren Sohn mitzunehmen. Die Tatsache, dass ihr Enkel nun unter Menschen vegetieren muss, hat Xiwangmu ihrer Tochter so übelgenommen, dass sie sie in jene graue Zwischenwelt verbannt hat, in der die Seelen der von ihren Angehörigen vergessenen Menschen und die der Ermordeten als Hungergeister und Gui-Gespenster umherwandern.«

»Das ist der Ort, an den auch wir gehen müssen, wenn wir getötet werden«, sagte Mochin Shao bitter, »um langsam zu vergehen und zu verwehen ...«

»Ja, aber nur dann, wenn wir uns keine unsterbliche Seele beschaffen können«, erinnerte Haokan Hei sie. »Aber lass mich weiter berichten. Es ist der Sohn der Shi Shing, der kleine Tiger, durch den unsere Sippe untergehen soll. König Lu Niao hat Zhong Tie Hu schon als Knaben zum Fürsten ernannt und in vielem bevorzugt. Wir haben den kleinen Tiger noch nicht zu Gesicht bekommen, denn er ist vor unserem Einzug in den Palast abgereist und hat seine Güter besucht. Gestern soll er zurückgekommen sein. Unter den Hofdamen wird schon gemunkelt, Lu Niao würde ihn demnächst verheiraten und als Statthalter in den östlichen Provinzen einsetzen.

Er soll mehr Gelehrter als Krieger sein, aber auch ein Meister im Kampfsport, und er hat die Militärwissenschaft so gründlich studiert, als wolle er sich auf die Nachfolge seines Vaters vorbereiten. An diesem Hof aber braucht man keine Militärs, sondern Speichellecker! Die anderen Edlen nehmen den jungen Mann nicht sonderlich ernst, und daher unterschätzen sie ihn. Das tue ich nicht, und ich werde der Gefahr, die für uns von ihm ausgeht, zu begegnen wissen.«

»Du meinst, er wird Onkel Cong Ming töten?«, fragte Mochin Shao bestürzt. »Hast du das in deinen Schriftrollen gelesen?«

»Wie es geschehen soll, kann ich dir nicht sagen. Aber er wird unseren Untergang herbeiführen, obwohl er nur ein Sterblicher mit einer begrenzten Lebensspanne ist.«

»Bist du dir ganz sicher?«

»Ja, Tantchen, so sicher, wie es je eine Geisterfüchsin war. Schau dir das Orakel genau an! Mit dem kleinen Tiger, der seine Geisterbraut vergessen hat, ist Tie Hu gemeint. Ich habe erfahren, dass er im Alter von sechs oder sieben Jahren von seiner Mutter hinter dem Rücken der Göttin Xiwangmu mit der Tochter einer befreundeten Fee verlobt wurde, die zu ihr gehalten hatte. Das Mädchen ist am gleichen Tag geboren wie der kleine Tiger, doch als Tochter zweier Götter ist sie bereits unsterblich. Aus diesem Grund wollten die beiden Mütter dem jungen Zhong während des Festes der Unsterblichkeit heimlich eine Frucht von einem der heiligen Pfirsichbäume zu essen geben. Damit wäre er zu einem der ihren geworden und frei vom Kreis der Wiedergeburten. Doch als Zhong Bao Hong ermordet wurde, sind diese Pläne wie Rauch verweht. Hätte Shi Shing in jenem Moment, in dem sie von der Gefahr erfuhr, ihren Mann verlassen und wäre mit ihrem Sohn zum Kunlun-Berg gegangen, hätte sie ihre Mutter um Verzeihung anflehen und ihr den Jungen in den Schoß legen können. Dann wäre sie wohl in Gnaden aufgenommen worden, und ihr Sohn hätte in allen Ehren zu einem göttlichen Beamten auf den Terrassen des westlichen Weltenberges aufsteigen können. Stattdessen aber muss sie nun als Schatten ruhelos zwischen Himmel, Erde und Hölle wandeln. Das gönne ich diesem hochmütigen Weib …«

Mochin Shao lachte auf. »Ein Schattenschicksal für eine kleine Göttin? Geschieht ihr ganz recht! Aber erkläre mir, warum dieser dumme Jüngling Cong Ming oder uns schaden sollte? Er und wir hatten doch nie miteinander zu tun. Bisher habe ich angenommen, es würde ein vergessener

Feind aus alter Zeit auftauchen, um sich an unserer Sippe zu rächen.«

»Tantchen, ich habe alle Fakten dreimal geprüft, und die uralten Ahnen bestätigen mir, dass ich große Teile des Rätsels gelöst habe.«

Mochin Shao schüttete neuen Tee in die Schalen und wartete, bis Haokan Hei getrunken hatte. Dabei entging ihr der Schatten nicht, der über das Gesicht der schönen Füchsin zog. Irgendeine Sorge schien an ihr zu nagen. Sicher hatte es mit den uralten Ahnen zu tun, einigen männlichen Geisterfüchsen, die schon seit Ewigkeiten als Philosophen und Sterndeuter auf dem Berg der sanften Stille wohnten und ihre füchsische Herkunft längst vergessen hatten.

»Jedenfalls bestätigten die Ahnen mir«, fuhr Haokan mit nachdenklichem Blick fort, »dass der Fürst Zhong Tie Hu unseren Untergang herbeiführen wird, wenn ihm nicht bald ein Unglück zustößt. Gleichzeitig sprachen sie aber von einer letzten Zeile des Schildkröten-Orakels, die Rettung verheißen soll.

Ich kenne leider den genauen Wortlaut dieser Zeile nicht, denn Cong Mings Vater hat sie uns seltsamerweise verschwiegen, und die Uralten wollten sie mir nicht verraten. Wie sie angedeutet haben, ist darin die Rede von einer Frau mit pelzigem Gesicht, die die Sippe vor dem Untergang bewahren kann. Eine Frau mit pelzigem Gesicht aber kann nur ich sein. Oder kennst du eine andere Geisterfüchsin, die in Frage käme? Ich werde unsere Sippe retten und mir gleichzeitig die Unsterblichkeit sichern! Aus diesem Grund will ich mir Zhong Tie Hu näher ansehen.«

Mochin Shao wollte Haokan Hei nicht daran erinnern, dass sie ja auch eine Geisterfüchsin war, wenn auch keine so zauberkräftige wie ihre Pflegetochter. Daher fragte sie: »Hast du mit den Uralten über dein Vorhaben gesprochen?«

»Ja!«, sagte Haokan Hei und presste die Lippen aufeinander.

»Hei-Hei, du verschweigst mir etwas! Haben die Uralten dich vor einer Gefahr gewarnt? Ich muss alles wissen, um dir bei deiner Mission helfen zu können.«

»Würdest du mir auch dann beistehen, Tantchen, wenn ich dir sage, dass mir die Uralten jede Einmischung in den Lauf der Dinge strengstens verboten haben? Die uralten Ahnen haben schon längst ihre Fuchsgestalt abgelegt und bewegen sich unter Magiern, Geisteräbten und anderen Wesen menschlicher Herkunft, als seien sie ihresgleichen. Für Onkel Cong Ming, der stolz darauf ist, ein weiser Fuchs zu sein, haben sie nur Verachtung übrig; für mich wahrscheinlich auch, nur waren sie zu höflich, es mir zu zeigen. Ich glaube, sie wollen dem Schicksal seinen Lauf lassen, damit es keine Geisterfüchse mehr gibt, die sie als ihre Ahnen verehren, damit sie als Menschenabkömmlinge gelten und somit als etwas Besseres als wir.«

»Aber Hei-Hei, das kann ich nicht glauben!«

Haokan Hei winkte verächtlich ab. »Glaub es oder glaub es nicht, Tantchen. Der uns verschwiegene Rest des Orakels deutet darauf hin, dass eine schöne Frau mit einem Tiergesicht unserer Sippe Rettung bringen soll. Aber warum machen die Uralten ein solches Geheimnis darum?«

»Vielleicht wollen die Ahnen nicht, dass du dich einer Gefahr aussetzt. Du solltest Cong Ming in alles einweihen, denn er kann uns am besten helfen.«

Haokan Hei blickte einen Augenblick sinnend in den Sonnenaufgang und schob einige Pelzdecken zur Seite. »Für mich ist es eine eher spielerisch zu lösende Aufgabe. Habe ich Erfolg, kann ich nicht nur unsere Sippe erhalten, sondern bekomme auch eine Seele. Das heißt, wenn Zhong Tie Hu das ist, was Lao Shu von ihm behauptet. Dann ...«

Ein Geräusch lenkte sie ab, und sie sah auf. »Schau! In der

Ferne sind schon die Vorreiter der Prozession zu erkennen. Siehst du die Träger mit den Fahnen und die Sänften hinter ihnen? Da kommen die hochrangigen Herren des Hofstaates vom Tempel der Wassergötter zurück, in dem sie die Nacht mit weinseligen Riten verbracht haben. Sie ziehen jetzt in den königlichen Palast ein und eröffnen mit den letzten Zeremonien das Herbstseefest. Wenn du auf den See schaust, kannst du schon die Arbeiter sehen, die dort Flöße und Boote schmücken und die schwimmenden Bühnen für die Musiker und Akrobaten herrichten.
Heute ist der einzige Tag im Jahr, an dem sich die Frauen höherer Gesellschaftsschichten unbegleitet auf der Straße zeigen dürfen, ohne um ihren Ruf fürchten zu müssen. Wenn der junge Fürst Zhong vorbeigeritten ist, werde ich mich zu den Feiernden gesellen. Ich hoffe, Tie Hu folgt der Sitte der Minister und Edlen und lässt ein Plakat mit seinem Namen und seinen Rängen vor sich hertragen, denn ich möchte mir sein Gesicht einprägen. Du aber wirst nach unserem Bootssteuerer schicken. Er soll ausfindig machen, welches der Boote des Palastes dem Fürsten zur Verfügung steht.
Bin ich froh, dass Onkel Cong Ming nicht an diesen Lustbarkeiten teilnimmt! Zwar halte ich es für falsch, denn als Hofastrologe und Magier dritten Ranges müsste er sich stärker unter die anderen Hexenmeister mischen. Seine Zurückhaltung wird irgendwann einmal jemanden misstrauisch machen. Aber heute kommt mir seine Menschenscheu gerade recht, denn ich kann den ganzen Tag sein Boot benutzen.
Ich werde versuchen, den Weg des Fürsten mehrmals zu kreuzen. Dann werden ein paar spezielle Blütenessenzen helfen, ihn auf mich aufmerksam zu machen. Wenn er mir das erste Mal ins Gesicht blickt, wird er in den nächsten Tagen und Wochen immer wieder an mich denken müssen.«

Mochin Shao streichelte Haokan Heis Hand und goss ihr noch etwas Reiswein ein. »Komm, trink einen Schluck! Du machst ein viel zu ernstes Gesicht. Damit wirst du ihn nicht fesseln können. Lächle und erzähle, was du vorhast.«
»Wenn Tie Hu so stark ist, wie ich vermute, werde ich das tun, was Geisterfüchsinnen schon von Beginn der Schöpfung an getan haben. Ich werde ihn verführen und ihn um den Verstand bringen. Während er sich in Liebe zu mir verzehrt, werde ich mir seine Seele einverleiben.
Dann werde ich nicht länger in der Angst vor dem endgültigen Tod leben müssen oder davor, zu einem Hungergespenst zu werden, das seine Kraft aus der Angst der Menschen schöpft und mit viel Glück als Wurm wiedergeboren wird. Mit einer Seele kann ich nach meinem Tod wie ein Mensch zu den Gelben Quellen gehen und dort eine neue Existenz erwerben.«
Mochin Shao lachte. »Warum hast du dir nicht schon längst einen Liebhaber genommen und seine Seele an dich gerissen?«
»Wir haben noch nie in so extremer Gefahr geschwebt wie jetzt. Auf dem Berg der sanften Stille gab es keine Feinde, und über die Gefahren der Wälder und der menschlichen Ansiedlungen konnte ich lachen. Aber hier im Palast von Wey, in dem Gespensterfurcht und stümperhafte Zauberei wilde Blüten treiben, ist mir bewusst geworden, wie nahe wir am Abgrund leben. Ich verstehe nicht, warum Onkel Cong Ming sich einen Ort ausgesucht hat, an dem wir jeden Tag entdeckt und getötet werden können!«
Irritiert blickte Mochin Shao ihre Pflegetochter an. Die Schwarze Füchsin hatte schon vorher gewusst, wie es im Palast von Wey Cheng zuging, und es war ihre Idee gewesen, sich hier einzunisten. Aber es hatte keinen Sinn, ihr das ins Gesicht zu sagen.

»Mein Bruder will die Menschen gründlich studieren, und wo kann er das besser als im Zentrum eines Königreiches? Hier sind die besten Magier und Hexenmeister vieler Länder zusammengekommen, und niemand von denen vermutet in einem geschätzten Kollegen einen Geisterfuchs. Also sind wir hier so sicher wie im Auge eines Taifuns.
Aber du hast mir meine Frage nicht beantwortet. Du hättest längst eine Seele haben können, denn die Fähigkeit, eine zu stehlen, hast du schon vor tausend Jahren erworben.«
»Ich habe es nicht nötig, mich wie andere Geisterfüchsinnen nächtlich zu einem blasswangigen Studenten zu schleichen, ihn zu heimlicher Liebschaft zu verführen und ihn dabei auszusaugen. Dabei kämen nur ein paar Tropfen kümmerlichen Menschenlebens zusammen, die mir nur zu einem Lumpen von Seele verhelfen würden.
Ich muss eine Seele erwerben, die kurz vor der Vollendung steht. Mit Tie Hus Seele brauche ich nicht als menschliche Sterbliche jammernd vor einen Höllenrichter zu treten, sondern werde sofort zu einer kleinen Göttin.«
Mochin Shao starrte auf die Prozession der Höflinge, die unter ihnen vorbeizog. »Du willst also auf der gleichen Stufe mit den Göttern stehen. Als Geistertier bist du für sie ein Wesen niederer Art, und das kränkt dich.«
»Da hast du vollkommen recht, Tantchen. Zuerst aber geht es mir darum, keine höllischen Dämonen oder niederen Beamten des Himmels fürchten zu müssen, wie zum Beispiel diesen knollennasigen Teufel Shirliang Po, den Stadtgott und Totenrichter von Wey Cheng. Allein dafür benötige ich eine kraftvolle Seele. Aber deren Besitzer sind zumeist alt und nicht mehr verführbar. Zhong Tie Hu aber dürfte sich seines inneren Wesens noch nicht bewusst sein. Er ist naiv und hat noch nicht jene Erfahrungen mit Frauen gesammelt, die ihn gegen meine Art von Verführung schützen könnten.«

Mochin Shao war klar, dass ihre Pflegetochter nicht von den Sorgen um den Erhalt der Sippe getrieben wurde, sondern von ihrem Willen, eine Fee und eine unsterbliche Magierin zu werden. Allein deswegen hatte Haokan Hei sich trotz ihres Widerwillens gegen menschliche Geisterbeschwörer und Magier ausgerechnet an diesem Hof eingenistet. Aber der Diebstahl einer so besonderen Seele war eine Aufgabe, die auch die Fähigkeiten einer tausendjährigen Geisterfüchsin übersteigen mochte.
Unschlüssig wiegte sie den Kopf. »Ich kann mir nicht vorstellen, dass dieser Zhong Tie Hu zu der Sorte Männer gehört, die auf die Künste einer Füchsin hereinfallen. Auch ohne Erfahrung mit Frauen kann jemand, der durch seine Abkunft halb dem Reich der Götter und Geister angehört, einen starken, gefestigten Charakter haben, und so ein Mann lässt sich nicht von einer nächtlichen Besucherin verführen. Wenn du ihm nahekommen willst, musst du die Wege der ehrbaren Frauen beschreiten.«
»Das ist nicht so schwierig, wie du denkst, Tantchen. Natürlich sorge ich dafür, dass er mich zu seiner Frau macht. Dann kann ich in aller Ehrbarkeit mit ihm zusammenleben, ohne dass er misstrauisch wird, und er wird mir zu der reinsten Essenz des Lebens verhelfen.
Ist der Fürst erst meiner Kraft erlegen, dann wird er so schwach sein, dass er nicht einmal mehr zu den Gelben Quellen gehen kann, und so auch keine Chance haben, mich beim Höllenrichter Lü Lang des Seelendiebstahls anzuklagen. Damit bleibt kein schlechter Ruf an mir hängen. Wenn ich mein Ziel erreicht habe, will ich das Meine für die Sippe tun und die Frau eines weisen Fuchsgeistes werden.
Ich werde meine Kinder wie eine Menschenfrau zur Welt bringen und nicht in Tiergestalt in einer schmutzigen Höhle im Wald. Sie sollen mit den Nachkommen von Beamten und

Adeligen aufwachsen und Gefährten von Prinzen und Prinzessinnen werden!« Haokan Heis Blick wurde träumerisch.
Mochin Shao schwieg, aber ihr Gesicht und ihre ganze Haltung drückten Zweifel aus.
»Was hast du jetzt schon wieder einzuwenden, Tantchen?«, rief die Schwarze Füchsin mit gespieltem Ärger aus.
Mochin Shao deutete auf die Edlen, die nun in reich verzierten Sänften die Straße zum Palast hochgetragen wurden. Die bunten Seidenschirme, die von trippelnden Dienern den Sänften vorangetragen wurden, wirkten vom Turm aus wie tanzende Pilze.
»Dort ist der Minister, Fürst Ku. Er ist mit einer Prinzessin zweiten Ranges verheiratet worden, bevor er seinen ersten offiziellen Posten am Hof bekam. Minister Shou Tau dort drüben ist sogar mit einer Schwester des Königs verheiratet, die acht Jahre älter als er sein soll, obwohl das bei den Menschen kein gutes Omen für eine Ehe ist.
Glaubst du wirklich, du hättest eine Chance, Fürst Zhong zu heiraten? Er wird mit irgendeiner zänkischen, längst überständigen Prinzessin vermählt werden, damit er wie alle anderen Edlen dem König familiär verbunden ist. König Lu Niao traut seinen Höflingen nicht und lässt selbst die, die er bevorzugt, von ihren Frauen und ihm ergebenen Dienern bespitzeln.«
Haokan Hei kicherte. »Das ist kein Hindernis, sondern eher von Vorteil für mich. Hast du schon einmal von einem Ehemann gehört, der seine erste Ehefrau liebt und ihr viel Zeit widmet? Die Hauptfrau verwaltet das Haus und den Grundbesitz, passt auf die Diener auf und erzieht die Kinder. Der Ehemann aber verbringt die meiste Zeit mit seinen Nebenfrauen und Konkubinen. Was könnte mir also Besseres passieren, denn als zweite Frau in das Haus des Fürsten einzuziehen?«

»Aber die Sitte verbietet es dem Mann einer Prinzessin, innerhalb von drei Jahren eine Nebenfrau zu nehmen.«

»Warten macht mir doch nichts aus. Mein Gesicht bekommt keine Falten, und meine Figur wird die eines jungen Mädchens bleiben, solange ich es will. Lieben wird der Fürst nur mich, dafür werde ich schon sorgen. Ich werde es auch zu verhindern wissen, dass er Söhne und Enkel bekommt, die vor seiner Seelentafel beten, damit den verbliebenen Rest seiner Seele stärken und vielleicht sogar wieder aufleben lassen.

Schau dort hinten hin! Siehst du die beiden kleinen Schirme und den Reiter zwischen ihnen? Das muss er sein. Ich kann das Plakat nicht genau lesen, das ihm vorangetragen wird. Aber die Schriftzeichen müssten ›Zhong Tie Hu‹ bedeuten. Ich erkenne ihn an der Reitermütze. Er ist an diesem Morgen wohl der einzige Edle ohne Amt, der an den königlichen Zeremonien teilnehmen darf.«

Mochin Shao beschattete ihre Augen. Haokan Hei hatte sich den scharfen Blick eines Fuchses in ihrem menschlichen Körper bewahrt, denn vor der aufgehenden Sonne war der Reiter nur verschwommen zu erkennen. Als er näher kam, schnaufte die alte Frau überrascht.

Fürst Zhong Tie Hu besaß die kraftvolle Gestalt eines Kriegers und hielt sich wie ein Soldat im Sattel. Sein Gesicht aber war glatt und bartlos. Zudem konnte sie jenes Leuchten wahrnehmen, das von innen kam und jedem Wesen der Geisterwelt die hohe Abkunft des jungen Mannes verriet. Seine Kleidung war bescheiden, wie es sich für einen Jüngling geziemte, sein Pferd und der Sattel aber zeugten von einem gewissen Wohlstand. Er war der letzte offizielle Besucher, der nun durch das äußere Palasttor ritt, und hinter ihm schlossen sich die großen Torflügel.

Als Mochin Shao sich zu ihrer Pflegetochter umdrehte, saß

diese regungslos da, das Gesicht halb hinter der Teeschale verborgen, die Augen ins Leere gerichtet.

»Hei-Hei! Was ist mit dir? Träumst du, oder hat dich der Schweif eines Drachen gestreift?«

Haokan Heis Nasenflügel bebten, und sie schüttelte sich, als müsse sie etwas abstreifen. »Eher der eines Tigers«, sagte sie sehr nachdenklich. »Hast du tiefer geblickt? Ich habe noch nie einen Sterblichen gesehen, der mehr der Geisterwelt angehört als dieser Jüngling. Schande über seine Mutter! Ihr Sohn hätte dem Kunlun-Berg zur Zierde gereicht. Er ist ein königlicher Tigergeist, gefangen in Staub und Asche und erbarmungswürdiger Unwissenheit! Unsterblichen Ruhm würde sich das Wesen erwerben, das ihn erlöst.«

»Was sind das für Worte?« Mochin Shao klatschte vor Erstaunen in die Hände. »Willst du wegen eines schönen Gesichts all deine Pläne fahrenlassen?«

»Natürlich nicht! Fürst Zhong Tie Hu ist genau das Opfer, das ich brauche. Mit seiner Seele, in der ein Funken der Macht der Xiwangmu schwingt, werde ich die mächtigste Fuchsfee unter dem hohen Himmel werden, eine Göttin, die selbst der Himmlische Jadekaiser empfangen muss!«

3. DIE KUPPELMUTTER FEN MEI SORGT SICH UM IHRE BLUMENKÖNIGIN

Die Stunde des Pferdes neigte sich, und der Nachmittag brach an. Gerade hatten die letzten Freier mit ihren kleinen Freundinnen das Haus verlassen, um in festlich geschmückten Booten und Barken auf den See hinauszufahren. Der Gast aber, den die Kuppelmutter herbeisehnte, war immer noch nicht erschienen.

Fen Mei war die Besitzerin und Vorsteherin eines Bordells oder – wie es im Volksmund hieß – eines Hauses der Blumen und Weiden. Es trug den stolzen Namen Pirolblütenhaus Eins und besaß die besten Kurtisanen von Wey Cheng. Unter ihrem Dach empfing Fen Mei die vornehmsten Gäste der Stadt und der umliegenden Landsitze und bot den Herren mit Gastmählern, Musik und Tanzdarbietungen mehr als nur ein paar hübsch angemalte Lärvchen. Sie musste mehr als andere Wirte auf Ordnung und Sauberkeit achten, und so ging sie auch an diesem Festtag durch alle Räume und kontrollierte die Arbeit des Gesindes. Erst wenn sie ihre Pflichten erfüllt hatte, wollte sie sich Zeit für ihr Sorgenkind nehmen.

Die Diener und Mägde gaben ausnahmsweise keinen Anlass zu Kritik. Eifriger als sonst waren sie dabei, die Reste der großen Mittagstafel und den Schmutz zu beseitigen, den die Gäste im großen Speisesaal und im vorderen Hof zurückgelassen hatten. Wie alle anderen Einwohner von Wey Cheng wollten auch sie hinaus an den See, um wenigstens vom Ufer aus all die Herrlichkeiten betrachten zu können, die den Reichen und Vornehmen der Hauptstadt auf dem Wasser geboten wurden. Da gab es große Flöße und Frachtkähne zu sehen, die mit üppigem Schmuck aus Blumen und bunten Tüchern bedeckt als Bühnen für Musikanten, Gaukler und Komödianten dienten, und ebenso prächtig ausstaffierte Boote, die in schwimmende Teehäuser verwandelt worden waren. Dazwischen fuhren die Boote der Vornehmen, die mit ihren kunstvoll drapierten Seidenbahnen glänzenden Wolken glichen.

Für die ärmeren Leute, die kein Boot besaßen und sich auch keines mieten konnten, gab es Stände am Ufer, die billige

Festkuchen verkauften, ein paar fliegende Händler und auch hie und da Akrobaten und Musikanten, die nicht für die offiziellen Darbietungen gerufen worden waren. Anders als sonst aber stand diesmal auch am Ufer eine Bühne, auf der die klassischen Schauspiele aufgeführt wurden.

Der Minister für städtische Angelegenheiten hatte der berühmten Komödiantentruppe der Alten Weidenfrau gestattet, zum ersten Mal seit fünf Jahren wieder die Stadt zu betreten und jene Stücke aufzuführen, die vor den Zensoren seines Amtes Gnade gefunden hatten. Damals hatte er die Truppe, die als eine der besten weit und breit galt, aus der Stadt jagen lassen, weil ihm die in klassische Dramen verpackte Kritik der Zustände am Königshof von Wey missfallen hatte.

In diesem Jahr hatte er die Bitten einiger Mäzene und der Priester des Stadtgottes nicht mehr ignorieren können und der Alten Weidenfrau erlaubt, drei ihrer beliebten Götter- und Heldendramen aufzuführen. Sie musste ihre Bühne jedoch an jenem Ufer aufschlagen, der zum ärmsten und verwahrlosesten Teil der Stadt gehörte.

Als die Bürger von Wey Cheng davon erfahren hatten, waren sie scharenweise dorthin gezogen, um den Strand zu säubern und beim Aufbau der Bühne zu helfen. Auch Fen Mei hatte einige Diener geschickt und ihnen Glückskuchen und andere Geschenke für die Schauspieler mitgegeben. Auf diese Weise konnte die erste Vorführung schon am frühen Nachmittag beginnen, und das hatte Fen Meis Dienstboten zu ungewohnt schneller und gründlicher Arbeit angespornt. Die Kuppelmutter verspürte selbst Lust, sich das erste Stück anzusehen. Es hieß »Der fremde Teufel rettet dreimal Wey Cheng« und berichtete auf eine für jedermann verständlichen Weise von dem Helden Shirliang Po, der als fremder, langnasiger Sklave in die Stadt gekommen war und den der

Himmlische Jadekaiser nach seinem Tod für seine großen Verdienste als Stadtgott und Totenrichter von Wey Cheng eingesetzt hatte.

Die Kupplerin lächelte über die Vorfreude, die sie bei dem Gedanken empfand. Zuerst aber musste sie sich um ein ungelöstes Problem kümmern. Ihre begehrteste Kurtisane, das Mädchen, welches in diesem Jahr zum dritten Mal zur Blumenkönigin gewählt worden war, hatte sich hoffnungslos verliebt. Ein verliebtes Freudenmädchen aber brachte Unglück über sich und das Haus, dem es gehörte. Fen Mei suchte die Schuld für den Ärger auch bei sich selbst, denn sie hatte trotz all ihrer Erfahrung die Situation falsch eingeschätzt und das Mädchen so lange gewähren lassen, bis es zu spät war.

Unter seinem professionellen Gehabe hatte das dumme Ding, das jetzt in einer Ecke hockte und schmollte, seine Tagträume sorgfältig verborgen und der Kuppelmutter und den anderen Mädchen etwas vorgemacht. Vor ein paar Tagen hatte es sich jedoch einer Freundin anvertraut, und die hatte nichts Besseres zu tun gewusst, als die Sehnsüchte der Blumenkönigin im ganzen Haus herumzutragen. Nun wussten sogar schon die Kunden, dass das Mädchen sich einbildete, ihr Geliebter würde sie als Nebenfrau in sein Haus holen. Das aber war bei der Stellung ihres Freiers unmöglich. Dem fürstlichen Liebhaber der Blumenkönigin mussten die Gerüchte ebenfalls zu Ohren gekommen sein, denn er hatte Hals über Kopf die Stadt verlassen und war zu seinem weit entfernten Landgut gereist.

Unter der Last ihrer Gedanken und ihres nicht unbeträchtlichen Körperumfangs quälte Fen Mei sich die Treppe zu dem obersten Turmgeschoss hoch, auf dem die Blumenkönigin Zuflucht gesucht hatte, um dem Spott und den Hänseleien der anderen Blumenmädchen zu entgehen. Die

Kupplerin blieb immer wieder stehen und schüttelte den Kopf. Die dumme Kleine hätte doch wissen müssen, dass eine Kurtisane ihre Gefühle und Hoffnungen niemals an einen einzigen Gast hängen durfte, auch wenn er sie überaus generös aushielt. Das hatte sie ihr von Anfang an gepredigt, und lange Zeit hatte es so ausgesehen, als würde das Mädchen ihre Lehren beherzigen.

Natürlich gab es auch enge Beziehungen zwischen einem Kunden und einem Blumenmädchen ohne schlimme Folgen. Wurde die Liebe einer Kurtisane sichtbar erwidert, so verehrten sie die anderen Blumenmädchen als Heldin. Es war der Traum einer jeden Kurtisane, einen Freier zu finden, der sie aus dem Freudenhaus freikaufte und sie zu seiner Nebenfrau machte. Deswegen hängten die Mädchen sich immer wieder mit unvernünftiger Intensität an gutmütige Freier, auch wenn diese schon ein Dutzend Nebenfrauen besaßen. Auf eine Kurtisane aber, die sich lange an einen vielversprechenden Freier geklammert hatte und dann von ihm sitzengelassen wurde, zeigten die anderen mit Fingern. War die Unglückliche überdies eine gefeierte Blumenkönigin, so wurde sie ihres Lebens nicht mehr froh.

Fen Mei hatte erwartet, Jin Mau in Tränen aufgelöst in einer Ecke hocken zu sehen, mit verschmierter Schminke im Gesicht und wirren, aufgelösten Haaren. Doch die Blumenkönigin saß gelassen und verträumt lächelnd auf einer Bank, mit sauber aufgesteckter Frisur und wie immer elegant gekleidet.

Sie kraulte eine langhaarige, graue Löwenkatze, die sich in ihrem Schoß zusammengerollt hatte, und sah von Zeit zu Zeit zum königlichen Palast hinüber. Dort wurden gerade die großen Tore geöffnet, und Gongs, Posaunen und kleine Bronzeglocken verkündeten den glücklichen Verlauf der Orakelbefragungen.

»Er wird noch kommen! Er hat mich nicht vergessen«, verkündete sie mit strahlendem Gesicht, als Fen Mei auf sie zuwatschelte. »Ich habe nicht daran gedacht, dass er sich sofort nach seiner Rückkehr an den Hof begeben musste. Er gehört doch jetzt zu den Herren, die an den großen Zeremonien teilzunehmen haben. Das hat er mir vor seiner Abreise erklärt.«

»Ach, Jin Mau, mein liebes, kleines Kätzchen, ich wollte, du behieltest recht!«, rief die Kuppelmutter beschwörend aus und setzte sich ächzend neben sie auf die Bank. Verlegen strich sie dem Mädchen über die Schläfenlocken und schob einen lockeren Kamm an seinen Platz.

Die Blumenkönigin schien wie verwandelt. All die Nervosität und die Hektik, die sie in der letzten Zeit an den Tag gelegt hatte, waren von ihr abgefallen, so als hätte sie eine erfreuliche Nachricht von ihrem Liebhaber erhalten. Dabei waren die Vorzeichen eher schlecht gewesen. Mehr als ein Jahr lang hatte Jin Mau außer ihrem generösen Fürsten keinen Gast mehr empfangen, und als sie dann von Heiratsplänen sprach, war ihr Verehrer über Nacht abgereist. Das war in der Regel das traurige Ende einer Beziehung zwischen einer Kurtisane und ihrem geliebten Freier.

Normalerweise war eine längere Beziehung für jede Kurtisane ein Glücksfall, denn der Verehrer zahlte monatlich eine feste Summe an die Kupplerin, damit ihm das Mädchen allein zur Verfügung stand. Dem Haus gegenüber hatte die Kurtisane dann nur noch die Pflicht, als Sängerin oder Tänzerin in der großen Halle zur Unterhaltung der Gäste beizutragen.

Jin Mau war gerne aufgetreten und hatte die Fantasie und Leidenschaft der Gäste so angeheizt, dass man sie in diesem Frühjahr zum dritten Mal zur Schönsten der Schönen gewählt hatte. Aber das Mädchen, das jetzt verträumt und in sich zurückgezogen auf der Aussichtsplattform saß, wirkte nicht wie eine stolze Blumenkönigin. Unter der Schminke und den prächtigen Seidengewändern kam wieder das Kind zum Vorschein, das Fen Mei vor zwölf Jahren vor dem Altar des Stadtgottes Shirliang Po gefunden hatte.

Die Kupplerin dachte ungern an jene Zeit zurück, in der nicht alles eitel Sonnenschein gewesen war. Zunächst hatte es ausgesehen, als schwämme sie im Glück, denn ihr treuester Kunde hatte ihr das Pirolblütenhaus gekauft und eingerichtet. Solange der alte Herr noch lebte, stand er ihr mit seinem Rat zur Seite, aber nach seinem Tod geriet sie in Schwierigkeiten. Sie war eine gute Kurtisane gewesen, aber den Härten nicht gewachsen, die auf eine Kuppelmutter zukamen.

Als die Geschäfte immer schlechter liefen, hatte sie es dem Einfluss übelwollender Gui-Gespenster zugeschrieben. Daher hatte sie sich in ihr letztes gutes Gewand gekleidet und war zum Tempel des Stadtgottes Shirliang Po gegangen, der dem Gewerbe der käuflichen Frauen wohlwollend gegenüberstand. Hatte der Gott doch in seinem menschlichen Leben eine Blumenkönigin geehelicht und von ihr drei Söhne geschenkt bekommen. Daher verehrten ihn die Mädchen aus den Häusern der Blumen und Weiden als ihren Beschützer.

Statt eines Rates oder einer Erleuchtung hatte Fen Mei im Tempel ein etwa vier Jahre altes Mädchen gefunden – also in einem Alter, in dem es eine zusätzliche Belastung darstellte. Natürlich nahm jede Kupplerin ein vielversprechendes Mädchen gerne auf. Aber die Kleine war noch nicht einmal hübsch gewesen, sondern hatte einer der rundköpfigen, langnasigen Tempelkatzen geglichen, die von Händlern aus westlichen Ländern mitgebracht wurden. Wie eine Katze hatte das Kind zu Füßen von Shirliang Pos Standbild gelegen, so als fühle es sich bei ihm geborgen.

Als Fen Mei die Kleine versehentlich geweckt hatte, war diese auf sie zugetapst und hatte sich an sie geschmiegt. Unter den aufmerksamen Blicken des Kindes hatte Fen Mei ihr Opfer gebracht und ihre Gebete gesprochen. Dann war sie ihrem Gefühl gefolgt und hatte das offensichtlich ausgesetzte Ding mitgenommen.

Ob es nun an ihrem Opfer und dem Gebet lag oder daran, dass sie sich des Mädchens angenommen hatte, wusste Fen Mei später nicht zu sagen. Jedenfalls war es von dem Tag an mit ihrem Freudenhaus aufwärtsgegangen, und trotz aller Schwierigkeiten, die die Konkurrenz und die Beamten des Königs ihr machten, war das Glück seitdem nicht mehr gewichen. In diesem Gefühl hatte sie ihrer kleinen Pflegetochter vieles nachgesehen und sie mehr verwöhnt, als dem Kind guttat.

Das Mädchen war ihr in den ersten Wochen und Monaten auf Schritt und Tritt gefolgt und ständig den Gästen und den Mädchen zwischen die Füße gelaufen. Da auch sein winziges Gesicht dem einer jungen Katze glich, rief jedermann es nur »Kätzchen«.

Kätzchen war das liebste und freundlichste Wesen, welches sie je aufgezogen hatte, und lernte alles, was es zu seiner späteren Profession brauchte, mit Anmut und Leichtigkeit. Doch dem Mädchen fehlte jegliche Ausdauer. Immer wieder setzte es das Haus in helle Aufregung, indem es sich nachts aus dem Schlafsaal stahl, um bei Mondschein im Park spazieren zu gehen. Auch schleppte es fremde Katzen herbei und wollte sich nicht mehr von den dürren, struppigen Dingern trennen. Es schrie selbst mit der maunzenden Stimme einer Katze, wenn ihm etwas nicht passte oder jemand ihm weh getan hatte.

So war Fen Mei trotz des Glücks, das Kätzchen ihr gebracht hatte, froh gewesen, als ihre Ausbildung abgeschlossen war und sie in die Reihen der Kurtisanen aufgenommen werden konnte. Nun hatten die Freier unter ihrer Eigenwilligkeit zu leiden. Doch Kätzchen war schön und liebenswürdig und selten wirklich launisch, so dass ihr niemand ernsthaft böse sein konnte.

Als »Bunte Tigerin« wurde Kätzchen in einer aufwendigen Zeremonie den reichsten Freiern der Stadt vorgestellt und war von Anfang an ein großer Erfolg. Sie verschmähte keinen Gast und beleidigte auch niemanden. Zwar wurde sie mit der Zeit wählerisch, aber das war ihr gutes Recht.

Der einzige Ärger, den sie dem Blumenhaus bescherte, war der Wirbel, den der offizielle Name verursachte, und den musste Fen Mei sich selbst ankreiden. Einige Hofbeamte bemäkelten die Wahl, weil sie angeblich den Tiger, den wilden König der Berge, beleidigt hatte, dessen Namen man nicht unnötig aussprechen sollte. In Wahrheit fühlte sich ein Adelshaus gestört, welches seine Abstammung auf einen sagenhaften Tigergeist zurückführte.

Fen Mei änderte Kätzchens offiziellen Namen in »Goldene Katze«, ließ sie als Jin Mau in die Liste der ausgebildeten Kurtisanen eintragen und gab zu diesem Anlass ein weiteres Fest. Danach schien alles in schönster Ordnung zu sein, zumindest, bis der junge Fürst kam und Jin Mau den Kopf verdrehte. Das sagte sie ihr jetzt auch und versuchte, ihr Vernunft zu predigen.

»Sieh bitte den Tatsachen ins Gesicht!«, sagte sie am Ende ihres Vortrags. »Du wirst sehen, er kommt nicht mehr!«

Jin Mau sah ihre Kuppelmutter mit leuchtenden Augen an und lächelte so unbeschwert, als hätte sie ihr Komplimente gemacht. »Nein, Mama Fen! Ich weiß, dass er kommt. Schau, wir hatten bisher keinen Dauergast, der regelmäßige Verpflichtungen bei Hofe hat. Der König sieht es nun einmal nicht gerne, wenn seine Höflinge und Beamten hierherkommen.«

»Das ist es ja, was ich befürchte!«, rief Frau Fen. »Vielleicht ist bei Hofe schon bekannt geworden, dass der junge Fürst mehr als nur ein flüchtiges Verhältnis zu dir hat. Der Kanzler wird ihm gewiss verboten haben, sich weiter mit dir zu treffen.«

Jin Mau erblasste und griff so hart in das Fell der grauen Katze, dass diese fauchend zu Boden sprang. Die Kurtisane bückte sich und streichelte das Tier, bis es um ihre Beine strich und schnurrte. Dann richtete sie sich auf und hatte ihr Lächeln zurückgewonnen. »Das glaube ich nicht. Zhong Tie Hu wird nur durch die Zeremonie im Palast davon abgehalten worden sein, zu mir zu kommen. Wenn der König oder sein Kanzler ein solches Verbot ausgesprochen hätte, wäre der alte Waffenmeister Buku, der ihn immer begleitet, schon hier gewesen und hätte mir eine Nachricht gebracht. Sollte Fürst Zhong um meinetwillen Ärger bekommen, wird er ein Haus im Viertel der kleinen Händler mieten und mich dorthin bringen lassen, wenn er mich sehen will. Ach, Mama Fen, schau doch nicht so verdrießlich drein! Auch wenn du mich an ihn verlieren solltest, wird es dein Schaden nicht sein.

Zhong Tie Hu wird dir einen hohen Preis für mich zahlen, denn er ist nicht nur freundlich, sondern auch reich und großzügig. Überdies wird er dir in jedem Jahr zu Neujahr die Geschenke schicken, die der Familie einer Nebenfrau zustehen, denn schließlich nimmst du nach Sitte und Gesetz die Stelle meiner Mutter ein. Ich werde dich besuchen kommen, und du wirst dich stolz die ›kleine Schwiegermutter‹ eines Fürsten nennen dürfen!«

»Ja, so lange, bis die erste Ehefrau eifersüchtig wird und dich in Schande aus dem Haus werfen lässt. Dann kommst du arm und abgerissen wie eine streunende Katze hierher zurück und kannst froh sein, wenn du für jede Nacht einen Freier findest!«

Jin Mau lachte übermütig. »Aber nein, Mama Fen, das wird bestimmt nicht geschehen! Dafür sorge ich schon. Ich habe da einen guten Plan, und bei dem wirst du mir helfen müssen.«

»Welchen Streich hast du jetzt schon wieder ausgeheckt?«

»Keinen Streich, kleine Mama! Ich möchte eine Heirat einfädeln und habe auch schon eine Kandidatin für meinen Fürsten.«

»Du willst einem Herrn von hohem Adel eine rechtmäßige Ehefrau aussuchen? Kind, vergiss nicht, wer du bist!«

»Mama Fen, ich bin immerhin zum dritten Mal zur Blumenkönigin gewählt worden und gelte damit als die erste Kurtisane dieser Stadt! Und ich weiß von einer Dame …«

»Bitte, Jin-Jin – sprich nicht weiter! Es gehört sich nicht, im Freudenhaus über ehrbare Frauen zu reden. Das ist ein schlimmer Verstoß gegen die Sitten. Willst du, dass man dir schlechtes Benehmen nachsagt?«

»Nein, Mutter Fen, das will ich nicht. Ich habe bisher kein Wort zu irgendjemandem gesagt, sondern nur unseren Gästen zugehört, und die halten sich nicht immer an die guten Sitten.«

»Pst, Kind! Ein Blumenmädchen kritisiert auch keine Gäste.«

»Kleine Mama, ich weiß, dass du deinen Ehrgeiz daransetzt, nicht nur die schönsten, sondern auch die wohlerzogensten Blumenmädchen zu besitzen. Aber lass mich bitte ausreden! Wenn ich nicht mit dir über diese Dinge sprechen kann, mit wem soll ich es dann tun? Ich habe keine Tante oder sonstige Verwandte, die mir helfen könnten. Außerdem sind wir hier ganz allein. Niemand hört uns zu.«

»Nur der Wind in den Zweigen, und der ist schwatzhaft genug.«

Jin Mau winkte ab. »Ja, hinter den Wolken oder auf dem Kunlun-Berg mag er schwätzen. Mögen Geister und Gespenster zuhören, es ist mir gleich. Es geht um mein Glück, und das kann mir nur von Menschen genommen werden. Mutter Fen, ich habe von einem Mädchen gehört, das gerade die Nadel der Heiratsmündigkeit in ihr Haar gesteckt hat und für das die Verwandten einen nachsichtigen Ehemann suchen.«

»Einen nachsichtigen Ehemann?«, fragte die Kupplerin schockiert. »Hat sie einen Fehltritt begangen, der vertuscht werden soll?«

»Nein, nein! Sie hat keinen heimlichen Liebhaber oder so etwas Ähnliches, sondern ist ehrpusselig und prüde. Dabei ist sie gebildet wie ein Gelehrter und ebenso geschickt mit der Nadel wie mit dem Schreibpinsel.«

»Ach, ich weiß, wen du meinst. Es handelt sich um das Fräulein Vier aus der Familie des Grafen Yü.«

»Du kennst sie, kleine Mama?«, fragte Kätzchen neugierig.

»Die Kupplerin Hama, die auch als Heiratsvermittlerin tätig ist, erzählte mir von ihr. Sie möchte sich gern den Batzen Geld verdienen, den die Verheiratung der vierten Yü-Tochter ihr einbringen würde. Aber die Familie ist von sehr altem Adel und mehr als heikel.

Leider sind die Yü beim Hof schon lange in Ungnade gefallen und gelten als verfemt. Deswegen bekleidet der alte Graf kein Hofamt, und das macht es ihm unmöglich, einen ebenbürtigen Gemahl für seine Tochter zu finden. Von selbst kommt kein Höfling auf ihn zu, besonders dann nicht, wenn die Tochter als Literatin und Philosophin gilt. Das ist nicht mehr modern in diesem Land. Vor fünfhundert Jahren hätten sich die gebildeten Männer um sie gerissen.«

»Mama Fen, du bist lustig. Wer interessiert sich dafür, was vor fünfhundert Jahren war, außer einigen verstaubten Schriftgelehrten? Für mich ist wichtig, was heute ist. Meinst du, der Fürst könnte um die Hand von Fräulein Yü Vier anhalten? Sie scheint eine Frau zu sein, die sich außer für Literatur und Philosophie nur für den Haushalt interessiert, und sie soll tatsächlich einen guten Charakter haben. Heiraten muss der Fürst, das wird am Hof erwartet, aber solange er noch kein offizielles Amt bekleidet, kann er zu seiner ersten Frau nehmen, wen er will. Ich glaube, wenn ich ihn überredet hätte, würde er sogar mich dazu machen.«

Die Kupplerin begann zu lachen. »Jin Mau, du träumst! Kein Mann von seinem Rang darf ein Blumenmädchen zu seiner rechtmäßigen Gattin machen. Er würde sofort in Ungnade fallen und für immer vom Hof verbannt werden.«

»Das ist es ja, was Tie Hu schon überlegt hat. In seinem Inneren ist er mehr Krieger als Höfling. Er schreibt keine Gedichte, denen die Prinzessinnen und Hofdamen hinter Bambusvorhängen lauschen, und kann auch nicht schmeicheln. Er sagte mir einmal, er stände lieber einem wilden Tiger Auge in Auge gegenüber als dem Kanzler Ding Wanzi, und am liebsten würde er für immer am Fuß des Glockenberges leben und jeden Tag auf die Jagd gehen.«

Fen Mei klatschte verwundert in die Hände. »Der junge Mann wird sich noch einmal um Kopf und Kragen reden! Der Kanzler bekämpft unnachsichtig seine Gegner und die, die er dafür hält, und seine Frau, Prinzessin Lien, spinnt die dazu notwendigen Intrigen. Du hast von der bigotten Clique bei Hofe gehört, die am liebsten alle Freudenhäuser schließen und uns mit Ruten aus der Stadt treiben lassen würde. Zu ihnen gehört auch die Frau des Kanzlers. Wenn ihr nur ein Wort von diesem Gerede ans Ohr dringt, wird sie ein Exempel an uns statuieren lassen.«

»Von mir wird es niemand erfahren. Ich bin keine Schwätzerin«, gab Jin Mau empört zurück.

Die Kupplerin zitierte einen ihrer Mahnsprüche. »Das Blumenhaus und der Palast haben eins gemeinsam: Hier wie

dort haben die Mauern scharfe Ohren! Also solltest du auch mir nicht erzählen, was der Fürst dir anvertraut.«
»Ach, kleine Mama, du hast ja so recht«, antwortete Jin Mau. Die Kupplerin wusste im Augenblick nicht, ob das Mädchen es ehrlich meinte oder spottete.
»Aber wenn Zhong Tie Hu mit meiner Brautwahl für ihn einverstanden ist, können wir Frau Hama als Brautwerberin zur Familie Yü schicken«, setzte es hinzu.
»Warum willst du dieser nach ranzigem Fett riechenden Vettel das Vermittlergeld zukommen lassen? Wer weiß, was dieses Weib alles falsch macht! Ich werde selbst zu Graf Yü gehen, wenn Fürst Tie Hu es wünscht.«
Jin Mau hüpfte vor Freude auf ihrer Bank auf und ab, und aus dem Hintergrund erklang eine sanfte Stimme. »Was willst du für mich tun, Mutter Fen?«
Die beiden Frauen sprangen auf und verbargen ihre Verwirrung hinter einer tiefen Verbeugung. Ganz rot im Gesicht richtete sich die Kupplerin wieder auf, während der Fürst Jin Mau in seine Arme nahm und sie so behutsam wie etwas unendlich Kostbares auf die Bank setzte.
Fen Mei verschloss einen tiefen Seufzer in ihrer Brust, denn sie ahnte nichts Gutes für Jin Mau. Im Augenblick war Fürst Zhong Tie Hu noch unsterblich in sie verliebt, aber wie lange würde dieses Gefühl anhalten?
Viele junge Männer schmachteten unter dem Fenster einer berühmten Kurtisane, überboten einander mit Geschenken und Heldentaten und ließen sich von ihr bestickte Bänder als Liebespfand schenken, um im Kreis der Freunde damit anzugeben. Der Fürst war von empfindsamerem Charakter und nahm Rücksicht auf die Gefühle seiner Geliebten. Eines Tages aber würde er ihrer müde werden, sich auf seine Pflichten besinnen und die Goldene Katze von einem Tag auf den anderen vergessen.

Jin Mau war ihr mehr ans Herz gewachsen, als die anderen von ihr gekauften oder aufgezogenen Mädchen, und so sorgte sie sich um sie. Die meisten Kurtisanen kamen schnell wieder zur Besinnung und trösteten sich mit einem kleinen Haus und einer Truhe mit Seide und Silber, die bis zu ihrem Lebensabend für den Unterhalt reichen sollte und deren Inhalt sie in wenigen Jahren für Liebhaber und Firlefanz verschleuderten.
Aber Jin Mau war nicht die habgierige, unersättliche Kokotte, die sie darstellen musste. Innerlich hatte sie mehr das Zeug zu einer treuen Ehefrau als zum Blumenmädchen. Viel zu oft zeigte sie dem Fürsten ihr wahres Gesicht, und Fen Mei mochte sich nicht vorstellen, was aus Kätzchen werden würde, wenn er ihr eines Tages den Rücken kehrte.
Jin Mau machte sich für die anderen Freier auch auf den Festlichkeiten rar, und bei so viel Missachtung würden sich die Gäste bald um eine andere Schöne scharen und die Goldene Katze vergessen. Wenn der Fürst sie nicht gut versorgte, würde sie in die Masse der zweit- und drittklassigen Kurtisanen absinken. Daher nahm die Kupplerin sich vor, in den nächsten Tagen ein ernstes Wort mit Jin Mau zu reden und in Zukunft strenger mit ihr zu sein. Das Fest aber sollte das Mädchen noch unbeschwert genießen dürfen.
Fen Mei verneigte sich ein weiteres Mal vor dem Fürsten. »Wir haben nur leeres Zeug geschwatzt, um uns die Zeit zu vertreiben. Darf ich Euch eine Erfrischung anbieten? Oder habt Ihr schon im Palast gespeist? Im Päonien-Pavillon steht eine kleine Mahlzeit für Euch bereit. Jin Mau wird Euch Gesellschaft leisten und Euch unterhalten.«
Der Fürst lachte. »Mutter Fen, ich kenne Eure ›kleinen Mahlzeiten‹. Außerhalb Eures Hauses nennt man sie die großartigsten Festmähler aller vier Himmelsrichtungen! Ich nehme dankend an. Bitte kümmert Euch um meinen Bur-

schen, der unten in der Halle wartet. Der arme Kerl hat seit dem Sonnenaufgang noch kein Stück trockenes Brot gekostet.«

»Einen Burschen habt Ihr mitgebracht? Ist Euer ehrenwerter Waffenmeister Buku nicht bei Euch? Ich hatte ihm einige Krüge eines ganz besonderen Reisweins versprochen, wie er in meiner Heimat zubereitet wird. Er hat uns doch vor vier Monaten so mutig gegen den jungen Wa und seine Randalierer verteidigt.«

»Mach kein Aufhebens darum, Mutter Fen. Die kleine Prügelei hat dem Alten Spaß gemacht. Leider hat der Getreue auf dem Glockenberg-Gut zurückbleiben müssen, um anstelle eines unehrlichen Verwalters nach dem Rechten zu sehen. Er wird es sicher bedauern, Euren Wein nicht kosten zu können. Wenn Ihr Eure Großzügigkeit so weit treiben wollt, Mutter Fen, dann übergebt den Wein meinem Burschen. Er soll ihn gut verpacken und dem Boten mitgeben, der morgen zu meinem Landgut aufbricht, um noch einige Truhen für mich herbeizuschaffen.«

»Aber natürlich! Ich bringe den Jungen in die Küche, lasse ihn verköstigen und verpacke die Krüge eigenhändig für die Reise.« Fen Mei wusste nur allzu genau, dass der Fürst ihr den Wein ebenso gut bezahlen würde wie das Mahl und die Gesellschaft der Goldenen Katze, denn er war großzügig, ohne verschwenderisch zu sein. Diese Sorte Freier war ihr lieber als jene anderen, die ihr Geld verschleuderten und sich mit leeren Taschen in lästige Schnorrer verwandelten.

Sie verabschiedete sich mit mehreren Verbeugungen, die der Fürst mit einem Nicken zur Kenntnis nahm, und eilte schnaufend die Treppe hinunter. Am späten Nachmittag sah sie, wie er und Jin Mau mit strahlenden Gesichtern den Pavillon verließen und zu einer Prunkbarke wanderten, um gemeinsam den Höhepunkt des Herbstseefestes zu erleben.

Sie blickte den beiden nach und glaubte nun selbst, dass er Jin Mau zu seiner Nebenfrau machen würde.

4. DIE FÜCHSIN ENTDECKT EIN UNERWARTETES HINDERNIS

Die Sonne stand schon tief im Westen, und der Gesuchte war noch nicht aufgetaucht. Mochin Shao begann, die Geduld ihrer Pflegetochter zu bewundern, die scheinbar vergnügt unter dem Baldachin im Mittelteil der Barke saß, den Musikern zuhörte und zwischendurch mit ihren Zofen Domino spielte.

Auch verstand Haokan Hei es, mit anmutiger Gelassenheit die jungen Adeligen zu übersehen, die mit den Insassen der Boote, die ihren Weg kreuzten, ihre Scherze trieben und jeder hübschen Frau anzügliche Komplimente machten. Sie blickte meist nur auf, wenn der Bootsführer ihre Barke langsam an den Flößen entlangsteuerte, auf denen die von bunten Lampions eingerahmten Bilder der Wassergötter standen.

Den unglaublichen Verrenkungen der Gaukler und Akrobaten schenkte sie jedoch ebenso wenig Aufmerksamkeit wie den Schauspielern, die mit hohen Stimmen ihre Texte rezitierten. Nur einmal ließ sie bei einem Floß anhalten, auf dem ein bekanntes Theaterstück gegeben wurde. Es handelte sich um ein Drama, welches sich um eine verliebte Geisterfüchsin und einen armen Studenten drehte. Mochin Shao stockte der Atem, denn sie hatte in Haokan Heis Gegenwart ständig Angst vor Entdeckung. Aber das Stück ging gerade zu Ende, und die Schwarze Füchsin ließ die Barke weiterfahren, ohne den Schauspielern eine Schnur mit Kupfermünzen zugeworfen zu haben, wie es eigentlich Sitte war. Dieser Umstand verriet Mochin Shao, dass es unter dem glatten Gesicht ihrer Pflegetochter brodelte. Drei Stunden hatten sie schon auf dem See verbracht, ohne eine Spur des Fürsten Zhong zu entdecken, und wenn das Fest zu Ende war, würde es Haokan Hei weitaus schwerer fallen, eine unauffällige Begegnung mit ihm herbeizuführen.

Sie behauptete zwar, Zeit genug zu haben, aber wenn sie den Fürsten in ihre Netze ziehen wollte, musste sie bald ein erstes Treffen herbeiführen. Das geeignetste Opfer für eine Geisterfüchsin war ein Mann zwischen siebzehn und fünfundzwanzig Jahren, der sich mit dem Feuer der Jugend in die Beziehung mit einer schönen Frau stürzte und sich dabei verlor. Ältere Männer pflegten viel von ihren Frauen zu verlangen, selbst aber nur wenig zu geben, so dass eine Füchsin nichts bei ihnen erreichen konnte.

Ein scharfer Ausruf unterbrach Mochin Shaos Grübeln, und spitze Fingernägel gruben sich in ihren Arm. »Tante Shao, da kommt er! Aber wer ist diese Dirne an seiner Seite? Das ist doch ein Blumenmädchen.«

Mochin Shao reckte sich, um das Paar auf der reich geschmückten Barke erkennen zu können, und zuckte mit den Achseln. »Natürlich ist das eine Kurtisane, sogar eine von den ganz teuren. Wahrscheinlich handelt es sich um die diesjährige Blumenkönigin. Für Zhong Tie Hu scheint nur das Beste gut genug zu sein. Ich glaube, du wirst Erfolg bei ihm haben.«

»Ja, das ist schon möglich … Aber schau, wie selbstvergessen er diese kleine Hündin ansieht! Es fehlt mir gerade noch, dass er sich Hals über Kopf in eine Kurtisane verliebt hat.«

Mochin Shao lachte spöttisch. »Alle gesunden, jungen Männer verlieben sich irgendwann einmal in ein Blumenmädchen. Das ist so Sitte bei den Menschen. Beim nächsten schönen Gesicht, das ihn anlacht, dürfte er sie vergessen haben. Wir sollten seinen Weg ein paarmal kreuzen, wie du es geplant hast. Dann wirst du feststellen, ob dein Liebeszauber stärker ist als eine angemalte Kurtisanen-Larve.«

»Tantchen, du weißt nicht, wovon du sprichst! Die Liebe, selbst die Liebe zu einer käuflichen Frau, ist der beste Schutz gegen den Zauber einer Geisterfüchsin. Schau doch, wie dieses kleine Biest ihn anhimmelt! Sie spielt ihm übergroße Zuneigung vor, und er fällt darauf herein. Bevor ich mich ihm widme, muss ich etwas gegen die kleine Hure unternehmen. Wenn er sich nicht restlos von ihr abwendet, wird all meine Mühe umsonst sein. An seine Seele komme ich nur, wenn er sich vor Sehnsucht nach mir verzehrt und keine andere Frau mehr ansieht.«

»Willst du ihn wirklich aussaugen? Heute Morgen hatte ich den Eindruck, du hättest dich in sein schönes Gesicht verliebt und es dir anders überlegt.«

»Vom Verlieben fließt mir keine göttliche Kraft zu. Aber ich würde gerne eine Weile an seiner Seite im Palast leben, die brave Hofdame spielen und dabei ein paar Intrigen spinnen, an deren Folgen sich die Menschen noch nach Generationen erinnern werden. Zhong Tie Hu kann mir dabei als Mittel zum Zweck dienen.«

Mochin Shaos Augen leuchteten auf. »Das ist ein Wort! So gefällst du mir schon wieder besser, Hei-Hei. Ich befürchtete schon, du würdest den Kopf verlieren und …«

»Still, Tantchen! Ich … Sag dem Bootssteuerer, er soll der Barke des Fürsten folgen, aber unauffällig.«

Mochin Shao wollte widersprechen, aber Haokan Hei hob abwehrend die Hand und neigte lauschend den Kopf. Für den Hauch eines Augenblicks richtete sich unter ihrer menschlichen Maske ein Fuchsohr steil auf, und ihr Gesicht zeigte den Ausdruck unverhüllten Hasses.

Mochin Shao gab den Befehl weiter und sah, wie der Bug ihres Schiffes sich auf die Barke richtete, die in stillere Teile des Sees abdriftete. Das fiel nicht auf, denn es gab genug Boote mit Liebespaaren, die den großen Lichterkreis verließen. Sie versuchte, ebenfalls zu lauschen, doch sie bekam nicht mit, was sich das Pärchen dort drüben so eifrig zuflüsterte. Haokan Hei aber hatte durch ihre magischen Studien ein zauberhaft scharfes Gehör erworben und schien jedes Wort zu verstehen.

Um nicht herumzusitzen und sich zu ärgern, scheuchte Mochin Shao die neugierig gewordenen Zofen umher und ließ sie das Abendessen vorbereiten. Dabei fing sie einen bösen Blick ihrer zu Stein erstarrten Pflegetochter auf, die sich von der Unruhe gestört fühlte. Aber Mochin Shao wusste, dass eine Barke, die lautlos dahintrieb, die Aufmerksamkeit anderer auf sich zog. Sie hatte die Lehren aus ihrer Kindheit im Wald noch nicht vergessen und pflegte alles so unauffällig wie möglich zu tun.

Doch die Mühe der Zofen war vergebens. Nach einer Weile völliger Regungslosigkeit sprang Haokan Hei mit einem Satz auf, ballte die Fäuste und sah sich wild um. Dann packte sie den reich gedeckten Tisch und schleuderte ihn über Bord.

»Zum Anlegesteg – sofort!«, befahl sie dem Bootssteuerer.

Mochin Shao schüttelte den Kopf, sagte aber nichts, denn sie hatte keine Lust, das Opfer eines Wutausbruches ihrer Pflegetochter zu werden.

5. HAOKAN HEI FÄDELT EINE INTRIGE EIN

So lange hatte Haokan Hei Mochin Shaos Geduld noch nie strapaziert. Sie hatte sich in der ersten Nacht nach dem Herbstseefest in ihren Räumen eingeschlossen und sich jegliche Störung verbeten. Sogar ihre Pflegemutter durfte die Zimmer nicht betreten, sondern musste ihr die Mahlzeiten auf einen Tisch im Vorzimmer stellen. Die Schwarze Füchsin kam erst heraus, wenn niemand mehr in der Nähe war. Als Mochin Shao ihre Pflegetochter deswegen zur Rede stellen wollte, wurde sie abgefertigt wie eine aufsässige Dienstmagd.

Zu ihrem nicht geringen Ärger musste sie zwei Tage später der Dame Tou, der Aufseherin über die jüngeren Hofdamen, Rede und Antwort stehen. Diese ließ sich herab, in eigener Person zu erscheinen, um sich nach Haokan Hei zu erkundigen und diese an ihre Pflichten zu erinnern. Doch Mochin Shao gelang es, die aufgebrachte Dame mit flinker Zunge und einem kleinen Geschenk zu beruhigen. Nach ihren Worten war die Gesundheit des Fräuleins stark angeschlagen, und sie wickelte die Aufseherin so ein, dass diese Haokan Hei einige weitere Tage Urlaub vom Hofdienst genehmigte.

Als die Dame Tou den Pavillon endlich verlassen hatte und nur noch einige leere Schachteln Zuckerpflaumen und eine durchdringende Parfümwolke von ihrem Besuch zeugten, musste Mochin Shao den für sie eher seltenen Wunsch unterdrücken, ins Freie zu laufen, ihre menschliche Gestalt abzulegen und ein paar Tage als Füchsin durch Wald und Feld zu streifen.

Kurz vor der Morgendämmerung des zehnten Tages stand

Haokan Hei vor Mochin Shaos Bett und holte sie unsanft aus dem Schlaf. Sie hatte sich zeremoniell gekleidet und ihr Haar so aufstecken lassen, wie es einer heiratsmündigen Jungfrau zukam.

»Was suchst du noch zwischen den Laken, Tantchen?«, fragte sie mit munterer Stimme. »Los, steh auf! Du musst die Haushofmeisterin Men aufsuchen und mir ein Gespräch mit der Prinzessin Lien beschaffen. In diesem Päckchen sind drei Silberbarren. Die werden dir das Ohr der Frau Men öffnen.«

Mochin Shao sah neue Verwicklungen auf sich zukommen.

»Was um alles in der Welt willst du von der Frau des Kanzlers Ding Wanzi? Sie ist die gefährlichste Person an diesem Hof, und wer kann, geht ihr aus dem Weg!«

Haokan Hei lachte, aber ihre Pflegemutter spürte ihre zittrige Anspannung. »Prinzessin Lien ist mächtig, und genau das werde ich mir zunutze machen. Wenn du nicht innerhalb einer Stunde mit der Nachricht zurück bist, Tantchen, dass die Dame mich heute noch empfängt, schüttele ich den roten Staub der Menschenwelt für weitere tausend Jahre von meinen Füßen und überlasse dich und Onkel Cong Ming eurem Schicksal.«

»Warum willst du zum Berg der sanften Stille zurückkehren? Du hast doch selbst gesagt, dich brächten sämtliche Sturmdämonen nicht mehr dorthin.«

»Sollte ich nicht bald eine Seele bekommen, waren all meine Studien umsonst! Hier in der Menschenwelt geht mir das meiste von dem, was ich mir mühsam angeeignet habe, wieder verloren. Es ist ein steiniger Weg von einer Erdhöhle in der Wildnis bis in die Gefilde der Götter und Geister. Neun Tage und neun Nächte habe ich sämtliche Orakel befragt. Sogar die Sterne scheinen gegen mich zu sein! Wenn ich den Kampf um den Fürsten Zhong gewinnen will, muss ich sehr schnell handeln.

Seine Verbindung mit dieser kleinen Hure aus dem Pirolblütenhaus ist kein Zufall, sondern wurde von diesem widerwärtigen Götzen Shirliang Po eingefädelt. Jemand muss ihm schon vor Jahren prophezeit haben, dass Zhong Tie Hu Gefahr von einer Geisterfüchsin droht. Ich kann mir zwar nicht vorstellen, was für ein Interesse dieser knollennasige Säufer an dem Knaben hat, aber er scheint zu ahnen, wer ich bin und was ich plane. Aber ich lasse meine Pläne weder von einem jämmerlichen Stadtgott noch von einer verliebten Dirne stören. Also zieh dich an und geh, ehe die Morgenzeremonie im Palast beginnt! Wenn du deine Sache gut machst, erzähle ich dir mehr.«

Mochin Shao hasste es, von der jüngeren Füchsin wie eine Magd behandelt zu werden, doch sie schwieg, wie sie es meistens tat. Schnell ließ sie sich von zwei Dienerinnen ankleiden und die Haare richten. Wieder wünschte sie sich, Haokan Hei und sie wären ganz gewöhnliche Füchsinnen irgendwo im Wald. Sie fürchtete die Wildnis, aber es war der einzige Ort, an dem sie dieses ungebärdige Mädchen am Nackenfell packen und beuteln konnte, bis ihm Hören und Sehen verging.

Auch eine Geisterfüchsin mit neun Schwänzen durfte sich keine solchen Ungezogenheiten gegenüber einer im Rang tiefer stehenden Verwandten erlauben. In ihrem Streben nach Unsterblichkeit schien ihre Pflegetochter allmählich vom Weg der Weisheit abzuweichen, und sie würde ihr in einer zugänglicheren Minute ins Gewissen reden müssen.

Sie eilte so schnell zum Haus des Kanzlers, dass die Zofe, die einen standesgemäßen Schirm vor ihr hertragen sollte, keuchend zurückblieb. Diesen Weg ging Mochin Shao nicht zum ersten Mal, und sie wusste, dass Frau Men eine für Silber stets offene Hand besaß. Daher machte sie sich wenig Sorgen um ihren Erfolg. Zwar kannte man sie nur als hochrangige

Dienerin einer Hofdame dritten Ranges, denn niemand ahnte, dass sie in Wahrheit die Schwester des Astrologen Cong Ming war. Dennoch wurde sie freundlich empfangen.

Der alte Pförtner geleitete sie in den Küchentrakt, in dem Frau Men die Zubereitung des Frühstücks für ihre Herrin überwachte. Wie jeden Morgen stritt die Haushofmeisterin sich mit dem Aufseher über die Privaträume des Kanzlers, der das Frühstück für seinen Herrn zuerst geliefert haben wollte. Der Koch pflegte sich nicht in die Auseinandersetzung einzumischen, denn er wollte es sich mit keinem der beiden verderben. Die Küchenmädchen und die Laufburschen aber freuten sich über jede Störung, die ihnen das Leben für ein paar Augenblicke erleichterte. Daher lächelte das Küchengesinde, als es die Besucherin kommen sah, und selbst die Haushofmeisterin nickte wohlwollend, obwohl sie das Feld nun ihrem Rivalen überlassen musste.

Frau Men hatte einen bestickten Beutel an Mochin Shaos Gürtel entdeckt, wie man ihn für gewöhnlich für Bruchsilber oder Silberbarren benutzte. Nun trat sie auf die Besucherin zu und begrüßte sie mit großer Herablassung, um ihren Rang zu unterstreichen. Sie führte sie in die Räume, in denen die Truhen mit Seidenballen und kostbaren Festgewändern standen, ließ ihr eine Schale Tee reichen und tadelte zwei Mägde, die ihr nicht sorgfältig genug arbeiteten. Dabei achtete sie unauffällig darauf, dass ihr Gast einen Blick auf die knisternden Reichtümer werfen konnte, die hier aufbewahrt wurden.

Mochin Shao hatte sich daran gewöhnt, wie umständlich es am Hof zuging. Hier schien jedermann damit beschäftigt zu sein, gegenüber anderen seine Wichtigkeit herauszustreichen. Man musste sich lächelnd in Geduld üben und seinem Gegenüber durch Zungenschnalzen und bewunderndes Händeklatschen zu verstehen geben, für wie bedeutend man

es hielt. So, wie Frau Men sich spreizte, würde diese ihr mindestens drei Schalen Tee anbieten, die sie mit zeremoniellen Gesten trinken musste.
Mochin Shao irrte sich. Die fünfte Schale stand schon vor ihr, als Frau Men sich herabließ, nach ihrer Gesundheit zu fragen. Mochin Shao antwortete höflich und nicht ganz wahrheitsgemäß. Dabei nahm sie den Beutel vom Gürtel und legte ihn so auf den Tisch, dass die Silberbarren leise klirrten. Nachdem sich Frau Men derart in Szene gesetzt hatte, würde es ihr schwerfallen, Haokan Heis Wunsch abzuschlagen.
Schmeichelnd beantwortete sie Frau Mens weitere Fragen und klagte ihr dabei ihr Leid. Haokan Hei wurde in ihren Worten zu einer von Kummer und Sorge zerfressenen Hofdame, die nur einen Ausweg wusste – nämlich den Rat der allmächtigen Prinzessin Lien zu erbitten. Damit machte sie Frau Men so neugierig, dass diese hoch und heilig versprach, Haokan Hei noch vor der Nachmittagsaudienz zu ihrer Herrin zu führen.
Äußerlich ganz Dankbarkeit und Bewunderung für ihre Gastgeberin, innerlich aber zwischen Erleichterung und Verachtung für diese hochnäsige Person schwankend, verabschiedete Mochin Shao sich. Auf dem Heimweg erwog sie allerlei Pläne für eine Intrige, mit der sie diese anmaßende Person strafen konnte, ohne dass dieses Weib sofort ihres Postens enthoben wurde.
Sie selbst aber musste in dieser komplizierten Menschengesellschaft erst hoch aufsteigen, um genug offene Türen und Ohren zu finden. War Haokan Hei erst die Frau eines Fürsten, wenn auch nur eine Zweitfrau, so färbte ihr Rang auch auf ihre Haushofmeisterin ab und machte diese zu einer allseits gesuchten Persönlichkeit. Dann würde sie sich Beutel mit geschenktem Silber an den Gürtel hängen können.

»He, Tantchen! Was ist mit dir? Du machst ein verbiestertes Gesicht! War das Gespräch so unergiebig?« Haokan Hei saß mitten im Park auf einer Bank und ließ sich von einer Zofe den Sonnenschirm halten. Sie wirkte an diesem Morgen sehr jung und so naiv, dass ihr die Prinzessin Lien sicher ein geneigtes Ohr leihen würde.
Mochin Shao lächelte zufrieden und klopfte auf ihren leeren Gürtel. »Gleich nach der Mittagstafel wird die Dame Euch empfangen, Herrin. Das wurde mir fest zugesagt.«
»Fein!«, sagte Haokan Hei mit funkelnden Augen. »Geh schnell nach Hause und sorge dafür, dass ich etwas zu essen, ein Bad und frische Kleidung bekomme. Die Dame ist kritisch und liebt es, wenn eine Hofdame sich ihr in makelloser Seide und standesgemäßem Schmuck präsentiert.«
Mochin Shao kniff die Lippen zusammen. Haokan Hei und sie mussten sich in der Öffentlichkeit wie Herrin und Dienerin benehmen, aber das Mädchen genoss es offensichtlich, sie herumzukommandieren. Manchmal wünschte sie sich, ihr Bruder würde sich mehr um dieses übermütige Ding kümmern und es etwas zurechtstutzen. Doch der hatte nur seine Studien im Kopf und hielt sich von seinen weiblichen Verwandten fern.
Daher beantwortete sie Haokan Heis Befehl nur mit einem kaum hörbaren Schnauben und kehrte zum Pavillon zurück, um die Zofen und Diener herumzuscheuchen. Aber selbst an denen konnte sie ihre Laune nicht so auslassen, wie sie es gerne getan hätte. Es gab Grenzen, die sie nicht überschreiten durfte, wollte sie nicht in schlechten Ruf kommen.
Als die Stunde des Pferdes schon halb vorüber war, trippelte Haokan Hei anmutig und scheinbar mit sich und der Welt zufrieden ihrem Ziel entgegen. Mochin Shao und zwei bunt gekleidete Zofen begleiteten sie. Ein kleines Gefolge bewies dem Gastgeber, dass der Besucher ihm Hochachtung und

Respekt entgegenbrachte. Außerdem gehörte es sich, dass die Zofen die Geschenke trugen, die Haokan Hei sorgfältig ausgesucht hatte.
Einer so hohen Dame wie Prinzessin Lien durfte man kein Silber anbieten. Hier waren kleine Kunstwerke gefragt, eigenhändig bestickte Fächer, Schärpen und Ähnliches. Haokan Hei hatte sich schon lange auf solche halboffiziellen Besuche vorbereitet und sich Mochin Shaos geschickte Hände dafür zunutze gemacht. Als sie das Haus des Kanzlers Ding Wanzi betrat und vom Pförtner in den Westflügel geleitet wurde, nahm ihre Miene jene Mischung aus Ehrerbietung und sanfter Melancholie an, die diesem Besuch angemessen war.
Frau Men hatte offenbar ihr Bestes getan, um ihrer Herrin die Besucherin schmackhaft zu machen, denn Haokan Hei musste nur wenige Minuten warten. Die Haushofmeisterin kam selbst, um sie zu begrüßen, nahm ihr die Geschenke ab und flüsterte ihr gleichzeitig eine Warnung ins Ohr. »Strapaziert nicht die Geduld der Prinzessin, Dame Haokan. Die Nachricht von Eurer angeblichen Krankheit ist bis zu ihr gedrungen, und sie mag keine pflichtvergessenen Hofdamen! Wenn Ihr die Herrin erzürnt, war das die letzte Privataudienz, die ich Euch verschafft habe.«
Die Schwarze Füchsin lächelte nur sanft und legte ein wenig von der Überzeugungskraft in ihre Stimme, die nur Unsterblichen und magischen Geistertieren zur Verfügung stand. »Meine liebe Frau Men, wie könnte ich es wagen, die erhabene Prinzessin Lien zu erzürnen? Ihr wisst, wie ergeben ich Eurer Herrin bin, und Eure Hilfe wird Euch nicht zum Schaden gereichen.«
Frau Men nickte selbstzufrieden. »Ihr seid ein artiges und bescheidenes Mädchen, kleine Cong. Die Prinzessin schätzt wohlerzogene, junge Frauen wie Euch.«
Die Füchsin verneigte sich leicht und trippelte hinter der

Haushofmeisterin her. Diese führte sie absichtlich auf einem Umweg zu der Halle, in der die Prinzessin Hof hielt, um ihr die berühmten inneren Gärten, den ganzen Stolz der Prinzessin, zu präsentieren. Hunderte von winzigen Scheiben aus Halbedelsteinen färbten das einfallende Licht, und die Blumengrotten wurden mit Hilfe von Silberspiegeln beleuchtet. Hier gab es Fischteiche, die mit Halbedelsteinen eingefasst waren, und kleine Bäche, die durch Kristallbetten unter kostbaren Porzellanbrücken hindurchflossen.

Haokan Hei begriff, dass dieser Rundgang darauf abzielte, Besucherinnen aus der Fassung zu bringen, damit die Prinzessin sie leichter überrumpeln konnte. Als Geisterfüchsin hatte sie es leichter, denn sie konnte die meisten Menschen mit ihrer Stimme so beeinflussen, dass sie bereit waren, auf ihre Wünsche einzugehen.

Natürlich durfte in dem Augenblick kein Magier oder Geisterbeschwörer in ihrer Nähe auftauchen, denn einige von ihnen hatten die Fähigkeit, solchen Zauber zu erkennen. Auch konnte sie ihrer Gastgeberin nichts aufschwatzen, das dem Denken und Handeln dieser Frau widersprach, denn das würde Prinzessin Lien früher oder später erkennen und ihr mit Feindschaft und Misstrauen begegnen. Haokan Hei vertraute jedoch ihren Fähigkeiten und war guten Mutes.

Als sie endlich zur Prinzessin geführt wurde, verneigte sie sich vor der königlichen Schwester ersten Ranges so tief, wie es eigentlich nur König Lu Niao selbst zukam. In der Öffentlichkeit wäre es ein Etikettenfehler gewesen, hier drinnen aber liebte die Prinzessin solche übertriebenen Ergebenheitsbezeugungen. Sie nahm den Korb mit den Geschenken etwas weniger achtlos entgegen und verbannte ihn nicht sofort in eine dunkle Ecke. Das war ein gutes Zeichen, und daher ließ Haokan Hei sich nicht von ihrer barschen Stimme beeindrucken.

»Nun, du kleine, nutzlose Faulenzerin? Glaubst du, du könntest dich bei mir einschmeicheln, damit ich vergesse, wie schlecht du deinen Pflichten nachkommst? Tagträumerinnen können wir hier nicht gebrauchen! Ich sollte dafür sorgen, dass du wertloses Stück mit irgendeinem dummen Bauern verheiratet wirst.«

Haokan Heis Gesicht zeigte genau das Maß an Erschrecken und Demut, welches die Prinzessin erwartete. »Was immer Ihr auch bestimmt, Ihr könnt über Eure Dienerin verfügen!«, antwortete sie. »Natürlich wage ich es nicht, wegen eines solch unentschuldbaren Verhaltens vor die hohe Dame zu treten. Wenn Ihr mir jedoch ein paar Augenblicke Euer Ohr leiht, werde ich Euch bis an das Ende meines Lebens als Wohltäterin verehren.«

Die Prinzessin warf einen Blick in den Korb, in dem obenauf eine mit goldenen Glückssymbolen bestickte Schärpe lag. »Fass dich kurz und verschweige mir nichts.«

»Ganz nach Eurem Wunsch, Eure Hoheit!«, antwortete Haokan Hei mit einer Ergebenheitsbezeugung. Aus den Augenwinkeln sah sie, wie Frau Men ein Wärmekörbchen mit einer Teekanne hereinbrachte. Die Prinzessin ließ nur sich selbst eine Schale füllen, doch es war ein Zeichen, dass sie gewillt war, zuzuhören.

»Am Morgen des Herbstseefestes habe ich mich auf dem westlichen Aussichtsturm aufgehalten, um im Licht der Morgenröte ein paar stimmungsvolle Bilder und die dazugehörenden Kalligraphien zu studieren. Dabei konnte ich dem Einzug der Minister und Höflinge in den Palast zuschauen. Unter ihnen entdeckte ich einen Mann, dessen Anblick mich wie ein Blitzstrahl traf.«

»Also hast du dich verliebt! Damit wagst du es, mich zu belästigen? Ich bin keine Kupplerin für dumme Gänse, die nicht wissen, was sich gehört.«

»Verzeiht mir, Herrin! Ich bin tatsächlich unglücklich verliebt. Aber nie würde ich es wagen, Eure Hoheit mit einer solchen Lappalie zu belästigen. Meine Verliebtheit hat mich zu unziemlicher Neugier hinreißen lassen, für die ich nun mit Kummer und Ungewissheit büße. Wenn Ihr einen Augenblick Geduld mit mir habt, will ich Euch von einem interessanten Gespräch berichten, das ich unfreiwillig mitgehört habe. Dann werde ich mich Eurem weisen Urteil unterwerfen.«

»Du hast eine geschliffene Zunge, Mädchen! Also sprich!«

»Ich habe mir am Nachmittag das Boot meines Vormunds, des Wahrsagers Cong Ming, ausgeliehen, um damit den Weg des jungen Zhong Tie Hu zu kreuzen, und wunderte mich, dass der Fürst kein Palastboot, sondern eine Barke benutzt hat, die einem Haus der Blumen und Weiden gehört. Dann stellte ich fest, dass sich darin eine allseits bekannte Kurtisane befand. Ich bekenne, dass ich mein Gesicht nicht abgewandt und den See verlassen, sondern das Pärchen belauscht habe.«

Das Gesicht der Prinzessin färbte sich unter dem Reispuder dunkel, und ihre Augen schossen Blitze. »Gespräche zwischen Blumenmädchen und ihren Freiern gehören nicht an die Ohren einer Jungfrau«, tadelte sie Haokan Hei mit kalter Stimme. »Du hättest deine Ohren abwenden müssen, du schamloses Ding!«

Sie griff nach dem Tischgong, und einen Augenblick lang sah es so aus, als wollte sie Haokan Hei aus dem Haus weisen. Diese hatte nicht an die Überempfindlichkeit der Prinzessin Lien gedacht. Über Blumen-und-Weiden-Gespräche, also Hurenhausklatsch, durfte hier im Palast nicht geredet werden, denn hier war sogar das Wort Kurtisane äußerst ungehörig.

Haokan Hei setzte alles auf eine Karte. »Es ging aber um

den Verräter Graf Yü und seine hässliche Tochter, Fräulein Vier!«, rief sie und fiel theatralisch auf die Knie. »Verzeiht mir, Herrin! Bestraft mich! Aber ich flehe Euch an, lasst nicht zu, dass Fürst Zhong sich mit einer solchen Verbindung ruiniert.«

Die Prinzessin hielt inne. »Was faselst du da? Wie sollte mein Adoptivneffe, der von meinem königlichen Bruder hochgeschätzte Fürst Zhong Tie Hu, auf so eine absurde Idee kommen? Damit würde er den König und den ganzen Hofstaat gegen sich aufbringen. So dumm kann er nicht sein. Warum also kommst du mit solchen Lügengeschichten daher?«

»Hoheit, es ist keine Lüge. Mein Boot lag lange genug hinter dem des Fürsten, so dass ich alles mitbekam. Es ist natürlich nicht seine Idee. Er ist wohl unsterblich in das schmutzige Ding aus dem Pirolblütenhaus Eins verliebt und lässt sich von ihr Dummheiten in den Kopf setzen.«

Die Prinzessin klopfte mit ihren hart gefeilten Fingernägeln auf den Lacktisch. »Ich kann feststellen, ob du die Wahrheit sagst, Mädchen. Du brauchst nicht weiterzusprechen. Wenn du jetzt diesen Raum verlässt, ohne ein weiteres Wort zu sagen, will ich diesen Besuch vergessen, ohne dir etwas nachzutragen. Oder glaubst du, du könntest mich benutzen, um selbst die Frau des Fürsten zu werden?«

Haokan Hei musste ihr Lächeln verbergen. »Ihr seht den Menschen ins Herz! Ja, ich würde gerne die Frau des Fürsten Zhong. Doch ich weiß, dass ich nie die rechtmäßige Herrin seines Hauses werden kann. Bitte lasst mich den Rest erzählen! Es ist nicht wirklich der Wunsch des Fürsten, die Tochter eines Verräters als Hauptfrau in sein Haus zu holen. Die Kurtisane Jin Mau hat ihm das eingeredet, weil sie als seine Zweitfrau ehrbar werden will. Dann könnte sie hier am Hof ein und aus gehen und an den Festen der Hofdamen teilnehmen. Das ist wohl der Triumph, den sie anstrebt.«

Frau Lien fuhr empört auf. »Eine Kurtisane will die Ehe zwischen dem Fürsten Zhong und einer ihr genehmen Hauptfrau stiften, um ihn dann ganz beherrschen zu können? Nun, ich könnte dafür sorgen, dass dieses Weib und seine Kuppelmutter gebrandmarkt und aus der Stadt gepeitscht werden. Doch das gäbe einen Skandal, der den Ruf dieses jungen Narren beschmutzen und meinen Bruder zutiefst verärgern würde.

Hast du auch schon darüber nachgedacht, wie die Angelegenheit ohne großes Aufsehen zu lösen ist? Mein königlicher Bruder hasst es, wenn seine Höflinge und Minister in diese unaussprechlichen Häuser gehen. Dort fließen mit dem Wein auch die Worte in Strömen, und manch einer hat sich und andere dort um den Kopf geredet. Lu Niao sollte nicht erfahren, auf welchen Abwegen sein geliebter Pflegesohn zu finden ist.«

»Das ist auch nicht notwendig! So weit können die Hochzeitspläne nicht gediehen sein. Ihr müsst nur sehr bald eine Dame aussuchen, die als erste Frau für den Fürsten Zhong geeignet ist, und unseren königlichen Herrn dazu bringen, ihn mit ihr zu verloben. Dann kann aus der anderen Heirat nichts werden.«

»Aber du kennst das Gesetz! Würde mein Bruder deinen Fürsten mit einer Dame aus unserer Familie verheiraten, dürfte der junge Mann drei Jahre lang keine Nebenfrau nehmen. Aus deiner Hochzeit mit dem Fürsten würde also vorerst nichts.«

»Wenn er eine Dame königlichen Geblüts ehelicht, wie zum Beispiel Eure Halbschwester, die verwitwete Prinzessin Lu Kin, muss ich natürlich drei Jahre warten. Aber ich bin jung und kann mich in Geduld üben.«

»Lu Kin? Du bist ein schlaues Mädchen!« Prinzessin Lien lachte vergnügt auf. »Als königliche Schwester zweiten Ranges ist sie genau die richtige Ehefrau für Zhong Tie Hu, wenn man den Altersunterschied außer Acht lässt. Zudem ist sie die einzige heiratsfähige Dame, die nahe genug mit meinem königlichen Bruder verwandt ist. Aber du kennst Lu Kin. Sie ist eine strenge Herrin, die Nebenfrauen nicht immer sanft behandelt. Du suchst dir kein leichtes Schicksal aus.«

»Herrin, was ist mein Schicksal gegen das Geschick des Hofes und des Reiches? Der König braucht Diener, denen er rückhaltlos vertrauen kann, und er gibt ihnen Frauen, deren Treue nicht nur dem Ehemann, sondern auch ihm selbst gilt.«

Wieder lachte die Prinzessin. »Du bist ein gefährliches Ding, kleine Cong! Aber ich hoffe, du weißt, dass deine Treue mir gehören muss, wenn ich dir zu dieser Ehe verhelfe.«

»Natürlich darf ich meine Beschützerin und Wohltäterin niemals vergessen! Ich will Euch nicht verschweigen, dass die Sache eilt. Zu viele draußen in der Stadt wissen schon um die ungehörige Verliebtheit des Fürsten in die Blumenkönigin. Wenn Ihr nicht bald einschreitet, wird der König davon erfahren, und es gibt Ärger.«

Prinzessin Lien hob die Hand. »Du brauchst mir nicht zu sagen, was ich tun soll. Halte dich zu meiner Verfügung! Ich nehme dich unter mein Gefolge auf und erhebe dich morgen offiziell zur Hofdame zweiten Ranges. Dann kann ich dich verheiraten, wie es mir passt, ohne dass dein versponnener Onkel hereinzureden hätte. Außerdem habe ich dich in meiner Hand, wenn sich deine Worte als unwahr erweisen. Geh jetzt! Und denk daran: Hüte deine Zunge und fürchte meinen Zorn.«

Haokan Hei verneigte sich noch einmal und verließ rückwärts den Raum. Außer Sichtweite des weitläufigen Hauses, erlaubte sie sich aufzuatmen. Sie war weiter gekommen, als sie sich vorgestellt hatte. Viele Hofdamen würden sie um die Rangerhöhung beneiden, manche aber auch bedauern. Prinzessin Lien hatte schon viele Damen ins Unglück gestürzt, aber sie traute sich durchaus zu, mit dieser unangenehmen Person fertig zu werden.

Wenn sie sich der Dame unentbehrlich machte, boten die nächsten Jahre ein weites Betätigungsfeld für ihre und Mochin Shaos Neigungen. Mit etwas Glück konnte sie eines Tages sogar anstelle der Prinzessin die graue Eminenz hinter dem Thron werden. Dann würde sie eine bedeutende Rolle im Zentrum menschlicher Leidenschaften spielen und das Schicksal des ganzen Reiches in ihrer Hand halten. Auf diese Weise konnte sie zu einer Macht heranwachsen, die auch die Geisterwelt zu fürchten hatte.

6. DER KANZLER DING WANZI SCHMIEDET PLÄNE FÜR DEN FÜRSTEN ZHONG

Die letzten schönen Herbsttage gingen schnell dahin, und das Seefest mit seinem Glanz und seinen kleinen Skandalen verblasste in der Erinnerung. Nun drehten sich die Gespräche in den Gassen und Teehäusern wieder mehr um den fernen und doch so nahen Krieg. Die Auseinandersetzungen zwischen Wey und Zhou zogen sich mit einigen Unterbrechungen und stark wechselndem Schlachtenglück schon mehr als vier Jahrzehnte dahin und schienen nicht enden zu wollen. Wie in jedem Jahr bewegte eine Frage die Gemüter der einfachen Leute am stärksten: Würden die

Vorräte in diesem Winter ausreichen, oder würden die Preise für Reis und Gerste wieder ins Unerschwingliche steigen? Im letzten Jahr hatten eine schlechte Ernte und der brandschatzende Feind für eine schlimme Hungersnot gesorgt, die viele Todesopfer gekostet hatte. Zur Beruhigung des Volkes hatte der König daraufhin seinen glücklosen Feldherrn, General Bu Hao, am Schönen Tor hinrichten lassen. Doch sein Nachfolger, der allseits wegen seiner Großherzigkeit geschätzte Minister Fürst Ku, der Gatte der Prinzessin An Djing, hatte in einem Jahr mehr Krieger und Land an den Feind verloren als Graf Bu Hao in den dreien zuvor. Nun fragte man sich in Wey Cheng, wen König Lu Niao diesmal opfern würde. Den Gatten seiner Lieblingsschwester würde er kaum hinrichten lassen können, denn das Paar war sehr beliebt.
Trotzdem hofften die Menschen in Wey, Lu Niao würde einen fähigeren Mann an die Spitze der Truppe setzen als Fürst Ku, denn es hieß, König Wuya von Zhou, den man meist nur den Rabenkönig nannte, habe den Sohn des vor Jahren umgekommenen Generals Rattenkopf an die Spitze seiner Truppen gesetzt. Andere Gerüchte besagten, der neue Feldherr sei in Wahrheit das gleiche rattengesichtige Ungeheuer, das vor dreizehn Jahren den Panther vom Glockenberg und dessen Leute mitten im beschworenen Frieden überfallen und ermordet hatte.
In den Jahren nach diesem schrecklichen Ereignis hatte das Kriegsglück den Rabenkönig von Zhou immer stärker verlassen und war auf die Seite von Wey zurückgekehrt, so als hätten die Götter Wuya ihre Gunst entzogen. Aber seit der neue General, der wie sein Vorgänger mit einer furchterregenden Gesichtsmaske in Form eines Rattenkopfes auftrat, sich an die Spitze der Heere von Zhou gesetzt hatte, standen diese tiefer im Lande Wey als je zuvor. Da auch die Orakel keinen Weg zur Rettung aufzeigten, fürchteten die Einwoh-

ner von Wey, den Feind spätestens im Frühjahr vor den Toren der Hauptstadt zu sehen.
Unter diesen Umständen war Tie Hu von der Einladung des Kriegsministers Shou Dau nicht sehr erbaut. Es hieß zwar, es fände nur ein geselliger Nachmittag statt, aber diese Floskel kannte er bereits.
Daher befürchtete er, man habe sich an ihn als den Sohn des berühmten Panthers vom Glockenberg erinnert, und wolle ihm nun die Verantwortung für einen nicht mehr zu gewinnenden Krieg aufhalsen. Er verabscheute blutige Auseinandersetzungen und hatte seiner Mutter versprechen müssen, niemals ein Kriegsmann zu werden. Dennoch war er es dem Andenken an seinen ermordeten Vater schuldig gewesen, die Kriegskunst zu studieren. Aus diesem Grund galt seine Meinung in militärischen Angelegenheiten mehr, als ihm lieb war. Hier in Wey aber musste man nicht allein gegen den äußeren Feind, sondern auch gegen Neider und Besserwisser am Hof kämpfen.
Die Launen von König Lu Niao und die persönlichen Interessen seiner Berater hatten schon manch guten Plan an zu wenigen Soldaten, an mangelndem Nachschub oder an unsinnigen Anweisungen und Befehlen scheitern lassen. Nur ein Feldherr, der über genügend großen Einfluss, mächtige Verwandte und treue Freunde verfügte, konnte einen halbwegs aussichtsreichen Krieg führen. Oder er musste so gefürchtet und respektiert werden wie Zhong Bao Hong, der Rote Panther.
So betrat Zhong Tie Hu das Haus des Kriegsministers mit gemischten Gefühlen, und die Anwesenheit des gefürchteten Fürsten Ding Wanzi und der Mitglieder des Kronrates trug nicht zu seiner Beruhigung bei. Doch es blieb ihm nichts anderes übrig, als sich zu verneigen und zu warten, bis man ihn ansprach.

Der Kanzler selbst stand auf und legte ihm die Hand auf die Schulter. »Mein lieber Zhong Tie Hu, seid uns von Herzen willkommen. Wir freuen uns, dass Ihr unserem Ruf so schnell gefolgt seid. Setzt Euch hier zu meiner Linken.«

Er drückte den verblüfften Tie Hu auf einen Stuhl und winkte den Dienern. »Drei Becher heißen Pflaumenwein für unseren jüngsten Gast, schnell! Nein, bringt drei Becher für jeden Gast!«

Zhong Tie Hu trank die drei kleinen Becher in jeweils einem Zug aus, um den Gastgeber für die Gabe zu ehren. Sofort standen drei neue Becher vor ihm. Wollte man ihn trunken machen, um sein Abschätzungsvermögen zu schwächen? Da würde er sie enttäuschen müssen. Sein Vater war berühmt dafür gewesen, dass er nach achtzehn Bechern noch in den Sattel sprang und seine Pfeile vom Pferderücken aus ins Schwarze schickte. Einmal hatte er sogar nach vierundzwanzig Bechern ein Duell gegen einen der fähigsten Schwertmeister gewonnen. Die Überlieferung übertrieb maßlos, aber von einem alten Diener wusste Tie Hu, dass Reiswein und Pflaumenschnaps bei seinem Vater keine Wirkung gezeigt hatten. Auch er besaß die Gabe, niemals trunken zu werden, und das hielt ihn davon ab, Getränke zu sich zu nehmen, die seine ungewöhnlich scharfen Sinne reizten. Aber wenn die Herren Minister auf ein Wetttrinken Wert legten, so würde er mithalten und noch aufrecht sitzen, wenn die anderen längst von ihren Dienern ins Bett getragen worden waren.

Nach neun Bechern ließ der Herr des Hauses, Kriegsminister Shou Dau, Tee bringen und auch Zhong Tie Hu eine Schale servieren. »Meine Herren, wir müssen einen klaren Kopf bewahren. Ich habe unseren jungen Freund hier eingeladen, damit wir von der Weisheit profitieren, die ihm von Vaterseite vererbt wurde. Mein lieber Zhong Tie Hu, auch ich freue mich, Euch begrüßen zu dürfen.

Wir sind hier zusammengekommen, um die Situation unseres Landes angesichts eines übermächtigen Feindes zu beleuchten. Vielleicht meint Ihr, es sei jetzt etwas zu spät dafür, weil Regen und Kälte den Krieg zum Stillstand gebracht haben. Doch anders als in den Jahren zuvor wollen wir schon jetzt eingehend beraten, was wir im nächsten Frühjahr unternehmen können, um das Kriegsglück zu wenden. Diesmal dürfen wir nicht die ersten Schritte des Feindes abwarten, wie es der unselige General Bu Hao getan hat, sondern müssen schon heute mit den Planungen beginnen. Zu diesem Zweck habe ich alle vorhandenen Landkarten und Aufzeichnungen über die Kriege der letzten sechzig Jahre aus den Archiven holen lassen.«

Er winkte den Dienern, die Unterlagen zu bringen, und stärkte sich mit nach Blüten duftendem Tee. »Wir wissen nicht, welches der vielen Gerüchte wahr ist, die sich um den neuen General des Rabenkönigs von Zhou ranken. Er führt den gleichen Rattenkopf als Feldzeichen wie der verfluchte Hexenmeister, der unseren Helden Zhong Bao Hong heimtückisch ermordet hat, und er soll dem Vernehmen nach dessen Sohn sein. Daher haben wir Grund zu vermuten, dass er die gleichen Hexenkünste beherrscht.

Aber kein Zauberer hat letztendlich über kluge Strategen, tapfere Offiziere und mutige Kämpfer obsiegt. Auch der alte General Rattenkopf hat trotz seiner höllischen Künste die meisten Schlachten gegen unseren großen Helden Zhong Bao Hong verloren. Also müssen wir alle Kräfte unseres Reiches zusammenfassen, um diesem Krieg durch einen letzten großen Schlag gegen den Feind ein Ende zu setzen. Jeder von uns, die wir hier zusammengekommen sind, wird ein Teil des großen Plans werden und zu seinem Gelingen beitragen …«

Während die Diener einfache Wandschirme aufstellten, an

denen sie die Landkarten und Übersichten aufhängten, ging die Rede des Kriegsministers schier endlos weiter. Er beschwor die Helden der Vergangenheit, die das glorreiche Reich von Wey aufgebaut hatten, und appellierte an die Sippenehre der hier versammelten Herren, ihre privaten Streitigkeiten und Eifersüchteleien zu begraben. Die Herren stimmten ihm in allem zu und klatschten begeistert Beifall. Zhong Tie Hu aber lehnte sich leicht zurück und ließ hinter einer Miene eifriger Aufmerksamkeit seine Gedanken schweifen.

Es war nicht die erste Rede dieser Art, die ein Kriegsminister am Hof von Wey hielt, und auch nicht der erste Versuch, die Höflinge, die zum größten Teil noch nie ein Schlachtfeld gesehen hatten, auf eine echte Zusammenarbeit einzuschwören. Vor dem Überfall auf das Glockenberg-Gut hatte seine Mutter nicht nur etliche Truhen voller Gold, Silber und Seidenballen in Sicherheit gebracht, die nun die Grundlage seines Reichtums bildeten, sondern auch die Aufzeichnungen seines Vaters. In diesen hatte er etliche Bemerkungen über ähnliche Ratsversammlungen gefunden. Da die Höflinge verpflichtet waren, ein bestimmtes Kontingent Soldaten aus ihrem Privatvermögen aufzustellen und zu besolden, gab es an diesem Ort an einem Tag mehr Lippenbekenntnisse und Versprechen als im Pirolblütenhaus Eins in einem Jahr, und hier wie dort war am nächsten Tag alles vergessen.

Tie Hu hoffte nun, man würde weniger Wert auf seinen Rat als auf sein Gold legen, mit dem er eine schlagkräftige Truppe aufstellen konnte. Wenn er entgegen dem Versprechen, das er seiner Mutter gegeben hatte, selbst in den Krieg zog, geriet er in Gefahr, das Schicksal des Grafen Bu Hao zu teilen. Der Rat der Minister hatte dem Feldherrn drei Jahre hintereinander die Verantwortung für alle Kriegszüge über-

tragen und ihn schließlich als allein Schuldigen für eine einzige Niederlage hingerichtet. Allerdings bereitete es Tie Hu Gewissensbisse, arme Burschen als Soldaten anzuwerben und diese unter fremder Führung und ohne gute Ausbildung ins Feld zu schicken. Sein Vater hatte gegen diese Sitte gewettert, die für viele einen sinnlosen Tod bedeutete. Gold für den Krieg zu geben und sich nicht um seine Verwendung zu kümmern war kein Ausweg.
Der Kriegsminister bezog nun die anwesenden Herren mit in seine Rede ein und ließ sie verzwickte strategische und taktische Fragen beantworten. Tie Hu ertappte sich dabei, dass er die an ihn gerichteten Fragen mit einer Ausführlichkeit und Festigkeit beantwortete, die angesichts seiner Jugend dreist zu nennen waren. Statt Tadel aber erntete er von allen Seiten Beifall, und zu seinem nicht geringen Schrecken bemerkte er, dass er von den anderen als Autorität anerkannt und in den Mittelpunkt ihres Kreises gerückt wurde.
Zu spät wurde ihm klar, dass er der Taktik des Kriegsministers und des Kanzlers zum Opfer gefallen war. Die beiden Herren hatten genau das vor, was er am meisten befürchtet hatte, nämlich ihn den übrigen Mitgliedern des Thronrates als Nachfolger seines sagenhaften Vaters und als Wunderwaffe gegen den Rattengeneral zu präsentieren. Daher lobten sie seine Sachkenntnis und seinen scharfen Blick und stellten es so dar, als brenne er darauf, an der Seite des glücklosen Generals Fürst Ku in die nächste Schlacht zu reiten.
Daher war Zhong Tie Hu erleichtert, als die Diskussion in eher belanglosen Fachsimpeleien unterging, ohne dass man ihm die Frage gestellt hatte, die er angesichts der Lage des Landes nicht wahrheitsgemäß beantworten konnte. Während sich einige Herren über die Vorzüge und Nachteile von Streitwagen erregten, versuchte er gar nicht mehr, seine schweifenden Gedanken festzuhalten.

Draußen brach die Dunkelheit herein, und die Diener hängten Seidenlampions an der Decke auf. Zu diesem Zeitpunkt erwartete Mutter Fen ihn zum Abendessen. Jin Mau würde doppelt enttäuscht sein, denn er hatte ihr versprochen, ihr das Haus im Westviertel zu zeigen, das er für sie kaufen wollte. Daher musste er sie mit einem ganz besonderen Geschenk besänftigen und den Besitzer des Hauses ebenfalls für sein vergebliches Warten entschädigen. Zwar hatte er seinen Burschen zum Pirolblütenhaus und auch zu dem Verkäufer geschickt, aber er war nicht sicher, ob der Junge alles richtig ausgerichtet hatte. Der junge Mann war kein guter Ersatz für seinen Waffenmeister Buku, denn er erledigte seine Aufträge neuerdings nur schleppend. Er hatte ihn sogar schon mit offenen Augen starr in einer Ecke sitzend gefunden und würde ihn beim nächsten Mal für seine Faulheit bestrafen müssen. Entlassen konnte er ihn nicht, denn er war der einzige Sohn eines treuen Hausbesorgers, der den Überfall auf das Glockenberg-Gut als hilfloser Krüppel überlebt hatte.
Tie Hus Gedanken wanderten weiter zu seiner bevorstehenden Hochzeit mit dem Fräulein Yü Vier. Sein goldenes Kätzchen drängte ihn dazu, und er war nicht abgeneigt. Die Familie Yü aber war den Aussagen von Mutter Fen nach nicht so begeistert von einer Heirat ihrer Tochter mit einem Mann, der hoch in der Gunst des Königs stand. Sie fürchteten wohl, man würde die junge Frau wegen ihrer Herkunft am Hofe schneiden oder sogar offen beleidigen. Tie Hu hatte ihnen schon ausrichten lassen, dass er seine Gemahlin auf seinem großen Landsitz am Glockenberg unterbringen würde, so dass sie den großen Besitz verwalten und sich weiterhin ihren Studien widmen konnte.
Die Miniatur mit dem Gesicht der vierten Yü hatte ihm zugesagt, und die kunstvollen Kalligraphien, die von ihrer

Hand stammten, sprachen für eine Verbindung mit dieser etwas herben, aber hochgebildeten Frau. Er selbst aber freute sich nicht über diese Hochzeit, denn die Dame hatte nicht die geringste Ähnlichkeit mit jener unbekannten Schönen, deren Bild ihm von seiner frühesten Jugend an jede Nacht in seinen Träumen begegnete, und ihm schien, als würde diese Heirat unter einem schlechten Stern stehen.

Was würde geschehen, wenn er seiner Geisterbraut nicht treu blieb? Für einen Augenblick stand das Bild der schönen Unbekannten als kleines Mädchen vor seinen Augen, genau so, wie sie ihm das erste Mal begegnet war. Sie musste im selben Alter gewesen sein wie er und war im Lauf der Zeit gleich ihm herangereift, und eines Tages war ihm klargeworden, dass er sich in sein Traumwesen verliebt hatte. Eine innere Stimme hatte ihm zugeflüstert, dass diese Frau irgendwo auf ihn wartete, und seitdem war er auf der Suche nach ihr.

Als er zum ersten Mal von anderen jungen Höflingen in das Pirolblütenhaus Eins mitgenommen worden war, hatte das Mädchen aus seinen Träumen auf einmal vor ihm gestanden. Zumindest hatte er es an jenem Abend geglaubt. Das farbige Licht und die Art und Weise, wie die Goldene Katze gekleidet und frisiert gewesen war, hatten ihm vorgegaukelt, sie sei die Frau aus seinen Träumen. Als aber nach ein paar Tagen das Bild seiner Geisterbraut noch im Erwachen ganz deutlich vor seinen Augen stand, war ihm klargeworden, dass sie nicht die Goldene Katze war. Da aber hatte er bereits eine große Vorliebe für Jin Mau gefasst und war nicht bereit, auf ein Wiedersehen mit der höchst amüsanten Kurtisane zu verzichten.

Kätzchen war ein unterhaltsamer Kamerad und eine wundervolle Geliebte. Manchmal erschien sie ihm wie ein Kind, verspielt und nicht so fordernd und verschlingend wie andere Mädchen aus den Blumenhäusern oder manch hochgeborene Damen. Daher würden er und Jin Mau nach dem unausweichlichen Abkühlen der Leidenschaft gute Freunde bleiben. Er würde seiner Geliebten ein sorgenloses Leben ermöglichen und dafür viele Stunden voller Fröhlichkeit und Leidenschaft erhalten.

»Zhong Tie Hu ... he, Meister Zhong! Seid Ihr eingeschlafen?«

Jemand rüttelte ihn so an der Schulter, dass er erschrak und aufsprang. Schnell fasste er sich, verneigte sich vor seinem Gastgeber und bat ihn mit zerknirschter Stimme um Verzeihung. Statt eines scharfen Tadels aber vernahm er das Gelächter der sonst so steifen Herren um ihn herum und die Versicherung, man gönne ihm ein kleines Schläfchen. Offensichtlich wollte man ihn mit väterlicher Freundlichkeit einwickeln, um ihn mit Haut und Haaren zu vereinnahmen. Wenn er nicht aufpasste, würde man eine Kreatur des Kanzlers und seines Vetters, des Kriegsministers, aus ihm machen und ihn notfalls anstelle ihres Verwandten, des Fürsten Ku, den Wölfen zum Fraß vorwerfen.

Wie real seine Befürchtungen waren, verrieten die nächsten Worte des Kriegsministers. »Mein lieber Tie Hu, du bist für mich und für meine Vettern wie ein jüngerer Bruder, auf den wir stolz sein können, und als solchen wollen wir dich in unsere Mitte aufnehmen. Doch auch jüngere Brüder werden einmal erwachsen und müssen Pflichten in der Familie übernehmen. So fragen wir dich, ob du bereit bist, deinen Teil der Verantwortung für das Königreich zu übernehmen?«

»Aber ja, natürlich! Mit Freuden bin ich dazu bereit«, antwortete Zhong Tie Hu alles andere als wahrheitsgemäß. Für einen Augenblick kämpfte er mit seinem schlechten Gewissen, weil er nun ein heiliges Versprechen brechen musste, aber er wollte das Unausweichliche nicht hinauszögern. Da-

her setzte er hinzu: »Wann soll ich mich rüsten und an die Front gehen?«
Das Gelächter ließ die Balken erzittern, und der alte, zahnlose Graf Sao kicherte wie ein junges Mädchen. »Seht euch diesen Kampfhahn an! Der junge Zhong kann es gar nicht mehr erwarten, den Rattenkopf-Sohn aus dem Sattel zu stoßen. Sicher brennt er darauf, den Tod seines Vaters an ihm zu rächen!«
Die anderen Minister und Berater des Königs klopften sich gegenseitig auf die Schultern und riefen, sie hätten einen wahren Helden in ihrer Mitte. Nur der Kanzler blieb kühl. »Meine Herren, ich bitte um Ruhe. Lieber Tie Hu, dein Eifer ehrt dich. Doch es ist wider die guten Sitten, einen Jüngling, der kaum dem Rockschoß seiner Mutter entwachsen ist, in den Krieg zu schicken. Wer sollte die Gebete an die Seelen deiner Ahnen sprechen, wenn du als Letzter deiner Sippe im Krieg fällst? Wenn einer unserer besten Männer im Kampf fiele, ohne je die Chance bekommen zu haben, sich eine Frau zu nehmen und einen Sohn zu zeugen, würde der Krieg unter keinem guten Stern stehen. Schließlich ist die Verehrung der Ahnen die Grundlage unseres Staatswesens und die Familie unser heiligstes Gut.
Dennoch benötigen wir dich spätestens bei den ersten Frühjahrsfeldzügen gegen den Raben von Zhou an der Seite unseres hochgeschätzten Generals Fürst Ku. In wenig mehr als hundert Tagen, direkt nach dem Frühlingsfest, musst du mit deinen Männern an die Front gehen. Hundert Tage aber misst auch die Spanne, in der ein jungvermählter Mann nach Sitte und Brauch nicht von der Seite seiner Dame weichen darf.
Da der König die Verpflichtung hat, dich als seinen Pflegesohn möglichst gut zu verheiraten, wurde eine passende Braut für dich ausgewählt. Die Götter und die verehrungs-

würdigen Ahnen mögen angesichts unserer großen Probleme Nachsicht mit mir haben, wenn ich dir in diesem nicht ganz schicklichen Augenblick eine hochedle Dame angelobe, die du in drei Tagen heiraten wirst. Der König hat die Fülle seiner Gnade über dir ausgeschüttet und mich beauftragt, dir die Botschaft zu überbringen. Deine Zukünftige ist die Prinzessin zweiten Grades, Lu Kin, die geliebte Schwester unserer Majestät, König Lu Niao, und die nicht unvermögende Witwe des Kriegshelden Graf Kung …«

Diese Nachricht empfand Tie Hu wie ein Guss eiskalten Wassers. Starr und steif saß er da und rang nach Worten. Was würde sein kleines goldenes Kätzchen dazu sagen? Die königliche Schwester Lu Kin war für ihren Hochmut und ihre Sittenstrenge bekannt und würde Jin Mau niemals in seiner Nähe dulden. Und da war ja auch noch die Familie Yü! Er hatte dem alten Grafen sein Wort verpfändet.

»Ja, aber … Aber ich habe …«, stotterte er, doch niemand hörte hin.

Die Minister und königlichen Berater, von denen zu dieser fortgeschrittenen Stunde keiner mehr nüchtern war, klatschten begeistert Beifall und hielten Tie Hus Verblüffung und sein Erröten für die sich ziemende Scheu eines jungen Mannes, der von der großen Ehre überwältigt wird. Nur Ding Wanzi schien zu wissen, dass etwas anderes dahintersteckte. Während die anderen Herren nach heißem Wein riefen und einen Glückwunsch und einen Toast nach dem anderen ausbrachten, beugte sich der Kanzler vor.

»Schweig, sonst wirst nicht nur du es bereuen!«, zischte er ihm ins Ohr. »Vergiss diesen Verräter Yü und auch die kleine Hure aus dem Pirolblütenhaus! Du hast mit jener absurden Heiratsangelegenheit nichts mehr zu tun! Das erledige ich für dich. Du aber wirst von heute an bis zum Frühlingsfest den Palast nicht mehr verlassen.«

Dann setzte er sich wieder hin und sprach nun so laut, dass alle ihn hören konnten. »Da die Hochzeit in genau drei Tagen stattfinden soll, wirst du, mein lieber Tie Hu, am Ende dieses Festes auf dem schnellsten Weg dein Heim aufsuchen und dich gründlich ausschlafen. Morgen früh holt ein Diener dich ab und bringt dich zur Morgenzeremonie. Daran anschließend beginnt die Frühaudienz, in der als Erstes deine bevorstehende Verbindung zum Königshaus verkündet wird. Dann wirst du in den Ahnentempel des Königshauses gebracht, in dem die dreitägigen Riten für die dritte der fünf menschlichen Grundbeziehungen beginnen, der Beziehung zwischen Mann und Frau.«

Zhong Tie Hu versuchte, sich zu fassen und einen Ausweg zu finden. Nicht dass er sich dem Befehl zur Heirat widersetzen wollte. Das konnte seine Verbannung oder im schlimmsten Fall sogar Kerkerstrafe und Brandmarkung bedeuten, und damit würde er sich selbst und auch seine Eltern in Schande bringen. Er wollte nur noch einmal Jin Mau sehen und ihr alles persönlich erklären, bevor er in den nächsten hundert Tagen ein Gefangener des Palastes sein würde. Sein Kätzchen konnte nicht lesen und schreiben, und nicht alles, was er ihr mitteilen wollte, war für die Augen und Ohren anderer bestimmt.

Viel würde sich für sie beide hoffentlich nicht ändern. Er würde sie in drei Jahren zu seiner Konkubine machen, schlimmstenfalls auch hinter dem Rücken seiner ersten Frau. Bis dahin würde sie in ihrem neuen Stadthaus leben, in dem er sie nur heimlich besuchen durfte. All das wollte er ihr und Mutter Fen persönlich sagen, um zu verhindern, dass sie vor ihren Freundinnen und Kolleginnen das Gesicht verlor. Daher musste er noch einmal den Palast verlassen, bevor ihn Sitte und Gesetz hier einhundert Tage festhielten.

Ding Wanzi schien seine Gedanken lesen zu können, denn

er nahm ihn bei den Händen, drückte fest zu und sah ihn vielsagend an. »Nein, mein junger Freund, es gibt kein Ausgehen und keine Feier mehr! Du wirst sofort ins Bett gehen. Mein Leibdiener wird dich begleiten und in dieser Nacht über dich wachen, damit du einen ungestörten Schlaf genießt. Solltest du aber nicht schlafen können, so denke über die erste und heiligste der fünf menschlichen Grundbeziehungen nach: über die Beziehung zwischen Fürst und Diener! Hohe Ehre bedeutet auch Verantwortung und Verpflichtungen, und der Wille des Königs muss dein Wille sein!«

Zhong Tie Hu fühlte sich wie ein Kaninchen in der Falle, doch er hatte sich nicht umsonst in Kriegskunst geschult. Man musste immer noch einen letzten Pfeil im Köcher haben und eine letzte Idee im Kopf. »Ja, aber … aber die Brautgeschenke! Ich stehe morgen mit leeren Händen da. Das ist ein eklatanter Verstoß gegen die guten Sitten! Lasst mich noch einmal in die Stadt gehen und den Gehilfen des Seidenwarenhändlers wecken. Bei ihm kann ich die ›sechsunddreißig schönen Dinge‹ bestellen.«

»Du gibst wohl nie auf?«, murmelte der Kanzler leicht erbost.

Laut aber sagte er, so dass es alle hörten: »Unser junger Freund hat recht. Wir dürfen die Brautgeschenke nicht vergessen. In Anbetracht der Umstände werde ich meine Truhen öffnen und sechs der sechsunddreißig Geschenke für ihn stiften. Wer von den Herren schließt sich mir an? Wir können doch nicht erlauben, dass unser gemeinsamer Sohn morgen mit schamrotem Gesicht dasteht.«

Niemand wollte zurückstehen, und schließlich stritten die Herren sich, wer was dazugeben durfte. Tie Hu ließ die Schultern sinken. So viel überwältigende Zustimmung von Leuten, denen er misstraute, machte ihn wehrlos, und er war dem Kanzler sogar für dessen leicht spöttisches Lächeln dankbar. Das hielt ihm den Zipfel Wirklichkeit hin, den er dringend brauchte.

Offensichtlich schienen sämtliche Klatschbasen bei Hof von seiner Verbindung zu der schönen Kurtisane zu wissen. Das war seine Schuld, denn er hatte kein Geheimnis daraus gemacht. Aber er hatte nicht angenommen, dass seine Heiratsabsichten bis an das Ohr des Kanzlers dringen würden. Nun tat es ihm leid für Fräulein Yü Vier, die mit dem Makel einer geplatzten Verlobung weiterleben musste, auch wenn ihre Eltern der Hochzeit noch nicht offiziell zugestimmt hatten. Wenigstens sollte sein Kätzchen nicht unter der neuen Situation leiden. Er würde sie niemals von sich stoßen, selbst wenn er irgendwann der Frau seiner Träume begegnete, sondern ihr Zutrauen und ihre Liebe mit Fürsorge und Freundschaft beantworten, das schwor er sich bei seinem Vater und seiner sternengleichen Mutter.

Er erhob sich schwerfällig, ließ sich noch einen Becher gewürzten Reisweins einschenken und brachte einen Trinkspruch auf das Wohl all seiner väterlichen Freunde aus. Dabei hielt er Ding Wanzis durchbohrendem Blick lächelnd stand. Nachdem der steifnackige Diener des Kanzlers ihm einen kostbaren Mantel – ein spontanes Geschenk des Kriegsministers – umgelegt hatte, verneigte er sich vor den Herren, sprach ihnen mit wohlgesetzten Worten seinen Dank aus und verließ aufatmend die überhitzte Halle. Draußen stellte er fest, dass das Haus wie eine ordinäre Schenke gerochen hatte.

Die Kälte der Nacht tat seinem Kopf gut. Ein leichter Wind strich um seine heißen Wangen, und die hell funkelnden Gestirne ließen ihn seine Ruhe und Gelassenheit wiederfinden. Er liebte die Sterne, denn sie erinnerten ihn an seine Mutter Shi Shing, den Stern des Westens. Sein Vater hatte sie Sternengeist und sein unsterbliches Glück genannt. Doch ihr gemeinsames Glück war durch den mörderischen Anschlag des Generals Rattenkopf allzu rasch zerstört worden. Zwar war er dem Überfall auf den Gutshof entkommen, weil seine Eltern ihn kurz vorher nach Wey Cheng geschickt hatten. Doch ein Teil von ihm musste mit ihnen gestorben sein, denn als er am Königshof angekommen war, hatte er sich an nichts mehr erinnern können, nicht einmal an die Gesichter seiner Eltern. Selbst die Diener, die ihn in die Stadt begleitet hatten, waren völlig fremde Personen für ihn gewesen, obwohl sie behaupteten, ihn schon von Geburt an zu kennen. Es war, als wäre er mit sieben Jahren neu geboren worden.

Die meisten Leute am Hof waren der festen Überzeugung, der Hexenmeister Rattenkopf habe ihm ein übles Gui-Gespenst nachgeschickt, um seine Seele zu zerstören. Doch er war weder schwer krank noch wahnsinnig geworden. Auch hatte er seine Sprache nicht verloren und konnte sogar noch eine Reihe von Schriftzeichen malen.

Wie sein Vater aussah, wusste er nur, weil er einige Rollbilder und die Statue im Tempel des Stadtgottes gesehen hatte. Das Gesicht seiner Mutter aber war erst in jener Nacht, in der sie ihn nach ihrem Tod besucht hatte, aus seinen verschütteten Erinnerungen aufgestiegen. Niemand hatte sie kommen oder wieder gehen sehen, und doch war sie ihm erschienen wie eine gute Fee. Sein getreuer Waffenmeister Buku, der sonst stets Partei für ihn ergriff, behauptete immer noch, er müsse von ihr geträumt haben, aber er konnte sich nach all den Jahren noch an jede Einzelheit erinnern.

Sternengeist war nur ein Schatten ihrer selbst gewesen, und statt so prächtig gekleidet zu sein, wie er es gewohnt war, hatte sie nur ein schmuckloses Hemd getragen, ohne Gürtel, ohne Zierrat und ohne Ärmeltaschen. Erst später hatte er begriffen, dass es ein Geistergewand gewesen war, das bekanntlich keine Nähte besaß. Sie hatte sich an sein Bett gesetzt und ihn eindringlich vor dem Mordbrenner Lao Shu gewarnt, dem General von Zhou. Damals hatte er nicht alle ihre Erklärungen verstanden, und die Tatsache, dass sie ihm entgegen aller Sitte verbot, ihren Tod und den seines Vaters an General Rattenkopf zu rächen, hatte ihn zum Weinen gebracht.

Wenn er als erwachsener Mann keinen Versuch machte, Lao Shu für den Mord an seinen Eltern büßen zu lassen, würde er für den Rest seines Lebens als Feigling gebrandmarkt sein, das war ihm damals schon klar gewesen. Dennoch hatte er seiner Mutter das Versprechen gegeben, niemals in den Krieg zu ziehen und sich von diesem Ungeheuer fernzuhalten. Seine Versicherung schien sie beruhigt zu haben, denn ihre Miene war nach ihrem Gespräch weitaus gelöster gewesen.

Später hatte er begriffen, dass sie ihn in der Gestalt einer Shen-Frau, eines hilfreichen Schutzgeistes, genau an jenem Abend aufgesucht hatte, an dem ihre sterblichen Überreste gefunden worden waren. Buku, der ihn damals nach Wey Cheng gebracht hatte, war sofort nach dem Eintreffen der Schreckensnachricht zum Glockenberg zurückgekehrt und hatte Shi Sheng und die anderen Toten aus dem Kellergewölbe geborgen, in dem sich die Frauen und Kinder des Gutes und der umgebenden Höfe versteckt hatten.

Shi Shing musste noch versucht haben, die Menschen, die sich unter ihren Schutz begeben hatten, gegen die Marodeure des Rattenkopfes zu verteidigen, doch die feindlichen Soldaten hatten das Gebäude angezündet, und der General hatte seine Mutter eigenhändig ins Feuer gestoßen. Dennoch nahm Tie Hu an, dass Shi Shing immer noch als Geist umherwandelte und seinen Lebensweg aufmerksam verfolg-

te. In diesem Augenblick glaubte er sogar, ihre Nähe zu spüren.
Er blieb stehen und hob das Gesicht zu den Sternen. »Keine Sorge, Mutter! Ich halte mich von dem Rattenkopf fern, wie ich es dir versprochen habe! Aber in den Krieg muss ich ziehen. Ich darf weder dieses Land den Horden aus Zhou überlassen noch abwarten, bis Lao Shus Krieger die Mauern übersteigen und mich schlachten wie ein Opfertier.«
Als der Diener ihn besorgt beim Arm packte und ihm ins Gesicht leuchtete, lachte er auf. »Schon gut, schon gut! Der Wein ist mir ein wenig zu Kopf gestiegen. Ich habe mich meiner verstorbenen Eltern erinnert und sie pflichtschuldigst gegrüßt.«
»Entschuldigt, Herr, aber ich hatte befürchtet, ein böses Gui-Gespenst wäre in Euch gefahren. Man kann in der Nacht nicht vorsichtig genug sein, und als ich Euch habe reden hören, war es mir, als hätte ein totensteifer Arm meinen Nacken gestreift!«
Zhong Tie Hu lächelte nachsichtig und klopfte dem verstörten Diener aufmunternd auf die Schulter. »Dann sollten wir nicht zu lange im Freien bleiben!«

7. TIE HU SCHICKT SEINEM KÄTZCHEN EINEN BRIEF

In dieser Nacht machte Zhong Tie Hu kein Auge zu. Es war, als habe die Gespensterfurcht des Dieners ihn angesteckt. Kaum lag er im Bett, beschlich ihn das Gefühl, etwas Kaltes, Unkörperliches packe ihn und versuche, ihn zu schütteln. Als er eine Kerze an der Glut des Holzkohlebe-

ckens entzündete und in einen gelben Lampion steckte, verschwand das Gefühl, so als würde es von dem sonnenfarbenen Licht vertrieben.
Tie Hu atmete tief durch und blies nach ein paar Meditationsübungen die Flamme aus. Da er sonst nichts wahrnahm, das auf die Gegenwart eines Geistes hinwies, versuchte er, sich selbst zu überzeugen, dass er unter den Vorboten einer Erkältung litt, und er glaubte es in diesem Moment auch. Schließlich hielten die Zauber um das Palastgelände Geister und Dämonen fern.
Kurz nachdem er sich in die wattierten Decken gehüllt hatte, schienen unsichtbare Hände nach seinem Herzen zu greifen. Er setzte sich auf, presste die Hände gegen seine Brust und kämpfte verzweifelt gegen das Grauen an. Es war, als wolle ein bösartiges Gui-Gespenst ihm die Seele aus dem Herzen reißen und nach Westen bringen.
Das unsichtbare Wesen verschwand, wenn er Licht machte, und kehrte zurück, wenn er die Kerze wieder ausblies. Schließlich zündete er einige Laternen an und hängte sie rund um sein Bett auf. Doch kaum hatte er die Augen geschlossen, da vernahm er ein Raunen und Murmeln, so unverständlich wie das Geschwätz von Gespenstern und Dämonen, die bekanntlich rückwärts sprachen. Dennoch gewann er den Eindruck, es wolle ihn jemand vor einer großen Gefahr warnen. Aber deren war er sich bereits bewusst. Von außerhalb war es der Rattengeneral Lao Shu und hier in Wey der König selbst und seine Minister. Das waren mehr als genug Feinde für ein Menschenleben.
Er wollte schon einen Diener rufen, um sich einen starken Schlaftrunk machen zu lassen. Aber er verwarf die Idee wieder. Zum einen mochte er diesem unsichtbaren Schrecken nicht hilflos ausgeliefert sein, und zum anderen konnte er es sich nicht leisten, den morgigen Tag halb betäubt zu begin-

nen. Schließlich musste er als Erstes einen Brief an Jin Mau verfassen.
Er würde ganz einfache Schriftzeichen wählen, damit die Vorleserin im Pirolblütenhaus alles richtig verstand, und er musste seine Worte so sorgfältig setzen, dass sie glaubhaft und unverfänglich zugleich waren. Dieser Brief würde vor etlichen Ohren vorgelesen werden, und mehrere Dutzend Münder würden seinen Inhalt vor den Besuchern ausbreiten.
Schließlich gab er den Kampf um seinen Schlaf auf, zog sich an und setzte sich an den Tisch. Umständlich bereitete er frische Tusche zu, schnitt einen neuen Pinsel zurecht und rollte einen Bogen Schreibseide aus. Flach gewalzter Bambus war leichter zu beschriften, doch die Stäbe ließen sich nur schlecht verbergen. Daher musste er trotz seiner zitternden Hände sehr klar und verständlich schreiben. Mit einem tiefen Seufzer begann er, die notwendigen Schriftzeichen zu malen.
Als die Morgensonne bereits durch jede Ritze schien und die Geräusche des Hauses darauf hindeuteten, dass in der Küche das Frühstück für ihn vorbereitet wurde, legte er den Pinsel mit einem ähnlichen Seufzer beiseite. Fünfmal hatte er den Brief begonnen, und erst die letzte Fassung hatte halbwegs Gnade vor seinen Augen gefunden. Ein Fetzen beschriebener Seide konnte das Gespräch unter vier Augen einfach nicht ersetzen. Doch das missgünstige Schicksal erlaubte ihm vorerst kein Wiedersehen mit der Geliebten.
Er schob den Brief in eine Seidenhülle und verschloss diese mit Siegelwachs, in das er seinen Stempel drückte. Dann suchte er zehn Gold- und zehn große Silberbarren heraus und verstaute sie in einer Geschenktruhe aus rotlackiertem Holz. Mit dieser Summe konnte Jin Mau über Mutter Fen ein Haus erwerben und eine Weile in Luxus schwelgen. Spätestens nach den hundert Tagen, die er nach seiner erzwun-

genen Hochzeit im Palastgelände verbringen musste, würde er sich selbst um Kätzchens Wohlergehen kümmern.

Jetzt blieb ihm nur, seinen Burschen zu rufen und ihn mit dem Brief und der Truhe zu Jin Mau zu schicken, bevor der neugierige Leibdiener des Kriegsministers wieder um ihn herumsprang. Im Augenblick hörte er die Stimme des Mannes recht deutlich aus der Küche, wo er von dem ebenso neugierigen Koch mit Leckereien gefüttert wurde und sich mit dem neuesten Klatsch und delikaten Anekdoten bedankte.

Als Tie Hu seinen Burschen zu sich winkte, war es, als habe sich alles gegen ihn verschworen. Ah Niu sah so bleich und eingefallen aus, als hätte er schon mehr als eine Nacht nicht geschlafen.

»Was ist mit dir, mein Junge?«, fragte Tie Hu besorgt. »Bist du krank? Soll ich einen Arzt holen lassen?«

Der Diener fiel auf die Knie und begann zu heulen. »Nein, nein! Das ist nicht notwendig, Herr. Bestraft mich und schickt mich nach Hause in mein Dorf!«

»Unsinn, Ah Niu! Dein Vater, Ah Dong, hat meinem Vater lange treu gedient, und ich habe versprochen, gut auf dich zu achten. Das kann ich aber nur, wenn du in meinen persönlichen Diensten stehst. Wenn du einen Fehler gemacht hast, dann sage es mir, und ich will so nachsichtig sein, wie Sitte und Brauch es mir erlauben. Nur verschweige mir nichts.«

»Ich will Euch nichts verschweigen, Herr. Ich … mein dummer Kopf will einfach nicht so, wie er soll. Ich gehe auf den oberen Markt, um für Euch einzukaufen, und finde mich auf dem Fischmarkt wieder. Dann gehe ich zu den Wäscherinnen, um ihnen die schmutzige Wäsche zu bringen, und habe einen Korb mit frischer Wäsche dabei. Nachts finde ich mein Bett kaum wieder, und wenn ich dann drinliege, kreisen wirre, grausige Bilder in mir. Es ist, als wühle etwas in meinem Kopf herum, was nicht dahin gehört.«

»Du kannst nicht schlafen? Nun, das konnte ich in dieser Nacht auch nicht. Das mag daran liegen, dass du die Stadt nicht gewohnt bist oder die Feuchtigkeit, die vom See aufsteigt. Pass auf: Ich habe noch eine sehr wichtige, letzte Aufgabe für dich, einen Botengang, auf den ich niemand anders schicken kann. Glaubst du, du schaffst das? Hier habe ich ein Mittel, das dir helfen könnte. Es ist ein stärkendes Elixier nach dem Rezept eines weisen Arztes. Wenn du zurückkommst, schicke ich dich für ein paar Monate zur Erholung auf das Glockenberg-Gut, und wenn es dir bessergeht, kommst du wieder zurück. Einverstanden? Jetzt schluck deine Pille!«

»Ja, Herr! Danke!«, sagte Ah Niu, während er eifrig auf der knochenharten Medizin herumkaute. »Ihr seid gütig und gerecht! Befehlt, und ich gebe mein Leben mit Freuden für Euch hin.«

Tie Hu lächelte. Was der Diener sagte, gehörte zu den üblichen Beteuerungen eines treuen oder auch weniger treuen Dienstboten. Doch die Stimme und die Augen des Jungen verrieten ihm, dass er es ernst meinte.

»Du bist ein guter Junge, und ich hoffe, du wirst mir noch im hohen Alter zur Seite stehen. Natürlich wäre es mir lieb, wenn du das, was ich dir jetzt anvertraue, bis zum Äußersten verteidigst. Nimm einen Wäschekorb zur Tarnung, und bring diesen Brief und das Geschenk zu Fräulein Jin Mau im Pirolblütenhaus Eins. Gib es niemand anders, und zeig es vorher auch keinem. Hier, das ist für dich!«

Ah Niu starrte auf den kleinen Silberbarren, den sein Herr ihm reichte, steckte ihn dann blitzschnell weg. »Herr, ich werde das mir anvertraute Gut bis zum letzten Blutstropfen verteidigen«, sagte er und eilte hinaus, um einen Korb zu holen.

Tie Hu spürte, dass der Junge es ehrlich meinte. Mit dem

Silber konnte er sich zu Hause einen kleinen Bauernhof und einen Ochsen zum Pflügen kaufen. Aber wie es bei Leibdienern üblich war, würde er bei ihm bleiben, bis er ein wohlhabender Mann geworden war und seine Söhne zu einem Schriftgelehrten in die Lehre geben konnte. Er wartete, bis Ah Niu mit dem schweren Korb auf dem Kopf das Haus verließ und den Weg zu einem Nebentor einschlug, von dem er auf dem kürzesten Weg in die untere Stadt gelangte. Dann ließ er sich ein Bad richten und das Frühstück servieren.

8. HAOKAN HEI FÄLSCHT EINEN BRIEF

Diese Nacht hatten nicht nur Zhong Tie Hu und sein Bursche schlaflos verbracht, sondern auch Haokan Hei und ihre Pflegemutter. Von Frau Men hatten sie schon am Abend erfahren, dass der junge Fürst Palast und Park auf Befehl des Kanzlers nicht mehr verlassen durfte. Doch vorerst hatten die beiden Geisterfüchsinnen keinen Grund zum Jubeln, denn das schwerste Stück ihrer Intrige lag noch vor ihnen. Um alle Möglichkeiten des Scheiterns auszuschließen, überwachten Haokan Hei und Mochin Shao abwechselnd das Haus des Fürsten. Sie mussten sich bis zur Stunde des Drachen, in der der Morgen in den Tag überging, in Geduld üben.

Die Neuigkeiten vom Vorabend hatten sich noch in der Nacht herumgesprochen und die gewohnte Hektik im Palastgelände verdoppelt. Nun störten die vielen Menschen, die scheinbar ziellos umhereilten oder schwatzend auf den Wegen stehen blieben, Haokan Heis Vorgehen. Dabei hatte sie sich diesmal eine sonst eher einsame Stelle ausgesucht,

um die Falle für den Leibdiener des Fürsten Zhong aufzustellen.
Der Weg, den Ah Niu durch ihren Zauber gelenkt nehmen würde, war weitaus belebter als sonst, denn er führte nicht nur zu einer Nebenpforte, sondern auch zu jener Pagode, in der die Verlobung zwischen dem Fürsten Zhong und der Prinzessin Lu Kin öffentlich bekanntgegeben werden sollte. Nun schwärmten die Diener wie lästige Mücken in diesem sonst so stillen Teil des Parks, und jede Störung konnte den kleinen Zauber, der Ah Niu von seinem Weg abweichen lassen sollte, zunichtemachen.
Etwas Stärkeres aber durfte Haokan Hei nicht benutzen, denn sonst lief sie Gefahr, den Hofmagiern aufzufallen. Nach kurzem Überlegen begann sie, noch einen zweiten, ganz einfachen Zauber zu weben, der zumindest empfindlichere Gemüter davon abhalten würde, länger am Phönixbrunnen zu verweilen. Dieser Zauber beeinträchtigte zwar die Wirkung des ersten, doch Haokan Hei war überzeugt, dass ihr Opfer dennoch in ihrem Netz hängen bleiben würde.
Doch es kam anders, als sie es sich vorgestellt hatte. Eigentlich sollte Ah Niu mit hängenden Schultern und schmerzendem Schädel umherschleichen. Nun aber kam er pfeifend und mit schwingenden Schritten den Hügel herab und balancierte einen Korb auf seinem Kopf.
Haokan Hei fühlte ihr Herz bis in die Kehle klopfen. Bisher hatte sie die am Hof schmarotzende Bande von menschlichen Scharlatanen, die sich Geisteraustreiber und Wahrsager nannten, nicht sonderlich ernst genommen. Aber einer von ihnen musste ihre Zauber bemerkt und etwas dagegen unternommen haben. Onkel Cong Ming konnte es nicht sein, denn der war von Mochin Shao oberflächlich eingeweiht worden und hatte unter vielen Ermahnungen seine Zustimmung erteilt.

Da Haokan Hei auch nach intensivem Wittern keine gefährliche Präsenz in ihrer Nähe feststellen konnte, wurde sie ruhiger. Die Herren Magier umgab die Geruchswolke aus ihrer Hexenküche, und so konnte sie ihnen aus dem Weg gehen. Fast schon beruhigt, nahm sie ein Knäuel aus der Tasche und sprach ein paar Worte darüber. Dann warf sie den kaum wahrnehmbaren Faden über den Weg.

Als Ah Niu sich näherte, gab sie Schwärze hinein, die ihn blind machen sollte. Abrupt blieb der Bursche stehen, umklammerte den Korb und strich sich über die Augen. Haokan Hei spürte, wie er sich innerlich aufbäumte und ihrem Zauber eine ungeahnte Kraft entgegensetzte. Gleichzeitig roch sie einige ihr bekannte Kräuter an seinem Mund. Jemand musste bemerkt haben, dass mit dem Burschen etwas nicht stimmte, und ihm eine ganz spezielle Pille gegeben haben. Diese Medizin half gegen fiebrige Erkrankungen und sollte auch vor Zauber und Besessenheit schützen.

Haokan Hei konnte sich keinen Menschen vorstellen, der sich ihrem Willen widersetzen konnte, auch wenn er diese Medizin genommen hatte. Deswegen fühlte sie sich wie vor den Kopf geschlagen, als Ah Niu sich bis zum Brunnenbecken vortastete und sich die Augen auswusch. Dabei hatte er den Korb so fest zwischen die Beine geklemmt, dass niemand ihn wegreißen konnte. Für einige Augenblicke konnte sie keinen klaren Gedanken fassen. Während sie noch auf den Burschen starrte, trat Mochin Shao auf Ah Niu zu und fragte ihn mit ungewöhnlich sanfter Stimme, ob sie ihm helfen könne.

Haokan Hei atmete auf. An ihre eigene Stimme hätte er sich gewiss erinnert und mit Panik reagiert. Aber Mochin Shao kannte er nicht. Daher ließ er sich von ihr irgendeinen Schwachsinn über Dämonenstaub erzählen, dem schon manch Ahnungsloser zum Opfer gefallen sei, und folgte ihr zu einer abseits des Weges gelegenen Laube. Mochin Shao pflückte ein paar halbverwelkte Rosenblüten ab, legte ihm die Blätter auf die Augen und deckte sie mit einem nassen Tuch ab. Dabei versprach sie ihm, dass er nach kurzer Zeit wieder sehen und seinen Weg fortsetzen könnte.

Haokan Hei hatte sich lautlos von hinten angeschlichen und stellte fest, dass er ihrem Bann entkommen war. Zwar war er geschwächt, aber im Kopf wieder klar. Wenn sie ihn nun verhörte und ihm seine Botschaft wegnahm, wie sie es schon ein paarmal getan hatte, würde er sich daran erinnern können.

Hinter der Stirn der Schwarzen Füchsin jagten sich die Gedanken. Sie war sicher, dass in diesem Korb wieder ein Brief an die kleine Hure aus dem Pirolblütenhaus lag, wahrscheinlich mit einem größeren Geschenk. Bekam sie dieses Schreiben nur für eine einzige Stunde in die Hände, so konnte sie ihr Werk zu Ende führen. Der Fürst und die Kurtisane würden sich in diesem Leben nicht mehr sehen und Tie Hu das einzige Geschöpf verlieren, das sich zwischen ihn und eine zauberkundige Geisterfüchsin stellen konnte.

Haokan Hei schlug sich die Fingernägel in den Unterarm, bis das Blut austrat. Sie hasste dieses ungewaschene kleine Mädchen, das sich stolz Goldene Katze nannte. Wenn die Orakel der Schildkrötenpanzer recht hatten, war dieser angebliche Findling die Tochter von Shirliang Po, dem Stadtgott von Wey Cheng, und einer gemeinen Straßendirne. Damit trug sie von Vaterseite schon den Keim der echten Unsterblichkeit in sich. Doch wie ihre wahrscheinlich schon längst in die Unterwelt gegangene Mutter war sie eine Hure geworden.

Geschöpfe wie Jin Mau waren eine Schande für die Geisterwelt, genauso wie die kleinen Götzen, die gedankenlos Nachkommen zeugten und sie der Welt des roten Staubes überließen. Die Kinder aus solchen Verbindungen lebten und starben im Dreck der Gosse, ohne auch nur zu ahnen, was sie hätten werden können. Nach ihrem Tod aber wurden sie aus Zorn über all ihre verpassten Möglichkeiten zu den bösartigsten Gui-Gespenstern, Albtraumgeistern oder Dämonen, anstatt vor den Höllenrichter zu treten und damit in den Kreis der Wiedergeburten einzugehen. Dabei wäre der Weg zur Welt der Götter für solche Wesen hundertmal leichter zu beschreiten als für eine Geisterfüchsin, die sich jahrtausendelang abquälen musste, bis sie einen Zipfel der wahren Unsterblichkeit erhaschen konnte.

Haokan Hei zitterte nun ebenso stark wie Ah Niu, doch nicht aus Angst, sondern vor hochkochendem Hass. Sie sah Mochin Shao an und dann den Burschen, der sich immer noch die kühlenden Rosenblätter auf die Augen presste. Lange würde der Zauber der Schwärze nicht mehr anhalten, und dann war die Stunde vorbei, in der sich das Schicksal noch zwingen ließ. Kurz entschlossen nahm sie die Kapsel mit dem blauen Staub heraus, die sie für Notfälle immer in einer Ärmeltasche trug, und zerbrach sie unter der Nase des Burschen. Mochin Shao schützte ihr Gesicht mit dem Ärmel und trat schnell einen Schritt zurück. Fasziniert sah sie, wie Ah Niu aufsprang, den Mund weit aufriss und in der Bewegung erstarrte. Haokan Hei, die ihren Atem angehalten und den Kopf weggedreht hatte, legte ihm die Hand auf die Schulter und befahl ihm, sich zu setzen. Der Bursche gehorchte und sank auf die Bank herab wie eine Marionette mit abgeschnittenen Fäden. Seine Augen wurden glasig, und auf seinen Lippen vibrierte ein lautloser Schrei.

»Hei-Hei, was hast du getan! Das blaue Pulver ist in dieser Menge tödlich. Er wird daran sterben.«

»Nicht bevor er seine Aufgabe erfüllt hat. Er wird noch vor seinen Herrn treten und ihm versichern können, dass er das

Geschenk bei seiner Empfängerin abgeliefert hat. Dann wird sich sein Mund für immer schließen, und Fürst Zhong wird sich nach einem neuen Leibdiener umsehen müssen. Ich schätze, wir haben noch bis zur Stunde des Pferdes Zeit. Dann dürfte die Nachricht von der Verlobung auch in der Stadt die Runde machen. Vorher muss der Bursche bei der Goldenen Katze gewesen sein. Alles andere wäre zu auffällig. Schau, was der Kasten hier enthält! Der Herr Fürst ist sehr generös! Mit den Barren hier kann das Weibsstück zehn Jahre lang wie eine Prinzessin leben.«

Haokan Hei befahl Ah Niu, sich unter die Bank zu legen, so dass ihn kein zufällig Vorbeikommender sehen konnte. Dann packte sie das Gold und das Silber wieder weg, ohne etwas davon abzuzweigen.

Mochin Shao machte ein enttäuschtes Gesicht. »Glaubst du wirklich, die Goldene Katze benötigt so viel Geld?«

»Finger weg, Tantchen! Diese kleine Hure wird gar nichts mehr davon brauchen. Aber wir rühren kein Stück an. Zum einen könnte es durch einen dummen Zufall herauskommen, und der Fürst wird wohl kaum den toten Ah Niu verdächtigen, etwas gestohlen zu haben. Zum anderen ist der Brief, den ich anstelle des anderen in den Kasten stecken werde, um so glaubhafter, je höher die Summe ist. Schau hier, Tantchen. Die Hülle ist nur mit dünnem Wachs und dem Stempel versiegelt, den ich schon vor einigen Tagen nacharbeiten konnte.«

Mit einem zufriedenen Lächeln öffnete sie den seidenen Umschlag und breitete den Brief auf dem Tisch aus, den Mochin Shao vorher dreimal reinigen musste. Dann verglich sie die Schreibseide mit ihrer eigenen, die sie in der Nacht in eine große Ledertasche gepackt hatte. Das Material war das gleiche, wie es jedermann am Hofe benutzte, genau wie Tusche und Schreibpinsel.

Das Einzige, was Haokan Hei noch Sorgen bereitete, war der Tonfall des Briefes. Trotz der einfachen Worte spürte man etwas von dem sanften und doch starken Wesen des Fürsten, und der Text war sehr gefühlsbeladen. Haokan Hei musste diese Art imitieren und gleichzeitig so entstellen, dass aus einem Liebesbrief voller Versprechen auf die Zukunft ein lässig-hochmütiger Abschiedsbrief wurde, und schließlich musste das Schreiben die unterschwellige Botschaft enthalten, der Fürst habe nur ein Spiel mit der Blumenkönigin getrieben.
Nun war sie froh über die Hilfe ihrer Pflegemutter. Was Bosheit und Tücke in kleinen Dingen betraf, konnte sie immer noch von ihr lernen. Mochin Shao diktierte ihr beinahe fließend, was sie schreiben sollte, und ihre Worte zergingen wie vergällter Honig auf der Zunge. Im Kopf eines verliebten Mädchens würden sie sich in pures Gift verwandeln. Das war die richtige Arznei für diese eingebildete Straßenkatze, die drei Jahre lang die Köpfe der Männer verdreht hatte und die nun den kostbarsten Freier im Königreich Wey verlor.
Als Haokan Hei das letzte Schriftzeichen auf die Seide gemalt hatte, rieb Mochin Shao sich zufrieden die Hände. Ihre Augen glühten, und sie wirkte trotz der schlaflosen Nächte jünger und kräftiger als früher. »Das müsste eigentlich reichen, um uns die Dirne vom Hals zu schaffen! Wenn der Inhalt dieses Briefes im Hurenhaus bekannt wird, muss sie sich umbringen, wie es in ihren Kreisen Sitte ist. Ich glaube, meine Mühen als Wahrsagerin und Kräuterfrau hätte ich mir sparen können!«
Haokan Hei seufzte. »Ich fürchte, du denkst wieder einmal zu kurz. Gerade jetzt ist es wichtig, dass das Kraut, welches ich vorbereitet habe, in die Hände seiner Empfängerin gelangt. Als Shirliang Pos Bastard dürfte die kleine Hure

ebenso zäh sein wie der alte Teufel! Freiwillig wird die niemals aus dem Leben scheiden. Daher müssen wir sie bei ihrer Liebe zu Tie Hu und ihrer katzenhaften Neugier packen. Ah, ich hasse Katzen und möchte sie totbeißen, wo immer ich sie treffe! Jin Mau ähnelt mehr diesen verachtenswerten Tieren als einem Menschen, aber sie hat eine Seele! Ich freue mich schon darauf zuzusehen, wie sie verendet. Aber es ist wichtig, dass ihr Tod selbst in der Geisterwelt für Selbstmord gehalten wird, denn dieser widerwärtige Shirliang Po darf die Wahrheit nicht erkennen.«

»Wenn der Stadtgott hinter unsere Machenschaften kommt, werden wir unsere menschlichen Hüllen abwerfen und rennen müssen«, antwortete Mochin Shao scheinbar gelassen, sah sich jedoch um, ob irgendwo der Schatten eines rothaarigen fremden Teufels im Gewand des Totenrichters auftauchte.

Haokan Hei machte eine wegwerfende Geste. »Viel Macht ist dem kleinen Geisterwelt-Beamten nicht geblieben. Im Bereich des Palastes kann er uns nicht gefährlich werden, und außerhalb dieser Mauern müssen wir uns nur ganz unauffällig verhalten, damit er nicht auf uns aufmerksam wird. Lass uns wieder an die Arbeit gehen!«

Es war noch nicht die Hälfte der Stunde der Schlange vergangen, die der des Drachen folgte, als ein anderer Brief in der versiegelten Hülle lag. Haokan Hei packte das Original sorgfältig in Leinen und verstaute es tief in ihrer Ärmeltasche. Dann prägte sie Ah Niu genau ein, was er zu tun habe. Da sich ihre Befehle kaum von denen seines Herrn unterschieden, würde er zum Pirolblütenhaus gehen, dort verlangen, zur Goldenen Katze geführt zu werden, und dieser den Inhalt des Korbes aushändigen. Dann würde er auf dem kürzesten Weg zu Fürst Zhong zurückkehren, ihm melden, dass er seinen Auftrag erfüllt habe – und tot umfallen.

9. JIN MAU ERHÄLT EINEN BRIEF UND PLANT EIN FEST

Während die Füchsin mit dem Burschen des Fürsten Zhong beschäftigt war, begann der Tag im Pirolblütenhaus Eins wie gewöhnlich mit dem ersten Frühstücksbankett für die reichen Müßiggänger und jene Gäste, die aus der wohlhabenden Kaufherrenschaft stammten und das Frühmahl im Kreis von Kollegen ebenso zu schätzen wussten wie die dezente Musik. Natürlich fehlten auch die unvermeidlichen Schmarotzer nicht, aber die gehörten zu jedem öffentlichen Haus. Fen Mei hatte schon früh erkannt, dass ein Gast, der nur zum Essen kommt, auch Silber in die Truhen bringt oder wenigstens die eine oder andere Handvoll von jenen Kupfermünzen.

Ein Besuch in der Speisehalle von Fen Meis Etablissement bot den Bürgern nicht nur die Möglichkeit, in gepflegter Atmosphäre zu speisen und dabei den Kurtisanen bei ihren Tänzen und musikalischen Darbietungen zuzusehen. Die Gäste nutzten die halboffenen Nischen und kleinen Separees, die die Speisehalle säumten, um auf neutralem Boden Geschäfte zu verabreden und Verträge auszuhandeln.

Natürlich wetterten die Besitzer der Speisehäuser in der Stadt gegen diese unlautere Konkurrenz. Immer wieder schrieben sie Beschwerden an den Minister für innerstädtische Angelegenheiten, um Fen Mei die Bewirtung verbieten zu lassen, aber bisher ohne Erfolg. Im Allgemeinen störte das Geschrei ihrer Konkurrenten die Kupplerin kaum, insbesondere da einige der größten Wirte recht gute Kunden bei ihr waren. Aber es gab auch Gäste, die ihr ein ständiger Stachel im Fleisch waren. Zu diesen gehörte der Wirt und Pferdehändler Wa Ren.

Er bekämpfte Fen Mei vor dem Magistrat der Stadt und versuchte, ihr Steine in den Weg zu legen, wo er nur konnte. Insgeheim aber hatte er ihr schon dreimal eine Heiratsvermittlerin geschickt, um sich legal in den Besitz ihres Hauses zu setzen und ihren Wohlstand zu dem seinen zu machen. Dabei besaß er die Stirn, bei den Mädchen um jeden Kupferkäsch zu feilschen, als hinge sein Leben daran. Trinkgelder gab er grundsätzlich nicht, sondern schenkte den Mädchen höchstens eine Menge blauer Flecken an empfindlichen Stellen, so dass sie tagelang für weitere Kunden ausfielen.
Da Wa Ren zu den angesehenen Mitgliedern der Bürgerschaft gehörte, konnte Fen Mei ihn nicht einfach vor die Tür setzen. So führte sie ihm, wenn er nach einem Mädchen verlangte, möglichst eines zu, das Ärger gemacht und ihn als Strafe verdient hatte. Meist ließ er sich damit abspeisen, denn er hatte Freude daran, ein verängstigtes, heulendes Blumenmädchen aufs Zimmer zu schleppen. An diesem Tag aber wollte er sich nicht mit irgendeinem Mädchen zufriedengeben. Kaum erblickte er Fen Mei, nahm er sie mit einem schmierigen Grinsen in Beschlag und verlangte von ihr nicht mehr und nicht weniger als eine ganze Nacht mit der Blumenkönigin.
»Wo denkt Ihr hin, Meister Wa?«, fragte Fen Mei in ihrer ersten Verblüffung. »Ihr wisst genau, dass Jin Mau nur noch den Fürsten Zhong Tie Hu empfängt. Wenn Ihr sie singen hören wollt, dann könnt Ihr Euch wie gewöhnlich mit einem Glas billigen Weines in den Speisesaal setzen.«
»Na, na, Frau Hochmut! Wenn du mit deiner Goldenen Katze mal nicht auf die Nase fällst! Ein größerer Skandal – und der Magistrat schließt dir das Haus. Der König hat seinen Edlen den Besuch der Blumenhäuser verboten, also dürftest du Männer wie den jungen Zhong überhaupt nicht empfangen. Außerdem bist du viel zu nachsichtig mit deiner

Blumenkönigin. Gib sie mir für eine Nacht, und sie wird dir aus der Hand fressen.«
»Wie könnt Ihr Euch einbilden, ich würde den Vertrag mit dem edlen Fürsten Zhong brechen und Euch seine Geliebte ausliefern?«
»Ach, Fen Mei«, sagte der Pferdehändler in verächtlichem Tonfall. »Du bist auch nur eine ganz gewöhnliche, alte Kuppelmutter und dazu noch eine miserable Geschäftsfrau! Wenn der Fürst seines Spiels mit der Blumenkönigin müde ist und sie wegwirft wie einen alten Schuh, wird ihr Wert auf den Stand einer Soldatenhure sinken, und du brauchst eine Menge Freier, um den Einnahmeausfall wettzumachen. Auch wird Jin Mau bald lernen, dass ihresgleichen nicht nach den Sternen greifen darf!«
»Ihr schwatzt himmelschreienden Unsinn! Der Fürst liebt die Blumenkönigin über alles, und er wird ihr ein Haus kaufen, um sie ganz allein für sich zu haben. Glaubt Ihr, ich würde etwas tun, das den hohen Herrn verärgern oder enttäuschen könnte?«
Fen Mei tat Wa Ren nicht den Gefallen, auf seine unverschämte Herablassung einzugehen. Ihr Tonfall und ihre Wortwahl blieben korrekt, und zu ihrer heimlichen Freude verstand der Mann den Tadel und lief rot an.
»Wenn der hohe Herr dich nur nicht enttäuscht!«, sagte er mit gehässigem Unterton. »Ich denke, du kennst die jungen Männer seines Schlages zur Genüge. Erst gehen sie zu einer teuren Kurtisane, um sich vor ihresgleichen damit zu brüsten. Dann heiraten sie eine Dame aus hoher Familie und vergessen nicht nur das Mädchen, sondern überdies noch das fällige Abschiedsgeschenk für ihre Kupplerin. Du wirst dir noch wünschen, auf mein Ansuchen eingegangen zu sein. Was machst du, wenn das kleine Biest sich wegen des jungen Zhong umbringt? Dann gibt es hier eine hochnotpeinliche

Untersuchung, und du musst deine Schatullen weit öffnen, um die Strafe für deine Unachtsamkeit zu bezahlen. Im schlimmsten Fall kommt die Sache wegen der Beteiligung eines Adelsherrn vor die Königliche Gerichtskammer. Dann schließt man dieses Haus, und du musst wochenlang den schweren Strafkragen aus Holz tragen.«

Ihre Geduld mit diesem Mann hatte Fen Mei schon vor einer Weile verloren, und nun reichte es ihr. »Wa Ren, Ihr müsst betrunken sein. Geht nach Hause und schlaft Euren Rausch aus!«

»Ich gehe auf der Stelle, aber ich komme wieder, und dann bist du es, die das Gesicht verloren hat! Weißt du übrigens schon das Neueste? Der König will seine verwitwete Schwester, die Prinzessin Lu Kin, wieder verheiraten, und zwar mit einem seiner Edlen. Es dürfte heute Nachmittag offiziell bekannt werden. Daher solltest du die Neuigkeit noch für dich behalten.«

Er ging und ließ Fen Mei verwirrt und ratlos zurück. Zuerst verstand sie nicht, was er mit seiner letzten Bemerkung bezweckt hatte, aber er war ein boshafter Mensch, der nie etwas ohne Grund tat. Zudem hatte er durch seinen Handel mit Pferden einen für seinen Stand außergewöhnlich guten Kontakt zum Palast, denn er beschaffte den Söhnen der Fürsten und Minister schnelle Pferde aus Indien und so sagenhaften Ländern wie dem fernen Persien und erwies ihnen dem Vernehmen nach noch ganz andere Dienste. Konnte es sein, das diese Kröte etwas erfahren hatte, das außerhalb des Palastes noch nicht bekannt war?

Fen Mei mochte solche Rätsel nicht. Was hatte sie oder was hatte Jin Mau mit Prinzessin Lu Kin zu tun? Diese Frau war für ihren übermäßigen Stolz und ihre Engstirnigkeit ebenso bekannt wie für ihre Grausamkeit den Dienern und Zofen gegenüber – und für ihren Hass auf Katzen. Einmal hätte sie ihren königlichen Bruder beinahe dazu gebracht, alle Katzen in der Stadt töten zu lassen. Die Tiere verirrten sich gelegentlich in den Park des Palastes und auch in die Innenhöfe mit ihren zauberhaften Gärten und kunstvollen Teichen. Dort belauerten sie die Goldkarpfen im flachen Wasser und die Singvögel in ihren Käfigen.

Zwar war Lu Kin auch keine Freundin von Fischen oder Vögeln oder von sonst etwas Schönem unter dem erhabenen Himmel, aber sie bestand auf ihrer grausamen Forderung. Zum Glück brachten die Minister das Ansinnen der Prinzessin mit dem Hinweis auf eine mögliche Rattenplage zu Fall. Der Hass dieser Frau auf Tiere war um so seltsamer, als ihre Mutter diese Tiere beinahe abgöttisch geliebt hatte. Die Dame, der man nachsagte, sie sei aus einem öffentlichen Haus gekommen, war für ihre Palastkatzenzucht berühmt gewesen. Lu Kin aber passte ihrem Wesen nach eher zu einem gemeinen Geschöpf wie Wa Ren als zu dem liebenswürdigen und gutmütigen Fürsten Zhong.

Aber allein der Gedanke an diese Verbindung war abstoßend. Zhong Tie Hu, dieser schöne und mit vielen Tugenden ausgestattete Jüngling, und die Prinzessin Lu Kin wären das am schlechtesten zusammenpassende Paar seit Menschengedenken. Genauso gut könnte man den stolzen Tiger mit einem giftigen Hundertfüßler paaren.

Das ist gewiss nur einer der bösen Scherze dieses widerlichen Intriganten Wa Ren, sagte Fen Mei sich. Aber ganz unwahrscheinlich war es nicht. Wenn jemand bei Hof trotz all ihrer Vorsicht von den Heiratsplänen des Fürsten erfahren und es dem Kanzler oder sogar dem König selbst berichtet hatte, konnte Lu Niao in seiner Verärgerung diese unmögliche Heirat befohlen haben.

Wie in einem bösen Traum gefangen ging Fen Mei durch das Haus und erwiderte die Grüße der Gäste und die Fragen der Mädchen, ohne die Menschen um sich herum wirklich wahrzunehmen. Dabei liefen ihre Gedanken immer wieder im Kreis. Wenn es wirklich zu dieser Hochzeit käme, dann konnte Jin Mau niemals die Nebenfrau des Fürsten werden. Die Prinzessin hasste Kurtisanen ebenso wie Katzen und gehörte zu den treibenden Kräften jener Fraktion, die hinter dem Besuchsverbot der Höflinge in den Häusern der Blumen und Weiden standen. Möglicherweise sah Lu Kin die Verbindung zwischen dem Fürsten und der Kurtisane als persönliche Beleidigung an, und dann würde das Leben ihres Kätzchens in Gefahr sein. Fen Mei wusste, dass einige der Toten, die der See in seinen Launen wieder ausspie, nicht bei einer Kahnpartie ertrunken waren.

Aber es bedurfte nicht unbedingt einer bösartigen Person wie der Prinzessin Lu Kin, um Kätzchens Leben zu gefährden. In der aufgeheizten Atmosphäre eines Hauses der Blumen und Weiden reichte das plötzliche Ende einer vielversprechenden Beziehung, um ein empfindsames Mädchen in den Tod zu treiben.

Wenn eine Kurtisane sich umgebracht hatte, ließ der Magistrat das Haus schließen und ordnete eine Untersuchung an, die sich über Wochen hinzog. Zum Schluss wurde die Kupplerin der Verletzung ihrer Pflichten angeklagt und mit einer so hohen Geldstrafe belegt, dass sie zumeist ruiniert war.

Auf ihrer gedankenverlorenen Wanderung stand Fen Mei auf einmal mitten in der Küche, ohne zu wissen, was sie dort wollte. Sie ging zu einem Wasserfass und spritzte sich kaltes Wasser ins Gesicht, um die schwarzen Gedanken zu vertreiben. Während sie einen blanken Kupferkessel als Spiegel benutzte, um Puder und Schminke zu erneuern und die Frisur zu richten, schalt sie sich wegen ihrer dummen Sorgen. Aber da war eine beklemmende Furcht, die ihr wie ein böser Geist im Nacken saß und sich nicht abschütteln ließ.

Fürst Zhong hatte seine Verabredungen sonst immer eingehalten oder sich frühzeitig entschuldigt. Am Vortag war er jedoch nicht erschienen, obwohl er es Jin Mau versprochen hatte, sondern hatte nur eine kurze Botschaft geschickt. Zwar war diese voller Güte und Liebe gewesen, aber Jin Mau, die sich auf ihr Haus gefreut hatte, war sichtlich enttäuscht gewesen. Sie hatte sich am Morgen nicht in der Halle sehen lassen, in der sie die Gäste mit der Laute und ihrem Gesang hätte unterhalten sollen. So ein Verhalten reizte die anderen Mädchen zu spitzen Bemerkungen und düsteren Prophezeiungen, und dem Kätzchen war neuerdings die Gabe abhandengekommen, mit einem Lachen und einem Scherz über die Bosheiten hinwegzugehen. Sie trug ihre Zuneigung zu ihrem fürstlichen Liebhaber und ihren Stolz auf diese Verbindung jetzt so ungeniert zur Schau, dass sie zum ständigen Gesprächsthema geworden war und bereits Wetten auf den Ausgang dieser Affäre abgeschlossen wurden.
Traf eine Botschaft des Fürsten ein, so lauerten Dutzende Mädchen darauf, jedes Wort mitzubekommen, das die schriftkundige Yeh Chi der Empfängerin vorlas. Dieses Mädchen war die einzige Kurtisane im Haus, die lesen und schreiben konnte. Als Tochter eines Beamten, den man wegen Betrugs und Unterschlagung hingerichtet hatte, war sie wie ihre übrigen Verwandten in die Sklaverei verkauft worden, und Fen Mei hatte das nicht besonders hübsche Mädchen erworben, weil ihr eine schriftkundige Kurtisane gerade recht kam. Nun arbeitete Yeh Chi in ihrem Haus wie einer der Schreiber, die auf dem Markt ihre Dienste anboten, und sie verdiente damit mehr Geld denn als Kurtisane. Fen Mei hoffte, dass der Fürst selbst kam und Yeh Chis Dienste an diesem Tag nicht benötigt würden, sonst musste sie sich den halben Abend um Kätzchen anstatt um ihr Geschäft kümmern, und das tat ihren Einnahmen nicht sonderlich gut.

Sie gab der Köchin noch ein paar Anweisungen, die wie immer völlig überflüssig waren, und wollte die Treppe ins zweite Obergeschoss hochsteigen, in dem ihre Privaträume und die Schlafkammern der Diener lagen. Unterwegs aber geriet sie in eine Art Volksauflauf. Sämtliche Mädchen und mehr als die Hälfte der Gäste schienen sich im Treppenhaus und auf dem mittleren Flur versammelt zu haben. Fen Mei zog eines der älteren Mädchen aus der Menge und fragte barsch, was das Ganze hier zu bedeuten habe.

»Hört Ihr? Aus ist es mit der Liebelei! Er gibt ihr den Laufpass. Das viele Geld ist sein Abschiedsgeschenk! Sie soll sich einen Händler oder einen Bauern damit kaufen, der besser zu ihr passt ... Schade, dass wir so weit hinten stehen. Ich würde gar zu gern das Gesicht unserer stolzen Blumenkönigin sehen. Na ja, bei dem Reichtum kann sie sich ihre Liebhaber dutzendweise kaufen!«

Fen Mei versteifte sich vor Schreck. Sie vernahm nur ein paar Wortfetzen durch die Geräusche, die die Menschen vor ihr erzeugten. Die Ohren machten in ihrem Alter nicht mehr richtig mit, aber sie glaubte deutlich, den Namen Lu Kin gehört zu haben. Also hatte dieser Giftpilz Wa Ren ihr die Wahrheit zugeflüstert. Jetzt galt es, einen kühlen Kopf zu bewahren und keinen Fehler zu machen, sonst war die Katastrophe da.

Sie richtete sich auf und drängte sich entschlossen durch die Leute, bis sie in dem Zimmer stand, in dem sich Jin Mau und die Vorleserin aufhielten. Die Zuschauer hatten einfach die Zwischenwände entfernt, um die Blumenkönigin ungehindert beobachten zu können.

Jin Mau kniete mit maskenhaftem Gesicht steif und starr auf einem Kissen. Um sie herum blinkten und gleißten mehr als ein Dutzend Gold- und Silberbarren, und hinter ihr lag, wie achtlos weggeworfen, eine leere Schatulle aus feiner

Lackarbeit mit dem Bild des Glockenberges auf dem Deckel. Eine der Löwenkatzen stieß mit dem Kopf herausfordernd gegen den Arm ihrer Herrin, doch sie schien es nicht zu bemerken.

Yeh Chi übertraf sich diesmal selbst, denn sie trug jede Silbe des Briefes mit jenem feierlichen Singsang vor, der nicht laut klang, aber weit trug. Wie Öl tropfte es ihr von den Lippen, die von einem Lächeln klammheimlicher Freude umspielt wurden. Den gleichen Ausdruck sah Fen Mei auch auf vielen anderen Gesichtern. Die herzlose Kupplerin in ihr lächelte ebenfalls. Wenn sie Glück hatte und ihr Kätzchen gut überwachte, so dass das Mädchen keine Dummheit begehen konnte, würde ihr dieser Skandal in den nächsten Wochen kräftig die Truhen füllen. Als Pflegemutter des kleinen Findlingsmädchens aus dem Tempel aber brach der Brief ihr beinahe das Herz.

Fürst Zhong hatte sich mit diesem Schreiben die Maske vom Gesicht gerissen und Jin Mau zumindest in übertragenem Sinne auf den Platz gestellt, auf dem die konservativen Kreise am Hof eine Kurtisane sehen wollten – im Schmutz der Gosse. Das Schreiben war ein infam abgefasstes Machwerk, das ebenso gut aus der Feder der Prinzessin Lu Kin selbst hätte stammen können. Es troff von Herablassung und falschem Trost und steuerte genau das Ende der Liebesaffäre bei, welches jene Leute erwartet hatten, die so etwas immer im Voraus wussten.

Fen Mei musste zugeben, dass sie sich noch nie in ihrem Leben in einem Charakter so getäuscht hatte wie in dem des Fürsten Zhong. Wie konnte unter einem so klaren und schönen Gesicht solch ein finsterer Dämon stecken? Bald aber gab es für Fen Mei einen weiteren Grund, an ihrer Menschenkenntnis zu zweifeln, auf die sie jahrelang so stolz gewesen war.

Als Yeh Chi den Brief vorgetragen hatte und sich neugierig zu den Zuschauern umdrehte, erhob Jin Mau sich mit einer eleganten, fließenden Bewegung und nahm die Haltung einer Schauspielerin auf der Bühne an. Sie ordnete ihr Gewand, schob mit affektierter Geste ihren Haarknoten zurecht und machte die typische knicksende Verbeugung, mit der die Darsteller nach dem Ende eines Dramas um den Beifall der Zuschauer buhlten.
Dann sah sie sich herausfordernd um. Sie wirkte sogar leicht enttäuscht, als sich nicht sofort Beifall erhob, warf die Arme hoch wie ein beleidigtes Singmädchen und verbeugte sich noch einmal. Tatsächlich klang vereinzeltes Gelächter auf, und dann klatschten die Leute, teils aus Gewohnheit und teils aus Erstaunen über diese unverhoffte Wendung der Geschichte. Wollte Jin Mau damit andeuten, dass sie und der Fürst nur ein Drama zur Belustigung der Leute aufgeführt hatten? Sie dankte den Zuschauern mit Kusshänden und ein paar übermütigen Tanzschritten. Die Gesichter der Mädchen und der Gäste wirkten dabei teilweise so verblüfft, dass Fen Mei zu lachen begann.
Nun hob Jin Mau die Lackschatulle auf und räumte ihren Schatz mit übertriebener Sorgfalt wieder hinein. Dabei küsste sie jeden einzelnen Barren mit den rituellen Gesten, die in der Komödie den Geizhals charakterisierten. Mit kleinen, graziösen Tanzschritten glitt sie dann an den Zuschauern vorbei, näherte sich Fen Mei und überreichte ihr den Kasten mit einer tiefen Verbeugung.
Als ihre Stimme aufklang, war sie rein und klar, ohne heimliches Schluchzen. »Geliebte Pflegemutter! Hüterin meiner geringen Habseligkeiten! Nimm teil an diesem unerwarteten Reichtum. Dir vertraue ich meinen Schatz an. Das Silber sei für dich, das Gold bleibe mir. Lobe mit mir den edlen Spender, der uns eine Zukunft ohne Sorgen beschert hat.

Nimm dazu noch diese fünf Schnüre mit Kupferkäsch. Die ganze Stadt mag heute mit mir dem Edelsten der Edlen gedenken, des Mannes, der mit weitem Herzen opfert und schenkt. Öffne heute Abend einige Fässchen feinsten Pflaumenweins und lege weißes Schweinefleisch auf die Teller unserer Gäste und ihrer kleinen Freundinnen. Ich werde für alle singen und tanzen. So wollen wir das Glück und die Freude feiern, die der edle Herr Zhong nun in den Mauern des Palastes findet. Uns aber soll er als der großzügigste aller Gäste in Erinnerung bleiben.«

Die Goldene Katze inszenierte einen perfekten Auftritt. Die verwirrten Zuschauer und Zuschauerinnen klatschten nun aus vollem Herzen Beifall, und es flogen etliche Hände voll Kupfermünzen vor die Füße der Blumenkönigin. Sie aber breitete die Arme aus und ließ sich feiern.

Fen Mei jedoch stand unbeachtet im Hintergrund und starrte auf die graue Löwenkatze, die mit einem zerrissenen, fleckigen Seidentuch spielte, das Jin Mau aus dem Ärmel gerutscht war.

Normalerweise trug jede Kurtisane ein Stück makelloser weißer Seide in der Ärmeltasche, um es auf der Straße herauszuziehen und es als Standeszeichen zu schwenken. So wollte es das Gesetz. Doch oft genug benutzten die Mädchen es als Lappen, um ihren Kummer daran auszulassen.

Die Flecken auf der Seide waren mit Schminke vermischte Tränen und Blut, und die Risse stammten von scharf gefeilten Fingernägeln, die sich in der Erregung in den Stoff gebohrt hatten. Das Blut kam wahrscheinlich von den Lippen, auf die sich Jin Mau in ihrer Erregung gebissen hatte. Deswegen sah ihr Mund jetzt auch so unnatürlich voll und rot aus. Die Kupplerin steckte den Fetzen kopfschüttelnd ein. Also war der Auftritt wirklich nur ein Schauspiel gewesen, das ihr Kätzchen für die Welt aufführte.

Die Wahrheit in Jin Maus Gemüt sah anders aus. Das bedeutete nicht mehr und nicht weniger, als dass Fen Mei sie in den nächsten Tagen pausenlos überwachen lassen musste. Aber an diesem Abend würde wahrscheinlich noch keine Gefahr drohen. Heute Abend würde die Blumenkönigin ihr Spiel fortsetzen und die Gastgeberin eines der größten Feste werden, die in den letzten Jahren im Pirolblütenhaus Eins gefeiert worden waren.

10. GEFASST PLANT JIN MAU IHRE ZUKUNFT

Als die Gäste und die Blumenmädchen sich wieder auf ihre eigenen Interessen besannen und sich die Menschentraube im ersten Stockwerk aufgelöst hatte, zog Jin Mau sich in die winzige Kammer zurück, die sie immer noch in Fen Meis Privatgemächern bewohnte. Sie setzte sich auf das schmale Bett, holte tief Luft und presste die Fingerspitzen gegen die Schläfen.

Die Wendung der Dinge hatte sie wesentlich weniger überrascht als die Menschen um sie herum. Ihre Pflegemutter hatte sie immer davor gewarnt, einem Gast zu sehr zu vertrauen, und die Lieder, die in den Blumenhäusern gesungen wurden, drehten sich oft genug um die Treulosigkeit der Liebhaber und den schnöden Verrat an der Geliebten. Nicht ohne Grund wollte sie heute Abend ein Fest geben und dabei die bekanntesten und beliebtesten unter diesen Balladen vortragen.

Sie teilte nun das Schicksal, das Dutzende von Blumenköniginnen vor ihr ereilt hatte. Aber sie wollte sich jene anderen nicht zum Vorbild nehmen und ihrem Leben ein Ende setzen, wie man es wohl von ihr erwartete. Draußen riefen schon einige Kolleginnen nach ihr. Sie erkannte Yeh Chis und Mi Lings Stimmen. Also hatte Fen Mei ein paar zuverlässige Mädchen zu ihren Bewacherinnen bestimmt.

»Hier bin ich!«, rief sie mit möglichst munterer Stimme. »In der kleinen Kammer. Ich suche nur etwas Flitter für mein Kleid heraus. Ich muss mich doch für unser Fest besonders fein machen!«

Die Tür wurde aufgerissen, und vier, fünf Gesichter starrten in den Raum. »Mama Fen sagt, wir sollen dir helfen, das Fest heute Abend vorzubereiten«, sagte Yeh Chi. Sie log noch nicht einmal, denn alle fünf trugen Arbeitskittel über ihren Gewändern. Natürlich würden sie nicht selbst arbeiten, sondern nur die Diener herumscheuchen und dabei unauffällig in Jin Maus Nähe bleiben.

Mit diesem Fest wollte sie die Bewohner des Pirolblütenhauses versöhnen und sich für ihr aufreizendes Benehmen in den letzten Wochen und Monaten entschuldigen. Bei ihren Kolleginnen konnte sie sofort damit beginnen. Sie öffnete eine Schachtel mit Schmuckstücken, die sie kaum noch trug, und reichte jeder der fünf eines davon.

»Ich danke euch für eure Hilfe und wäre froh, wenn ihr euch um die Ausschmückung des Saals kümmern würdet. Könnt ihr Bänder, Bahnen und Seidenblumen in ganz zartem Rosa und Silbergrau aufhängen lassen? Eine von euch könnte die Köchin beim Arrangieren der Speisen unterstützen, und eine andere möchte ich bitten, mich zum Tempel des Stadtgottes zu begleiten. Ich will vor dem Fest noch ein Opfer bringen und das Orakel befragen. Da ihr um meinetwillen eure Verabredungen versäumt, will ich euch mit diesen Kleinigkeiten eine Freude machen!«

Die fünf Kurtisanen, die eher zu den weniger gefragten Blumenmädchen gehörten, starrten auf die teuren Geschenke und brachen in nervöses Kichern aus. Yeh Chi brachte es unhöflich auf den Punkt. »Willst du uns täuschen, damit wir beide Augen schließen und uns abwenden, wenn du dir etwas antun willst?«

Jin Mau begann zu lachen. »Nein, große Vorleserin. Begreif doch: Ich will heute Abend mein Abschiedsfest von einem wunderbaren Freier und Freund geben und leider auch von meiner Stellung als Blumenkönigin. Ab morgen bin ich nur noch eine von vielen hier in diesem Haus. Dann muss ich genauso wie ihr die Freier nehmen, wie sie kommen.

Vielleicht kaufe ich mir wirklich einen bürgerlichen Ehemann. Aber wie soll ich einen passenden finden, wenn ich keinen Handwerker oder Kaufmann empfange? Ich sagte euch doch, ich will das Orakel befragen. Shirliang Po, unser verehrter Stadtgott, soll mir den Weg weisen. Schließlich hat er schon einmal in mein Leben eingegriffen! Lasst mich noch für ein paar Augenblicke allein. Ich habe Kopfschmerzen und will mir eine Kräuterpackung auf die Stirn legen. Besorgt mir eine von euch eine Sänfte für zwei? Ich will zur Stunde des Affen im Tempel sein.«

Mi Ling zog die steif dastehende Yeh Chi zurück. »Gut, ich glaube dir. Ich besorge eine Sänfte und begleite dich. Wenn du in einer halben Stunde nicht unten bist, kommen wir dich holen.«

»Nein, ich begleite Jin Mau!«, widersprach Yeh Chi heftig. »Wenn ich dabei bin, braucht sie keinen Priester, der ihr die Zeichen auf den Orakelstäben erklärt und ihr dabei irgendeinen Unsinn erzählt. Also, Jin-Jin, ich sage dir tausendfachen Dank für deine Großzügigkeit und werde diese wunderschönen goldenen Haarpfeile so oft wie möglich tragen.«

»Ich danke dir, Yeh Chi, und ich nehme gern deine Dienste bei dem Orakel in Anspruch«, sagte Jin Mau und verbeugte sich vor jedem der fünf Mädchen. Diese dankten ihr ebenso feierlich und zogen glücklich mit ihren Schmuckstücken ab. Jin Mau hörte sie noch auf der Treppe diskutieren, wie man die Halle am besten schmücken sollte. Dann fiel die schwere Tür zum öffentlichen Teil des Hauses zu, und sie war wieder allein.

Sie stellte sich an die schmale Fensterluke und sah hinüber zum Palast. Von dort hallte der Klang der riesigen Gongs und der Klangsteine herüber, untermalt von einem Trommelwirbel, der sich wie ein fernes Gewitter anhörte. Der erste Teil der Heiratszeremonie zwischen dem Fürsten Zhong und der Prinzessin Lu Kin hatte begonnen.

Zwei Tränen perlten über Jin Maus Wange. Sie tupfte sie vorsichtig mit dem Ärmel ab, da sie ihr altes Tuch nicht fand. Nein, sie würde sich nicht umbringen. Sie würde weiterleben ... irgendwie. Im Dunkel der Nacht hatte sie sich schon öfter gefragt, was sie tun würde, wenn der Fürst das Interesse an ihr verlor. Am hellen Tag aber hatte sie diesen Gedanken immer weit von sich geschoben. Dennoch hatte sie für den Fall der Fälle ihre Pläne gemacht.

So war sie nicht ganz unvorbereitet gewesen, als ihr vor ein paar Tagen eine bucklige alte Wahrsagerin genau das prophezeit hatte, was heute eingetreten war. Die Alte war eine Fremde gewesen, die bisher niemand in der Stadt gesehen hatte, und hatte sich als Kräuterfrau vorgestellt. Ihre Auswahl an Salben und Schminke war so beeindruckend, dass alle Mädchen im Haus hellauf von ihr begeistert waren. Als der Korb der Alten leer war und ihre Ärmeltaschen unter dem Gewicht der Geldschnüre und des Bruchsilbers ächzten, hatte sie gegen einen geringen Obolus den Mädchen aus der Hand gelesen.

Jin Mau hatte zunächst nichts davon wissen wollen, denn sie mochte sich ihre Zukunft nicht vor vielen Zuhörerinnen vorhersagen lassen. Außerdem hielt sie nichts von aufdringlichen Möchtegern-Wahrsagern. Dann aber war sie der Alten allein auf dem Flur zur Küche begegnet und hatte sich doch von ihr überreden lassen. Das schmierige Weib hatte ihr aus ihrer Hand, aus Teeblättern und sogar aus dem Gekrabbel der Kellerasseln unter alten Körben ihr Schicksal vorausgesagt. Dreimal hatte sie das Gleiche gelesen.

Ihr Geliebter würde sie binnen weniger Tage wegen einer Ehefrau aus reichem und mächtigem Haus verlassen und nie mehr zu ihr zurückkehren. Sie aber würde ihr Gesicht verlieren und lange unter dem Hohn und dem Spott der anderen zu leiden haben. In dieser Zukunft hatte es keine Goldbarren gegeben und auch keinen bürgerlichen Ehemann. Nur einen frühen Tod.

Obwohl die Alte für diese schlimme Weissagung keinen Kupferkäsch hatte haben wollen, mochte Jin Mau ihr nicht so recht glauben. Sie versuchte von ihr die Antwort auf die wichtigste aller Fragen zu bekommen: Liebte Zhong Tie Hu sie? Würde er nur durch die Umstände gezwungen sein, auf sie zu verzichten, oder spielte er nur mit ihr und würde sie von heute auf morgen vergessen, wie es in seinen Kreisen üblich war?

Die Alte konnte oder wollte ihr nicht darauf antworten. Aber sie versprach, Jin Mau das seltene Zaubertraumkraut zu besorgen, welches die großen Magier am Königshof für wichtige Orakel und Beschwörungen benutzten. Richtig angewendet, sollte die Pflanze ihr die Wahrheit enthüllen.

Nahm Jin Mau dieses Mittel, so würde sie einen Tag und eine Nacht lang scheinbar tief und fest schlafen, während ihre Seele zu ihrem Geliebten flog und sich unbemerkt an ihn heftete. Sie würde alles hören und sehen, was er hörte und sah, und sie würde seine Gedanken und Träume mit ihm teilen. Natürlich war es streng verboten, das Kraut auf diese Weise anzuwenden. Würde sie von einem der Magier bei ihrem Versuch ertappt, so musste sie mit einer schweren Strafe rechnen, mit Brandmarkung, Auspeitschung oder gar mit dem Tod. Dennoch war sie begierig, das Kraut zu benutzen, auch wenn es erschreckend teuer war. Zum Glück hing in Fen Meis Privaträumen eine Sammlung von Pflanzenbildern, die der alte Herr Suan ihr geschenkt hatte. Von diesen Bildern her wusste Jin Mau, wie das Kraut aussehen musste. Daher warnte sie die Alte, ihr eine falsche Pflanze unterzuschieben.

Leider war die Frau erst an diesem Mittag wieder erschienen und hatte ihr das Kraut in einem grauen, mit Schriftzeichen bestickten Leinenbeutel gebracht. Das war just zu dem Zeitpunkt, an dem auch der Bote des Fürsten Zhong auftauchte. Da Jin Mau kein Aufsehen erregen wollte, hatte sie den Beutel entgegengenommen, ihn bezahlt und in die Ärmeltasche gesteckt, ohne den Inhalt zu prüfen. Jetzt holte sie ihn heraus und betrachtete das getrocknete Kraut im hellen Tageslicht. Ja, es war die richtige Pflanze. Keine andere hatte so dünne, stachelähnliche Blätter und so winzige blaue Blüten. Dabei roch sie stechend nach Achselschweiß. Fuchsgeruch-Kraut hieß sie bei den unwissenden Bauern. Diese rissen es samt den Wurzeln aus, da es angeblich ihre Esel und Zugochsen verrückt machte.

Jin Mau packte das Zaubertraumkraut sorgfältig wieder weg, damit sein Geruch niemandem auffiel. Da es beinahe einen halben Tag benötigte, bis es zu wirken begann, würde sie es noch vor dem Fest in heißem Tee einweichen und den Absud trinken. Nach dem anstrengenden Abend würde man sich nicht wundern, wenn sie unnatürlich tief und lange schlief, sondern es der Überreizung ihrer Nerven und der anstrengenden Feier zuschreiben. Sie zitterte jetzt schon vor Aufregung, weil sie sich vorstellte, dass sie Zhong Tie Hu

morgen während des wichtigsten Teils seiner Hochzeitsfeier unsichtbar begleiten konnte.
Danach würde sie nicht nur wissen, mit welchen Gefühlen er an sie dachte und welche er für seine Frau hegte, sondern sie würde auch den verbotenen Palastbezirk und seine Bewohner gesehen haben. Sie gierte schon danach, die verrufene Prinzessin Lu Kin und ihre Halbschwester Lien kennenzulernen, die Frau des mächtigen Kanzlers Ding Wanzi, welche dem Adel und den hohen Beamten den Umgang mit dem gemeinen Volk verbieten wollten.
Mitten in ihre träumerischen Überlegungen hinein wurde die Tür aufgerissen, und Yeh Chi stürmte in die Kammer. »He, du Schlafmütze, wo bleibst du? Bist du noch nicht umgezogen? Die Träger mit der Sänfte warten unten.«
»Oh ja? Ist es schon so weit? Bitte geh schon hinunter und vertröste die Sänftenträger.«
»Du kannst es dir ja leisten. Ich kann nicht so mit dem Silber und dem Gold um mich schmeißen wie du. Ah, schon gut! Ich habe eine Sänfte mit acht Trägern bestellt. Das war dir doch recht, oder?«
Jin Mau nickte und begann zu lachen. Natürlich hatte Yeh Chi ihren Auftrag ausgenützt und eine der großen und bequemen Sänften bestellt, die höchstens die ganz reichen Freier benutzten. Es war der Traum jeder ärmeren Kurtisane, einmal darin quer durch die Stadt getragen zu werden. Da der Tempel genau auf der anderen Seite der Stadt auf einer Anhöhe lag, hatte Yeh Chi sich auf ihre Kosten ein Vergnügen bereitet, um das sie die anderen Mädchen noch lange beneiden würden. Aber Jin Mau war es recht. Nichts war besser für diesen Ausflug als eine strahlende, gutgelaunte Begleiterin. Das lenkte sie von den eigenen, nicht ganz so lichten Gedanken ab.
Als sie endlich in der Sänfte saß, stellte diese Erwartung sich

aber als vergebens heraus. Während die Träger die schwankende Sänfte unter schrillem Weg-frei-Geschrei durch das Gewühl der Gassen schleppten, kreisten ihre Gedanken immer wilder um ihren Geliebten. Konnte Tie Hu diesen Brief wirklich geschrieben haben? Konnte sie sich so in ihm getäuscht haben?

Sie hatte genau gewusst, dass seine Liebe zu ihr nicht himmelstürmend war. Er war keiner von den Männern, die bei einer Frau restlos den Kopf verloren. Oft war er nur zu ihr gekommen, um fast schweigend ihre Gesellschaft zu genießen, ihrem Spiel auf der Laute zuzuhören oder von ihr die traditionellen Geschichten erzählt zu bekommen. Manchmal hatte er auch von seinem Leben im Palastbezirk berichtet oder von dem Landgut am Fuß des Glockenberges und den Leuten dort. Er hatte sich immer gefreut, wenn sie ihn zum Lachen gebracht hatte, und sich dafür mit großzügigen Geschenken revanchiert.

Dieser Brief aber unterschied sich von allen, die er ihr vorher geschickt hatte, wie der garstige Hundertfüßler von einer gurrenden Taube. Nein, Jin Mau hätte ihren gesamten Besitz verwettet, dass dieses Geschreibsel von fremder Hand stammte.

Möglicherweise hatte seine zukünftige Frau, die hochmütige Prinzessin, ihm die verletzenden Worte in den Pinsel diktiert. Allerdings war es in den Kreisen des Adels und des konservativen Bürgertums Sitte, dass ein Bräutigam seine Braut vor der Hochzeit nicht zu Gesicht bekam. Für Jin Mau aber gab es keine andere Erklärung. Auch die Leute im Palast hielten sich nicht immer an die Riten, deren strikte Einhaltung sie von anderen forderten.

Vielleicht spielte Zhong Tie Hu nur ein hässliches Spiel, das nicht ihr galt, sondern den Leuten in seiner Umgebung. Wenn man von seiner Liebe oder besser, seiner Zuneigung zu ihr wusste und ihn kalten Auges so einen Brief verfassen sah, musste man ihn für einen charakterschwachen Menschen halten, der sich gut in die Intrigen einspannen ließ, mit denen sich viele der hohen Herrschaften die Zeit vertrieben.

Aber Zhong Tie Hu war nicht leicht lenkbar, sondern hatte einen Eisenschädel. Nur die Tatsache, dass er sich in der Kunst der Heuchelei und Verstellung auskannte, war Jin Mau neu. In der Liebe und im Krieg war alles erlaubt, und wenn sie diesen Gedanken weiterspann, musste sie zu dem Schluss kommen, dass Tie Hu nicht daran dachte, sich von ihr zu lösen. Er würde einige Zeit nichts von sich hören lassen dürfen, weil er keine Schwierigkeiten bei Hof bekommen wollte. Vielleicht musste sie sogar drei schrecklich lange Jahre lang auf ein Lebenszeichen von ihm warten. Das hieß aber gleichzeitig, dass er sich auf ihre Besonnenheit und ihren Verstand verließ.

Vermochte sie Tie Hu zu belauschen und festzustellen, dass er wirklich nichts mehr von ihr wissen wollte, dann musste sie sich schweren Herzens auf ein anderes Leben einrichten, vielleicht wirklich als Frau eines kleinen Kaufmanns oder einfachen Handwerkers. Wenn er aber seine Liebe nur tief in seinem Herzen verbergen musste, dann würde sie mit einem Lächeln auf den Lippen auf ihn warten.

»He, Jin Mau! Träumst du mit offenen Augen? Wir sind da!« Yeh Chis Stimme klang sehr bedauernd.

Jin Mau zuckte zusammen, denn sie war so in ihre Gedanken vertieft gewesen, dass sie ihre Umgebung ganz vergessen hatte. Sie blickte in die erwartungsvollen Gesichter der acht Träger und die ausgestreckte Hand des Ältesten, der die Kasse verwaltete. Anmutig stieg sie aus und zog eine Schnur Kupfer heraus. Sie zahlte nicht nur anstandslos den überhöhten Preis, sondern drückte jedem Träger noch ein Tee-

geld in die Hand und bat die Leute, sie in einer Stunde zurückzutragen.
Yeh Chi stieß einen Jubelruf aus – offensichtlich hatte sie doch ein schlechtes Gewissen gequält. Jin Mau lehnte lachend ab, schwenkte ein frisches weißes Seidentuch, das sie als Kurtisane auf der Straße als Zeichen ihres Berufes tragen musste, und schritt leicht tänzelnd die Stufen zum Tempel hoch. Yeh Chi, die ihr Seidentuch wie so oft vergessen hatte, rannte hastig in den Tempel, bevor irgendein Schnüffler der Straßenaufsicht sie entdecken und zu einer Geldstrafe verdonnern konnte.

11. JIN MAU BEKOMMT ZWEI ORAKEL UND TRIFFT IHRE WAHL

Im Innern umfingen die Rauchfäden aus einem halben Dutzend Räucherschalen die beiden Kurtisanen wie Geisterfinger. Jin Mau mochte diese sanften Berührungen. Sie liebte es, mit den Fingerspitzen durch den aufsteigenden Rauch zu streichen und die duftende Wärme zu genießen. An diesem Tag war es jedoch anders als sonst. Die Fäden bildeten eine erstickende Wand, so als wollten sie ihr das Betreten des Tempels verweigern, und die Luft, die sonst angenehm kitzelte und einen leicht herben Geschmack auf der Zunge hinterließ, war bitter und schwer. Sie roch nach Gefahr.
Jin Mau spürte, wie sich die Haare in ihrem Nacken aufstellten und alles in ihr sie zur schnellen Flucht drängte. Wäre da der alte Priester nicht gewesen, der immer so nett zu ihr war und sie auch jetzt mit einer Verbeugung empfing, die eher

einer Dame von Adel zustand, dann wäre sie auf der Stelle umgekehrt. Aber sie wollte den alten Herrn nicht brüskieren. Daher folgte sie ihm schweren Herzens zu den Opferbecken, in die sie zwei Tausend-Käsch-Schnüre legte. Dafür erwarb sie zwei große Spiralen aus Räucherwerk, die unter der Decke aufgehängt und am unteren Ende angezündet wurden.

Yeh Chi kramte umständlich in ihren Ärmeltaschen und schien nach Bruchsilber oder eher nach losen Kupfermünzen zu suchen. Dabei machte sie so ein lächerlich verbissenes Gesicht, dass Jin Mau über dem eigenen Lachen ihren Mut wiederfand und dem Priester zuzwinkerte. »Meine Freundin hat wohl in der Eile ihren Beutel zu Hause liegen lassen. Nehmt eine weitere Kupferschnur und hängt noch eine dritte Spirale auf. Drei ist eine gute Zahl, und ich freue mich, dass meine liebe Yeh Chi mein Opfer harmonisch ergänzt. Das ist ein gutes Omen, nicht wahr?«

Yeh Chi nickte eifrig und wurde nicht einmal rot dabei. Der Priester dankte ihr genauso herzlich wie Jin Mau und führte beide dann direkt vor das Bildnis Shirliang Pos, vor dem sie niederknieten, um die traditionellen acht Gebete zu sprechen.

Die Feierlichkeit und Innigkeit, die Jin Mau von klein auf gewohnt war, wollte sich jedoch nicht einstellen. Es schien ihr, als kämpften unsichtbare Geister einen verbissenen Kampf um sie herum, so dass die Luft vibrierte. Auch war ein Teil ihrer selbst in diese Auseinandersetzung verstrickt. Der andere Teil ihres Seins aber wollte nichts anderes wahrnehmen als die dichter fließenden Weihrauchschwaden und eine anheimelnde Stille. Doch es gab weder Frieden noch Ruhe, weder in ihrem Gemüt noch in der Atmosphäre um sie herum.

Ganz gegen ihre sonstige Gewohnheit unterbrach sie ihre

Gebete, um sich unauffällig umzusehen. Es konnte ja sein, dass irgendeine Hexe oder sonst eine Person mit schlechter Ausstrahlung sich hier im Tempel aufhielt und den Stadtgott verärgerte. Aber außer einem hübschen, jungen Weib, dessen abgerissene Kleider noch über die duftenden Rauchschwaden hinweg nach Fisch stanken und welches ganz passend in der Nische der Wassergötter kniete, war sonst niemand Fremdes in der Andachtshalle.

Jin Mau seufzte erleichtert. Da hatte sie die Ursache ihres Unbehagens: Sie hatte die Nähe der Fischweiber noch nie vertragen können. Obwohl sie Fisch gerne aß, verursachte ihr der Gestank der Frauen, eine Mischung aus Schweiß, feuchten, ungewaschenen Kleidern und vergammelnden Fischresten, Übelkeit. Sie holte eine Duftkapsel aus der Ärmeltasche, die mit scharf riechendem Öl gefüllt war, und hielt sie sich zwischen den zum Gebet gefalteten Händen unter die Nase. Aus den Augenwinkeln sah sie den alten Priester lächelnd nicken. Er hatte wohl ihr Unbehagen mitbekommen. Trotz des scharfen, den Verstand klärenden Duftes fand sie nicht die richtige Innigkeit, aber sie konnte ihre Gebete fehlerfrei und ohne Ablenkung zu Ende sprechen.

Nach den rituellen Verneigungen und dem Opfer von Reis und Pflaumenwein kam der Teil des Besuchs, dem Jin Mau entgegenfieberte. Welchen Rat würde ihr der Stadtgott durch sein Orakel geben? Sollte sie den verbotenen und sicher nicht ungefährlichen Weg nehmen, den das Zauberkraut ihr öffnete, um endgültige Gewissheit zu bekommen? Oder sollte sie das teure Mittel ins Feuer werfen, sich in Geduld üben und abwarten, was das Schicksal noch für sie bereithielt?

»Shirliang Po«, betete sie mit einem abgrundtiefen Seufzer, »du bist Vater und Mutter für diese arme Dirne aus den

Häusern der Blumen und Weiden. Bitte führe mich auf den richtigen Weg!«
Sie glaubte, nur still im Geist gebetet zu haben, aber gleich darauf sah sie in die Gesichter Yeh Chis und des Priesters, in denen sich Mitleid, Trost und Verständnis mischten.
Yeh Chi legte ihr die Hand auf die Schulter. »Es geht sehr tief, diese Enttäuschung, nicht wahr? Jin Mau, ich verspreche dir, ich bleibe an deiner Seite, solange du mich brauchst.«
Jin Mau sah sie sprachlos an. Das waren ehrlich gemeinte Worte gewesen, das fühlte sie. War diese plötzliche Zuneigung jetzt durch ihr Geld erkauft? Oder hatte die Wendung ihres Schicksals eine Saite im Wesen des Mädchens anklingen lassen, die sonst unter Verbitterung begraben war? Jin Mau nahm sich vor, ihre Worte in ihrem Herzen zu behalten und Yeh Chi auch in Zukunft danach zu behandeln. Nun nickte sie und sagte nur ein Wort: »Danke!«
Inzwischen hatte der Priester auf einem speziellen Tisch die Gegenstände aufgebaut, die für die Orakelzeremonie benötigt wurden. Da gab es die Waage des Schicksals, den geschlossenen Becher mit den Bambusstäben und ein Stück eines Schildkrötenpanzers, der über dem Feuer in einer Kupferschale erhitzt werden konnte und dabei Risse und Sprünge bekam, die vom Priester wie Schriftzeichen gedeutet wurden. Das war das sicherste, wenn auch teuerste Orakel. Aber es antwortete sehr zweideutig, und davor scheute Jin Mau zurück.
Während Yeh Chi mit dem Priester einen gelehrten Disput über die Bedeutung und die mystischen Ursprünge der drei Orakel begann, deutete Jin Mau auf die Waage. Je nachdem, welche Schale sank, die rote oder die blaue, konnte man auf den guten Ausgang einer Sache schließen. Die rote Schale bedeutete Glück, Erfolg und langes Leben. Diese Schale war daher auch mit dem Symbol der Pfirsichblüte geschmückt.

Die blaue Schale bedeutete Unglück, Misserfolg oder Krankheit und frühen Tod. Sie trug das Bild der giftigen Kröte. Für die Gläubigen stand eine Schale mit Silberkugeln bereit, die Glück verheißende Schriftzeichen trugen. Davon konnte man zwei Kugeln auswählen und auf die Schalen der zunächst noch blockierten Waage legen. Der Priester löste dann den Riegel, und eine Schale sank in die Tiefe. Die Farbe dieser Schale gab die Antwort auf die Frage.

Yeh Chi wollte Jin Mau noch gute Ratschläge geben, welche Glückszeichen sie nehmen sollte. Aber Jin Mau wollte die Bedeutung der Zeichen gar nicht wissen. Auch damit beeinflusste man die Antwort und konnte vielleicht den Stadtgott erzürnen. Sie wollte sich nicht selbst betrügen, sondern eine ehrliche Antwort erhalten. In der immer noch von seltsamen Spannungen aufgeladenen und vom Fischgeruch gestörten Atmosphäre des Tempels bekam sie nun bohrende Kopfschmerzen und konnte kaum noch denken. So wählte sie mit halbgeschlossenen Augen zwei Kugeln aus und legte sie auf die Waage. Der Priester murmelte einige Segenssprüche, verneigte sich vor einem Rollbild an der Wand, das Shirliang Po als Totenrichter zeigte, und löste den Riegel.

Doch die Waage rührte sich nicht.

Der Priester stieß sie leicht an. Die Waagschalen schaukelten ein wenig und blieben wieder in vollkommenem Gleichgewicht stehen. Yeh Chi führte vor Aufregung einen Tanz um den Tisch auf. »Was bedeutet das? Ist das gut oder schlecht? Bringt das Glück?«, wollte sie wissen. Dann zeigte sie auf die beiden Schriftzeichen auf den Kugeln, die deutlich sichtbar nach oben gedreht lagen. »Das eine bedeutet Traum und das andere Leben! Wie sonderbar! Hat das auch eine besondere Bedeutung?«

Der alte Priester sah sich die Waage von allen Seiten an. »Wie seltsam! Das ist seit dreiunddreißig Jahren nicht mehr vorgekommen, soweit ich mich erinnere. Damals stand das Schicksal von Wey Cheng auf Messers Schneide, und kein Orakel gab auch nur einen einzigen, verständlichen Hinweis darauf, was aus der Stadt und dem Land werden würde. Die Rabenkrieger von Zhou standen fast schon auf den Mauern, und niemand verwettete auch nur ein Reiskorn auf unsere Rettung.

Jedenfalls sagt die Waage, dass dein Leben an einem ganz bedeutenden Scheideweg steht, kleine Jin Mau. Was immer du auch in den nächsten neun Stunden tust oder sagst, es kann deinen Weg in die Unterwelt zu den Gelben Quellen lenken oder zu den Gärten der Unsterblichkeit auf dem Kunlun-Berg.«

Jin Mau zuckte zusammen und starrte den Priester an. »Ich danke Euch für Eure Erklärung. Aber – glaubt Ihr wirklich, dass eine arme Dirne wie ich so bedeutend ist, dass die Götter ihr eine solch schicksalsschwere Entscheidung auferlegen? Zu den Gelben Quellen muss ich irgendwann einmal gehen. Das muss jedermann, ob König oder Bettler. Da hoffe ich, habe ich noch viel Zeit! Können wir die Stäbe befragen? Ich muss entscheiden, was ich tue, aber es geht wirklich nur um eine Heirat oder das Verbleiben im Pirolblütenhaus Eins.«

Der Priester wiegte sein Haupt und seufzte. »Du magst recht haben, kleines Kätzchen. Aber ich spüre, dass um dich herum sonderbare Dinge vorgehen. Vielleicht verfolgt dich ein Gui-Gespenst und will dir Übles. Ich werde dir nachher noch ein Schutzamulett mitgeben. Aber zuvor befragen wir die Orakelstäbe. Du bist doch ein Kind des Tempels, und Shirliang Po hat es bisher immer gut mit dir gemeint. Daher bin ich überzeugt, dass du jetzt die richtige Antwort bekommst.«

Jin Mau nickte erleichtert und nahm das zu einer Lackdose umgearbeitete Bambusrohr mit den Orakelstäbchen entgegen. Dreimal musste sie sie jeweils schütteln und ein Stäbchen herausfallen lassen. Eigentlich war die Dose so gebaut, dass gerade nur ein Stäbchen durch den kleinen Schlitz rutschen konnte. Aber diesmal fielen gleich beim ersten Mal zwei Stäbchen heraus und klatschten hintereinander auf das blank polierte Kupfertablett.

Dabei hatte Jin Mau seltsamerweise zwei Gerüche gleichzeitig in der Nase. Einer roch wie das Traumkraut nach dem Achselschweiß einer Frau, dem sogenannten Fuchsgeruch. Der andere erinnerte an ein besonderes Duftharz, das nur Adelige und hohe Beamte benutzten. Auch der Priester musste das bemerkt haben. Er sah sich nervös um und murmelte einige Bannsprüche gegen Dämonen und Fuchsgeister. Die Fischerfrau in der Nische warf sich wie in Krämpfen zu Boden und begann gleichzeitig, besonders inbrünstig zu beten. Offensichtlich war ihr Mann auf dem See verschollen, und sie erhoffte seine glückliche Rückkehr.

Jin Mau sah den Priester fragend an. Der bedeutete der zappelnden Yeh Chi, sich zu setzen, und nickte Jin Mau zu, dass sie weitermachen solle. Wieder schüttelte sie die Dose, und wieder glitten zwei Stäbchen heraus. Da der Priester wieder nickte, schüttelte sie ein drittes Mal die Dose. Dann lagen sechs Stäbchen auf dem Kupfertablett, jeweils drei übereinander, so als gäbe es zwei Orakel für Jin Mau statt des einen. Bei allen zeigte das Schriftzeichen gut leserlich nach oben, so dass der Priester die Stäbchen nicht anrühren musste.

Der Priester wies auf die Waage, die immer noch die Kugeln im Gleichgewicht hielt. »Auch dieses Orakel deutet auf einen Scheideweg in deinem Leben. Es ist, als kämpften zwei Mächte aus der Geisterwelt um dich. Meine Tochter, ich bekomme es mit der Angst zu tun. Dein Schicksal scheint mit dem unserer Stadt verknüpft zu sein, denn genau die gleiche Situation gab es schon einmal vor dreiunddreißig Jahren.

Damals sagte das eine Staborakel den Sieg des Rattengenerals von Zhou und den Untergang unserer Dynastie voraus. Das andere aber zeigte nur das Zeichen für Panther, Berg und Rettung. Niemand konnte es interpretieren. Was hatten ein Panther und ein Berg mit der Rettung der Stadt zu tun? Dann kam ein scheinbar unbedeutender Landedelmann mit einer Truppe von eigenen Bewaffneten und schlecht ausgerüsteten Bauern. Es war Zhong Bao Hong, der Rote Panther vom Glockenberg. Seine Stimme dröhnte über die Horden des Feindes wie das Trompeten von hundert Elefanten. Seine Truppe wirbelte so viel Staub auf … Schon gut, mein Kleines. Ich höre auf zu schwatzen. Du möchtest wissen, was die Stäbchen über deine Zukunft sagen, ja, ja … Das ist nicht so einfach.«

»Es ist doch ganz einfach«, sagte Yeh Chi stolz. »Diese drei Zeichen zur Linken bedeuten Traum, Wissen und Glück, die drei zur Rechten Gefahr, Bescheidenheit und langes Leben.«

»Das ist richtig, Fräulein Schriftgelehrte«, sagte der Priester mit nachsichtigem Lächeln. »Aber kannst du deiner Freundin auch sagen, was für eine Zukunft in diesen Zeichen liegt?«

Yeh Chis Blick wanderte unsicher zwischen dem Priester, den Stäbchen und Jin Mau hin und her. Schließlich zuckte sie mit den Schultern und schüttelte widerwillig den Kopf.

»Nun, mein kleines Fräulein Weisheit, das ist auch nicht so einfach. Als Orakelpriester muss man wissen, dass sich jedes dieser Zeichen auf eine Überlieferung, eine Offenbarung oder einen heiligen Ritus bezieht … Ich beginne schon wieder zu dozieren, und ich sehe, dass in Jin Mau eine Flamme ungeduldiger Erwartung brennt. Ich werde mich kurzfassen, mein kleines Fräulein.

Selbst für mich ist es diesmal nicht leicht, die Zeichen zu

deuten. Sie sagen allerdings ganz klar aus, dass du am Scheideweg deines Lebens stehst. Traum, Wissen und Glück – es bedeutet wohl, dass ein Traum dir das gewünschte Wissen offenbaren und dir so das ersehnte Glück bringen soll.
Doch Glück ist nicht unbedingt ein erstrebenswerter Zustand. Dieses Zeichen steht auch für einen Zustand, der den Menschen berauscht, ihn übermütig macht und blind für seine Pflichten. Die anderen drei Zeichen – Gefahr, Bescheidenheit und langes Leben – sind wohl die Vorzeichen des anderen Schicksalsweges. Gefahr – das ist natürlich eine Warnung. Wovor du aber gewarnt werden sollst, sagen die anderen Zeichen nicht aus. Es kann bedeuten, dass du in eine böse Situation gerätst. Das mag ein Überfall, ein Feuer, eine schwere Krankheit oder sonst etwas Schlimmes sein. Es kann dir aber genauso gut die Existenz einer Kreatur anzeigen, die Übles ersinnt und dich verderben will. Bescheidenheit bezieht sich sowohl auf die Gefahr wie auf das Zeichen für langes Leben.
Wie man durch Bescheidenheit – hier bedeutet es auch Geduld oder Zurückhaltung – einer Gefahr entgehen kann, weiß ich nicht. Aber du solltest dir in der nächsten Zeit in allen Dingen Vorsicht auferlegen und sehr wachsam sein. Nimm nichts aus der Hand eines Fremden an, und bleib nicht allzu lange mit einem Fremden allein. Dann wirst du ein langes Leben vor dir haben.«
Jin Mau verneigte sich ebenso verwirrt wie dankbar und lächelte dann. »Ach, alter Herr, in meiner Profession kann ich Fremden schlecht aus dem Weg gehen. Ich darf keinen Gast zurückweisen, nur weil er das erste Mal den Weg in unser Haus gefunden hat. Ich verspreche Euch aber, Vorsicht walten zu lassen, und werde Mama Fen von Eurem Rat berichten. Einstweilen aber habt zehntausendfachen Dank für Euren Rat und Eure Hilfe. Ich werde in fünf Tagen wieder-

kommen und das Orakel aufs Neue befragen. Vielleicht könnt Ihr mir dann schon mehr sagen.«
»Ja, mein Kind. Aber denk daran, dass auch in deinem Gewerbe Geduld und Bescheidenheit eine Tugend sind. Greif nicht nach der Sonne, sonst verbrennst du dich.«
Jin Mau nickte ernsthaft. »Ich werde es beherzigen!«
Sie versuchte, sich höflich und formell zu geben, doch in ihren Augen spielte Übermut, und sie beugte sich wieder über die Stäbchen. »Das hier bedeutet Traum? Aha. Traum, Wissen und Glück. Glück kenne ich. Das steht in gelber Farbe auf vielen roten Bändern, mit denen zu Neujahr die Häuser geschmückt werden. Es sind elegantere Schriftzeichen als die drei anderen, finde ich. Sie passen besser zu einer Kurtisane.«
»Kind, Kind!«, mahnte der Priester sie entrüstet. »So darfst du das wirklich nicht sehen! Bitte sei vernünftig! So ein leichtsinniges Kätzchen wie du wird schnell vom Fuchs gefressen.«
Jin Mau war schon auf dem Weg zur Tür. Dort drückte sie Yeh Chi ein Ende ihres weißen Tuches in die Hand und hielt das andere Ende fest, so dass sie ihr Dirnen-Zeichen mit ihr teilte. Dann drehte sie sich noch einmal um und warf dem alten Priester eine Kusshand zu. »Keine Sorge! Ich passe gut auf mich auf! Außerdem bin ich ein arg großer Brocken für einen Fuchs.«
Lachend schritt sie Seite an Seite mit der leicht beschämten Yeh Chi auf die Sänfte zu, deren Träger sie diesmal mit einem erwartungsvollen Grinsen begrüßten.
Hinter ihnen glitt das Fischweib wie ein schmutziger Schatten aus dem Tempel und lief Richtung Ufer. Es hinterließ eine Wolke üblen Geruchs, der selbst die Nasen der abgehärteten Träger beleidigte.

12. MOCHIN SHAO HAT ANGST VOR SHIRLIANG PO UND TADELT HAOKAN HEI

Aus dem Kamin einer einsamen, halbverfallenen Hütte am Seeufer stieg fettiger Rauch auf und verbreitete einen Geruch nach vergammeltem Fisch und verfaultem Holz. Für jeden zufällig Vorbeikommenden sah es so aus, als hätten sich dort arme Leute oder Landstreicher breitgemacht, die Treibholz und Unrat angezündet hatten, um die steifen Glieder zu wärmen oder ein paar billige Ölkuchen aufzubacken. Da die meisten Menschen ungern etwas mit herumziehendem Volk zu tun haben wollten, kümmerte sich niemand um die Leute in der Ruine. Dabei hätte sich einem neugierigen Betrachter ein interessanter Anblick geboten.

Mitten im Raum stand ein großer, mit warmem Wasser gefüllter Holzbottich auf dem sorgfältig gereinigten Fußboden, und über der Feuerstelle hing ein glänzender Kupferkessel beträchtlichen Umfangs, in dem klares Quellwasser dampfte. Auf einem anderen, winzigen Feuer, das mit teurem Bambusgras genährt wurde, blubberte ein Teekessel vor sich hin.

Eine bucklige Alte, deren Kleider und Haartracht sie als Kräuterfrau und Wanderhexe auswiesen, verbrannte gerade mit gekrauster Nase übelriechende Lumpen im Herdfeuer. In dem Bottich saß eine wunderschöne junge Frau, die ihre Haut mit Sandelholz, schäumendem Seifenkraut und duftenden Ölen scheuerte, als müsste sie allen Schmutz der Welt abwaschen.

Die junge Frau wirkte müde und krank. Ihre Augen lagen tief in den Höhlen, und ihr Atem rasselte in der Brust. Die Alte goss Tee in eine Schale, warf scharf riechende Kräuter hinein und reichte sie der Jüngeren. »Hei-Hei, du sitzt hier schon eine Stunde lang stumm wie ein Fisch im Wasser. Willst du mir nicht erzählen, was dir zugestoßen ist? So schwach habe ich dich noch nicht einmal als Welpen gesehen.«

Haokan Hei stützte die Stirn in die Handflächen und schüttelte sich so, dass die Tropfen im Feuer zischten. »Es war ganz schön knapp. Dieses kleine Miststück von einem Blumenmädchen ist zäher, als ich es mir vorgestellt habe. Sie denkt wirklich nicht daran, freiwillig von der Bühne ihres Lebens abzutreten, aber das haben wir ja schon befürchtet. Sie ist so vorsichtig, dass sie das Traumkraut, das du ihr für einen horrenden Preis verkauft hast, nicht einfach benutzt, obwohl alles sie dazu treibt. Anstatt das Kraut sofort aufzubrühen, um schon am Abend um ihren Liebhaber herumschwirren zu können, ist sie in den Tempel des Stadtgottes gegangen und hat sich die Knie vor seinem Standbild abgerutscht. So etwas hatte ich schon befürchtet und bin deswegen als Fischweib verkleidet dort gewesen. Sie weiß zwar nicht, dass Shirliang Po ihr Erzeuger ist, aber sie fühlt die Verbindung und hängt mit ganzer Seele an dem hässlichen Kerl.

Dann hat sie die Orakel befragt. Die sind der einzige Weg, über den Shirliang Po sie erreichen und beeinflussen kann, und es war ein hartes Stück Arbeit, das Schlimmste zu verhindern. Der Götze hat alles darangesetzt, seinen Bastard zu warnen, aber ich habe es diesem widerwärtigen Kerl gezeigt. Die Schicksalswaage habe ich leider nur im Gleichgewicht halten können, so dass es keine eindeutige Antwort gab. Bei den Orakelstäben ging es schon besser. Ich habe seine Prophezeiung verwässert und drei zündendere Zeichen mit ausgeworfen – das Wunder der sechs Stäbchen hat perfekt geklappt.

Jetzt ist Jin Mau so verwirrt, dass sie der Verführung des Traumkrauts bestimmt nicht widerstehen kann. Außerdem dürfte sich auch ihr Erzeuger seine Wunden lecken und vorerst keine Kraft für ein weiteres Eingreifen haben. Ich habe ihn mindestens ebenso gebeutelt wie er mich, und ich hatte die Überraschung auf meiner Seite.«

Mochin Shaos Gestalt streckte sich, und ihre Züge wirkten jünger, so als verließe sie die Kraft, die magisch angenommene Gestalt einer Buckligen beibehalten zu können. »Willst du etwa sagen, du hast dich mit dem Stadtgott von Wey Cheng angelegt und mit ihm auf Geisterebene gekämpft? Bist du wahnsinnig geworden? Hei-Hei, was hast du da nur angestellt? Shirliang Po mag eine blöde Beamtenseele sein, aber er vertritt die Macht des Obersten Himmelsherrn. Man wird kommen und dich vor den Höllenrichter schleppen, um dich der Rebellion anzuklagen!«

Haokan Hei lachte zittrig. »Leider hat dieser trottelige Orakelpriester etwas bemerkt und ausgerechnet einen Bannspruch gegen Geisterfüchse losgelassen. Das hat mich so geschwächt, dass Shirliang Po trotz meiner Schutzzauber nach mir greifen konnte. Er hätte sich auf das Orakel konzentrieren sollen, dann wäre sein Bastard uns durch die Finger geschlüpft. So aber wollte er den Einfluss einer tausendjährigen Geisterfüchsin brechen.«

Mochin Shao schnappte nach Luft. »Jetzt soll ich dir wohl auch noch Beifall klatschen und Bo-Bo rufen, wie man es bei Schauspielern tut? Du schwachsinniger Welpe! Ein Stadtgott ist immer so mächtig wie der Glaube der Menschen an ihn, und Shirliang Po wird vom Volk auf der Straße mit Verehrung überschüttet. Du kannst nicht gegen den anerkannten Schirmer und Totenrichter einer solchen Stätte ankämpfen. Nun wird er dich nicht mehr aus den Augen lassen!«

»Er wird *uns* nicht mehr aus den Augen lassen, Tantchen. Vergiss nicht, du steckst ebenso tief in der Sache wie ich. Zum Glück kann sich Shirliang Po nur auf das gemeine Volk stützen. Die Adeligen aber lachen über seinen Kult. Shirliang Po ist der Herr über dreckige Gossen, verräucherte Schenken und Hurenhäuser, mehr nicht. Wir leben im Palastbezirk, in dem der Herr seinen Einfluss schon lange schwinden sieht, und ich werde dafür sorgen, dass seine Macht auch in der Stadt zurückgedrängt wird.
Kanzler Ding Wanzi gefällt sich jetzt schon in der Idee, einen seiner eigenen Ahnen als Stadtgott einsetzen zu lassen, und will wahrhaftig den Mörder und Blutsauger Ding Budai zum Stadtgott ernennen lassen. Er gibt sich jetzt schon alle Mühe, den König so weit zu bringen, dass dieser die notwendigen Riten befiehlt und die Bittgebete an den Himmlischen Jadekaiser in eigener Person spricht. Bisher sträubt sich seine Frau, Prinzessin Lien, noch gegen diese Idee, und der König hört auf diese Tochter seiner Mutter wie auf ein Orakel. Wenn ich erst so weit bin, werde ich die Dame beeinflussen, damit sie nachgibt und ihrem Bruder zurät, Shirliang Po abzusetzen. Wie lange wird dieser schmutzige fremde Teufel sich dann noch halten?«
In ihrer Verzweiflung hielt Mochin Shao der Schwarzen Füchsin den Mund zu. »Still, Kind, bitte! Er kann uns vielleicht hören! Wir sind nicht im Palastgelände, und selbst da hat er durch die gläubige Dienerschaft mehr Einfluss, als du ihm zugestehen willst. Hei-Hei, wenn du so weitermachst, bringst du uns noch beide in die Folterkammern der pferdeköpfigen Dämonen! Versprich mir, in Zukunft mehr auf deine Worte zu achten.«
Haokan Hei nickte heftig. Mochin Shao ließ sie los, richtete sich ächzend auf und ging zum Herd. Dort schöpfte sie heißes Wasser, um das Badewasser noch einmal aufzufrischen.

Dabei schüttelte sie unablässig den Kopf und murmelte einige altmodische Spruchweisheiten.
Das reizte die Schwarze Füchsin zu bissigen Widerworten.
»Ich bin weder blind vor Hochmut, noch unterschätze ich die Gefahr! Ich verspreche dir, den Fortlauf der Ereignisse abzuwarten und erst dann wieder einzugreifen, wenn es notwendig ist. Hauptsache, die Dirne gibt ihrer katzenhaften Neugier nach und nimmt das Traumkraut.«
»Dann beantworte mir die eine Frage, die ich dir schon ein paarmal gestellt habe: Warum Traumkraut? Jin Mau gehört zu einem genügend großen Teil der Geisterwelt an. Es kann ihr also nicht im Geringsten schaden. Im Gegenteil, sie wird feststellen, dass Fürst Tie Hu immer noch in sie verliebt ist. Damit geschieht doch gerade das, was du verhindern willst. Sie wird sich auf die eine oder andere Art und Weise wieder an ihn heranschleichen.«
»Tja, Tantchen, jetzt lasse ich dich zappeln. Du hast selbst gesagt, dass ich wegen dieses Stadtgötzen den Mund halten muss. Aber sei versichert, wir werden beide das Ende dieser lächerlichen Liebesaffäre miterleben. Ich muss mich nur bereithalten, falls Shirliang Po etwas bemerkt und einzugreifen versucht. Bis dahin darfst du mich gut pflegen, damit ich wieder zu Kräften komme.«
»Ich soll dich pflegen? Ich habe das Gefühl, ich sollte dich mit Zehntage-Schlafkraut vollstopfen und dich in deinem Zimmer einsperren, damit du nicht noch mehr Schaden anrichten kannst. Oder noch besser – ich werde unsere Habe auf einen Schubkarren packen, dich daraufsetzen und fünfhundert kleine Li weit marschieren, bis wir in ein Land kommen, wo man keinen König von Wey und keinen Shirliang Po kennt.«

13. JIN MAU GIBT EIN DENKWÜRDIGES ABSCHIEDSFEST

Das Pirolblütenhaus Eins schwirrte wie ein Bienenstock im Frühling. Bereits an der Tür wurde Jin Mau mit Dutzenden von Vorschlägen und Fragen wegen des Festes überfallen und sah sich schnell im Mittelpunkt wirbelnden Treibens. Fen Mei hatte offensichtlich sämtliche Truhen mit Seidenbahnen, Wandbehängen und Kunstblumen für die Dekoration geöffnet, und sie hatte auch die sonst so bequemen Dienstboten für diese zusätzlichen Arbeiten begeistern können.

Strahlend watschelte sie Jin Mau entgegen. »Nun, mein Kätzchen, wie ist es dir im Tempel ergangen? Bist du zufrieden? Die liebe Yeh Chi strahlt ja über das ganze Gesicht! Wir strahlen nicht so, wir haben sehr viel Arbeit! Stell dir vor, die Nachricht von deinem großen Fest war so schnell in der Stadt herum, dass sich die Herren von Kung Chi, dem Zunftmeister der Seidenweber-Gilde bis herab zu unserem besonderen Freund, dem Flickschuster Lü, einen Platz reserviert haben. Jin-Jin, wenn die Herren heute Abend deine Lieder nicht mit Silber belohnen, bist du morgen ein armes Mädchen, denn unser Haus wird brechend voll werden, und du hast versprochen, das Essen ginge auf deine Kosten!«

Jin Mau hielt sich die Schläfen. Nach der schwülen Atmosphäre im Tempel und dem grauen Nebel in der Stadt, der in kalten Schwaden vom See aufgestiegen war, traf sie die Wärme und das Licht der vielen Lampions wie ein Schlag. Der Geruch, der aus der Küche drang und sie an ihren leeren Magen erinnerte, und die hundertfache Wolke der verschiedenen Wohlgerüche, mit denen sich die Mädchen besprühten und puderten, tat ein Übriges.

Verzweifelt unterbrach sie Fen Meis Wortschwall. »Bitte, Mama Fen, lass mich einen Augenblick nach oben in die kleine Kammer gehen. Ich habe schreckliche Kopfschmerzen, und mir ist übel. Kannst du mir jemanden schicken, der mir eine Kanne Tee und heißes Wasser zum Waschen hochbringt? Und vielleicht auch ein kleines Schälchen mit süßem Reis? Ich lege mir eine Kräuterpackung auf die Stirn und ruhe eine Stunde, denn ich muss heute Abend in Bestform sein! Unsere Gäste sollen noch nach Jahren über dieses Fest reden und dabei die Feier im Palast völlig vergessen.«
Fen Mei packte Jin Mau bei den Schultern und schob sie zur Treppe. »Komm, Kleines. Du musst ja schon ganz erschöpft sein. Ich bringe dich ins Bett, und du stehst erst wieder auf, wenn du dich für das Fest umziehen musst. Willst du in meinem Bett schlafen? Das in der Kammer ist doch schon viel zu klein für dich!«
Jin Mau lächelte ihre Pflegemutter liebevoll an. »Du bist der beste Mensch der Welt, Mama Fen. Aber in meiner alten Kammer ist es so schön still, und ich brauche eine Stunde Ruhe.«
Fen Mei ächzte ein wenig, da ihr die steilen Treppen zusetzten. »Ach, mein kleines Goldstück, das war der bisher schlimmste Tag meines Lebens! Ich bin froh, dass du die schreckliche Enttäuschung so gefasst aufnimmst. Der gierigen Meute der Gäste und ihren kleinen Freundinnen sofort ein Fest zu geben ist eine wundervolle Idee. Damit brichst du allen Anfeindungen die Spitze ab.«
»Ich hoffe es, Mama Fen. Aber das Orakel heute war so seltsam. Vor irgendwoher droht mir angeblich große Gefahr, möglicherweise von einem fremden Freier. Wenn diese Gefahr überstanden ist, wird mir ein langes Leben zuteil. So hieß es jedenfalls. Die Schicksalswaage ist genau in der Mitte stehen geblieben, und der Priester hat gesagt, die Gefahr

käme sehr bald. Du sollst ein wenig aufpassen, mit wem ich Umgang habe, sagte er noch. Ich weiß nicht, was ich davon halten soll.«

»Ich auch nicht«, antwortete Fen Mei mit gerunzelter Stirn, »aber ich werde wohl doppelt so gut aufpassen wie bisher. Willst du dich wirklich in die kleine Abstellkammer legen? Na, schon gut! Da kommt schon Yeh Chi mit dem Tee und eine Zofe mit heißem Wasser. Soll der Tee auf das Kohlebecken gestellt werden, oder lässt du ihn abkühlen?«

»Bitte zünde mir das Kohlebecken an. Mir ist kalt, und ich brauche viel heißen Tee, um wieder munter zu werden.«

Fen Mei wirbelte noch eine Weile um Jin Mau herum, half ihr, sich auszuziehen und zu waschen, und ordnete dies und suchte jenes. Sie ließ ihr das beste Langkleid und eine neue Hose für den Abend zurechtlegen und bot ihr noch ein Pulver gegen die Kopfschmerzen an. Als sie endlich ging und die Mädchen und die Zofen mitnahm, die sich unter allerlei Vorwänden in der Nähe herumgetrieben hatten, atmete Jin Mau tief durch, um wieder einen klaren Kopf zu bekommen. Manchmal glaubte sie, Mama Fens übertriebene Fürsorge kaum noch ertragen zu können.

Nach einer Weile, in der sie einfach nur zur Decke gestarrt hatte, stand sie auf und holte den Beutel mit dem Zaubertraumkraut aus seinem Versteck. Sie glättete ihn, soweit es sein Inhalt erlaubte, und legte ihn vor sich hin. Da es schon dunkel in der Kammer war, hängte sie eine Laterne unter der Decke auf. In deren Licht sah sie deutlich die blassen Schriftzeichen auf dem Beutel. Sie glichen genau denen des linken Staborakels. Traum, Wissen, Glück. Das konnte kein Zufall sein.

Jin Mau versuchte, den Gedanken, die in ihrem Kopf wirbelten, Zügel anzulegen. Aber wie sie es auch drehte und wendete, es blieben mehr Fragen als Antworten übrig. Wie-

so sollte sie vor einem Scheideweg stehen? Die Waage im Gleichgewicht konnte doch darauf hindeuten, dass ihr Leben in Harmonie mit der Welt um sie herum ablief und auch weiter so ablaufen würde. Außerdem – würde das Orakel des Stadtgottes ihr die Zeichen zeigen, die auch auf diesem Beutel standen, wenn ihr dadurch Gefahr drohte? Wohl kaum. Die beiden Staborakel widersprachen sich ihres Erachtens nicht, denn die Gefahr konnte von der Prinzessin Lu Kin ausgehen. Daher würde sie Geduld haben müssen, bis sie den Fürsten wiedersehen konnte – falls sie ihn je wiedersehen durfte. Und ein langes Leben war nur erstrebenswert, wenn es in stiller Harmonie verlief.
Das andere Staborakel war eigentlich klar – Traum bedeutete das Traumkraut hier, und Wissen war ihr einziger Weg zum Glück, vielleicht auch der Weg, einer drohenden Gefahr zu entgehen. Wenn sie Zhong Tie Hu als Geist aufsuchte, würde sie seine Dame kennenlernen und erfuhr möglicherweise, wie sie sich gegen eine Gefahr aus dem Palastbezirk wappnen konnte. Das Glückszeichen konnte sie vielfältig auslegen, denn jedes Wissen um ihren Geliebten, sei es seine Liebe zu ihr oder möglicherweise auch die Tatsache, dass er sie schon vergessen hatte, würde sie weniger unglücklich machen als jahrelange Ungewissheit.
Jin Mau erhob sich und schüttete das Traumkraut in eine Schale. Nun musste sie es mit heißem Tee übergießen, ein paar Minuten ziehen lassen und den Aufguss trinken. Ihre Seele würde sich in vier oder fünf Stunden vom Körper lösen und als Geist umherschweifen. Sechs Stunden hatte sie Zeit, ihrem Wissensdurst nachzugehen. Dann musste sie in ihren Körper zurückkehren, sonst bestand die Gefahr, dass sie zu einem verwehenden Geist wurde, dem der Weg zu den Gelben Quellen und damit auch zum Kreislauf der Wiedergeburten versperrt war.

Ein seltsames Gefühl ließ sie zögern. Es war so ähnlich wie im Tempel. Irgendetwas oder irgendjemand schien ihr aus weiter Ferne etwas zuzurufen. Aber es war nicht besser zu verstehen als ein Flüstern in einer lauten Menschenmenge. Einen Augenblick lauschte sie noch und starrte auf das Kräuterbündel. Im Schein des Seidenlampions glänzten die getrockneten Blätter, als seien sie in eine Honigglasur getaucht worden. Sie klebten sogar ein wenig und bröckelten zwischen den Fingern. Nun, es mochte sein, dass die Pflanze beim Trocknen speziell behandelt worden war, damit sie ihre Wirkung nicht verlor, oder der Überzug diente dazu, den intensiven Geruch, der sich jetzt im Raum breitmachte, etwas zu dämpfen.

Nun rochen die Blätter genauso scharf, wie es die Überlieferung besagte. Jin Mau übergoss das Traumkraut mit heißem Tee. Es wurde höchste Zeit. In weniger als der Hälfte einer Stunde begann das Fest. Sie musste sich sputen, wenn sie pünktlich fertig werden wollte.

Sie öffnete die Dachluke, um frische Luft hereinzulassen, und zündete zusätzlich eine Räucherkerze an, um den Fuchsgeruch zu entfernen. Dann holte sie einen kleinen Frisiertisch in die Kammer und begann, ihr Gesicht zu bemalen. Nebenbei trank sie die Schale mit dem Aufguss in kleinen Schlucken leer. Wenigstens schmeckte es nicht so scheußlich, wie es in trockenem Zustand gerochen hatte.

Ein warmes, leicht prickelndes, angenehmes Gefühl breitete sich in ihr aus, und sie merkte, wie die Angst und die Anspannung von ihr wichen. Sie hatte einen wichtigen Schritt getan, um ihr Schicksal in die eigene Hand zu nehmen, und so bot sie den Mädchen, die nun kamen, um ihr beim Anziehen zu helfen, das Bild einer fröhlichen jungen Frau, die ihrem Auftritt vor so vielen Gästen entgegenfieberte. Selbst auf Yeh Chis Frage, womit sie sich da den guten Tee verdorben hatte, konnte sie lachend antworten. »Ach, nur ein paar Kräuter, die die Kopfschmerzen vertreiben und die Sinne klären. Ein Rezept vom alten Suan, weißt du. Schade, dass er jetzt Eremit geworden ist. Er war einer der unterhaltsamsten und höflichsten Gäste.«

Die Mädchen lachten, denn sie erinnerten sich auch recht gut an diesen freundlichen Kauz, und eine lästerte: »Ich glaube, du bereitest dich schon darauf vor, uns die Freier und Freunde reihenweise wegzunehmen. Dein kurzes Gedächtnis für treue Liebhaber möchte ich auch haben. Ich weine mir jedes Mal die Augen aus, wenn ich einen festen Freund verloren habe.«

Damit hatte sie sich zur Zielscheibe der Sticheleien gemacht, denn man kannte die klettenhafte Art, mit der sie sich an einen vielversprechenden Freier heftete.

Jin Mau beteiligte sich fast übermütig an den gegenseitigen Neckereien, bis schließlich Fen Mei auftauchte und fragte, was der Lärm zu bedeuten hätte. Aber als sie sah, wie gut es ihrem Sorgenkind ging, strahlte sie über das ganze Gesicht. Vergebens versuchte sie, streng zu sein und den Haufen gackernder Hühner, wie sie ihre Mädchen bezeichnete, nach unten in den Saal zu scheuchen, in dem sich bereits die ersten Gäste einfanden.

Jin Mau prüfte noch einmal ihr Aussehen im Spiegel und war zufrieden. Aufatmend griff sie nach ihrer Pipa-Laute und ging hinunter. An der Tür zum leicht erhöhten Bühnenteil des Saales standen schon andere Mädchen und bildeten mit ihren Musikinstrumenten ein Spalier. Mit Jin Mau an der Spitze betraten die Sängerinnen, Tänzerinnen und Musikantinnen die Bühne und begrüßten die erwartungsvollen Gäste mit tiefen Verbeugungen. Der Beifall ließ die Halle erzittern. So ein volles Haus wie an diesem Tag hatte Fen Mei in all den Jahren noch nicht erlebt.

»Kunststück!«, flüsterte Yeh Chi Jin Mau hinter ihrem Tamburin zu. »Wenn es etwas umsonst gibt, kommen selbst die reichsten Bürger gelaufen.«
Jin Mau unterdrückte ein unziemliches Kichern und stimmte mit strahlendstem Lächeln das Begrüßungslied an, in dessen Verlauf die Gäste der Sitte nach drei Becher Wein trinken mussten. Obgleich alles, was heute Abend verzehrt wurde, auf Kosten des Hauses ging, sollte es das größte Fest werden, das die Stadt je gesehen hatte. Zwischendurch würden die Mädchen etliche Freier in die umliegenden Zimmer abschleppen und so Mama Fens Taschen füllen.
Es wurde tatsächlich das ausgelassenste und üppigste Fest in der Geschichte des Pirolblütenhauses. Die Künstlerinnen gaben ihr Bestes, die Gäste sparten weder mit Beifall noch mit Kupferkäsch und Silberbruchstücken, die zwischen den Liedern und Tänzen auf die Bühne regneten. Dazu ließen sie den Fürsten Zhong und seine frisch angetraute Gemahlin begeistert hochleben, denn ihnen hatten sie dieses Ereignis zu verdanken. Fen Mei musste ein paarmal dämpfend eingreifen, wenn die Gäste dem fernen Brautpaar nicht nur zehntausendfaches Glück wünschten, sondern sich zu jenen groben Anzüglichkeiten verstiegen, die bei Hochzeiten in bürgerlichen Kreisen Sitte waren.
Mitternacht war schon lange vorüber und die Stunde der Ratte von der Stunde des Rindes abgelöst worden, um viel zu schnell der des Tigers zu weichen, aber niemand schien daran zu denken, das Fest zu verlassen. Man forderte die Sängerinnen und Tänzerinnen immer wieder zu neuen Zugaben auf. Jin Mau hatte ihr Repertoire schon restlos ausgeschöpft – bis auf die ganz schlüpfrigen Lieder, die sie aus naheliegenden Gründen an diesem Tag nicht singen wollte. Obwohl sie schon vor Müdigkeit schwankte, ließ sie sich von neuem auf die Bühne schieben, wo sie mit einem Hagel

aus Silber empfangen wurde. Alle waren sich einig, dass die Blumenkönigin sich selbst übertroffen hatte. Mit dieser Vorstellung würde sie in den Kreis der schon zu Sagengestalten gewordenen Sängerinnen eingehen.
Sie selbst spürte, dass mit ihr etwas Ungewohntes vorging. Es war, als ob das Traumkraut etwas früher zur Wirkung kam, als sie erwartet hatte. Doch sie wusste nicht, wie sie sich den Forderungen der Gäste entziehen sollte. In ihrem schon benebelten Kopf stimmte sie eine der längsten Balladen an, die sie kannte, das Lied von der Weberin und dem Kuhhirten. Auch wenn die Erzählung frivol begann, war es doch eine fromme, ehrbare Geschichte von der Suche des Mannes nach der geliebten Frau und ihrem selbstvergessenen Glück, also kein Lied für Männer in weinseliger, aufgeheizter Stimmung.
Doch Jin Mau hätte wohl auch ein Lied anstimmen können, wie die Ammen es ihren Milchkindern zum Einschlafen vorsangen, und es wäre bejubelt und beklatscht worden, denn die Männer lauschten dem Gesang fast andächtig. Nur wenn Jin Mau stockte und offensichtlich Mühe hatte, sich des Textes der nächsten Strophe zu erinnern, erschollen anfeuernde Bo-Bo-Rufe. Sie füllten auch für lange Augenblicke den Saal, als die Stimme der geduldigen Sängerin mit einem Mal erstarb und die Pipa-Laute aus ihren kraftlos werdenden Händen rutschte.
Yeh Chi begriff als Erstes, dass Jin Mau ohnmächtig geworden war, und fing sie gerade noch rechtzeitig auf. Ihr Tamburin aber rollte mit einem unheimlichen Ton über den Boden, bis es neben der Laute zur Ruhe kam.

14. JIN MAU BEGEGNET DER SCHWARZEN FÜCHSIN

Es war eigenartig, sich selbst von oben zu betrachten. Jin Mau blickte in ihr Gesicht, das unter der Schminke zu einer Grimasse erstarrt war. Ihr Körper hing in Yeh Chis Armen wie eine Marionette, und um sie herum bildete sich eine Traube aus Mädchen mit müden Gesichtern und verschwitzten, zerdrückten Kleidern, die sie schüttelten und ihr Tücher mit scharf riechenden Ölen unter die Nase hielten. Sie riefen nach den Dienern, die Wasser bringen sollten und Tee, und kümmerten sich so rührend um sie, dass Jin Mau am liebsten noch einmal in ihren Körper zurückgekehrt wäre, um sie zu beruhigen.

Aber sie unterdrückte den Impuls, denn das Traumkraut wirkte nur einmal, wie ihr die Hexe gesagt hatte. So blieb ihr nichts anderes übrig, als zuzusehen, wie Chiang Wei ihre Laute ergriff, den Schwächeanfall der Blumenkönigin entschuldigte, die Ballade an der gleichen Strophe wieder aufnahm und sie mit süßer, klarer Stimme fortsetzte. Die Stimme gefiel Jin Mau. Während sie jetzt Fen Mei und den anderen Mädchen folgte, die ihren Körper in die Gemächer der Kupplerin trugen, lauschte sie immer noch dem Lied. Das Mädchen war die beste Anwärterin für die nächste Blumenkönigin. Ihr wurde dieses Amt langsam lästig, denn mit seinen Verpflichtungen schränkte es ihre Möglichkeiten stark ein.

Aber darüber konnte sie sich bei ihrer Rückkehr Gedanken machen. Nun wollte sie sehen, was mit ihrem Körper geschah. Sie probierte aus, was sie als Geist tun konnte. Als sie praktisch über Mama Fen schwebend mit ihr die Treppe hochglitt, musste sie an sich halten, um nicht einige Mäd-

chen in die neugierigen Nasen zu kneifen. Es war ein herrliches Gefühl der Freiheit. Ein Geist zu sein hatte auch seine Vorteile.
Jin Mau stieg nun durch das Dach auf, dessen Holz und Ziegel kein Hindernis bildeten, und blickte auf den Trommelturm. Dort zeigten in der Nacht rot glimmende Laternen die Stunde an. Gerade wurde eine neue Laterne aufgesteckt. Die Stunde des Hasen begann, die letzte vor der winterlichen Morgendämmerung. Das hieß, dass sie am Nachmittag kurz vor der Stunde des Hahns in ihren Körper zurückgekehrt sein musste.
Sie warf noch einen letzten Blick in Mama Fens Schlafzimmer, in dem ihr Körper nun regungslos auf dem riesigen, beheizbaren Bett lag. Wahrscheinlich hätte sie so klug sein müssen, sich früher zu verabschieden. Nun bereitete sie ihren Lieben nur Kummer. Schnell wandte sie sich ab, schwang sich hoch in die Luft und flog durch die Dunkelheit auf den Palast zu. Es war ein wundervolles Gefühl, welches sie sich nie hätte vorstellen können. Bald konnte sie der Versuchung nicht widerstehen, höher zu steigen, und so flog sie nach oben, bis die Sterne zum Greifen nahe schienen.
Mit einem Mal aber fühlte sie ein Rauschen um sich, ein Schlagen wie von riesengroßen Flügeln. Etwas riss sie mit, jagte sie noch höher in den Himmel und versetzte ihr einen Schlag, der sie Richtung Erde schleuderte. Im selben Moment riss das Dunkel um sie herum auf und bot ihr einen Blick in eine ganz andere Art von Welt. Gleich darauf fand sie sich mit heftig klopfendem Herzen irgendwo im freien Feld vor der Stadt wieder.
Sie presste die Geisterfinger auf ihre Geisterbrust. Auch wenn sie sich selbst nur als durchsichtigen Schemen empfand, spürte sie ihr Herz. Es klopfte weit weg in ihrem Körper. Gleichzeitig wurde ihr klar, dass sie vorsichtiger sein

musste. Sie erinnerte sich an die Bilder im Tempel und begriff, dass sie gerade Sturm- und Regendämonen begegnet war, die nach getanem Werk zum Kunlun-Berg zurückkehrten. Dort wurden sie von Xiwangmu, der obersten Göttin des Westens, in großen Gefäßen gefangen gehalten, bis sie wieder freigelassen und mit neuen Befehlen losgeschickt wurden. Jetzt hatten sie mit ihr gespielt wie mit einem wattegefüllten Ball. Wie es aussah, war auch die Existenz eines körperlosen Geistes nicht ohne Gefahren.

Nach diesem Zwischenfall hielt Jin Mau sich lieber an den festen Erdboden. Sie stellte sich vor, eine Katze zu sein, und besaß im nächsten Augenblick tatsächlich vier bepelzte Pfoten. Nun schlich sie, jede Deckung ausnutzend, auf den Palastbezirk zu und sah sich sorgfältig um, statt einfach zu versuchen, durch die Umfassungsmauer hindurchzugehen. Das erwies sich als eine gute Entscheidung. Im Gegensatz zu den Mauern des Pirolblütenhauses gab es hier Abwehrzauber gegen böse Geister und an den Toren Steine mit Bildern und Inschriften, die Gespenster erschrecken sollten.

Jin Mau spürte, dass diese Dinge auch gegen sie wirkten, und überlegte, ob sie wieder zu einem Vogel werden und einfach über die Mauer fliegen sollte. Aber ein unbestimmtes Gefühl warnte sie davor. Sie hatte nicht die Natur eines Vogels und fühlte sich in der Luft nicht wohl. Außerdem gab es ganz bestimmt auch starke Abwehrzauber gegen fliegende Dämonen. Unweigerlich musste sie an die Geschichten von Geisterbeschwörungsritualen denken, die Zhong Tie Hu ihr erzählt hatte. Demnach lebte der ganze Hof in Angst vor den bösen Geistern jener Toten, die keines natürlichen Todes gestorben waren.

Die immer unangenehmer werdende Nähe der Abwehrzauber ließ Jin Mau zögern. Zum zweiten Mal überfiel sie das Verlangen, ihr aberwitziges Tun aufzugeben und in ihren

Körper zurückzukehren. Gleichzeitig fühlte sie den Schatten einer riesigen Hand über sich, die von hinten aus der Stadt kam und nach ihr griff, als wolle sie sie einfangen. In einem Anfall von Panik raste sie wie eine erschreckte Katze den Stamm eines riesigen, alten Baumes hoch und drückte sich in das Gewirr der Äste. Einer davon streckte sich in beträchtlicher Höhe über die Mauer, neigte sich innen herab und streifte ein Bambusgehölz. Das war eine Einladung, die sie nicht ausschlagen konnte. Sie kroch auf dem Bauch über den Ast und schlug dabei die Krallen, die ihr an den vier Pfoten gewachsen waren, nach jeder Bewegung fest in das Holz, obwohl sie eigentlich kein Gewicht hatte und auch nicht fallen konnte. Doch die Wirbel der Abwehrzauber, die wie Windböen an ihr zerrten, konnten sie möglicherweise aus dem Baum reißen und ihr Schaden zufügen. Es schien eine Ewigkeit zu dauern, bis sie das Ende des Astes erreicht und die Auswirkungen der Schutzzauber hinter sich gelassen hatte.

Sie spürte, wie ihr der Atem in der Kehle rasselte, und sie fror immer noch. Hatte man ihren Körper nicht warm genug zugedeckt? Nun, vielleicht war das eine normale Begleiterscheinung des Zaubertraumkrauts. Sie versuchte, alle Gefühle, die ihren Körper betrafen, zu verbannen, denn sie durfte sich nicht durch eingebildete Ängste verrückt machen lassen, sonst hätte sie von Anfang an auf dieses Abenteuer verzichten müssen. Nun, da sie die Geistersperren rund um den Palastbezirk überwunden hatte, galt es, ihren Liebsten ausfindig zu machen.

Auf den ersten Blick schien das fast unmöglich. Es mochten weit über hundert Häuser in diesem Park stehen, denn der Wind trug ihr die Gerüche von etlichen Dutzend großer und kleiner Gebäude zu. Also musste sie mit dem Kopf suchen, nicht mit den Pfoten. Außerdem schrumpfte die Zeit, die ihr zur Verfügung stand. Wenn sie noch etwas von den Träumen ihres geliebten Fürsten mitbekommen wollte, musste sie ihn erreicht haben, bevor die Sonne über den Horizont trat. Im morgendlichen Erwachen kamen den meisten Menschen die intensivsten Träume, und da war er sicher keine Ausnahme.

Vor dem Haus, in dem ein frisch vermähltes Brautpaar schlief, hingen meistens Fahnen mit Glück- und Segenswünschen. Je reicher oder hochrangiger das Haus, um so länger waren die Stoffbahnen mit den Schriftzeichen und um so höher die Masten, an denen sie hingen. Sie konnte zwar keinen zusammenhängenden Text lesen, aber sie kannte die wichtigsten Zeichen, die bei solchen Gelegenheiten benutzt wurden. Während sie noch überlegte, fiel ihr Blick auf eine Art Aussichtsturm, wie es sie auch am Seeufer gab. Dieser hier war noch höher und so reich verziert wie der Eingang zum Tempel des Stadtgottes. Seine glasierten Dachziegel spiegelten schon den schwachen Schein der ersten Dämmerung wider. Das hieß doppelte Eile, wenn sie mit ihren Katzenaugen auch mehr sehen konnte denn als Menschenfrau. Vielleicht war es lustig, als Katze wiedergeboren zu werden, dachte sie, als sie in großen Sätzen auf den Turm zurannte. Nur würde sie als Mensch in einer der Wiedergeburten danach nichts mehr davon wissen.

Aber da Katzen den meisten Menschen als verachtenswerte Tiere galten, war das keine gute Idee. Kommt eine Katze ins Haus, hieß es, verarmt die Familie bald. Denn die Katze weiß, dass bald viele Ratten kommen und Scheunen und Truhen leer fressen. Hier im Palast hatte man nach dem Tod einer Nebenfrau, die eine begeisterte Züchterin von Löwenkatzen gewesen war, befohlen, alle Tiere zu ertränken. Zum Glück für die wunderschönen Geschöpfe hatten die damit beauftragten Diener sie heimlich an Liebhaber und Händler außerhalb der Stadt verkauft, und einige Nachkommen davon hatte Jin Mau geschenkt bekommen. Ihr musste die Freude reichen, eine Weile als Geisterkatze herumzulaufen, denn das Schicksal einer gewöhnlichen Rattenfängerin schien ihr zu hart zu sein.

Auf der obersten Turmplattform konnte Jin Mau die langen Seidenbahnen der Hochzeitsfahnen im Wind knattern hören. Sie nahm sie auch schwach gegen den doch noch sehr dunklen Himmel wahr. Aus der gleichen Richtung kam ein ihr bekannter Duft. Es war der Geruch des Haaröls, das Zhong Tie Hu speziell von seinem Gut bezog. Glücklich sprang sie die Treppe hinunter und hüpfte übermütig in die Richtung, aus der der Wind ihr die Gegenwart ihres Liebsten zugetragen hatte.

Unterwegs stutzte sie und stemmte die Beine so stark gegen den Boden, dass sie sich überschlug. Zwar schwebte sie wie ein Blütenblatt auf die Erde zurück, aber der Schreck saß ihr tief in den Knochen. Etwas hatte ihr aufgelauert und mit einem zahnbewehrten Maul nach ihr geschnappt. Es war keine so machtvolle Präsenz, wie sie sie außerhalb der Mauern gespürt hatte, aber dennoch lauerte etwas wie ein Raubtier im Dunkeln. Nun begriff Jin Mau, dass es auch im Geisterreich wilde Tiere gab.

Sie drückte sich nach Katzenart flach auf den Boden und kroch ein Stück durch die Büsche. Hinter einer steinernen Säule richtete sie sich vorsichtig auf und sah sich nach dem Angreifer um. Sie brauchte nicht zu suchen, denn die Sichel des untergehenden Mondes ließ die Gestalt des Geschöpfes klar wie einen Schattenriss hervortreten.

Zunächst glich das Wesen einer ganz normalen Frau in höfischen Kleidern. Doch Jin Mau sah, dass es seine wahre Gestalt mit einer Art täuschendem Schleier umgab, den ihre Augen durchdringen konnten. Als das Geschöpf sich drehte, sah sie, dass hinten aus ihrem Rock neun dicke, große Fuchsschwänze ragten. Das Wesen trug sie beinahe so wie der Pfau seine Schwanzfedern. Auch sein Gesicht glich nur an der Oberfläche dem einer sehr schönen Frau. Dahinter besaß es ein dunkles Fuchsgesicht. Also war das Geschöpf eine andere Art von Gespenst, eine mindestens tausend Jahre alte Geisterfüchsin, der Überlieferung nach also ein mächtiges, bösartiges Hexenwesen.

Ob das Fuchswesen sich von anderen Geistertieren ernährte? Dann hieß es, so schnell und so unauffällig wie möglich aus seiner Nähe zu verschwinden. Jin Mau klemmte ihren Schwanz zwischen die Hinterbeine und kroch auf dem Bauch davon. Dieser Ausflug gestaltete sich weit gefährlicher, als sie sich das vorgestellt hatte. Ein paarmal blieb sie regungslos liegen, um zu lauschen und zu wittern. Wesen in der Geisterwelt hatten auch einen Geruch, und der des Fuchswesens war eine Mischung von Schweiß und starken Duftölen gewesen. Das hatte sie wohl vor dem Angriff gewarnt. Überraschen konnte die Füchsin sie also nicht, wenn sie sorgfältig auf ihre Umgebung achtete.

Dennoch war es ein grausiges Gefühl, ein solches Raubwesen in der Nähe zu wissen. Ob es nützen würde, wenn sie sich auch als Geist eine menschliche Gestalt gab? Sie verwarf den Gedanken sofort wieder. Schließlich konnte sie als Menschenfrau nicht durch den Schatten der Blumen und Sträucher kriechen oder Bäume hochklettern, und wenn sie die normalen Wege benutzte, wurde sie von den Mitbewohnern der Geisterwelt schon von weitem gesehen.

Sie seufzte erleichtert auf, als sie das große Haus mit den Hochzeitsfahnen erreichte. Hier gab es zwar Geisterabwehrzauber in Form von Steinköpfen vor den Türen, aber die Mauern ließen sich durchqueren, als wären sie nur Schattenbilder. Jin Mau folgte weiter dem Duft des Fürsten und gelangte in das festlich geschmückte Schlafzimmer des Brautpaares. Da sie sich ein wenig krank fühlte und schrecklich fror, hockte sie sich kurzerhand auf eines der Kohlebecken, mit denen der Raum geheizt wurde, und sah sich um. Das Licht, das aus den Luftlöchern der Becken drang, und die ersten Streifen der Dämmerung reichten völlig für sie aus.

Jin Maus Geisteraugen füllten sich mit Tränen, als sie das unglückliche und im Schlaf noch unendlich müde wirkende Gesicht ihres Geliebten betrachtete. Wie hatte er sich nur an diesen Koloss fesseln lassen können?

Heirat in höheren Kreisen war fast immer ein Handel um Macht und Einfluss, und nun wollte Jin Mau genau wissen, warum er diese Frau zu seiner ersten gemacht hatte. Aus diesem Grund war sie hierhergekommen. Ihr fiel ein, dass sie gar nicht wusste, wie sie in seine Träume eindringen konnte. Am besten legte sie sich wie eine ihrer Löwenkatzen auf die Brust des Schlafenden. Vielleicht, so hoffte sie, konnte sie von da aus in ihn hineinhorchen.

Kaum hatte sie den Entschluss gefasst, da schwebte sie auch schon zu ihm hinüber, so als würde er sie an sich ziehen. Sie landete sanft wie eine Feder auf seiner Brust, rollte sich auf Katzenart zusammen, schob ihren Kopf in seine Halsbeuge und lauschte seinem Herzschlag. Im selben Moment überschwemmte eine Welle köstlicher Wärme ihren zitternden, ausgekühlten Körper, und eine Welt wirrer, bunter Traumbilder nahm sie in sich auf.

15. ZHONG TIE HU ERLEBT EINEN ALBTRAUM

Es war keine schöne Welt. Zuerst war Jin Mau eins mit ihrem Geliebten und irrte mit ihm durch ein Labyrinth, das eine fatale Ähnlichkeit mit dem Palastgelände hatte. Nur wurde dieses hier von Dämonen mit Tiergesichtern bevölkert, die in prächtige Gewänder und Roben gekleidet waren, welche denen der Höflinge von Wey glichen, aber schreckenerregende Waffen trugen. Da gab es schweine- und pferdeköpfige Dämonen und solche, deren Gesichter Ochsen glichen und denen riesige Hörner aus den Köpfen wuchsen. Andere waren halb Mensch, halb Esel. Es war, als sei der Palast in die Unterwelt versetzt und die Plätze der Höflinge von höllischen Tierdämonen eingenommen worden.
Tie Hu hastete durch Höfe und Gänge, deren Wände mit schlangenhaft sich windenden, giftig schillernden Pflanzenarmen überzogen waren. Dabei bemühte er sich verzweifelt, tierköpfigen Wesen auszuweichen, die mit Sauspießen nach ihm stachen. Der Anführer der Dämonen war ein riesenhaftes Wesen mit einem Eberkopf, schrecklichen Hauern im Maul und Hörnern auf der Stirn. Das ständig grunzende Geschöpf trug ein rotes Brautkleid und hatte mächtige Brüste, die beinahe aus dem Gewand platzten.
Die Ähnlichkeit des Dämons mit Prinzessin Lu Kin war unverkennbar. Bei dem Gedanken wurde Jin Mau von einem nervösen Kichern geschüttelt und löste sich von Tie Hu, blieb aber ein Teil seiner Traumwelt. Nun war sie ein struppiges, buntes Kätzchen, das neben ihm herlief. Als sie hinter ein paar Büschen eine Art Höhle in einer Mauer entdeckte, rief sie ihm zu, ihr zu folgen, doch es kam nur ein klägliches Maunzen aus ihrer Kehle. Er schien jedoch zu begreifen, was

sie wollte, denn er warf sich zu Boden, rollte sich geschickt unter das dornenbewehrte Blattwerk und robbte wie eine Eidechse in das Loch. Die Meute der tierköpfigen Dämonen hatte offensichtlich nichts davon bemerkt, denn sie rannte hechelnd und heulend vorbei.

Als ihr Lärmen in der Ferne verklungen war, zog Tie Hu das struppige Kätzchen an sich, kraulte es und bedankte sich artig. Jin Mau versuchte verzweifelt, sich ihm verständlich zu machen. Aber er verstand ihre Bemühungen nur als Sympathiebeweise einer Straßenkatze. Schließlich seufzte er, gab ihr einen Klaps und sah vorsichtig hinaus. Jin Mau zerrte an seinem Ärmel, denn sie hörte und roch die Nähe der Tierwesen.

Er zog sich wieder zurück, setzte sich hin und zog sie auf seinen Schoß. »Bist du ein verzauberter Mensch? Nun, dann bitte ich dich um Verzeihung, falls ich dir weh getan habe. Kannst du Schriftzeichen malen? Nein? Das ist schade, denn ich verstehe leider nicht, was du möchtest. Ach, meine kleine Dame, für mich ist es wichtig, den Mittelpunkt des Palastes zu erreichen. Dort befindet sich das Bild meiner echten Braut, meiner wahren Liebsten. Wenn ich zu ihr gelange, bin ich gerettet! Du solltest rasch aus diesem Labyrinth verschwinden, sonst werden die Dämonenwesen dich töten.«

Das war Jin Mau klar, und sie fragte sich, ob sie, wenn die Ungeheuer sie erwischten, ganz tot sein oder in ihrem Körper wieder aufwachen würde. Wichtiger aber noch war ihr die Frage, ob sie die Geliebte war, die er meinte, und deswegen musste sie bei ihm bleiben. Sie schüttelte die Angst ab und versuchte, sich ihm mit Gesten, leisem Maunzen und Fauchen verständlich zu machen. Zuerst starrte er sie verständnislos an. Dann aber lächelte er und zauste ihr Fell mit beiden Händen, so, wie er es früher mit ihren aufgelösten Haaren gemacht hatte.

»Kleines buntes Kätzchen, du bist eine kluge Person. Zum Glück kenne ich eine schöne Dame, die viel von Katzen versteht und mir einiges über euch und eure Sprache beigebracht hat. Du kannst die Dämonen riechen und hören, willst du mir sagen, und du willst mich an ihnen vorbeibringen. Kennst du dich denn hier in diesem höllischen Labyrinth aus? Nein? Schade! Nun, im Innenhof des Palastes steht eine Frau aus weißem Stein zwischen silbergrauen Orchideen. Sie ist mein Ziel. Wenn ich den Gewandzipfel der Statue anfasse, dann bin ich gerettet. Andernfalls werde ich auf immer der schweineköpfigen Dämonin verfallen sein.«

Silbergraue Orchideen?, dachte Jin Mau. Das waren die Blumen reicher, stolzer, aber auch liebeleerer Frauen. Die kleinen Blüten waren wunderschön anzusehen, aber sie dufteten nicht. Dennoch traute Jin Mau sich zu, sie mit ihrer Katzennase zu finden, und schnupperte sofort. Das Poltern und Lärmen der Dämonen klang nur von ferne herüber, und ihr Gestank war ebenfalls schwächer geworden. Doch er überdeckte alles andere. Sie schlüpfte aus der Höhle, kletterte den Stamm des nächsten Baumes hoch und krallte sich an den im Wind schwankenden Ästen fest. Dabei wunderte sie sich, dass sich ihr Katzenkörper in dieser Geisterwelt nicht mehr so leicht anfühlte wie eine Feder.

In dem Moment bemerkte sie, wie tief der Erdboden auf einmal unter ihr lag. Sie spürte, wie ihr Fell sich sträubte und ihre Krallen sich kraftlos aus dem Holz lösten. Halt!, befahl sie sich selbst. Sie hatte doch als Mensch keine Angst vor großen Höhen gehabt. Wieso fürchtete sie sich als Katze? Hier musste es eine Art Angstzauber geben, den die Tierdämonen verströmten.

Sie stieß ein leises Fauchen aus, arbeitete sich in die Spitze der Krone vor, solange die Zweige sie trugen, und sah sich um. Dabei versuchte sie, nicht daran zu denken, wie weit der

Erdboden entfernt war und wie schrecklich lang und spitz die Dornen zwischen den Blättern der Bäume und Büsche waren, sondern richtete ihr ganzes Augenmerk auf einen silbrig schimmernden Fleck, der sich deutlich von der graugrünen und graubraunen Umgebung unterschied. Eine glänzende Säule erwies sich bei näherem Hinsehen als Statue, die inmitten von wogendem Silber und leuchtendem Grün stand. Bis zu dieser Stelle war es noch ein weiter Weg für einen jungen Mann, der von einer dämonischen Rotte gejagt wurde.

Jin Mau spürte, wie die Angst ihr Herz wie mit einer steinernen Faust zusammenpresste. Das würde sie jedoch nicht davon abhalten, Tie Hu an sein Ziel zu führen. Sie kroch zum Hauptstamm zurück, drehte sich so, dass ihr Schwanz nach unten zeigte, und krallte sich mit allen vieren in die Rinde. Dann ließ sie sich langsam abwärtsrutschen. Tie Hu fing sie auf, drückte sie an sich und schlüpfte sofort wieder in das Gebüsch.

»Na, mein kleines Katzenfräulein?«, flüsterte er. »Hast du etwas entdeckt?«

Jin Mau bewegte den Kopf in Schlangenlinien, um anzuzeigen, wie sie gehen mussten, um zum Mittelpunkt zu kommen. Tie Hu nickte lächelnd und deutete einen Kuss auf ihre Nase an.

»Du hast die weiße Dame gesehen, ja? Ach, Kätzchen, wir werden uns beeilen müssen. Bis zum Sonnenaufgang muss ich dort sein, sonst war alles vergebens. Schau, die ersten Finger des Morgenrots färben schon die Wolken. Komm, zeig mir den Weg! Ich werde ewig in deiner Schuld stehen, so, wie ich schon in der Schuld einer anderen Dame stehe, die ich niemals vergessen oder im Stich lassen werde. Du erinnerst mich an sie, ist das nicht seltsam?«

Jin Mau spürt einen leichten Stich im Herzen. Nun schien

er sie selbst zu meinen, aber das hörte sich nicht so an, als spräche er von der Frau, der seine Liebe gehörte. Sie entwand sich seinen Händen und verließ die Deckung. Noch war kein Dämon direkt in der Nähe. Daher deutete sie Tie Hu mit dem Kopf die Richtung an und trabte los.
Der Weg wurde zu einem Albtraum in einer Albtraumwelt. Überall schienen Dämonen aus dem Boden zu wachsen. Tie Hu kroch die meiste Zeit auf allen vieren und wand sich wie eine Schlange unter dornigen Ranken und stachligem Gezweig hindurch. Aber trotz aller Wachsamkeit wurden sie einige Male gesehen und mussten um ihr Leben laufen. Dann fanden sie im letzten Augenblick ein Versteck, das groß genug war, die schlanke Gestalt des Fürsten aufzunehmen.
Einige Male geriet Tie Hu in Versuchung, einzelne Dämonen anzugreifen, die ihnen den Weg versperrten, aber er tat es nicht, weil der Lärm die anderen sofort angelockt hätte. In diesen Momenten, in denen er seine Wut mühsam bändigte, glaubte Jin Mau in das Gesicht eines Tigers zu blicken. Es war wie bei jenem Tierwesen im Palastbezirk, bei dem sie hinter dem glatten Frauengesicht die spitze Schnauze eines Fuchses gesehen hatte.
Nun erinnerte Jin Mau sich an die Berichte über die angebliche Herkunft des Fürsten aus der Geisterwelt. Tie Hu – das bedeutete auch »Eiserner Tiger«. Diesen Namen hatten seine Eltern ihm gegeben. Hatten sie gewusst, was in ihrem Sohn steckte? Konnte es sein, dass er, ohne es zu ahnen, mehr der Welt der Unsterblichen angehörte als der Welt des roten Staubes? Würde die Statue die Kraft haben, den Geistertiger in ihm freizusetzen? Dann würde sie in dem Moment, in dem er sein Ziel erreichte, ihren Geliebten für immer verlieren.
Für einen Augenblick war sie versucht, ihn in die Irre zu

leiten, um ihn behalten zu können. Dann aber schalt sie sich eine Närrin. Sie hatte ihn bereits an das Monstrum von einer Prinzessin verloren. Diese Frau würde sie niemals in der Nähe ihres Gemahls dulden. Nachdem sie die königliche Braut gesehen hatte, glaubte sie all die schlimmen Dinge, die man sich über Lu Kin und die anderen Schwestern des Königs erzählte.

Während Jin Mau mit wunden Pfoten einen Kletterrosenstrauch als Aufstieg auf eine dicht bewachsene Mauerkrone benutzte, um sich noch einmal zu orientieren, fasste sie den Entschluss, Tie Hu unter allen Umständen zu helfen, und wenn es ihr Leben kosten sollte. Nicht seine Liebe zu ihr, sondern ihre zu ihm war wichtig. Ein stolzer Tigergeist durfte nicht in einer menschlichen Hülle verkümmern, die von einem eberköpfigen Dämon gefangen gehalten wurde. Wenn die Statue seiner wahren Geliebten ihm helfen konnte, der Welt des roten Staubes zu entkommen, so wollte sie auch ihrerseits alles für seine Erlösung tun.

Wie es aussah, konnte ihr das gelingen, denn die Luft war rein. Die höllischen Knechte glaubten offensichtlich, dass der Fürst in einem anderen Teil des Labyrinths steckte, und umstellten diesen gerade. Jin Mau sprang Tie Hu direkt in die Arme und schnurrte fröhlich. Er tupfte ihre blutenden Pfoten mit dem Ärmel seines Gewandes ab und ließ sie dann auf seiner Schulter reiten. »Der Weg scheint frei zu sein, wenn ich dich recht verstehe, kleine Dame. Warne mich, wenn du etwas bemerkst, ja? Ich trage dich den Rest des Weges. Mit so böse zerstochenen Pfoten kannst du nicht mehr laufen.«

Eine Woge von Freundschaft und Wärme floss von ihm auf sie über. Sie schnurrte ihm ins Ohr und vergrub den Kopf in seinem Haarknoten. So wäre sie am liebsten für immer bei ihm geblieben. Dann amüsierte sie sich über diesen dummen

Gedanken. Weder als Mensch noch als Geistertiger konnte er etwas mit einer Straßenkatze anfangen. Sie hob den Kopf und tat wieder ihre Pflicht als Wächterin.
Der Weg schien tatsächlich frei zu sein. Jin Mau hätte froh sein sollen, aber es beunruhigte sie. Konnte dort bei den silbernen Orchideen eine Falle der eberköpfigen Dämonin auf sie warten? Sie witterte und lauschte konzentriert. Der Funke ihrer Sorge sprang auch auf Tie Hu über, und nun glich er mehr und mehr einem wilden Tier, so, wie er mit geschmeidigen, lautlosen Bewegungen dahinglitt. Hoch über dem Labyrinth nahm der Himmel jetzt alle Farbtöne von Rot an. Es konnte nicht mehr lange dauern, dann würde sich der Rand der Sonne über den Horizont schieben.
Tie Hu begann, nervös zu zittern, und lief schneller. Vorn öffnete sich der düstere Gang zwischen den Dornbüschen und gab den Blick auf einen lichten Platz frei, der mit rötlichen Funken übersät war. Nun begann der Fürst zu rennen. Jin Mau krallte sich verzweifelt an ihm fest und suchte nach einem Geruch, der sich von dem feinen, schwülen Duft der silbrigen Blüten unterschied. Doch es gab keinen Hinweis auf die Gegenwart eines Tierkopfdämons oder irgendeines anderen Geschöpfes, sondern nur die stille weiße, jetzt rötlich angehauchte Statue einer wunderschönen Frau.
Im ersten Augenblick glaubte Jin Mau, dass die Statue sie selbst darstellte, in der Tracht einer Fee des Kunlun-Berges. Doch beim Näherkommen begriff sie, dass es sich nur um eine große Ähnlichkeit handelte. Das Gesicht dieser Frau war ebenmäßiger als ihr eigenes, und es hatte im Gegensatz zu ihrem nichts Katzenhaftes an sich. Es war das Gesicht einer Fee, einer kleinen Göttin im Gefolge der Herrin des Westens. Zudem bestand die Statue aus weißer Jade, dem Stein, der Xiwangmu heilig war.
Tie Hu war stehen geblieben, als bannte ihn der Anblick der

Statue. »Ja, Kätzchen, das ist sie, meine schöne, unbekannte Braut. Ich hatte geglaubt, sie in einer wunderschönen Kurtisane gefunden zu haben, doch sie war es nicht. Jin Mau hat mich einige Jahre lang über diesen Kummer hinweggetröstet, und sie wird es, wie ich hoffe, noch bis an das Ende meines Lebens tun, auch wenn wir uns vorerst nicht mehr sehen dürfen. Lieben aber kann ich nur diese Frau hier. Jin Mau aber, meine Katzen liebende Freundin, wird meine kleine Frau, meine Konkubine, werden und es bleiben, bis wir zu den Gelben Quellen gehen müssen.«

Halte keine Reden! Tu etwas, sonst ist es zu spät!, wollte Jin Mau ihn anschreien, aber sie brachte nur ein klägliches Miauen heraus.

Doch Tie Hu verstand sie auch diesmal. Mit einem Blick auf den heller und heller werdenden Himmel bahnte er sich einen Weg durch die Orchideen, die ihm zähen Widerstand entgegensetzten. Die fleischigen Stengel und Blätter legten sich wie Schnüre und Schlingen um seine Beine und versuchten, ihn zu Fall zu bringen. Die gesamte Vegetation wurde lebendig. Die Pflanzen bäumten sich zu einem Wall auf. Tie Hu riss sich los, trat zwei Schritte zurück – und sprang dann aus dem Stand über diesen Wall hinweg, während Jin Mau ungehindert hinter ihm hindurchschlüpfte. Sie sah noch, wie Tie Hu stolperte und fiel, sich aber sofort abfing und wieder aufrichtete. Noch drei, vier Ellen trennten ihn von dem Gewandzipfel der Statue. Doch ehe er ihn erreichte, erscholl ein ohrenbetäubendes Kreischen.

»Eine Katze! Hilfe! Eine ekelhafte, scheußliche Katze!«

Zwischen Tie Hu und der Statue wuchs die Gestalt seiner Braut aus dem Nichts. Gleichzeitig stachen die ersten Sonnenstrahlen wie gleißende Speere in den Park. Die Umgebung wandelte sich, und sie waren wieder im Brautzimmer. Jin Mau spürte einen Schlag, der durch sie durchging und sie doch von der Brust des Fürsten wegfegte und über das Bett hinaus durch die Wand ins Freie schleuderte. Ein brennender Schmerz schien ihr Herz zu zerreißen. Dann wurde es trotz der grellen Sonnenstrahlen schwarz um sie herum.

16. NÜ YING WILL IHREN BRÄUTIGAM VOR EINEM FEHLER BEWAHREN

Es gab noch jemanden, der diesen Schmerz fühlte, nämlich eine junge Fee auf dem Kunlun-Berg.

Nü Ying hatte versucht, die Geschehnisse unten in Wey Cheng zu beeinflussen. Doch sie beherrschte weder die dafür notwendigen Künste, noch hatte sie den Mut, sich über die Gesetze und Regeln hinwegzusetzen, die einen Eingriff in die Abläufe der Welt des roten Staubes und die Beeinflussung menschlicher Schicksale unter Strafe stellten. Aber sie musste die unselige Heirat ihres Verlobten mit der sterblichen Frau unter allen Umständen verhindern. Ohne es zu ahnen, beging er damit ein in den Augen der Götter und der Höllenrichter strafwürdiges Verbrechen. Er durfte so viele Konkubinen und Zweitfrauen nehmen, wie er wollte, aber seine Verlobung mit ihr, das hatte ihre Mutter ihr erst vor kurzem wieder erklärt, hatte den Rang einer von den Göttern gesegneten Ehe. Zudem würde die Verbindung mit der Prinzessin verhindern, dass Tie Hu den Weg zum Kunlun-Berg fand und den ihm zustehenden Platz unter den Göttern und Unsterblichen einnehmen konnte.

Nü Ying wollte alles daransetzen, um zu verhindern, dass er wegen seines Unwissens von den Göttern bestraft wurde. Aber sie hatte keine andere Möglichkeit, als über Tie Hus

Träume auf ihn einzuwirken. Sie wünschte, sie hätte schon früher versucht, das starke Seelenband zwischen ihnen zu benutzen, um seine Träume nach ihrem Willen zu lenken, denn nun blieben all ihre Versuche im Ansatz stecken. Er fühlte ihr Tasten und Zupfen an seinem Geist, doch er begriff nicht, was vor sich ging, da er eine solche Art der Verständigung nie gelernt hatte. Wie bei gewöhnlichen Menschen, die von einem böswilligen Gui-Gespenst im Schlaf heimgesucht wurden, fiel er schließlich in einen schrecklichen Albtraum, in den sich zwei weitere Präsenzen aus dem Geisterreich mischten.

Die eine hielt Nü Ying für einen Shen-Geist, eine Art kleinen Schutzgott, den ein wohlwollender Unsterblicher ihrem Verlobten gesandt hatte. Es war der Geist einer Frau in Katzengestalt, die ihm helfen wollte und auf ihrer Seite stand. Doch das Wesen war völlig unerfahren und schien nicht einmal ihre Gegenwart zu bemerken. Außerdem konnte sie in ihrer Katzengestalt nicht reden und war daher nicht gerade von großem Nutzen. Die andere Präsenz bemerkte Nü Yings Gegenwart und versuchte, sie und die arme Shen-Frau gleichzeitig zu bekämpfen. Es war eine mächtige Hexe, die Zhong Tie Hu alles andere als wohlgesinnt war und auch den Kampf um seinen Geist gewann, gerade in dem Moment, in dem Nü Ying sich am Ziel glaubte.

Die Hexe schleuderte die arme Shen-Geist-Frau zurück in die graue Zwischenwelt der verlorenen Seelen und zerstörte beinahe deren gesamte Existenz. Da Nü Ying noch mit Tie Hu und seiner Helferin verbunden war, empfand sie deren Todesschmerz, den die Hexe wie einen Feuerstrahl auf sie lenkte. Die weiße Jadekugel, die Nü Ying als Hilfsmittel für ihren Zauber benutzt hatte, zerbarst in ihren Händen und verletzte sie dabei ebenso stark wie der Schock des Todes. Ihr schwanden die Sinne wie einem Menschenkind.

17. JIN MAU HOFFT AUF EIN WUNDER

Als Jin Mau wieder zu sich kam, lag sie unter ein paar winterdürren Päonienstauden an einer Hauswand und war immer noch eine Katze. Sie zitterte jedoch nicht mehr vor Kälte und fühlte auch ihr Herz nicht mehr wild klopfen. Es war, als schliefe ihr ferner Körper nun still und friedlich. Nur ihr Geist vibrierte noch wie eine Lautensaite.

Irgendwie musste die Prinzessin sie im Erwachen aus den Augenwinkeln wahrgenommen haben. Daran hätte sie eigentlich denken können, denn in den Geistergeschichten hieß es immer, man könne einen hilfreichen Shen-Geist oder auch ein böses Gui-Gespenst im Licht des Morgengrauens erkennen, und zwar genau zu dem Zeitpunkt, an dem der Rand der Sonne von unten den Rand der Welt berührte. Ausgerechnet in dem Augenblick war dieser Koloss von Frau aufgewacht und hatte ihren Bräutigam mit aus dem Schlaf gerissen. Damit aber war Zhong Tie Hus letzte Hoffnung zunichte, diesem in die Haut einer Prinzessin geschlüpften Tierdämonen zu entrinnen.

Jin Mau verstand die Zusammenhänge nicht, aber sie wusste eines ganz genau – Zhong Tie Hu liebte sie nicht so sehr, wie sie ihn liebte. Genau genommen war ihr das immer klar gewesen. Er hatte ihr mit Sicherheit nicht diesen schlimmen Brief geschrieben, denn er hatte von treuer Freundschaft bis an sein Lebensende gesprochen. Für eine Kurtisane oder Konkubine war dies mehr wert als himmelstürmende Liebe, von der irgendwann nur Asche und Überdruss zurückblieb. Freundschaft bedeutete eine gewisse Verpflichtung und Sicherheit. Aber es gab etwas, das sie für immer trennte, und das war Tie Hus Ehefrau. Dieses Weib würde sie niemals in der Nähe ihres Mannes dulden. Sie konnte nur hoffen, dass die Zeit und guter Wille auf beiden Seiten zu einer Lösung des Problems führen würden.

Eigentlich konnte sie nun zufrieden in ihren Körper zurückkehren, denn sie hatte erfahren, was sie wissen wollte, und ihr Bedarf an Abenteuern war gedeckt. Außerdem waren ihre Pfoten wund und bluteten. Offensichtlich musste sie die Ereignisse in dem Höllenlabyrinth tatsächlich erlebt haben. Aber bevor sie ging, wollte sie wenigstens noch einmal einen Blick auf Tie Hu, auf diesen kraftvollen Tigergeist in menschlicher Gestalt werfen. Fürst Eisentiger ... noch passte der Name nicht zu ihm. Er war zu jung und zu verletzlich.

Jin Mau sah sich um. Die Sonne stand schon ein ganzes Stück über dem Horizont an einem spätherbstlichen Himmel, über den nur ein paar zerfaserte Wolkenbänder zogen. Es war hell und die Luft für die Jahreszeit noch recht trocken und warm. Eigentlich hätte die Welt in sanften Herbstfarben leuchten müssen. Doch für Jin Mau war es, als hätte sich ein grauer Nebel wie eine Staubschicht über ihre Umgebung gelegt. Sie leckte sich die Pfoten und fuhr sich dann über die Augen. Doch das Grau blieb. Da ein paar Diener den Tag als wunderschön und Glück verheißend für das Brautpaar priesen, war nur sie es, die alles wie durch einen Schleier sah.

Sie drang vorsichtig durch die Wand in der Hoffnung, dass die Prinzessin sie wirklich nur durch einen Zufall bei ihrem Bräutigam hatte liegen sehen. Nicht dass diese Frau zu allem Überfluss noch eine Hexe war und gewohnt, mit Geistern und Gespenstern umzugehen.

Jin Mau rollte sich auf einem Wandbord zusammen, das im Schatten lag. Direkt unter ihr wurde die Prinzessin gerade von einem Dutzend Zofen bedient. Sie hatte bereits gebadet und wurde nun frisch angekleidet, denn ihr stand noch eine letzte Zeremonie bevor, die der in der Nacht vollzogenen Ehe erst Gültigkeit verschaffte.

Das war immer der schlimmste Augenblick für eine Braut, denn der Bräutigam konnte sie unter dem Vorwand, sie sei nicht mehr Jungfrau gewesen und sie habe ihn darüber zu täuschen versucht, in ihr Elternhaus zurückschicken. Ein solches Vorkommnis sorgte zwar immer für einen Skandal erster Ordnung, über den die ganze Stadt sich tagelang die Mäuler zerriss, aber so war es Gesetz. Da aber Ehen zumeist auf einem Vertrag zwischen zwei Familien beruhten und die Autorität der beiden Väter hinter der Eheschließung stand, verfielen nur sehr verzweifelte Männer auf diesen Ausweg.
Diese Heirat aber war keine Verabredung zwischen zwei Familien, sondern ein politischer Akt. Daher hatte Fürst Zhong Tie Hu keine Wahl. Er musste den Kelch der Bitternis bis zum letzten Tropfen leeren. Zudem war seine Frau Witwe, und damit fiel die Ausrede mit der fehlenden Jungfräulichkeit den Tatsachen zum Opfer.
Sie seufzte, denn das Geschrei der Prinzessin tat sogar ihren Geisterohren weh. Die Frau behauptete immer wieder, Tie Hu habe heimlich eine Katze in das Brautzimmer geschmuggelt, um sie zur Auflösung der Ehe zu bewegen.
Schließlich betrat Tie Hu ihr Ankleidezimmer. Er trug bereits den steifen Ornat eines adeligen Bräutigams. Dennoch verbeugte er sich elegant vor ihr und wünschte ihr in zeremonieller Höflichkeit und mit den vorgeschriebenen Worten einen guten Morgen. Dann begrüßte er sie als seine Hausfrau und zeigte ihr und den Dienerinnen damit an, dass er keinerlei Absicht hatte, die Gültigkeit der Ehe in Frage zu stellen.
»Verzeiht mir, meine verehrte erste Dame«, sagte er dann mit zerknirschtem Lächeln. »Aber glaubt mir bitte das eine: Nie würde ich wagen, irgendein Tier unter Eure Augen zu bringen. Schlaftrunken, wie ich war, habe ich keine Katze gesehen. Aber ich beuge mich Eurem scharfen Blick. Das

Tier war tatsächlich da. Seht, es hat seine Spuren auf meinen Händen und in meinem Nacken hinterlassen. Ich bitte Euch um Verzeihung für meinen Unglauben.«
Offenbar war es vorher zu einer ersten Auseinandersetzung zwischen den Brautleuten gekommen. Ohne mehr als ein verächtliches Schnauben von sich zu geben, starrte die Prinzessin auf Tie Hus Hände. Auch Jin Mau reckte sich nach vorn, um etwas erkennen zu können. Diese Kratzer stammten jedoch nicht von einer Katze, sondern von den Dornen und Stacheln aus dem Geister-Traumreich. Also war es für sie beide eine greifbare Welt gewesen.
Jin Mau wurde langsam mulmig zumute. Worauf hatte sie sich eingelassen? Was für Gefahren lauerten noch auf sie? Gab es eine Strafe für eine vorwitzige Kurtisane, die Dinge getan hatte, die nur Magiern, Hexen oder Wahrsagern anstanden? Sollte sie nicht besser auf dem schnellsten Weg in ihren Körper zurückkehren?
Die Welt vor ihren Augen verlor zwar immer mehr an Farbe, aber sie konnte noch genug erkennen, um die wunderbare Ausstattung der Palastgebäude und der Gärten würdigen zu können. Da sie den Palast nie wieder betreten konnte, wollte sie wenigstens die Erinnerung an all die Schönheiten und Köstlichkeiten mitnehmen. Die lebendigen Farben konnte sie sich später in ihrer Fantasie ausmalen.
An diesem Ort waren die Marmorsäulen ebenso echt wie die Lackschnitzereien. Im Pirolblütenhaus bestand der Schmuck der Wände aus bemaltem Holz, Gips oder Lehmbewurf und musste in jedem Jahr erneuert werden. Die Seidenbahnen, die hier die Wände schmückten, waren nicht in billige, schnell verblassende Farben getaucht worden, sondern wunderschön bemalt und bestickt, und selbst die Nebenräume waren sorgfältig ausgeschmückt.
Jin Mau beschloss, wenigstens bis zum Mittag und damit bis

zum offiziellen Höhepunkt der Zeremonie zu bleiben, auch wenn sie dabei neben ihrem Liebsten auch sein Ungeheuer von Braut ständig vor Augen hatte. Aber es war eine wunderbare Möglichkeit, Erinnerungen mitzunehmen, die sie bis an ihr Lebensende nicht vergessen würde. Gleichzeitig wusste sie, dass sie sich selbst belog. Es gab nur einen Grund für sie, hierzubleiben. Sie wollte so lange wie möglich in der Nähe ihres Geliebten bleiben.

18. DIE SCHWARZE FÜCHSIN KOSTET IHREN ERSTEN ERFOLG AUS

Im Gegensatz zu den Menschen im Palast hatten die Schwarze Füchsin und Mochin Shao mit Hilfe des magischen Wasserspiegels sowohl die Hochzeitszeremonie wie auch die Ereignisse in der Stadt beobachten können. Offiziell lag die arme Haokan Hei mit einem zehrenden Fieber im Bett, und da sich die Nachwirkungen der Auseinandersetzung mit Shirliang Po in ihrem schmal gewordenen Gesicht widerspiegelten, hatte man ihr die Krankheit abgenommen. Frau Men hatte ihr sogar ein Päckchen mit stärkenden Arzneien von Prinzessin Lien überbracht.

Statt elend darniederzuliegen, amüsierte sich Haokan Hei darüber, wie andächtig diese dumme Kurtisane das vergiftete Zaubertraumkraut trank und blindlings ihrem Verderben entgegentaumelte. »Da siehst du, was die Unsterblichkeit dieses Shirliang Po wert ist. Er zeugt niedere Tiergeister! So einem Großmaul wie ihm, der weder etwas von den wahren Zauberkünsten der Geisterwelt versteht noch je einen Blick in die Bücher des wahren Wissens geworfen hat, wirft man die Unsterblichkeit nach. Da ist es kein Wunder, dass der Kerl seine Kraft an den armseligsten menschlichen Pöbel verschwendet. Wir Geisterfüchse aber müssen uns die Unsterblichkeit mühsam erkämpfen, weil wir ohne unsterbliche Seele zur Welt kommen.«

Mochin Shao zuckte mit den Achseln. »Das ist leider der Unterschied zwischen den Tieren, die in einem früheren Leben Menschen gewesen sind und zur Strafe in der Haut eines Tieres wiedergeboren wurden, und Wesen wie uns. Doch sag, wolltest du nicht den Geist der Kurtisane einfangen und in ein zauberisches Silberkästchen einsperren, damit sie nicht zu früh in ihren Körper zurückkehrt? Warum hast du es nicht getan? Du hättest dabei ihren Geist so zerstört, dass er den Weg zu den Gelben Quellen nicht mehr finden kann.«

»Ach, das war nicht nötig! Schau mich doch nicht so vorwurfsvoll an. Ich habe nicht damit gerechnet, dass sie zu einer Katze wird. Für einen Geist in normaler, menschlicher Gestalt hatte ich eine Falle vorbereitet, die sicher zugeschnappt wäre. Jetzt müssen wir das kleine Biest nur gut im Auge behalten. Wenn sie merkt, dass sie tot ist, wird sie eine Weile halb blind und orientierungslos umherirren. Dann kann ich sie auch als Katzengeist einfangen und so zerrupfen, dass der Totenrichter nichts mehr aus ihr herausbekommt. So etwas Abscheuliches wie dieses Wesen darf niemals den Weg der Unsterblichen beschreiten.«

»Shirliang Po wird sich freuen!«, antwortete Mochin Shao trocken.

Haokan Hei lachte nur verächtlich auf, ließ aber Jin Mau, die nun einer räudigen Straßenkatze glich, nicht aus den Augen. Aber das närrische Ding hatte nichts Besseres zu tun, als sich auf der Brust ihres Liebhabers schlafen zu legen und seine Albträume zu teilen.

Die Schwarze Füchsin kostete ihren Triumph aus und bemerkte daher nicht sofort, dass eine dritte Partei in das Geschehen eingriff. Als sie es wahrnahm, war es beinahe zu spät, und es kostete sie ungewohnt viel Mühe, den fremden Geist abzublocken. Daher bereitete sie dem Spiel in der Morgendämmerung ein abruptes Ende, indem sie die Braut des Fürsten weckte. Der unvermeidliche Wutausbruch der Prinzessin riss Jin Mau aus dem Traum des Fürsten, und der Schock brach ihr flatterndes Herz. Auch verjagte der magische Rückschlag des Todes die fremde Präsenz.

Mochin Shao bog sich vor Lachen. »Sag mal, weißt du eigentlich, was dieses fette Weib gegen Katzen hat?«

»Gegen Katzen und Kurtisanen! Der alte König hatte sich eine Nebenfrau aus den Herrenhäusern mitgebracht, eine große, fremdländische Frau, die ihre Katzen mehr geliebt hat als ihre einzige Tochter Lu Kin. Diese ist wegen ihrer hässlichen, unstandesgemäßen Mutter am Hof wie ein Dienstbote behandelt worden, hat sich aber dann in die Gunst ihrer höher stehenden Schwestern eingeschlichen und verfügt nun über eine Menge Einfluss.«

19. DER HOCHZEIT FOLGT EINE GERICHTSVERHANDLUNG

Jin Mau hatte noch nie etwas so Pompöses erlebt wie diese Hochzeitszeremonie. Dabei stand jedoch nicht das Brautpaar im Mittelpunkt, sondern die Hofmagier und Wahrsager, Priester, Zeremonienmeister und natürlich König Lu Niao.

Die Aufzüge, die Prozessionen um den Tempelbezirk im Palast, die stampfenden Gardesoldaten und die bombastischen Auftritte der Priester und Geisterbeschwörer boten ein atemberaubendes Bild. Auch wenn Jin Maus Welt nur noch aus Grautönen bestand, erlebte sie hier eine Feier von nicht zu überbietender Prachtentfaltung. Sie hätte das Ganze begeistert genossen, wäre da nicht Tie Hu gewesen, dessen Gesicht wie aus Stein gehauen wirkte. Er sah nicht direkt unglücklich aus, aber er war nicht mehr ganz er selbst. Im Gegensatz zu den ölig-zufriedenen Mienen, die der Kanzler, der Kriegsminister und etliche andere Höflinge zur Schau trugen, bot Zhong Tie Hu das Bild eines Mannes, der für immer in die Halsfessel eines Sklaven geschmiedet wurde und dafür auch noch dankbar sein sollte.

All die Glück- und Segenswünsche, die Orakel, die natürlich nur Gutes für das Brautpaar voraussagten, und die Bitten an die Götter um ein langes, glückliches Leben und viele Söhne täuschten nicht darüber hinweg, dass hier ein junger Mann mit Haut und Haaren der mächtigsten Partei am Hofe einverleibt wurde, um nach dem Willen des Kanzlers als Schachfigur eingesetzt zu werden. Jin Mau hatte bisher nur bruchstückhafte Gerüchte und Berichte darüber gehört, wie es hinter den Mauern des Palastbezirkes zuging. Nun aber bekamen ihre scharfen Katzenohren so manches Wort und manchen zynischen Ausspruch mit, die nicht für die Ohren Dritter bestimmt waren.

Sie machte sich Vorwürfe, dass sie die Heirat Tie Hus mit einer neutralen Person nicht früher und energischer betrieben hatte, denn sie erfuhr einiges über den Verrat ihrer Pläne. Eine Person, deren Namen man nicht kannte, war vor wenigen Tagen mit der Nachricht von der geplanten Heirat des Fürsten mit dem Fräulein Yü Vier zum Kanzler Ding Wanzi gekommen, und dieser hatte auf der Stelle die Hochzeit des Fürsten mit der Prinzessin und gräflichen Witwe Lu

Kin veranlasst. Dennoch ahnten weder der König noch die Prinzessin etwas von Tie Hus enger Verbindung mit einer Kurtisane, obwohl es schon die Spatzen von den Dächern pfiffen.
Einige Höflinge bedauerten sogar, dass es nicht zu dem handfesten Skandal gekommen war. Aber der Kanzler war so mächtig, dass es auch unter seinen Gegnern niemand wagte, dem König von dem ständigen Ungehorsam seines Pflegesohnes zu berichten. Als Jin Mau das vernahm, hätte sie sich am liebsten die Ohren zugehalten. Der Klatsch blühte hier noch widerlicher als im Pirolblütenhaus. Auf der anderen Seite war sie Kurtisane genug, um sich für Getratsche und Gerüchte zu interessieren. Wäre es nicht um Zhong Tie Hu gegangen, den die Höflinge je nach Temperament als armen, jungen Narren oder als dreisten, schlecht erzogenen Emporkömmling bezeichneten, so hätte sie die geflüsterten Gespräche und Bemerkungen genossen. So aber empörte sich alles in ihr gegen dieses widerwärtige Gehechel, denn die, die so sprachen, waren Leute, die sich über die normalen Bürger gottgleich erhaben fühlten.
Selbst die Höflinge, die vorher noch über den jungen Fürsten hergezogen waren, drängten sich um ihn, um ihre Glückwünsche persönlich auszusprechen. Jin Mau schüttelte sich. Die Hohen und Höchsten dieser Welt waren auch nicht anders als die armen Leute aus den düsteren Gassen der Elendsviertel. Sie rochen nur besser.
Inzwischen versuchte der Kanzler, seinen Intimfeind, den Sitten-Minister, und dessen Beamte unauffällig vom Festplatz drängen zu lassen. Sofort begann dieser, zu brüllen und den Kanzler einen Heuchler und Lügner zu nennen, und das verschaffte ihm die gewünschte Aufmerksamkeit. Jin Mau wechselte von ihrem Versteck auf ein näher gelegenes Dach und drückte sich sofort wieder in den Schatten. Hier gab es

zu viel Sonne und rudelweise Dämonenbeschwörer und Geisteraustreiber, und sie wusste nicht, was von beidem sie mehr fürchten musste.
Wütend über die Störung verlangte König Lu Niao zu wissen, wer diesen Festtag mit wildem Geschrei störte. Der Sitten-Minister warf sich vor ihm auf die Knie, doch seine Worte waren bis in den entferntesten Winkel des königlichen Tempelbezirkes zu vernehmen.
»Leider muss ich Euch mitteilen, dass Eure geliebte Schwester einen Unwürdigen geehelicht hat, einen ehrlosen Wicht, der Eure Anordnungen und Wünsche verlacht und mit Füßen getreten hat. Ich habe erst heute davon erfahren, sonst hätte ich diese Heirat von Anfang an unterbinden lassen. Euer Pflegesohn Zhong Tie Hu ist ein stadtbekannter Lüstling, der sich in aller Öffentlichkeit mit Kurtisanen und anderem Gesindel herumgetrieben hat!«
Der Kanzler versuchte, den Redeschwall des Mannes zu unterbrechen, doch der König gebot ihm zu schweigen. Mit dunkel angelaufenem Gesicht musste Ding Wanzi mit ansehen, wie sein Erzrivale dem König triumphierend einen langen Streifen dicht beschriebener Seide präsentierte. Jin Mau erkannte den Brief, den Tie Hu ihr angeblich geschickt hatte und der nach ihrem jetzigen Wissen eine bösartige Fälschung sein musste. Der König überflog die Schriftzeichen und lief ebenso rot an wie sein Kanzler. In seiner Wut zerriss er die Seide, trampelte unbeherrscht darauf herum und warf sie schließlich in ein Feuerbecken.
Der Sitten-Minister verneigte sich noch einmal vor Lu Niao. »Verzeiht mir, mein König und Herr, dass ich Euch mit diesem Schmutz belästigt habe. Aber Ihr selbst habt mir die Pflicht auferlegt, Euch über die Verfehlungen Eurer Höflinge zu unterrichten. Wenn Ihr den Brief verbrannt habt, damit dieses Machwerk nicht öffentlich bekannt wird, so muss ich

Euch enttäuschen. Dieses Gewäsch wurde in jenem unaussprechlichen Haus vor den Ohren von mindestens hundert Personen vorgelesen, und die halbe Stadt kennt den Inhalt. Das ist aber noch nicht das Schlimmste! Die Hure, der dieser Brief galt, hat gestern Abend in jenem öffentlichen Haus ein Fest gegeben, bei dem die Hochzeit des Fürsten Zhong vom Pöbel auf ekelhafte Weise parodiert wurde. Zu guter Letzt hat dieses Weib, das als Blumenkönigin Goldene Katze eine stadtbekannte Kokotte war, Gift genommen und ist auf dieser Festivität vor aller Augen zusammengebrochen. Bei Sonnenaufgang ist sie dann gestorben und hat sich somit leider dem irdischen Gericht entzogen. Ein Leichenbeschauer namens Ya Hulu war Zeuge und hat alles zu Protokoll gegeben.«

Was für ein Unsinn, dachte Jin Mau verwirrt. Ich bin nicht tot! Aber sie merkte, wie zittrig sie wurde. Hoffentlich legte man sie nicht in einen Sarg und nagelte ihn zu. Um das zu verhindern, musste sie sehr schnell zurückkehren. Aber gerade als sie aufbrechen wollte, wurde Zhong Tie Hu von den Wachen von der Seite seiner Braut gerissen und wie ein Verbrecher vor den König geschleift.

Sie beschloss, wenigstens noch so lange zu bleiben, bis sie wusste, was der König mit ihrem Geliebten vorhatte. Der Fürst war immerhin jetzt sein jüngster Schwager und damit ein Mitglied der Familie. Im Augenblick aber sah Lu Niao so wütend aus, als wollte er ihm auf der Stelle den Kopf abschlagen lassen.

Zhong Tie Hu wurde wie ein gemeiner Bandit in Ketten gelegt und vor dem Tisch zu Boden geworfen. Dann begann ein scharfes Verhör. Einer der Höflinge, die vom König zu Justizkonstablern ernannt worden waren, stellte sich mit einem schweren Bambusstecken hinter Tie Hu, um ihn zu schlagen, wenn er seine Antworten nicht schnell genug gab.

Jin Mau zitterte vor Hass. Wie konnte ein vom Himmel eingesetzter Herrscher so mit einem treuen Gefolgsmann umgehen, der sich keines anderen Vergehens schuldig gemacht hatte, als eine Kurtisane zu lieben? Tie Hu schien das Ganze nicht so tragisch zu nehmen, und die Bemerkungen einiger Höflinge deuteten darauf hin, dass der König eine Vorliebe für Gerichtsverhandlungen hatte.
Dennoch würgte es Jin Mau in der Kehle, als sie hörte, was der König und einige Minister aus den klaren, wahrheitsgemäßen Aussagen des Fürsten machten. Sie drehten ihm die Worte im Mund herum und ließen ihn wie einen Heuchler, Lügner und Betrüger dastehen.
Tie Hu musste über übermenschliche Geduld verfügen, denn er blieb gelassen und änderte kein Haar an seinen Aussagen. Es war, als nehme er den Wutausbruch des Königs nicht wirklich ernst. Allerdings sah es für Jin Mau so aus, als habe er mit seinem Leben abgeschlossen, denn man drohte ihm den Tod an, weil er das Königshaus beleidigt habe. Er antwortete mit klarer Stimme, dass er sich diesem Urteil beugen würde. Nun erkannte Jin Mau gleichermaßen mit Freude und mit Schrecken, dass die Nachricht von ihrem Tod ihren Geliebten niedergeschmettert hatte. Aus seiner Erschütterung aber erwuchs ihm eine Kraft, die ihn wie ein goldenes Leuchten umspielte. Wenn er den Kopf hob, um zu antworten, sah Jin Mau deutlicher als in dem gemeinsamen Traum hinter dem glatten Antlitz des Jünglings das Gesicht eines Tigers. Es ging eine Wandlung mit Zhong Tie Hu vor, die niemand zu bemerken schien, auch er selbst nicht.
Er gab offen zu, dass er die Anweisungen des Königs missachtet hatte und regelmäßiger Gast im Pirolblütenhaus gewesen war, und gestand, dass er die berühmte Kurtisane Goldene Katze zu seiner Konkubine gemacht hatte. Offen verkündete er, dass er vorgehabt habe, sich mit ihr nach sei-

ner Heirat heimlich zu treffen und sie zu seiner Nebenfrau zu machen. Der Sitten-Minister wirkte irritiert, denn er hatte einen Brief des Fürsten gelesen, in dem etwas ganz anderes gestanden hatte.

Der Kanzler machte sich zum wortgewaltigen Anwalt des jungen Fürsten, obwohl er sich dabei eine gewisse Blöße geben musste. In Anbetracht der jetzt noch engeren Beziehung des Fürsten zu dem Königshaus empfahl er vehement, dass man Nachsicht mit diesem heißblütigen jungen Mann haben sollte. Der König solle lieber die Kupplerin hart bestrafen, die junge Adelige zu dauerndem Ungehorsam verführe, fügte er hinzu und schlug vor, das Haus und das Vermögen dieser Frau und aller anderen Kupplerinnen einzuziehen und gleich das ganze Hurengesindel mit Stöcken und Peitschen aus der Stadt zu treiben. Mit den beschlagnahmten Geldern könne die Kriegskasse aufgefüllt werden.

Lu Niao hielt das für eine sehr gute Idee, doch er bestand darauf, dass der ungehorsame Fürst Zhong nicht ganz ohne Strafe davonkommen solle. Er hub schon an, den Vorschlag des Kanzlers als Urteil zu verkünden. Da traten einige Orakelpriester und Wahrsager vor den Richtertisch und baten in eindringlicher Form um Gehör. Der König, der keinen Tag begann, ohne sich als Erstes von seinen Magiern und Wahrsagern beraten zu lassen, erteilte den Männern sofort das Wort.

Langatmig und umständlich begann der oberste Orakelpriester mit der Geschichte der Stadt unter dem ersten König von Wey und berichtete von dem rothaarigen Fremden, der dreimal die Stadt und einmal dabei das ganze Königreich vor dem Untergang bewahrt hatte und der dafür im Leben bis zum obersten Beamten des Reiches aufgestiegen war. Nach seinem Tode sei er durch die Gnade des Jadekaisers zum Beschützer und Stadtgott von Wey Cheng einge-

setzt worden. Dann ging der Alte auf die zahlreichen Sagen ein, die sich um Shirliang Po und die käuflichen Mädchen drehten. Er erinnerte den Hofstaat daran, dass der Stadtgott von Wey Cheng auch der Totenrichter aller Menschen in ihren Mauern war und damit auch Macht über die Menschen am Hof hatte und dass ausgerechnet dieser Gott auch der Beschützer der Damen aus den Häusern der Blumen und Weiden war. Sie zu vertreiben würde Shirliang Po gegen den Hof aufbringen und Unglück über sie alle bringen.
Es war eine Rede, die nicht bei allen Leuten auf Gegenliebe stieß. Man spottete hinter vorgehaltener Hand über den Eifer des Priesters und nahm ihn nicht ernst. Der Kanzler näherte sich dem König und flüsterte ihm etwas ins Ohr. Jin Mau, die inzwischen näher geschlichen war und schnurrend ihren Kopf an Tie Hu rieb, bekam seine Worte deutlich mit. »Majestät, Ihr solltet wirklich davon absehen, voreilig zu handeln, was den Fürsten Zhong betrifft. Verbannt den jungen Tunichtgut eine Weile auf sein Landgut, und ruft ihn wieder, wenn Ihr es für richtig haltet. Wäre es nicht viel wichtiger, endlich den Göttlichen Jadekaiser um einen würdigeren Beschützer unserer Hauptstadt zu bitten? Ein fremdländischer Sklave, wie es Shirliang Po gewesen ist, mag gut für käufliche Mädchen und das Gesindel in den Gassen sein. Aber wir hier sind bei einem Stadtgott von so niederer Gesinnung schlechten Einflüssen und bösen Geistern hilflos ausgeliefert!«
Der König dämpfte seine Stimme nicht, so dass die neugierigen Zuhörer auf ihre Kosten kamen. »Shirliang Po absetzen? Wie stellt Ihr Euch das vor, Ding Wanzi? Die Rituale für diese Absetzung und die Gebete um einen würdigen Nachfolger ziehen sich über Jahre. Ihr wisst selbst, welche Einwände von den Priestern und Magiern kamen. In seinem Zorn über diese Demütigung wird Shirliang Po Seuchen

und Pestilenz über uns schicken und die Stadt zerstört haben, ehe der Oberste Himmelsherr, der Göttliche Jadekaiser, eingreifen kann.«

»Davon bin ich nicht so überzeugt, Herr«, antwortete der Kanzler. »Damit würde er sich des Aufruhrs gegen den Jadekaiser schuldig machen. Also kann er nur die Hände in den Schoß legen und sich um nichts mehr kümmern. Das zieht ein paar Krankheiten mehr und einige Missernten nach sich, aber das betrifft nur das gemeine Volk. Es gibt mehr als genug Menschen in der Stadt, und da kommt es auf ein paar Tote zusätzlich nicht an. Wir sollten wirklich einen würdigeren Beschützer für Wey Cheng suchen und ihn dem Jadekaiser und den übrigen Göttern ans Herz legen.«

»Ist ja schon gut, mein lieber Ding Wanzi«, unterbrach ihn Lu Niao. »Ich weiß, dass die Absetzung des alten Stadtgottes dein Herzenswunsch ist. Allmählich hast du mich überzeugt, dass die Seelen meiner Untertanen vor einen unwürdigen Totenrichter treten müssen. Auch sollten unsere Opfer und Gebete uns und nicht diesem Diebes- und Hurengesindel da draußen zugutekommen. Ruf den Kronrat und den Rat der Weisen in den nächsten Tagen zusammen. Wir werden dieses Thema auf das Genaueste beraten. Es wird einer sorgfältig formulierten Eingabe an den Obersten Himmelsherrn und vieler aufwendiger Opferzeremonien bedürfen, bis unsere Bitte im erhabenen Himmel Gehör findet. Jetzt aber will ich erst das Urteil über meinen störrischen Pflegesohn sprechen.«

Der König wandte sich Tie Hu zu, der immer noch auf dem Boden kniete. »Was soll ich nun mit dir machen? Du hast mich als deinen Pflegevater zutiefst enttäuscht, als deinen König durch deinen Ungehorsam beleidigt und als deinen Schwager gekränkt. Was verdienst du dafür?«

Zhong Tie Hu richtete sich auf und sah den König ruhig

und gelassen an. Seine Stimme klang kräftig und doch sanft, so als plaudere er gemütlich mit einem älteren Verwandten. »Mein König und Herr, dafür verdiene ich nichts anderes als den Tod. Ich bekenne mich schuldig, die Ehre des Königshauses und des Hofes besudelt und die Anweisungen Eurer Majestät vorsätzlich missachtet zu haben. Ich bitte um die Gnade eines schnellen und ehrenhaften Endes.«
Nur wenige hundert Schritte entfernt wich alle Farbe aus dem Gesicht einer entsetzten Geisterfüchsin.

20. DAS URTEIL ÜBER ZHONG TIE HU WIRD GESPROCHEN

Ein Seufzer ging durch die Reihen der Zuschauer, als Fürst Zhong das Spiel Richter und Angeklagter auf eine für ihn gefährliche Art mitspielte. Ein paar Lästerzungen zischten einander zu, dass der Fürst ein guter Heuchler sei und genau wisse, was der König hören wolle. Jin Mau aber spürte, dass er es in diesem Moment völlig ernst meinte. Konnte es sein, dass ihn die Nachricht von ihrem angeblichen Selbstmord so getroffen hatte, dass er den Tod als Ausweg aus seiner freudlosen Situation begrüßte? Er hatte ja noch nicht einmal richtig gelebt. Nein, das durfte nicht sein. Sie lebte doch noch, und es konnte sich alles zum Guten wenden. Aber selbst, wenn sie tot wäre, dürfte der Fürst nicht um ihretwillen in den Tod gehen. Der königliche Tiger starb doch nicht wegen einer Straßenkatze!
Der König fand allzu offensichtlich Vergnügen darin, seinen jüngsten Schwager zu ängstigen und zu quälen. Aber je nachdem, welche Richtung dieses Spiel nahm, konnte dar-

aus blutiger Ernst werden. Lu Niao vertrug es nicht, wenn er in einem Schlagabtausch mit Worten sein Gesicht verlor, und aus diesem Grund würde er Zhong Tie Hu wie schon andere Höflinge vor ihm gnadenlos töten lassen.

Trotz ihrer Angst vor den Orakelpriestern und den Geisterbeschwörern wagte Jin Mau sich weiter ins Sonnenlicht, kletterte auf Tie Hus Schulter und legte sich schnurrend wie ein Kragen um seinen Hals. Irgendwie wollte sie ihm klarmachen, dass sie noch lebte. Dabei vergaß sie ganz, dass er sie auch in seinem Traum nicht erkannt hatte. Zu ihrer Enttäuschung spürte sie, dass er sie im Wachen nicht bemerkte. Während Lu Niao ihn als das schlechteste Geschöpf unter dem erhabenen Himmel darstellte, begann Jin Mau, vor Kummer zu schreien, dass sie Steine hätte erweichen können. Sie fühlte deutlich, dass ihr Geliebter tatsächlich mit dem Leben abgeschlossen hatte und deswegen so selbstzerstörerisch auf das Spiel des Königs einging.

Ding Wanzi wurde so nervös, dass er die Verhandlung unterbrach. »Herr, ich bitte Euch! Diesem unwürdigen Gefolgsmann ist doch nur das Leben bei Hofe zu Kopf gestiegen. Außerdem wollt Ihr Eure geliebte Schwester, die Prinzessin Lu Kin, doch nicht mit dem Makel weiterleben lassen, die Frau eines zum Tode verurteilten Verbrechers zu sein. Der Sitte nach müsste auch sie mit ihrem Leben für die Verfehlungen ihres Gemahls büßen, denn die Ehe ist vor dem erhabenen Himmel und genügend Zeugen rechtskräftig geschlossen worden.«

Diese Worte rissen eine weitere Person aus der Erstarrung, die von den Stufen des Tempels aus das schlechte Schauspiel regungslos verfolgt hatte. Prinzessin Lu Kin schob sich wie ein Streitwagen durch die Menge und baute sich vor ihrem Bruder auf.

»Unser hochgeschätzter Kanzler hat recht! Du vergisst wohl

ganz, dass du mir den Befehl gegeben hast, diesen Mann zu heiraten. Jetzt willst du ihn um einer deiner Launen willen mir wieder wegnehmen und mich der Schande preisgeben? Nimmst du so dein Amt wahr, das dir der erhabene Himmel gegeben hat, mein königlicher Bruder? Nein, jetzt rede ich! Du wirst meinen Gemahl auf der Stelle freilassen. Leg ihm ein paar Monate Bußübungen im Tempel auf und lass ihn meinetwegen um einen würdigeren Stadtgott beten. Aber ich verlange von dir meinen Ehemann in Ehren frei und unbeschädigt zurück!«
Lu Niao sah seine Schwester fassungslos an. So hatte noch niemand in aller Öffentlichkeit mit ihm zu reden gewagt. Man konnte ihm ansehen, dass er am liebsten ein Exempel an Lu Kin statuiert hätte. Doch sein unmittelbarer Einfluss auf die hochrangigen Gefolgsleute beruhte auf seinen Schwestern und Tanten. Würde er diese Frau umbringen lassen, bestand die Gefahr, dass ihm die anderen weiblichen Verwandten die Treue aufkündigten. Ungeschoren wollte er sie jedoch auch nicht davonkommen lassen. Er starrte Lu Kin böse an und befahl, den Fürsten aufstehen zu lassen und ihn neben sie zu stellen. Dann fixierte er beide mit einem drohenden Blick.
Lu Kin ließ sich von ihm nicht einschüchtern, sondern nahm Zhong Tie Hu wie ein Kind an die Hand und stellte sich halb vor ihn, als wolle sie ihn schützen. Auch sie bemerkte den Katzengeist nicht, der sich vorsichtig aus ihrer Nähe zurückzog. »Nun, Lu Niao? Hast du wirklich die Stirn, mir vor den Augen des ganzen Hofstaats den Mann wegzunehmen, den du mir selbst vor drei Tagen aufgezwungen hast?«
Lu Niao lachte höhnisch »Du willst ihn behalten? Das kannst du haben! Ich erlaube dir in meiner unendlichen Großmut, sein Schicksal mit ihm zu teilen. Ich ziehe das Vermögen des Fürsten Zhong Tie Hu zu neun Zehnteln ein,

damit er es nicht noch weiter mit käuflichen Weibern durchbringen kann. Doch um der Verdienste seines Vaters willen lasse ich ihm den Titel und das Gut am Glockenberg. Dorthin verbanne ich euch beide für mindestens drei Jahre! Morgen früh reist ihr ab!«
Jin Mau sah, wie das Gesicht der großen, grob und gewöhnlich wirkenden Frau zu Stein erstarrte. Nach allem, was man von ihr gehört hatte, hing sie mit jeder Faser ihres Herzens an dem Leben im Palast, dem Luxus und an ihrer einflussreichen Stellung. Doch sie sah ihren Bruder nur an und nickte kurz. »Wenn du glaubst, ich werfe mich dir zu Füßen und flehe dich an, mich hierzubehalten, muss ich dich enttäuschen. Die Ehe ist heilig, und ich habe vor dem ewigen Himmel und den Menschen das Schicksal meines Gemahls zu teilen. Ich suche mir nicht die Götter aus, die mir passen! Möge der Höllenrichter dir nach deinem Tod mehr Gnade erweisen, als du sie denen gegenüber zeigst, die deinen Zorn erregen.«
Dann blickte sie Zhong Tie Hu an und wiederholte einige Worte aus dem Ehegelübde. Nur diesmal klangen sie beinahe warm und herzlich. »Ich verspreche, dir eine gute, gehorsame Frau zu sein, die Hüterin deines Herdes, deines Hauses und deiner Söhne. Dein Wille sei mein Wille. Du bist mein Herr und mein Schutz, und ich werde dich ehren bis an das Ende meiner Tage.«
Tie Hu konnte seine Verwunderung nicht verbergen. Doch er war ein rechtschaffen denkender Mann und wusste, wie tief die Nachricht von seinen Eskapaden sie beleidigt und verletzt haben musste. Er verneigte sich vor ihr und lächelte ihr aufmunternd zu. Dann wiederholte auch er das Gelübde.
Jin Mau wandte sich seufzend ab. Das war keine Ehe, die im Himmel geschlossen worden war, aber es sah so aus, als habe dieses Ungeheuer von einer Frau doch ein Herz unter ihrem gewaltigen Busen. Vielleicht würde sie ihren geliebten Fürs-

ten wenigstens nicht unglücklich machen. Für sie selbst aber wurde es höchste Zeit, in ihren Körper zurückzukehren.
Sie hatte alles erfahren, was sie wissen wollte, und noch viel mehr. Zwar würde sie Tie Hu lange Zeit nicht wiedersehen dürfen, aber sie kannte den Namen seines alten Waffenmeisters. Vielleicht konnte sie über den freundlichen alten Mann ihrem Geliebten eine Nachricht zukommen lassen. Er musste zumindest wissen, dass sie lebte und dass sie auf ihn warten würde. Vielleicht konnte er im Lauf der Zeit seine Frau an den Gedanken gewöhnen, dass er eine Nebenfrau in das Haus holen wollte. Aber sie würde sich nicht gegen den Willen der Dame in die Ehe drängen. Akzeptierte Lu Kin sie, dann würde sie ihr eine willige und gehorsame Gehilfin sein, wie es in bürgerlichen Häusern Sitte war.

21. HAOKAN HEI KANN AUFATMEN

Beruhige dich doch!«, bat Mochin Shao ihre Pflegetochter. »Dein Opfer wird nicht umgebracht. Er wird nur auf sein Gut verbannt, und die Prinzessin muss mit. Drei Jahre sind doch eine Kleinigkeit. Danach kannst du deine Pläne weiterverfolgen!«
Haokan Hei gab ihr keine Antwort. Ihre Augen sprühten Feuer, und ihr Gesicht war so angespannt, dass das wilde Tier in ihr zum Vorschein kam und sie kaum noch eine Ähnlichkeit mit der schönen jungen Hofdame hatte. Nervös hantierte sie mit Tiegeln, die ölige Flüssigkeiten enthielten, und fachte das Herdfeuer mit scharf riechenden Essenzen zu hell lodernder Flamme an. Dabei murmelte sie Zauberformeln, die die Luft zum Beben brachten.

»Was machst du denn? Du kannst mit diesen Zaubern doch keine Menschen in deine Gewalt bekommen.«

»Menschen nicht! Aber ich muss mich um die Katze kümmern. Glaubst du, ich ließe sie Shirliang Po in die Hände fallen? Oder hast du Lust, einen rachsüchtigen Stadtgott hinter dir zu wissen? Schließlich ist er der Totenrichter dieser Stadt, der die Seele verhört und das erste Urteil über sie spricht. Wenn ich diesen Stein aus dem Weg geräumt habe, muss ich mir überlegen, was ich tue. Ich bleibe nicht drei Jahre hier und lege die Hände in den Schoß!

Ich hoffe, der Fürst lässt nicht alles, was der König und seine Hofschranzen bestimmen, wie ein dummes Schaf mit sich machen. Oder die Rebellen um den Grafen Yü öffnen ihm die Augen. Der junge Narr hat doch keine Ahnung, dass die Armeelieferanten, die Pferdezüchter und gewisse Manufakturbesitzer kaum Interesse an einem Ende des Krieges haben. Solange das Kernland von Wey nicht in Gefahr ist, sitzen die Herrschaften auf ihren Gütern und in ihren Stadthäusern und zählen ihr Gold. An der Grenze verbluten nur Bauernburschen und die Tagelöhner, die gezwungen wurden, Soldaten zu spielen.«

»Seit wann machst du dich zur Fürsprecherin dieser schmutzigen Menschen, Hei-Hei? Das ist eine ganz neue Seite an dir.«

»Ach was! Normalerweise amüsiere ich mich über diese Spielchen. Aber ich habe mich in den letzten Tagen gründlicher umgehört als sonst und auch den magischen Spiegel zu Rate gezogen. Schließlich wollte ich wissen, was auf den Fürsten Zhong zukommt, wenn er in den Krieg ziehen muss. Mir nützt kein abwesender Liebhaber, denn ich benötige ihn mit Haut und Haaren! Er muss mindestens ein Jahr mit mir zusammenleben und dabei möglichst an nichts anderes denken als an mich. Dumm ist nur, dass sein Weib seine Verbannung teilt, denn auf einem Landgut gibt es wohl kaum verborgene Winkel, die als heimliches Liebesnest dienen können.«

Die Füchsin stand auf und wanderte im Raum umher, ohne den Wasserspiegel der Bronzeschale aus den Augen zu lassen. »Ach, Tantchen, wenn die Orakel doch nicht so widersprüchlich wären! Auf der einen Seite verheißen sie mir die Möglichkeit zu großem Erfolg, auf der anderen Seite finde ich ständig versteckte Warnungen. Wirklich scheitern aber kann ich nur, wenn mir dieser tollpatschige Eisentiger durch die Pfoten schlüpft. Mit ihm steht und fällt meine Aussicht, eine wirklich mächtige Unsterbliche zu werden.«

»Ist das wirklich so erstrebenswert, Hei-Hei? Ich kann dein Streben einfach nicht nachvollziehen. Was hast du davon, wenn du auf dem Kunlun-Berg oder sogar im Palast des Himmlischen Jadekaisers empfangen wirst? Hinter vorgehaltener Hand wird man dennoch über den Tiergeist in dir spotten und dir immer vorwerfen, dass du deine Macht einem ahnungslosen Feensohn gestohlen hast.«

Haokan Hei grinste füchsisch. »Ja, das wird man tun, und man wird mir meine Macht neiden. Neid ist die aufrichtigste Form der Anerkennung, wusstest du das nicht? Ach, Tantchen, wir sind zu verschiedene Naturen. Du wühlst gerne im Schlamm der Welt und träumst nur von möglicher Größe. Mein Geist aber sehnt sich nach den höheren Gefilden. Nur davon zu träumen reicht mir nicht.

Ach, ja … träumen … Tantchen, ich habe jetzt die richtige Idee. Ich werde ebenfalls Traumkraut nehmen! Natürlich kein vergiftetes! Dann werde ich einen Zauber über den Fürsten Zhong sprechen, so dass sein Geist sich in dieser Nacht mit seinen Visionen der Zukunft beschäftigen wird. Dann werde ich erfahren, was er zu tun gedenkt, und kann meine Pläne weiterspinnen.«

»Du willst dich mit dem Traumkraut in seinen Geist schleichen? Aber dann wirst du für eine Weile selbst zum Geist. Pass auf, dass Shirliang Po dich nicht erwischt!«

»Deswegen will ich ja zuerst die Seele der kleinen Hure einfangen. Ich glaube zwar nicht, dass dieser Götze hier im Palastgelände etwas gegen mich unternehmen kann, aber ich will kein unnötiges Risiko eingehen.«

22. FEN MEI VERLIERT NICHT NUR EINE BLUMENKÖNIGIN

Als Jin Mau am frühen Nachmittag ins Pirolblütenhaus Eins zurückkehrte, waren die Tore geschlossen – und das war für diese Tageszeit mehr als ungewöhnlich. Noch verwunderlicher aber waren die Soldaten, die vor dem Haupttor standen und jeden Neugierigen zum Weitergehen aufforderten. Jin Mau benötigte kein Tor, um in das Haus hineinzukommen. Dennoch schlich sie witternd um das Gebäude herum, wie es Katzenart war. Dort, wo sonst die Sänften der reicheren Kunden abgestellt wurden, stand nur eine einzige Sänfte mit dem Zeichen des Sitten-Ministeriums. Vor der Eingangstür, die direkt zum Küchentrakt führte, gab es keine Soldaten, und auch nicht vor dem Nebeneingang, der zu dem privaten Teil des Hauses führte. Also waren die Soldaten nur die Staffage für den Beamten, der ihren angeblichen Tod untersuchte. Es war immer ein großes Theater, wenn sich jemand umgebracht hatte. Nicht bei den ganz armen Leuten, denn um die kümmerte sich niemand. Aber ein zweifelhafter Todesfall in einer wohlhabenderen, bürgerlichen Familie, in einem Adelshaus oder gar wie hier in einem

Haus der Blumen und Weiden zog sofort eine gründliche Untersuchung nach sich. Meist wurde diese von Beamten des Ministers für städtische Angelegenheiten durchgeführt, aber hier hatte der Sitten-Minister die Sache an sich gerissen. Wahrscheinlich war der Mann glücklich darüber, dass er endlich eine Handhabe hatte, gegen die Häuser der Blumen und Weiden vorzugehen.

Jin Mau gelangte durch die geschlossene Tür des Nebeneingangs und lief die Treppe hinauf. Sie freute sich schon auf das dumme Gesicht der Beamtenkreatur, wenn sie die Augen aufmachte und etwas zu trinken verlangte. Aus Fen Meis Schlafzimmer drang eine fremde Stimme. Jemand redete sehr eindringlich, aber auch sehr leise auf die Kupplerin ein. Für ein menschliches Ohr war es außerhalb des Raumes nicht zu verstehen, aber Jin Mau blieb unwillkürlich stehen, um zu lauschen.

»Das ist kein Scherz, Fen Mei!«, sagte eine ihr unbekannte Männerstimme. Sie klang seltsamerweise freundlich und sehr besorgt. »Wenn Ihr nicht die langjährige Konkubine meines Vaters gewesen wäret, würde ich mich nicht dieser Indiskretionen schuldig machen. Kommt etwas von dem, was ich Euch gesagt habe, an die Ohren des Ministers, so kann ich im besten Fall mein Leben als Tagelöhner fristen. Der Wirt Wa Ren hat ihm alles berichtet und auch gleich noch drei glaubwürdige Zeugen mitgebracht, und nun ist er außer sich vor Wut.

Sein Bericht mag nicht ganz der Wahrheit entsprochen haben. Aber von Eurem Fest gestern Abend redet die ganze Stadt, und der Tod des unglücklichen Mädchens schlägt hohe Wellen. Der Minister ist entschlossen, ein Exempel zu statuieren, und in diesem Punkt ist er sich mit seinem Feind, dem Kanzler Ding Wanzi, einig. Wenn es nach den beiden Herren und ihrem Anhang ginge, würden alle Bordelle ge-

schlossen und die Mädchen, soweit sie sich nicht mehr als Sklavinnen verkaufen lassen, aus der Stadt gepeitscht. Aber noch ist die Angst vor Shirliang Pos Rache zu groß.
Euch hingegen wird die Macht Eures Schutzgottes nicht mehr helfen. Der Minister hat schon geheime Befehle gegeben. Morgen bei Sonnenaufgang, wenn die Straßen noch leer sind, soll das Haus hier geräumt und alle Bewohner gefangen genommen werden. Ich beschwöre Euch, packt Eure wertvollste Habe, nehmt Eure Mädchen und verlasst noch heute die Stadt, bevor die Tore geschlossen werden. Am besten nehmt Ihr die Leiche der armen Kleinen hier in einem Sarg mit, sonst wird sie noch als Tote schimpflich hingerichtet, so dass ihr Geist den Weg zu den Gelben Quellen mit dem Kopf zwischen den Füßen antreten muss.«

Jin Mau hörte Fen Mei leise vor sich hin weinen. Unter all ihrer Oberflächlichkeit war die Kupplerin zu weich und zu verletzlich, um den Härten ihres Berufes gewachsen zu sein. Der junge Beamte war wohl der Sohn jenes Mannes, der Fen Mei das Pirolblütenhaus eingerichtet hatte. Jetzt versuchte er, ihr zu helfen, obwohl er niemals hier zu Gast gewesen war.

Auch Fen Mei wunderte sich, dass er seinen Dienstherrn hinterging. »Warum tut Ihr das für mich?«, fragte sie zweifelnd.

»Es war der Wunsch meines Vaters, unauffällig auf Euch aufzupassen und Euch zur Seite zu stehen, denn er hat Euch sehr geliebt. Außerdem habt Ihr nie versucht, Euch in die Familie zu drängen. Im Gegenteil, Ihr habt mehr Verständnis für meine kränkelnde Mutter gezeigt als er. Im Gegensatz zu ihr habe ich gewusst, wo die Kräuter und Essenzen herkamen, die mein Vater ihr mitbrachte, um ihre Kopfschmerzen zu lindern. Ich habe schon einigen Ärger für Euch abbiegen können, aber jetzt ist meine Macht zu Ende.

Geht, ehe es zu spät ist! Man weiß genau, dass Ihr eine Menge Gold und Silber in den Truhen habt, und der Minister wird es mit Freuden an sich reißen.«

Jin Mau war während des Gesprächs ins Zimmer geschlichen und sprang nun auf ihren regungslos daliegenden Körper. Während sie noch mit halbem Ohr zuhörte, versuchte sie, wieder in sich selbst hineinzukriechen. Doch sie sank einfach durch ihren Körper hindurch und landete auf dem Fußboden. Sie blieb steif sitzen und leckte sich nervös das Fell. Dann spitzte sie die Ohren. Da war kein Herzschlag in ihr. Das konnte doch nicht wahr sein! Sie kroch unter der Bahre hervor, auf der sie lag, und setzte sich wieder auf ihre Brust. Tatsächlich war ihr Körper eiskalt und totenstarr. Wütend biss sie in ihr Kinn. Ihre Zähne gingen durch ihr Fleisch hindurch, als wäre es nicht vorhanden.

Sie war tot und nur noch ein Geist, ein Gui-Gespenst in Katzengestalt. Entsetzt schloss sie die Augen, legte die Ohren an und schrie ihren Schrecken laut hinaus. Doch nichts und niemand hörte auf sie. Oder doch?

Fen Mei stöhnte plötzlich und schüttelte sich, dass die Seide ihres Gewandes raschelte.

»Was ist mit Euch?«, fragte der Beamte.

»Mir ist so kalt! Ich glaube, es ist eine Fuchsfrau über mein Grab gelaufen!«, flüsterte Fen Mei. »Also werde ich bald sterben müssen wie meine Kleine!«

»Nun, nun, Mutter Fen, fangt nicht an, Gespenster zu sehen. Vielleicht war es der Geist Eurer Blumenkönigin, der Euch gestreift hat, um von Euch Abschied zu nehmen. Sagt mir bitte eins: Wer hat ihr die tödlichen Kräuter aufgeschwatzt? Ich habe sie von einem Apotheker untersuchen lassen. Es war das verbotene Traumkraut, aber überzogen mit einem Absud aus Honig und Schlafkrautessenz. Beide Mittel für sich haben seltsame Wirkungen, sind aber nicht lebensgefährlich. Zusammen aber töten sie sicherer als der Biss einer Viper. Aber das Wissen um diese Wirkung ist nur wenigen Eingeweihten bekannt. Da müssen ein Magier oder eine Hexe ihre Hände im Spiel gehabt haben. Daher glaube ich, dass es kein Selbstmord war, sondern Mord!«

»Mord!«, schrie Fen Mei auf. »Aber mein armes Kätzchen hatte doch keine Feinde.«

Mord? Jin Mau sprang vor Schreck auf und taumelte sofort wie eine Feder durch die Luft. Die alte, bucklige Vettel sollte ihr vergiftetes Kraut verkauft haben? Aber warum? Welches Interesse konnte dieses Weib haben, sie umzubringen? Jin Mau begriff es nicht und ärgerte sich nun über sich selbst, weil sie nicht auf den alten Priester gehört hatte. Es war wirklich nur ein kurzes Glück, das sie durch das Traumkraut gefunden hatte. Mit Geduld und Zurückhaltung wäre sie dieser Gefahr ganz sicher aus dem Weg gegangen, wie das Orakel es ihr prophezeit hatte. Sie hatte den schnellen Weg gewählt, den Weg des blinden Übermuts, und stürzte nun den Tiefen der Unterwelt entgegen. Doch bevor sie sich dem Totenrichter stellte, wollte sie die alte Vettel finden, von der sie das Kraut bekommen hatte, denn sie wollte wenigstens erfahren, warum sie hatte sterben müssen.

Sie versuchte, ihr Gleichgewicht wiederzufinden und auf die Pfoten zu kommen. Doch die Welt um sie wurde immer dunkler und nebliger. Sie spürte, dass sie dem Samenschirm einer Blume gleich durch das Dach davongetragen wurde. Aber draußen gab es keinen Himmel mehr und keine Erde, nur noch ein vollkommen undurchdringliches Grau, in dem sie hilflos herumtrieb. Dann aber konnte sie etwas erkennen, schwach schimmernd wie ein Fenster, hinter dem ein Herdfeuer glühte. An diesem Ort schien es Licht zu geben und verlockende Wärme.

Jin Mau zitterte noch von der Kälte ihres toten Körpers, bemerkte aber, dass sie allein durch ihren Willen gezielt in eine Richtung schweben konnte, und ließ sich auf das Licht zutreiben. Doch in dem Bruchteil eines Augenblicks, in dem sie das Fenster erreicht hatte und in den Raum hineinsah, packte sie eine riesige Hand und schleuderte sie in ein unfassbares Nichts. Das Letzte, an das sie sich erinnern konnte, waren zwei erwartungsvolle Frauengesichter, die sich über eine Bronzeschale beugten. Eines gehörte dem stinkenden Fischweib aus dem Tempel und das andere der buckligen Kräuterhexe und Wahrsagerin – ihrer Mörderin.

23. SHIRLIANG PO GREIFT EIN

Oh nein! Die Pest über dich, du Eselskopf und deine lächerliche Stadt! Wie ich den Kerl hasse!«
Auch Mochin Shao hatte Shirliang Po erst im letzten Moment bemerkt, als sich seine Hand genau vor ihrem Fenster um den Astralkörper des träge dahinschwebenden Katzengeistes schloss und ihn zurückriss. Dann gab es auf der Ebene der Geisterwelt nur noch die wehende Robe des Totenrichters, die schnell in den Schwaden des von ihnen selbst erzeugten Nebels verschwand. Auch die Bronzeschale zeigte kein Bild mehr, da Haokan Hei beim Aufspringen gegen sie gestoßen war und den Zauber gebrochen hatte.
So wütend wie in diesem Augenblick hatte Mochin Shao ihre Pflegetochter noch nie gesehen. Die Schwarze Füchsin stieß einige heftige Verwünschungen gegen Shirliang Po und auch gegen den König Lu Niao aus. Aber sie spürte, dass ihren Worten die zauberische Kraft fehlte, die die Flüche erst wirksam machte. Außer sich vor Zorn hob sie die

Bronzeschale auf, mit deren Hilfe sie die Ereignisse der letzten Stunden hatten beobachten können, und warf sie samt Inhalt an die Wand, so dass das von magischen Essenzen verfärbte Wasser Mauer und Boden verschmierte. Dann ließ sie sich auf ein Lager fallen und drehte den Kopf zur Wand.
Mochin Shao ließ den Wutausbruch ihrer Pflegetochter mit gewohntem Gleichmut über sich ergehen. »Ich fange an, unsere Sachen zu packen. Ziehen wir nach Süden, wo es möglicherweise andere Leute unserer Art gibt. Oder willst du nach Zhou gehen, um über den Rattengeneral dort am Hof Aufnahme zu finden?«
Haokan Hei begann zu lachen. »Warum denn, bei allen rothaarigen und grüngesichtigen Höllenteufeln? Glaubst du, ich gäbe auf? Warum hast du nur so eine Angst vor Shirliang Po? Ich sagte doch, dass er uns nicht wirklich schaden kann, solange wir uns innerhalb der Mauern des Palastbezirkes aufhalten.«
»Ich habe Angst vor ihm. Ein, zwei Orakel bei den richtigen Priestern oder Wahrsagern plaziert, und wir haben morgen oder übermorgen die Geisteraustreiber am Hals. Richte dein Gesicht! Der Zauber löst sich auf, und im Augenblick könnte jeder Küchenjunge dich als Füchsin entlarven.«
Haokan Hei trat vor den polierten Silberspiegel, der in einer normalerweise verhüllten Wandnische hing. So klare Spiegel waren für Fuchsfrauen nicht ungefährlich. Es gab immer Leute mit dem zweiten Gesicht, die im Spiegel das wahre Wesen eines Geistertiers erkennen konnten. Als sie hineinblickte, erschrak sie. Ihr Fuchsgesicht kam durch die Frauenmaske wie ein Keimblatt durch eine geplatzte Samenhülle. Schnell griff sie nach einem Tiegel mit der Salbe, die ihre Menschenhaut glätten konnte, ließ aber die Hände wieder sinken.
»Das wäre zu viel der Mühe. Wenn ich Traumkraut nehme,

vergeht der Zauber in der Nacht aufs Neue. Sorge dafür, dass niemand an mein ›Krankenbett‹ kommt. Bevor ich mich wieder um meine Erscheinung kümmere, muss ich wissen, was im Herzen und im Kopf des Fürsten Zhong vorgeht. Vielleicht werde ich ihm sogar in die Verbannung folgen müssen, und dazu benötige ich ein ganz anderes Aussehen. Vielleicht nehme ich dann das Gesicht und die Gestalt der Goldenen Katze an. Auf dem Landgut am Fuß des Glockenberges wird er ja kaum den Straßenklatsch von Wey Cheng erfahren. Da kann ich ihm weismachen, dass seine Freundin nur in eine tiefe, mehrtägige Ohnmacht gefallen ist und einer der Leichenbestatter dies im letzten Moment bemerkt hat.«

Mochin Shao schüttelte den Kopf. »Nein, das geht nicht. Das wäre eine interessante Geschichte, die sich die Händler auf den Straßen erzählen würden, und das Gerücht könnte bis zum Glockenberg gelangen.«

»Nicht unbedingt … Da der König eine lebende Jin Mau sicher wegen Majestätsbeleidigung und der Verächtlichmachung des Hofes bestrafen würde, kann sich das Ganze heimlich abgespielt haben. Mitleidige Seelen retten arme Prostituierte vor scheußlichem Ende … Menschen sind für solche Geschichten immer empfänglich. Wenn ich es richtig anfange, zerfließt sogar sein Trampel von Ehefrau vor Mitleid! Zumindest könnte ich diesem Mitleid mit ein paar Zaubermittelchen nachhelfen.«

Mochin Shao lachte böse. »So könnte es natürlich funktionieren. Das Beste daran wäre allerdings die Tatsache, dass wir Shirliang Pos Reichweite entkommen. Ich hoffe, dass dem König die Absetzung dieses fremden Teufels als Stadtgott gelingt. Wenn du die Konkubine des Fürsten wirst, musst du nämlich irgendwann mit ihm nach Wey Cheng zurückkehren.«

»Ich weiß, du hasst es, diesen Hof verlassen zu müssen, an dem du Fäden gesponnen hast, in denen sich die Menschen mit ihrer Bosheit und Eigensucht verfangen sollen. Nur bringt dich das in der Hierarchie der Unsterblichen keinen Schritt weiter. Aber mach dir keine Sorgen. Wenn ich die Seele des Fürsten erst einmal habe, wird sein Leben einfach so dahinschwinden. Dann bin ich frei und mächtig genug, um die Beamtenkreatur, die hier noch herrscht, unter meinen Füßen zu zerquetschen wie einen giftigen Hundertfüßler!«
Haokan Hei ballte die Fäuste. »Los, Tantchen, wir müssen noch einmal an die Arbeit gehen! Spute dich, denn ich will den Traumkrauttee bald trinken!«

24. TIE HU DENKT ÜBER SEIN ZUKÜNFTIGES LEBEN NACH

Am späten Abend des so albtraumhaft verlaufenen Tages lag Zhong Tie Hu schlaflos auf dem gemeinsamen Lager und wagte es nicht, sich zu rühren. Er starrte den Betthimmel an, der mit schnäbelnden Mandarinenten bemalt war, dem Symbol für Eheglück und Treue. Neben ihm lag seine nicht mehr ganz so junge Ehefrau in all ihrer reizlosen Fülle und beanspruchte fast das ganze Bett. Tie Hu hätte sich am liebsten herumgewälzt oder wäre im Zimmer umhergelaufen, wie er es in schlaflosen Nächten zu tun pflegte. Doch er fürchtete, seine Frau zu wecken.
Ach, welch ein Unterschied war das zu den Nächten, in denen Jin Mau zusammengerollt und dicht an ihn geschmiegt neben ihm gelegen hatte! Ihr Atem hatte sich nicht wie das Grunzen eines Wildschweins angehört, sondern höchstens

einmal wie das Schnurren einer jungen Katze. Wie der Stich einer Lanze durchbohrte ihn bei dieser Erinnerung ein plötzlicher Schmerz. Jin Mau war tot. Sein Kätzchen hatte sich seinetwegen umgebracht.
Er verstand es nicht. Es hatte doch nicht den geringsten Grund für einen Selbstmord gegeben, denn er hatte ihr ein glückliches Wiedersehen versprochen. Drei Jahre Wartezeit, das hatte Kätzchen selbst zu ihm gesagt, waren keine Ewigkeit, und sie waren sich einig gewesen, wie sie sich verhalten wollten, wenn es zum Äußersten kam. Jin Mau hatte viel länger schon als er befürchtet, er könne mit einer der Prinzessinnen bei Hofe verheiratet werden. Für ihn war es angesichts der Jugend der königlichen Töchter nur eine wage Möglichkeit gewesen, und an die verwitwete Schwester des Königs hatte er natürlich nicht gedacht. Kätzchen war wohl klüger gewesen als er, vielleicht aber auch naiver.
Naiv war er ebenfalls gewesen – und gedankenlos dazu. Eine Verbindung mit dem Haus des Grafen Yü hätte ihm möglicherweise das gleiche Urteil eingetragen. Der Graf war als Rebell und Verräter abgestempelt worden, weil er eine andere Meinung vertreten hatte als der König, und jeder, der mit ihm in Verbindung stand, verlor Lu Niaos Gunst. Also hätte man ihn nach einer Heirat mit dem Fräulein Yü Vier ebenfalls verbannt, allerdings auf Lebenszeit. Das war ihm klargeworden, als der Kanzler ihm kurz vor der Heirat noch einmal erklärt hatte, welche Verpflichtungen ihm aus der Verbindung mit dem Königshaus erwuchsen und welche glänzenden Vorteile. Nun aber wollte er sich auf das Landgut und das einfache Leben dort freuen. Der Hof war ihm seit dem Zeitpunkt nicht mehr geheuer gewesen, als er begonnen hatte, sich seine eigenen Gedanken zu machen. Er dachte zu gradlinig, um die Winkelzüge, Spielchen und Intrigen der adeligen Höflinge und ihres Anhangs begreifen zu können. Warum

hatten Lu Niao und sein Hofstaat so viel Freude daran, einen Menschen, mit dem sie fast täglich umgegangen waren, zu quälen, bis er sich wie ein Wurm am Boden krümmte? Warum war der Palastbezirk, in dem alle Angehörigen des Hofes lebten, zu einem Sumpf aus menschlichen Leidenschaften und Bosheiten verkommen? War das auch schon vor seiner Ankunft der Fall gewesen? Dann hatte er, Zhong Tie Hu, als Sohn eines einfachen Landedelmanns und Soldaten, dies lange Zeit nicht begriffen.

Von Anfang an hatte er sich hier in Wey Cheng wie ein Tier im Käfig gefühlt und musste immer häufiger dem Drang widerstehen, sich nachts in die Wälder vor der Stadt zu schleichen und nur mit einem Dolch bewaffnet auf die Jagd zu gehen. Diesem Wunsch konnte er auf dem Glockenberg-Gut nach Herzenslust nachgehen, denn dort würde niemand erschrecken, wenn er am Morgen mit blutbeschmierter Kleidung und einem toten Hirsch auf dem Rücken zurückkam. Buku pflegte ihn nach so einer Exkursion kurzerhand in einen Badetrog zu stecken, den dessen Hausfrau Xiang schon vor dem Sonnenaufgang mit heißem Wasser gefüllt hatte.

Tie Hu seufzte, denn in einer friedlichen Zeit gäbe es für ihn nichts Schöneres, als sein Leben in aller Ruhe auf seinem Gut zu verbringen. Aber es herrschten keine friedlichen Zeiten. Getreu dem Versprechen, das er einst seiner Mutter gegeben hatte, hatte er sich bisher nur theoretisch und auf dem Waffenübungsplatz mit militärischem Wissen und kämpferischen Tugenden beschäftigt, und vor jenem Gespräch mit dem Kanzler und den Ministern hätte er den Gedanken, Offizier im Heer zu werden, ganz weit von sich gewiesen. Aber nun, da ihn die Kamarilla um den Kanzler zu einem der seinen hatte machen wollen, waren ihm die Augen für die Realität geöffnet worden.

In den letzten Tagen hatten sich die Nachrichten gemehrt,

die besagten, der erfolgreiche Feldherr des Rabenkönigs von Zhou sei nicht der Sohn des alten Generals Rattenkopf, sondern der wiederauferstandene Mordbrenner selbst. Das war nach alledem, was er vom Todfeind seiner Eltern gehört hatte, leider sehr wahrscheinlich. Aus welch anderem Grund sollte der General sein Gesicht hinter einer eisernen Rattenmaske verstecken?
Ob Vater oder Sohn – sowohl mit dem einen wie auch mit dem anderen lag er der Tradition nach in Blutfehde. Kindliche Pietät verlangte von ihm, den Mörder seines Vaters zu töten und auch dessen Söhne, damit keine Kerzen mehr vor den Seelentafeln des Übeltäters angezündet werden konnten. Das wusste der General mit der Rattenmaske ebenso gut wie er, und daher konnte es sein, dass man in Zhou bereits Pläne zu seiner Beseitigung schmiedete. Gerüchte flogen schnell, und spätestens nach seiner Heirat mit einer königlichen Prinzessin musste seine Existenz in Zhou bekannt geworden sein. Je mehr er über diese Sache nachdachte, um so mehr verging ihm die Lust, den Landedelmann zu spielen. Er wollte nicht eines frühen Morgens aufwachen und feststellen, dass sich eine plündernde Meute durch die Räume wälzte und das Dach über seinem Kopf zu brennen begann. Seine Eltern waren mitten in einem Waffenstillstand vom alten Rattenkopf überfallen worden, und er wollte nicht warten, bis er ihr Schicksal teilte, sondern es selbst in die Hand nehmen. Der Gedanke, dem Krieg hilflos zusehen zu müssen, schüttelte ihn, und das Bewusstsein, dass der Mörder seiner Eltern drüben an der Spitze des Heeres stand, während er als bestrafter Verbrecher und Verbannter die Hände in den Schoß legen musste, empfand er als unerträglich.
Doch es gab keinen Ausweg. Er war an dieses Königreich gebunden, denn sein Vater hatte dem Vater des jetzigen Königs gedient und seine Eltern hatten bestimmt, dass er im

Palast von Lu Niao aufwuchs. Somit schuldete er dem König von Wey ebenso Gehorsam wie seinen Eltern, und deswegen war es ihm nicht möglich, den Staub dieses Landes von seinen Füßen zu schütteln.

Außerdem, wohin sollte er gehen? Zu irgendwelchen unzivilisierten Barbaren-Stämmen? Dort würde er schnell als Sklave enden. Oder nach Zhou, wo der Mörder seiner Eltern als Held verehrt wurde? Auch die kleineren Königreiche um Wey und Zhou herum kamen nicht in Frage, denn dort würden Meuchelmörder, die von Lao Shu oder sogar Wey ausgeschickt wurden, ihn mühelos umbringen können. Das Schicksal band ihn an Wey, und hier würde er ohne sein Kätzchen und ohne die geheimnisvolle Schöne aus seinen Träumen leben müssen.

Wieder schoben sich zwei einander sehr ähnliche Frauengesichter vor sein inneres Auge – Jin Maus und das seiner Geisterbraut. Sie glichen sich wie Schwestern – oder zwei Akanthusblüten auf einem Stengel. Die eine hatte er gerade verloren und die andere nie gefunden. Musste er damit alle Hoffnung auf Glück fahrenlassen?

Tie Hu hatte sich wohl doch im Halbschlaf herumgeworfen, denn mit einem Mal stand Lu Kin neben dem Bett und beugte sich besorgt über ihn. »Du stöhnst und murmelst seltsame Worte. Ist ein böser Geist in dich gefahren? Soll ich einen Priester holen?«

»Um des ewigen Himmels willen keinen Priester, Frau! Verschone mich mit den Glatzköpfen, denn ich möchte in dieser Nacht noch einen ruhigen Schlaf finden! Für stundenlange Rituale und Zeremonien fehlt mir jetzt wirklich der Sinn.«

Demütig neigte sie den Kopf. »Verzeih mir! Ich wollte deinen Schlaf nicht stören. Darf ich dir von meiner Zofe eine Schale Schlafkrauttee zubereiten lassen? Er verleiht sanfte Flügel.«

»Schlafkraut? Ist das notwendig? Es soll …« Tie Hu hielt inne und musterte das grobe Gesicht seiner Frau. Sie hatte in ihrem Leben gewiss nicht viel Freundlichkeit erfahren und war trotzdem gewillt, ihre Pflichten als Ehefrau zu erfüllen. Seltsam, wie viele Gesichter ein Mensch doch haben konnte. Vielleicht konnte er die guten Seiten an ihr fördern, denn das würde das Zusammenleben zumindest angenehm machen.

Daher erlaubte er ihr, ihm einen Schlaftrunk zu servieren. Wenn es ihr Spaß machte, ihn wie ein kränkelndes Kind zu behandeln, so wollte er ihr vorerst den Willen lassen. Mit sanftem Beharren würde er ihr schon beibringen, was er wirklich für seine Behaglichkeit benötigte. Ein breiteres Ehebett würde sicher dazugehören.

Lu Kin schien sich über sein Lächeln zu freuen, auch wenn sie ihn etwas misstrauisch musterte. Ihre Zofe seufzte erleichtert, denn sie hatte ihre Herrin noch nie so friedlich und so besorgt gesehen. Wie es aussah, hatte der bei den Dienern und Zofen beliebte junge Fürst einen guten Einfluss auf die schreckliche Dame. Das flüsterte sie draußen der Küchenmagd zu, die ihr den Tee zubereiten half. Die beiden Dienerinnen ahnten nicht, dass ihr neuer Herr ebenso scharfe Ohren hatte wie sein Namensvetter, der Tiger.

25. TIE HU WIRD ZUM KUNLUN-BERG GEBRACHT

Grob wurde Tie Hu aus dem Schlaf gerissen.

Vor ihm stand ein Gerichtsbeamter in reich geschmückter, ihm in Einzelheiten jedoch unbekannter Tracht. Rechts und links hinter dem grimmig dreinschauenden

Mann befanden sich zwei Fahnenträger, die weiße Seidenbahnen mit blutroten Schriftzeichen vor sich hertrugen, auf denen zu lesen war: »Im Auftrag des Präfekten des Kunlun-Berges« und »Das oberste Gericht des Kunlun-Berges«.
Gericht? Tie Hu stöhnte auf. Ihm reichte die Gerichtsverhandlung, die er an diesem Tage über sich hatte ergehen lassen müssen. Dann sah er die Soldaten, die hinter dem Beamten aus dem Nichts auftauchten, und fühlte, wie sein Herz in der Brust flatterte. Es waren sechs bärenhafte Gestalten mit wilden Dämonenfratzen, wie man sie auf den Tempelbildern als Foltermeister und Knechte der Hölle kannte.
Der Beamte schlug Tie Hu mit seinem Stab auf die Schulter. »Steh auf und komm mit! Du hast dich eines schweren Vergehens schuldig gemacht und wirst dich noch in dieser Nacht vor dem Gericht des Kunlun-Berges verantworten müssen.«
Das Gericht des Kunlun-Berges? Das war doch nur für Götter und Unsterbliche zuständig, aber nicht für ihn! Er wollte protestieren, doch er brachte keinen Ton heraus. Zitternd vor Kälte stand er auf, sah an sich herab und stellte fest, dass er nackt war. Dann starrte er fassungslos auf seinen Körper, der warm eingehüllt in das prächtige Schlafgewand und die wattierten Seidendecken auf dem Bett lag und ruhig weiterschlief.
Offensichtlich galt die Vorladung auf den Weltenberg im Westen nur für seine Seele. Verstört sah er sich um und stellte fest, dass das Zimmer mit allem, was sich darin befand, mit einem Mal völlig grau geworden war. Nur die Kleidung, die Rüstungen und die Waffen der Geister vor ihm glänzten in prächtigen Farben. Tie Hu wollte nach seinem Morgenmantel greifen, doch seine Hände gingen durch das Kleidungsstück hindurch.
Daraufhin hielt ihm einer der Fahnenträger einen schmutzi-

gen Kittel hin. Tie Hu nahm das feuchte, nach rohen Mauern riechende Kleidungsstück und schlüpfte schaudernd hinein. Regungslos ließ er es geschehen, dass die Soldaten ihm die Hände mit einer dünnen Kette auf den Rücken fesselten und ihm einen schweren, hölzernen Kragen umlegten, der ihn als Verbrecher kennzeichnete.

»Aber was wirft man mir vor?«, fragte er verzweifelt. »Wie lautet die Anklage?«

Wieder hielt ihm der Beamte die Vorladung vor das Gesicht. »Könnt Ihr nicht lesen, junger Mann?«, fragte er ihn mit einem Blick voll tiefster Verachtung.

Tie Hu blinzelte. Die Vorladung war in kompliziert verschlungenen Schriftzeichen geschrieben, die er im ersten Augenblick nicht entziffern konnte. Dann aber klärte sich sein Blick, und er las die ebenso sonderbare wie grundlose Anklage.

»Pietätlosigkeit ...? Bruch eines Eheversprechens ...? Beleidigung einer Fee des Kunlun-Berges ...?«, fragte er fassungslos. »Aber das ist doch völlig aus der Luft gegriffen!«

»Kein Aber, Angeklagter! Verteidigen musst du dich vor dem Hohen Gericht.«

Ehe Tie Hu antworten konnte, setzten sich die Geister in Bewegung und zerrten ihn an einem Strick hinter sich her, der am Holzkragen befestigt war. Obwohl es aussah, als würden sie ganz normal im Marschtritt gehen, erreichten sie schon mit dem ersten Schritt die Außenwand des Hauses und mit dem zweiten die Mauer des Palastbezirkes. Dann legten sie mit jedem weiteren Schritt einen ganzen Tagesmarsch zurück. Das mondbeschienene Land raste unter ihnen hinweg, und schon bald zeichneten sich am Horizont die hoch zum Himmel strebenden Umrisse des westlichen Weltenberges ab, die in atemberaubender Schnelligkeit näher kamen.

Die Geschwindigkeit der Geister mäßigte sich erst, als sie die halbe Höhe des Berges erreicht hatten, auf der hinter einer mächtigen Mauer die berühmten neun Terrassen begannen, von denen die oberste den Palast der großen Göttin Xiwangmu, der Königinmutter des Westens, trug und auch den Garten der Unsterblichkeit, dessen Pfirsichbäume fast immer in wundervollem Blütenflor prangten, aber nur alle tausend Jahre Früchte trugen.

Tie Hu dachte an das, was die Bauern und das Gesinde auf seinem Landgut sich über seine Mutter erzählt hatten. Shi Shing sei eine vom Kunlun-Berg herabgestiegene Fee aus dem Gefolge der Herrin Xiwangmu, hatte es geheißen, die aus Liebe zum Panther vom Glockenberg zu einer Sterblichen geworden war. Doch seine Eltern hatten diese Geschichten immer mit einem Lachen in Abrede gestellt, genauso wie das Gerücht, dass sein Großvater der Berggeist des Glockenberges sei.

Nun aber kam es ihm beim Anblick der hoch vor ihm aufragenden Mauern und der aus glasierten Ziegeln gebauten Torburgen und Türme so vor, als wäre er schon einmal hier gewesen. Er erinnerte sich an halb verschüttete Traumbilder, in denen er als kleiner Junge in reich bestickter Festtagstracht auf dem Arm seiner Mutter durch das gleiche Tor getragen wurde, durch das man ihn jetzt wie einen Ochsen am Nasenring hindurchzerrte.

Tie Hu nahm nur wenig von der sagenhaften Schönheit der neun Terrassen des Kunlun-Berges wahr, obwohl er die Geisterwelt in all ihren Farben prangen sah, als sei es heller Tag. Doch seine Wächter ließen ihm keinen Atemzug Zeit, sich umzusehen. Nur durch seine Stück für Stück erwachende Erinnerung bekam er mit, wohin man ihn führte. Irgendwann in seinem Leben war er mit einem gleichaltrigen kleinen Mädchen an seiner Seite durch diese Gassen gestreift.

Er hatte auf den Mauern bunte Papierdrachen steigen lassen und hinter dem Rücken der Wachen süße Früchte von den Bäumen gepflückt und sie mit Nü Ying geteilt. Nü Ying – nun erinnerte er sich sogar an den Namen des Mädchens, dessen Bild ihn Zeit seines Lebens begleitet hatte. Seine geheimnisvolle Schöne, die er einmal in Jin Mau wiederzufinden geglaubt hatte, musste ein Feenkind von diesem Götterberg gewesen sein.

Unwillkürlich blieb er stehen und sah sich um in der Hoffnung, sie in irgendeinem Winkel stehen und ihm zulächeln zu sehen. In den Tagen, die er einst hier verbracht hatte, hatte sie ihn oft in eine riesige, verwinkelte Bibliothek geführt und dort mit ihm Verstecken gespielt, immer auf der Hut vor der gestrengen, alten Vorsteherin und den grimmigen Hütern der Schriftrollen und Bücher. Manchmal hatten sie auch nur in einer Fensternische des Gebäudes gehockt und dem Treiben im Gerichtsgebäude auf der Terrasse darunter zugeschaut.

Ein scharfer Ruck an seinem Hals und ein Schlag mit dem Stock des Beamten trieben ihn vorwärts. Natürlich bekam er diesmal das Gerichtsgebäude nicht von seiner prachtvollen Vorderseite zu sehen. Als Angeklagter wurde er genauso, wie es in der Menschenwelt Sitte war, zu einer schmucklosen Nebenpforte geführt und dann durch düstere Gänge gezerrt, die in ihrer Kälte und Enge einen Vorgeschmack auf das künftige Schicksal eines schuldigen Verbrechers geben sollten.

Auch hier in der Welt der Unsterblichen gab es jene Bilder mit Schreckensszenen aus der Unterwelt, die ihr Übriges tun sollten, um den Angeklagten in einen Zustand der Furcht und des Grauens zu versetzen, so dass er geständig wurde. Hier wurden diese Szenarien jedoch nicht von Fackeln oder Papierlaternen beleuchtet, sondern glühten von innen heraus in kräftigen Farben, so als blicke man jeweils durch ein Fenster direkt in die Hölle. Auf Tie Hu aber machte das Ganze nicht den gewünschten Eindruck, denn er war sich keiner Schuld bewusst.

Dem Gerichtsbeamten schien seine Gelassenheit nicht zu gefallen, denn er blieb vor einem Bild stehen und deutete mit dem Stock darauf. »Hier siehst du Leute, die ebenso wie du ihre Existenz in der Welt der Unsterblichen aufs Spiel gesetzt haben. Je nach Schwere ihrer Schuld wurden sie dazu verurteilt, wie ein jedweder Sterblicher zu den Gelben Quellen zu gehen, um nach ihrer Höllenstrafe als Mensch oder gar als Tier wiedergeboren zu werden. Die wenigsten schaffen es, durch ein den Göttern gefälliges Leben, durch das Studium der Weisheitslehren und ständiges Streben nach Erlösung vom Kreislauf des Irdischen wieder zu der Ebene der Unsterblichen aufzusteigen.«

Tie Hu schüttelte verwundert den Kopf. »Aber ich bin kein Unsterblicher, sondern ein Mensch. Dem Schicksal, das Ihr hier als so schrecklich schildert, gehe ich unausweichlich entgegen.«

Der Beamte starrte ihn an, als hätte er es mit einem Schwachsinnigen zu tun, drehte sich schnaubend herum und klopfte dreimal an eine Doppelflügeltür. Diese öffnete sich knarrend. Gleichzeitig ertönte ein Gong, und Tie Hu wurde in die Gerichtshalle gestoßen. Er rutschte auf dem eisigen, spiegelglatten Marmorfußboden aus und fiel hin. Grobe Hände zerrten ihn wieder auf die Füße und schleppten ihn vor den Richtertisch. Dort wurde er gezwungen, sich auf den Boden zu werfen und mit dem Gesicht nach unten liegen zu bleiben. Er fühlte die Klinge einer Hellebarde an seinem Nacken, starrte auf den Fuß des Wächters und wagte kaum zu atmen. Irgendwo weit über ihm eröffnete der Gerichtspräfekt des Kunlun-Berges mit rituellen Worten die Sitzung.

Tie Hu hatte Mühe, ihn zu verstehen, so klapperten seine Zähne. Nie hätte er sich vorstellen können, dass die Seele eines Menschen so frieren konnte. Erst als sich die Stimme, die wie Donner durch den riesigen Saal rollte, sich der eigentlichen Anklage zuwandte, gelang es ihm, sich auf die Worte zu konzentrieren.

»Lasst den Angeklagten knien und mir ins Gesicht sehen!«, befahl der Präfekt den Wächtern. Tie Hu wurde hochgerissen und sein Kopf dem Richter zugedreht. Die ihren Abzeichen nach höhergestellten Beisitzer hatten menschliche Gesichter, die ihn zwar sehr ernst, aber nicht böse anblickten. Ihm wurde leichter ums Herz. Diese Leute sahen nicht so aus, als wollten sie ihn um ihres Vergnügens willen quälen. Wahrscheinlich würde sich das Ganze als Irrtum herausstellen, und man würde ihn mit einer Entschuldigung wieder unversehrt in seinen Körper zurückbringen.

»Du bist Zhong Tie Hu, genannt Eisentiger, Fürst in Wey und Sohn des Helden Zhong Bao Hong, genannt der Rote Panther vom Glockenberg?«, fragte der Präfekt.

»So werde ich genannt«, antwortete Tie Hu.

Mit gesenktem Kopf hörte er der Anklage zu, die jetzt in aller Ausführlichkeit verlesen wurde. Danach sollte er von seinen Eltern als Kind schon mit einer gleichaltrigen jungen Dame, der Tochter einer mächtigen und höchst angesehenen Fee vom Kunlun-Berg, verlobt worden sein. Da alle Riten bis auf die Brautnacht und das letzte Gelöbnis erfüllt und alle Geschenke getauscht worden waren, war diese Verlobung so bindend wie ein Ehegelöbnis. Deswegen hätte er nur die Dame Nü Ying als seine rechtmäßige erste Frau heimführen dürfen. Nun aber hatte er eine andere Dame mit allen Rechten an diese Stelle gesetzt und sich damit eines schweren Vergehens gegen die dritte Regel der fünf heiligen Grundbeziehungen schuldig gemacht.

Die weiteren Worte rauschten an Tie Hu vorbei. Verlobt mit Nü Ying? Mit dem Mädchen aus seinen Träumen? Er musste diese Erinnerung ebenso aus seinem Kopf verloren haben wie die gemeinsamen Besuche hier auf dem Berg.

»Nü Ying? Aber ich wusste nicht, dass man mich mit ihr verlobt hatte!«, sagte er gedankenverloren, ehe der Gerichtspräfekt mit seiner Verlesung fertig war.

Der Mann fuhr auf, so dass sein langer, schwarzer Backenbart über den Tisch wirbelte, und auf sein Zeichen schlug einer der Konstabler sechsmal mit einem Bambusstock über Tie Hus Schultern, bis ihm vor Schmerz die Tränen in die Augen traten. Er biss die Zähne zusammen und neigte den Kopf. Sofort wurde sein Gesicht wieder hochgerissen.

Dabei geriet ein alterslos wirkendes Paar in sein Blickfeld, das auf der Zeugenbank saß. Beide kamen ihm bekannt vor. Das mussten Nü Yings Eltern sein. Irgendwo in seinem Kopf stiegen neue Bilder auf, Bilder von einem großen Fest. Er sah sich selbst wie in einem lebendig werdenden Spiegel; einen kleinen, etwa sechs Jahre alten Jungen mit einer gelben Jacke und einer roten Mütze mit den Schriftzeichen für zehntausendfaches Glück. Diese Kleidung trug ein Bräutigam während des ersten Teils der Hochzeitszeremonie.

Er erinnerte sich auch an Nü Ying. Sie hatte damals ein grünes Kleid und den Gürtel mit dem Tigermuster getragen, der nur Feen zustand, die zum engeren Gefolge der Göttin Xiwangmu gehörten. Auch besann er sich nach so vielen Jahren endlich wieder auf das Gesicht seines Vaters und das seiner Mutter. Bei jenem Besuch hatten sie strahlend vor Stolz und Lebensfreude den Eltern der Braut gegenübergesessen, und kein halbes Jahr später waren sie tot gewesen, ermordet vom General Rattenkopf.

Ihm war keinerlei eigene Erinnerung an das Leben vor diesem schrecklichen Ereignis geblieben. Alles, was er darüber wusste, hatten ihm seine Erzieher am Hof zu Wey erzählt und die alten Dienstboten, die ihn begleitet hatten. Nur Nü Yings Gesicht hatte ihn wie ein fernes Traumbild begleitet, so, als hätten sie hier auf dem Kunlun-Berg mehr getauscht als nur die Verlobungsgeschenke. Sollte er schon einen Teil ihrer Seele in sich tragen, wie es unter ganz besonders verbundenen Ehepaaren in der Welt der Unsterblichen Sitte sein sollte? Verschüttetes Wissen quoll in ihm hoch, Erinnerungen, die unmöglich seine eigenen sein konnten. Ehe er sie greifen konnte, holten ihn drei heftige Schläge mit dem Bambusstecken schmerzhaft in die Gegenwart zurück.

Die Stimme des Richters rollte wie das Brüllen eines Löwen durch den Saal, und seine Augen leuchteten blutrot. »Zhong Tie Hu, ich frage dich nur noch dieses eine Mal! Bekennst du dich schuldig? Wenn du jetzt wieder nicht antwortest, lasse ich dich auf der Stelle wegen Missachtung dieses Gerichts in schwere Ketten legen und für die nächsten zehntausend Jahre in die neunte Ebene der Hölle verbannen. Dann gehst du endgültig aller Rechte verlustig, die dir durch deine Abstammung von einer ehemaligen Fee des westlichen Weltenberges zustehen. Also sprich! Bekennst du dich schuldig?«

Tie Hu holte tief Luft. Was sollte er sagen? Er hatte alle diese Verbrechen gegen die Gesetze der Götter und Menschen begangen, die man ihm vorwarf. Aber er hatte es aus Unwissenheit getan. Doch wenn die Sitten hier genauso hart waren wie in Wey, würde ein Beharren auf seiner Unschuld ihm nur eine Menge unnötigen Ärger einbringen. Außerdem war es möglich, dass er jetzt, genau wie in der letzten Nacht, nur in einen bizarren Traum verstrickt war, den ihm ein übelwollender Geist geschickt hatte. Auch in dem Fall war es besser, die Prozedur einfach mit einem Schuldbekenntnis abzukürzen.

»Schuldig!«, sagte er mit fester Stimme, ehe der ungeduldig gewordene Richter seinen Stab auf den Tisch fallen lassen und das Verbannungsurteil über ihn verhängen konnte.

Der Richter seufzte und lehnte sich zurück. »Gut! Dieses Schuldbekenntnis macht es uns leichter. Ich nehme an, dass du nun allerlei Entschuldigungen für deine Missachtung des elterlichen Willens vorzubringen hast.«

Tie Hu sah in erleichterte und erwartungsvolle Gesichter ringsum. Er hatte das Gefühl, als seien die meisten Personen hier im Raum ihm halbwegs wohlgesinnt. Leider schwand dieses Wohlwollen, als er seine Entschuldigung vorbrachte.

»Leider habe ich bis zu dieser Stunde von alledem nichts gewusst. In meinem Kopf gab es weder eine Erinnerung an den Kunlun-Berg noch an die Verlobung mit jener bezaubernden jungen Dame Nü Ying. Alles, was vor dem Tod meiner Eltern geschah, ist wie durch einen bösen Zauber aus meinem Kopf getilgt worden«, erklärte er wahrheitsgemäß.

Einer der Beisitzer sprang wütend auf. Es war ein noch recht junger Unsterblicher, dessen Abzeichen auf eine Abstammung vom König des östlichen Weltenberges und eine recht hohe Stellung in der Beamtenhierarchie des Kunlun-Berges schließen ließen. Er maß Tie Hu mit einem Blick, mit dem man einen ekelhaften Wurm bedenken mochte. »Müssen wir uns dieses dumme Geschwätz dieser Kreatur bieten lassen? Kein Wesen der Geisterwelt kann sein Gedächtnis verlieren. Ihr seid ein schlechter Lügner, Eisentiger! Woher wollt Ihr wissen, dass die Fee Nü Ying eine bezaubernde junge Dame ist, wenn Ihr Euer Gedächtnis verloren habt? Ihr seid nur ein Heuchler, der Mitleid schinden und straffrei ausgehen will!«

»Nein, das will ich nicht!«, brauste Tie Hu auf. »Das Gesicht der Dame ist die einzige Erinnerung, die mich mein ganzes Menschenleben lang begleitet hat. Aber bis heute war es für mich ein Gesicht ohne Namen.«

Ein schmerzhafter Ruck an dem hölzernen Kragen brachte ihm seine prekäre Lage wieder ins Bewusstsein. Wenn er den Richter oder die Beisitzer verärgerte, brauchte er sich keine Hoffnung auf ein mildes Urteil zu machen. Gerichtsverhandlungen dienten nicht nur der Wahrheitsfindung, sondern auch der Abschreckung, und das war offensichtlich nicht nur in der Welt der Menschen so.

»So, Fürst Tausendklug?«, fragte der Beisitzer, der sich Man Dai nannte. »Woher wollt Ihr denn jetzt auf einmal wissen, dass das Gesicht, an das Ihr Euch angeblich erinnern könnt, das Gesicht unserer allseits verehrten Fee Nü Ying ist? Als unverheiratete, junge Dame ist sie hier nicht anwesend, und niemand hat Euch ein Bild mit ihrem Namen gezeigt.«

Tie Hu seufzte und sah den obersten Richter an. »Herr, bitte schenkt mir Glauben. Ich habe bei der hohen Dame dort eine große Ähnlichkeit mit dem Mädchen aus meinen Träumen festgestellt, und ich erinnerte mich bei ihrem Anblick an die Dame selbst und an einiges mehr. Sie ist, wie ich annehme, die Göttin Huang Lo, die Freundin meiner Mutter und die Mutter von Nü Ying.«

Während der Präfekt ihn nachdenklich anblickte, winkte Man Dai verächtlich ab. Er schien sich sein Urteil schon gebildet zu haben. Doch die Dame Huang Lo, deren Gürtel ebenfalls die Tigerstreifen aufwies, bat den Mann zu schweigen.

»Es ist durchaus möglich«, sagte sie, »dass die Mutter dieses jungen Menschen hier, deren Namen hier nicht ausgesprochen werden darf, ihrem Sohn die Erinnerung an seine Abkunft von den Unsterblichen genommen hat, bevor sie ihn unter den Menschen aussetzte. Ich nehme daher an, dass das Verbrechen dieses jungen Sterblichen, den wir hier vor uns stehen sehen, in Wahrheit die Verfehlung jener Verlorenen und Verstoßenen ist, die einst meine beste Freundin war. Sie hat, wie wir heute sehen, weitaus mehr Schuld auf sich geladen, als uns bekannt geworden ist, und sie ist damals wohl zu Recht so hart bestraft worden. Sie hat ihrem eigenen Sohn sein göttliches Erbe genommen. Niemand anders als sie konnte so etwas vollbringen, denn sie war einst eine sehr mächtige Fee.«

Der Richter und einige Beisitzer nickten zu dieser Rede, und der arrogante Man Dai wirkte sogar erleichtert. Angewidert wies er auf Tie Hu. »Wenn diese Kreatur dort nur noch ein sterblicher Mensch ist, so ist seine Verlobung mit einer Dame aus der Götterwelt hinfällig. Keine Fee aus dem Palast der jadenen Leere darf gezwungen werden, sich mit einem Geschöpf aus der Welt des roten Staubes ehelich zu verbinden. Das wäre ja, als würde man einen Phönix mit einer Kröte vermählen! Ich beantrage, die damalige Vereinbarung für nichtig zu erklären.«

Der Richter wiegte den Kopf und sah Nü Yings Vater She Bao fragend an. Dieser war ein eher schlicht gekleideter Beamter mit den Insignien eines Haushofmeisters des Palastes der Göttin Xiwangmu. She Bao wiederum wandte sich an seine Frau. Diese reagierte mit einer hilflosen Geste.

Nü Yings Vater zog unbehaglich die Schultern hoch und bat den Richter darum, das Wort ergreifen zu dürfen. Nachdem dieser ihm die Erlaubnis erteilt hatte, stand er auf und begann mit getragener Stimme zu sprechen. Er redete eine Weile über die Heiligkeit der Gesetze des Himmlischen Jadekaisers, die die Beziehungen zwischen Fürst und Diener, Eltern und Kindern und Mann und Frau regelten. Seine Überlegungen gipfelten in der Aussage, dass selbst eine Ehe zwischen einem Phönixweibchen und einer giftigen Kröte als gültig zu betrachten sei, wenn sie nach dem Willen der Eltern und unter Beachtung aller Gesetze und Riten geschlossen worden war.

»Natürlich ist die Verwandlung des von uns gewählten zukünftigen Schwiegersohnes in einen gewöhnlichen Menschen ein großes Unglück. Doch die Verlobung ist rechtsgültig und unwiderruflich geschlossen. Ich würde mich selbst der Missachtung der Gesetze schuldig machen, wenn ich nun die Verlobung für ungültig erklärte. Daher kann ich nur meine unglückselige Tochter bedauern und das Hohe Gericht um ein mildes Urteil für diesen armen Sterblichen bitten. An der Gültigkeit der geschlossenen, aber noch nicht vollzogenen Ehe ändert das nichts.
Sie gilt so lange, bis die Seele dieses Mannes hier zu den Gelben Quellen gegangen ist, und genau genommen auch darüber hinaus, denn es handelt sich ja nicht um eine Verbindung von zwei gewöhnlichen Menschen. Erst wenn einer der Höllenrichter diesen Menschen hier wegen eines anderen schweren Vergehens zum endgültigen Vergessen seiner bisherigen Existenz verurteilt und ihn in die Haut eines Tieres bannt, verliert das Eheversprechen seine Gültigkeit. Bis dahin gilt meine Tochter als verheiratete Frau.«
Die Augen des Beisitzers Man Dai verengten sich zu Schlitzen, und Tie Hu begann zu ahnen, dass dieser junge göttliche Beamte Nü Ying selbst zu seiner Frau begehrte. Einem ersten Impuls folgend, wollte er schon sagen, dass er bereit war, Nü Ying freizugeben, auch wenn er dafür Strafe auf sich nehmen musste. Aber dann trat Nü Yings liebliches Gesicht vor sein inneres Auge und schien ihn zu bitten, es nicht zu tun.
Es schien wirklich ein Teil von ihr in ihm zu leben. Nun erinnerte er sich an den wirren Traum, in dem er mit einer kleinen Katze vor einem eberköpfigen Dämon geflohen war und bei einer weißen Statue Zuflucht suchen wollte, die aufs Haar Nü Ying glich. Hatte sie ihm diesen Traum geschickt, um ihn zu warnen? Eine Berührung mit ihrem Gewand hät-

te vielleicht eine Verbindung zu ihrem Geist hergestellt oder einfach nur seine Erinnerungen geweckt. Aber wenn er ehrlich war, hätte er es niemals fertiggebracht, auf einen bloßen Traum hin Lu Kin vor dem abschließenden Ritual zu verstoßen.

Wenn das, was er hier jetzt erfahren hatte, nicht nur ein schrecklicher Albtraum war, dann saß er hoffnungslos in der Falle seiner gegensätzlichen Verpflichtungen. Seine jetzige Existenz und jedes weitere Leben als Mensch würde von dieser Schuld überschattet sein, wenn die Götter nicht Gnade vor Recht ergehen ließen.

»Ich möchte genau das tun, was die Dame Nü Ying von mir erwartet«, hörte er sich sagen. »Verlangt sie die Auflösung unserer noch nicht vollzogenen Ehe, so werde ich ihren Wunsch erfüllen und jede Strafe dafür auf mich nehmen. Ich bitte darum, die Dame selbst zu befragen.«

Huang Lo stand auf. »Hohes Gericht, diese Befragung ist nicht notwendig. Meine Tochter hat mir wiederholt versichert, dass sie von sich aus keine Auflösung ihrer Verbindung fordert. Im Gegenteil, sie lässt diesem Menschen hier ausrichten, dass sie sich nach wie vor an das Verlöbnis gebunden fühlt. Sie wird Tie Hus persönliche Entscheidung jedoch nicht übelnehmen, ganz gleich, wie sie ausfällt.«

Der Beisitzer Man Dai ballte seine Fäuste. »Niemand kann der hochverehrten Nü Ying zumuten, an einen gewöhnlichen Sterblichen gefesselt zu bleiben!«, rief er wuterfüllt aus. »Ich beantrage die Auflösung dieser unmöglichen Beziehung und die Entfernung dieses Sterblichen. Notfalls muss beim Jadekaiser Einspruch eingelegt werden, damit dieser das Band zwischen Nü Ying und diesem Wurm zerschneidet.«

Der Richter erhob sich und deutete mit seinem Stab auf den aufsässigen Beamten. »Man Dai, Ihr vergesst Eure Pflicht! Das hier ist eine ordentliche Gerichtsverhandlung und keine

Posse. Da Ihr Euch nicht beherrschen könnt und offen Partei gegen den Angeklagten ergreift, enthebe ich Euch Eures Amtes als Beisitzer! Gerade in diesem Fall, in dem es fast unmöglich erscheint, Recht und Gerechtigkeit in Einklang zu bringen, muss ein hochrangiger Unsterblicher wie Ihr neutral bleiben und darf sich keinen Verstoß gegen die Regeln dieses Gerichts leisten. Geht auf der Stelle!«
Man Dai stand auf und verließ den Saal, nicht ohne Tie Hu einen bitterbösen Blick zugeworfen zu haben. Der Richter sah ihm nach, bis er das Tor hinter sich geschlossen hatte.

26. HAOKAN HEI LERNT DEN GÖTTLICHEN BEAMTEN MAN DAI KENNEN

Niemandem war das kleine, schwarze Wesen aufgefallen, das den Gerichtsbeamten und ihrem Gefangenen zum Kunlun-Berg gefolgt war. Selbst die Wachen am Tor stellten kein Hindernis für das vierfüßige Geschöpf dar, das scheinbar gelassen hinter ihrem Rücken vorbeischnürte. Geistertiere wurden auf dem Götterberg nicht ernst genommen, und man beachtete sie kaum. Daher errichtete man auch keine speziellen Abwehrzauber gegen ihr Eindringen. Viele der Wächter und andere rangniedere Bewohner des Kunlun-Berges waren einst Tierabkömmlinge gewesen, die sich durch unermüdliches Streben aus dem roten Staub gelöst hatten und in die Welt der Götter und Geister aufgestiegen waren. Nun bildeten sie die große Schar des Dienstpersonals, der Arbeiter und Gärtner, die die neun Terrassen des Berges pflegten und ihren Glanz bewahrten.

Haokan Hei schüttelte es bei dem Gedanken, dass sie trotz all ihres Wissens und ihrer Zauberkünste ohne eine starke Seele gerade gut genug war, als Zofe einer Fee unteren Ranges zu dienen. Wieder nahm sie sich vor, alles zu tun, um an Zhong Tie Hus kraftvolle Seele zu kommen, mit der sie als mächtige, den Feen der Xiwangmu gleichgestellte Göttin auftreten konnte. Dazu musste sie aber erst herausfinden, warum die Gerichtskonstabler ihn ausgerechnet zu diesem Zeitpunkt auf den westlichen Weltenberg geschleppt hatten.
Unbehelligt schlich sie durch enge Gassen und über schmale Treppen dem Geruch nach, den der Gefangene und seine Wächter für sie ausströmten. Doch bald türmte sich ein für sie unüberwindliches Hindernis vor ihr auf – die Pforten zum Gerichtsgebäude. Selbst die kleinste Nebenpforte wurde von Höllenteufeln bewacht, die für ihre Unbarmherzigkeit ebenso bekannt waren wie für ihre Unbestechlichkeit.
Haokan Hei schlich eine Weile um das Gebäude herum, ohne ein Schlupfloch zu finden. Keine Maus, keine Grille und erst recht kein Fuchs konnten den magisch gesicherten Gebäudekomplex betreten. Sollte sie wirklich unverrichteter Dinge wieder abziehen müssen? Zumindest konnte sie sich auf eine höhere Terrasse begeben, von der aus sie die Tore und den Innenhof des Gebäudes im Auge behalten konnte. Würde man den Fürsten Zhong aus irgendeinem Grund hinrichten wollen, so geschah es an diesem Ort.
Starb Tie Hu hier, würde zunächst nur seine Seele ihrer Lebenskraft beraubt und in eine der schlimmeren Höllen verbannt. Sein Körper aber würde weiterschlafen, bis er sich aufgezehrt hatte. Bei der Vorstellung schüttelte Haokan Hei sich. Endete Tie Hus Leben jetzt, würde sie zehntausend Jahre oder länger warten müssen, bis sie wieder auf ein Opfer stieß, das für ihre Ziele so geeignet war wie dieser Mann. Zwar war sie in der Lage, ihr Leben immer wieder zu ver-

längern, doch wie viel konnte ihr, die zwischen den Welten der Geister und Menschen wandern musste, in dieser Zeit zustoßen!

Vor lauter Wut und Nervosität knabberte sie an ihren Schwanzspitzen, als auf einmal eine männliche Stimme hinter ihr spöttisch fragte: »Seit wann ist es unter Geisterfüchsinnen Sitte geworden, die eigenen Schwänze aufzufressen?«

Haokan Hei schoss vor Schreck fast senkrecht die kleine Mauer hoch, in deren Schatten sie gelegen hatte, und duckte sich hinter einen großen Topf mit einer blühenden Fingerzitrone. Nun sah sie einen recht jung wirkenden, arroganten Schönling vor sich, der in die Robe eines göttlichen Beamten gekleidet war und neben einigen anderen Abzeichen die Insignien eines Gerichtsbeisitzers trug. Sie achtete jedoch mehr auf die starke magische Ausstrahlung des Mannes und auf seine Hand. Er war so voller ungezügelter Aggressionen, dass sie jeden Augenblick den Aufschlag eines mit einem Zauber versehenen Steins auf ihrem Körper erwartete, der sie in die graue Zwischenwelt der verlorenen Geister schleudern würde. Aber der junge Beamte amüsierte sich nur über ihre Furcht und zeigte ihr die blanken Innenflächen seiner Hände, die Flecken von leuchtend roter Tusche trugen.

Rote Tusche?, dachte die Füchsin aufgeregt. Diese spezielle Farbe wurde von Richtern und Beisitzern während eines Prozesses benutzt. »Kommt Ihr aus dem Gerichtsgebäude, hoher Herr?«

Das Gesicht des Mannes verzog sich zu einer Grimasse wütenden Abscheus. »Ich weiß zwar nicht, warum das ein Tier wie dich etwas angehen sollte, aber du hast recht. Ich komme tatsächlich aus dem Gebäude. Man hat mich aus der Verhandlung entfernt, weil ich die lächerlichen Umstände, die man um die Belange eines sterblichen Lümmels gemacht hat, nicht mehr ertragen konnte.«

»Handelt es sich bei diesem Lümmel um den Fürsten Zhong Tie Hu aus Wey?«

Der junge Beamte starrte sie an. »Was hast du mit diesem Kerl zu schaffen, Fellgesicht? Rede, oder ich schicke dich zu den Gelben Quellen!«

»Gemach, gemach, mein Herr! Ihr mögt die Macht haben, mich in die Hölle zu schicken, aber dann bleibt Eure Neugier ungestillt. Wenn ich Euch alles sage, was ich über diesen Bastard weiß, dann müsst Ihr mir erzählen, warum er ausgerechnet in der Nacht nach seiner Hochzeit hierherzitiert wurde.«

»Füchsin, erzürne mich nicht! Ich mag Seelendiebinnen deiner Art nicht. Oh … Seelendiebin! Ich durchschaue dich, Fuchsweib. Er wäre das geeignete Opfer für deine hochfliegenden Pläne, nicht wahr? Ich glaube, ich kenne dich sogar. Du bist die ehrgeizige Haokan Hei vom Berg der sanften Stille. Ich bin Man Dai, Urenkel des Königs des östlichen Weltenberges, magischer Archivar der Göttin Xiwangmu und Hilfsrichter ersten Grades am Gericht des Kunlun-Berges.«

»Hochedler Man Dai, ich verneige mich in Ehrfurcht vor Eurer Göttlichkeit«, antwortete sie mit leichtem Spott. »Ich bin mir der Ehre bewusst, die Ihr mir mit der Nennung Eures Namens antut. Ja, ich bin Haokan Hei, eine tausendjährige Füchsin mit neun Schwänzen, Adeptin der weltlichen und himmlischen Zauberkünste und – wie Ihr richtig geschlossen habt – auf der Suche nach einer passenden Seele.«

»Dame Haokan, seid mir gegrüßt«, antwortete Man Dai mit angedeuteter Verbeugung und einem Lächeln auf den Lippen, das die Augen nicht erreichte. »Ich bin zwar kein Freund von Geistertieren, aber ich weiß eine hochgelehrte, kluge und strebsame Hexe durchaus zu schätzen. Also gelte Rede gegen Rede. Was hast du mit dem Menschen Zhong Tie Hu zu schaffen, außer der Tatsache, dass er ein Mittel wäre, deine ehrgeizigen Pläne zu verwirklichen?«

»Als Person niederen Ranges schulde ich Euch Respekt und beginne. Aber enttäuscht mich lieber nicht. Ich bin rachsüchtig und zu vielem fähig!«

Man Dai lachte. »Keine Sorge! Ich halte mein Wort, denn ich habe das Gefühl, wir könnten uns in dieser Angelegenheit gegenseitig nützlich sein. Ich hasse diese Menschenkreatur, deren Existenz mich daran hindert, um die schönste Frau des Kunlun-Berges zu werben.«

»Zhong Tie Hu, der Sohn der Shi Shing und Enkel der Herrin Xiwangmu, ist dadurch, dass seine Mutter ihn unter Menschen aussetzte …«

»… und wahrscheinlich mit dem Staub des Vergessens behandelte …«, setzte Man Dai hinzu.

»Ah … natürlich!« Haokan Hei leckte sich über das Maul. »Das erklärt einiges, was mir unverständlich blieb! Durch den Staub des Vergessens und sein Leben in Wey ist er ein Sterblicher geworden, ein gewöhnlicher Mensch. Er hat das Wissen und die Kraft verloren, die ihn noch in diesem Leben zu einem kleinen Gott gemacht hätten. Als ich ihn das erste Mal vor mir sah, habe ich das Erbe des Kunlun-Berges in ihm gespürt, und es hat all meine Erwartungen bei weitem übertroffen. Er ist ein göttlicher Tigergeist von den Gelben Quellen und gleichzeitig so ahnungslos wie ein neugeborenes Kind. Das ist genau die Kombination, die ich benötige.

Ihr kennt die Bedingungen, unter denen ich mir seine Seele und seine Lebensessenz aneignen kann, nicht wahr? Nein? Nun, ich muss ihn dazu bringen, dass er sich in mich verliebt und dabei die Welt um sich herum vergisst. Es muss eine Art Rauschzustand sein, in dem er seinen eigenen Untergang nicht mitbekommt. Mein Zauber saugt seine Seele und seine Lebensessenz aus seinem Körper, bis nur noch eine leere, sterbende Hülle zurückbleibt. Für den stolzen Fürsten Zhong gibt es danach keine Existenz nach dem Tod, keine Läuterung in der Unterwelt und keine neue Haut für eine Wiedergeburt.«

»Aber warum hast du nicht schon mit deinem Werk begonnen, Füchsin? So einen Narren in dich verliebt zu machen müsste für dich doch ein Leichtes sein!«

»Leider, hoher Herr, sind die Verhältnisse in der kleinlichen Welt der Menschen nicht so einfach gestaltet wie in der Welt der Götter und Geister. Zhong Tie Hu war bereits über beide Ohren verliebt, als ich ihn traf. Das ist wahrscheinlich der einzige Schutz eines jungen Menschenmannes gegen meinen Einfluss. Meine Gegenspielerin war eine räudige, kleine Katzenseele in menschlicher Hülle aus einem Hurenhaus. Ich habe daraufhin meinen Einfluss am Hof von Wey geltend gemacht und dafür gesorgt, dass er mit der hässlichsten und unangenehmsten Prinzessin am Hofe verheiratet wurde. Mit einer weiteren Intrige habe ich das Katzengeschöpf in den Tod gelockt, so dass Zhong Tie Hu eigentlich jeden Halt verlieren müsste.«

»Verloren hat er so oder so, Füchsin. Aber du hast nicht richtig nachgedacht! Diese Menschenkreatur durfte überhaupt nicht heiraten. Der Mann ist mit einer Dame des Kunlun-Berges verheiratet.«

»Ihr meint verlobt! Ich weiß zwar nicht, wie das hinter dem Rücken der Xiwangmu passieren konnte, die ihre Tochter doch verstoßen hat, aber ich habe davon gehört.«

Man Dai schien sich über Haokan Hei zu amüsieren. »Du weißt nicht so viel, wie du glaubst, Füchslein! In jener Zeit hat sie ihren Sohn mit der Tochter der Fee Huang Lo, der Meisterin der geflügelten Boten der Herrin, verlobt, und ihre Tochter Nü Ying war bei dieser Zeremonie anwesend.

Also ist die wundervolle Nü Ying mit einem Wurm aus der Welt des roten Staubes verheiratet.«
Bei den letzten Worten ballte er die Fäuste. »So, wie es bis jetzt da drinnen abläuft, lassen sich die Ankläger und der Richter von einem glatten, unschuldig dreinschauenden Jünglingsgesicht betören. Nü Ying ist so ein vornehmes, tugendhaftes Wesen, dass sie niemals von sich aus die Fessel dieser unmöglichen Ehe lösen würde. Aber statt ein Machtwort zu sprechen und diese lächerliche Vereinbarung für null und nichtig zu erklären, läuft alles darauf hinaus, ihn zu rehabilitieren und auf den Kunlun-Berg zu holen!«
»Seid Ihr sicher, Herr?«, fragte Haokan Hei entsetzt. »Trotz seiner schweren Verfehlung?«
»Deswegen habe ich ja für eine Auflösung der Ehe mit Nü Ying plädiert, aber man hat mir Parteinahme vorgeworfen und mich mitten in der Verhandlung vor die Tür gesetzt. Ich weiß mir in dieser Angelegenheit keinen Rat mehr, aber ich will Nü Ying nicht diesem schmutzigen Sterblichen überlassen.«
»Eine Heirat mit einer so hochgestellten Fee täte Eurer Karriere gut, nicht wahr?«, spöttelte die Füchsin.
»Ich wüsste nicht, was dich das anginge, Fuchshexe!«
»Nun, vielleicht kann ich Euch zu Diensten sein. Wenn Zhong Tie Hu hierher auf den Weltenberg geholt werden soll, muss erst seine Ehe mit Lu Kin für ungültig erklärt werden. Das kann aber nur durch einen Einspruch beim Jadekaiser geschehen – oder durch eine Nichtigkeitserklärung im Tempel und im Palast von Wey.
Der Weg über das Hofamt des Göttlichen Jadekaisers ist zu lang, da es sich bei dem Paar um Sterbliche handelt. Sie dürften längst im Schatten der Unterwelt oder im Kreis der Wiedergeburten gefangen sein, wenn diese Angelegenheit entschieden wird. Also muss es in Wey geschehen. Dazu

muss Zhong aber noch einmal in seinen Körper zurückkehren. An dieser Stelle könnte ich ansetzen. Ich muss nur verhindern, dass er sich nach seinem Erwachen an seinen Aufenthalt hier erinnert – und das könnte ich mit meinen Zauberkünsten erreichen.«

Man Dai schlug sich vor Lachen auf die Schenkel. »Du bist ein höllisch schlaues Geschöpf, Füchsin. Da der Mensch ein Enkel unserer obersten Herrin auf dem Weltenberg ist, wird man alles tun, um ihn nicht untergehen zu lassen. Die Trennung von seiner sterblichen Frau ist nur der erste Schritt, und den zu verhindern könnte sein Untergang sein. Aber glaubst du wirklich, du könntest mit ein paar kleinen Hexenkunststücken gegen die Kraft des obersten Richters oder der Fee Huang Lo ankämpfen? Um diese Nacht aus seinem Gedächtnis zu löschen, würde es einer zweiten Gabe vom Staub des Vergessens bedürfen. Bist du im Besitz dieses Mittels?«

»Nein, das bin ich tatsächlich nicht. Es wird aus Pflanzen gewonnen, die nur hier auf dem Kunlun-Berg wachsen, und an diese Rezeptur bin ich noch nicht gekommen. Wir müssen es eben so riskieren. Ich nehme an, ich kann ihn so verwirren, dass er genug Fehler macht und der Verdammung anheimfällt.«

»Fuchsfrau, du überschätzt dein Können! Wie leicht, glaubst du, wird es dir fallen, diesen Menschen zu umgarnen und in dich verliebt zu machen, wenn er ahnt, dass er eine schwere Schuld auf sich geladen hat? Er wird kein Auge für deine Verführungskünste haben.«

Die Schwarze Füchsin zischte wie eine Schlange. »Meister der überwältigenden Klugheit, könnt Ihr Euch in dieser Angelegenheit allein helfen, ohne dabei aufzufallen? Erst müsstet Ihr schnell genug eine Gestalt der Menschenwelt annehmen, dann vor seinem Erwachen in Wey sein und ihm selbst die Erinnerung an seinen unfreiwilligen Besuch auf dem

Weltenberg nehmen. Aber jeder der hier am Prozess Beteiligten weiß, dass Ihr Zhong Tie Hus Feind seid. Wenn ihm etwas geschieht, dann wird man leicht feststellen können, wer in der entscheidenden Zeit den Kunlun-Berg verlassen hat, und auf Euch stoßen.«

»Ich habe auch nicht vor, selbst die Hand gegen diesen Sterblichen zu erheben. Du willst den Fürsten haben, und du sollst ihn bekommen. Kannst du einen Beutel an einem Halsband in die Welt des roten Staubes mitnehmen? Ja? Gut. Warte hier! Ich werde dir Staub des Vergessens besorgen. Aber ich warne dich! Enttäusche mich nicht! Wenn du versagst, werde ich dir eigenhändig das Rückgrat brechen und deine Tierseele in das graue Nichts zwischen Himmel und Erde verbannen! Dann kannst du ängstliche Gemüter im Traum erschrecken, denn zu mehr wirst du nicht mehr fähig sein.«

»Was sollen die dummen Drohungen? Wir ziehen doch in dieser Sache am gleichen Strang! Beeilt Euch! Die Zeit, in der sich mein Opfer hier aufhalten durfte, läuft bald ab. Ihr wollt doch nicht, dass ich zu spät komme.«

Haokan Hei sah Man Dai an, wie unangenehm ihm ihre Vertraulichkeit war, und amüsierte sich. Wenn sie erst eine Göttin und der höchsten Zauberkräfte mächtig war, würde sie diesen Ochsen schon lehren, auch zu Geisterfüchsinnen höflich zu sein. Nun aber genoss sie es, ihn laufen zu sehen wie einen gescholtenen Dienstboten. Äußerlich ganz ruhig und gelassen, rollte sie sich unter der Fingerzitrone zusammen und starrte auf den Platz vor dem Haupttor hinab.

Die Wachen, die vorhin noch stramm hin- und hergewandert waren, fühlten wohl die lähmende Müdigkeit, die kurz vor dem Beginn der Dämmerung Mensch und Tier befällt. Schwatzend und gähnend standen sie in einer Nische neben dem Tor und wärmten sich mit heißem, duftendem Tee. Sie bemerkten weder die Füchsin hoch über ihnen noch den grau gewandeten Schatten, der sich in das Dunkel der Hausmauern am gegenüberliegenden Ende des Platzes drückte. Aber die Füchsin bemerkte die Schattengestalt. Ihre Nase sagte ihr, dass dieser Schatten eine sehr junge Frau war, und ihr Spürsinn für zauberische Dinge teilte ihr weitere interessante Einzelheiten mit.

Die Aura, die die verborgene Gestalt umgab, fühlte sich nach einer der ganz hohen Göttinnen an. Aber sie war so unfertig wie bei einem Kind. Das Wesen trug einen Tuschstein und ein Bündel Pinsel am Gürtel, die ebenfalls zauberischer Art waren, und es hielt eine Jadestatuette in der Hand. Diese musste ein Amulett sein, dessen zauberkräftige Aura denjenigen, der es trug, vor jeder Art von bösem Einfluss schützte.

Der Schwarzen Füchsin sträubte sich das Fell. Es war nicht schwer, zu erraten, dass es sich um Nü Ying, die Verlobte von Zhong Tie Hu, handelte, die man auch die Meisterin der Schönschrift nannte. Sie stellte die schönsten Kalligraphien her, Bildgedichte aus Schriftzeichen, die ihresgleichen suchten. Dabei war sie mit ihren zwanzig Jahren nach den Begriffen der Unsterblichen noch ein kleines Kind.

Die junge Fee musste bemerkt haben, dass ihrem Verlobten noch andere Gefahren als ein ungünstiges Urteil drohten. Daher wollte sie Zhong Tie Hu diese Figurine in die Hand drücken, die wahrscheinlich ihr Abbild darstellte. Trug er das Ding am Körper, würde ihn kein Zauber mehr überwältigen, auch nicht der Staub des Vergessens.

Beinahe hätte die Füchsin ihren Verbündeten überhört, der sich von hinten an sie heranschlich und nach ihrem Nackenfell griff. Im letzten Moment sprang sie von der Mauer und zeigte ihm die Zähne. »Du Trottel!«, fauchte sie ihn an. »Unser Plan fällt gerade ins Wasser, und du spielst Hasch mich wie ein Bauernlümmel!«

Ein böses rotes Licht glomm in Man Dais Augen auf, und Haokan Hei nahm an, dass er sie in das graue Nichts schleudern wollte.

»Tu es, wenn du alles verderben willst, du blutiger Narr!«, sagte sie leise. »Sieh lieber nach drüben, zur Einmündung der Straße. Siehst du den Schatten dort? Die Dame schickt sich an, uns die Suppe zu versalzen. Also zeig jetzt, dass dein Kopf nicht nur schön aussieht, sondern auch zum Denken taugt.«

Seinem Gesicht nach würgte Man Dai an einer giftigen Kröte, aber er warf nur einen kurzen Blick hinüber und nickte zustimmend. »Nü Ying! Wenn ich diese Frau erst in meiner Hand habe, werde ich sie lehren, sich nicht wie eine billige Dirne in dunklen Ecken herumzudrücken! Sie hat aus ihren Zauberbüchern eine Warnung herausgelesen und sofort gehandelt. Hier auf dem Vorplatz vor dem Gericht können wir Nü Ying jedoch nicht daran hindern, diesem Menschenwurm den schützenden Talisman zu geben. Aber wenn du wirklich so mutig und geschickt bist, wie du behauptest, können wir ihm die Statuette noch hier oben auf dem Kunlun-Berg wieder abnehmen.«

Haokan Hei schnaubte verärgert. »Wie denn, wenn kein Zauber mehr auf ihn wirkt?«

»Füchsin, du musst noch viel lernen. Gerade in einer Welt, in der sich viele Wesen auf ihre Zauberkraft verlassen, muss man auch ohne Magie auskommen, wenn man etwas erreichen will! Wenn Zhong Tie Hu aus dem Gerichtsgebäude gebracht wird, so schleichst du hinter ihm und den Konstablern her, so vorsichtig, dass dich niemand sieht. Aber sei achtsam. Es gibt keinen zweiten Versuch. Wenn die Statuette zu Boden fällt, schnappst du sie dir und läufst so schnell wie möglich damit weg! Aber nimm sie nicht mit, sondern bringe sie mir. Wenn Nü Ying merkt, dass etwas nicht stimmt, wird sie die Kraft der Figur ins Gegenteil verkehren. Dann sollte sie nicht in deinem Besitz sein.«

»Ich hoffe, Ihr habt genug zauberische Kräfte, um keinen Schaden zu erleiden«, antwortete Haokan Hei höhnisch.

Im Innenhof des Gerichtsgebäudes wurden nun weitere Fackeln angesteckt, und ein Zug Konstabler marschierte mit einer in einen grünen Umhang gehüllten Gestalt aus dem Hauptgebäude Richtung Tor. Haokan Hei erkannte Zhong Tie Hu mit den Soldaten, die ihn in die Welt des roten Staubes zurückbringen sollten. Die Leute hatten es offensichtlich eilig.

Sie ließ sich noch den Beutel mit dem Staub des Vergessens an einer Schnur um den Hals legen und rannte los, so schnell ihre vier Pfoten sie in dieser Welt trugen. Man Dai verschwand in einer anderen Richtung, in der schmale, steile Treppen auf einem kürzeren Weg zum Haupttor führten.

27. TIE HU MUSS SICH ENTSCHEIDEN

Der Richter wandte sich an die Brautmutter. »Als göttliche Fee und höchstrangige Persönlichkeit hier in diesem Saal will ich Euch noch einmal fragen, ob Ihr einen Grund vorzubringen habt, der geeignet wäre, diese Verlobung für nichtig zu erklären. Wurde damals vielleicht irgendein Fehler gemacht, der die Gültigkeit in Frage stellen könnte?«

Huang Lo lächelte wehmütig. »Das wäre die einfachste Lösung für unser Problem, nicht wahr? Wir erklären die Ehe für ungültig und könnten diesen jungen Mann, der durch den Verlust seines Rechtes auf die Unsterblichkeit wahrlich hart genug gestraft ist, in die Welt des roten Staubes zurückkehren lassen. Da er kein Bewohner des Kunlun-Berges ist, würde er diese Stunden für einen seltsamen Traum halten und könnte fürderhin leben und sterben wie jeder andere Mensch.«

Der Richter nickte zustimmend. »Was also habt Ihr als Grund für eine Auflösung vorzubringen, ehrwürdige Dame?«

»Nichts!«, sagte sie zur Überraschung der Anwesenden. »Ich weiß mir in dieser Angelegenheit keinen Rat. Der Himmlische Jadekaiser und die göttliche Herrin Xiwangmu seien meine Zeugen, dass alles streng nach den Sitten und Riten zugegangen ist. Schlimmer noch, meine Tochter hat mit dem Knaben damals ohne unser Wissen eine Frucht vom Baum der Seelen geteilt, so dass ein Stück von ihr in ihm lebt und umgekehrt. Der Zauber dieser Verbindung überwindet alle Grenzen und selbst die Wirkung des Staubes des Vergessens.

Wäre das Teilen des zauberischen Granatapfels ein Verstoß gegen die Riten, so könnte ich dies als Grund vorbringen. Aber nur Xiwangmu selbst oder der Jadekaiser könnten die Wirkung aufheben, wenn beide Partner es tief in ihrem Herzen wollen. Davon aber kann bei Nü Ying nicht die Rede sein. Meine Tochter ist nicht zu einer Trennung bereit, und diese arme Seele hier, fürchte ich, ist es auch nicht. Das mag bei diesem Menschen weniger an seinen Gefühlen oder seinen Wünschen liegen als vielmehr daran, dass der Zauber bereits viele Jahre auf ihn gewirkt hat. Trennt man die beiden Seelen nun, reißt dies bei einem Sterblichen eine so tiefe Wunde, dass Wahnsinn und früher Tod die Folge sind, und er würde zu einem bösartigen Gui-Gespenst.«

»In diesem Fall«, sagte der Richter nach einer langen Denkpause, »gibt es nur eine Lösung dieses Problems.

Eisentiger, hör mir jetzt genau zu und merk dir jedes meiner Worte! Du wirst in die Welt des roten Staubes zurückkehren. Wenn du erwachst, wirst du sofort zu den Priestern und Wahrsagern gehen und sie bitten, deine irdische Ehe für ungültig zu erklären. Berichte ihnen wahrheitsgemäß, was dir zugestoßen ist. Wir werden dafür sorgen, dass ihre Orakel deine Aussage bestätigen und dass deine Opfer mit positiven und Glück verheißenden Zeichen angenommen werden. Denk daran, du hast sehr wenig Zeit! Wenn die Sonne im Zenit steht, müssen die Rituale begonnen haben.
Tue alles, damit die Ehe mit der Dame Lu Kin schnellstens aufgelöst wird. Dazu hast du nur drei Tage Zeit. Sowie du deiner Verpflichtung gegenüber der Sterblichen ledig bist, werden die Gerichtskonstabler dich in der folgenden Nacht wieder abholen und für immer hierherbringen. Um Nü Yings Tugenden willen wirst du dein Geburtsrecht zurückerhalten und ein geachtetes Mitglied der Geisterwelt werden.«
Tie Hu verneigte sich mit klopfendem Herzen, denn tief in seinem Innern spürte er, dass er hier seinen richtigen Platz im Leben finden würde. Da sein Kätzchen tot war, gab es für ihn nichts mehr, das ihn an das Leben eines Sterblichen band. Natürlich tat Lu Kin ihm leid, denn sie würde wieder in ihr freudloses Leben zurückgestoßen werden, ohne einen Menschen zu haben, der Verständnis für sie aufbrachte. Aber ihre Verbindung war erzwungen worden, und er fühlte sich ihr nicht verpflichtet. Stattdessen freute er sich auf die Gesellschaft Nü Yings, seiner Geisterbraut, und war bereit, alles zu tun, um bald mit ihr vereint zu sein.
Seine Gedanken irrten wieder so weit ab, dass er beinahe den Einwand eines uralt, ja beinahe schon skeletthaft wirkenden Beisitzers überhörte. Der Mann hatte bisher noch kein Wort gesagt und war Tie Hu daher auch nicht aufgefal-

len. Seinem Aussehen nach war er ein Soldat, ein hochrangiger Militär. Seine verschlissene, altmodisch-einfache Uniform schlotterte ihm um den Körper, und sein Gesicht zeigte Narben, die noch aus seiner Zeit als sterblicher Mensch stammen mussten. Düster konnte er sich an ihn als einen berühmten General aus der Shang-Zeit erinnern. Es musste sich um den Vater des Prinzen Nocha handeln, eines sagenhaften Kriegers, der ebenfalls ein gewaltiger Held gewesen war.

Die Zeit auf dem Kunlun-Berg hatte offensichtlich nichts an der kriegerischen Haltung und dem Tonfall des Alten ändern können. »Ich sagte, ich erhebe Einspruch, Euer Ehren! Dieser Sterbliche darf jetzt noch nicht auf den Kunlun-Berg geholt werden, denn er hat noch eine wichtige Aufgabe zu erfüllen. Ich verlange, dass er sein Leben so beendet, wie es ihm zusteht, als Soldat und Offizier auf dem Schlachtfeld und Auge in Auge mit seinem Todfeind, dem wegen seiner Verbrechen vom Kunlun-Berg verbannten Tiergeist Lao Shu, genannt General Rattenkopf.«

»Was wisst Ihr, verehrter General Li Ring, was uns anderen Geistern verborgen geblieben ist?«, fragte der Richter den Alten sanft.

Der General straffte seinen altersrunden Rücken. »Nun, man sollte sich hier auf dem Weltenberg mehr um die Ereignisse in der Welt des roten Staubes kümmern. Der Marodeur Rattenkopf ist an den Hof von Zhou zurückgekehrt und treibt sein Unwesen jetzt unter der Maske seines angeblichen Sohnes. Wie mein alter Freund Shirliang Po feststellen musste, stehen die Vorzeichen für Wey seit dem Wiederauftauchen der Ratte mehr als schlecht. Finden wir keinen heldenhaften Anführer, der aus Bauernlümmeln anständige Soldaten und aus Herrensöhnchen gute Offiziere macht, so ist es um das Land und ganz besonders auch um die stolze

Stadt Wey Cheng geschehen. Der alte Rattenkopf hat geschworen, keinen Stein auf dem anderen und kein Lebewesen in seinen Mauern weiterexistieren zu lassen.
Es gibt nur ein einziges gutes Omen, und das hängt, wie Shirliang Po und auch ich feststellen mussten, mit dem Jüngling Zhong Tie Hu zusammen. Wenn die Weisheiten des Obersten Himmelsherrn mehr gelten als Staub im Wind, dann ist er der künftige General Eisentiger, der es fertigbringt, das Schlimmste von Wey und seiner Hauptstadt abzuwenden, und der den Fortbestand der Dynastie retten kann.«
Der Richter verzog sein Gesicht, als sei ihm ein Skorpion über die Füße gelaufen. »Ich bin nicht der Richter sterblicher Menschen. Das überlasse ich dem obersten Höllenrichter und seinen grüngesichtigen Untergebenen. Aber bei all den Vergehen, deren sich der jetzige König von Wey und sein Hofstaat schuldig gemacht haben, ist der Untergang dieser Dynastie vom Jadekaiser bereits beschlossen worden und nur noch eine Frage der Zeit. Warum sollten wir hier eine Entscheidung treffen, die dem Willen des höchsten Gottes zuwiderläuft?«
Der Alte schnaubte. »Auch die jetzige Dynastie von Zhou hat schon genügend Schuld auf sich geladen. Aber hier geht es nicht um die Dynastie, hier geht es um Gerechtigkeit. Der Rattengeist Lao Shu wurde von diesem Gericht nur zur Verbannung in die Welt des roten Staubes verurteilt, weil ein gewisser Beisitzer namens Man Dai allerlei Entschuldigungen für das amoralische Verhalten des Tiergeistes fand. Aber dieses durch und durch verderbte Geschöpf hätte getötet und sein Geist zu den Gelben Quellen geschafft werden müssen. Mit der falschen Beurteilung von Lao Shus Charakter haben wir zugelassen, dass dieser rebellische Tiergeist sich als General in Zhou eingenistet hat und nun mit seinen

zauberischen Machenschaften ganze Landstriche der arbeitsamen, den Göttern ergebenen Bauern beraubt. Auf diese Weise darf Zhou nicht über Wey siegen. Das wäre gegen jedes göttliche Recht.
Auch hat Shirliang Po als Stadtgott und Totenrichter eine vom Jadekaiser auferlegte Verpflichtung, die Menschen von Wey Cheng zu schützen, soweit seine Kräfte es erlauben. Nicht der Dynastie gilt seine Sorge, sondern den gewöhnlichen Menschen, die ihm anvertraut wurden. Da ein Unsterblicher, ein Tiergeist ohne Moral und Gewissen, auf der Seite des Feindes steht, ist der Krieg zwischen Zhou und Wey nicht nur eine Angelegenheit der Menschen, sondern auch der Götter.«
Der Richter nickte bekümmert. »Ich weiß, wir haben uns damals auch von der Redegewandtheit und der scheinbar aufrichtig gemeinten Reue des Rattengeistes Lao Shu beeindrucken lassen, und daher fiel unser Urteil viel zu milde aus. Doch es ist gültig, und wir haben keine Möglichkeit mehr, es zu ändern. Die Untaten, die Lao Shu in der Welt des roten Staubes begangen hat, fallen nicht unter meine Jurisdiktion. Wenn Ihr, mein verehrter Li Ring, beim Göttlichen Jadekaiser Einspruch erheben wollt, um eine Verurteilung des bösartigen Tiergeistes zu erreichen, werde ich Euch unterstützen. Mit dem Segen des hohen Himmels könnten wir ihn gefangen nehmen und dorthin bringen lassen, wohin er gehört.«
»Ha!« In diesen Laut legte der alte General seine ganze Verachtung für die Bürokratie, die auch in der Welt der Unsterblichen ihren endlos langsamen Gang ging.
»Bis dahin ist Wey Cheng ein rauchender Trümmerhaufen voller Toter und mein Freund Shirliang Po ein gescheiterter Stadtgott, der sich bei den Gelben Quellen eine neue Haut suchen darf, um in einer sterblichen Existenz Vergessen zu

finden. Nein, darauf wollen wir nicht warten. Wenn wir die Menschen von Wey vor dem Schlimmsten bewahren wollen, benötigen wir wieder einen Helden, der dem Panther vom Glockenberg ähnelt, einen Krieger und Anführer, wie er nur einmal in hundert Jahren geboren wird. Dieser zukünftige Held steht in diesem Augenblick als braver Jüngling vor uns. Er ist es, der dem Treiben des Rattengeistes ein Ende bereiten wird.«

Der Richter seufzte. »Wann hat man je solche Verwicklungen gesehen! Das gibt es doch sonst nur in der Welt des roten Staubes. Wie soll ich Recht sprechen, wie der Gerechtigkeit zum Sieg verhelfen, wenn jede Entscheidung zu neuen Ungerechtigkeiten und neuen Verwicklungen führt? Musstet Ihr kleinen Götter Euch einen Mann als künftigen Helden auserwählen, dem vom Schicksal und übelwollenden Geistern so viel Schweres auferlegt worden ist? Wer soll die Fäden, die ihn an zwei Welten binden, je entwirren?«

Der General schob das Kinn mit dem schütteren Bart nach vorn. »Was soll dieses Lamentieren? Hier geht es darum, ein Land vor einem zauberkundigen Rattengeist in Menschengestalt zu bewahren, der als General von Zhou einen Freibrief für alle Schurkenstücke und Verbrechen hat. Bis der Jadekaiser Lao Shu in die Schranken weist, können wir ihm nur einen wahren Helden entgegenstellen! Um unseren Kämpfer aber nicht um den Lohn seiner Mühe zu bringen, müssen wir ihn nach seinem Tod auf den Kunlun-Berg holen und ihn zu einem Unsterblichen machen, wie Ihr es vorgeschlagen habt. Nur mit dem Unterschied, dass er nicht drei Tage, sondern noch drei Jahrzehnte als Sterblicher existiert.«

Huang Lo stand auf und strich über ihren Tigerstreifengürtel. »Ein weiser Mann hat einmal gesagt, dass man aus gutem Eisen keinen Nagel und aus einem guten Menschen

keinen Soldaten machen soll. Warum soll also der künftige Gemahl einer Feengöttin als vom Krieg verdorbener, verbrauchter alter Mann in unsere Mitte treten? Zieht er in den Krieg, wie Ihr das verlangt, General Li, so ist er für meine Tochter für immer verloren.«
Der Ziegenbart des Generals zitterte vor Empörung. »Was heißt hier verdorbener alter Mann? Nur weil Ihr eine der hohen Damen aus dem Palast der jadenen Leere seid, braucht Ihr nicht verächtlich auf die herabzusehen, die den Göttern mit Leib und Seele gedient haben. Glaubt Ihr, ich hätte mir mein Leben unter den Göttern und Geistern damit verdient, dass ich Häuser angezündet und Frauen Gewalt angetan habe? Oder lasst Ihr nur geleckte Höflinge mit glatten Gesichtern gelten? Meine Dame, Ihr solltet Euch Eure Worte besser überlegen …«
Tie Hu war klar, dass der alte General kein Verständnis für seine wirkliche Situation in der Menschenwelt hatte. Ließ er sich von Lu Kin scheiden, konnte er auf keinen Fall in Wey bleiben, weder als Höfling noch als Soldat oder gar Offizier. König Lu Niao würde ihn nach so einer Beleidigung, wie die Scheidung sie darstellte, niemals in seiner Nähe dulden. Eher war zu erwarten, dass er ihn sofort hinrichten ließ.
Gerade warf der General der Feengöttin Huang Lo vor, dass ihre tugendhafte Tochter sich wohl zu fein war, auf ihren Bräutigam zu achten und seine Seele vom Schlachtfeld zu holen. Da gebot der Richter den Kontrahenten zornig Einhalt. »Mein Herr, verehrte Dame, ich bitte um Mäßigung! Zhong Tie Hu muss in seinen Körper zurückkehren, sonst löst sich das Problem anders, als es von uns gewollt ist. Wenn sein Körper als vermeintlich tot begraben wird, kann dieser Knoten niemals mehr gelöst werden.
Junger Eisentiger, du wirst jetzt zurückgebracht. Unten in Wey Cheng lässt du dich von der Dame scheiden und die

Reaktion ihres sicher nicht erfreuten Bruders über dich ergehen. Andernfalls verlierst du alle Aussicht auf die dir zustehende Unsterblichkeit. In der dritten Nacht musst du dich dann entscheiden. Du kannst sofort zu uns kommen und deinen Platz hier auf dem Weltenberg einnehmen. Dann aber bleiben die Menschen in deiner Heimat möglicherweise dem Wüten des Rattengeistes ausgeliefert, der schon deine Eltern auf dem Gewissen hat.
Nach menschlichen und göttlichen Gesetzen hast du die Verpflichtung, deine Eltern zu rächen, damit ihre Seelen eine neue Chance im Kreis des Lebens bekommen und Frieden finden können. Dies kannst du in der Welt des roten Staubes mit eigener Hand tun. Als Mitglied der Welt der Götter und Unsterblichen bleibt dir nur der Weg einer Eingabe beim Jadekaiser, auf dass der Oberste Himmelsherr den Rattengeneral vor das Gericht im obersten Himmel zitiert. Hier oben hätte deine Klage gute Aussicht auf Erfolg. In der Welt des roten Staubes aber besitzt du nur deinen Willen und dein tapferes Herz. Ob das reicht, um mit dem zauberischen Rattengeist fertig zu werden, wage ich zu bezweifeln. Nun bleiben dir drei Tage, um eine Entscheidung zu treffen und dein künftiges Schicksal zu wählen.«
Tie Hu stand mit Hilfe des Oberkonstablers auf und verneigte sich tief. »Gerechter und weiser Richter! Ich verbeuge mich vor Eurer himmelhohen Weisheit und danke Euch für Eure unendliche Gerechtigkeit. Wie Ihr es mir nahelegt, werde ich diese Entscheidung als Mensch unter Menschen treffen. Jede Faser meines Seins zieht mich zu meiner wahren Braut, doch die Verantwortung meinen Eltern gegenüber liegt schwerer als ein Mühlstein um meinen Hals. Wenn mir die Verhältnisse in Wey es erlauben, dortzubleiben und die Menschen gegen meinen Todfeind zu verteidigen, so werde ich meine Pflicht tun und versuchen, den

Mord an meinen Eltern zu rächen. Der Jadekaiser und die göttliche Mutter Xiwangmu mögen mir ihren Segen erteilen.«

»Das ist wohl gesprochen«, antwortete der Richter. »Wir alle hier werden deine Entscheidung achten, wie immer sie auch ausfällt, und dir den Weg in unsere Welt offenhalten. Fällst du als Krieger, werde ich den Höllenrichter bitten, dich hierherzuschicken, wenn er es aufgrund deiner Taten verantworten kann. Jetzt geh, denn es wird höchste Zeit.«

Er ließ ein rotes Gewand und einen grünen Umhang bringen, die Tie Hu über den grauen Kittel gestreift wurden. Nur die Kette um die Hüfte nahm man ihm nicht, denn die bewahrte seine Seele davor, auf dem Weg nach Wey Cheng verlorenzugehen. Man erlaubte ihm gerade noch, Nü Ying Grüße ausrichten zu lassen, dann schleppten die Konstabler ihn wieder mit sich.

28. HAOKAN HEI IST ZUVERSICHTLICH

Haokan Hei schlich gerade um die Ecke, als eine grau verschleierte Gestalt zwischen die Konstabler trat, Zhong Tie Hu ihr Gesicht zeigte und ihm gleichzeitig die Statuette in die Hand drückte. Die Füchsin konnte nicht verstehen, was Nü Ying zu ihm sagte, aber seine Hand krampfte sich um die weiße Jade. Mutlos schnürte die Füchsin hinter der Gruppe her, deren Schritt keinen Augenblick ins Stocken geraten war.

Zhong Tie Hu presste die Jadefigur an sein Herz, als hinge sein Leben davon ab, so dass die Füchsin schon aufgab. Dann aber kam er auf der abschüssigen Straße zum Haupttor ins

Stolpern und breitete die Arme aus, um sein Gleichgewicht wiederzufinden. In diesem Augenblick prellte ihm ein mit großer Wucht geschleuderter Stein die Statuette aus der Hand.

Haokan Hei schoss wie ein Pfeil von der Sehne. Dennoch wäre Zhong Tie Hu ihr beinahe zuvorgekommen. Gerade als seine Hand sich wieder um die Jade schloss, biss Haokan Hei zu und schmeckte sein Blut auf der Zunge. Sogleich schrie er auf, lockerte seinen Griff, wollte aber wieder zufassen. Doch die Füchsin packte die Statuette, riss sie aus seinen kraftlosen Fingern und rannte davon. Um sie herum schlugen Steine und Speere ein, aber sie entging allen Wurfgeschossen und rannte die Treppen hinauf, die zu einer der höheren Terrassen und damit zu Man Dais Aufenthaltsort führten. In dem verwinkelten Gewirr von Haus- und Gartenmauern gelang es ihr, ihre Verfolger abzuhängen.

Kurz darauf stand sie keuchend neben ihrem Verbündeten und ließ die Statuette in seine Hand fallen. »So, weiser Herr, das wäre geschafft. Wie aber soll ich jetzt durch das Tor kommen? Bis ich es erreiche, ist die Truppe längst durch und hat einen schönen Vorsprung vor mir! Abgesehen davon möchte ich den Konstablern nicht noch einmal begegnen.«

»Das brauchst du auch nicht, Füchsin!«, lachte Man Dai und wiegte zufrieden die Beute in seiner Hand. »Jetzt wirst du noch einmal deine Kraft zusammennehmen müssen! Ich bringe dich auf einen der Türme und probiere meine Wurfkünste an dir aus. Du rollst dich zusammen, und ich werfe dich so weit, dass du lange genug vor den Konstablern in Wey Cheng ankommst. Keine Sorge, ich suche schon einen großen Berg Reisstroh aus, in dem du sicher landen kannst.«

Haokan Hei war alles andere als begeistert von diesem Vorschlag, aber als sie wenige Augenblicke später aus einem haushohen Haufen Stroh kroch, der von der Ernte eines ganzen Dorfes stammte, war sie recht zufrieden. Als letzten Schritt musste sie nun ihrem Opfer den Staub des Vergessens in die Nase blasen, dann würde seine Seele in dem Augenblick überwältigt, in dem sie in ihre Hülle zurückschlüpfte. Zhong Tie Hu konnte ihr nicht mehr entkommen.

29. JIN MAU UMGARNT DEN TOTENRICHTER

Der harte Griff in Jin Maus Nackenfell löste sich, und sie fühlte sich sanft abgesetzt. Gleichzeitig wurde die Welt um sie wieder lichter und nahm Farbe an. Da die Helligkeit sie blendete, schloss sie die Augen, schüttelte sich und genoss für ein paar Augenblicke schnurrend die Wärme um sie herum. Dann erinnerte sie sich an die Frauengesichter über der Bronzeschale.

»Was hat das Fischweib mit der Kräuterhexe zu tun, die mich vergiftet hat?«, fragte sie. Ihre Stimme klang wie das klägliche Miauen einer hungrigen Hauskatze.

»Es sind Pflegemutter und -tochter, zwei Geisterfüchsinnen, denen du im Weg gewesen bist, Jin Mau!«, antwortete eine tief rollende Männerstimme mit einer barbarisch klingenden Aussprache.

Sie riss die Augen auf, starrte ihr Gegenüber an und sprang vor Schreck mit allen vieren zugleich in die Luft. Vor ihr saß ein rothaariger Höllenteufel mit Hamsterbacken, einer dicken Knollennase und hellblauen Augen. Er trug die Robe eines Totenrichters und sah genauso aus wie auf den Bildern in seinem Tempel. Es war Shirliang Po, der einst schon als Mensch einem hässlichen Teufel aus dem fernen Westen ge-

glichen hatte und der der Sage nach auch einer gewesen sein sollte.
Jin Mau zog ihren Schwanz zwischen die Beine, machte einen Buckel und fauchte ihn an. Statt zu erschrecken, lachte er so schallend, dass es wie ein Gong durch die Halle dröhnte. »Mach mich nicht glauben, du wärest nur noch ein dummes Tier! Ich kenne dich sehr genau. Du bist immer noch meine ungehorsame, neugierige und leichtsinnige Tochter Ran Yünsei, die von den Menschen Jin Mau genannt wurde!«
Nun sah Jin Mau, dass die Beisitzer, Konstabler und Gerichtsdiener tierköpfige Teufel waren. Also stand sie vor ihrem Totenrichter, der sie jetzt verhören und auf mehr oder weniger lange Zeit zu den Gelben Quellen schicken würde, bis sie in eine neue Haut schlüpfen durfte, um wiedergeboren zu werden.
Als Katze konnte man sich nicht verbeugen oder mit der Stirn auf den Boden schlagen wie ein Mensch. Aber als Mensch saß man auch nicht mitten auf dem Richtertisch. Jin Mau setzte sich auf Katzenart hin, schlang den Schwanz um ihre Pfoten und neigte ihren Kopf mit so viel Anmut, wie es nur eine Katze vermochte. »Herr, ich weiß, ich bin tot und stehe vor meinem Richter. Schon jetzt bin ich eine von den Menschen verachtete Katze und werde sicher als solche wiedergeboren. Aber darf ich eine einzige Frage stellen? Dann werde ich in aller Demut mein Urteil annehmen und zu den Gelben Quellen gehen.«
»Sollen wir diesem vorwitzigen, kleinen Mädchen seine Bitte erfüllen?«, fragte der Totenrichter seine Beisitzer.
Diese machten so grimmige Gesichter, dass sich Jin Maus Fell sträubte, stimmten aber ohne Ausnahme zu.
»Seid großmütig mit ihr, Herr, und erklärt ihr das Ganze. Wir legen auch Wert darauf, die Einzelheiten zu erfahren.

Wie sollen wir die kleine Dame sonst gerecht beurteilen?«, antwortete ein Dämon mit dem Kopf eines gutmütigen Wasserbüffels. »Sie ist nun einmal Eure Tochter und hat ein Anrecht darauf, zu erfahren, warum sie von Euch als unwissendes Kind in die Welt des roten Staubes geschickt wurde.«
Jin Mau riss die Augen vor Verwunderung weit auf, und ihre Pupillen wurden zu schwarzen Scheiben. Dabei hing ihre Zunge ein wenig aus dem Katzenmaul, und das brachte die Dämonen und den Richter zum Lachen.
Shirliang Po setzte seine Richtermütze ab und legte sie auf den Tisch. »Die Verhandlung wird für einige Zeit unterbrochen. Was jetzt folgt, ist nicht offiziell und wird nicht festgehalten. Hörst du mich, Schreiber? Leg deine Pinsel weg! Diese unglücklich verlaufene Geschichte ist nicht für die Akten bestimmt.«
Der Schreiber, der einzige Dämon mit einem Eselskopf, nickte unwillig und ließ dabei seine Ohren wackeln. Shirliang Po wartete, bis er seine Pinsel und die schon angeriebene Tusche weggeräumt und seinen Platz am Tisch wieder eingenommen hatte. »Dies ist ein privates Gespräch, meine Katzentochter. Jetzt bin ich nicht dein Richter, sondern dein Vater. Mach es dir bequem und hör zu.«
»Wenn Ihr, hoher Herr, mein ehrwürdiger Vater seid, dann sagt mir bitte: Warum bin ich eine Katze?«
»War das die eine Frage, die du beantwortet haben wolltest?«, fragte Shirliang Po mit einem Lächeln, das sein hässliches Gesicht nicht anziehender machte.
Jin Mau schüttelte den Kopf und kroch in sich zusammen.
»Nein?« Shirliang Po zog sie am Nackenfell zu sich heran und kraulte sie hinter den Ohren. »Das habe ich mir gedacht. Du bist wie deine Mutter – eine Streunerin mit einer Katzenseele, die nie aufgehört hat, zu fragen und neugierig herumzuschnüffeln. Ich habe sie kennengelernt, als ich selbst

noch ein Mensch war, ein fremder Teufel, wie die Leute hinter meinem Rücken sagten. Sie war eine Blumenkönigin genau wie du und wurde Liu Wenjou genannt, die sanfte Weidenfrau.

Ihr Leben war so kurz und stürmisch wie das deine, und sie wurde bereits zweimal als Straßenkatze wiedergeboren. In ihrem letzten Leben hat sie es dann wieder zu einer menschlichen Haut gebracht – und wurde eine Gauklerin und Komödiantin, die heimatlos von Ort zu Ort zog. Ihr Weg führte sie auch hier nach Wey Cheng. Ich holte sie als Sterbliche in die Welt der Geister, und auf meine Bitte hin lebte sie eine Weile bei mir. Dann wurdest du geboren, und ich hoffte, dass mein Weidenmädchen endgültig bei mir bleiben würde. Doch weit gefehlt! Sie langweile sich zu Tode, hat sie behauptet. So setzte sie dich eines Tages mir auf den Schoß und kehrte zurück zu ihrem wilden Leben in der Menschenwelt. Aber was sollte ich mit einem kleinen Mädchen anfangen?

Ich gab dich einer kuhköpfigen Amme und ließ dich erst einmal gut versorgen. Zuerst hatte ich noch große Pläne mit dir. Anders als deine Mutter solltest du eine Erziehung wie eine kleine Fee erhalten und damit die Möglichkeit, aus diesem Leben in die Geisterwelt wechseln zu können. Doch du warst ein unartiges Geschöpf und wolltest noch nicht einmal richtig sprechen lernen, geschweige denn lesen und schreiben, und du hattest nichts als Übermut im Kopf. Ständig liefst du deiner Amme weg, und schließlich wusste ich keinen anderen Ausweg, als in den Orakel- und Zauberbüchern nachzuschauen, um zu sehen, welches Schicksal dir beschieden sein könnte. Heraus kamen zwei gegensätzliche Antworten.

Zum einen fand ich deinen Lebensweg als Blumenmädchen und Blumenkönigin darin verzeichnet, allerdings mit allen

Vorzeichen eines langen Lebens! Ich habe mich jedoch von einer Reihe ungewöhnlicher Vorzeichen ablenken lassen, die dich mit dem Schicksal von Wey Cheng zusammenbrachten.

Es gibt Zeichen, die auf den Untergang der Stadt durch die Horden von Zhou und ihren General hindeuten, aber nach anderen Orakeln wird ein Held gefunden, der diesen Untergang verhindert. Um diesen Mann ranken sich Wirrnisse, die die Welt der Sterblichen ebenso berühren wie die Welt der Götter, Geister und Dämonen. Die Wege derer, die wie du von jenen Schicksalsfäden umwoben sind, führen von Wey aus über die Grenzen nach Zhou hinein, hoch auf den Weltenberg im Westen und hinab zu den Gelben Quellen. Das ist selbst für einen armen Stadtgott wie mich schwer zu verstehen.

Mit Hilfe eines Unsterblichen, der auf dem Kunlun-Berg lebt, habe ich herausgefunden, dass es sich bei dem Helden um unseren jungen Freund Zhong Tie Hu handelt, den eine zweifache Verpflichtung an Wey und den Kampf mit Zhou bindet. Wie du weißt, hat der alte Rattenkopf, der General aus Zhou, seine Eltern getötet – oder vielmehr ihre sterblichen Hüllen vernichtet.

Der Rattengeneral hat versucht, unseren Helden Zhong Bao Hong so zu töten, dass von ihm nur noch ein Hungergespenst übrig bleibt, und das wärest du durch die Machenschaften deiner Feindinnen beinahe auch geworden. Der Haudegen vom Glockenberg war jedoch zu stark für die alte Ratte und hat den Weg in die Unterwelt gefunden. Soviel ich weiß, leistet er in Gestalt eines rostroten Panthers dem Vater seiner Frau ganz unten in den Sumpfwäldern Gesellschaft und wartet dort auf seine geliebte Shi Shing. Aber er wird sie nie wiedersehen.

Sternengeist ist nach der Zerstörung ihrer sterblichen Hülle zurück in ihre Heimat geflohen, auf den Kunlun-Berg. Doch ihre Mutter, unsere Herrin Xiwangmu, war so erzürnt, dass sie sie kurzerhand in jene schreckliche graue Zwischenwelt zurückgestoßen hat, in der sie nun für immer verschollen ist. An diesem viel zu harten Urteil ist auch der General Rattenkopf mit seinen Intrigen und gemeinen Zaubern schuld. Für unseren Jüngling Zhong Tie Hu ist die Rache für den Tod seiner Eltern eine heilige Pflicht.«

»Aber er kann diese Pflicht nicht erfüllen!«, rief Jin Mau erschrocken aus. »Der schreckliche Rattenkopf ist doch an den Verletzungen gestorben, die er sich beim Überfall auf das Glockenberg-Gut zugezogen hat!«

»Dem ist nicht so«, korrigierte Shirliang Po seine Tochter lächelnd. »Lao Shu hat sich für mehr als zehn Jahre in die Einsamkeit eines Berggipfels zurückziehen müssen, um seine Kräfte zurückzugewinnen. Aber er ist seit drei Jahren wieder in Zhou und gibt sich als sein eigener Sohn aus. Jetzt plant er zu vollenden, was ihm vor dreiunddreißig Jahren nicht geglückt ist. Damals rannte seine Meute gegen die Mauern von Wey Cheng an und stand kurz vor dem Sieg, als der Panther vom Glockenberg sich das erste Mal in die Schlacht warf und ihn samt dem feindlichen Heer vertrieb. Es kam zu dem mehrjährigen Frieden, den der Rattenkopf mit seinem Überfall auf das Glockenberg-Gut brach. Seitdem gab es mal mehr und mal weniger Krieg zwischen Wey und Zhou mit wechselndem Glück für beide Seiten. Als der verderbte Tiergeist nach Zhou zurückkehrte, hat sich das Kriegsglück wieder ausschließlich Zhou zugewandt. Leider ist das nicht nur den Fähigkeiten des Rattengeistes zuzuschreiben, sondern mindestens zur Hälfte auch der Unfähigkeit des jetzigen Königs von Wey und seines dekadenten Hofstaats, über den ich mich jeden Tag aufs Neue ärgern muss.«

»Davon habe ich im Pirolblütenhaus einiges mitbekommen. Mit der Kampfkraft der Soldaten von Wey und den Fähigkeiten der Offiziere soll es nicht weit her sein. Ich habe auch von den Schiebereien wegen der Heereslieferungen gehört. Aber ich bin nur ein Mädchen. Wie könnte ich bei alledem eine Rolle spielen?«

»Nicht im Krieg natürlich! Aber dir war eine sehr wichtige Rolle zugedacht, die du ja auch bis vor kurzem mit höchstem Eifer erfüllt hast. Für einen Außenstehenden dürfte unser Vorgehen unverständlich sein, aber bis zum Auftauchen der beiden Fuchsgeister ist alles ganz nach Plan gelaufen. Zhong Tie Hu ist in dieser verderbten Gemeinschaft von Höflingen aufgewachsen, die sich von allen Göttern abgewendet haben. Über sie hat der Göttliche Jadekaiser bereits sein Urteil gefällt, und es lautet: Untergang. Daher wäre es nur gerecht, wenn Wey von Zhou erobert und unterworfen würde.

Aber ich bin machtlos, wenn Soldaten die Einwohner töten, Feuer legen und die Stadt brandschatzen. Zudem kann ich die mir unterstellten Menschen nur dann schützen, wenn sie an mich glauben, sonst vergehe und verwehe auch ich wie ein Hungergespenst.

Auch Zhong Tie Hu hat mich früher missachtet – bis er dich kennengelernt hat! Durch dich ist er an die Pflichten herangeführt worden, die ein Fürst seinen Untertanen gegenüber hat, und hat die Bedeutung des Wortes Liebe begriffen.«

»Aber mich liebt er nicht!«, rief das Kätzchen traurig aus. »Das habe ich vor meinem Tod erfahren. Er hat mich geachtet und gemocht und schön gefunden … Aber lieben tut er eine andere, einen Geist aus seinen Träumen, eine Jadestatue in einem Park!«

Es klang so drollig, dass das Gelächter des Richters und der

Beisitzer die Balken in der Gerichtshalle erzittern ließ. Shirliang Po musste sich die Lachtränen abwischen, ehe er antworten konnte. »Nein, er liebt keinen Geist und keine Jadestatue! Die Dame seiner Träume ist seine ihm durch Kindheirat rechtmäßig angetraute Gattin Nü Ying, eine sehr junge Feentochter vom Kunlun-Berg.

Zhong Tie Hu weiß nichts mehr von seiner Verbindung zu der jungen Fee, aber er kennt das Gesicht seiner Braut. Dabei dürfte er sich an gar nichts mehr erinnern, denn ein zauberisches Gift hat sein Gedächtnis zerstört. Da ich ebenfalls weiß, wie die Dame aussieht, habe ich an jenem Abend, an dem er dich kennengelernt hat, einen Zauber über dein Gesicht gelegt, so dass er überzeugt war, er habe seine Geisterbraut gefunden. Als er seinen Irrtum bemerkt hat, warst du ihm schon eine angenehme Gefährtin geworden, die er nicht mehr missen wollte.«

»Und ich wollte ihn mit dem vierten Fräulein Yü als Hauptfrau verheiraten!«, sagte Jin Mau erschrocken.

»Das wäre kein Fehler gewesen, mein Kleines. Hätte die Dame Yü Vier von seiner wahren Verpflichtung erfahren, wäre sie zufrieden gewesen, nur als seine Nebenfrau zu gelten. Dein Plan hat zu meinen Absichten gepasst und wäre aufgegangen, wenn nicht diese gefährliche Feindin aufgetaucht wäre, die du als Fischweib erlebt hast. Unter dem Fischgestank aber hat sie ihren Fuchsgeruch verborgen, der den Priestern sonst aufgefallen wäre.«

»Aber das vergiftete Traumkraut hat mir die andere gegeben!«

»Es sind, wie schon erwähnt, zwei Fuchsfrauen, Tiergeister von der Art des Generals Rattenkopf. Genau wie er haben sie menschliche Gestalt angenommen und sich in einer königlichen Hofhaltung eingenistet. Ich habe den Priestern im Palastbezirk mit Hilfe der Orakel Hinweise auf die beiden

Unheil stiftenden Geschöpfe gegeben, aber meine Stimme wird dort nicht beachtet.«
»Was haben die Geisterfüchsinnen mit mir zu tun? Sie sind doch nur darauf aus, junge Männer in sich verliebt zu machen, um ihnen die Seele zu rauben.«
»Unser Fürst Zhong Tie Hu ist noch ein sehr junger Mann, gerade im besten Alter für eine machtvolle Geisterfüchsin auf Seelenfang.«
»Hat sie sich ausgerechnet Tie Hu ausgesucht?«
»Keine Fragen mehr, meine vorlaute Tochter! Wenn du mich dauernd unterbrichst, wirst du nie erfahren, warum du hast sterben müssen. Zhong Tie Hu besitzt durch seine Abstammung eine mächtige Seele …«
»Ja, das ist richtig!«, unterbrach Jin Mau ihn ganz aufgeregt. »Sie sieht aus wie ein riesiger, weißer Tiger und ist voll feuriger Kraft. Ich habe sie in dem gemeinsamen Traum gesehen.«
Shirliang Po seufzte und gab der Katze einen kleinen Nasenstüber. »Du hast gut beobachtet, Kind. Aber ich sagte: Unterbrich mich nicht dauernd!«
»Verzeih dieser dummen Magd, Vater. Ich will es gewiss nicht wieder tun!«
»Ach, Kätzchen, was soll ein gesetzter Mann nur mit so einem quirligen Wesen wie dir anfangen? Du warst den zauberkräftigen Fuchsfrauen im Weg, weil deine Liebe der beste Schutz für Zhong Tie Hus Seele war. Kann sie den Fürsten seine Lebensessenz und damit auch seine Tigerseele rauben, wird sie eine mächtige Göttin, die ebenso auf dem Kunlun-Berg wie im Palast des Jadekaisers aus und ein gehen kann.
Von deinem Geliebten und unserem zukünftigen Feldherrn bliebe in dem Fall nur ein Schatten zurück, der wie seine Mutter in der grauen Zwischenwelt verlorenginge. Selbst

wenn er die Pforten der Hölle erreichen würde, könnte er höchstens noch als Maus oder Grille wiedergeboren werden.«

»Vater, darf ich doch noch eine Frage stellen?«

»Ja, mein Kind!«

»Wenn Zhong Tie Hu eine so kraftvolle Seele hat, wieso kann die Geisterfüchsin Macht über ihn gewinnen? Er müsste doch ihre Natur bemerken. Ich kann mir nicht vorstellen, dass er ihr so verfallen kann, dass er nicht spürt, wie sein Leben aus ihm herausströmt!«

»Haokan Hei ist kein gewöhnlicher Fuchsgeist wie ihre Tante Mochin Shao, sondern bereits so mächtig, dass sie mir eine lange Nase drehen kann. Ich lasse sie von meinen Dämonen beobachten, wenn sie das Palastgelände verlässt, und ich habe auch schon versucht, sie einzufangen oder zu töten. Aber sie ist in der Zauberkunde viel geübter als ich. Ich kann nur auf einen Fehler von ihr warten, auf eine Schwäche oder den Verlust ihrer Kräfte. Aber wenn ein Gott auf ein Wunder wartet, geschieht es nie. Götter können nur Wunder bewirken.

Was Zhong Tie Hu betrifft, so hat ihn ein zwiefaches Unglück getroffen. Als seine Mutter Shi Shing ihn kurz vor dem Überfall hier an den Hof von Wey brachte, nahm sie ihm mit Hilfe eines Zaubermittels beinahe seine ganze Erinnerung. Er sollte in seinem kindlichen Gemüt nicht die Dinge ausplaudern, die er auf dem Kunlun-Berg und im Reich des Berggeistes vom Glockenberg gesehen hatte. Die Welt der Götter und Geister ist den Menschen bis auf wenige Erfahrungen in ihren Träumen verschlossen. Hätten die Leute am Hof von Wey bemerkt, dass der Knabe viel mehr über die Dinge jenseits ihrer Welt weiß als all die Priester und Magier, mit denen sie sich umgaben, so hätten sie ihn erbarmungslos irgendwo eingesperrt, verhört und sein Wissen für ihre Zwecke verwendet.

Sicher hat Shi Shing nicht damit gerechnet, dass der Rattengeist Sieger bleiben würde. Doch er hat sie als Mensch getötet und ihren Geist so verletzt, dass sie keinen Halt mehr in der Menschenwelt fand. Nach ihrem Tod hat sie alle Kräfte zusammengenommen und ihren Sohn als Erscheinung heimgesucht. Dabei hat sie ihm eine Warnung vor dem Rattengeist und leider auch einen starken Widerwillen gegen die Politik und den Krieg eingepflanzt, um ihn vor dem Schicksal seines Vaters zu bewahren.
Als sie dann auf dem Kunlun-Berg Hilfe gegen die Ratte gesucht hat, waren plötzlich üble Verleumdungen gegen sie im Umlauf, gegen die sie sich nicht wehren konnte. Die Göttin Xiwangmu war erzürnt, weil sie ihr Kind nicht auf dem Kunlun-Berg in Sicherheit gebracht, sondern bei Menschen in Pflege gegeben hatte.
Zur Strafe wurde Shi Shing in die Welt der Schatten verbannt, in der sie nun als Gui-Gespenst herumirren muss. Ihr kann niemand mehr helfen, es sei denn, jemand fände einen Weg, ihrer Seele genügend neue Kraft einzuflößen, sie zum Kunlun-Berg zu bringen, dort allen Verleumdungen entgegenzutreten und das Herz der Göttin Xiwangmu zu erweichen.
Jetzt ist auch Tie Hu gefährdet. Die Schwarze Füchsin will ihm das gleiche Schicksal bereiten, das schon seine Eltern getroffen hat, und ich fürchte, auch dahinter steckt der Rattengeist. Er dürfte Haokan Hei auf dem Berg der sanften Stille getroffen haben.
Kurz nachdem Lao Shu seinen alten Posten in Zhou wieder eingenommen hatte, sind die beiden Fuchsfrauen hier in Wey aufgetaucht, und die neunschwänzige Füchsin hat es geschafft, in die Gruppe der Mädchen aufgenommen zu werden, aus der die neuen Hofdamen ausgewählt wurden. Bei ihren Fähigkeiten hat sie die dazugehörenden Prüfun-

gen mit Leichtigkeit bestanden und lebt nun unerkannt im Palast.

Ich habe ihre Maske erst durchschaut, als sie am Morgen des Herbstseefestes Zhong Tie Hus Einzug in den Palast beobachtete. An jenem Tag hat sie einen bei menschlichen Magiern unüblichen Zauber benutzt, der Geister und Gespenster von ihr fernhalten sollte, und das ist mir aufgefallen. Hätte ich damals mitbekommen, was sie plante, wärest du wahrscheinlich noch am Leben und könntest Tie Hu vor ihrem Zauber bewahren. So aber habe ich versagt, und uns bleibt nur zu hoffen, dass Zhong Tie Hu sich als ein für die Geisterfüchsinnen zu harter Brocken erweist.«

»Glaubt Ihr, er kann dieser Hexe widerstehen, Herr Vater?«, fragte Jin Mau mit schief gelegtem Kopf. Ihr Mäulchen stand offen, so als habe sie eine fette Maus erspäht.

»Nein, ich fürchte, das kann er nicht«, antwortete Shirliang Po traurig. »Er ist zu arglos und hat auch niemanden, der ihn warnen kann. Orakel verabscheut er, wie du weißt, und er weigert sich, an Geister zu glauben. Außerdem stehen die Vorzeichen für ihn denkbar schlecht, so dass es besser ist, er erfährt sie gar nicht erst. Die Omen für den Rattengeneral stehen dagegen gut. Wenn der Kerl nicht übermütig und unvorsichtig wird, kann er sein Ziel erreichen – und meine Stadt vernichten. Damit sind meine Tage als Stadtgott und Totenrichter von Wey Cheng gezählt.«

»Gäbe es eine Möglichkeit, Tie Hu vor der Füchsin zu retten, dann wäre auch die Stadt gerettet!«, sagte Jin Mau und schlug aufgeregt mit ihrem Schwanz.

»Das ist eine sehr vereinfachte Sichtweise, mein Kleines. Aber es besteht die Möglichkeit, dass ein gesunder Zhong Tie Hu doch zu jenem General Eisentiger wird, der den Rattengeneral und den König von Zhou das Fürchten lehrt. Doch nach dem Skandal um seine Hochzeit werden die

Männer um den Kanzler ihn fallen lassen und sich einen anderen Sündenbock suchen. So wird sein Leben unter der Klinge eines Feindes enden, als Landedelmann auf seinem Gut oder als subalterner Offizier auf dem Schlachtfeld.«

»Ach, mein lieber Vater«, sagte Jin Mau im Brustton der Überzeugung, »bei dem Verschleiß an Generälen und Feldherren, den sich die Minister im Palast erlauben, werden sie glücklich sein, wenn sie einen neuen Dummen für den Posten finden! Äh … das hat jedenfalls der liebe, alte Herr Suan gesagt.«

Die Tierdämonen bogen sich vor Lachen und schlugen sich auf die Schenkel. Einer der Wachhabenden draußen öffnete das Tor, warf einen kurzen Blick hinein und schloss es schnell wieder.

»Wenn du meine Beisitzer und Helfer weiter so zum Lachen bringst, nimmt uns niemand mehr ernst«, antwortete Shirliang Po und drohte seiner Tochter mit dem Finger. »Der weise Herr Suan hatte nicht ganz unrecht. Aber es gibt niemanden, der Tie Hu vor den Füchsinnen warnen könnte.«

»Doch! Mich!«, antwortete Jin Mau und haschte spielerisch nach einem Staubfaden. »Gib mir einen Frauenkörper, mit dem ich in die Menschenwelt zurückkehren kann, und sei es auch nur für ein paar Stunden. Ich gehe zu ihm und warne ihn. Ich weiß auch schon, wie ich in den Palast hereinkomme! Ich brauche nur das Gewand eines Küchenmädchens aus der großen Palastküche. Die laufen den ganzen Tag mit großen Körben zwischen der Küche und dem Markt herum, und niemand beachtet sie. Ich schleiche mich ein, suche ihn auf und gebe mich ihm zu erkennen. Dann erkläre ich ihm alles. Wenn er erst gewarnt ist, wird er gut auf sich aufpassen.«

Shirliang Po schnappte nach Luft und wischte sich zum zweiten Mal die Lachtränen ab. »Kind, ich sollte dich auf der Stelle zu dem zuständigen Höllenrichter schicken. Du kannst einen Mann um den Verstand reden! Natürlich wäre der Tod des Fürsten und die Vernichtung seiner Seele für mich eine weitere herbe Niederlage, die ich gerne abwenden würde. Aber ich bin schon jetzt viel weniger mächtig als die Schwarze Geisterfüchsin. Sonst hätte ich es niemals so weit kommen lassen.

Leider liegt es auch nicht in meiner Macht, dir einen sterblichen Körper zu geben. Ich bin nur ein vom Göttlichen Jadekaiser eingesetzter Beamter, der das erste Urteil über die Seelen der Verstorbenen fällt und sie dorthin schickt, wohin sie gehören. Das ist zumeist eine der vielen Ebenen der Hölle. Es kann aber auch eine sofortige Wiedergeburt sein.«

»Wiedergeburt? Das ist auch eine Möglichkeit! Dann lass mich eben in seiner Nähe wiedergeboren werden. Ich werde alles tun, um ihn vor dieser Füchsin zu bewahren. Darauf habe ich ein Recht. Schließlich haben die beiden Fuchsungeheuer mich umgebracht.«

»Nicht sie haben dich umgebracht, sondern deine Neugier. Du hast eine verbotene Droge eingenommen und bist ihnen so in die Falle gegangen. Deswegen kann ich sie nicht des Mordes anklagen.«

»Dann müsstest du erklären, was deine Tochter in der Menschenwelt zu suchen hatte, nicht wahr?« Jin Mau zwinkerte verschmitzt und schnurrte übermütig. »Kommt, Vater! Der Höllenrichter kann warten. Lasst mich als Mädchen, meinetwegen auch als Kind einer Sklavin wiedergeboren werden. Ich verlange ja nichts von diesem Leben. Ich will nur Tie Hu warnen und mich damit an der Schwarzen Füchsin rächen.«

»Kind, Kind, das stellst du dir zu einfach vor. Selbst wenn ich es könnte – es ist unmöglich, den Fürsten auf diese Weise zu warnen! Zwischen deinem Tod und der Wiedergeburt verstreicht schon zu viel Zeit. Auch kannst du ihn nur warnen, wenn du sprechen oder besser noch schreiben kannst. Dazu müsste deine Erinnerung die Schranke der Geburt und all die langen Jahre des Heranwachsens überstehen. Dazu bedarf es sehr starker Zauber. Meine Macht aber reicht nur für die Strafen, in der ein Mensch als Frosch oder Kröte, Maus oder Ratte, Hund oder Katze auf die Welt zurückkommt. Für die Wiedergeburt als Mensch oder den Aufstieg in die Geisterwelt sind der oberste Höllenrichter und seine direkten Untergebenen zuständig.«

»Eine Katze! Ja, das ist es! Schick mich als Katze zu ihm zurück. Er liebt Katzen! Auch wenn ich nicht sprechen kann, finde ich dann schon einen Weg, ihn vor der Füchsin zu warnen. Wenn er feststellt, dass seine Geliebte oder Konkubine Tiere tritt oder quält, wird er sie sofort mit anderen Augen ansehen und misstrauisch werden. Ich kenne ihn doch. Bitte tu es! Ich möchte nicht zu spät kommen.«

Shirliang Po blickte seine Beisitzer an. Diese wiegten die Köpfe, so dass ihre Ochsenhörner aneinanderschlugen, und wussten ihm keinen Rat zu geben.

Das Kätzchen lief mit hochgerecktem Schwanz den Richtertisch auf und ab. »Vater, du hast mich doch schon einmal in die Welt geschickt, obwohl das mit den Gesetzen nicht ganz zu vereinbaren war, und ich habe nun ein Anrecht auf Rache für das Gift. Lass mich ziehen! Steck meine Seele in ein neugeborenes Kätzchen und mach, dass ich meinen Auftrag nicht vergesse. Ich werde der Füchsin zwischen die Beine laufen und sie ärgern, bis sie einen Fehler macht. Meine Chance ist doch auch die deine! Wey Cheng soll leben und du auch, Vater! Bitte!«

»Nein, es geht nicht, mein Kleines«, antwortete Shirliang Po nach kurzem Überlegen. »Wenn du der Füchsin zwischen die Beine läufst, ärgert sie sich nicht lange, sondern tötet dich ein zweites Mal! Gegen sie hast du ebenso viele Chancen wie ein Wassertropfen in der Wüste!«

»Vater, auch der Tod ist eine Chance! Wenn ich mich vorher bei Tie Hu als Katze einschmeicheln kann und sie tötet mich, so wird ihm das die Augen öffnen! Dann wird Tie Hu sie verstoßen, und ich kann in Ruhe zu den Gelben Quellen gehen.«

»Ich weiß nicht so recht ... Ich kann dich doch nicht in die Welt schicken, um dich ein zweites Mal umbringen zu lassen! Du würdest in größerer Gefahr schweben, als du es dir ausmalen kannst. Erkennt die Füchsin in der Katze deine Menschenseele, so wirst du noch nicht einmal den Weg zu den Gelben Quellen finden. Du müsstest das Schicksal von Tie Hus Mutter teilen und als verlorene Seele im grauen Nichts enden. Das kann ich nicht verantworten.«

Shirliang Po seufzte schwer, zog Jin Mau zu sich heran und kraulte sie unter dem Kinn. Als er noch etwas sagen wollte, wurde er ausgerechnet von dem Schreiber mit dem grämlichen Eselskopf unterbrochen. Während die andernen lachten und grölten, hatte er noch keine Miene verzogen, so dass Jin Mau ihn für ihren Feind hielt. Doch seine Worte zeugten nur von strenger Pflichtauffassung.

»Das hier ist zwar eine ungehörige Veranstaltung, aber ich muss die Partei dieser kätzischen Seele ergreifen. Ihr, mein Herr Shirliang Po, habt Eure Tochter einfach dazu bestimmt, Euch und der Stadt zu Diensten zu sein, und ihr ein nicht gerade leichtes Leben als Blumenmädchen auferlegt. Jetzt, wo sie ihre eigentliche Aufgabe mit lobenswertem Eifer und viel Erfolg erfüllt hat, steht ihr eine Belohnung zu. Statt diese für sich zu fordern, will sie erst ihre Pflicht bis zum bitteren Ende erfüllen. Das ist die Haltung einer Heldin! Wer sonst stellt sich einer mächtigen Geisterfüchsin in den Weg? Unsere kleine Dame ist sich der Gefahr, in die sie sich begeben will, nicht ganz bewusst, aber sie handelt richtig. Was ist eine einzelne Seele gegen die vielen Menschenleben, die die

Kriegsfurie frisst? Wenn kein Totenrichter über die Menschen wacht oder zu viele auf einmal sterben, werden etliche Seelen nicht den Weg zur Unterwelt und damit zur Wiedergeburt antreten können. Eure Tochter aber gibt uns den Zipfel einer Möglichkeit, das Schlimmste abzuwenden. Ihr solltet ihr diesen Wunsch nicht abschlagen.«

Die Beisitzer brummten zustimmend, bis Shirliang Po die Hand hob und Schweigen gebot. »Du verstehst es sogar, meine sonst so gestrengen Gehilfen für dich einzunehmen, Ran Yünsei. Ich will dir noch einen Augenblick Zeit geben, dich zu entscheiden. Möglicherweise wirst du dein neues Leben und deine Seele ganz umsonst opfern. Selbst wenn das nicht der Fall sein sollte, hast du nichts mehr davon. Im besten Fall finde ich dich eines Tages vielleicht als Grille wieder – oder als großmäuligen Frosch. Ich bitte dich, das zu bedenken!«

Jin Mau leckte unruhig ihre Flanken und drehte sich dabei ein paarmal um ihre eigene Achse. Ihr Schwanz stand steil nach oben wie ein großer Finger. Dann nieste sie und ließ sich auf die Hinterbeine fallen. »Wenn ich eine Grille werde, dann hoffentlich eine wunderschöne Singgrille, die dir viele Preise einbringt, Vater.«

Shirliang Po barg seinen wuchtigen Schädel in den Händen und versuchte, sein Lachen zu ersticken. »Du … du … Ich glaube, an dich ist jede Sorge und jede Mahnung verschwendet! Du gehst deinen Weg, ob ich es gutheiße oder nicht. Wenn es also dein Wille ist, als Katze in der Nähe deines Fürsten wiedergeboren zu werden, so werde ich dir dazu verhelfen.

Ich gebe dir einen magischen Stoß, der dich bis zum Gut am Glockenberg befördert. Für Seelen, die in die Geisterwelt geraten, läuft die Zeit anders ab als in der Menschenwelt. Wundere dich also nicht, wenn schon etliche Tage oder Wo-

chen seit deinem Tod vergangen sind, wenn du dort ankommst. Zhong Tie Hu hält sich sicher dort auf, wenn du aufwachst, ob die Schwarze Füchsin auch schon da ist, vermag ich nicht zu sagen.
Du musst dir sofort eine Katze suchen, die trächtig ist oder bis zu einer Woche alte Junge hat. Es müsste genug Katzen auf dem Gutshof oder im nahen Dorf geben. Du schlüpfst einfach in eines der Kleinen und verschmilzt mit ihm. Ich warne dich, du hast von dem Augenblick, in dem du auf dem Gut auftauchst, nur einen vollen Tag Zeit. Wenn die Welt um dich herum alle Farbe verliert und Nebel vor deine Augen tritt, gibt es nur noch eines: Wünsche dich auf der Stelle zum Höllenrichter, sonst gehst du verloren! Hast du mich verstanden?«
»Oh ja, Vater! Danke! Es wird schon alles gutgehen. Ich werde mich genau an deine Anweisungen halten. Wünsch mir Glück!«
»Und wie ich dir Glück wünsche, mein dickköpfiges Katzenmädchen! Von deinem Erfolg hängt eine Menge für deinen Geliebten und auch für mich ab. Denk daran und sei vorsichtig!«
Jin Mau nickte, und im gleichen Moment traf sie ein Schlag, der sie halb betäubte. Sie fühlte, wie sie dahinflog, und freute sich im ersten Moment, ihren Fürsten bald wiedersehen zu können. Dann aber fiel ihr ein, dass auch seine Frau, die Prinzessin Lu Kin, auf dem Gut sein würde. Lu Kin, die Katzenhasserin. Da sank ihr Mut, und sie dachte daran, sich sofort zum Höllenrichter zu wünschen. Gegen zwei Feindinnen hatte sie wahrscheinlich keine Chance. Da gab es einen weiteren Schlag, und sie sah sich durch ein dickes Strohdach in die große Küche eines Herrenhauses eintauchen.

30. HAOKAN HEI PLANT EINE REISE

Drei Tage lang musste Mochin Shao einen Schattenkörper bewachen, und in dieser Zeit hatte sie alle Hände voll zu tun, um all die Mägde, Zofen, Beschließerinnen und jungen Hofdamen abzuwehren, die nach der armen, kranken Haokan Hei schauen, dabei ihre Neugier stillen und ihre Neuigkeiten loswerden wollten. Schließlich hatte sie noch Probleme, einige Ärzte und Geisterbeschwörer abzuwimmeln, die von der schon verärgerten Prinzessin Lien geschickt worden waren.

Wäre da nicht die sonderbare, todähnliche Ohnmacht gewesen, die den Fürsten Zhong befallen hatte und die das Interesse der Palastbewohner stärker auf sich zog als Haokan Hei, hätte Mochin Shao ihre Pflegetochter nicht lange schützen können. Zu ihrem Glück aber konzentrierten sich die besten Ärzte und Geisterheiler auf Lu Niaos unglücklichen Schwager. Jedermann versuchte, den König und seine Minister zu überreden, das Verbannungsurteil über den offensichtlich von seinem Schuldbewusstsein und seiner Reue überwältigten Fürsten und Prinzgemahl zurückzuziehen. Doch der König und seine Berater blieben hart.

Was Lu Niao betraf, so wunderte sich niemand über seine Weigerung. Der König benahm sich häufig wie ein trotziges Kind. Über den Kanzler und dessen Beweggründe aber rätselte man. Die meisten Höflinge hatten damit gerechnet, dass er für seinen jungen Protegé mehr als nur ein gutes Wort einlegen würde. Da das Verbannungsurteil nicht aufgehoben wurde, stand der Zug der Reisewagen mit dem Hausrat und der sonstigen Habe des fürstlichen Paares in einem Hof am Rand des Palastbezirkes und wurde von den Dienern mühevoll vom immer dichter fallenden Schnee frei gehalten.

Mochin Shao vernahm diese Neuigkeiten von Frau Men, die mit einem Topf eingemachter Kirschen erschien, um sich nach dem Zustand der armen Hofdame zu erkundigen. Kaum hatte Haokan Heis Pflegemutter den Redestrom Frau Mens mit den ersten Dankesfloskeln unterbrechen können, da vernahm sie seltsame Laute aus dem Zimmer ihrer Pflegetochter, so als wenn ein kleiner Hund oder eben ein Fuchs von der Jagd träumen würde.

Frau Men hörte es ebenfalls. »Ihr habt doch nicht etwa einen Hund in das Zimmer der Kranken gelassen? Das ist sehr gefährlich. Wenn er sich nur nicht auf ihre Brust legt! Daran ist die älteste Schwester des Königs gestorben. Kommt, bewegt Euch! Wir müssen nach Eurer Herrin schauen!«

»Das ist Haokan Hei selbst. Sie hat wieder einen ihrer furchtbaren Albtraumanfälle. Das heißt, sie wird bald erwachen, aber sie braucht ganz dringend meine Hilfe. Habt Dank für die Kirschen, aber kommt nicht mit hinein. Haokan Hei will nicht, dass man sie so sieht. Es ist kein schöner Anblick, wenn sie sich in Krämpfen windet. Sagt Eurer Herrin, morgen erscheint ihre Hofdame wieder pünktlich zum Dienst.«

Frau Men wollte noch etwas sagen, aber Mochin Shao schob sie kurzerhand aus dem Haus und schlug ihr die Tür vor der Nase zu. Mit klopfendem Herzen stand die alte Geisterfüchsin gegen die Wand gelehnt und fluchte leise vor sich hin. An diesem Ort konnten sie nicht mehr bleiben. Wenn sich die Aufregung um den Fürsten gelegt hatte, würde man sich auch um die junge Frau kümmern, die gleichzeitig mit ihm erkrankt und offensichtlich auch gleichzeitig mit ihm aufgewacht war, wie ihr die Gongs verrieten, die immer nach der Heilung eines Mitgliedes der königlichen Familie erklangen und gerade im Tempel angeschlagen wurden.

Was für eine widerwärtige Verwicklung, dachte Mochin Shao und hätte am liebsten ihren Bruder um Rat gebeten. Doch Cong Ming war bei ihrem letzten Gespräch sehr ungehalten gewesen und hatte ihr befohlen, sie solle ihre und Haokan Heis Sachen packen und aus der Stadt verschwinden.

Sie holte tief Luft und ging mit zitternden Knien auf das Schlafzimmer ihrer Pflegetochter zu. Dort verjagte sie zwei Zofen, die an der Tür knieten und lauschten. Das war, wie sie genau wusste, ein großer Fehler, denn damit gab sie den Gerüchten, die jetzt schon kursierten, nur neue Nahrung. Aber es kam noch schlimmer. Mochin Shao fand anstelle der jungen Frau eine Füchsin im Bett. Das Tier reckte und streckte sich gerade.

»Wie viele Tage sind vergangen, seit ich Traumkraut genommen habe?«, fragte Haokan Hei mit kaum verständlicher Stimme. Dann tauchte sie ihre Schnauze in den Krug mit Frischwasser, trank aber nichts, sondern spülte sich nur sorgfältig die Schnauze und die Pfoten ab.

»Reste vom Staub des Vergessens«, sagte sie hechelnd. »Von dem Zeug darf kein Krümel in meine Nase kommen, sonst kann ich mich die nächsten Jahre nicht mehr in eine Frau zurückverwandeln.«

Mochin Shao trat schnell einen Schritt zurück. »Wo in aller Götter Namen hast du dieses ekelhafte Gift her, und was hast du damit angestellt?«

»Keine Sorge! Es kann nichts mehr passieren. Wenn es nass wird, wirkt es nicht mehr! Außerdem war es nur sehr wenig Staub. Ach, Tantchen, setz dich neben mich und bürste mein Fell! Das benötige ich jetzt am dringendsten. Vorher kannst du mir frisches Wasser zum Trinken besorgen und eine Portion Rebhuhn aus der Küche, aber ohne Wein und starke Gewürze!«

»Du willst doch nicht etwa so bleiben, wie du jetzt bist? Hei-Hei, du bringst uns in tödliche Gefahr! Ich kann die Leute jetzt schon nicht mehr abwehren, die nach dir sehen wollen. Spätestens heute Nachmittag wirst du dich sorgfältig aufgeputzt als Hofdame zeigen müssen.«

»Das ist leider nicht möglich! Ich hätte beinahe einen Fehler gemacht, der alles zu verderben drohte. Dabei lief es viel besser, als ich es erwartet hatte. Zhong Tie Hu ist bald mein!«

»Das meinst auch nur du! Wenn du dich nicht zusammenreißt, werden wir Hals über Kopf von hier fliehen müssen.«

»Das müssen wir auf jeden Fall. Du wirst heute noch das Notwendigste packen und mich in einem Korb aus dem Palast schmuggeln. Wir reisen in den kleinen Marktort, der dem Gut am Glockenberg am nächsten liegt. Oder hat man die Verbannung des Fürsten Zhong etwa rückgängig gemacht? Das würde nicht in meine Pläne passen.«

»Nein, das ist nicht geschehen. Lu Niao ist immer noch wütend auf ihn, und der Kanzler hat von der Aufhebung des Urteils abgeraten.«

»Das gefällt mir! Du musst uns in der Nähe von Tie Hus Landgut ein Haus beschaffen. Unterwegs werde ich mir eine neue Gestalt und ein anderes Gesicht zulegen. Damit werde ich einen direkten Angriff auf den Fürsten starten. Ich besitze jetzt den Schlüssel, mit dem ich sein Herz öffnen kann.«

Mochin Shao schwankte, ob sie erleichtert oder entsetzt sein sollte. »Bei diesem Wetter kommen wir keine tausend Schritte weit! Es schneit, als wären sämtliche Winterdämonen vom östlichen Weltenberg losgelassen worden!«

»Hier können wir nicht bleiben. Wenn Shirliang Po entdeckt, wie entkräftet ich bin, bemächtigt er sich meiner und schickt mich zur Hölle. Ich habe mich völlig verausgabt, aber es hat sich gelohnt. Ich kenne jetzt den geheimen Feind des Fürsten auf dem Kunlun-Berg.

Geh endlich in die Küche und hole mir, was ich brauche! Danach erzähle ich dir alles. Wenn deine Neugier nicht gestillt wird, bist du wirklich zu nichts nütze.«
Mochin Shao beeilte sich, die Wünsche ihrer Pflegetochter zu erfüllen, und Haokan Hei hielt ausnahmsweise Wort und erzählte ihr ausführlich, was seit dem Augenblick geschehen war, in dem sie sich mit Hilfe des Traumkrauts in den Geist des Fürsten eingeschlichen hatte. Anders als ein sterblicher Mensch konnte sie ihren Körper dabei nicht zurücklassen, sondern nur ein gespensterhaftes Abbild ihrer selbst. Daher war sie nicht als hilfloser Geist, sondern im Vollbesitz ihrer Kräfte zugegen gewesen, als die Beamten und Konstabler des Gerichts auf dem Kunlun-Berg die Seele des Fürsten mit sich geschleppt hatten. Ihnen zu folgen kostete dennoch viel Kraft, wie sie zugab, und nach dem Raub der Statuette und dem Sturz vom Weltenberg war sie bereits so schwach gewesen, dass sie nur mit Mühe zwischen all den Geisterabwehrzaubern in den Palast zurückgefunden hatte.
»Zum Glück kenne ich mich mit den Bann- und Zaubersprüchen hier im Palastgelände aus«, fuhr die Füchsin fort. »Das meiste taugt nicht viel, und so kam ich ungefährdet bis ins Schlafzimmer des Fürsten. Der Kurpfuscher von einem Arzt, der in der Früh an seinem Bett wachte, hatte so tief ins Glas geschaut, dass es nur eines kleinen Spruchs bedurfte, um ihn fest schlafen zu lassen. Dann hätte ich beinahe die größte Dummheit meines Lebens begangen. Mich schüttelt es immer noch, wenn ich daran denke. Ich war drauf und dran, dem Fürsten den Staub des Vergessens einfach so in die Nase zu blasen, ohne mir Gedanken über die Auswirkung des Zaubers zu machen!«
»Welche Auswirkung?«, fragte Mochin Shao, als Haokan nicht weitersprach. »Er sollte doch vergessen, oder nicht?«
»Ja, aber nicht alles! Stell dir vor, er wäre aufgewacht und

hätte sich an gar nichts mehr erinnert, so wie damals, als seine Mutter ihn hierhergeschickt hatte. Man hätte gemeint, dass ihm ein böser Geist den Verstand geraubt hat, und ihn wie einen Verrückten behandelt! Dann wären all meine Chancen dahin, an ihn heranzukommen. Der Erinnerungsverlust durfte also nur den Aufenthalt auf dem Kunlun-Berg betreffen und die Weisungen, die man ihm dort eingeschärft hatte. Außerdem durfte er auf keinen Fall sein echtes Bräutchen vergessen!«

»Was heckst du wieder aus?«

»Kräfte sammeln, Fähigkeiten üben und warten. Ich muss etwas Zeit vergehen lassen, bis Zhong Tie Hu seinen Ärger über die schlechte Behandlung überwunden und sich auf dem Glockenberg-Gut häuslich eingerichtet hat. Dann bin ich am Zug.«

»Ich würde gerne wissen, was du planst. Du redest wieder um den heißen Brei herum und verlangst von mir, jede deiner Eskapaden mitzumachen.«

»Ha! Das wird keine Eskapade, sondern eine ganz gewöhnliche, geradlinige Angelegenheit ohne jede Raffinesse, Tantchen! Ich werde mich ihm als Konkubine anbieten! Das heißt, du wirst es für mich tun.«

»Das halte ich für keine gute Idee. Er hat doch gerade eben eine Konkubine verloren, an der er sehr gehangen hat. Glaubst du, er will sich eine Menge neuen Ärger einhandeln, indem er sich nach ein paar Wochen oder wenigen Monaten trotz des Verbots eine neue Geliebte nimmt? Oder sollen wir drei Jahre in einem Bauerndorf als fromme Witwe mit kranker Tochter versauern? Ich habe keine Lust, jahrelang in der Einöde zu leben.«

»Nicht jahrelang, Tantchen!« Die Füchsin hechelte und ließ ihre Zunge dabei weit heraushängen. Das war ihre tierische Art, Vorfreude zu zeigen. »Der Fürst stellt kein großes Problem mehr da. Ich habe seine Seele schon so gut wie in der Hand! Da er durch den Staub des Vergessens aufs Neue geschwächt ist, werde ich kaum mehr als ein paar Monate brauchen, bis er nur noch eine dem Wahnsinn nahe Hülle ist.«

Mochin Shao zog eine skeptische Miene. »Ich wünschte, ich verstände, was du im Sinn hast! Wieso bist du dir auf einmal so sicher?«

»Ts, ts, ts …! Ich habe dir alles erzählt, was zu erzählen war. Wenn du es immer noch nicht begreifst, wirst du warten müssen, bis es so weit ist. Jetzt werden wir erst einmal die notwendigen Vorbereitungen treffen. Du musst eine fromme Witwe spielen und ich deine Tochter. Daneben wirst du eine zweite Gestalt als Kupplerin und Heiratsvermittlerin aufbauen, die keine Ähnlichkeit mit der Witwe haben darf. Eine Fremde dürfen wir für unsere Zwecke nicht einspannen.«

»Nein, natürlich nicht«, murmelte Mochin Shao, kniff die Lippen zusammen und ärgerte sich zum hundertsten Mal über die herablassende Art ihrer Pflegetochter. Wann würde die Schwarze Füchsin lernen, dass sie ihre Pflegemutter und kein Dienstbote war?

31. ZHONG TIE HU VERLÄSST WEY CHENG

König Lu Niao gab seinem einst so bevorzugten Pflegesohn nach dessen Erwachen genau einen Tag Zeit, die Stadt zu verlassen. Angesichts eines ungewöhnlich starken Wintersturms empfanden sogar abgebrühte Gemüter dies als grausam. Der Kanzler Ding Wanzi besuchte Tie Hu an

seinem Krankenlager und schlug ihm vor, sich dem König zu Füßen zu werfen und um Aufschub zu bitten.
Doch der junge Fürst zeigte sich noch störrischer als Lu Niao. Er schlug den wohlgemeinten Rat des Kanzlers aus und stellte sich auch gegenüber den Bitten seiner Frau und ihrer Ärzte taub. Der Prinzessin befahl er ganz in der Manier eines alten Ehemannes, alles Notwendige für die Abreise zu veranlassen. Dann warf er sämtliche Magier und Ärzte aus dem Haus und legte sich am hellen Tag wieder ins Bett, ohne auf die betretenen Mienen der Prinzessin und ihrer Bediensteten zu achten.
Als er endlich allein war, begann Tie Hu, still vor sich hin zu weinen. Er fühlte sich so, als sei er wieder der siebenjährige Junge, der eben die Nachricht vom Tod seiner Eltern erfahren hatte. Unter seiner Schädeldecke schienen zwei Geistwesen miteinander auf Leben und Tod zu kämpfen. Das eine war ein junger, offensichtlich verwundeter Tiger und das andere ein schier übermächtiges Wesen, das ständig die Gestalt wechselte. Einmal trat es als eine stark nach Fuchs riechende Frau ohne Gesicht auf, dann als schwarzes, wolfsähnliches Ungeheuer mit Fuchsaugen und Rattenschnauze und dazwischen als Mann in der Tracht eines göttlichen Beamten.
Dieses Ungeheuer schlug auf Tie Hus Geist ein, als wolle es ihn in Stücke reißen. Zwischendurch aber erschien ein weiterer Dämon, der die Gestalt seiner Mutter annahm und ihn zwang, seltsame Arzneien zu schlucken, die ihn langsam vergifteten.
In einem lichten Moment fragte Tie Hu sich, ob er nicht selbst sein schlimmster Feind war. Wenn er sich weiter diesen Wahnvorstellungen hingab, würde er den Verstand verlieren. Mühsam erhob er sich und nahm die letzte seiner kräftigenden Pillen ein. Zwar hatte er schon befürchtet, dieses Medikament könnte am Tod seines Burschen Ah Niu

schuld gewesen sein, doch er wollte lieber daran sterben, als wahnsinnig zu werden.
Er schluckte die Pille mit bitter gewordenem Tee und legte sich wieder ins Bett. Kaum hatte sein Kopf die Kopfstütze berührt, da schienen sich seine Ohren weit zu öffnen, und die Unruhe, die in den übrigen Räumen und Hallen des Hauses herrschte, schlug wie eine Woge über ihm zusammen. Bei diesem Krach konnte er bestimmt nicht schlafen, dachte er noch. Dann wurde es schwarz um ihn, und sein Geist stürzte ins Bodenlose.
Am nächsten Tag sah die Welt schon viel heller aus. Sein Geist war klar, und von den Albträumen waren nur heftige Kopfschmerzen zurückgeblieben. Seine Frau musste in einem anderen Bett geschlafen haben, denn er lag immer noch so in der Mitte des Lagers, wie er am Tag zuvor hingesunken war. Offensichtlich hatte sich niemand um ihn gekümmert, denn die Decke, unter der er lag, war viel zu dünn für das ausgekühlte Zimmer. Er stand auf und sah nach dem Kohlebecken. Auch hier hatte niemand etwas nachgelegt, so dass es am frühen Abend schon ausgegangen sein musste. Auch die Teekanne im Wärmekörbchen enthielt nur noch einen schwärzlichen Rest Flüssigkeit.
Tie Hu wunderte sich. Eine so mangelhafte Fürsorge war er von seinen Bediensteten nicht gewöhnt. Dann erinnerte er sich daran, dass er im Augenblick keine persönlichen Bediensteten mehr hatte, sondern auf die Diener und Zofen seiner Frau angewiesen war. Jemand klopfte heftig an die Tür. Da wurde ihm bewusst, dass er an diesem Tag die Stadt zu verlassen hatte. Statt seiner Frau zu helfen und mit dem Gesinde zusammen die Vorbereitungen für die Abreise zu treffen, hatte er die arme Lu Kin einfach angeschnauzt und dann im Stich gelassen. Das tat ihm leid, und er fragte sich, wie er ihr Vertrauen zurückgewinnen konnte.

Ein mürrischer Hausdiener trat ein und gab ihm einen Vorgeschmack auf das, was um ihn herum vorging. Der Mann trug bereits wattierte Reisekleidung und zwang sich die üblichen Höflichkeitsfloskeln mit einem aufsässigen Tonfall von den Lippen. »Der Wagenzug ist in einer Stunde reisefertig«, erklärte er dann. »Die Mitglieder des Hofstaates, die bewaffneten Begleiter und das Dienstpersonal, das die Herrin und Euch begleiten wird, warten in der Halle am unteren Tor. Ich habe im kleinen Speisezimmer eine Mahlzeit für Euch vorbereitet und bin hier, um Euch beim Ankleiden zu helfen.«

Der Mann machte den Eindruck, als sähe er es als eine Zumutung an, ihm dienen zu müssen. Daher schickte Tie Hu ihn kurzerhand weg und wusch sich an einer Wasserschüssel, von deren Oberfläche er eine dünne Eisschicht wegbrechen musste. Dann zog er sich ohne Hilfe an, wie er es gewohnt war.

Er beschwerte sich auch nicht über den dünnen, kalten Tee und das ebenso kalte Frühstück, das man ihm lieblos hingestellt hatte. Wenn die Mitglieder seines neuen Haushalts ihm den Krieg erklären wollten, sollten sie es tun. Wahrscheinlich erwarteten sie, daraufhin entlassen zu werden, und nahmen sogar die Prügel in Kauf, die sie deswegen noch von dem Meister des Stocks und seinen Gehilfen bekommen würden. Kein Dienstbote aus dem Palastbezirk ging freiwillig aufs Land, zumindest nicht auf unabsehbare Zeit. Doch er würde den Leuten nicht den Gefallen tun, sie zu bestrafen und hinauszuwerfen, damit sie bei einem anderen Höfling unterschlüpfen konnten. Ob Lu Kin ihre Leute mitnehmen wollte oder nicht, war einzig und allein ihre Sache. Auf seinem Landgut fand er mehr als genug willige Dienstboten, die für seine Bequemlichkeit sorgen würden.

Als Tie Hu nach ein paar Stücken kaltem Fisch und einem

klebrigen Reiskuchen vom Frühstückstisch aufstand, blieb nur noch eine halbe Stunde bis zur offiziellen Abreise. Eine Verspätung würde zwar wahrscheinlich nicht mehr als einen lauen Verweis des Königs nach sich ziehen, aber Tie Hu wollte seinem launischen Herrn diese Freude nicht gönnen. So warf er sich den Mantel über, den ihm der Kriegsminister geschenkt hatte, und stapfte durch den knietiefen Schnee zu der Halle, in der die Mitglieder seines Haushalts auf ihn warteten.

Dabei fragte er sich, wie weit sie bei diesem Wetter kommen konnten. Sie würden unterwegs in Bauernhäusern übernachten, und die Leute dort würden ihnen auch die Schneewehen aus dem Weg schaufeln müssen. Es würde die unbequemste Reise seines Lebens werden, vor allem für Lu Kin und deren Gefolge. Nun hoffte er, dass seine Frau genug Leute mitgenommen hatte, damit sie unterwegs von deren helfenden Händen gut versorgt wurde.

Um Lu Kin herum hatte sich ein gutes Dutzend ihm bekannter Ärzte und Magier in Reisekleidung versammelt, und vor einem improvisierten Altar taten einige Priester und Wahrsager alles, um den Segen der Götter auf das Vorhaben herabzuflehen.

Lu Kin empfing ihn kühl und beschied ihm, dass in den drei ersten Reisewagen kein Platz mehr für ihn war. Da er ihr die Vorbereitungen allein überlassen hatte, solle er sich nun mit einem Platz bei den geistlichen Herren im vierten Wagen begnügen, wenn er es nicht vorziehe zu reiten. Die Herren um sie herum stießen in das gleiche Horn und ließen durchblicken, dass er mit seinem Eigensinn das kostbare Leben seiner Frau und auch das ihre aufs Spiel setzte, ganz zu schweigen von dem der restlichen Herren und Damen der fürstlichen Hofhaltung.

Tie Hu stellte fest, dass es mit seinem Gleichmut doch nicht so weit her war, wie er gehofft hatte. Mit der Anwesenheit dieser eingebildeten Hofschranzen auf seinem stillen Gutshof hatte er nicht gerechnet, und er musste den glutroten Zorn bändigen, der in ihm aufstieg.

»Wir können aufbrechen!«, antwortete er so ruhig, wie es ihm möglich war, drehte sich um und verließ die Halle, um nach seinen Pferden zu schauen.

Da jedermann seinen Platz im Wagenzug nach seinem Rang einnehmen musste, dauerte es fast zwei Stunden, bis Lu Kins Höflinge und das gesamte Gefolge untergebracht waren. Die dünne Wintersonne neigte sich schon beträchtlich gegen Westen, als der Zug endlich das äußere Tor des Palastbezirkes passiert hatte und sich der östlichen Heeresstraße näherte.

Trotz der Kälte hatten sich viele Zuschauer am Straßenrand eingefunden. Je nach Temperament standen sie nur stumm da oder weinten still vor sich hin. Tie Hu wandte sich verwundert an einen der Zunftmeister, die er bei Mutter Fen kennengelernt hatte, und fragte ihn, warum die Menschen der Stadt so bedrückt wirkten.

»Herr, mit Euch geht das Glück von Wey Cheng!«, antwortete dieser verzweifelt. »Die Orakel besagen, dass Ihr allein unsere Stadt vor dem rattenköpfigen Ungeheuer aus Zhou bewahren könnt, und nun schickt man Euch in den Tod.«

Tie Hu musste unwillkürlich lächeln. Es tat gut, wenn man erfuhr, wie diese braven Leute an einem hingen. Daher schlug er dem Mann auf die Schulter. »Das ist doch Unsinn! Haltet den Kopf hoch und fasst Mut. In drei Jahren komme ich wieder oder auch früher, wenn der General Rattenkopf aus Zhou Wey Cheng belagern sollte, und verteidige euch genauso, wie es mein Vater getan hat. Das ist ein Versprechen, Meister An, und das könnt Ihr an alle Handwerksmeister und Kaufherren weitergeben.«

Der Zunftmeister verbeugte sich tief. »Herr, Eure Gegenwart gleicht den wärmenden Strahlen der Sonne. Wenn der Unhold von Zhou hier auftaucht, werden wir unsere Stadt bis zum letzten Blutstropfen verteidigen und bis zu Eurer Ankunft durchhalten. Reitet nun unbesorgt weiter. Wir haben die Straßen bis zu dem Dorf Fingerstein vom Schnee befreit und dort für eine gute Übernachtung gesorgt. Ihr werdet erst gegen Mitternacht dort ankommen. Aber unsere Leute werden Euren Zug mit Fackeln begleiten und Euch den Weg weisen. Wir organisieren auch eine Arbeitstruppe, die Euch in den nächsten Tagen die Straßen freischaufeln wird. Wir lieben Euch, und wir trauern mit Euch um die schöne Blumenkönigin.«

Tie Hu hatte noch nach Fen Mei fragen wollen, aber der Mann gab seinem Pferd einen Klaps, so dass es fast aus dem Stand in den Trab fiel und ihn wieder an die Spitze des Zuges brachte. Dort sah er, wie viel Mühe sich die Bürger gegeben hatten, buchstäblich jeden Stein auf seinem Weg beiseitezuräumen. Bei diesem Anblick schwor Tie Hu sich, alles zu tun, um sein Versprechen einzuhalten, obwohl er nicht wusste, ob und wie er es je würde einlösen können. Er rief sich alle Möglichkeiten, die er abschätzen konnte, ins Gedächtnis und versank dabei so in seinen Gedanken, dass er trotz seiner feinen Sinne den deutlichen Fuchsgeruch nicht bemerkte, der aus dem Schubkarren einer Bäuerin aufstieg. Er sah auch nicht, wie die alte Vettel, die den Karren schob, zwei Fuchsschwänze abdeckte, die unter einer schmierigen alten Decke aus Sackleinen hervorgequollen waren.

32. DIE GEISTERFÜCHSINNEN BLEIBEN UNERKANNT

Als Mochin Shao mit der Schwarzen Füchsin am frühen Morgen den Palast verlassen hatte, um sich in einer billigen Herberge einzumieten, hatte sie den Eifer, mit dem die Bürger den Schnee beseitigten, mit einigen spöttischen Bemerkungen quittiert und geschimpft, weil zwischen all den Leuten, die die Ausfallstraße sogar noch reinigten und ausbesserten, kein Durchkommen war. Doch als sie sich endlich eine jener großrädrigen Schubkarren besorgt hatte, mit der die Bauern ihre Lasten sowie ihre Kinder und Ehefrauen zu transportieren pflegten, war sie froh um den schneefreien Weg, der aus der Stadt führte.
Die geringe, aber durchaus wertvolle Habe, die sie aus dem Palast hatte schmuggeln können, war in alte Säcke und schmierige Körbe verpackt, und sie hatte sich als ärmliche alte Bäuerin gekleidet. Die neunschwänzige Füchsin lag in einem Weidenkorb und war mit einem zerrissenen Sack zugedeckt. So verließ Mochin Shao die Stadt, ohne mehr Aufsehen zu erregen als zwei oder drei Bauern, die, vom Schnee überrascht, in Wey Cheng hatten übernachten müssen.
Die Geisterfüchsinnen hatten bereits ein schönes Stück des Weges zurückgelegt, als der Wagenzug des Fürsten zu ihnen aufschloss. Zhong Tie Hu ritt den Seinen ein Stück voraus und hätte Mochin Shao beinahe überrascht. Ein leises Knurren der Schwarzen Füchsin warnte sie rechtzeitig, und sie konnte den Schubkarren schnell in den Einschnitt eines Seitenweges schieben und eine Decke über zwei vorwitzige Fuchsschwänze werfen. Da trabte der Fürst auch schon an ihr vorbei, ohne ihr einen einzigen Blick zu schenken.

Zhong Tie Hu stellte keine Gefahr für sie und Haokan Hei dar, sagte Mochin Shao sich, denn er wusste nichts von ihr und ihrer Pflegetochter. Aber die Magier und Wahrsager, die in einigen der näher kommenden Wagen saßen, würden sie wahrnehmen. Mochin Shao stand vor Schreck wie gelähmt und konnte keinen Blick von den ersten Wagen des Zuges wenden, über denen sich der Rauch der Kohlebecken kräuselte und die von starken Geisterabwehrzaubern umgeben waren. Der Schnee hinderte sie daran, sich tiefer in den Seitenweg zurückzuziehen, aber sie schaffte es im letzten Moment, die Wolltücher, die sie unter und über dem Hut trug, fester um ihr Gesicht zu schlingen und so als Schleier zu benutzen, denn unter dem Einfluss der Zauber veränderte sich ihr Menschengesicht und wölbte sich zur Fuchsschnauze. Hätte sich einer der Fackelträger oder der berittenen Begleiter für sie interessiert, wären sie und Haokan Hei verloren gewesen.

Aber weder die Herren Magier in den Wagen noch die müden, verfrorenen Begleiter draußen kümmerten sich um ein Bauernweib in schmuddeligen Winterkleidern. Die Wagen rollten vorbei und hinterließen nur eine Wolke verschiedenster Gerüche. Mochin Shao lehnte sich gegen einen Baum und atmete tief durch, bis sie sich wieder beruhigt hatte. Währenddessen nutzte Haokan Hei die rasch hereinbrechende Dunkelheit und richtete sich im Korb auf. Sie stemmte die Vorderpfoten auf seinen Rand und starrte hinter dem Wagenzug her.

»Das ist ja ein ganzer Stall voller Magier, den die fette Prinzessin da mitnimmt!«, sagte sie mit leisem Keckern. »Ich glaube, wir werden uns bei unseren Aktionen von dem eigentlichen Gutshof fernhalten müssen.«

»Du gibst nicht auf, nicht wahr, auch wenn es dich sämtliche Schwänze und obendrein deinen Kopf kostet?«, antwortete

Mochin Shao mit zittriger Stimme. Der Schreck über die greifbare Nähe der für sie gefährlichsten Menschen steckte ihr tief in den Knochen.
Haokan Hei gab sich völlig unbeeindruckt. »Warum sollten wir aufgeben, Tantchen? Ich denke, gerade diese Leute sorgen dafür, dass der Fürst in unsere Fänge gerät. Vergiss nicht, er hat auch etwas von einem Geistertier an sich und dürfte sich in der Nähe dieser starken Abwehrzauber unwohl fühlen. Los, Tantchen, deck mich wieder zu und schiebe fleißig weiter. Wir sollten in dieser Nacht keine Pause machen, solange der Weg noch so schön frei ist. Nur dürfen wir diesen Magiern nicht mehr zu nahe kommen, sonst dreht es mir zum zweiten Mal die Eingeweide um!«

33. TIE HU VERMISST JIN MAU UND HÖRT VON SEINER GEISTERBRAUT

Ach, Herr, war das eine wunderschöne Jagd! Wie in alten Zeiten, nicht wahr? Hier, nehmt diese Schale Tee zum Aufwärmen. Gleich kommt mein Weib und bringt heißen Pflaumenwein. Das Bad ist vorbereitet, und ich habe frische Kleider zurechtlegen lassen. Nach dem Bad gibt es dann noch einen ganz kleinen Happen.«
Tie Hu nahm die Teeschale aus der Hand seines Verwalters entgegen und nickte ihm freundlich zu. Es tat wohl, so verwöhnt zu werden. Buku und seine Frau Xiang waren einfache Leute aus dem Bauernstand. Auch wenn sie jetzt zu der oberen Hierarchie der Gutsbeamten gehörten, sahen sie es immer noch als hohe Ehre an, ihn wie ein Kind umsorgen zu dürfen. Darüber hinaus dankten sie ihm seine Freundlich-

keit mit Zuneigung und bedingungsloser Treue. Hatte er bei seinen ersten Besuchen die naive Verehrung seiner Person noch als lästig und zu anbiedernd empfunden, wusste er jetzt damit umzugehen. Er hatte sie schätzen und lieben gelernt, seine bäuerlichen Untertanen. Sie taten ihre Arbeit noch aus Liebe zu ihm und sogar mit einem gewissen Vergnügen. Dafür erwarteten sie ein sorgenfreies Auskommen und Hilfe in persönlichen Notlagen.
Von seiner Frau waren sie fürchterlich enttäuscht. Die erste Dame eines Gutsbesitzers hatte die Pflicht, im Hof und im Dorf nach dem Rechten zu sehen. Niemand verlangte von ihr, dass sie das persönlich tat. Aber man vermisste die ältlichen Dienerinnen und Zofen, die sich als Augen, Ohren und Hände der Herrin um die Belange der Dorfbewohner kümmerten. Aber so eine Hochwohlgeborene wie Lu Kin wusste ja noch nicht einmal, wie es in einem Dorf aussah, geschweige denn, dass sie Interesse für die Menschen darin aufbrachte.
Zhong Tie Hu hoffte, dass seine Frau es eines Tages noch lernen würde, diesen Verpflichtungen nachzukommen. Dann seufzte er und versuchte, seine Gedanken erfreulicheren Dingen zuzuwenden, wie zum Beispiel den versprochenen Happen. Die waren nie so klein, wie Buku es zu behaupten pflegte, sondern reichten meist für die dreifache Anzahl an hungrigen Mäulern aus. Aber in einem hatte sein alter Waffenmeister recht: Es war wirklich eine wunderschöne Jagd gewesen, und nun hingen fünf Rebhühner und ein stattlicher Hirsch im Vorratshaus der Gutsküche.
Er selbst hätte nach der Jagd sofort in seine Räume zurückkehren sollen, in dem die Diener, die seine Frau ihm zugeteilt hatte, wahrscheinlich schon mit heißen Handtüchern und parfümiertem Badewasser auf ihn warteten. Aber bei dem Gedanken, mit wie viel Abscheu diese Leute auf den Anblick seiner verdreckten Stiefel und der mit Tierblut und

Lehm verschmierten Kleidung reagieren würden, zog er es vor, sein Bad wie bei den früheren Besuchen auf der Tenne in einem Holzzuber zu nehmen.

Statt Parfüm und die Nase betäubender Badeöle befanden sich in diesem Wasser Kräuter, die die verhärteten Muskeln lockerten. Die Massage, die ihm einer der Pferdeburschen nach dem Bad geben würde, war auch wirkungsvoller als die jenes zappelnden Fisches, der sich hochtrabend »Masseur mit den tiefsten Kenntnissen von Muskeln, Haut und Knochen« nannte. Auch sagte ihm das einfache, aber schmackhafte Mahl, das ihm die Frau des alten Waffenmeisters gerade herrichtete, mehr zu als die Vielzahl verschiedener Spatzenportionen, auf die Lu Kin so viel Wert legte.

Tie Hu musste lächeln. Je länger er auf seinem Gut verweilte, um so kräftiger und freier fühlte er sich. Wenn da nicht dieses nagende Gefühl von Schuld und Versagen, unter dem er seit seiner Hochzeit litt, und die ständigen Albträume gewesen wären, hätte er recht zufrieden sein können. Trotz des Ärgers um seine Vermählung hatte sich viel zum Guten gewendet, und seit seine Dame sich in anderen Umständen befand, fehlte ihm nicht viel zu einem gewissen Eheglück.

Das stimmt nicht ganz, korrigierte er sich, denn einiges vermisste er doch. Jin Mau zum Beispiel. An sie dachte er öfter, als er es sich hätte vorstellen können. Er verstand immer noch nicht, warum sie hatte sterben müssen, und klammerte sich an den Gedanken, dass sie ermordet worden war, wie es der öffentliche Leichenbeschauer zu Protokoll gegeben hatte. Das war besser, als anzunehmen, sie habe sich seinetwegen umgebracht.

Ihm fehlte das sanfte, intelligente Mädchen, das auf seine Wünsche eingegangen war und das sich selbst nicht nur hinter den Vorhängen des Bettes Freude und Vergnügen schenken ließ. Mit einem Seufzer erinnerte er sich an die Ausflüge

auf den See und in die Hügel rings um Wey Cheng, die innigen Gespräche und Jin Maus seltsame Weltsicht, die sie immer wortreich zu verteidigen gewusst hatte.
Nun wurde ihm klar, dass er sich etwas vormachte. Er war nicht glücklich. Hatte er am letzten Tag der Hochzeitszeremonie noch geglaubt, aus seiner Verbindung zu Lu Kin könne eine tiefere Beziehung entstehen, so hatte der Aufenthalt hier ihn bisher eines Schlechteren belehrt. Lu Kin schien nicht zu wissen, dass ein Ehepaar noch andere Gemeinsamkeiten haben sollte als die, die in den Ritenbüchern standen. Sie hasste das Land und versuchte verzweifelt, ihren Lebensstil aus dem Palast auf das Gut zu verpflanzen. Wenn der König sein Vermögen nicht bis auf geringe Reste konfisziert hätte, wäre es vielleicht nicht ganz so schlimm gewesen. So aber musste er hilflos zusehen, wie seine Frau auf ihren Besitz pochte, der ihr laut Ehevertrag allein zustand, und aus den Hofgebäuden nutzlose Spielzeuge machte. Zu seinem Glück lenkte die Schwangerschaft sie von ihren wildesten Umbauplänen ab.
Äußerlich vernachlässigte Lu Kin keine ihrer Pflichten. Aber für die einfachen Leute hier blieb sie eine Fremde, für die die Bauern nichts als schmutziges, lärmendes Ungeziefer waren, das vom Herrenhaus ferngehalten werden musste.
Tie Hu vermisste auch die Katzen des Gutes, denn die hätten ihm einen kleinen Teil von Jin Mau zurückgebracht. Doch seine Leute hatten die Tiere in weitem Umkreis vorsorglich einfangen und auf einige weit entfernte Nebengüter bringen lassen. Auch die Hunde waren bis auf ein paar unbedingt notwendige Jagd- und Wachhunde weggeschafft worden. Nach Bukus Ansicht, der die Abneigung vieler Menschen gegen Katzen nicht teilte, würden bald andere Tiere dafür den Hof bevölkern – die Ratten nämlich, die keine Feinde mehr vorfanden.

Ratten galten hier seit dem Überfall des Generals Rattenkopf als Unglücksbringer und Spitzel des bösen Hexers. Um das Schlimmste zu verhindern, hatte Zhong Tie Hu den Dorfkindern für jede erlegte Ratte einen Kupferkäsch versprochen – viel zu viel, wie Buku behauptete. Aber er wollte dort, wo so viel Silber für Nutzlosigkeiten ausgegeben wurde, den Leuten im Dorf wenigstens Kupfer zukommen lassen.
Mit einem Mal wurde Tie Hu unsanft aus seinen Gedanken gerissen. Buku hatte ihn an der Schulter gepackt und schüttelte ihn. »Herr! Seid Ihr eingeschlafen? Oder träumt Ihr mit offenen Augen? Das ist gefährlich! Leute, die am hellen Tag mit offenen Augen oder offenem Mund dasitzen und sich selbst vergessen, werden Opfer von bösen Gui-Gespenstern. Die schlüpfen in sie hinein und machen ihren Geist krank. Bitte, Herr, seid vorsichtig!«
Tie Hu ging lächelnd auf diesen Aberglauben ein. »Glaubst du, ich wäre so ein leichtes Opfer für ein Gui? Da mach dir mal keine Gedanken!«
»Herr, erlaubt Ihr mir ein offenes Wort?«
»Habe ich es dir je verboten? Komm, setz dich hierher und schenk uns heißen Wein ein. Dann sagst du mir, welche Sorgen dich plagen. Ich habe doch schon gestern bemerkt, dass du etwas auf dem Herzen hast.«
»Ja, Herr, das habe ich«, antwortete der Verwalter mit fester Stimme, nachdem er mit seinem Herrn die traditionellen drei Becher geleert hatte. Seine Hände aber spielten unruhig mit dem leeren Trinkgefäß, bis es auf die Erde fiel und zerschellte. »Oh, oh! Was wird meine Frau sagen? Diese Becher hat sie extra für Eure Besuche angeschafft!«
Zhong Tie Hu stellte schnell seinen Becher vor den Alten und schob die Scherben mit dem Fuß zu sich. Da kam auch schon die Hausfrau mit einer Magd, um nachzusehen, was passiert war. Als sie die Scherben sah, baute sie sich vor ih-

rem Mann auf und begann zu schimpfen. »Du Tunichtgut! Hast du den Herrn mit deinem dummen Geschwätz belästigt, so dass ihm vor Schreck der Becher ausgerutscht ist? Du solltest diese Sache doch auf sich beruhen lassen! Ich hab dir gesagt, da kann nichts Gutes herauskommen …!«
Tie Hu unterbrach sie lächelnd. »Nein, Frau Xiang, Ihr tut ihm unrecht. Ich habe immer noch nicht herausgefunden, was Euren Gemahl bedrückt. Das mit dem Becher war mein Fehler. Ich lasse Euch morgen einen Ersatz schicken.«
»Ach, Herr, das ist nicht nötig. Es war nur ein wertloses Ding, das ohnehin schon einen Sprung hatte …«
Tie Hu hob die Hand, um die Frau zum Schweigen zu bringen, sonst hätte sie noch stundenlang die fantasievollsten Entschuldigungen formuliert. Errötend verneigte sie sich und gab ihrem Mann dann noch einen kräftigen Stoß. »Halt den Herrn nicht mit deinem dummen Geschwätz auf, sonst wird das Badewasser kalt.«
Tie Hu lachte auf, als sich die Tür hinter ihr geschlossen hatte. »Verheiratete Männer haben wohl überall die gleichen Schwierigkeiten, nicht wahr? Komm! Ich nehme mein Bad, während du mir alles erzählst.«
Bukus Miene hellte sich auf. Während er seinem Herrn auf die Tenne folgte und ihm beim Ausziehen behilflich war, erklärte er langatmig, wie unklug er gehandelt hatte, indem er seine Sorgen mit seiner Frau geteilt hatte.
»Herr, über Männerangelegenheiten redet nie mit einem Weib, das sage ich Euch. Die Frauen haben kein Verständnis für unsere Bedürfnisse! Dabei will ich doch nur zwei Seiten etwas Gutes tun. Ach, wo fange ich nur an?«
»Bei den Sorgen, die du dir meinetwegen machst«, antwortete der Fürst lächelnd.
»Das ist ja das Schwerste, Herr!«, rief der Alte und warf die Arme in die Luft. »Seit Eurer Ankunft lauft Ihr im Haus

herum wie ein gefangener Tiger. Eure hochwohlgeborene Dame denkt nur an sich und natürlich an den Sohn, den sie Euch schenken wird. Für Euch bleibt nur, bei Tisch den Hausherrn zu spielen. Das ist doch kein Leben für einen gesunden, jungen Mann wie Euch. Nehmt so einem alten Trottel wie mir es nicht übel, aber was Ihr braucht, ist ein hübsches, junges Mädchen, das Euch das Bett wärmt!«

Das kam für Tie Hu so unerwartet, dass er sich an dem Tee verschluckte, den er gerade mit Behagen schlürfte. »Was brauche ich? Ja, glaubst du, ich sei schon so ausgehungert, dass ich mir ein Bauernmädchen aus dem Dorf ins Bett holen muss? Nein, mein Lieber, das geht nicht. Ich darf vorerst keine Zweitfrau ehelichen, und ich gehöre nicht zu denen, die sich eine Bauernmagd nehmen und sie, wenn sie genug von ihr haben, mit ein paar Kupferkäsch Mitgift an einen armen Mann verheiraten.«

»Damit würdet Ihr die Mädchen im Dorf eher glücklich machen. Wenn die dummen Dinger ihrem künftigen Ehemann auf diese Weise eine gute Mitgift zubringen, wächst ihr Ansehen mächtig, und niemand fragt bei dem erstgeborenen Kind, wer der Vater ist. Aber das ist nicht das Rechte für Euch. Die hochnäsige Dienerschaft aus der Stadt würde sich die Mäuler über Euch zerreißen. Dabei sind sie selbst verderbtes Gesindel ohne Moral.«

»Ich würde nicht so hart über sie urteilen. Sie kennen nur das Leben am Hof von Wey, und dort sind die Sitten und Gebräuche nun mal anders als auf dem Land.«

Aber Buku war ganz in seinem Element. »Geht mir weg mit den Sitten am Königshof, Herr! Was ich in der Zeit, in der ich mit Euch in Wey Cheng war, gesehen und gehört habe, reicht mir. Selbst der höchste Adel besteht aus Leuten ohne Moral und ohne Ehrfurcht vor den Göttern und dem erhabenen Himmel!«

»Ja, mein Alter, ich weiß. Das hast du mir schon seit meiner Kindheit gepredigt. Lass uns lieber über deine Besorgnis reden als über Dinge, die du nicht laut äußern solltest. Wie der Palast hat jetzt auch mein Haus große Ohren! Daher kann es auch nichts mit dem Bauernmädchen in meinem Bett werden.«
»Was Ihr braucht, ist eine gepflegte, junge Dame wie die Schöne, die Ihr damals in dem Haus der Blumen und Weiden hattet, die Goldene Katze. Ich reiße damit eine Wunde in Euch auf, weil die Kurtisane sich Eurer Heirat wegen das Leben genommen hat.«
»Das hat sie nicht«, antwortete Tie Hu mit mehr Ruhe, als er fühlte. »Es war ein Unglücksfall!«
Er fröstelte bei dem Gedanken an Jin Maus Tod, und seine Zähne klapperten unwillkürlich. Sofort schüttete Buku kochend heißes Wasser in den Zuber und verbrühte ihn fast. Dabei redete er ohne Atempause weiter. »Das freut mich zu hören, Herr! Nicht für die arme Schöne natürlich, sondern für Euch. Aber Ihr dürft nicht rückwärts sehen, sondern solltet Euch wieder eine solche Dame zulegen. Ich weiß ein hübsches, kleines Haus, nicht sehr weit von hier. Der Besitzer ist ohne Söhne gestorben, und seine Anverwandten wollen das Anwesen verkaufen. Darin könntet Ihr eine Dame unterbringen, die Euch unterhalten und aufmuntern wird. Eure Abwesenheit vom Hauptgut erklären wir mit Ritten und Fahrten über das Land, die für die Verwaltung des Gutes notwendig sind.«
»Sind diese Verwandten die Leute, denen du helfen willst? Ich kann das Haus aus den Erträgen des Gutes auch ohne einen solchen Grund kaufen.«
»Ach, nein, Herr. Ich mag diese Leute nicht, und es wäre mir recht, wenn keiner von ihnen an den Grenzen unserer Besitzungen wohnen würde. Nein, helfen möchte ich einer ver-

armten Witwe aus bürgerlichen Kreisen, die auf der Reise von Wey Cheng in ihre Heimat hier bei uns gestrandet ist. Sie war unterwegs, um ihren verstorbenen Mann in der Hauptstadt begraben zu lassen, wie es dessen Wunsch war. Dann ist sie auf der Rückreise hier krank geworden. Sie hat sich eine Hütte gemietet, aber ihr Geld ist durch die Arztrechnungen und die teuren Arzneimittel fast aufgebraucht. Ihren Schmuck und ihre Kleider hat sie auch schon zum großen Teil versetzt. Jetzt hat sie nur noch eines zu verkaufen: ihre wunderschöne Tochter! Sie möchte sie Euch anbieten, damit das Mädchen nicht in zweifelhafte Hände gerät.«
Tie Hu fuhr auf. »Was sagst du da? Ich soll ein Mädchen aus bürgerlichen Kreisen als Sklavin kaufen und eine arme Witwe vielleicht um das Letzte bringen, was ihr im Leben noch geblieben ist? Da kann man sicher anders helfen! So viel besitze ich noch, dass ich den beiden Frauen die Heimreise bezahlen kann.«
»Das könntet Ihr sicher, Herr. Aber es gehört sich nicht, dass eine Frau, auch wenn sie Witwe ist, Geld oder Geschenke von einem völlig fremden Mann annimmt. Damit wäre ihr Ruf für immer dahin. Wenn Ihr das Mädchen nicht nehmt, muss sie es als Blumenmädchen an eine Kupplerin verkaufen. Das wäre ein schlimmeres Schicksal für ein wohlerzogenes Bürgermädchen, als die heimliche Konkubine eines adeligen Gutsherrn zu werden.«
»Nein, Buku, nein! Ich mag kein junges Mädchen zu mir nehmen. Solch ein Geschöpf hat Anspruch auf Fürsorge und Zuneigung. Das Erste kann ich ihr geben, das Zweite nicht. Ich habe meine Goldene Katze verloren, und ich kann ihr Bild – und auch das meiner Geisterbraut – nicht aus meinem Herzen reißen. Ich brauche Zeit, um zu vergessen … wenn ich es je kann!«
»Herr, Ihr solltet Euch wenigstens das Bild der jungen Dame

ansehen. Sonst bringt es diese schmierige, alte Kupplerin, die mir das Mädchen für Euch angeboten hat, noch fertig, hierherzukommen. Das ist ein einmalig aufdringliches Weib!«

»Ich dachte, du hast mit der Witwe selbst gesprochen?«, sagte Tie Hu verwundert.

»Wo denkt Ihr hin, Herr! Das gehört sich doch nicht. Die Witwe hat meine Frau einmal um Hilfe gebeten, weil sie auf unserem Grund ein paar Heilpflanzen pflücken wollte. Von der Begegnung her weiß ich von ihr und ihren Sorgen. Dann hat sie wohl die Vermittlerin zu meiner Frau geschickt. Ihr seid schließlich der einzige hochadelige Gutsherr im Umkreis und dazu noch für Eure Güte und Großzügigkeit bekannt. Die anderen Gutsbesitzer würden das Mädchen weiterverkaufen, wenn sie seiner überdrüssig geworden sind.«

»Ich weiß nicht so recht … Ach, komm, zeig mir das Bild. Du lässt mir sonst doch keine Ruhe. Wenn mir das Gesicht des Mädchens nicht gefällt, kannst du den Frauen wenigstens einen stichhaltigen Grund für mein Nein nennen.«

»Und wenn es Euch doch gefällt?«, fragte Buku verschmitzt.

»Es kann mir gar nicht gefallen. Es gibt nur ein Gesicht, das mir gefallen würde, und ich glaube nicht mehr, dass es auf dieser Welt existiert. Aber ich will nicht, dass du um meinetwillen die Unwahrheit sagen musst. Also bring es her! Ach – übrigens, wie kommt es, dass die Dame ein Bild ihrer Tochter hat? Das kostet doch eine Menge, so ein Bild malen zu lassen!«

Buku lachte. »Keinen Kupferkäsch hat es sie gekostet – bis auf ein paar Farben und das Stück Seide. Die junge Dame hat sich selbst gemalt. Sie kann auch lesen und schreiben, musizieren und malen, kennt sich in …«

»Schon gut! Sie wird sich schon besonders schön dargestellt haben. Das Bild bitte!«

»Ich eile!«

Tie Hu kannte den alten Mann zu gut und nahm daher nicht an, dieser sei bestochen worden. Buku hatte schon seinem Vater treu und hingebend gedient, und er und seine Frau waren nur deswegen in der Mordnacht entkommen, weil die beiden ihn auf seines Vaters Befehl in die Hauptstadt begleitet hatten. Seitdem hatte Buku ihn mit zäher Beharrlichkeit vor mancher Unbill und Gefahr seitens der Hofgesellschaft geschützt, obwohl man ihn als dummen Bauern verachtet hatte.

Eine Bewegung im hinteren Teil der Scheune, in der das Heu gelagert wurde, ließ ihn aufschrecken. Er blinzelte ein wenig, denn er saß im Licht dreier Laternen, und der andere Teil wurde nur durch eine halbverschlossene Luke erhellt. Irrte er sich, oder hockte da eine Frau in einer Gasse zwischen zwei Heustapeln? Nein, für eine Frau war das Wesen zu klein. Es war eher ein zehn oder elf Jahre altes Mädchen, dessen Haare von einem Tuch verdeckt waren, so dass man die Kinderfrisur nicht erkennen konnte.

»He – du da!«, rief Tie Hu. »Wer bist du?«

Die Gestalt antwortete nicht, sondern schob sich, ohne aufzustehen, tiefer in das Heu zurück.

Tie Hu überlegte, was er tun sollte. Er war nackt, daher konnte er nicht aus der Wanne steigen. Aber er musste das Mädchen überreden, schnell zu gehen, ehe es jemand hier fand. Kein weibliches Wesen durfte einen fremden Mann anders als vollständig bekleidet sehen, und es durfte sich auf keinen Fall allein mit ihm in einem Raum aufhalten. Er sprach es noch zwei- oder dreimal an und erklärte ihm, dass es ganz schnell gehen müsse. Aber es kam keine Reaktion. Schließlich sagte Tie Hu sich, dass Buku ein verschwiegener Mann war und die Sache schon irgendwie richten konnte. Zum Glück hörte er den Alten schon kommen.

»Buku, pass auf, wir haben hier seltsamen Besuch!«, sagte er

mit möglichst gedämpfter Stimme und deutete auf die nur noch schattenhaft sichtbare Gestalt. »Bitte fang nicht an zu schreien, sonst könnte jemand großen Ärger bekommen!«
Buku trat in den Gang und stieß ein paar böse Flüche aus. Als er zurückkam, zerrte er ein in einen schmutzigen Kittel gekleidetes Mädchen hinter sich her, dessen Ähnlichkeit mit ihm unverkennbar war. Der Alte wand sich in Verlegenheit. »Herr, verzeiht ... es ist ... es ist nur ... Ach, das kommt davon, wenn man nicht immer aufrichtig ist! Herr, bitte ...!«
Tie Hu begann zu lachen und schüttelte den Kopf. »Deine Tochter? Davon hast du ja nie etwas gesagt! Bring sie hinaus, ehe deine Frau bemerkt, wo sie war. Ich möchte sie nicht auch noch in Verlegenheit bringen! Was ist eigentlich mit der Kleinen? Ist sie krank? Dann solltest du den Arzt Xi Shui holen! Das ist der Einzige von der Bande, der mit Recht die Nase hoch trägt. Aber lass dir kein Geld von ihm abknöpfen! Ich gebe dem Blutsauger schon genug.«
Buku schüttelte den Kopf und schob das Gesicht des Mädchens unter einen Lampion. Es war seltsam stumpf und ohne Leben. »Es ist nicht krank, sondern stumm und verrückt. Dabei hat es nicht mehr Verstand als ein Säugling! Verzeiht Herr, ich beichte es Euch gleich ... Ich bringe sie nur zu meiner Frau in die Küche!«
Tie Hu sah ihm verwundert nach. Was mochte er nur haben? Nun, gerade hier auf dem Land, aber oft auch in der Stadt, wurden Kinder, die einen geistigen oder körperlichen Fehler hatten, weit weg von menschlichen Wohnstätten ausgesetzt, damit wilde Tiere ihrem Leben ein Ende setzen sollten. Das hörte sich hart und grausam an, doch das Leben der meisten Menschen war so schwer, dass sie es sich einfach nicht leisten konnten, einen nutzlosen Krüppel durchzufüttern.
War es ein Sohn, so gaben ihm manche Eltern noch eine

Chance. Schließlich konnte er durch ein Wunder gesund werden, und wenn nicht, so würde später eine Frau die Arbeit für ihn tun. In dem Fall kauften wohlhabendere Familien ihm ein oder zwei kräftige Bauernmädchen als Nebenfrauen. Ein Mädchen aber wurde normalerweise unbarmherzig entfernt.

Weigerte sich eine Frau, ihre Tochter auszusetzen, so setzten Verwandte und Nachbarn sie so lange unter Druck, bis sie nachgab. Mit diesem Mädchen musste es also eine besondere Bewandtnis haben – oder es hatte eine sehr dickköpfige und selbstbewusste Mutter. Er kannte Xiang und traute ihr durchaus die notwendige Willenskraft zu. Er wunderte sich nur, dass er niemals etwas von dieser Sache gehört hatte.

Als Buku zurückkam, war er so geknickt, dass er das Päckchen mit dem Bild vollkommen vergessen hatte. »Herr«, sagte er kleinlaut. »Ich muss zu meiner Schande gestehen, dass dieses hässliche Ding meine Tochter ist. Es ist das einzige Kind, das wir haben, seit unsere drei kleinen Söhne beim Überfall des Generals Rattenkopf umgekommen sind. Ich weiß, es war falsch, das kranke Mädchen am Leben zu lassen. Aber meine Frau hatte sich so sehr gefreut, nach so vielen Jahren noch ein Kind zu bekommen, dass sie es einfach nicht hergeben wollte. Sie ist damals nach Hause zurückgekehrt, um das Kind auf dem Land in frischer und sauberer Luft zu gebären und großzuziehen. Daher habt Ihr davon nichts mitbekommen.

Schon bald nach der Geburt wurde uns bewusst, dass unsere Tochter ein unheilbares Krüppelchen war. Ich hatte gehofft, eine Krankheit würde es uns nehmen, denn ich wollte meine Frau zu nichts zwingen. Die Leute im Dorf sind fast Sturm gelaufen, weil die Frauen Angst hatten, sie bekämen nach dem Anblick des Dummchens auch kranke Kinder. Ihr wisst ja, wie die Bauern sind! Meine Frau ist schließlich zu einer

Wahrsagerin gegangen, um sie um Rat zu fragen. Ich weiß nicht, ob das Weib die Wahrheit gesagt hat oder ob sie sich vom mühsam ersparten Silber meiner Frau so beeindrucken ließ, dass sie ihr einen Gefallen tun wollte. Die alte Hexe hat steif und fest behauptet, dieses Mädchen würde dem Herrn vom Glockenberg-Gut einmal das Leben retten. Mein Weib war danach natürlich nicht mehr zu bremsen und verwöhnt das Ding unmäßig.«

Tie Hu konnte sich zwar nicht vorstellen, wie ein solch armes Wesen ihm das Leben retten konnte, und war ebenfalls der Meinung, dass die Wahrsagerin mehr auf das Silber in Xiangs Hand als in ihre Teeblätter geschaut hatte. Aber er wollte die beiden Alten nicht kränken.

»Beruhige dich, mein Freund! Ich will deinem armen Töchterchen doch nichts tun. Hast du ihr einen Namen gegeben?«

»Ja, Herr. Was sollte ich tun, nachdem meine Frau mit so einer Prophezeiung nach Hause kam? Wir rufen sie Yünsai – auch wenn sie nicht auf diesen Namen hören kann. Ich weiß nur nicht, was mit ihr geschehen wird, wenn wir einmal nicht mehr sind!«

»Mach dir mal darüber keine Sorgen! Ich muss ja wohl in meinem eigenen Interesse dafür sorgen, dass es ihr auch dann noch gutgeht, denn sonst würde ich die Wahrsagerin der Lüge zeihen. Und jetzt zeig mir endlich dein Bild!«

Bukus Miene hellte sich auf. Er versorgte seinen Herrn mit frischem Tee, wickelte dann das Seidenbild aus und hielt es dem Fürsten wie eine Reliquie hin.

Tie Hu starrte das Bild an, bis die Hand des alten Mannes zu zittern begann. Selbst als Buku es weglegte und sich den steif gewordenen Arm massierte, war sein Blick immer noch auf den gleichen Punkt mitten in der Luft gerichtet. Es war, als sei in seinem Innern ein Vorhang zerrissen, der allerlei wirre und teilweise unverständliche Erinnerungen verbor-

gen hatte. Verzweifelt versuchte er, des Aufruhrs in seinem Kopf Herr zu werden.
Der Waffenmeister räusperte sich zwei-, dreimal. Dann fragte er vorsichtig: »Herr, was ist mit Euch? Geht es Euch nicht gut? Ihr seht aus, als hättet Ihr am helllichten Tage ein Gespenst gesehen! Herr? So antwortet doch!«
Langsam kam wieder Leben in die Gestalt des Fürsten. Er zwinkerte, als sei ihm etwas ins Auge geflogen, und sah Buku mit einem Gesichtsausdruck an, als hätte ihm ein böser Geist seinen Verstand genommen. Als der Alte ihn bei den Schultern packte, flüsterte er nur: »Gib mir das Tuch zum Abtrocknen. Ich muss mich anziehen. Ich ... Nein, das muss eine Täuschung sein, ein böses Spiel, das irgendwelche Leute mit mir spielen ...«
»Was kann nicht wahr sein, Herr? Die Ähnlichkeit mit der Blumenkönigin, meint Ihr? Ja, die habe ich auch bemerkt. Daher habe ich das Bild ja an mich genommen. Aber das Mädchen hier ist jünger und, wenn das Bild nicht trügt, noch schöner!«
»Du glaubst, das Bild ist echt?«
»Aber ja, warum nicht? Die Vermittlerin hat geschworen, dass das Mädchen wirklich so schön ist wie auf dem Bild. Und sie sei auch ganz gewiss noch Jungfrau. Sie hat sich vergewissert! Andernfalls hätte sie sie sofort an ein Hurenhaus verkauft.«
Der Fürst rieb seine Haut trocken, als wollte er sie sich vom Leib scheuern. Dann nahm er die bereitgelegten Hauskleider und wog sie in den Händen. »Ich brauche andere Kleidung!«
»Frische Jagdkleidung? Oder wollt Ihr auf die Felder?«, fragte Buku vorsichtig.
»Nein, Kleidung für einen förmlichen Besuch. Sag, wo wohnen die Frauen?«

»Ihr wollt sie doch nicht etwa aufsuchen? Jedermann würde Euch sehen, und es gäbe ein gewaltiges Gerede!«
»Ich muss sie aber sehen!«, schrie Tie Hu ihn an. »Ich muss Gewissheit haben! Ich will sie heute noch sehen … am hellen Tag! Ganz gleich, was die Leute denken, ich gehe zu ihnen … Nein, du hast recht! Ich darf kein Aufsehen erregen. Kannst du die Damen in dein Haus schmuggeln? Wenn sie durch den Wald kommen, dürften sie vom Haupthaus aus nicht gesehen werden. Ich möchte wissen, ob das Mädchen so aussieht wie auf dem Bild. Lieber, alter Buku, ich habe dir als Junge so oft von meinem Traummädchen, meiner Geisterbraut, erzählt. Das Mädchen auf dem Bild sieht ihr unglaublich ähnlich.«
»Träumt Ihr immer noch von ihr?«, fragte dieser verblüfft.
»Bis zu meiner Hochzeit habe ich sie jede Nacht gesehen und dann nicht mehr, und seit sie nicht mehr in meinen Träumen erscheint, fühle ich mich unendlich schlecht. Es ist, als hätte ich ihr etwas ganz Schlimmes angetan. Vielleicht ist es aber auch nur mein schlechtes Gewissen Jin Mau gegenüber. Hätte ich mich ihren Plänen nicht so lange widersetzt, würde sie wohl jetzt noch leben.«
»Oder auch nicht«, antwortete Buku trocken. »Wahrscheinlich wäret Ihr jetzt schon beide tot oder als Verbrecher auf die Inseln der Sträflinge gebracht worden. Die Tochter eines bekannten Rebellen heiraten! Das hätten die am Hof Euch nie verziehen. Ich gebe Euch einen guten Rat, Herr! Wenn Ihr das Mädchen zu Euch nehmt, haltet sie verborgen wie einen besonders kostbaren Schatz, sonst verliert Ihr sie auf die gleiche Weise.«
»Ich weiß, dass Jin Mau ermordet worden ist. Eines kann ich dir versprechen: Noch einmal stirbt keine Frau durch fremde Hand, die ein Recht auf meine Fürsorge hat. Jin Mau ist meinetwegen umgekommen. Wenn die junge Dame mein

Traummädchen ist, werde ich sie hüten und schützen, wie nie eine Frau besser beschützt worden ist. Ich werde ihr jeden Wunsch von den Augen ablesen und ihr mein Herz zu Füßen legen.«

»Ist das nicht ein wenig voreilig? Ihr kennt den Charakter der jungen Dame ja noch nicht. Was ist, wenn sie Euer Innerstes mit Füßen tritt und versucht, Euch um Euren Verstand zu bringen, wie es schlechte Weiber tun?«

»Sie kann einfach nicht schlecht sein! Wenn sie mein lebendig gewordenes Traummädchen ist, dann ist sie eine vom Himmel herabgestiegene Fee, ein Wesen des Kunlun-Berges, das Menschengestalt angenommen hat. Das darf man ihr natürlich nicht sagen, sonst würde sie Sehnsucht nach jenem anderen Leben bekommen und mich verlassen.«

»Herr, Ihr habt in letzter Zeit zu vielen Märchenerzählern zugehört. Eine Fee? Langsam bedauere ich, auf diese Vermittlerin gehört zu haben. Man darf keine Frau vergöttern, auch diese Nü Ying nicht! Das geht niemals gut.«

»Nü Ying! So heißt sie? Richtig, das muss ihr Name sein. Nü Ying, die Meisterin des Pinsels, das Mädchen mit der schönsten Handschrift! Seltsam, dass mir das jetzt so einfällt, wo ich doch eigentlich nichts von ihr wissen kann. Schon gut! Ich werde meinen Kopf nicht verlieren, und du wirst es niemals bereuen, sie mir vorgestellt zu haben.«

»Wenn sie nur wirklich Euer Traumweib ist!«, brummte Buku, dem die Sache nicht mehr ganz geheuer vorkam. Doch seine Bedenken kamen zu spät. Das Bild hatte Seiten in seinem Herrn erweckt, die er nicht kannte.

»Wenn er sich nachher wie ein liebestoller Straßenkater aufführt, werde ich es ausbaden müssen«, brummte der Alte, als er sich auf den Weg zur Vermittlerin machte. »Ich fürchte, da kommt eine Menge Ärger auf mich zu.«

34. HAOKAN HEI SCHLÄGT TIE HU IN IHREN BANN

Da die Vermittlerin nirgends zu erreichen war, schickte Buku schließlich seine Frau Xiang zu der fremden Dame, die sich die Witwe Fong nannte. Bereitwilliger, als man es von einer Frau aus den sittenstrengen Kreisen des Bürgertums erwartet hätte, folgte diese der Bitte des Fürsten, mit ihrer Tochter zum westlichen Vorwerk des Gutes zu kommen. Xiang bemerkte später sogar spitz, dieses Weib hätte ganz offensichtlich nur auf diese Einladung gewartet. Die beiden Alten aber waren froh, dass die ebenfalls kürzlich zugezogene Kupplerin überstürzt zu irgendwelchen Verwandten abgereist war. Diese Weibsperson war ihnen beiden noch unsympathischer gewesen als die Witwe Fong.

Zhong Tie Hu hatte kein Auge für die Witwe. Um das Mädchen nicht durch seine ungehörige Gegenwart zu erschrecken, ließ er sie und ihre Mutter zunächst einmal von Bukus Frau im Wohnhaus bewirten, und auf seinen Wunsch hin verwickelte Xiang die beiden Damen in ein lockeres Gespräch. Naturgemäß versuchte die Witwe Fong dabei, sämtliche Vorzüge und Talente ihrer beschämt errötenden Tochter in rosigstem Licht darzustellen. Dabei redete sie so laut und so deutlich, als wüsste sie um den Lauscher draußen vor dem Haus. Zhong Tie Hu fühlte sich ebenfalls beschämt. Wie ein Student auf Abwegen stand er draußen an einem der winzigen Fenster und spähte durch ein Loch ins Zimmer, das er selbst in die Ölpergamenthaut des Fensters gerissen hatte.

Wenn Buku seinen zum Standbild erstarrten Herrn nicht nach einer Weile gepackt und in einen anderen Raum geführt hätte, wäre Tie Hu trotz seines dünnen Seidenrockes noch stundenlang in der Kühle der heraufziehenden Nacht stehen geblieben, denn der Anblick des Mädchens hatte ihn in Verwirrung gestürzt. Wortlos und mit nach innen gedrehtem Blick folgte er seinem Waffenmeister.

Buku legte ihm eine Decke um die Schultern und stellte ihm frischen Tee und heißen Reiswein hin. »Mein Fürst, seid Ihr krank? Oder hat Euch ein Gui-Gespenst den Verstand umnebelt? Soll ich einen Arzt holen?«

Tie Hu blickte ihn an, als sähe er ihn zum ersten Mal. Dann schüttelte er langsam den Kopf. »Nein, ich bin nicht krank. Jedenfalls nicht krank am Körper! Es ist, als hätte sich ein Pfeil in meine Seele gebohrt, und ich weiß mir einfach keinen Rat. Buku, du kennst mich doch in- und auswendig, nicht wahr?«

»Herr, ich weiß es nicht. In den letzten drei Jahren habe ich mich sehr oft hier auf dem Gut aufgehalten, damit es nicht von treulosen Verwaltern zugrunde gerichtet wurde. Aber es ist schon richtig. Seit unserer Flucht vor dem Rattengeneral war ich Euer engster Vertrauter, zumindest bis zu dem Tag, an dem die Goldene Katze einen Mann aus Euch gemacht hat.«

Auf Tie Hus Gesicht zeichnete sich ein schwaches Lächeln ab. »Na, na … so kann man das wohl doch nicht sehen!«

»Doch, Herr! Ich meine nicht in körperlicher Hinsicht. Ich habe durchaus mitbekommen, welche Zofen Euer Schlafzimmer betreten haben. Eure sorgfältige Auswahl und Eure Zurückhaltung in dieser Beziehung waren für einen jungen Mann von fünfzehn, sechzehn Jahren erfreulich umsichtig. Die meisten der Dienerinnen im Palastbezirk haben die Bezeichnung Hure hundertmal mehr verdient als die arme Jin Mau, die so vornehm und doch so natürlich war. Sie hat in Euch die Anmut des Geistes und das Verständnis für die Menschen außerhalb des Palastes geweckt. Aber ich sage Euch, die da drinnen ist keine zweite Jin Mau!«

»Aber sie ist es! Sie ist die Frau aus meinen Träumen, meine Geisterbraut. Es ist die Frau, um derentwillen ich die Goldene Katze zu meiner festen Freundin gemacht habe. Du hast selbst von der großen Ähnlichkeit gesprochen. Nü Ying wirkt natürlich nicht so katzenhaft wie meine arme Jin Mau, aber dafür ist sie eine wohlerzogene junge Dame. Beim ewigen Himmel, Buku, dort drinnen sitzt die Frau, wegen der ich in alle vier Ecken der Welt reisen würde, und jetzt hocke ich hier wie ein kleiner Junge und traue mich nicht hinein!«

»Warum nicht, Herr?«

»Versuch einmal, dich in meine Lage zu versetzen! Ich kann doch nicht hingehen und die Göttin aus meinen Träumen wie eine Sklavin kaufen, sie in einem schmutzigen Bauernhaus einsperren und dort vor aller Welt verbergen! Sie ist nicht irgendein Bettelmädchen, sondern hat das Recht auf eine gesicherte Stellung im Leben, auf einen Ehemann, der zu ihr steht und sie wie eine anständige Frau behandelt. Ich kann meine Geisterbraut doch nicht schlechter behandeln als ein Blumenmädchen.«

»Dann müsst Ihr sie auf der Stelle fortschicken, ehe sie sich irgendwelche Dummheiten einbildet. Ich frage mich nur, wie Ihr den Giftzahn von Mutter loswerden wollt. Die hat sich wohl genau erkundigt, wie reich Ihr trotz der Konfiszierung des größten Teils Eures Vermögens noch seid. Ich glaube, sie will sich hier einnisten, um Euch die Taschen zu leeren.

Glaubt mir, Herr, das Weib ist eine berufsmäßige Heuchlerin. Sie hat mich und meine Frau und auch andere hier im Ort gründlich getäuscht. Aber jetzt, wo sie sich ihrem Ziel nahe fühlt, lässt sie die Maske fallen. Wenn Ihr mich fragt, ist sie keine Witwe, sondern eine Kupplerin, die Pech gehabt hat und ihr schönstes Stück dem reichsten Mann weit und breit andrehen will. Ich Dummkopf habe ihr auch noch geholfen, dieses Ziel zu erreichen! Herr, schmeißt die beiden Weiber raus. Oder kauft die Kleine und jagt die Alte weg.«

»Buku, mein Freund, ich danke dir für deine offenen Worte. Ich werde jetzt zu den Damen gehen. Glaub mir, ich finde schnell heraus, ob die Vermittlerin gelogen hat und das Mädchen aus dem Gewerbe der Blumen und Weiden stammt. Tut es das, so schicke ich sie … ach, nein, warum denn? Dann folge ich deinem Rat. Ist sie wirklich ein Bürgermädchen, weiß ich nicht, was ich tun soll.«

»Sprecht einfach mit ihr! Vielleicht kommt Ihr dann schneller zur Vernunft, als Euch lieb ist.«

»Du hast ja so recht! Tu mir einen Gefallen und setze dich hinter die Küchentür. Von dort kannst du alles hören, was am Tisch besprochen wird. Es gehört sich zwar nicht, aber ich brauche deinen Rat und deine Meinung.«

Der Alte nickte grinsend. Es war seine Pflicht, auf den Sohn des Roten Panthers aufzupassen, so gut er es vermochte. Aber was er dann durch den Türspalt vernahm, gefiel ihm ganz und gar nicht. In seinen Augen benahm sich sein Herr wie ein Schaf, das sich bereitwillig erst scheren und dann schlachten ließ.

In dem Augenblick, in dem der Fürst den Raum betrat, schlug die junge Dame ihn in ihren Bann. Sie ähnelte noch weitaus stärker seiner Geisterbraut, als Tie Hu dem Bild nach vermutet hatte, und ihre Nähe ließ sein Blut schäumen. Ihr Duft war köstlich, wenn auch ein wenig scharf. Fuchsgeruch nannten das die Leute. Frauen mit einem solchen Geruch galten als wahre Wunderwesen im Bett, aber auch als leichtsinnig und untreu. Dieses Mädchen hier aber wirkte eher zurückhaltend, steif und abweisend, und er begriff, wie stark es unter der unmöglichen Situation litt.

Der Blick des Mädchens haftete am Boden, und tiefe Röte überzog seinen Nacken zwischen der schwarzen Fülle ihrer aufgesteckten Haare und dem Kragen ihrer Jacke. Auch zeigte sie alle Anzeichen mädchenhafter Scheu, und nichts an ihr deutete auf die herausfordernde Haltung und die kleinen Gesten hin, die die Pose der Kurtisane verrieten.

Auch die Mutter, die trotz der Ähnlichkeit mit ihrer Tochter sehr gewöhnlich wirkte, hatte nichts von der Schleimigkeit einer Kupplerin. Tie Hu hielt die redegewaltige Dame eher für eine einfache Händlerswitwe, die selbst mit hinter dem Ladentisch gestanden, oder für ein Marktweib, das über seinem Stand geheiratet hatte. Zum Glück zeigte die Tochter keine Spur des ordinären Wesens ihrer Mutter, sondern wirkte eher wie eine junge Dame aus höheren Kreisen.

Aber selbst wenn dieser Edelstein vor ihm irgendeinen Flecken gehabt hätte, wäre es für Tie Hu zu spät gewesen. Er war gefangen – und er wusste es. Daher konnte er nur noch versuchen, das Beste aus der Situation zu machen. Es würde ihm nicht leichtfallen, seine angetraute Frau genau in der Art zu hintergehen, wie es viele der wohlhabenderen Männer taten, die eheliche Auseinandersetzungen vermeiden wollten und die sich deshalb eine heimliche Geliebte hielten.

Tie Hu verneigte sich vor der Witwe Fong und musterte sie. Die Frau mochte hundertmal die Mutter seiner Traumfrau sein, aber er war sich sicher, dass er mit ihr fertig würde. Solange die Dame in einem gewissen Luxus leben konnte, würde sie sich in die Verhältnisse schicken, die er ihr und ihrer Tochter bieten konnte. Freiwillig würde sie gewiss nicht abreisen.

»Meine werte Dame Fong, Ihr kennt meine Situation und wisst daher, dass es mir nach den Hofgesetzen nicht erlaubt ist, in den ersten drei Jahren eine Konkubine zu nehmen. Ich kann Eure Tochter nur kaufen wie eine beliebige Magd und ihr eine kleine, halb in der Wildnis gelegene Kate anweisen. Selbst nach Ablauf der drei Jahre bin ich als Gemahl einer königlichen Prinzessin auf die Zustimmung meiner Dame angewiesen, wenn ich mir eine Zweitfrau nehmen will. Ich frage Euch daher ernsthaft, ob Ihr Euer jungfräuliches Mädchen zu so einem trübsinnigen Leben verurteilen wollt. Ich werde mich nicht häufig um sie kümmern können, da meine Pflichten sehr zahlreich sind. Wäre es da nicht besser, Ihr verkauft sie an einen gutmütigen Witwer, der sie direkt in sein Haus nimmt und wie ein einmalig schönes Juwel behandelt?«

Es fiel ihm schwer, so harte Worte zu sprechen. Aber es lohnte sich. Die Mutter sank leicht in sich zusammen und starrte ihn fassungslos an. Auch der Kopf der Tochter ruckte hoch. Tie Hu sah in weit aufgerissene Augen und ein Gesicht, in dem sich Verblüffung, Angst und eine unbestimmbare Verwunderung stritten, so als hätte das Mädchen sich diese Begegnung völlig anders vorgestellt. Also war auch sie nicht so harmlos und unschuldig, wie sie vorgab.

Wenn nur diese Augen nicht gewesen wären! Tie Hu konnte sich nicht von ihrem Anblick losreißen. Es waren schwarze Seen, in denen man ertrinken konnte. Er holte tief Luft und versuchte, sein Herz fest in die Hände zu nehmen. Das Mädchen war keine abgefeimte Dirne, sondern eine Mischung aus eingeschüchtertem Kind und berechnender junger Frau.

Tie Hu war sich der Gefahr, die von dem Mädchen ausging, durchaus bewusst. Es war eines jener Geschöpfe, durch die ein Mann zum liebeskranken Gockel ohne Verstand werden konnte. Andererseits würde er seines Lebens nicht mehr froh, wenn er sie wegschickte. Zwar hatte er von einer Göttin geträumt, aber seine Traumbraut war nichts als ein ganz normales Menschenkind. Er beschloss, sie bei sich zu behalten und in der Götter Namen auch die Mutter. Er konnte sie schließlich nicht einsam und alleine in dem Haus unterbringen, das er durch Buku für sie kaufen lassen würde. Aber er würde sie nicht mit Luxus überhäufen. War Nü Ying dazu bereit, sich in eine bescheidene, bürgerliche Existenz zu schicken, ohne ihn ständig mit Klagen und Wünschen zu überhäufen, dann wollte er glauben, dass ihr mehr an einem angenehmen Liebhaber und vielleicht künftigen Ehemann lag, als daran, einen Dummen zu finden, den sie ausbeuten konnte. Tie Hu glaubte sich stark genug, um trotz der gewaltigen Anziehung, die das Mädchen auf ihn ausübte, einen klaren Kopf zu behalten. Dafür würde die Gegenwart der Mutter schon sorgen.

35. JIN MAU TRIFFT SHI SHING UND BEKOMMT EINEN KÖRPER

Jin Maus Geist war an einem grellen Frühsommermorgen in der Küche des Gutshofes gelandet und hatte wohlgemut mit seiner Suche angefangen. Katzen liebten das Halbdunkel, die Dämmerung oder schattige Plätze. Daher nahm sie an, dass sie die Tiere abseits des Sonnenglasts in kühlen Ecken finden würde. Doch es gab keine Katzen. Dafür aber so viele Mäuse, dass selbst einer Geisterkatze das Wasser im Maul zusammenlief. Sie begegnete auch ein paar fetten Ratten, doch diese schienen mehr damit beschäftigt zu sein, schmutzigen Bauernkindern die Spitzen ihrer Schwänze zu zeigen, als die Vorratskästen auszuräumen.

Es gab überhaupt nur wenige Haustiere an diesem Ort, abgesehen von Pferden, Ochsen und Eseln in der Nähe des Gutes. Das Hauptgebäude konnte sie jedoch nicht durchsuchen, denn es wurde durch so viele Geisterabwehrzauber geschützt, dass ein Geisterkätzchen nur durch die Berührung mit ihnen in die graue Welt geschickt worden wäre. Jin Mau war sich jedoch sicher, dass es auch in diesem Haus höchstens ein paar Ratten und Mäuse gab. So blieb ihr nur noch übrig, das große Dorf zu durchsuchen, das sie von einem der Vorwerke aus entdeckt hatte.

Eine Weile später hockte ein unglücklicher Katzengeist auf seinen Hinterbeinen und starrte auf die still gewordene Dorfstraße. Auch hier gab es keine trächtige Katze oder eine mit Jungen. Genau genommen gab es keine einzige Katze im Ort und um ihn herum, so als hätte sich die böse Prinzessin Lu Kin in ihrem Hass an diesen Tieren gründlich austoben können. Als Jin Mau ihre Suche beendet hatte, ging es den Rufen eines einsamen Nachtwächters nach zu urteilen schon auf die Mitte der Nacht zu. Jin Mau erhob sich wie ein todkrankes Tier mit letzter Kraft und kehrte mit wehem Herzen und wunden Füßen zum Gutshof zurück.

Nun blieb ihr nichts anderes übrig, als irgendwie in das Hauptgebäude einzudringen, um noch einen letzten Blick auf ihren Fürsten zu werfen und endgültig von ihm Abschied zu nehmen. Ein wenig hoffte sie auf einen letzten Traum, den sie mit ihm teilen konnte, auch wenn ihr das Traumkraut nicht zur Verfügung stand. Aber wenn es nur eine einzige Möglichkeit gab, ihren geliebten Tie Hu vor der Schwarzen Füchsin zu warnen, so wollte sie dafür gern ein Gui-Gespenst werden. Vielleicht konnte sie dann ihrer Mörderin beibringen, was Albträume waren.

Sie schlich um das Gebäude herum, ohne einen sicheren Weg hineinzufinden. Wer hier auch immer Angst vor Geistern haben mochte, hatte gründliche Arbeit geleistet. Schließlich kletterte sie einen großen, alten Baum hoch, der sie an die Bäume des Traumlabyrinths erinnerte, und stieg bis in seine Spitze. Wenn ihr das Schweben jetzt auch schwerer fiel als unter dem Zauber des Traumkrauts, so traute sie sich doch zu, von hier aus das geschwungene Dach an einer Stelle zu erreichen, an der die Schriftbänder mit den Abwehrzaubern, die sich oben an den Hauswänden entlangzogen, keine Wirkung mehr hatten. Doch als sie auf einem flacheren Ast entlanglief, um Schwung für den Absprung zu gewinnen, wurde sie am Nackenfell gepackt und hochgehoben.

»Nun sag mir, Katzengeist, warum du dich in diese scheußlichen Zauber werfen willst! Das wäre für dich das Gleiche wie für einen sterblichen Menschen der Selbstmord! Ist dir das klar?«

Jin Mau wand sich unter dem starken Griff, verdrehte ihren Kopf und starrte ihre Peinigerin an. Es war ein Gui-Gespenst in der Gestalt einer großen, sehr schlanken und zerbrechlich wirkenden Frau. Sie hatte so lackschwarze Haare, dass sich die Sterne darin spiegelten. Ihre starken Hände und die kräftigen Zähne aber zeigten Jin Mau ebenso wie das wilde, große Tier, das sie tiefer in dem Gespenst zu entdecken glaubte, dass dieses Geschöpf kein menschlicher Totengeist, sondern ein Wesen von den Gelben Quellen war oder sogar aus dem Reich der Götter und Unsterblichen. Zwar war ihr die Frau völlig unbekannt, aber sie wirkte seltsam vertraut. Dann aber schnappte Jin Mau nach Luft, denn die Gesichtszüge dieses Wesens hatten eine unverkennbare Ähnlichkeit mit denen ihres geliebten Tie Hu.

»Du bist die Dame Shi Shing!«, sagte sie verblüfft.

Nun war das Erstaunen auf Seiten der Frau, und sie ließ die Katze so schnell los, als wäre sie gebissen worden. Jin Mau krallte sich an einem Ast fest, um nicht hinabzusinken.

»Ich bin Shi Shing, der weiße Tigerstern, von meinem Gemahl auch Sternengeist genannt. Woher kennst du den Namen einer Verlorenen und Verfemten?«

»Von meinem Vater«, antwortete das Kätzchen maunzend, »von Shirliang Po!«

»Dann bist du Ran Yünsai, die später den Namen Jin Mau bekam, die Goldene Katze! Was ist mit dir passiert? Ich habe dich doch erst vor kurzer Zeit noch als stolze Blumenkönigin bei einer nächtlichen Kahnpartie mit meinem Sohn gesehen.«

Das Kätzchen nieste vor Aufregung und schüttelte dann heftig den Kopf. »Das muss aber doch schon eine Weile her sein. Als ich ermordet wurde, war es tiefer Winter, und jetzt ist Frühsommer. Vater hat mich gewarnt, dass die Zeit für Geister anders geht!«

»Nicht immer. Als Gui-Gespenst bist du Einflüssen ausgesetzt, die du noch kennen- und zum Teil auch beherrschen lernen wirst. Aber warum in aller Welt hat man dich ermordet?«

»Herrin, das ist eine lange Geschichte, und ich habe eine Aufgabe zu erfüllen. Mein Vater hat mir gesagt, ich hätte genau einen Tag Zeit, um ein neugeborenes Kätzchen zu finden, in dessen Körper ich schlüpfen kann. Schaffe ich das nicht, werde ich ein hilfloser Albtraumgeist. Ich weiß nicht, ob das das Gleiche ist wie ein Gui-Gespenst!«

»Es ist fast das Gleiche, so, wie Gui und Shen auch nur zwei Seiten einer Münze sind, Totengeister, die nicht zu den Gelben Quellen gegangen sind oder den Weg dorthin nicht finden konnten. Einige von ihnen sind kräftiger, so wie ich, und können sich bei Nacht frei bewegen. Andere sind nur noch verwehende Schatten, die sich in ihrer Nebelwelt an die Träume der Menschen klammern und diese dabei vergiften. Doch nur selten gewinnt einer von ihnen aus den Träumen der Menschen so viel Kraft, dass er vor den Höllenrichter treten und in den Kreislauf der Wiedergeburten zurückkehren kann.«

»Warum ist das eigentlich so erstrebenswert?«

»Nun, welches verständige Geschöpf will schon gerne für immer tot sein? Diejenigen, die wiedergeboren werden, bekommen die Chance, zu den Göttern aufzusteigen. Sie müssen nur das wahre Streben lernen und die richtigen Wege finden. Aber sag mir, warum hat dich dein Vater dazu verdammt, als Katze wiedergeboren zu werden? Was hat sich dieser fremdländische Teufel vom westlichen Rand der Welt dabei gedacht, dich so schlecht zu behandeln?«

»Er hat mich ja gar nicht schlecht behandelt!«, protestierte Jin Mau. »Es war mein eigener Wunsch, ein richtiges Kätzchen zu werden, und zwar direkt hier, in der Nähe deines Sohnes. Ich liebe Tie Hu – und deswegen bin ich von dieser schmutzigen Fuchsfrau ermordet worden! Sie will ihm seine Seele stehlen, und dabei war ich ihr im Weg. Ich muss ihn heute Nacht noch warnen, bevor ich zu den Gelben Quellen gehen kann – oder meine Kraft verliere und zum Schatten-Gui werde.«

»Hier gibt es aber keine Katzen! Bevor diese arme, verrückte Prinzessin ankam, haben die Leute vom Gut alle Tiere weit weg auf entfernte Nebengüter und Bauernhöfe gebracht, damit der Dame der Anblick der Tiere erspart bleibt. Mögen sich sämtliche Ratten in ihrem Bett ein Stelldichein geben! Als sie einzog, hat sie sämtliche Geisterbeschwörer des Landes zusammengeholt, um das Haus mit Abwehrzaubern aller Art zu überladen. Irgendein Schwachkopf von Wahrsager muss ihr erzählt haben, dass eine Geisterfüchsin ihr Leben und das ihres noch ungeborenen Sohnes in Gefahr bringt.«

»So etwas Dummes! Den, der das behauptet hat, sollte man an den Füßen vor seinem Haus aufhängen!«, rief Jin Mau aus. »Es ist unser Zhong Tie Hu, dessen Leben die Schwarze Füchsin nehmen will. Die will nichts von dieser groben Kuh!«

»Was bildet die Geisterfüchsin sich ein? Wie kann sie es wagen, sich an dem halbgöttlichen Geist meines Sohnes zu vergreifen? Bei Xiwangmus Sturmdämonen und Regendrachen! Vor einiger Zeit lebte eine Schwarze Füchsin auf dem Berg der sanften Stille, eine gewisse Haokan Hei. Sollte es die sein? Komm, Jin Mau, setz dich auf meinen Schoß und erzähle mir alles. Wenn diese Fuchshexe die Zauberin Haokan Hei ist, schwebt mein Sohn in höchster Gefahr.«

»Sie ist es«, antwortete Jin Mau mutlos. Nach ein paar tiefen, quälenden Atemzügen begann sie zu berichten. Sternengeist hörte ihr regungslos zu, während die Sichel des Mondes sich langsam dem Horizont zuneigte.

Als Jin Mau endete, war es an Sternengeist zu seufzen. »Das hat mir Lao Shu angetan, die widerliche Kreatur meines alten Feindes Man Dai. Nur dieser verderbte Tiergeist kann Haokan Hei den Hinweis gegeben haben, sich meinen Sohn als Opfer zu nehmen. Verliert Tie Hu seinen Kopf und verliebt sich in sie, kann sie seine Seele wie eine Blüte brechen und sich einverleiben. Tut er es nicht, wird sie ihn langsam mit bestimmten Drogen vergiften, bis sein Geist so schwach wird, dass er ihr verfällt. Im schlimmsten Fall ermordet sie ihn und nimmt sich seine Seele im Augenblick des Todes. Da das Letzte sehr leicht schiefgehen kann, wird sie nur im Notfall zur dieser Lösung Zuflucht suchen.«

»Ist sie denn schon hier?«, fragte das Kätzchen.

»Da waren zwei fremde Frauen auf dem westlichen Vorwerk. Beide hatten diesen Geruch an sich, aber nur sehr gedämpft und mit allerlei Kräuteressenzen überdeckt. Aber die beiden sind wieder verschwunden … Oh, schau, die Dämmerung färbt schon den Horizont. Wir müssen uns schnell etwas einfallen lassen. Ich werde meinen Sohn nicht kampflos dieser Fuchshure überlassen!«

»Ich wollte in das Haus eindringen, um zu versuchen, mich

in seinen Erwachenstraum einzuschmuggeln. Vielleicht kann ich ihn auf diese Weise warnen«, antwortete das Kätzchen ganz aufgeregt.

»Die Abwehrzauber sind viel zu stark. Da muss uns schon etwas Besseres einfallen. Hoher Himmel! Ich höre schon das Gesinde drüben in der Küche rumoren. Siehst du, da kommt auch schon die Kindsmagd vom westlichen Vorwerk mit dem zurückgebliebenen Mädchen. Sie läuft so früh zur Gutsküche, weil sie sich dann mit ihrem Liebsten ungesehen in den Vorratskammern treffen kann. Später bringt sie ihrem Herrn und ihrer Herrin ganz dienstfertig den warmen Morgenbrei, mit dem sie auch die kleine Yünsai füttert. Der alte Buku und seine Frau wissen nichts von den Abwegen des Mädchens und sind deswegen ganz zufrieden mit ihr.«

Sternengeist fasste sich an die Schläfen, als müsse sie die Gedanken in ihrem Kopf bändigen. »Ich habe ein seltsames Gefühl. Es ist, als läge die Lösung für unser Problem direkt vor unseren Nasen! Göttlicher Jadekaiser, ich brauchte eine Erleuchtung!«

»Ich brauche einen Körper, und zwar bald!«, fauchte das Kätzchen sie an. »Sonst dürfen wir beide zusehen, wie der liebste Mensch der Welt zugrunde gerichtet wird. Also denk nach, Sternengeist!«

»Einen Körper … Hat Shirliang Po deine Seele an ein bestimmtes Katzenjunges gebunden?«

»Nein, er hat nur gesagt, ich soll in das nächste Tierchen schlüpfen, das weniger als eine Woche alt ist oder sich noch in der Mutter befindet!«

»Das ist gut! Der grobe Kerl ist klug und kennt seine Grenzen. Ich weiß jetzt auch, was zu tun ist. Wir haben eine einzige, wenn auch nur sehr geringe Chance – das Närrchen da drüben! Es hat nämlich keine richtige Seele. Es heißt Yünsai und du Ran Yünsei. Das ist ein Omen! Wenn alles gutgeht, bekommst du den Mädchenkörper, die treue, alte Xiang eine gesunde Tochter und mein Sohn jemanden, der auf ihn aufpasst. Tauch einfach in das Mädchen ein und versuch zuerst, ihre Augen zu beherrschen. Dann machst du mit den Händen weiter. Pass aber auf, dass du sie nicht in den Wassergraben fallen lässt, dem sie sich jetzt nähert. Nicht dass sie ertrinkt, während du in sie hineinschlüpfst!«

»Keine Sorge! Oh, wäre das schön, wenn es klappt. Dann kann ich Zhong Tie Hu einfach alles erzählen!« Mit diesen Worten schoss Jin Mau auf das zurückgebliebene Kind zu.

»Jin Mau!«, rief Sternengeist ihr nach. »Yünsai kann nicht sprechen. Du musst meinem Sohn die Warnung aufschreiben.«

Aber ich kann doch nicht schreiben!, wollte das Kätzchen noch antworten, aber es wurde mit aller Macht von dem Körper des Kindes angezogen. Jin Mau kam sich vor wie ein Wurm in lehmigem Boden. Es gab kein Oben und Unten, kein Vorne und Hinten und keinerlei Anhaltspunkt, wo sie sich befand. Dazu schossen bunte Funken durch die Masse und trieben sie vor sich her.

Es dauerte eine Weile, bis sie bemerkte, dass diese Funken nur die Reaktion des Mädchenkörpers auf das waren, was seine Augen aufnahmen. Das seelenlose Wesen konnte einfach nichts mit dem Spiel von Licht und Schatten und von Farben und Formen anfangen, aus dem die Welt bestand. Obwohl jede Bewegung Jin Mau Schmerzen zufügte, kroch sie in die Richtung, in der sie die Augen vermutete. Seltsamerweise fiel ihr das leichter, je weiter sie vorankam. Aus den Funken wurden flackernde Farbflecken wie Wellen auf einem Teich und dann ganze Bilder.

Jin Mau nahm noch einen großen, bunten Schmetterling wahr, der vor dem Närrchen herumflatterte. Dann kippte das Bild, und das ölig-schmutzige Wasser des Grabens kam rasend schnell näher. Sie spürte das Aufbäumen und Verkrampfen des Körpers um sie herum, das Wasser, das schnell in Mund und Nase drang, und die plötzliche Dunkelheit. Lichtblitze sprühten um sie herum auf, wie ein letztes Zucken der brechenden Augen – und mitten in ihnen tauchte Tie Hus besorgtes Gesicht auf. Sie glaubte noch zu spüren, wie er sie auf die Arme nahm und an sich drückte. Dann erlosch ihr Geist gleich einer ausgeblasenen Kerzenflamme.

36. HAOKAN HEI IST MIT IHREN FORTSCHRITTEN UNZUFRIEDEN

In dem stattlichen Bauernhaus, in dem Haokan Hei nun als angebliche Nü Ying zusammen mit ihrer »Mutter« hauste, ging es nicht lange friedlich zu. Die Erleichterung und der Triumph, die in den ersten Wochen bei den beiden Füchsinnen vorgeherrscht hatten, waren verflogen wie Spreu im Wind, und Haokan Heis Nerven wurden dünner und dünner. Es fiel ihr schwer, die Maske eines jungen, unerfahrenen Mädchens aufrechtzuerhalten. Als sie nach einem Besuch des Fürsten ihre teuersten Salbentiegel und Duftölfläschchen zu Boden schmetterte und darauf herumtrampelte, stellte Mochin Shao sie zur Rede.
»Hei-Hei! Bist du verrückt geworden? Wo willst du Ersatz für die Gefäße herbekommen? Die gibt es nicht bei jedem fahrenden Händler.«
»Das ist mir im Augenblick vollkommen gleichgültig. Ich muss etwas zerstören, sonst beiße ich diesem gefühllosen Klotz Tie Hu beim nächsten Besuch die Kehle durch. Hat

der Mann denn kein Herz im Leib? Er müsste längst mürbe sein!«
»Vielleicht hat er seine Geisterbraut doch nicht so geliebt, wie du es angenommen hast. Oder du hast ihm an jenem Morgen zu viel Staub des Vergessens eingeflößt.«
Haokan Hei stieß die fettigen Scherben mit dem Fuß in eine dunkle Ecke und lachte böse. Wenn die stumpfsinnige Magd, die das Haus sauber hielt, den Scherbenhaufen nicht sofort entdeckte und beseitigte, konnte sie ihre schlechte Laune an einem lebenden Opfer auslassen.
»Geliebt hat er Nü Ying, dessen bin ich mir absolut sicher«, sagte sie nach einer Weile. »Mit dem Zweiten könntest du recht haben. Ich musste den Staub doch ziemlich hastig anwenden, und daran krankt er wohl immer noch. Aber ich glaube, er flüchtet sich in diesen Zustand, um dem Theater zu entgehen, das seine Frau täglich im Gutshof aufführt. Eigentlich müsste dies meinen Absichten entgegenkommen, aber ich fürchte, sein Verhalten hat eine andere, absolut lächerliche Ursache. Tie Hu kultiviert ein schlechtes Gewissen, und das verhindert im Augenblick jede tiefere Leidenschaft bei ihm.«
»Ein schlechtes Gewissen? Das kann sich ein Dienstbote leisten, ein Kind oder ein in angebliche Sittenstrenge verbohrter Bürger. Bei den Herren von Adel gibt es weder das Wort noch den Zustand, zumindest nicht am Hof von Wey. Wer also sollte ihm beigebracht haben, ein schlechtes Gewissen zu haben?«
»Manchmal bewundere ich deine Ignoranz. Du bist doch diejenige von uns, die so stolz ist auf ihre Menschenkenntnis! Bei diesem grünen Jüngling aber versagst du. Natürlich hat er ein schlechtes Gewissen.«
Mochin Shao wollte aufbrausen, beruhigte sich aber sofort wieder. Ein tiefer gehendes Zerwürfnis zwischen ihnen

würde die Masken zerstören, die sie mühsam aufgebaut hatten.
»Schon gut, Hei-Hei!«, sagte Mochin Shao mit aufgesetzter Friedfertigkeit. »Ich weiß, ich bin nicht so vollkommen und so weise wie du. Erkläre mir bitte, an welchen Einbildungen dieser lächerliche Fürst Zhong leidet.«
»Zum einen quält es ihn, dass er seine rechtmäßige Hausfrau in der Zeit ihrer ersten Schwangerschaft mit einer heimlichen Konkubine hintergeht. Das gilt selbst bei weniger sittenstrengen Leuten als verwerflich. Zu meinem Glück erstreckt sich seine Zurückhaltung mir gegenüber nicht auf die Spiele hinter den Bettvorhängen. Bei diesen Gelegenheiten kann ich ihm immer ein wenig Lebenskraft abzapfen. Aber das ist nur ein Nippen, ein Kosten, das mich nicht weiterbringt.
Das einzig Gute ist, dass er mir auf diese Weise nicht vollkommen entgleitet. Außerhalb des Schlafzimmers aber wechselt er nichts als formelle Worte mit mir. Er sieht sich die Bilder an, die ich male, lobt meine Blumengestecke und die Näharbeiten und all den Schwachsinn, den ich mache, um ein artiges Haustöchterchen darzustellen. Dabei denkt er die meiste Zeit nur daran, dass die fette, alte Kuh da oben hinter sein Geheimnis kommen und vor Aufregung eine Fehlgeburt erleiden könnte.«
Mochin Shao lachte verächtlich. »Dabei muss das Zusammenleben mit diesem bigotten Geschöpf für ihn doch die reinste Hölle sein. Ich rede doch öfter einmal mit Xiang, dem hochfahrenden Weib seines Verwalters. Sie mag mich nicht, weil ich ihr zu gewöhnlich bin, aber sie ist eine gewaltige Plaudertasche. Du hast in jener Nacht, in der du Tie Hu das Pulver des Vergessens eingeflößt hast, auch einen Zwietrachtzauber über seinen Haushalt gesprochen. Ich glaube, der wirkt bis heute.«
»Aber auch ohne diesen Zauber wäre er mit der Prinzessin

nicht glücklich. Lu Kin hat kein Herz, sondern ein Buch mit Sitten und Riten in der Brust, und der Rest von ihr besteht aus Gesetzen, Regeln und Vorschriften. Dazu benimmt sie sich, als habe der Fürst mit der Zeugung eines Kindes – eines Knaben, wie die Orakel vorhersagen – seine Pflichten als Ehemann erfüllt und sei jetzt überflüssig. Sie umgibt sich nicht nur mit ihren ekelhaften Geisterbeschwörern, sondern auch mit einem Stab von Ärzten und Hebammen, damit der Sohn gesund und heil zur Welt kommt.«

Haokan Hei schnaubte und zerbrach zwei Essstäbchen zwischen ihren Fingern. »Dieser Sohn! Um den muss ich mich auch noch kümmern. Wer hätte gedacht, dass dieser ältliche Weibskoloss noch ein Junges wirft! Ohne diesen Balg würde es viel leichter für mich sein. So aber muss der Fürst mich sorgfältig vor aller Welt verbergen. Dies aber widerstrebt seinem naiven Sinn für Ehre und Gerechtigkeit, und dieser Zustand tötet die Leidenschaft in ihm ab. Er ist ein guter Liebhaber, was sein Können betrifft, aber er bleibt kalt bis ins Mark. Wenn er die dumme Goldene Katze ebenso behandelt hat, frage ich mich wirklich, was dieses Schaf an ihm gefunden hat.«

»Ich weiß, dass du nichts von meiner Menschenkenntnis hältst, aber ich glaube, die Lösung deines Problems liegt auf der Hand!«

»Welche Lösung?«, fragte die Schwarze Füchsin.

»Wir müssen das Weib oben im Gutshof beseitigen, am besten noch, bevor es den Balg zur Welt bringt. Dann kannst du den Witwer fest in deine Arme schließen und trösten.«

»Lu Kin töten?« Haokan Hei wiegte den Kopf. »Das habe ich mir auch schon überlegt. Aber ich bin zu einem etwas anderen Schluss gekommen.«

»Was nützt sie dir denn lebend?«, fragte Mochin Shao unwillig.

»Überleg doch mal selbst, was passieren würde, wenn sie

jetzt stürbe! Dieser abgelegte Bastard einer Kunlun-Berg-Fee reagiert nicht wie ein von seinen niederen Instinkten beherrschter Bauer, der sich sofort mit dem nächsten Weib paart, um ein neues Kind zu zeugen. Für ihn bedeutet der Sohn zwar ebenso wie für jeden anderen Mann ein Stück eigene Unsterblichkeit, aber er lebt mehr mit dem Kopf als mit dem Bauch.

Bei einem unerklärlichen Tod seiner Frau würde er hellhörig werden und sich selbst der Geisterbeschwörer und -austreiber bedienen, die er jetzt noch als Schmarotzer verachtet. Aber auch dann, wenn er sich nach ihrem Tod nur in sich selbst zurückzieht, um seine Unsicherheit und seine Verwirrung hinter pietätvoller Trauer zu verbergen, wird er mir endgültig entgleiten.«

»Aber ich bin trotzdem der Meinung, dass wir uns seiner Ehefrau entledigen müssen. Ist sie weg, verschwindet auch dieser Schwarm von Magiern, der mich so nervt. Die Auswirkungen ihrer Bannsprüche und Zauber sind sogar bis hierher zu spüren, und ich habe häufiger Kopfschmerzen als im Palastgelände.«

»Ja, wegen der Zauber gegen Geisterfüchse. Irgendein Schwachkopf von Wahrsager hat in einem lichten Augenblick vorhergesehen, dass ich diese aufgeblasene Prinzessin umbringen werde.«

»Du hast doch eben noch gesagt, du tötest sie nicht!«

»Tantchen, du musst richtig hinhören! Ich werde sie jetzt noch nicht töten. Sterben muss sie, aber erst nach der Geburt ihres Sohnes. Ich werde sie einem Fluchgift aussetzen, das von einem Volk aus dem fernen Norden stammt. Gegen diese Art des Todesfluchs kennen die Tölpel, die sich Magier und Ärzte schimpfen, kein Gegenmittel. Ich wette sogar, dass sie den verzauberten Staub gar nicht erst wahrnehmen! Lu Kin bleibt zum Glück nicht zwölf Stunden am Tag in ihrem nachgemachten Palast hocken, sondern lässt sich häufig mit ihrer Prachtsänfte zum Park am Seeufer tragen. Ich werde ihr in den nächsten Tagen an dem Hohlweg, den sie nehmen muss, auflauern. Leider kann ich nicht nahe an sie herankommen, sonst bekomme ich Ärger mit den Amuletten, mit denen sie sich von Kopf bis Fuß behängen lässt. Aber es reicht, eine Prise meines speziellen Pulvers genau in dem Augenblick in den Hohlweg zu schütten, in dem sie unter mir durchgetragen wird. Außerdem kann ich es ja drei- oder viermal anwenden, denn es zeigt zunächst keinerlei Wirkung. Seine Macht entfaltet es erst nach der Geburt. Lu Kin wird verbluten oder am Kindbettfieber sterben. Damit wären wir sie unauffällig los.«

»Was ist dann mit dem Balg? Den dürfen wir doch auch nicht am Leben lassen.«

»Tie Hu darf nicht Frau und Kind auf einmal verlieren, sonst versinkt er endgültig in Melancholie. Nein, der Knabe wird seinen Vater für kurze Zeit überleben. Notfalls werde ich mich als aufopfernde Pflegerin zur Verfügung stellen.«

»Lieber nicht! Oder glaubst du, die Magier würden nach Lu Kins Tod das Feld räumen? Die werden behaupten, dass nur ihre Gegenwart das Überleben des Knäbleins garantiert.«

»Da hast du recht, Tantchen. Also werde ich dafür sorgen, dass das Kind nicht allzu kräftig wird. Es ist nicht in unserem Interesse, dass der Stamm des Panthers vom Glockenberg weiterwuchert – und ich kenne da noch jemanden, dem das Ende dieser Familie am Herzen liegt.«

»Du meinst den Rattengeist, nicht wahr? Zwar hast du nie darüber gesprochen, aber ich glaube, Lao Shu hat dich dazu aufgefordert, dich Tie Hus auf deine Art anzunehmen.«

»Das stimmt! Ich habe die alte Ratte auf dem Berg der sanften Stille kennengelernt, auf dem er die Verletzungen auskurieren wollte, die ihm der Panther vom Glockenberg und Shi

Shing zugefügt haben. Er wusste damals nicht, ob deren Sohn das Massaker überlebt hatte oder nicht. Jedenfalls habe ich Lao Shu versprochen, dass ich nach dem Knaben Ausschau halten werde. Der Rattengeist möchte ihn ungern eigenhändig töten, da ein Orakel ihm vorhergesagt hat, er würde ihm in den Tod folgen. Daher ist es ihm lieber, wenn ich seinen Feind auf meine Art erledige, obwohl ich die Ratte danach an magischer Kraft und Stärke weit übertreffen werde.«

Mochin Shao seufzte. »Lao Shu hat es jedenfalls geschafft, sich eine Seele zu erobern, die ihn Macht erlangen lässt und ihn über die Grenzen des Todes hinweg zu einer neuen Existenz führen wird. Langsam komme ich auch auf den Geschmack. Wie wäre es, wenn du mir zu der Seele des Kindes verhilfst? Da muss es doch Mittel und Wege geben, an diese heranzukommen.«

Nun zeigte Haokan Hei zum ersten Mal seit Tagen einen Anflug von guter Laune. »Ha, Tantchen, wirst du endlich vernünftig? Eine Kinderseele bringt zwar keine magische Macht, aber für die richtige Art von Unsterblichkeit reicht sie aus. Allerdings wird es nicht einfach sein. Einem erwachsenen Mann kann man die Seele über Liebe und selbstvergessene Leidenschaft aus dem Körper ziehen. Bei einem Kind geht es nur im Augenblick seines Todes. Daher muss man dafür sorgen, dass es in einem längeren Todeskampf dahinstirbt.

Wir müssten den Knaben nach dem Ableben seines Vaters entführen, um ihn in Ruhe foltern zu können. Dabei musst du starke Pilzgifte zu dir nehmen, um deinen Körper und deinen Geist auf eine schnelle Aufnahme seiner Seele und seiner Lebenskraft vorzubereiten.«

»Ich dachte, es sei ganz einfach, an eine Kinderseele zu kommen, wenn man die Zauber kennt!«

»Das verwechselst du mit dem Trick, mit dem man einen gewöhnlichen Fuchs oder einen Fuchsgeist zu einem Geisterfuchs machen kann. Im Gegensatz zu mir, die ich es aus eigener Kraft geschafft habe, eine Geisterfüchsin zu werden, hat deine Mutter deine Tierseele in den Körper eines ausgesetzten Kindes gebettet. Dabei hast du genug Unsterblichkeit mitbekommen, um zu einer brauchbaren Geisterfüchsin zu werden. Aber deine Lebensessenz hat die Seele des Kindes aus seinem Körper verdrängt, anstatt sich mit ihr zu verbinden.

Jener Zauber hatte auch schlechte Seiten. Du musstest jahrelang als Menschenkind aufwachsen, bis du es geschafft hast, dich wieder in eine Füchsin zu verwandeln. Selbst nach all den Jahrhunderten, die seitdem vergangen sind, spürt man in dir die Abneigung gegen Wald und Wildnis, die aus deinem menschlichen Erbe resultiert. Als Füchsin bist du eine miserable Jägerin und würdest auf dich gestellt bald einem Wolf oder Adler zum Opfer fallen. Als Menschenfrau aber kannst du dich in tausend verschiedenen Masken unter den Sterblichen bewegen.

Aber wenn ich mir das Leben des Fürsten und den größten Teil seiner Seele einverleibt habe, wird es für mich leicht sein, dir die Seele seines Sohnes ohne Gefahr für mich einzupflanzen.«

Mochin Shao leckte sich in Vorfreude die Lippen, wurde aber sofort wieder nachdenklich. »Ich werde wohl auch studieren müssen, so wie du. Bisher habe ich geglaubt, du könntest dir Tie Hus Seele auch ganz einfach einverleiben, wenn er eines langsamen Todes stirbt.«

»Das kann ich auch. Aber es ist sehr gefährlich, weil ich die Pilzgifte nehmen und gleichzeitig die notwendigen Rituale durchführen muss. Die Verbindung zwischen mir und dem Sterbenden wird so stark, dass ich einen Teil seiner Qualen am eigenen Körper spüre. Zudem kann jede Störung von außen auch meinen Tod verursachen. Aber wie soll ich ihn in eine Situation bringen, in der du ihn zu Tode folterst, während ich seine Essenz in mir aufnehme?«

»Den Fürsten Zhong zu Tode foltern?« Mochin Shao wurde von dem Gedanken hin- und hergerissen. »Es wäre eine neue Erfahrung für mich. Aber da brauchte man eine sehr einsam gelegene Hütte ... Aber körperliche Gewalt ist mir zuwider, und es scheint mir kaum durchführbar, ihn gefangen zu halten und zu foltern.«

»Ach, Tantchen, da merkt man wieder deinen menschlichen Anteil. Ich würde ihn auf jede Art zu Tode quälen, wenn es mich an mein Ziel brächte. Ich will – ich muss seine Seele haben! Glaubst du, es macht mir Spaß, hier in dieser gótterverlassenen Gegend herumzuhocken und angesichts der Magier jenseits des Tals die brave Haustochter zu spielen? Ich hasse es! Genauso wie ich es hasse, den größten Teil der Hausarbeit selbst tun zu müssen, weil wir bis auf die halb blöde Magd keine Diener haben. Aber mir ist die Gefahr zu groß, dass uns nach einem falschen Wort einer neugierigen Zofe Lu Kins halber Hofstaat auf den Pelz rückt.«

»Frag doch mal deinen Fürsten, ob er uns nicht eine oder zwei stumme Sklavinnen kaufen kann. Ich wäre bereit, sie anzulernen.«

»Ich werde ihm unser Leid klagen, was unseren Mangel an Dienstboten betrifft, und ihn durch die Hintertür auf diese Lösung stoßen. Solange er noch munter und kräftig ist, muss ich ihn mit Bitten und Wünschen beschäftigen. Sonst fällt ihm auf, dass wir mit so wenig zufrieden sind.«

»Tu das, Hei-Hei! Nach meiner Erfahrung macht eine Frau einen Mann sich schneller untertan, wenn sie ihn mit ihren Launen und Forderungen auf Trab hält.«

»Zuerst muss ich mich mit Lu Kins Untergang beschäftigen.

So viele Tage sind es bis zur Geburt nicht mehr, und ich will nicht riskieren, dass mir eine zu frühe Niederkunft meine Pläne verdirbt.«

37. TIE HU ENTDECKT SEINE ZUNEIGUNG ZU EINEM KLEINEN MÄDCHEN

Buku sah sich noch einmal in dem Zimmer um, das ihm und seiner Frau meistens als Wohnraum diente. Es war beinahe zu groß für ein Bauernhaus, aber mit seinen winzigen, schießschartenähnlichen Fensterhöhlen für ein vornehmes Haus zu düster. Nun war der Raum blitzblank geputzt und bis auf die besten Stühle, den großen Tisch und die geschnitzten Sitztruhen leer geräumt. So wirkte er auf einmal viel zu protzig für seine Bewohner. Aber an diesem Tag konnte das Zimmer Buku nicht prächtig genug sein.
Der alte Mann rieb sich erfreut die Hände, denn seine Frau und die Mägde hatten sich wirklich alle Mühe gegeben, eine festliche Atmosphäre unter die altersgeschwärzten Balken zu zaubern. Eine dicke Schicht frischer Binsen bedeckte den Boden, so dass er und Xiang ihren feierlichen Fußfall vor dem Fürsten mit kräftigen Stirnaufschlägen begleiten konnten, ohne sich den Kopf blutig zu schlagen.
»Hast du dich schon umgezogen, Mann?«, rief Xiang aus der Küche, in der sie die Mägde bei der Zubereitung eines kleinen, aber erlesenen Festmahls überwachte.
Buku brummte etwas. Doch seine Frau ließ nicht locker. Sie trat in die Tür, um beide Räume im Blick zu behalten, und musterte ihren Gemahl von Kopf bis Fuß. »Hast du dir auch

die Zähne richtig geputzt? Und was ist mit deinen Ohren? Der Hundejunge wollte dir doch die Haare aus Nasenlöchern und Ohren zupfen. Hast du dir auch die Füße gewaschen?«

»Schon gut, Weib! Ich habe gebadet, mir die Haare geölt und mich von Kopf bis Fuß frisch angezogen. Und was ist mit dir? Und mit deiner Tochter? Hast du dafür gesorgt, dass sie sich nicht wieder schmutzig macht? Schließlich kann unser Herr jeden Augenblick kommen.«

»Yünsai sitzt sauber gewaschen und in einem ganz neuen Gewand auf einem Stuhl in der Küche und rührt sich nicht. Ich bin auch fertig!«

»Und was ist mit dem Mehlfleck auf deinem Handrücken und der Soße in deinem Gesicht und auf deiner Jacke, Alte? Willst du den Herrn so empfangen? Geh dich schnell waschen und umziehen! Ich höre den Fürsten schon kommen!«

Mit einem spitzen Schrei drehte Xiang sich herum und floh in die Tiefen des alten Hauses. Buku lachte herzhaft und schlug sich auf den Schenkel. Es gehörte viel dazu, bei Xiang einmal das letzte Wort zu behalten.

»Wie ich höre, hast du mich zu einem erfreulichen Ereignis eingeladen, alter Freund!«, sagte in dem Moment Tie Hu. Er trat ganz arglos ein, wie sonst auch, blieb dann stehen, musterte den festlich aufgeputzten Saal und sah dann an sich herab. Er trug nur die alte, abgeschabte Jagdkleidung, die er auf seinen Ausritten anzuziehen pflegte.

»Lieber Buku, was ist denn hier los? Gibst du ein Fest? Das hättest du mir sagen müssen. Dann hätte ich mich noch umgekleidet!«

»Nein, Herr. Das wollte ich nicht. Man hätte drüben bestimmt gefragt, warum Ihr Euren Diener in festlicher Kleidung besuchen geht. So, wie Ihr mein Haus betretet, seid Ihr mir hochwillkommen. Diesen Jagdanzug habt Ihr auch an

jenem Morgen getragen, an dem Ihr uns unser Glück zurückgegeben habt.«
»Euer Glück?«, fragte Tie Hu verwundert.
»Ja, Herr! Ich erkläre es Euch gleich, wenn meine Alte sich endlich bequemt, sich zu uns zu gesellen. Bitte, Herr, setzt Euch auf diesen Ehrenplatz und nehmt derweil einen Schluck Tee. Ich hoffe, Ihr habt auch etwas Hunger mitgebracht, denn meine Frau und die Mägde haben eine kleine Mahlzeit für Euch vorbereitet.«
»Hunger?« Tie Hu legte die Hand auf seinen Magen, der passend zu knurren begann. »Wie ich Xiang kenne, werde ich den Hunger der letzten Tage bei Euch stillen können.«
Der alte Buku schüttelte bekümmert den Kopf. »Alles, was Speisekammer und Keller hergeben, ist Euer, mein Fürst. Ach, Herr, ich danke Euch von ganzem Herzen, dass Ihr trotz des Sturms, der dort drüben herrscht, die Zeit gefunden habt, meiner Bitte nachzukommen. Doch mehr darüber, wenn mein Weib Euch endlich willkommen geheißen hat. Herr, was ich noch sagen wollte – ich glaube nicht, dass es irgendjemand auf dem Gut oder aus dem Dorf war, der die Sänfte der hohen Herrin bedroht hat.«
Zhong Tie Hu schüttelte unwillig den Kopf. »Ist es das, was man sich erzählt? Ich bin überzeugt, dass es niemand von unseren Leuten war. Es dürfte auch kein Mensch gewesen sein, der die Hangkante zum Einsturz gebracht hat, sondern eine der wilden Ziegen, die in den Hügeln herumklettern und manchmal bis zum See herunterkommen. Wahrscheinlich hat der Lärm der Vorreiter und Sänftenträger das Tier erschreckt.«
»Ja, aber es war doch die Rede von riesigen Felsbrocken, die auf die Sänfte und auf die Begleiter gestürzt sein sollen! Aber man darf nicht alles ernst nehmen, was die Dienstboten aus der Stadt behaupten. Ich würde doch gerne erfahren,

was wirklich geschehen ist, schon wegen unserer Bauern und Knechte, die jetzt in Angst und Sorge leben, dass man uns anklagt, einen Anschlag auf eine Person königlichen Geblüts verübt zu haben. Zudem hat einer der Diener der Herrin gestern Abend erzählt, es sei nicht nur ein Felssturz, sondern auch ein Giftanschlag gewesen. Da soll sich noch ein Mensch auskennen.«

»Ich kenne mich auch nicht mehr aus. Das Gerücht von dem Gift geht auf den Arzt zurück, der meine Frau sofort untersucht und behandelt hat. Xi Shui behauptet steif und fest, jemand habe giftigen Staub auf die Sänfte herunterregnen lassen. Aber diesmal konnten ihm weder die anderen Magier noch seine Kollegen zustimmen. Wäre er nicht der Fähigste unter den Ärzten, würde ich behaupten, dass er sich nur wichtig machen wollte. Er war es ja auch, der meiner Frau die Idee von den mörderischen Fuchsgeistern eingeredet hat. Ginge es nach ihm, müssten die Geisterbeschwörer jedes Haus und jeden Schuppen im Umkreis von zwölftausend Doppelschritten durchsuchen und mit Bannsprüchen sichern.

Ach, Buku, langsam wünschte ich, das Kind sei schon geboren, und ich könnte wenigstens einen Teil dieser aufgeblasenen Kerle nach Wey Cheng zurückschicken. In meinem Haus werden aus ein paar Kieselsteinen ganze Felsbrocken gemacht, aus ein wenig Schmutz tödliches Gift und aus ein paar wilden Füchsen bösartige Geisterwesen, die nichts anderes im Sinn haben, als das Leben meiner Frau zu bedrohen. Ich kann nichts mehr von diesem abergläubischen Unsinn hören. Alter Freund, versprich mir, dass ich in diesem Haus von so einem Schwachsinn verschont bleibe.«

»Aber ja, Herr, natürlich! Hier werden keine städtischen Dummheiten geschwatzt. Da kommt ja mein Weib! Frau, wie konntest du unseren Herrn so lange warten lassen!«

Xiang, die nun makellos gekleidet und frisiert war, streifte ihren Ehemann mit einem prüfenden Blick und verneigte sich dann vor dem Fürsten. »Herr, dieses Weib war so ungeschickt, sich in der Küche zu bekleckern wie ein Säugling.«
Tie Hu versuchte, so erwartungsvoll zu grinsen, wie er es als Junge getan hatte, wenn Xiang eine besondere Leckerei für ihn bereitgestellt hatte. Aber er spürte, dass es ihm zur Grimasse geriet. »Meine verehrte Dame Xiang, ich weiß, dass Ihr es aus der Freude heraus getan habt, mir wieder eine Eurer Köstlichkeiten vorsetzen zu können. Aber ich bitte dich, alter Buku, und dich, liebe Xiang, euch zu setzen und mir zu sagen, was ihr auf dem Herzen habt. Sicher habt ihr den Saal nicht so festlich geschmückt, um mir ein opulentes Frühstück darin zu servieren.«
Die Eheleute sahen einander froh lächelnd an, und Buku schob seine Frau nach vorn, so dass sie beide drei Schritte vor dem Stuhl des Fürsten standen. »Mein verehrter Fürst und Herr, wir haben Euch heute zu uns gebeten, weil wir Euch den feierlichsten Dank abstatten wollen. Erlaubt uns zuerst, den großen Kniefall und Stirnaufschlag vor Euch zu vollziehen. Ich hoffe, es tut unserer tiefen Ergebenheitsbezeugung keinen Abbruch, dass wir duftende Binsen zu Euren Füßen ausgebreitet haben!«
»Nein, natürlich nicht«, sagte Tie Hu leicht abwehrend. »Aber eine solche Ehre habe ich bei all dem Ärger, den ich auf unser stilles Gut gebracht habe, sicher nicht verdient.«
Doch die beiden Alten ließen sich nicht davon abhalten, niederzuknien, sich vorzubeugen und dreimal mit der Stirn so auf den Boden zu schlagen, dass die Schläge auf der Binsenschicht zu hören waren. Dann lief Frau Xiang in die Küche, während der alte Buku in feierlich-getragenem Stil eine kleine Rede hielt, so gut, wie er es als Sohn einfacher Leute vermochte.

»Herr, nehmt diesen Dank für die Rettung unserer Tochter entgegen und für das Wunder, das Ihr uns damit beschert habt. Mögen Euch die Götter in diesem und in jedem anderen Leben Eure Güte zehntausendfach vergelten. Wir haben erfahren, dass die Diener an jenem Tag von der Küche und vom großen Vorratshaus aus dem Todeskampf unserer armen Kleinen tatenlos zugesehen und dabei noch die Weisheit der Götter gelobt haben, weil diese endlich das Leben eines unnützen Mädchens beendeten.

Dann kamt Ihr und habt uns unsere Yünsai wiedergegeben. Als sie in der Nacht darauf hohes Fieber bekam und mit dem Tod rang, habt Ihr den Arzt Xi Shui gezwungen, sich der Todkranken anzunehmen. Nun, hundert Tage nach der Rettung unserer Tochter wollen wir Euch ein kleines Fest ausrichten und das neu geschenkte Leben unserer Tochter mit Euch feiern. Ihr habt ein doppeltes Wunder vollbracht, denn an jenem Tag haben wir ein Krüppelkind verloren und aus Eurer Hand eine wunderbare, fast makellose Tochter zurückerhalten.

Schaut, da kommt meine Frau mit unserem einstigen Dummchen. Yünsai, begrüße den Fürsten Zhong Tie Hu, unseren verehrungswürdigen Herrn und deinen Wohltäter so, wie wir es dich gelehrt haben.«

Tie Hu sah dem Mädchen entgegen und schüttelte verwundert den Kopf. Das Wesen, das da auf ihn zukam, war nicht mehr jenes schmutzige, ziellos umherwankende Geschöpf, das er bei jenem Bad auf der Tenne gesehen und später aus dem Graben gefischt hatte. Yünsai war adrett gekleidet, ganz wie es sich für ein heranwachsendes Mädchen gehörte. Doch als sie vor ihm stand, stellte er Spuren weiblicher Eitelkeit an ihr fest.

Das Haar war sorgfältig geölt und mit elegantem Schwung zu den beiden Schwänzchen der Jungmädchenfrisur aufgebunden. Irgendjemand hatte ihr Blüten ins Haar gesteckt, scheinbar wahllos, aber mit erstaunlich verschönernder Wirkung. Ihre Augenlider waren leicht und sehr geschickt mit gefärbtem Mehl gepudert. Tie Hu glaubte auch jenen feinen, schwarzen Strich direkt unter dem Wimpernkranz zu sehen, der ein Frauenauge größer erscheinen ließ. Auch ihre kurzen Fingernägel waren sorgfältig zurechtgefeilt und poliert. So, schoss es Zhong Tie Hu durch den Kopf, hatte gewiss nicht die alte Xiang ihre Tochter zurechtmachen können. Es sah eher danach aus, als hätte eine erfahrene Frau aus der Stadt das Mädchen in ihren Händen gehabt. Aber wer sollte das gewesen sein?

Eine andere Erkenntnis traf ihn wie ein Schlag. Er starrte das Mädchen an, das über Nacht zu einem hübschen Menschenkind auf der Schwelle zu einer erblühenden Jungfrau herangewachsen war, und holte tief Luft. Diese Yünsai glich trotz ihrer einfachen, ländlichen Kleidung und ihrer kindlichen Figur seiner verlorenen Jin Mau. Es war weniger die Form ihres Gesichts oder die Stellung ihrer Augen. Sie hatte auch nicht Jin Maus Mund oder ihre Nase. Nein, es war ihr Gesichtsausdruck, das verheißungsvolle Leuchten in den Augen, ihr verträumtes Lächeln und das leichte Zucken ihrer Nasenflügel. Und der Blick, den sie ihm schenkte! So sah kein Landmädchen einen Mann an, sondern eine erfahrene Kurtisane – oder eine liebende Frau!

Tie Hu versuchte, diese Vorstellung als Einbildung abzutun. Doch es würgte ihn in der Kehle, und Tränen stiegen ihm in die Augen. Er war froh, als das Mädchen sich nun ebenfalls auf die Knie warf und den dreifachen Stirnaufschlag vollzog. So musste er wenigstens nicht mehr in diese leicht katzenhaften, großen Augen sehen, die nicht so schön, aber lieblicher und weitaus anziehender waren als die seiner heimlichen Konkubine.

Dieses stumme, kleine Mädchen erregte ihn auf eine schon unanständig zu nennende Weise. Dagegen konnte er für die junge Frau, die sich Nü Ying nannte, nach einem kurzen Strohfeuer kein rechtes Gefühl mehr aufbringen. Er brachte es kaum fertig, an sie als an die Frau aus seinen Jugendträumen zu denken. Das zauberhafte Frauenbildnis war vom Tage seiner Hochzeit an in ihm erloschen, so dass er nicht sagen konnte, ob es einen Unterschied zwischen dem Traumbild und seiner heimlichen Konkubine gab oder nicht. Er wusste nicht, was ihn an Nü Ying störte und sogar ein wenig abstieß. Trotz seiner Abneigung verlangte sein Körper manchmal fast schmerzhaft nach dem lebenden Abbild seiner Geisterbraut. Nun aber gelüstete es ihn nach diesem Mädchen, das erst in drei oder vier Jahren die Nadel der Heiratsmündigkeit in sein Haar stecken durfte.
Bekam er jetzt auch diese unheilige Gier auf den Körper eines kindhaften Mädchens, wie sie ältere Höflinge in Wey beherrschte? Das wäre eine grausame Strafe der Götter für seinen heimlichen Verrat an Lu Kin.
Als er sah, mit welcher Anmut sich Yünsai bewegte, wurde ihm zugleich heiß und kalt. Er konnte nur froh sein, dass das Mädchen stumm war. Würde seine Stimme so lieblich klingen wie die seines Kätzchens, dann würde ihm nichts anderes übrigbleiben, als die Kleine aus seiner Gegenwart zu verbannen. Xiang würde ihre Tochter im Hause einsperren müssen, damit sie nicht den männlichen Dienstboten und Gefolgsleuten seiner Frau unter die Augen kam.
Yünsai stand auf und verneigte sich, wie ihre Eltern es getan hatten, aber sie wirkte dabei nicht so steif wie die alten Leute, sondern beschwingt wie eine Tänzerin auf der Bühne. Mit einer zierlichen Handbewegung wies sie nun auf ihren Mund, um sich für ihre Stummheit zu entschuldigen. Tie Hu aber las darin einen Handkuss und eine Liebeserklärung.

Auch die Gesten, mit denen sie ihm andeutete, dass sie für ihn den Tisch decken wollte, wirkten verführerisch.
Der alte Buku deutete den fassungslosen Blick seines Herrn falsch. »Es ist wirklich ein Wunder! Ihr Geist scheint die ganzen Jahre über nur geruht zu haben. Bevor sie in den beinahe tödlichen Schlaf fiel, war sie so hilflos wie ein neugeborener Säugling, und als sie erwachte, eine kluge, kleine Frau. Ach, Herr, es ist ein großes Geschenk der Götter. Fast wage ich zu glauben, dass wir für unsere Yünsai trotz ihres Makels einen Ehemann finden könnten. Habt Ihr bemerkt, wie gut sie sich mit den Händen verständigen kann?«
»Ja, das habe ich!«, hörte der Fürst sich sagen. »Es dürfte viele Männer geben, die um eine stumme Frau von dieser Schönheit werben, denn sie wird ihrem Gemahl nicht den Kopf herunterreden. Ich verspreche dir, ich werde dir helfen, einen guten Mann für sie auszusuchen. Am besten nehmen wir einen unserer jungen Verwalter, so dass sie hier auf einem der Vorwerke leben kann. Aber ich werde dennoch den Göttern ein Opfer bringen und sie bitten, deinem Liebling die Stimme zurückzugeben.
Aber du tust mir zu viel der Ehre an. Ich habe leider nichts mit diesem Wunder zu tun. Vielleicht hat der Arzt, den ich Euch geschickt habe, ihr etwas gegeben, was ihren Geist von seinen Fesseln befreit hat. Sollte ich nicht diesen Mann dafür belohnen?«
Buku verzog das Gesicht, als hätte er auf etwas besonders Bitteres gebissen, nickte aber. »Der Mann hat natürlich eine Belohnung verdient. Doch wird er meine armseligen Geschenke wohl nicht zu schätzen wissen. Der Herr Xi Shui war sehr von sich eingenommen und hat mich die ganze Zeit, in der er hier war, wegen irgendwelcher Füchse oder auffälliger, fremder Frauen befragt. Ich konnte ihm nicht weiterhelfen, und nach seinen schlimmen Äußerungen über

Yünsai, die er in ihrer Gegenwart gemacht hat, habe ich ihn aus meinem Gedächtnis getilgt. Nicht er hat mein Kind gerettet, sondern Ihr, mein Freund und Gebieter.«
»Aber er hat das Seinige getan, und er ist noch der Beste aus dem Rudel der Magier und …«
»Quacksalber!«, ergänzte Buku.
»… Ärzte«, korrigierte Tie Hu. »Wenn er keine zu unangenehme Person ist, werde ich ihm eine Stelle als Leibarzt meiner Frau anbieten. Den Rest werde ich bald nach der Geburt meines Kindes zurückschicken, ganz gleich, was meine Gemahlin dazu sagt. Ein Arzt und ein Geisterbeschwörer müssen hier draußen reichen. Mehr kann ich nicht ertragen.«
»Das geht nicht nur Euch so, Herr. Oh, da kommen meine Weibsleute mit dem Essen. Dürfen sie sich an das andere Ende des Tisches setzen und mit uns speisen? Ich habe leider keinen Bambusperlenvorhang auftreiben können, der lang genug gewesen wäre, den Raum wie bei vornehmen Leuten in eine Hälfte für uns Männer und cine andere für die Frauen zu teilen.«
Zhong Tie Hu schluckte. Nun würde er die ganze Zeit das Gesicht des Mädchens vor Augen haben. Wie sollte er das ertragen? Trotzdem lächelte er und nickte. »Lass sie mit uns speisen. Ich habe oft genug mit deiner Frau an einem Tisch gesessen, als ich noch ein Junge war. Damals seid ihr so etwas wie meine Ersatzeltern geworden.
Buku, das ist es! Bevor wir nun gemeinsam essen, will ich euch ehren, wie ein Sohn seine Eltern an hohen Feiertagen ehrt. Kommt, meine Getreuen! Jetzt setzt ihr euch auf die Ehrenstühle, und ich werde den schuldigen Stirnaufschlag vor meinen verehrten Pflegeeltern machen.«
»Aber, Herr, Ihr dürft doch nicht vor uns knien!«, wehrten Buku und Xiang erschrocken ab.

Doch Zhong Tie Hu nötigte sie mit seiner Autorität, Platz zu nehmen, und kniete dann vor ihnen nieder. »Im Unterschied zu euch werde ich nur den einfachen Stirnaufschlag vollziehen, da ihr nicht meine leiblichen Eltern seid. Aber ich werde euch von jetzt an Vater Buku und Mutter Xiang nennen!«

Er beugte sich nieder und schlug die Stirn einmal vor Buku und einmal vor Xiang auf die Binsen, dass es dumpf hallte. Dann stand er auf und verbeugte sich noch einmal. »Ich danke euch, dass ich euer Sohn werden durfte, und ich verspreche, dass ich euch ehren und für euch sorgen werde, wie es einem Sohne geziemt. Dies gilt jetzt auch für das kleine Mädchen, das nun meine Pflegeschwester geworden ist.«

Die alten Leute waren rot geworden und sahen etwas hilflos drein, aber Yünsai lächelte zufrieden. Ihre glutvollen Blicke wurden durch die neue Verwandtschaftsbeziehung um keinen Hauch gedämpft. Hatte Tie Hu geglaubt, seine Gefühle würden abkühlen, wenn er das Mädchen zu seiner Pflegeschwester machte, so sah er sich getäuscht. Um sich abzulenken, lobte er dieses und dann jenes Gericht und ließ sich von einer Magd von dem köstlichen Reiswein nachschenken, den Buku für diese kleine Feier besorgt hatte. Dann fiel ihm ein, dass er noch eine Warnung aussprechen wollte.

»Meine lieben Pflegeeltern, ich mache mir Sorgen um meine neugewonnene Schwester. Wir werden sie hüten müssen wie unsere Augäpfel! Es treiben sich zu viele Männer hier herum, die in dem Kind eines Mannes vom Land, sei er auch mein oberster Gutsbeamter, Freiwild sehen. Yünsai ist schön wie eine Orchidee!«

»Oh, oh, Herr, für diesen Vergleich ist sie doch noch etwas zu jung!«, lachte Buku.

Dann wurde er schlagartig ernst. »Es ist gut, dass dieses muntere Kätzchen aus Eurem Munde hört, wie gefährlich es sein kann, sich draußen herumzutreiben. Doch wenn meine Frau ihr Arbeiten aufträgt, sind immer ein paar Mägde um sie herum und nehmen sie ihr ab. Das ganze Weibsvolk in diesem Hause und auch die Knechte bilden sich ein, dass unsere Yünsai ein übernatürliches Wesen ist, so eine Art Fee, die nur dasitzen und schön aussehen soll. Seht nur, wie man sie für diese Feier aufgeputzt hat. Das muss auch eine der Mägde gewesen sein!«

»Aber dann müsste eine Magd dabei sein, die Erfahrung als Zofe hat. So eine suche ich im Augenblick. Aber sie sollte entweder so einfältig sein, dass man sie nicht aushorchen kann, oder stumm wie ein Fisch ... Oh, entschuldige, Pflegevater. Das sollte keine Anspielung auf die Behinderung meiner Pflegeschwester sein.

Die Witwe Fong und meine hübsche Konkubine haben mich um eine zweite Dienerin gebeten, die geschickter ist als der alte Trampel, den du ihnen zugeteilt hast und der nur für die groben Arbeiten taugt. Daher haben sie mich gebeten, ihnen eine stumme Sklavin zu kaufen, die die Existenz des Liebesnestes nicht ausplaudern kann. Aber Sklavinnen kauft man nicht wie Aprikosen auf dem Markt, und Stumme schon allemal nicht.«

Der alte Buku strich sich über seinen schütteren Bart. »Es ist eine schwere Aufgabe, die Frauen da draußen standesgemäß zu versorgen. Ich habe schon oft bereut, Euch die Weibspersonen angetragen zu haben. Aber jetzt sind sie nun einmal da. Ich will mir gleich morgen zwei Maultiere vor den Wagen spannen und in die Nachbarstadt fahren. Vielleicht finde ich eine geeignete Sklavin.«

Während Buku noch weiterplante, redete Yünsai mit ihren flinken Händen auf ihre Mutter ein, die sie zunächst nicht verstand oder nicht verstehen wollte. Aber Tie Hu wusste sofort, was sie im Sinn hatte. Das Mädchen hatte offensicht-

lich verstanden, worum sich das Gespräch gedreht hatte, und bot sich als Dienerin für die Damen an.
Schließlich nickte Xiang unwillig und unterbrach den Redefluss ihres Mannes. »Herr, meine Tochter hat eingesehen, dass das bequeme Dasein, das sie bisher geführt hat, nicht recht ist, und bietet sich an, den Damen als Zofe zu dienen. Soweit ich sie verstanden habe, glaubt sie, sie könne einige Handfertigkeiten von den Damen lernen. In Haushaltsdingen ist sie nämlich noch sehr ungeschickt.«
Während der alte Buku seine Tochter nachdenklich musterte, hob Tie Hu abwehrend die Hand. »Meine liebe Pflegemutter, das ist ein sehr freundliches Angebot. Aber ich kann doch nicht meine eigene Pflegeschwester zur Dienerin meiner heimlichen Konkubine machen!«
Xiang drehte verlegen an ihrem Gürteltuch. »Warum, Herr? Wenn die hohe Ehre, die Ihr uns heute zuteilwerden ließet, zur Folge hat, dass meine Tochter zu einer verwöhnten Haustochter wird, die nur noch ihre Laute und ihre Stickarbeiten im Kopf hat, dann war das kein guter Tag. Mein Mann und ich sind Kinder von Dienstboten und haben seit frühester Jugend hier auf dem Gut gearbeitet.
Unser Platz ist uns vom Schicksal bei dem dienenden Volk zugewiesen worden, und es wäre gut, wenn meine Tochter das auch so sieht. Schließlich ist sie in dem Alter, in dem sie beginnen muss, sich ihren Lebensunterhalt mit ihrer Hände Arbeit zu verdienen. Lebt sie bei den Damen draußen auf dem einsamen Hof, läuft sie auch nicht Gefahr, von einem der unnützen Faulpelze aus der städtischen Dienerschaft belästigt zu werden.
Mir wäre es lieber, wenn wir es weiter alleine in der Hand haben, die Damen zu versorgen. Meine Tochter kann nicht lesen und schreiben, und mit dem Reden ist ja leider auch nichts. Aber sie bemüht sich bereits, kleine Zeichnungen an-

zufertigen, um uns etwas zu erklären. Ihr seht, auch ein stummer Mensch kann sich verständigen, und eine Fremde wird sich von jedem aushorchen lassen, denn sie kennt keine Loyalität.«

In Tie Hu bäumte sich alles dagegen auf, dieses liebliche Geschöpf zur Dienerin zweier praktisch wildfremder und nicht gerade sanftmütiger Frauen zu machen. Zudem stand sie als Tochter eines Gutsbeamten weitaus höher im Rang als Nü Ying und ihre Mutter. Andererseits hätte dieses Arrangement durchaus seine Vorteile. Er würde das Mädchen kaum noch zu Gesicht bekommen, und wenn sie ihm über den Weg lief, konnte er seine Gefühle sofort auf die Konkubine übertragen. Yünsai fiele auch als Zofe dort viel weniger auf als eine gekaufte Sklavin, über die sich die Bauern die Mäuler zerreißen würden. Aber er würde unauffällig darauf achten müssen, dass die harte Arbeit dem Mädchen nicht die Schönheit und die Anmut raubte.

Eigentlich war er zu beneiden, dachte Tie Hu. Wenn auch vor aller Welt verborgen, besaß er eine der schönsten Frauen unter dem Himmel, und er hatte die Aussicht, eine weitere Schöne für sich zu gewinnen. War Yünsai erst einmal heiratsmündig, konnte er sie ja ebenfalls als Nebenfrau zu sich nehmen. Dann stand seinen Gefühlen für sie nichts mehr im Weg.

Ein Zupfen an seinem Ärmel unterbrach sein Grübeln. Yünsai kniete vor ihm und machte eine Geste, die gleichzeitig Freude und Dank ausdrückte.

»Wofür willst du mir danken, meine kleine Schwester?«, fragte er sie, erschrocken über seine sofort wieder aufwallenden Gefühle für dieses Kind. »Du wirst mich noch verfluchen, weil ich dich in so einen schweren Dienst schicke. Ich sollte dir eine Laute schenken und dir Lehrerinnen geben, die dich in den Fertigkeiten einer bürgerlichen Haustochter

unterrichten. Du wärest als Frau eines wohlhabenden Mannes mit großer Dienerschaft viel besser dran denn als Zofe.«
Yünsai schien jedes Wort zu verstehen, denn sie machte dieselbe wegwerfende Handbewegung, wie Tie Hu sie bei Jin Mau gesehen hatte. Sofort löste die Geste einen neuen Gefühlssturm in ihm aus, doch Yünsai schien es nicht zu bemerken. Sie deutete auf sich und dann in die Richtung, in der das Haus der Konkubine stand.
»Du willst ernsthaft den Frauen dienen? Gut, ich bringe dich selbst hin. Aber du musst mindestens ein halbes Jahr dortbleiben, auch wenn du wegen der harten Arbeit bitterliche Tränen vergießen solltest.«
Yünsai nickte, sprang auf und machte ein paar zierliche Tanzschritte. Dann legte sie den Kopf schief und machte eine bittende Geste. Ihr Gesicht drückte dabei Zweifel und Ängste aus.
Tie Hu seufzte. »Was hast du auf dem Herzen?«
Yünsai holte einen rissigen, mehrfach zusammengefalteten Bogen Ölpergament aus der Ärmeltasche, wie man es hier auf dem Land zum Verschließen der Fenster benutzte, schob einige Schalen und Becher beiseite und breitete das Ding auf dem Tisch aus. Dabei sah Zhong Tie Hu, dass es von ungeübter Hand mit Holzkohle bemalt war. Die Zeichnung stellte zwei Frauen dar, eine ältere in Witwentracht und eine jüngere in dem Gewand einer Jungfrau. Der älteren trat ein buschiger Fuchsschwanz aus der Kleidung, der jüngeren gleich neun. Über den beiden war recht verzerrt das Symbol des Stadtgottes von Wey Cheng dargestellt und dazwischen zwei Hände. Die eine deutete auf die Frauen, die andere war warnend erhoben.
Yünsai zeigte auf das Symbol des Stadtgottes und ihren Kopf. Dann auf die beiden Frauen und wieder in die Richtung, in der sich das heimliche Liebesnest befand. Tie Hu

starrte zunächst verständnislos auf das Bild und Yünsais Gesten. Dann dämmerte es ihm. »Fange du bitte nicht auch mit diesen Dummheiten an! Es gibt keine Geisterfüchsinnen, auch dann nicht, wenn du glaubst, dass Shirliang Po dir diesen Gedanken eingegeben hat. Ich fasse es nicht! Dein Geist ist erst hundert Tage wach, und schon hat irgendjemand aus der Umgebung meiner Frau es geschafft, deine Gedanken mit dem Unsinn zu vergiften. Bitte, kleine Schwester, wenn wir beide Freunde bleiben wollen, dann verschwende keinen Gedanken mehr an diese Angelegenheit. Zeige auch niemandem dieses Bild. Es könnte zu einer Katastrophe führen!«
Yünsai starrte ihn an und hatte offensichtlich Mühe zu verstehen, warum der vorher so freundliche Mann jetzt abweisend und traurig wurde. Ihre Mutter war aufgestanden und hinter sie getreten. Mit einem Blick erfasste sie das Bild, riss das Pergament vom Tisch und warf es ins Feuer des Kohlebeckens. Dann holte sie aus und gab ihrer Tochter eine Ohrfeige, deren Knall von den Balken widerzuhallen schien.
Tie Hu zuckte zusammen. Es war, als hätte der Schlag ihn und nicht das Mädchen getroffen. Yünsai regte sich nicht. Ihr Gesicht war vollkommen unbewegt. Nur zwei Tränen lösten sich aus ihren Augen und rannen über die Wangen.
Xiang war außer sich. »Du dummes, unnützes Balg! Hätte ich dich doch direkt nach der Geburt ersäuft! Ich habe dir ausdrücklich verboten, unseren gütigen Herrn, deinen Lebensretter, mit diesem verleumderischen Unfug zu belästigen. Das wäre ein schöner Dank an ihn, wenn die Damen drüben durch deine Fantastereien von den Höflingen der Prinzessin entdeckt würden. Damit brächtest du nicht nur die Frauen, sondern auch deinen Herrn und Gebieter in größte Schwierigkeiten.«
Sie schüttelte ihre Tochter, so dass sich Blütenblätter aus de-

ren Haar lösten und wie Schneeflocken um sie herumtanzten. Yünsai wehrte sich nicht, auch nicht, als ihre Mutter sie zu Boden stieß und einen dreifachen Stirnaufschlag vor dem Fürsten als Entschuldigung von ihr verlangte, sondern tat es mit einem um Verzeihung heischenden Lächeln. Nur Zhong Tie Hu bemerkte ihre trotzig vorgeschobene Unterlippe.
Als die nicht sonderlich reuige Sünderin vor Tie Hu stand, nahm er ihre Hand und sah ihr in die Augen. Durch den Schreck über die Ohrfeige hatte er die Kontrolle über sich zurückgewonnen und sah sie als das, was sie wirklich war, ein Kind, dem durch die Erzählungen der Mägde und Zofen die Fantasie durchgegangen war.
»Ich verstehe, dass dich die Erzählungen über Geister und Füchse ängstigen. Aber du darfst nie einen Menschen beschuldigen, ein böser Geist zu sein. Die abergläubischen Leute da draußen glauben das schnell und töten die Person. Aber es kann auch sein, dass sie dich ebenfalls umbringen, weil sie glauben, dass du genauso eine Hexe sein musst, weil du das Gui-Gespenst in Menschengestalt erkannt hast.«
Yünsai wiegte den Kopf. Dann fasste sie sich an den Körper, als wolle sie ihr Herz und ihre Leber herausnehmen und dem Fürsten als Geschenk reichen. Sie wirkte dabei sehr ernst und weit über ihre Jahre gereift.
»Du liebst mich und willst es für mich tun?«, fragte Tie Hu vorsichtig, obwohl ihr Gesichtsausdruck unverkennbar war.
Yünsai nickte eifrig und lachte vor Freude. Dann deutete sie wieder auf sich und in die Richtung des Hauses der beiden Frauen. Jetzt fiel Tie Hu auf, wie genau das Mädchen wusste, wo die Damen zu finden waren. Jemand musste sie schon vorher auf die Idee gebracht haben, dorthin zu gehen.
Tie Hu seufzte und sah Xiang an, die immer noch bebend hinter ihrer Tochter stand. »Mutter Xiang, hat sich jemand aus dem Hofstaat meiner Frau mit Yünsai beschäftigt?

Könnte es sein, dass man sie dazu verwenden will, hinter meine Abwege zu kommen?«

Die beiden alten Leute sahen ihn voller Entsetzen an. »Nein, Herr«, versicherte Buku ihm. »Es ist niemand da gewesen. Der Arzt hat sich nur zweimal um sie gekümmert, und da war sie noch bewusstlos. Die Knechte und Mägde hassen das Volk aus dem Haupthaus und sprechen mit niemandem dort. Dazu haben wir Yünsai wirklich gut gehütet. Aber es ist, als wäre ein fremder Geist in das früher so blöde und stumpfe Geschöpf hineingefahren und würde ihr allerlei krause Gedanken eingeben. Ich hoffe, wir haben keinen Kuckuck großgezogen, der uns Unglück bringt.«

Bei der Vorstellung musste Tie Hu lachen. Bukus Name bedeutete nämlich auch Kuckuck und war sonst eher als Spitzname für Frauen gebräuchlich. »Ach, Schluss mit diesem dummen Gerede!«, sagte er forscher, als er sich fühlte. »Yünsai wird in den nächsten Tagen ihr Bündel packen und als Zofe zu meiner Konkubine gehen. Dort wird sie erkennen, dass es sich bei Nü Ying um eine wohlerzogene, gebildete Dame handelt, von der sie sicher viel lernen kann. Die Arbeit wird ihr die Flausen schon aus dem kleinen Kopf treiben. Jetzt aber möchte ich mich ohne dummes Geschwätz in den Ohren den Resten dieses ausgezeichneten Frühmahls widmen.«

38. JIN MAU IST VOLLER ZUVERSICHT

Das Leben als stummes Mädchen in den bäuerlichen Verhältnissen des Glockenberg-Gutes war nicht so lustig, wie Jin Mau sich das zunächst vorgestellt hatte. Zwar war ihr Leben in den Häusern der käuflichen Mädchen

nicht sonderlich amüsant gewesen. Aber es hatte dort nicht die vielen Beschränkungen gegeben, denen sie als Landmädchen aus besserer Familie unterworfen war.
Als Tie Hu, ihr Geliebter aus einem weit zurückliegenden Leben, ihr ihren Wunsch erfüllte und sie als Dienerin zu seiner Konkubine brachte, war sie überglücklich. Endlich musste sie sich nicht mehr in ihrer Hilflosigkeit selbst zerfressen. Schließlich war sie hier, um ihn vor zwei grausamen Feindinnen zu bewahren.
An diesem Morgen durfte sie sogar auf seinem Pferd sitzen, und das war etwas, was einer Frau in Wey normalerweise streng verboten war. Aber ihre Freude wurde dadurch getrübt, dass er neben dem Pferd her schritt, statt hinter ihr zu sitzen und seinen Körper an den ihren zu schmiegen. Außerdem gab er ihr eine Menge Ratschläge und Ermahnungen mit auf den Weg. Daher war sie froh, dass ihre Stummheit sie der sonst notwendigen Antworten enthob. Tie Hu führte sich schlimmer auf als einst ihre Pflegemutter Fen Mei oder Mutter Xiang am letzten Abend.
Zwar hatte sie vor, brav und fleißig zu sein, denn sie musste sich bei den Damen lieb Kind machen. Aber mit dem Gehorsam und der Ehrlichkeit würde es so eine Sache werden. Wenn sie recht behielt, waren die beiden Frauen Tie Hus Todfeindinnen, und sie war bereit, alles zu tun, um den Umtrieben dieser Wesen ein Ende zu bereiten.
Sie war guten Mutes, dass ihr das gelingen würde. Schließlich konnten die beiden nicht ahnen, wer sie war. Sie musste nur einen handfesten Beweis für die Hexenumtriebe der Füchsinnen finden, mit dem sie auch einen Skeptiker wie Tie Hu überzeugen konnte. Dann würden die Magier und Geisterbeschwörer aus dem Gefolge der Dame Lu Kin diese Ungeheuer vernichten oder sie zumindest als gewöhnliche Füchse in die Wildnis schicken.

Sie dachte nur ungern über den Zeitpunkt hinaus, an dem ihre Mörderinnen entlarvt werden würden. Mit ihrer Erfahrung als Kurtisane hatte sie durchaus Tie Hus Interesse an dem Mädchen Yünsai bemerkt. Das passte im Augenblick ausgezeichnet in ihre Pläne, machte ihr aber für die Zeit danach eher Angst. Ihre seltsame Wiedergeburt war in den Augen der Götter ein Unrecht, für das sie die Strafe auf sich nehmen musste, und sie fürchtete, dass sie auch ihrem Geliebten damit schaden würde.

Jin Mau schreckte aus ihrem Grübeln auf, als das Pferd plötzlich stehen blieb und Tie Hu sie aus dem Sattel hob. Vor ihnen schimmerte das Haus der Konkubine durch die Kronen der Bäume. Jetzt erst fiel ihr auf, wie nah die Gebäude des Anwesens an den steilen Flanken des Glockenberges standen, und dazu noch an der kalten Nordseite. Über dem Haupthaus hing eine tiefschwarze Felsnase, die weit aus der Wand vorsprang und der gesamten Gegend eine trübsinnige Atmosphäre verlieh. Das mochte der richtige Ort für zwei Fuchshexen sein.

Auch Tie Hu schien die Trostlosigkeit hier nahezugehen. Er zitterte, als sei ihm auf einmal sehr kalt geworden, und schob für einen Augenblick die Hände zum Aufwärmen in die Achselhöhlen. »Was für ein seltsames Licht heute hier herrscht«, sagte er mehr zu sich selbst, »und eine solch durchdringende Kälte habe ich selbst im vergangenen Winter nicht gespürt. Ich hoffe, deine Mutter hat dir auch wärmere Sachen mitgegeben. Sonst muss ich dir morgen noch einen Korb voll Kleidung mitbringen.«

Jin Mau sah auf das magere Bündel, das am Sattel hing, und schlug die Arme um ihre Schultern, um zu zeigen, dass ihr kalt war. Tie Hu strich ihr tröstend über das Haar, führte sein Pferd in einem, etwas abseits gelegenen Stall und ging dann Hand in Hand mit ihr auf das Haupthaus zu.

Die Begrüßung war frostig, und die Konkubine schien Yünsai schon auf den ersten Blick heftig zu verabscheuen. Das war Jin Mau nur recht, denn Tie Hu zeigte deutlich, dass er sich darüber ärgerte. Zu gegebener Zeit würde er sich an diese Szene erinnern und geneigter sein, Beweise gegen diese Frau und ihre angebliche Mutter zu akzeptieren. Jin Mau hatte ihr Gegenüber sofort erkannt – wenn auch nur an ihrem eigentümlichen Geruch.

Die Konkubine war wie eine wohlhabende Bürgersfrau gekleidet und geschmückt und hatte sich stark gepudert und parfümiert. Doch sie besaß ein völlig anderes Gesicht – das Gesicht der Statue aus dem Traumlabyrinth mit der eberköpfigen Dämonin. Dennoch war die Frau, die sich hier Nü Ying nannte, die gleiche, die in Shirliang Pos Tempel als Fischweib gebetet und später in der Hütte mit der Hexenküche versucht hatte, ihre Seele einzufangen. Es war die neunschwänzige Geisterfüchsin, die auf Tie Hus Seele und Lebenskraft aus war.

Vergessen waren alle düsteren Anwandlungen und die Mutlosigkeit, die Jin Mau auf dem Weg hierher befallen hatten, denn nun galt es, sorgfältig und gut zu planen. Ganz gleich mit welchem Mittel, ob mit direkten Beweisen oder einer kleinen Intrige, würde sie dieses Geschöpf und ihre Hexentante ans Messer liefern. Das schwor sie sich, ihrem Vater und ihrer schönen Freundin Sternengeist.

39. DIE SCHWARZE FÜCHSIN BEKOMMT EINE NEUE BEDIENSTETE

Bei den Geisterfüchsinnen herrschte ebenfalls eine angespannte Erwartung. Die Geburt von Tie Hus Sohn stand kurz bevor, aber sie konnten sich nicht auf den Tag freuen, an dem sie ihrem Ziel einen großen Schritt näher kommen würden, denn sie lebten seit einer Weile mit einer ihnen noch unbekannten Gefahr.

Haokan Hei hatte nach ihrem fast missglückten Anschlag auf die Prinzessin das Haus nur noch in der Dämmerung verlassen und war auch nur im Garten des Anwesens spazieren gegangen, um niemandem zu begegnen, denn sie fürchtete, jemand habe sie deutlich gesehen und vielleicht sogar ihre Verwandlung zur Füchsin bemerkt. Noch immer ärgerte sie sich über ihren Leichtsinn. Anstatt sich die rissige Abbruchkante des Hohlweges genauer anzusehen, hatte sie nur auf den Zug der Reiter und Sänftenträger geachtet.

In dem Augenblick, in dem sie sich vorgebeugt hatte, um das Pulver des aufgeschobenen Todes auf die Sänfte herabregnen zu lassen, war der Boden unter ihren Füßen ins Rutschen gekommen und hatte sie in einer Lawine aus Staub und Steinen hinabstürzen lassen. Dabei war sie zwischen den Begleitern der Dame gelandet. Da sie sich unter dem Einfluss der Geisterabwehrzauber in ihre Fuchsgestalt zurückverwandelt hatte, war es ihr möglich gewesen, in der anschließenden Verwirrung ungeschoren zu entkommen.

Aber der Schreck saß ihr immer noch tief in den Knochen. Zu ihrem Glück hatte sie zu dem Zeitpunkt keine menschlichen Kleider getragen, die dort liegen geblieben wären, sondern jene zauberischen Gewänder, die sie wie alle Geister

und Gespenster in ihrer Vorstellung entstehen lassen konnte und die niemals Nähte oder Säume besaßen.
Anscheinend war alles gutgegangen. Niemand hatte sie verfolgt, und das Pulver hatte sein Ziel gefunden. Dennoch befürchtete sie, dass einer der Sänftenträger oder berittenen Begleiter etwas mitbekommen hatte und sich irgendwann einem der Magier oder Geisterbeschwörer offenbaren würde. Zu ihrem Glück fühlten diese Herren sich so sehr über das gewöhnliche Volk erhaben, dass die Dienstboten es zumeist nicht wagten, diesen Männern ihre Sorgen und Nöte anzuvertrauen.
Aus den Orakeln, die Haokan Hei täglich befragte, las sie zumeist schlimme Vorzeichen und unbestimmte Warnungen. Es braute sich etwas über ihr zusammen, das ihre Pläne gefährden konnte, aber es gab keinerlei Hinweis darauf, welche Art von Gefahr auf sie zukam. Sie ging von Menschen aus, möglicherweise aber auch von Geistern, mehr hatte sie nicht herausgefunden. Trotz nächtelanger Diskussionen mit Mochin Shao konnte Haokan Hei sich keinen Reim auf die seltsamen Vorzeichen machen. So kam ihr der Besuch des Fürsten an diesem Morgen alles andere als gelegen, und die Zofe, die er ihr mitbrachte, war im Augenblick nur ein nutzloser Störenfried.
»Was? Den stumpfsinnigen Balg der alten Xiang willst du mir als Dienerin andrehen? Das Ding ist doch nur ein unnützer Fresser!«, brach es aus ihr heraus, als sie hörte, wer seine Begleiterin war. »Was zu den Gelben Quellen soll ich mit so einer Närrin anfangen?«
Tie Hu blickte sie verwundert an. »Würde ich es wagen, etwas zu tun, was dir nicht gefallen könnte, meine Liebe?«, fragte er sanft und freundlich wie immer. »In deiner Abgeschiedenheit hast du nicht mitbekommen, dass das Mädchen einen Unfall hatte und dabei auf wunderbare Weise zu

Verstand gekommen ist. Leider ist sie immer noch stumm, und so hat mir Frau Xiang den Vorschlag gemacht, ihre Tochter zu euch zu schicken, damit sie lernt, einen Haushalt zu führen.«

Haokan Hei riss sich zusammen und zauberte ihr lieblichstes Lächeln aufs Gesicht. Es kostete sie viel Mühe, aber Tie Hu achtete nicht auf sie. Er hatte sich zu Yünsai herumgedreht und veranlasste das Mädchen, seine neue Herrin zu begrüßen. Yünsai trippelte nach vorn, trat vor die Dame Nü Ying und verneigte sich etwas knapper, als es angemessen war. Dabei sah sie ihr neugierig ins Gesicht, statt ihre Augen niederzuschlagen.

»Starr mich nicht so an!«, fauchte Haokan Hei sie an. »Ungezogenes Ding! Hat dir denn noch niemand Manieren beigebracht?«

Yünsai richtete sich auf und sah so unschuldig drein, als könne sie kein Wässerchen trüben. Nach kurzem Überlegen zog sie einen leichten Schmollmund und schüttelte den Kopf.

Tie Hu erklärte es seiner Konkubine auf möglichst diplomatische Weise. »Natürlich hat ihr noch niemand die richtigen Manieren beibringen können. Deswegen habe ich sie zu dir gebracht. Wer könnte sie besser auf das Leben als herrschaftliche Zofe oder als Ehefrau eines braven Bürgers vorbereiten als du und deine Mutter? Sie ist stumm, und sie ist mir und ihren Eltern treu. Damit hast du das zuverlässigste Wesen um dich herum, das du dir nur wünschen kannst. Ich bitte dich nur, viel Geduld mit ihr zu haben und gut zu ihr zu sein. Schließlich ist sie die einzige Tochter meiner engsten Gefolgsleute.«

Haokan Hei hatte ihr Temperament ebenso schnell wieder am Zügel, wie es ihr davonschoss. Sie tat so, als schmolle sie ein wenig, und streichelte Yünsais Haar, obwohl sie es ihr am liebsten büschelweise ausgerissen hätte. »Ich werde nett und freundlich zu ihr sein«, versicherte sie mit ihrer süßesten Stimme. »Sie darf aber nicht nur faul in der Ecke sitzen, sondern muss ihre Pflicht tun. Ich verspreche dir, dass ich sie auch dann nicht schlagen werde, wenn sie es verdient hat. Ich werde in so einem Fall nur ihrer Mutter Bescheid sagen, damit diese ihr den Kopf zurechtsetzt. Ist es dir so recht, mein Herr und Gebieter?«

Tie Hu wusste nicht, ob seine schöne Konkubine das, was sie sagte, wirklich so meinte oder ob sie über eine hintergründige Art von Humor verfügte. Daher nickte er nur.

Inzwischen war auch die Witwe Fong hinzugekommen und sah sich die neue Zofe an. Sie machte keinerlei Einwände, sondern bedankte sich höflich bei dem Fürsten für seine schnelle Hilfe und nahm Yünsai kurzerhand mit in die Küche. Im Gegensatz zu ihrer Tochter schien sie mit der Lösung zufrieden zu sein.

Weder Haokan Hei noch der Fürst waren an diesem Tag zu Liebesgeflüster aufgelegt, wenn auch aus sehr unterschiedlichen Motiven. Haokan Hei wollte ihren Liebhaber so schnell wie möglich loswerden, denn im alten Schuppen wartete eine Bronzeschale mit einem magischen Wasserspiegel auf sie. Damit konnten sie und Mochin Shao das Hauptgebäude des Hofes bis in den letzten Winkel beobachten. Da diese Art von Zauber sehr mächtig und kraftraubend war, wurde er nur selten von menschlichen Magiern benutzt, und die, die hier wirkten, hatten versäumt, das Domizil der Prinzessin dagegen zu schützen.

Daher zeigte Haokan Hei kein Einlenken. »Mein Geliebter, du benimmst dich wie ein gereizter Kettenhund. Habe ich dich beleidigt? Natürlich habe ich von deiner Heldentat gehört, die blöde Tochter des alten Buku aus dem Graben zu holen. Aber ich halte nicht viel davon, dem Willen der Götter in den Arm zu fallen. Wenn die Götter ein Leben haben

wollen, so holen sie es sich. Ich habe Angst, sie könnten statt des kleinen Krüppels deinen neugeborenen Sohn von dir fordern.«
Der Pfeil saß. Doch Tie Hus Reaktion war anders, als sie erwartet hatte. Er regte sich weder auf noch stürzte er erschrocken aus dem Haus, um auf schnellstem Weg zu seiner Frau zu eilen, wie viele andere Männer es vor der Geburt des ersten Sohnes getan hätten. Stattdessen zog er in aller Ruhe einen Stuhl heran, setzte sich so hin, dass er ihr in die Augen sehen konnte, und nahm ihre Hände in die seinen.
»Meine Liebe, sag mir, glaubst du wirklich, was du da sagst? Das ist doch nur dummer Aberglaube! Mein Sohn wird leben oder sterben, wie es ihm die Götter zugeteilt haben. Das Gleiche gilt auch für dieses arme Mädchen, dessen Verstand auf so wunderbare Weise erwacht ist.
Natürlich bin ich sehr besorgt um meine Frau und das Kind in ihr. Die arme Lu Kin ist schließlich nicht mehr die Jüngste und hat noch keine Kinder geboren. Ist es ein Wunder, wenn ich dir gereizt erscheine? Soll ich dir so lange fernbleiben, bis ich wieder ruhiger und zugänglicher bin?«
Auf Haokan Hei wirkte seine Nähe eher beunruhigend, denn er versuchte, sie in eine ungünstige Position zu bringen. In den zwei Tagen, in denen er sie nicht besucht hatte, war etwas in ihm vorgegangen, das sie nicht erkennen und einschätzen konnte. Es war, als habe jemand die Mauer in seinem Innern, die bei all ihren Bemühungen bisher kaum ins Wanken gekommen war, noch erheblich verstärkt. Er wirkte reserviert, und er schien ihre Beziehung plötzlich in Frage zu stellen.
Haokan Hei hatte das Gefühl, seine Blicke würden sie durchbohren, um auf den Grund ihrer Seele zu schauen. Sie versuchte, ihre Händen aus den seinen zu ziehen. Doch er hielt ihre Handgelenke mit so festem Griff, dass sie sich

zwingen musste, sich nicht zu wehren. Sie verfügte über weitaus größere Körperkräfte als eine normale Frau und hätte sich leicht verraten können.
Kurz entschlossen änderte sie ihre Taktik. »Natürlich sollst du nicht wegbleiben, mein Herr und Gebieter. Ich liebe dich und lebe nur für dich! Darf ich mir keine Sorgen um deinen Sohn machen? Jedermann sagt, dass sich die Götter ein anderes Opfer von demjenigen holen, der sie um ein Leben betrogen hat. Stell dir vor, ich würde ein Kind von dir unter dem Herzen tragen und dieses würde gegen jede Sitte dein erstgeborener Sohn werden. Deine Frau hätte das Recht, mir dann mein Kind wegzunehmen und mich als Bettlerin aus dem Haus zu jagen.«
»So? Meinst du nicht, dass ich da auch noch ein kleines Wörtchen mitzureden hätte? Das Geschick deines Kindes läge natürlich in Lu Kins Händen, wie das aller Kinder von Nebenfrauen und Konkubinen. Aber weder ließe ich einen Sohn oder eine Tochter von dir schlecht behandeln noch dich auf der Straße stehen! Aber warum sagst du das? Bist du guter Hoffnung?«
»Nein, mein Geliebter. Meine Mutter kennt ein paar Kräuter, die das eine Weile verhindern können. Ich möchte dir erst dann Kinder schenken, wenn ich offiziell deine Nebenfrau geworden bin und der hohen Dame Lu Kin dienen darf.«
Tie Hu seufzte. Von einem weisen Mann am Hof, der sein Lehrer geworden war, hatte er gelernt, die Wahrhaftigkeit eines Menschen an der Art zu erkennen, wie er beim Sprechen seinen Körper bewegte. Dabei half es sehr, wenn man die Hände seines Gegenübers genau beobachtete oder besser noch in den eigenen Händen hielt. Er musste zugeben, dass er nicht wusste, wie er seine Konkubine einschätzen sollte. Sie zog ihn an und stieß ihn ab; sie log ihn nicht offen an,

aber sie war auch nicht aufrichtig zu ihm. Für sein Gefühl benahm sie sich so, als führte sie ein Bühnenstück mit ihm auf.
Sicher war sie keine Fuchsfrau, wie es die naive Yünsai behauptet hatte. Dagegen sprachen schon die vielen Ballen Seide, Leinendamast und Wollstoff, aus denen sie sich ihre Kleider nähte. Geister trugen keine Menschenkleider, und sie bekleckerten ihre Röcke auch nicht mit Zuckerwerk. Auch weinten Geister nicht.
Tie Hu konnte Frauentränen nicht ertragen. Sie erinnerten ihn zu sehr an die Tränen, die seine Mutter bei ihrem letzten, heimlichen Besuch an seinem Bett vergossen hatte. Nun aber liefen Nü Ying die Tränen wie Perlen an einer Silberschnur über die Wangen und unterstrichen ihre Hilflosigkeit.
»Mein Herr Zhong Tie Hu, du liebst mich nicht und bereust schon lange, mich in dein Haus aufgenommen zu haben. Du glaubst, ich sei nur an deinen Geschenken und meinem eigenen Wohlergehen interessiert. Aber du irrst! Ich gehorchte der Not, ja, aber auch dem Willen der Götter. Du bist meine Bestimmung, mein Schicksal, ob ich das will oder nicht.
Schon als kleines Mädchen habe ich Nacht für Nacht im Traum meinen künftigen Bräutigam gesehen, einen schönen, stolzen Edelmann, der mich eines fernen Tages in sein Haus nehmen würde. Ich habe diesen Mann zuerst als Kind, dann als Knaben und schließlich als Jüngling gesehen. Nie habe ich mir vorstellen können, wie ein so hoher Herr eines Tages ausgerechnet auf ein so armseliges Ding wie mich kommen könnte. Schließlich gehörten meine Eltern nicht gerade zu den wohlhabenden Bürgern oder gar zum Adel. Aber kurz vor unserer Abreise aus Wey Cheng hat uns eine alte Wahrsagerin für ein paar Kupferkäsch die Zukunft vor-

ausgesagt. Bei mir behauptete sie, ich sei von den Göttern einem Manne versprochen, dessen Bild sie in meinem Herzen eingeprägt fände.«

Sie schluchzte auf und sprach dann weiter. »Natürlich konnte die Alte mir nicht den Namen oder den Stand des Mannes nennen. Aber sie las aus den Fäden von brennendem Räucherwerk heraus, wo wir meinen Geisterbräutigam finden würden. Auch riet sie uns, ein Bild von mir malen zu lassen, wie man es in Adelskreisen tut, um die Braut dem Bräutigam vorzustellen. Da wir keinen Maler bezahlen konnten, setzte ich selbst meine bescheidenen Talente ein.

So reisten wir hierher – und wenige Tage später erblickte ich dich hoch zu Pferd. Ich erkannte dich sofort – und brach fast zusammen. Schließlich hatten auch wir von deiner Heirat und dem Verbannungsurteil gehört. Ich wollte sofort abreisen, denn ich durfte dich keinesfalls in Schwierigkeiten bringen. Aber unsere Geldmittel gingen zur Neige, und Mama wollte die Entscheidung über mein Schicksal in deine Hände legen.«

Haokan Hei blickte nun geradezu anbetend zu Tie Hu auf. »Als ich dir in die Augen geblickt habe, war es, als hättest du mich auch schon als Traumgesicht gesehen. Ich war sofort in dich verliebt und glaubte, du müsstest die gleiche Zuneigung für mich empfinden. Doch schon bei deinem ersten Besuch hier in meinem neuen Heim hast du dein Herz vor mir verschlossen. Bis heute ist es mir daher unerklärlich, warum du dich unserer angenommen hast.

Herr, wenn du keine Liebe zu mir empfindest, so wäre es besser, wenn du mich weit wegschicktest. Du hast mich nicht als Sklavin gekauft, sondern als Konkubine aufgenommen. Also wage ich es, dich zu bitten, mir ein kleines Auskommen zu verschaffen, das es mir ermöglicht, mich und meine Mutter in bescheidenen Verhältnissen zu erhalten, ohne auf unsere engherzigen Verwandten angewiesen zu sein. Vielleicht finde ich mit einer kleinen Mitgift einen einfachen, aber liebevollen Mann. Ich möchte mein weiteres Leben nicht in einem der Häuser der Blumen und Weiden verbringen.«

Tie Hu interessierten nur einige wenige Worte ihrer langen Rede. »Du hast mich als Traumgesicht gesehen?«

Außer Buku und seiner Frau wusste niemand von seiner Geisterbraut, und er war sich sicher, dass diese niemals darüber geredet hatten. Also mussten die Worte des Mädchens wahr sein. Sicher, ihre Hände zitterten wie gefangene Vögel, aber er hatte nicht den Eindruck, dass sie ihn belog. Wie hätte sie das, was sie sagte, auch erfinden können? Diese Frau war wohl doch vom Schicksal oder den Göttern für ihn bestimmt worden, und es war allein seine Schuld, dass er sie nicht so lieben konnte, wie sie es verdient hätte. Langsam wusste er nicht mehr, was er denken sollte. Er ließ ihre Hände los und stand auf. In ihm wurde der Drang übermächtig, das Haus zu verlassen und durch die Wälder zu streifen. Da er dies im Augenblick nicht tun konnte, begann er hin und her zu laufen wie ein Tiger in einem Käfig.

»Ich habe dich auch in meinen Träumen gesehen«, gab er schließlich zu. »Nacht für Nacht bist du mir als Geisterbraut begegnet. Du warst ein Teil meines Lebens! Dann standest du vor mir, eine richtige Frau aus Fleisch und Blut, und ich konnte und wollte es nicht glauben. Ich hatte gerade eine Konkubine verloren, die ich verzweifelt vermisste. Ich fühle mich schuldig an ihrem Tod und kann noch keine neue Beziehung eingehen. Daher warst du eher störend als willkommen, insbesondere, weil ich mir als Prinzgemahl keinen weiteren Verstoß gegen die Riten leisten darf.

Wärest du, meine liebe Nü Ying, nicht das lebendig gewordene Ebenbild meiner Traumbraut, hätte ich dich und deine

Mutter weggeschickt, natürlich nicht, ohne für eure sichere Weiterreise in die Heimat zu sorgen. Ich hätte euch nicht einfach einem ungewissen Schicksal ausgeliefert. Aber als ich dich sah, konnte ich dich nicht mehr gehen lassen. Das war in meiner Situation natürlich falsch. Ich hätte euch irgendwohin schicken müssen, wo ich euch in zwei, drei Jahren hätte wiederfinden können. Jetzt habe ich mich selbst, dich und auch deine Mutter in Gefahr gebracht. Kommt man mir auf die Schliche, so wird man nicht nur mich bestrafen, sondern auch euch. Verstehst du, dass ich unter diesen Umständen bedrückt bin, wenn ich dich besuche?

Auf der anderen Seite kann ich einfach nicht von dir lassen. Ich empfinde mehr für dich, als du glaubst. Doch es sind viele widerstreitende Gefühle in mir. Meine Liebe zu dir ist im Augenblick ein großes Unrecht.«

Haokan Hei rutschte vom Stuhl auf die Erde, kniete vor ihm nieder und starrte ihn mit großen, tränenfeuchten Augen an, bis er vor unterdrücktem Begehren rot und blass wurde.

»Auch ich wurde einfach vom Schicksal gepackt und in deine Arme gestoßen. Außerdem kannten meine Mutter und ich die Gefahr und haben uns gut überlegt, ob wir trotzdem die Vermittlerin zu deinem Verwalter schicken sollten. Du darfst dir keine Vorwürfe machen! Wir wussten ja, worauf wir uns einlassen würden. Unsere Verbindung ist von den Göttern bestimmt worden, und wir dürfen sie nicht durch Selbstvorwürfe und Kleinmut zerstören.«

Tie Hu fühlte sich mehr denn je als Beute widerstrebender Gefühle. Wie konnte ein Wesen wie diese junge Frau ihn so stark anziehen und gleichzeitig abstoßen? Folgte er seiner Zuneigung, so musste er sie an sich ziehen und ihr sein Herz ganz weit öffnen.

Bei der Vorstellung aber, sie tief in sein Inneres aufzunehmen, stieg das Bild eines Apfels vor ihm auf, in dessen Mitte ein fet-

ter, schwarzer Wurm saß, der sich in seiner Leber festbeißen und ihn langsam auffressen würde. Diese Vorstellung war so abstoßend, dass sie ihn schüttelte, und er fragte sich, ob die Ereignisse des letzten Jahres seinem Verstand geschadet hatten.
Er setzte sich wieder vor Nü Ying hin und führte ihre Hand gegen seine Stirn. »Mein Herz, ich kann dir heute nicht die richtige Antwort geben. Vielleicht liegt es daran, dass die Geburt meines Sohnes dicht bevorsteht. Dieses Ereignis stürzt wohl jeden Mann in heillose Verwirrung. Ich verspreche dir aber, dass ich alles versuchen werde, damit du wieder froh und glücklich wirst. Bitte habe Geduld mit mir!«
Haokan Hei lächelte unter Tränen wie ein getröstetes Kind, und dieses Lächeln kam ausnahmsweise von Herzen. Endlich hatte sie das Gefühl, dass sie mit diesem Mann weiterkam. Es war nur ein Schritt, aber ein sehr wichtiger. Sie stand auf und verbeugte sich anmutig, ohne zu ahnen, dass sie damit die Erinnerung an eine andere Frau in ihm wachrief, bei der diese Bewegungen unüberbietbar harmonisch und elegant gewirkt hatten.
»Oh, Herr, diese Geduld bringe ich mit tausend Freuden auf! Ich will dir mein Herz zu Füßen legen, dich in mich aufnehmen und eins mit dir werden bis in alle Ewigkeit. Alle meine Wünsche gelten nur dir! Aber du darfst heute nicht bei mir verweilen, sondern musst dich für deine erste Dame und für deinen Sohn bereithalten. Man wird dich schon vermissen. Nicht dass man nach dir sucht und dich ausgerechnet bei mir findet. Am besten, du kommst erst dann wieder, wenn du dein Kind in den Armen gehalten hast.«
Tie Hu war froh, dass seine Konkubine so viel Verständnis für seine Situation aufbrachte, denn das hatte er ihr nicht zugetraut. Wahrscheinlich war er es, der mit seinem Misstrauen und seiner düsteren Weltsicht jedes Fundament für eine harmonische Beziehung zwischen ihnen zerstörte. Er

dankte ihr für ihre klugen Worte und verabschiedete sich liebevoller, als er es sonst getan hatte.
Dennoch atmete er auf, als er aus dem Halbdunkel hinaus ins Sonnenlicht trat. Es war, als legte sich jedes Mal, wenn er dieses Haus betrat, ein Band aus Eisen um seine Brust und löste sich erst wieder, wenn er es verließ. Doch an diesem Tag war das Band nicht mehr so quälend gewesen. Es war, als fände er langsam wieder zu sich selbst zurück.
Ohne sich noch einmal umzudrehen, ging er zu dem alten, abseits gelegenen Ochsenstall, in dem er sein Pferd untergebracht hatte, damit es nicht zufällig gesehen wurde. Dabei entging ihm, dass ihm zwei Augenpaare folgten, das eine triumphierend aufleuchtend und das andere voller Sorge und Angst.

40. JIN MAU SCHREITET ZUR TAT

Jin Mau war froh, als die andere Hexe auftauchte und sie ins Küchenhaus mitnahm, das mit seinen vergitterten Luftschlitzen und den massiven Steinmauern einer kleinen Festung glich. Ihre Gedanken verharrten noch eine Weile bei Tie Hu und seiner Konkubine. Es war lächerlich zu sehen, wie die Füchsin ihn zu umgarnen versuchte – mit uralten Tricks, die eine Schülerin aus dem Haus der Blumen und Weiden schon in den ersten Tagen lernte, und mit recht wenig Charme. Aber ihr unter dem Parfüm verborgener Fuchsgeruch und das gestohlene Gesicht waren wirksamer als sämtliche Kniffe einer erfahrenen Kurtisane. Daher schien es ihr ein Wunder, dass Tie Hu ihr bisher widerstanden hatte.
Jin Mau hatte auch die ältere Hexe sofort wiedererkannt.

Mit Schaudern dachte sie daran, wie vertrauensselig sie der alten Vettel damals zwischen den Stapeln schmutziger Wäsche gegenübergesessen hatte und mit vergiftetem Traumkraut »belohnt« worden war. Mit Vergnügen würde sie die beiden Wesen nun verraten und an deren schlimmste Feinde ausliefern. Bei dem Gedanken schüttelte sie sich innerlich, denn sie hatte nicht geahnt, dass sie aus ihrem Herzen eine solche Mördergrube machen konnte.

Die alte Füchsin sah ihr Frösteln und warf ihr eine zerlumpte, aber halbwegs saubere Jacke zu. Dann musterte sie mit einem verächtlichen Blick das kleine Bündel, das Yünsai wie ein ängstliches Kind umklammerte. »Ich werde deiner Mutter sagen, dass sie dir wärmere Sachen schickt. Von uns bekommst du erst dann neue Kleidung, wenn du sie dir verdient hast. So, jetzt zeige ich dir deinen Arbeitsplatz. Du brauchst dir nicht einzubilden, dass du hier wie eine faule, städtische Zofe leben kannst. Hier machst du erst einmal die Arbeiten, von denen die Grobmagd ihre schmutzigen Hände lassen soll. Wenn du dich gut führst und fleißig bist, bekommst du von mir zur Belohnung Nähen und Sticken und all das beigebracht, was eine richtige Zofe können muss.«

Jin Mau versuchte, möglichst ängstlich und dienstbeflissen auszusehen, doch die Alte schnauzte sie an, nicht so frech und aufsässig dreinzuschauen. Dann zeigte sie ihr die Küche, die Vorratsräume und die Örtlichkeiten darum herum. Hier war viel liegen geblieben, und es gab für mindestens vier Dienstboten Arbeit, besonders in der Waschküche mit ihren Bergen schmutziger Wäsche. Tief im Innern wünschte Jin Mau sich, sie hätte im Pirolblütenhaus mehr hausfrauliche Tugenden erworben. Die nächste Zeit würde nicht nur spannend werden, sondern sie auch viel Kraft kosten.

Nach etlichen Belehrungen und zwei kalten Ölkuchen zum Essen wurde sie mit der alten Magd zusammen in die

Waschküche geschickt – mit der Auflage, nicht eher herauszukommen, als bis jedes Stück Stoff darin sauber auf den Trockenleinen des Innenhofes hing. Die einzige Erleichterung bestand darin, dass sie das Wasser nicht erst von einem entfernten Brunnen herbeischleppen mussten. Quellwasser floss direkt aus einem von draußen kommenden Bambusrohr im Innern des Hauses in ein Becken. Auch lag Heizgras gleich stapelweise in einer trockenen Nische. Jin Mau ging mit einem innerlichen Seufzer und äußerlicher Demut an die Arbeit.

Die alte Füchsin beobachtete sie noch eine Weile und mäkelte kräftig an ihr herum. Dann verließ sie das Gebäude und verriegelte das Tor von außen. Zurück blieb nur eine feine Wolke ihres leicht scharfen Schweißgeruchs und Jin Maus Erkenntnis, dass sie eingesperrt war. Die beiden Hexen hatten offensichtlich nicht vor, sich von irgendjemandem in ihren Angelegenheiten herumschnüffeln zu lassen.

Jin Mau schwankte zwischen Erleichterung, dass sich ihre Mission bisher so gut angelassen hatte, und dem Ärger über die verschlossene Tür. Die Magd schien das gewohnt zu sein – und sie war auch nicht ganz so stumpfsinnig, wie sie zunächst gewirkt hatte. Sie holte einen gespaltenen Bambusstab aus einem Versteck, öffnete damit das Schloss an der Tür zu den Vorratsräumen und stopfte Ölkuchen und andere Nahrungsmittel in einen kleinen Korb. Offensichtlich war sie gewohnt, Essen zu stehlen, denn sie ging mit großem Geschick vor, so dass der Diebstahl nur einer sehr sorgfältig kontrollierenden Hausfrau auffallen konnte. Dann verschloss sie sorgfältig die Tür, zeigte Jin Mau ihre Beute und verbarg sie dann in einem Winkel unter alten Tüchern.

»Abendessen für uns beide!«, sagte sie und erklärte Jin Mau, dass sich weder die Witwe noch ihre Tochter noch einmal sehen lassen würden.

Jin Mau brachte die Alte durch Lächeln und Gesten zum Weiterreden. Aus sprunghaften und zusammenhangslosen Bemerkungen erfuhr sie in den nächsten Stunden einiges über die Lebensgewohnheiten der Geisterfüchsinnen. Die beiden sperrten die Magd abends, wenn sie keinen Besuch von dem Fürsten oder der alten Xiang mehr erwarteten, in das Küchenhaus. Dann zogen sie sich nach Meinung der Frau in einen alten Schuppen zurück, der tagsüber verschlossen wurde.

Dort hatten die Frauen dem Geruch nach zu urteilen eine Feuerstelle oder einen Herd errichtet, und dorthin brachten sie auch allerlei in Wald und Feld gesammelte Kräuter und Beeren, soweit die Magd es hatte beobachten können. Die Alte, die sich trotz des mageren Essens und der schweren Arbeit offensichtlich nicht schlecht behandelt fühlte, war völlig arglos und sah in dem Treiben ihrer Herrinnen nichts Böses, sondern hielt sie für arme Kräuterweiber, die sich hier als Stadtdamen ausgegeben und bei dem gutgläubigen Fürsten eingenistet hatten.

Jin Mau wusste es besser, und ihr wurde auch klar, dass sie nicht auf einen Zufall warten durfte, der vielleicht nie kam. Sie musste einen Weg aus diesem Gefängnis finden und die beiden Geisterfüchsinnen beschleichen. Dann bemerkte sie, dass sie schon wieder wie eine Katze dachte und nicht wie ein Mädchen.

Als sie nach etlichen Stunden schwerer Arbeit den Innenhof betrat, um Wäsche aufzuhängen und ein wenig frische Luft zu schöpfen, nahm sie den Geruch deutlich wahr, von dem die Magd gesprochen hatte. Ihre Augen sahen trotz der mondlosen Dunkelheit feinen Rauch genau aus der Richtung aufsteigen, in der der Schuppen lag, und sie hörte sogar die Flammen knistern. Das Feuer konnte nur von jenem aromatisch duftenden Heizgras stammen, das sie auch bei der anderen Hexenküche erschnuppert hatte. Der Geruch ließ ihre Nerven vibrieren. Irgendetwas ging dort drüben vor. Sie erinnerte sich, dass die Geburt von Tie Hus Sohn dicht bevorstehen musste. Ob die beiden Ungeheuer das Kind umbringen wollten? Sie nahm es an, denn sie traute den Füchsinnen jede Schlechtigkeit zu.

Vielleicht wollte die falsche Geisterbraut den trauernden Vater trösten, um ihn auf diese Weise endgültig in ihre Netze zu ziehen. Bis jetzt schien sie nicht sehr erfolgreich gewesen sein, denn Tie Hu machte einen munteren, gesunden Eindruck. Aber der Angriff der Füchsin konnte jeden Moment erfolgen. Jin Mau stellte sie sich als Spinne mit Menschenkopf vor, die ihren Liebhaber in ihre zauberischen Fäden einspann und erbarmungslos aussaugte. Dieses Bild vor Augen, begann sie im Innenhof hin und her zu laufen wie in einem Käfig. Nun wäre ihr Katzenkörper praktisch gewesen. Damit hätte sie mit Leichtigkeit aufs Dach klettern und auf der anderen Seite herabspringen können. Die Zeit war günstig, denn die Magd schlief, nachdem sie vom Pflaumenwein genascht hatte, auf dem Rest der schmutzigen Wäsche.

Als Kurtisane wäre Jin Mau nie auf die Idee gekommen, etwas anderes als eine Treppe hochzusteigen. Hier aber lockte sie der Stamm einer verkrüppelten Magnolie, deren Wipfel das Dach ein gutes Stück überragte. Wenn sie daran hochkletterte, gelangte sie auf das Dach. Zwar war sie keine Katze, sondern ein plumpes Menschenkind, aber sie hatte schon den Straßenkindern zugesehen, die sich wie Affen an Wänden emporhangelten. Kaum hatte sie den Gedanken gefasst, da stieg sie schon an den biegsamen Ästen hoch und erreichte mit erstaunlicher Leichtigkeit den Rand des Daches. Sie hatte sich etwas von dem Gleichgewichtssinn einer Katze bewahrt und spazierte daher wenige Atemzüge später fröhlich über den Dachfirst, bis sie die Zweige eines alten Kasta-

nienbaumes erreichte. Mühelos packte sie diese, schwang sich an ihnen hinab auf den Boden und war überzeugt, dass der Rückweg für sie ein Kinderspiel sein würde.
Der Schuppen stand etwas versteckt auf dem mit dunklen Koniferen bewachsenen Terrain, das sich auf der dem Berg zugewandten Seite des Hauses erstreckte. Aber anstatt zur Felswand hin anzusteigen, senkte sich der Boden in ein sogar für Jin Maus scharfe Augen undurchdringliches, schwarzes Nichts unterhalb der vorspringenden Felswand. Sie drehte der Stelle den Rücken und schlich wohlgemut zu dem im Licht der Sterne windschief wirkenden Bau hinüber, in dem die Füchsinnen steckten, und nützte dabei jede Deckung aus. Aber ihre Vorsicht schien unnötig zu sein. Niemand verließ dem Schuppen oder streckte seinen Kopf aus der Tür. Nur der Rauch und der schwache Widerhall von zwei Frauenstimmen verrieten, dass sich jemand in dem Holzhaus aufhielt. Kein Licht drang heraus, und auch nach drei Umrundungen hatte Jin Mau keinen Schlitz und kein Astloch gefunden, durch das sie die Fuchshexen beobachten konnte. Anscheinend hatten die Füchsinnen das Gebäude sorgfältig von innen abgedichtet.
Sie hörte die Kommentare der beiden Frauen zu irgendwelchen Vorgängen im Haupthaus des Gutes und bekam auch mit, dass sie den Sohn des Fürsten als Opfer für die Ältere auserwählt hatten. Auch planten die Wesen, die Prinzessin Lu Kin umzubringen. Jin Mau hatte nicht den geringsten Grund, die hohe Dame zu lieben, dennoch fletschte sie vor Wut die Zähne.
Um mehr zu erfahren, kletterte Jin Mau auf einen moosbewachsenen Felsen, der genau unter einem morschen Fensterladen in der Erde steckte. Sie musste sich mit einer Hand an den Kopf eines Holznagels klammern, der den Fensterrahmen mit der Wand verband. Die andere Hand schob sie

durch einen Schlitz zwischen zwei Brettern und öffnete den innenliegenden Riegel. Dann schob sie vorsichtig den Sack, der dahinter hing, zur Seite und konnte so in den Schuppen hineinsehen. Nun bot sich ihr beinahe die gleiche Szene wie damals in Wey Cheng, als ihr Vater ihre Seele im letzten Moment vor den Fuchshexen bewahrt hatte.

41. DIE FÜCHSINNEN ENTDECKEN EINE SPIONIN

Die Frauen hockten zwischen allerlei Gerätschaften und Gefäßen vor einer großen Schale und starrten auf die öligen Farbspiele darin.

Dabei fauchte die Schwarze Füchsin vor sich hin. »Ich sage dir, ich traue dem Balg dieser Xiang nicht. Das kleine Biest muss arbeiten, bis es umfällt, damit es keine Zeit findet zu spionieren. Das Mädchen darf nichts finden, was nicht in den Haushalt von zwei normalen Menschenfrauen passt. Ihre Augen sind mir zu wach und zu flink.

Hast du auf die Art geachtet, wie sie geht und sich bewegt? So bewegt sich nur eine in der Liebe erfahrene Frau – oder eine Kurtisane! Ich fürchte, ein Gui-Gespenst ist in den Körper der Närrin geschlüpft. Ich muss sofort meine Orakel befragen, um herauszufinden …«

Mochin Shao unterbrach sie. »Das hat Zeit bis nach der Geburt von Lu Kins Balg. Soll der Aufwand mit dem magischen Spiegel in der neuen Schale umsonst gewesen sein? Wenn der Zauber verfliegt, werden wir Wochen brauchen, um ihn wiederherzustellen. Ich muss wissen, was im Haupthaus vorgeht – und das wolltest du doch auch!«

Haokan Hei starrte auf einen Punkt in der Ferne. »Ja, ich will den Trubel um die Geburt beobachten. Wenn Lu Kin die Geburt gut übersteht, müssen wir schnell einen neuen Plan aushecken. Aber weitere unerklärliche Vorgänge können wir uns nicht mehr leisten. Daher sollten wir einen der hochrangigen Diener oder besser noch einen der Scharlatane, die sich Magier nennen, als Medium nehmen, der dann für den nächsten Anschlag verantwortlich gemacht und auf dem Richtplatz in Wey Cheng der Volksbelustigung dienen wird.«

»Sollen wir uns eines Mannes aus der direkten Gefolgschaft der Prinzessin als Meuchelmörder bedienen? Das halte ich für zu gewagt. Ich für meinen Teil wollte eigentlich noch ein paar schöne Jahrhunderte leben.«

»Angst, Tantchen? Dieses Vorgehen ist kaum gefährlicher als unser Leben am Hof von Wey. Ich muss mir nur das richtige Opfer aussuchen. Daher muss ich mir Lu Kins Gefolge genau ansehen und entscheiden, welcher der Männer für unsere Zwecke geeignet sein könnte … Ach, schau mich nicht an wie ein sterbendes Hirschkalb! Ich weiß, was ich tue! Es bedarf nur noch eines kleinen Anstoßes, und Tie Hu lässt sich von mir trösten. Heute habe ich ihn mit der Geschichte vom Geisterbräutigam konfrontiert, und er ist schon um einiges zahmer geworden.

Trauert er erst offiziell um seine Frau, fällt es nicht auf, wenn er wie ein Traumwandler herumläuft. Ich werde ihm beim nächsten Besuch leichte Drogen in den Tee mischen, um seiner Bereitwilligkeit nachzuhelfen. Aber es wird ein paar kritische Tage geben, an denen ich keine Störung vertragen kann. Deswegen müssen wir Xiangs missratene Tochter entweder so beschäftigen, dass sie im Stehen einschläft, oder sie unauffällig loswerden.«

»Warum flößen wir dem Krüppel nicht auch etwas ein, das

sie wie eine Schlafwandlerin herumlaufen lässt? Ich sorge dann dafür, dass sie uns nicht in den Weg kommt.«
»Da besteht die Gefahr, dass der alten Xiang etwas auffällt, wenn sie die Tochter an ihren mageren Busen drückt. Jedes der Kräuter, die dafür in Frage kommen, hat einen gewissen Eigengeruch oder ruft auffällige Symptome hervor. Das macht die Sache ja auch bei Tie Hu so schwierig. Aber der hat keine Mutter mehr, die etwas bemerken könnte, und die Ärzte seiner Frau lässt er zum Glück nicht an sich heran. Komm, wir schauen uns an, was die schwangere Elefantenkuh und ihr Hofstaat machen!«
Mochin Shao starrte missmutig in die Bronzeschale und versuchte, die störenden Gedanken beiseitezuschieben. Obwohl sie es liebte, ahnungslose Leute zu beobachten, fiel es ihr an diesem Tag ausgesprochen schwer. Dabei hatte diese Beschäftigung sie im Palast von Wey trotz der störenden Gegenzauber für mancherlei Ärger und Unbill entschädigt. Sie konnte jedoch nicht so gut mit unerwarteten Verwicklungen umgehen wie ihre Pflegetochter. Das wurde ihr schmerzlich klar, als sie nach mehr als drei Stunden von einem Scharren und Kratzen aus ihrer Konzentration gerissen wurde. Noch ganz unter dem Eindruck der Bilder, die Haokan Hei auf die Oberfläche der schillernden Flüssigkeit gezaubert hatte, stand sie auf und schob einen der Säcke beiseite, hinter dem sie das Geräusch vernommen hatte, und blickte direkt in das Gesicht der stummen Yünsai. Irgendwie musste es dem Krüppel gelungen sein, den hölzernen Laden von außen zu öffnen. Statt den Stoff sofort wieder fallen zu lassen, schrie sie das Kind in blinder Wut an und schlug zu. Für einen Augenblick hing das Mädchen noch an der Schuppenwand. Dann rutschte es ab und fiel unter wildem Gepolter draußen zu Boden.
Der Lärm weckte Haokan Hei aus ihrer tranceähnlichen

Konzentration. »Ist etwas passiert, Tantchen?«, fragte sie noch geistesabwesend.
»Das war Yünsai! Sie muss irgendwie aus dem Küchenhaus herausgekommen sein und hat uns beobachtet.«
Haokan Hei schüttelte sich, als müsse sie ihre Benommenheit abwerfen. Dann war sie plötzlich hellwach. »Sag das noch einmal!«
»Die Stumme ist aus dem Küchentrakt entwischt und hat einen der hölzernen Läden geöffnet, um uns zu beobachten. Du hattest recht, sie ist eine Schnüfflerin …«
»Warum stehst du noch hier herum? Los, mach die Tür auf und such sie. Sie darf uns auf keinen Fall entkommen!«
Mochin Shao benötigte wertvolle Augenblicke, um zu begreifen, was Haokan Hei von ihr wollte, und dann widerstanden die Riegel ihren vor Aufregung kraftlosen Händen. Haokan Hei stieß sie grob zur Seite, öffnete die Tür und rannte in die Dunkelheit.

42. NEUGIER TÖTET DIE KATZE

Jin Mau war unsanft zwischen den Felsen gelandet. Sie rutschte noch ein Stück den Hang hinab und blieb halb benommen liegen. Ein großer Splitter hatte sich in ihre Hand gebohrt, und ein scharfer Schmerz durchfuhr ihr Bein. Fern, so als gehörten sie im Augenblick nicht zu ihrer Welt, hörte sie die keifenden Stimmen der Füchsinnen. Dann aber schüttelte sie die Benommenheit ab und schob sich leise tiefer zwischen die stacheligen, buschartigen Kiefern, tastete ihr schmerzendes Bein ab und erschrak. Wie es sich anfühlte, hatte sie sich den Knöchel gebrochen.

Eine kalte Hand schien sich um ihr Herz zu legen. Nun musste sie zusehen, dass sie ein Versteck fand, sonst war sie den Fuchshexen hilflos ausgeliefert. Mit aller Vorsicht schob sie sich auf dem Gesäß weiter den dunklen Hang hinab, bis sie in die tintige Schwärze der Felswand geriet. Da sie sich nur mit dem unverletzten Bein und der gesunden Hand bewegen konnte, benötigte sie für jede Handbreit des Weges kleine Ewigkeiten. Aber es sah so aus, als hätte sie Glück.

Die junge Fuchsfrau lief ein paarmal mit einer Fackel um den Schuppen herum und suchte offensichtlich erfolglos den Boden ab. Dabei stieß sie Bannflüche aus, die Jin Mau wie Stockschläge trafen, aber sonst ohne Wirkung auf sie blieben. Die Füchsin schien die Erfolglosigkeit ihres Bemühens bald einzusehen und nahm wohl an, dass ihr Zauber nicht auf einen stummen Krüppel wirke. Daher löschte sie die Fackel und kehrte in den Schuppen zurück. Kurz danach erschien sie wieder. Sie hatte ihr Frauengesicht wie eine Maske abgestreift, so dass die im Mondlicht schillernden Fuchsaugen zum Vorschein kamen. Nun witterte sie mit weit geöffneten Nasenflügeln und starrte ins Dunkel, als könne sie es durchdringen. Langsam setzte sie sich in Bewegung und schritt genau auf Jin Maus Versteck zu.

Diese zog sich noch tiefer zwischen die Felsen zurück, bis sie die Bergwand im Rücken spürte. Doch ihr wurde klar, dass sie in einer Sackgasse steckte, und erschrak so, dass ihr Herz beinahe aufhörte zu schlagen. Dann flutete heiße Wut in ihr hoch, und die Katze in ihrem Mädchenkörper machte sich zum Kampf bereit. Schnell raffte sie einen faustgroßen Stein an sich und hielt ihn in der erhobenen Hand. Wenn die Geisterfüchsin in den Spalt hineinsah, musste sie sich tief bücken und kam genau in Reichweite ihres Armes. Regungslos verharrte sie so und hielt den Atem an, als sie die Beine der Füchsin auftauchen sah. Sie streckte sich, um noch

größeren Schwung in die andere Hand legen zu können. Doch die Fuchsfrau sah nicht hinein, sondern blieb einfach stehen.
Jin Mau hörte ein Geräusch, als würde ein Stöpsel aus einer Flasche gezogen. Dann schoss ihr ein scharfer Geruch in die Nase, so dass sie keuchend niesen musste. Nebel wallte vor ihren Augen hoch, der Stein fiel ihr aus den kraftlos gewordenen Händen, und ihr Oberkörper sank schlaff zurück. Wie eine lebende Tote lag sie da, unfähig, ein Glied zu rühren oder den Kopf zu heben. Nur ihre Augen und die Lippen bewegten sich noch nach ihrem Willen.
Bange Augenblicke verstrichen, ohne dass etwas geschah. Nur der bläuliche Nebel um sie herum lichtete sich allmählich. Dann fuhren mit einem Mal zwei Hände in ihr Versteck, packten ihre Füße und zerrten sie wie einen alten Sack heraus. Das keckernde Gelächter der jungen Fuchshexe hallte in ihren Ohren. Die andere Geisterfüchsin beugte sich mit zwei Fackeln in den Händen über sie und leuchtete ihr direkt ins Gesicht.
»Gut gemacht, Hei-Hei!«, lobte die Alte die Junge. »Da ist ja unsere stumme Spionin. Was machen wir nun mit dem Balg? Soll ich sie in den Schuppen bringen und an einen Pfosten binden, damit wir sie untersuchen und verhören können? Ein paar glühende Nadeln dürften jeden Widerstand in ihr brechen. Nicken und Kopfschütteln kann sie ja schließlich!«
»Nein, Tantchen, das widerliche Biest darf keine Spuren von Folter oder Fesseln aufweisen, wenn sie morgen tot in der alten Quellgrotte gefunden wird – falls sie dort je gefunden wird! Sie bleibt noch eine Weile gelähmt. Das reicht mir, um herauszufinden, welcher Unsterbliche diesen Körper mit einer Seele versehen hat und welche Seele darin steckt! Ich hege da einen gewissen Verdacht. Schau nur, wie wütend das

Ding uns anfunkelt. Hinter der Larve steckt nichts als ein aufmüpfiger Tiergeist, pass auf! Wenn sie könnte, würde sie jetzt nach uns schnappen!«

Mochin Shao starrte auf Yünsais Gesicht. »Sie wird es auch tun, wenn sie etwas von uns mit ihren Zähnen erwischt. Auch mir kommt der Gesichtsausdruck von dem kleinen Biest bekannt vor. Soll ich dir etwas aus dem Schuppen besorgen?«

»Nein, Tantchen! Bleib du hier und bewache dieses unnatürliche Monstrum. Ich brauche nur noch einen kleinen Beweis für meinen Verdacht. Wenn der stimmt, sind wir gerade noch einmal an einem Unglück vorbeigeschrammt.«

Jin Mau sah, wie die junge Fuchsfrau sich trotz der fast totalen Dunkelheit so schnell und leichtfüßig bewegte, als sei es heller Tag. Also hätte sie ihr auch unverletzt nicht entkommen können. Was war das für ein klägliches Ende ihrer hochfliegenden Pläne! Jetzt würde sie aufs Neue ermordet werden und hatte nichts anderes erreicht, als zwei liebenswerten alten Leuten ihr einziges Kind zu nehmen.

Den Tod fürchtete sie kaum, den Schmerz schon eher. Aber wenn es vorbei war, würde sie sich so schnell zu den Gelben Quellen wünschen, dass die Fuchshexen keine Chance mehr bekamen, ihre Seele einzufangen. Sie hatte jedoch Angst davor, mit dieser Niederlage vor ihren Totenrichter treten zu müssen. Der würde sie zur Strafe für ihr Versagen wahrscheinlich in eine Maus oder einen Sperling verwandeln, so dass sie der nächsten Katze als Futter diente. Tie Hu aber würde ein hilfloses Opfer dieser Tierdämoninnen werden.

Jin Maus Niedergeschlagenheit wich einem unbändigen Zorn. Sie sah Mochin Shao mit weit geöffneten Augen geradewegs ins Gesicht und zwang die andere schließlich, ihre Augen abzuwenden. Sie konnte sich aber nur ein, zwei Herzschläge lang über das gewonnene Anstarr-Duell freuen, da die jüngere Füchsin zurückkehrte.

Haokan Hei stellte einen Korb auf die Erde, entnahm ihm eine Kupferschale mit einem Stück glühender Holzkohle und ließ ein paar Tropfen einer nach faulen Eiern stinkenden Brühe in die Schale rinnen. Dabei fauchte und zischte die Glut wie eine brennende Schlange. Nachdem sie eine Beschwörungsformel gesprochen hatte, nahm sie die stark rauchende Holzkohle mit einer Zange aus der Schale und fuhr ein paarmal dicht über Jin Maus Stirn und Wangen. Dabei strich der Rauch auch über die Gesichter der Füchsinnen und ersetzte ihre noch halbwegs menschenähnlichen Gesichtszüge durch hechelnde Tierfratzen.
Mochin Shao stieß spitze Schreie aus und zeigte auf Yünsai, doch Haokan Hei fuhr sie gereizt an. »Verschluck deine Zunge, Mochin Shao! Du wirst uns mit deiner Unbeherrschtheit noch ans Messer liefern! Ich habe sie auch erkannt. Es ist der Geist der Hure Jin Mau und nichts weiter als ein zu einem Katzen-Gui degradierter Menschengeist. Wie konnte uns so ein schwächliches Wesen nur so viele Schwierigkeiten machen? Das kann nur das Werk von Shirliang Po sein. Entweder kennt er unsere Pläne – oder er hat seinen Bastard auf gut Glück hierhergeschickt. Aber das werden wir wohl nie erfahren.«
Mochin Shao wirkte niedergeschlagen. »Ich fürchte doch – wenn wir uns noch länger hier aufhalten. Die Macht dieses kleinen Beamten reicht normalerweise nicht so weit, dass er dies hier hätte tun können. Also muss er mächtige Helfer gehabt haben, die die Seele der kleinen Hure in den Körper der Xiang-Tochter gepflanzt haben. Solange wir diese Helfer nicht kennen, fühle ich mich hier nicht sicher! Denk an diese Rotte aufgeblasener Magier auf dem Gutshof.«
»Denen traust du viel zu viel zu, Tantchen! Wenn Shirliang Po wirklich die Macht hätte, uns zu schaden, würde er es ganz anders anfangen. Dieses kleine Ärgernis hier wird

gleich aufgehört haben zu existieren. Leider habe ich keine Vorbereitungen für solch einen Zwischenfall getroffen. Daher müssen wir ihre Seele zur Hölle fahren lassen. Soll sie sich doch bei den grüngesichtigen Totenrichtern ausweinen! Uns kommt sie nicht mehr in die Quere.

Dennoch werde ich meine Pläne ändern. Die kleine Hure kann es ruhig noch mitbekommen. Dann hat sie noch etwas von ihrer letzten Lebensstunde. Ich werde mich nicht mehr von Ängsten und Befürchtungen beeinflussen lassen, sondern mit aller Macht auf mein Ziel zugehen. Wenn die Elefantenkuh von einer Prinzessin endlich tot ist, werde ich Tie Hu mit einem starken Mittel behandeln, das seinen Willen zerstört. Sollten die Quacksalber und Scharlatane da drüben es bemerken, stört es mich nicht. Sie haben keine Macht oder Autorität über den Fürsten Zhong Tie Hu. Ich sorge dafür, dass er sie ohne Vorwarnung aus dem Haus wirft und nach Wey Cheng zurückschickt. Sollen sie doch schreien, er sei von einem bösen Geist besessen oder Ähnliches. Wer wird ihnen glauben? Der Fürst vom Glockenberg ist der Herr dieses Landstriches, und man wird annehmen, dass die Magier beleidigt sind.«

»Was ist, wenn der König selbst eine Untersuchung befiehlt?«

»Die Mühlen am Hof von Wey Cheng mahlen langsam. Der König wird ein Dutzend Zeremonien abhalten lassen und drei Dutzend Orakel befragen, ehe etwas passiert. Wenn die Herren Hofbeamten hier erscheinen, werden sie nur noch einen todkranken Mann vorfinden. Notfalls müssen wir den Sohn sterben lassen, bevor ich Tie Hus Seele vollständig in mich aufgenommen habe. Ich möchte nicht riskieren, dass uns jemand diese Beute wegschnappt.«

»Ach, Hei-Hei, ich habe ein schlechtes Gefühl dabei …«

»Du bist eine alte Unke, Tantchen. Ich habe mich viel zu lange von deinen Ängsten beeinflussen lassen, und das hat uns nur Ärger eingebracht. Wenn wir noch weiter zögern, entgehen uns Tie Hu und sein Bengel noch. Nein, ich werde sofort handeln. Spätestens in einem halben Jahr gibt es keinen Fürsten vom Glockenberg mehr und auch keinen Nachkommen, der Kerzen vor seiner Seelentafel anzünden kann. Dann ist diese Familie ausgelöscht und unsere Sippe gerettet.«

»… und wir sind echte Unsterbliche, den Göttern gleich!«

»Ja, Tantchen, das werden wir sein. Es gibt niemanden, der uns noch aufhalten könnte.«

»Nein? Was ist, wenn der Fürst morgen oder übermorgen nach der kleinen Metze fragt? Was willst du ihm dann sagen? Etwa, dass sie weggelaufen ist?«

»Aber ja doch, natürlich! Genau das werde ich ihm sagen. Wir haben sie mit der alten Magd zusammen im Küchenhaus eingesperrt, und sie muss irgendwie hinausgeklettert und weggelaufen sein. Wir haben doch schon überall in der Umgebung gesucht und konnten keine Spur von ihr finden. Was soll er dann tun? Er kann nur alleine oder mit dem alten Buku die Umgebung absuchen. Wenn sie ihre Leiche wirklich finden sollten, hat sie sich eben in der Nacht in dem gefährlichen Gelände hinter dem Haupthaus verlaufen und ist in die Quellgrotte gestürzt. Zwei arme Frauen wie wir konnten da nicht hineinklettern und nachsehen.«

»Wie du meinst, Hei-Hei. Also sollten wir das Biest hier beseitigen, ehe es sich wieder rühren kann. Ich möchte morgen nicht aussehen, als hätte ich mit einer tollwütigen Katze gekämpft.«

»Nimm die Decke aus dem Korb und breite sie aus. Wir legen das Biest darauf und tragen es bis zu dem Loch. Dort lassen wir es so hineingleiten, dass kein Fetzen und kein Blut oben am Rand hängen bleibt und wir keine verräterischen Spuren zurücklassen. Schau, dass du ihre Schuhe, die Reste ihrer Hose und die graue Jacke findest, die sie verloren hat. Es muss alles hinab mit ihr in die Tiefe. Wir sollten Tie Hu nicht mit der Nase auf ihr Grab stoßen. Die Decke stopfen wir dann in ein Felsloch, damit uns das Blut daran nicht verrät. Morgen früh werde ich im ersten Licht die Spuren unserer Füße verwischen. Dann bleibt das Verschwinden des stummen Luders für alle Zeit ein Rätsel.«

Jin Mau hatte den Fuchshexen mit wachsendem Grauen zugehört. Mit einem Mal aber schöpfte sie ein klein wenig Mut. Wenn sie als Gui in der Nähe ihres toten Körpers blieb, konnte sie sich vielleicht am Morgen an Tie Hu heften und mit ihm durch die Geisterabwehrzauber des Haupthauses schlüpfen. In der nächsten Nacht würde sie dann versuchen, ein Teil seiner Träume zu werden. Vielleicht konnte sie sich darin in die alte Jin Mau verwandeln und ihm alles erzählen. Die Götter konnten doch so viel Schlechtigkeit nicht ungesühnt lassen!

43. JIN MAU LERNT DEN BERGGEIST UND SEINE SHEN-DAME KENNEN

Es war ein längeres Sterben, als Jin Mau es sich hatte vorstellen können. Die Lähmung durch das Gift der Fuchshexen war längst von ihr gewichen, und sie lebte – oder starb – immer noch. Der Sturz in die Grotte hatte ihr das Rückgrat gebrochen, denn sie konnte ihre Beine weder bewegen noch fühlen. Sie empfand kaum Schmerzen, und ihren Durst konnte sie an dem klaren Teich stillen, an dessen Rand sie lag. Dennoch wünschte sie sich, es würde schneller gehen. Wenn sie noch tagelang bis zu ihrem neuerlichen

Ende ausharren musste, hatte sie keine Möglichkeit, Tie Hu vor den Fuchshexen und ihren Plänen zu warnen.
Hier unten konnte sie nur hoffen, dass ihr Verschwinden sein Misstrauen gegen seine Konkubine und deren Mutter so stark wachsen lassen würde, dass er sich ihrem Einfluss entzog. Schließlich wussten die beiden Mörderinnen nicht, dass Tie Hu mehr Zuneigung für die stumme Yünsai als für die falsche Nü Ying empfand. Aber ihm würde alles Misstrauen der Welt nicht helfen, wenn die Fuchsfrauen ihn vergifteten, so wie sie es planten.
Jin Mau wurde zur Beute ihres Hasses und ihrer Selbstvorwürfe. Von ihren Gefühlen geschüttelt starrte sie in die Schwärze der Quellgrotte, bis sich im schwachen Licht des herannahenden Tages ihr schmutziges, blutverschmiertes Gesicht im Wasserspiegel abzeichnete. Im Zwielicht glich Yünsai eher einem Gui-Gespenst als einem Menschenkind, und Jin Mau schauderte es vor sich selbst. Nun begriff sie, warum es auch in der Geisterwelt strenge Gesetze und Regeln gab. Statt sich diesen zu unterwerfen, hatte sie dem Körper einer Sterbenden unnatürliches Leben eingeflößt und sie in einen grausamen Tod getrieben.
Ihr selbst machte das Sterben nicht so viel aus, jedenfalls dieses Mal nicht. Sie war ein Fremdkörper in diesem Leib geblieben, ein Dämon, der aus dem armen Närrchen eine Besessene gemacht hatte, ohne eine Verschmelzung ihrer Seele mit der Lebenskraft des Kindes. Bei dem Gedanken kam ihr eine Idee. Wenn sie nicht in diesen Körper gehörte, müsste sie ihn eigentlich so verlassen können, wie sie hineingeschlüpft war. Doch sosehr sie sich innerlich drehte und wand, sie konnte sich nicht aus der Umarmung des immer noch lebenden, warmen Fleisches lösen.
Nach einigen vergeblichen Versuchen, die ihr nur schlimme Schmerzen zufügten, entspannte Jin Mau sich erschöpft und

lauschte. Sie hoffte immer noch ein wenig, dass Tie Hu kommen und sie hier unten finden würde – ob lebend oder tot, war nicht so wichtig. Aber von draußen drang nur das Konzert der Vogelstimmen herein, das sich an den Felswänden brach und die Luft zum Schwingen brachte.

Es musste noch sehr früh am Tag sein, in der Stunde des Tigers, in der nur die Bauern aufzustehen pflegten. Wahrscheinlich war der Rand der Sonne noch nicht über dem Horizont aufgetaucht. In zwei Doppelstunden würde Tie Hu hier auftauchen, falls er angesichts der unmittelbar bevorstehenden Geburt seines Sohnes überhaupt Zeit dazu fand. Aber er hatte versprochen, ihr warme Kleidung zu bringen. Bis dahin musste sie sich von diesem lästig gewordenen Körper getrennt haben und ihn draußen beim Haus der Geisterfüchsinnen erwarten. Sie versuchte aufs Neue, sich von dem im Sterben liegenden Kind zu lösen. Aber sosehr sie sich anstrengte, sie klebte darin fest wie eine Fliege auf einer Leimrute.

Schließlich kam sie auf die Idee, sich in den Teich zu wälzen, um darin zu ertrinken. Es würde kein angenehmes Ende sein. Sie hatte die Qualen an jenem Tag erlebt, an dem sie in das Närrchen hineingeschlüpft und dessen Körper in den Graben gestürzt war. Aber es schien ihr der einzige Ausweg. Jin Mau versuchte gerade, sich mit ihrem gesunden Arm zum Teichrand zu ziehen, als jemand fragte: »Hast du es so eilig mit dem Sterben, mein Kind?«

Die Stimme klang wie das Knarren und Ächzen von Holz und das Heulen des Windes um die Bergwände. Jin Mau hielt inne und sah sich um. Aber da war niemand. Nur ein menschengroßer, bizarr geformter Felsen, der ihr vorher nicht aufgefallen war – oder war es ein knorriger Baumstamm, der hier hineingerutscht war und nun aufrecht an der Wand lehnte? Als sich der Baumstamm aber bewegte, verwandelte er sich in einen kleinen, alten Mann mit einem affenähnlichen Gesicht und nur einem Bein.

Berggeister, so hieß es in den Überlieferungen, hatten nur ein Bein. Dieser hier aber hatte tatsächlich zwei Beine, doch wenn er stand, sah man es nicht. Im Wald oder zwischen Felstrümmern würde er den Menschen kaum auffallen. Das Wesen musste der Geist des Glockenberges sein, der sagenhafte Vater des Kriegshelden Zhong Bao Hong und damit der Großvater von Tie Hu.

Jin Mau schossen Tränen in die Augen. Hier stand jemand, der ihr vielleicht helfen konnte, und sie konnte sich nicht mit ihm verständigen. Sie seufzte und deutete auf ihren Mund, um anzudeuten, dass sie stumm war.

Der Berggeist kam näher, beugte sich über sie und legte seine Hand auf ihre Lippen. Dabei starrte er in ihre Augen, als könne er tief in sie hineinsehen. »Du bist doch die Tochter von Buku und seiner Frau Xiang, nicht wahr? Oder vielmehr – du bist ein Gui, der sich den Körper des Närrchens angeeignet hat. Ts, ts – so etwas sehen die Totenrichter aber gar nicht gern! Da wirst du dich recht lange in den Tiefen der Unterwelt läutern müssen, bis man dir eine Wiedergeburt erlauben wird.

Ich bin Zhong Shan Shen, der Herr dieses Berges und auch so eine Art Totenrichter. Ich sammle die Seelen der Menschen, die im Umkreis des Berges sterben, und schicke sie zu den Gelben Quellen, damit sie sich nicht als Albtraum- oder Gui-Gespenster herumtreiben müssen und schließlich im grauen Nichts verlorengehen.

Und du? Wer bist du? Nein, nein, keine Ausrede, Gui. Das Mädchen, dessen Körper du dir angeeignet hast, war nur stumm, weil es eine falsche Seele bekommen hat. Du kannst sprechen, wenn du nur willst – du hast es doch früher gekonnt, oder nicht?«

Jin Mau nickte. »Miau«, sagte sie dann. »Mau… Ma…« Sie presste die Lippen zusammen und starrte den Berggeist erschrocken an. Als Katze schien sie das Sprechen verlernt zu haben.

Zhong Shan Shen lachte. Es klang wie das Rollen einer Felslawine. »So, so, du hättest eine Katze werden sollen! Da musst du in deinem Menschenleben aber einiges angestellt haben. Du schüttelst den Kopf? Dann denke an dein Leben als Mensch zurück. Hast du da singen können? Singen ist leichter als sprechen.

Schau, ich möchte wissen, was dir zugestoßen ist und was dort draußen vorgeht. Ich habe das Gefühl, dass es für das Kind des alten Buku noch ein wenig früh zum Sterben war. Da hat wohl jemand nachgeholfen! Ich werde dich jetzt ein wenig stärken und dir die Schmerzen nehmen, damit du mir Rede und Antwort stehen kannst. So hilflos ich auch außerhalb meines Reiches bin, so mächtig bin ich hier im Gebein der Erde.«

Jin Mau folgte dem Vorschlag des Berggeistes. Während ihre Kehle mit Quietschen, Pfeifen und Schnarren auf die ungewohnte Anstrengung reagierte und nur mühsam so etwas Ähnliches wie eine Melodie formte, setzte Zhong Shan Shen sich neben sie und erzählte von seinen Problemen.

»Weißt du, mein Kleines, du scheinst der Schlüssel zu einem Rätsel zu sein, das ich allein nicht lösen kann. Um meinen Berg herum, direkt außerhalb meines Machtbereiches, gehen Dinge vor, die ich nicht durchschaue. Auf dem Gut, das einst meinem Sohn, dem Roten Panther gehörte, haben sich eine Menge Leute eingenistet, die sich mit Magie und Zauberei beschäftigen und dabei schrecklich herumstümpern. Auf jener Seite des Berges kann ich es kaum noch aushalten. Manchmal möchte ich die Göttin Xiwangmu und ihre Sturmdämonen und Regendrachen bitten, mit einem Donnerwetter dazwischenzufahren. Aber das würde ein Unwetter auslösen, welches viele unschuldige Menschen in den Tod reißen würde.

Als wären die Magier nicht störend genug, haben sich zwei Geisterfüchsinnen direkt im Schatten der Felsnase eingenistet, in die meine Frau und ich uns zurückgezogen haben. Jetzt vergiften die Magier die Südwestseite des Berges mit ihren plumpen Sprüchen und Ritualen und die Geisterfüchsinnen die Nordseite mit den Dämpfen aus ihrer Hexenküche. All das geschieht aber leider nicht auf dem Boden des Berges selbst, wo ich die Macht hätte, sie zu vertreiben. Den Fuchshexen könnte ich ein paar große Felsen auf ihren Bau fallen lassen. Dann wäre ich sie vielleicht los. Aber …«

Jin Mau quietschte vor Aufregung wie eine ungefettete Türangel. Dann brachen die ersten Worte aus ihr heraus. »Ja, bitte! Tut das! Bitte, Herr Zhong, tötet die Fuchshexen, ehe sie Euren Enkel umbringen und seine Seele rauben können!«

»Meinen Enkel umbringen? Der hat doch so viele Geisteraustreiber, Magier, Priester und sonstiges Gesindel um sich versammelt, dass diese Weiber ihm kaum schaden können! Ich schäme mich für den jungen Mann. Der Lümmel ist völlig aus der Art geschlagen und scheint seine Herkunft vergessen zu haben! Dabei hat er noch nicht einmal die Ausreden, dass der zauberische Rattengeist seine Fähigkeiten zerstört hat, wie es bei meinem armen Sohn der Fall war.«

Der Berggeist wusste offensichtlich nichts von den Ereignissen nach dem Überfall des Rattengeistes auf den Gutshof. Aber Jin Mau war froh, dass sie jemanden gefunden hatte, der ihr weiterhelfen konnte. Stockend und dann immer schneller begann sie zu erzählen. So knapp, wie sie es vermochte, berichtete sie dem Berggeist – und seiner gespenstischen Shen-Dame, die sich kurze Zeit später zu ihnen gesellte – alles, was sie wusste, angefangen bei ihren eigenen Heiratsplänen für Zhong Tie Hu bis hin zu dessen unglücklicher Hochzeit mit der abergläubischen Lu Kin und dem Mord an der Kurtisane Goldene Katze. Auch gab sie weiter, was Shirliang Po und Sternengeist ihr erklärt hatten, und berichtete zuletzt von den Plänen der Geisterfüchsinnen. Schließlich kam es ihr vor, als hätte sie jahrelang geredet. Doch als sie zum Ende kam, erlosch gerade der Strahl, den die nach Süden wandernde Sonne für kurze Zeit in die Tiefen des Berges geschickt hatte.

»Es bleibt mir nichts anderes übrig, als diesen Körper so schnell wie möglich abzustreifen. Ich will als Albtraumgeist versuchen, Tie Hu zu warnen. Doch er glaubt nicht an Traumgesichte, Orakel und Ähnliches. Er will auch nichts von den Göttern oder den hilfreichen Unsterblichen wissen. Es ist, als hätte ihm das Mittel, das ihm als Kind seine Erinnerung an Euch und seine Zugehörigkeit zur Geisterwelt genommen hat, einen Abscheu vor allen Dingen eingeflößt, die nicht zur Welt des roten Staubes gehören. Aber ich muss ihn warnen, auch wenn ich dafür im grauen Nichts vergehe. Ich liebe ihn und könnte es nicht ertragen, wenn er den Fuchsfrauen zum Opfer fiele. Außerdem könnte ich in diesem Fall auch niemals mehr meinem Vater unter die Augen treten.«

»Wenn du deine Seele dafür opferst, wirst du den alten Schwerenöter sowieso nicht wiedersehen«, brummte der Berggeist und begann, die verschiedensten Mittel zu erörtern, mit denen er ihre Mission unterstützen konnte. Alle endeten damit, dass es auch für ihn kein Mittel gab, die Zauber der Magier und der Geisterfüchsinnen außerhalb seines Berges zu entkräften oder zu stören. Schließlich erklärte er sich bereit, Jin Maus Seele aus dem Körper zu befreien, damit sie auf eigene Faust ihr Glück versuchen konnte.

»Kleine Jin Mau«, seufzte er, »oder soll ich dich lieber Ran Yünsei nennen? Wenn mein Enkelsohn nicht zu einem blind durch die Welt laufenden Menschen geworden wäre, sähe es besser für uns aus. Ich könnte ihn hierherlocken, solange dein Körper noch lebt, und du könntest ihm alles erzählen. Aber so kann ich nur meine Hilflosigkeit mit dir teilen!«

»Hilflos zu sein ist furchtbar, nicht wahr? Befreie meine Seele! Ich will versuchen, Sternengeist zu finden. Vielleicht kennt sie einen Ausweg. Du solltest inzwischen alles tun, um die Fuchshexen unter einer Felslawine zu verschütten.«

»Wenn es nur hilft! Sie gehören auf ihre eigene Weise bereits zu den Unsterblichen und sind nur durch bestimmte Riten und Zauber oder in ihrer einfachen Tiergestalt zu töten. In ihrer jetzigen Form sind sie durch ihre Zauberkünste geschützt und würden einen Felssturz wahrscheinlich überstehen. Ich will daher nichts tun, bevor du Tie Hu vor ihnen gewarnt hast. Sonst glaubt er ihnen weiterhin jede Lüge, die sie ihm auftischen, und wir haben sein Unglück nur aufgeschoben.«

Da mischte sich die Shen-Dame ein, die bisher wie ein feiner, flirrender Nebelstreif im Dunkel der Grotte gestanden hatte. Sie trat nach vorn und nahm die Gestalt einer drallen Bäuerin mittleren Alters an. Ihr Vollmondgesicht rötete sich, und ihr kräftiger Busen wogte vor Aufregung. »Warte, Mann! Warum sollen wir ein solches Risiko eingehen, wenn es eine viel einfachere Lösung gibt? Ach, ihr Männer seid selbst als Geister noch umständlich und unpraktisch. Das Mädchen hat doch selbst gesagt, dass die Füchsinnen alle Spuren von ihr beseitigt haben. Das werden wir für uns nutzen.

Du gehst jetzt nach oben auf die Keilerzahnspitze und hältst Ausschau nach Tie Hu. Ich nehme derweil die Schuhe und die Kleiderfetzen der jungen Dame an mich und steige auf die schwarze Felsnase. Sowie Tie Hu das Haus der Geisterfüchsinnen betritt, werfe ich die Sachen herab und sorge dafür, dass sie eine unübersehbare Spur bis in die Grotte bilden. Wenn es klappt, ernten wir Zwillingsfrüchte des Erfolgs. Yünsai ... nein, Jin Mau kann sich Tie Hu offenbaren und ihn warnen. Wir werden unseren Enkel aber nicht sofort wieder laufen lassen, sondern ihn hierbehalten, damit wir ihm den Kopf zurechtsetzen können. Wenn er kommt, versperrst du ihm sofort den Weg nach draußen. Dann nimmst du dich seiner verschütteten Erinnerungen an und schaust, wie viel du davon noch wecken kannst. Gib Tie Hu sein Geburtsrecht zurück und damit auch die Kraft, sich dem Zugriff der Geisterfüchsinnen zu entziehen und sie zu durchschauen. Vielleicht wird er dann eines Tages auch über die Menschenwelt hinauswachsen und den Weg zum Kunlun-Berg finden, wie seine Mutter es sich gewünscht hat.«

»Kunlun-Berg! Das ist genauso ein Unsinn wie Shirliang Pos Plan, einen Soldaten aus ihm zu machen. Ich habe auf diese Weise schon meinen Sohn verloren! Tie Hu ist dazu geschaffen, Menschen zu hüten und nicht zu töten. Ich will, dass er ein anständiger Beamter des Jadekaisers wird oder ein Berggeist wie ich oder ... Ja, schon gut, Weib. Ich weiß, jetzt ist keine Zeit für Diskussionen. Ich gehe ja schon und halte nach ihm Ausschau!«

Kaum hatte er das letzte Wort gesprochen, löste er sich auf. Die Geisterdame sammelte die herumliegenden Kleiderteile und Schuhe ein und stopfte sie in einen Korb, der aus dem Nichts in ihrer Hand entstand. Dann strich sie dem Mädchen übers Haar und flößte ihr dabei auf magische Weise neue Kraft ein. »Ich muss jetzt gehen, Kleines. Versuch, ein wenig zu schlafen, aber bleib in diesem Körper. Du musst ihn so lange am Leben erhalten, bis du mit Tie Hu gesprochen hast.«

»Was ist, wenn er nicht kommt?«, fragte Jin Mau besorgt.
»Oh, da sorg dich nicht. Er kommt! Ich fühle es. Ich weiß immer, wann er sich dem Berg nähert. Dann locke ich ihn noch weiter heran. Ich habe gehofft, ich könnte ihn eines Tages so weit bringen, dass er den Berg selbst besteigt oder eine der Höhlen betritt. Ich konnte ja nicht wissen, dass ich damit zwei Geisterfüchsinnen in die Hände gespielt habe. Das mache ich jetzt gut. Verlass dich darauf, kleines Katzenmädchen!«
Jin Mau hatte gelernt, erst an eine gute Wendung der Dinge zu glauben, wenn sie eingetreten war. Doch bevor sie noch etwas sagen konnte, strich die Geisterdame mit der Hand über ihre Augen. Von einem Augenblick zum anderen schlief sie ein.

44. DIE SCHWARZE FÜCHSIN VERLIERT EINE SCHLACHT

Der Sohn ließ auf sich warten. Lu Kin lag schon seit Sonnenuntergang in den Wehen, und ihre Schreie hallten schrill durch das Haus. Dazu trieben widersprüchliche Befehle die Angehörigen ihres Hofstaates in Nervenkrisen und brachten die Hausdiener an den Rand des Wahnsinns. Tie Hu hatte bis tief in den Vormittag hinein getreulich im Vorzimmer ausgeharrt, obwohl er sich wie ein unnützes Möbelstück vorkam. Schließlich meldete sich sein Magen mit deutlichem Knurren, denn niemand hatte ihm trotz seiner wiederholten Bitte ein Frühstück bereitet.
Als er aufbegehrte, erklärte ihm einer der Herren Gelehrten, er, Fürst Zhong, sei an dem schlechten Zustand der hohen

Dame schuld. Seine ständige Abwesenheit bei wichtigen Zeremonien, Riten und Opferhandlungen, seine Ungläubigkeit und seine Weigerung, seine Dame auf ihren Ausflügen zu begleiten, hätten bösen Gui-Gespenstern Tor und Tür geöffnet …

Zhong Tie Hu hatte noch nie so viel Schwachsinn auf einmal gehört, und langsam hatte er nur noch den einen Wunsch, diese Leute so schnell wie möglich aus seiner Gegenwart zu entfernen. Da genau das nicht in seiner Macht lag, verließ er wortlos das Haus und machte sich auf den Weg zum alten Buku und seiner Frau. Dort würde er wenigstens nicht verhungern.

Sein Verwalter hatte ihn offensichtlich schon erwartet, denn in der Halle war der Tisch für ihn gedeckt, und Xiang und ihre Mägde tischten auf, was die Vorratskammern hergaben. Doch schon der erste Bissen schmeckte ihm wie Asche. Es war wohl eine ganz eigene Sache, zum ersten Mal Vater zu werden, und nun bekam er ein schlechtes Gewissen. Er hatte sich mehr um seine heimliche Konkubine als um seine Ehefrau gekümmert. Dennoch war er überzeugt, dass die Geburt nicht deswegen so schwer verlief.

Das Leben zwischen dem Bett, einem unbequemen Stuhl während der verschiedenen Zeremonien und der Sänfte hatten Lu Kins Körper noch feister und schlaffer werden lassen. Wenn er ihr zu mehr Bewegung an der frischen Luft, zu Spaziergängen im Park oder zwischen den Obstbäumen und Terrassenfeldern geraten hatte, waren ihre angeblich so allwissenden Ratgeber über ihn hergefallen, als ob er sie absichtlich hätte quälen wollen.

Er dachte an die fleißigen Bäuerinnen, die oft bis zum letzten Tag ihrer Schwangerschaft auf den Feldern standen und ihre Kinder oft sogar weit abseits ihres Hauses in schnell errichteten Strohhütten zur Welt brachten. Die Frauen be-

wegten sich viel und bekamen ihre Kinder so leicht wie Tiere, eines nach dem andern. Allerdings starben auch viele Neugeborene kurz nach der Geburt und nicht selten auch die Mütter. Aber wie man am Beispiel seiner Frau sah, konnte man eine Schwangere auch zu stark behüten.
Tie Hu fühlte sich so hilflos wie die meisten werdenden Väter, und alles in ihm drängte, ins Haupthaus zurückzukehren. Dann vernahm er die Gongs und den dumpfen Ton der Hörner. Offensichtlich ging es immer noch nicht voran, und man nahm schon wieder Zuflucht zu einer Zeremonie. Tie Hu aber sagte sich, dass diese Töne einer Gebärenden nicht guttun konnten.
Da seine Einwände vom Gefolge seiner Frau übel aufgenommen worden waren, entschloss er sich, dem Gutshof den Rücken zu kehren und zu seiner Konkubine zu reiten, ganz gleich, was das für Folgen für ihn haben mochte. Er hatte versprochen, der kleinen Yünsai warme Kleidung mitzubringen, und so nahm er das Bündel, das Xiang am Vorabend auf seine Anweisung hin gepackt hatte, und verabschiedete sich von seinen enttäuschten Gastgebern, ohne einen weiteren Bissen zu sich genommen zu haben.
Je weiter sein Pferd ihn vom Gutshof wegtrug, um so leichter wurde es ihm ums Herz. Wäre da nicht die Sorge um seinen Sohn und seine Frau gewesen, hätte er sogar ein fröhliches Lied angestimmt. An diesem Tag empfand er sogar den Schatten des Berges als vertrauten Freund. Dazu mochte die Wärme der Herbstsonne beitragen, die selbst unter den hoch aufragenden Felsen fühlbar war. Noch würde seine kleine Freundin die warme Kleidung nicht benötigen. Aber das Bündel gab ihm die Möglichkeit, sich persönlich davon zu überzeugen, dass es Yünsai bei seiner Konkubine gutging. Da er keinen Grund hatte, daran zu zweifeln, traf es ihn wie ein Schlag, Nü Ying und ihre Mutter in völliger Verwirrung anzutreffen.

Die beiden Frauen waren offensichtlich froh, ihn zu sehen. Doch er konnte nicht glauben, was sie ihm berichteten. »Yünsai weggelaufen? Aus dem verschlossenen Küchenhaus? Aber das ist doch nicht möglich! Warum sollte sie über das Dach klettern und in die Dunkelheit laufen?«

Die Witwe Fong führte ihn zu einer Stelle, wo Stofffetzen und geknickte Zweige beredtes Zeugnis von Yünsais Kletterkünsten ablegten. Sie führte ihm auch die alte Magd vor, die ihm umständlich erklärte, wie sie mit Yünsai bis in die Nacht in der Waschküche gearbeitet hatte. Sie versicherte Tie Hu, dass sie sich gut vertragen hätten. Yünsai sei bis zu dem Zeitpunkt, an dem sie sich auf den Wäschestapeln zum Schlafen niedergelegt hatten, sehr brav und fleißig gewesen. Das Mädchen musste also tief in der Nacht ausgerückt sein.

Tie Hu stand wie vor den Kopf geschlagen da. Was mochte geschehen sein, dass das Mädchen ins Dunkel der Nacht hinausgelaufen war, und das auf so einem schwierigen, selbst für einen klettergewohnten Bauernjungen gefährlichen Weg? Die Witwe Fong versicherte ihm, dass sie und ihre Tochter alle Gebäude und die nähere Umgebung gründlich abgesucht hätten, ohne die geringste Spur gefunden zu haben. Es war, als habe die neue Dienerin sich buchstäblich in Luft aufgelöst. Nü Ying heulte vor Aufregung und beteuerte, dass sie der Kleinen nicht ein böses Wort gesagt hätten.

Tie Hu begann das Gejammer der drei Frauen zu nerven. Daher schwang er sich in den Sattel und versprach ihnen, die weitere Umgebung und den Weg zum Gut abzusuchen. Kaum hatte er das Pferd antraben lassen, war es ihm, als riefe ihn jemand. Die drei Frauen standen noch immer wie Standbilder vor dem Küchenhaus, also konnten sie es nicht gewesen sein. Yünsai war stumm – wer also rief da seinen Namen?

Er zügelte das Pferd und hob sich im Sattel hoch, um so weit wie möglich sehen zu können. Aber da war niemand. Dann erklang die Stimme wieder, deutlicher als zuvor. Jetzt schien auch Nü Ying sie zu hören. Sie zuckte zusammen und blickte wild um sich, als könnte jeden Moment ein blutrünstiges Raubtier aus dem Gebüsch auftauchen. Tie Hu wollte sie schon fragen, was sie gehört hatte. Dann sah er über dem Dach des Haupthauses eine Bewegung.

Gerade auf der Spitze des vorspringenden Felssporns, der das Anwesen beschattete, stand eine Bäuerin in heller, im Sonnenlicht schimmernder Kleidung und winkte mit einem grauen Tuchfetzen. Da Tie Hu aus dem hellen Sonnenlicht in den Schatten hineinblinzelte, flimmerte es vor seinen Augen. Gleichzeitig schien sich ein eisernes Band um seinen Schädel zu legen.

Er konnte nicht ahnen, dass dies das Werk der Schwarzen Füchsin war. Haokan Hei hatte einen Spruch vor sich hingemurmelt, der die Augen des Opfers für jene Dinge blind machen sollte, die es nach dem Willen der Hexe nicht sehen sollte. Das hatte bisher auf jeden Menschen gewirkt, der keine Schutzamulette besaß. An Tie Hu prallte ihr Zauber jedoch fast wirkungslos ab, so als würde ein starker Magier seine unsichtbare Hand über ihn halten.

Als Tie Hu ein zweites Mal zu dem Felsvorsprung sah, hatte die Gestalt sich in einen späten Nebelstreif aufgelöst, und das graue Ding, das er für ein Tuch gehalten hatte, war nichts weiter als der windbewegte Schatten einer kümmerlichen Baumkrone in der steilen Felswand.

Dennoch stieg Tie Hu von seinem Pferd und schritt auf das Haupthaus zu, hinter dem ein Weg in das zerklüftete Gebiet des eigentlichen Glockenberges führen sollte. Niemand aus der Umgebung betrat den Berg, seit die Felsen beim Überfall des Rattengenerals gebebt hatten, als läge ein gefangener Riese unter ihnen. Aber es mochte sein, dass Yünsai aus ir-

gendeinem Grund dort hinaufgegangen war und nun verletzt zwischen den Felsen lag.
Seine Konkubine war ihm gefolgt und umklammerte seinen Ärmel. Doch sie roch so durchdringend und scharf nach Schweiß, dass Tie Hu sie am liebsten von sich gestoßen hätte. »Mein Geliebter, bleib um des ewigen Himmels willen bitte von den Felsen dort weg. Die sind verflucht! Hast du das Gespenst dort drüben gesehen? Bitte, folg nicht seinem Ruf! Ich flehe dich an! Wenn du in seinen Machtbereich gerätst, verwandelt es sich in einen Bären oder Tiger und zerreißt dich. Wahrscheinlich hat es die kleine Yünsai zu sich gelockt. Wie wäre das Mädchen sonst auf die Idee gekommen, über das Dach zu klettern, wenn nicht ein böser Zauber dahinterstecken würde?«
Tie Hu blieb stehen und strich der zitternden Frau über die tränennasse, mit Augenschwärze verschmierte Wange. »Schon gut, Nü Ying. Ich fürchte mich nicht vor irgendwelchen Geistern und Schreckgespenstern. Aber ich fürchte, Yünsai hat unter ähnlichen Einbildungen gelitten wie du. Vielleicht liegt sie irgendwo dort oben verletzt zwischen den Felsen und kann nicht um Hilfe rufen, weil sie stumm ist. Geh du ins Haus, pflege dich und mach dich wieder hübsch. Mir passiert schon nichts. Du möchtest doch nicht, dass deine Zofe dort oben langsam verhungert oder verdurstet, weil sie sich nicht bemerkbar machen kann?«
»Nein, natürlich nicht!«, antwortete Nü Ying mit verkniffener Miene. »Aber wenn sie wieder gesund ist, werde ich sie durchprügeln, damit sie dir und mir nicht noch einmal solche Sorgen bereitet.«
»Das werden wir sehen.« Tie Hu schrieb den giftigen Tonfall in ihrer Stimme ihrer Sorge und der Aufregung zu. Daher schob er sie ihrer Mutter in die Arme und ging weiter. Als er sich unterwegs zufällig noch einmal umdrehte, um Nü

Ying noch ein aufmunterndes Lächeln zu schenken, sah er, dass die beiden Frauen ihm mit verzerrten Gesichtern nachstarrten. Besonders Nü Yings Gesicht hatte einen so abstoßend hässlichen Ausdruck angenommen, dass er zusammenzuckte. Er schob den Eindruck jedoch seinen überreizten Nerven zu. Warum sonst hätte er beim Anblick der erschrockenen jungen Frau an einen tollwütigen Fuchs gedacht?

Hinter dem Haus erfolgte der nächste Anschlag auf seine schwankende Gemütsverfassung. Nü Ying und ihre Mutter hatten eben noch behauptet, dass sie keinerlei Spuren von Yünsai gefunden hätten. Doch er brauchte nicht einmal danach zu suchen. Mitten in dem kleinen Gemüsegarten lag ein blutbeschmierter Schuh, und auf einem Felsen dahinter fand er den ebenfalls blutigen Rest der alten, grauen Jacke, die das Mädchen nach Angaben der Magd von der Witwe Fong geschenkt bekommen hatte.

Es war sicher ein grausamer Zufall, dass der graue Lumpen dem Umriss einer Pfeilspitze glich, die auf den Fuß der Felswand zeigte. Dennoch folgte er dem Zeichen, und kaum drei Schritte weiter entdeckte er mitten auf dem Hang, der sich zum Berg senkte, den anderen Schuh und weiter unten Fetzen der gelbbraunen Hose, die Yünsai tags zuvor getragen hatte.

Haokan Hei beobachtete Tie Hu unbemerkt und rang die Hände. Seit ihrer Kindheit war sie nicht mehr so hilflos gewesen. Die Geschehnisse entglitten ihr, als würde jemand gegen sie arbeiten. Da sie sich bei dem Versuch verausgabt hatte, Tie Hu auf magischem Weg von der Erscheinung der Geisterfrau auf dem Berg abzulenken, und er die blutigen Kleidungsstücke entdeckt hatte, die nach ihrem Willen tief in der Grotte hätten liegen müssen, vermochte sie die Zerstörung all ihrer Pläne nicht mehr aufzuhalten.

Mochin Shao klammerte sich an ihre Pflegetochter und wimmerte wie ein kleines Kind. »Aber das ist doch ganz unmöglich! Hei-Hei, wo kommen Yünsais Sachen her? Sag mir, dass das nicht wahr ist!«
»Es ist wahr!«, antwortete Haokan Hei grimmig. In ihrer Ärmeltasche fühlte sie die Phiole mit dem Staub, mit dem sie in der Nacht das Mädchen gelähmt hatte. Das Gefäß war noch mehr als halb voll. Es war ein aberwitziger, letzter Versuch, aber sie war entschlossen, jetzt alles auf eine Karte zu setzen.
Sie schrie auf wie eine Frau in heller Panik. »Tie Hu! Nein! Komm zurück! Du darfst nicht alleine zum Berg! Das Ungeheuer wird auch dich zerreißen! Hörst du? Komm zurück! Ich flehe dich an!«
Zwar hörte Tie Hu seine Konkubine nach ihm rufen, doch er drehte sich nicht einmal um. Schritt für Schritt tastete er sich über die feuchten Felsen und den lehmigen Grund hinab bis zu dem Einschnitt, aus dem die Bergflanke wie eine senkrechte, leicht überhängende Wand nach oben stieg. Dort mochte es Höhlen und finstere Abgründe geben – und darin hauste möglicherweise ein Bär oder ein anderes wildes Tier, von dem Yünsai in der Nacht angefallen worden war.
Tie Hu schob die hundert Fragen beiseite, die in seinem Kopf herumwirbelten, und überzeugte sich, dass er sein schweres Jagdmesser mitgenommen hatte. Dabei begann sein Blut zu kochen. Wieder hatte er das Gefühl, sich Pranken mit scharfen Krallen wachsen lassen zu können, und ein Gebiss, schwer wie das eines Tigers. Dieser Zustand überfiel ihn sonst nur tief in einem sonst menschenleeren Wald. Aber der Berg vor ihm war ebenfalls ein einsamer, unheilvoller Ort, den er lieber gemieden hätte.
Auf jeden Fall würde er Yünsai suchen und finden – oder das, was von ihr übrig geblieben sein mochte. Seltsamerwei-

se gab es hier unten keinerlei Spuren von einem Raubtier. Der feuchte, schluchtähnliche Einschnitt unterhalb der Felswand war nicht gerade die Gegend, in die sich ein Bär oder ein Tiger zurückziehen würde, und es gab auch keinerlei Raubtierspuren. Aber der Boden war aufgewühlt und sah so aus, als sei ein Wesen mit den Füßen eines Elefanten hier herumgelaufen.

Ehe Tie Hu sich darüber Gedanken machen konnte, entdeckte er den Abdruck einer blutigen Hand halb unter einem schweinsgroßen Felsbrocken, so klein wie die eines Kindes – Yünsais Hand. In einer Höhle unter großen Steinen und Büschen fand er weitere Blutspuren, so als hätte Yünsai sich verletzt hierher verkrochen. Auf einer Felsplatte neben der Höhle gab es noch einen rötlichen Abdruck, so als sei hier Blut durch ein Stück Tuch gedrungen. Gleich daneben fand er die Reste von grünen und rosenholzfarbenen Fransen, die er sofort erkannte. Sie gehörten zu einer kostbaren, aber schon leicht verschossenen Brokatdecke, die er in einer seiner Truhen gefunden und seiner Konkubine geschenkt hatte.

Tie Hu stand vor einem Rätsel, und der einzige Halt in diesem Verwirrspiel stellte im nächsten Augenblick der Stoffgürtel dar, der wenige Schritte tiefer auf einem Felsen lag und mit einem zur Pfeilspitze verknäulten Ende auf einen besonders tiefen Teil des Einschnittes zeigte. Kaum hatte Tie Hu den Gürtel erreicht, da stach ihm schon die Brokatdecke in die Augen. Die Blutflecken darauf waren unübersehbar. Die Decke hing halb über dem Rand eines großen, schwarzen Loches, das in die Tiefen des Berges führte. Mit seinen steilen Wänden konnte dies niemals der Zufluchtsort eines Tieres sein. Trotzdem griff Tie Hu unwillkürlich zu seinem Messer. Wenn die beiden Frauen irgendetwas mit Yünsais Tod zu tun haben sollten, dann würde er all seine

Beherrschung brauchen, sie nicht eigenhändig umzubringen.
Erschrocken, weil ihm solch mörderische Gedanken durch den Kopf schossen, untersuchte Tie Hu das zwei Manneslängen durchmessende Loch und machte sich dann an den Abstieg. Es ging leichter, als er dachte, und kurz darauf entdeckte er die bleiche Gestalt Yünsais im Halbdunkel der Grotte dicht neben einem schwarzen Wasserspiegel. Ihre Zähne leuchteten weiß aus dem schmutzigen Gesicht, und sie lächelte selig. Mühsam hob sie die Hand und winkte ihm mit flatternden Fingern zu. Es war eine Handbewegung, die er bisher nur bei Jin Mau gesehen hatte.
Kurz schätzte er die Entfernung zum Boden der Grotte ab, ließ sich fallen und kam leichtfüßig neben Yünsai auf, ohne sie zu berühren. Als er sich bückte, um sie aufzuheben, hob sie abwehrend den Arm und begann zu seiner Verwunderung zu sprechen. »Nein, mein Liebster, rühr mich nicht an. Ich bin so schwer verletzt, dass jede Bewegung mein Tod sein kann. Komm, setz dich neben mich und hör mir zu! Ich möchte, dass du meine Mörderinnen fängst und bestrafen lässt.«
Tie Hu setzte sich auf einen Stein, so dass er direkt in ihr Gesicht sehen konnte. Der verdrehte Körper und die im unnatürlichen Winkel abstehenden Beine bereiteten ihm Übelkeit, dennoch nahm er Yünsais gesunde Hand in die seine. »Liebes Kleines, sag mir, wer dir das angetan hat! Und wieso kannst du auf einmal sprechen? Du …«
»Ja, ich war stumm. Das heißt, nicht ich war stumm, sondern der Körper des Närrchens, in den ich geschlüpft bin. Dein Großvater, Zhong Shan Shen, der Herr des Glockenberges, hat mir die Sprache zurückgegeben, damit ich dir alles erzählen kann. Ju Hua, seine Shen-Geist-Frau, hat dich dann zu mir gelockt. Ach, Liebster, ich bin nicht Yünsai – ich bin

Jin Mau. Nach meinem Tod bin ich in den seelenlosen Körper von Xiangs Tochter geschlüpft, um dich zu warnen. Die Geisterfüchsinnen haben mich in Wey Cheng ermordet, weil ich ihren Plänen im Weg stand. Sie wollen dir und deinem Sohn die Seele rauben, um selbst die Kraft von Göttinnen zu bekommen. Shirliang Po, der Stadtgott von Wey Cheng, hat meine Seele hierhergeschickt, und deine Mutter Shi Shing …«

Tie Hu hatte dem Kind in wachsendem Unglauben zugehört. Das Unglück musste sie total verwirrt haben. Er fasste sich an den Kopf, der sich mit einem Mal anfühlte, als sei er zwischen zwei Mühlsteine geraten. »Nein! Nein! Hör auf!«, schrie er verzweifelt. »Das sind doch Hirngespinste! Yünsai, Kleines, du weißt nicht, was du da redest!«

»Das weiß sie nur allzu gut, du undankbarer, pflichtvergessener Lümmel!«, sagte in dem Moment jemand hinter ihm.

Jin Mau lächelte erleichtert, denn der Berggeist glich nun nicht mehr einem verhutzelten, affengesichtigen Mann im braunen Bauernkittel, sondern hatte das imponierende Aussehen eines hochgewachsenen, älteren Beamten angenommen. Er wartete, bis der verblüffte Tie Hu aufgestanden war und wie ein gescholtener Schreiber vor ihm stand. Dann holte er aus und versetzte ihm eine schallende Ohrfeige, die den jungen Fürsten zu Boden warf.

»So!«, sagte er. »Das ist dafür, dass du dich bisher kein einziges Mal bei deinen Großeltern hast sehen lassen, obwohl du schon mindestens viermal dein Landgut besucht hast. Haben dir die Menschen, unter denen du aufgewachsen bist, keine Pietät beigebracht? Sind dir die hohlen Ehrungen und die nutzlosen Titel, mit denen dich dieser Menschenkönig behängt hat, so zu Kopf gestiegen, dass du mit einem einfachen Berggeist und seiner bäuerlichen Shen-Dame nichts mehr zu tun haben willst? Wenn das so ist, dann erkläre ich

dir, dass du nicht länger mein Enkel bist! Du wirst den Namen Zhong ablegen und das Glockenberg-Gut für immer verlassen. Hörst du? Du bist nicht wert, der Sohn des Roten Panthers zu sein, du Mehlgesicht!
Die Seele deiner Mutter Sternengeist weint Tränen um dich im grauen Nichts. Sie hat ihre Kraft und Existenz geopfert, um dich vor dem Rattengeneral in Sicherheit zu bringen. Du aber dankst es ihr, indem du ein verlotterter Lebemann und unnützer Höfling geworden bist! Du hast deine kleine Freundin aus dem Blumenhaus um einer Prinzessin willen fallen gelassen und diese dann mit einer Fuchshure betrogen.«
Die Worte des Berggeistes prasselten wie ein Gewitter auf Tie Hu ein. Er hörte nur dessen unverständliche Anklage, die sein Innerstes umstülpte wie einen alten Sack und Erinnerungen an einen ähnlichen Albtraum in ihm weckten. Das Lächeln in den Augen des Herrn vom Glockenberg bemerkten nur Jin Mau und die Shen-Dame.
Ju Hua zwinkerte Jin Mau zu und zupfte ihren Eheherren am Ärmel. »Lass es gut sein! Du siehst doch, dass der Junge bereits am Boden zerstört ist. Er scheint mir unter einem starken Vergessenszauber zu leiden, denn sonst könnte er nicht so ein dummes Gesicht machen. Vielleicht erinnert er sich noch an mich. Schließlich habe ich ihn als kleinen Jungen im Windschatten der Gipfel auf meinem Schoß gehalten und ihm die Welt von unserem Reich aus gezeigt.
Zhong Tie Hu, steh auf, damit ich dir in die Augen sehen kann. Ich bin Ju Hua, die Mutter deines Vaters. Erinnerst du dich nicht mehr an mich? Oder an die Hallen der singenden Kristalle, in denen du mit mir Verstecken gespielt hast? Du hast mich oft zusammen mit deiner Mutter im Berg besucht. Beim letzten Mal habe ich dir eine Kristallflöte geschenkt, die dir unser Reich zu jeder Zeit öffnen sollte. Doch du hast sie im Spiel vergessen und liegen lassen. Du warst damals ja

auch gerade erst sieben Jahre alt und verstandest wohl nicht, was du mit der Flöte anfangen solltest. Hier ist sie! Setz sie an die Lippen und versuch, darauf zu spielen. Vielleicht gibt dir das deine Erinnerung wieder.«

Tie Hu starrte die rundliche Dame an, die ihm gerade bis zur Brust reichte, und schüttelte sich. Sein Kopf glich einem Fluss voller tosender Stromschnellen, und seine Schädeldecke drohte zu bersten. Entsetzt wich er vor der Flöte zurück. Die Töne würden sein Innerstes in Brand setzen und ihn zu einem lallenden Narren machen – oder zu den Gelben Quellen schicken. Dessen war er sich sicher.

Ju Hua bot ihm die Flöte zweimal an. Dann setzte sie sie sich selbst an die Lippen und spielte Sternengeists Lieblingslied. Die Töne schnitten wie Messer in Tie Hus Kopf. Er presste die Hände gegen seine Schläfen, schrie auf und brach bewusstlos zusammen.

Entsetzt steckte die Shen-Frau die Kristallflöte in ihren Gürtel, setzte sich neben ihn und bettete seinen Kopf in ihren Schoß. Dann begann sie, ihn zu massieren.

»Er wird doch nicht sterben?«, fragte Jin Mau mit kläglich miauender Stimme.

Der Berggeist, der wieder seine gewöhnliche Gestalt angenommen hatte, legte seine Finger auf Tie Hus Stirn und seufzte tief. »Nein, kleines Mädchen, das wird er nicht. Die Flöte war tatsächlich der Schlüssel zu seinen eingesperrten Erinnerungen, und die haben ihn überwältigt. Jetzt muss er eine Weile tief schlafen, sonst erträgt sein Herz die Belastung nicht.

Es tut mir leid, mein Kleines, aber deine Zeit läuft ab. Ich muss dich zu den Gelben Quellen schicken. Aber ich glaube nicht, dass du dir Sorgen um ihn machen musst. Wenn er aufwacht, wird er wissen, wer die richtige Nü Ying ist, seine Braut aus dem Geisterreich, die immer noch auf ihn wartet.

Auch wird er uns wiedererkennen und seine eigene Natur begreifen, die zum großen Teil dem Geisterreich angehört. Keine Geisterfüchsin wird ihm mehr so nahe kommen können, dass sie ihn verzaubern und ihm seine Seele nehmen kann, das schwöre ich dir! Ich werde Tie Hu alles über deine Liebe, deine Tapferkeit und deine Treue zu ihm erzählen. Daraufhin wird er in seinem Haus eine Seelentafel errichten, wie man es in den adeligen Kreisen der Menschen für eine verstorbene zweite Frau tut, die einen Sohn geboren hat. Das wird den Höllenrichter gnädig stimmen und dein Los dort unten erleichtern. Vielleicht wirst du dann in ein glücklicheres Leben wiedergeboren.«

Yünsais Augen glänzten fiebrig aus einem immer bleicher werdenden Gesicht, aber sie lächelte. »Wenn nur mein Vater mit mir zufrieden ist und Tie Hu auch! Dann bin ich glücklich. Ich habe meine Pflicht getan, nicht wahr?«

»Ja, das hast du, kleine Jin Mau. Sorge dich nicht!« Der Berggeist gab das Lächeln zurück, zauberte von irgendwoher einen stark nach Kräutern und Essenzen riechenden Apothekerkasten mit vielen kleinen Schubladen und setzte ihn vor seiner Frau ab. Einer der Schubladen entnahm er ein lieblich duftendes Kraut und zerrieb es unter Yünsais Nase.

»So, kleines Kätzchen, damit fällt dir das Sterben ganz leicht. Schade, dass meine ehrgeizige Schwiegertochter meinen Enkel so unnötig früh mit Nü Ying vermählt hat. Shirliang Pos Tochter hätte mir als Schwiegerenkelin viel mehr zugesagt als eine hochmütige Fee. Du wärst die Frau für ihn gewesen, die ich ihm gewünscht hätte: schön, treu, fürsorglich und voller Lachen. In deiner Gegenwart wäre aus diesem Mehlgesicht ein guter Mann geworden!«

»Miau!«, protestierte Jin Mau. »Ich dachte, ich hätte einen guten Mann aus ihm gemacht. Vater hat es mir jedenfalls bestätigt!«

»Quäl die Kleine nicht, Alter!«, befahl Ju Hua ihm. »Sie hat recht! Was ich von dem jetzigen König von Wey und seinen Höflingen gehört habe, könnten wir jetzt einen von Grund auf verdorbenen Enkelsohn besitzen. Das hat sie verhindert. Tie Hu ist noch jung, er wird noch zu einem Mann werden, auf den du stolz sein kannst. Geh lieber und schreibe dem Höllenrichter der ersten Ebene eine Botschaft, in der du ihm das kleine Mädchen hier ans Herz legst.
Sie dürfte in den Augen des Richters Lü Lang eine leichtsinnige Kokotte mit einer Katzenseele sein. Deswegen soll er wissen, wie mutig sie ist und was sie für ein gutes Herz hat. Ich will nicht, dass sie in der Unterwelt leiden muss. Mach ihr den Weg leicht, hörst du, Alter? Du hast mich ja auch davor bewahrt, die Pfade der Hölle durchschreiten zu müssen, und das nicht ganz uneigennützig!«
Der Berggeist brummte unwillig. »Dafür habe ich dich daran gehindert, im Kreis der Wiedergeburten aufzusteigen. Du warst ein Bauernmädchen und kannst, solange du bei mir bleibst, nichts anderes als ein kleiner Shen-Geist sein. Dem Mädchen hier aber könnten die Gefilde der höheren Geister offenstehen.«
»Ach, Mann, dass du immer an Aufstieg und Vorwärtskommen denken musst! Du hörst dich ja an wie ein Mensch! Schreib jetzt den Brief und lass die Kleine gehen. Ich möchte nicht, dass sie den Zorn des Höllenrichters erregt und als Straßenkatze wiedergeboren wird.«
Flugs zauberte der Berggeist aus einem der winzigen Fächer des Kastens Schreibseide, Tusche und einen Pinsel hervor und warf die Schriftzeichen schneller auf das Tuch, als ein menschliches Auge dem Treiben folgen konnte. Für einen Augenblick schwebte die Seide dann noch vor den Augen der Geisterdame, um sich anschließend in Luft aufzulösen.
»Bist du nun zufrieden, Weib? Der Brief liegt bereits auf

dem Schreibtisch des obersten Totenrichters der Gelben Quellen!«

»Ich kann, wie du weißt, nicht lesen und schreiben. Also hoffe ich, dass du den richtigen Tonfall getroffen hast. Schau nur! Da löst sich unser Kätzchen schon aus dem Menschenkörper und bringt die Seele der richtigen Yünsai gleich mit. Oh, oh – das ist ja die Seele einer Nachtigall! Da hat wohl jemand einen argen Fehler begangen. Ich fürchte, auch Höllenrichter sind nicht perfekt.«

Ju Hua lockte das flatternde, piepsende Geisterwesen zu sich und ließ es auf ihrem Finger landen, während Jin Mau ihr als Katze um ihre Beine strich. »Jetzt hat der arme Vogel Angst vor der Katze! Komm, beruhige dich, mein Vögelchen. Diese Katze frisst dich nicht. Du musst dich schon an sie gewöhnen, denn ihr habt für eine Weile den gleichen Weg.«

Während der Berggeist Yünsais totem Körper die Augen zudrückte, brachte sie die Nachtigall dazu, auf dem Rücken des Kätzchens zu landen und mit dem Schnabel durch ihr Nackenfell zu fahren.

»Das wird keine langweilige Reise«, maunzte Jin Mau, während die Geisternachtigall die ersten Triller auf ihrem Rücken schmetterte. »Grüßt bitte Tie Hu von mir – und seid nachsichtig mit ihm. Das Leben im Palast von Wey war für ihn nicht gerade leicht. Sagt ihm, ich wünsche ihm alles Glück der Welt. Leider darf ich nicht auf eine Wiedergeburt hoffen, die uns beide zusammenführt – es sei denn, ich komme doch als Katze zurück und darf mich ungeniert auf seinem Schoß zusammenrollen.«

Der Berggeist und seine Dame lachten und versprachen, Tie Hu alles auszurichten. Zum Abschied kraulten sie die beiden Seelen in Tiergestalt noch einmal. Dann zog der Berggeist einen Faden aus dem ungesäumten Stoff seines Kittels, rollte ihn zu einem Knäuel und warf ihn in Richtung Wes-

ten. Es entstand so etwas wie ein höhlenartiger Pfad, der die beiden Seelen geradewegs zur Großen Geistersperre, der Pforte zur Unterwelt, bringen sollte.
»Ihr dürft diesen Weg auf keinen Fall verlassen, sonst endet ihr als Albtraumgeister!«, rief Zhong Shan Shen ihnen noch nach. Dann umfing die Unwirklichkeit des Pfades, der wie ein Tunnel aus dichten Pflanzen wirkte, die beiden Seelen. Das Leben in der Welt des roten Staubes lag nun hinter Jin Mau – und irgendwo am Ende auch wieder vor ihr, in einer anderen Zeit, in einer neuen Haut und mit einem neuen Schicksal. Mit einem Seufzen, das gar nicht zu einer Katze passte, setzte Jin Mau sich in Bewegung. Nur eines ärgerte sie: Sie hätte gern noch gewusst, was man mit ihren beiden Feindinnen machen würde.

45. DIE SCHWARZE FÜCHSIN ZIEHT SICH ZURÜCK

Haokan Hei und ihre Pflegemutter hatten starr und steif wie hölzerne Statuen dagestanden, bis Tie Hu in dem Einschnitt am Fuß des Berges verschwunden war. Dann klammerten sie sich wie ganz gewöhnliche Frauen heulend aneinander. Ihre Gesichter wölbten sich nach vorn und wurden halb menschlich und halb füchsisch, denn ihre Kraft hatte sich erschöpft.
Mochin Shao schwankte wie ein dünnes Bambusrohr im Wind. »Jetzt ist alles aus! Jetzt werden die Geisterbeschwörer und Magier kommen und uns umbringen.«
Haokan Hei hasste sich in diesem Augenblick, weil sie ihre Nerven verloren hatte und überdies zu feige gewesen war,

Tie Hu zu folgen und ihn auf dem halben Weg zur Brunnengrotte zu überwältigen. Aber ihr Instinkt hatte sie davor gewarnt, den Bannkreis des Berges zu überschreiten. Nun versuchte sie, ihre Schwäche zu kaschieren, indem sie ihre Stimme forsch klingen ließ.

»So, meinst du, Tantchen? Hast du etwa vor, hier zu warten wie eine angebundene Ziege auf den Tiger? Ich weiß, wann ich mich zurückziehen muss. Diese Schlacht ist verloren, aber nicht der Krieg! Ich werde meine Pläne ändern, nicht mein Ziel.«

»Was redest du da? Wir haben dieses Spiel verloren, und zwar gründlich. Daher dürfen wir uns in den nächsten Jahren nirgends mehr sehen lassen, wo wir Magiern oder Geisteraustreibern auffallen könnten. Ich erinnere mich noch allzu gut, wie es deiner und meiner Mutter erging, als sie von diesem Gesindel entdeckt wurden. Sie haben sie durch drei Länder verfolgt, sie schließlich in ihre Tiergestalt zurückverwandelt und mit Knüppeln erschlagen! Sag mir nur, wer Yünsais Lumpen hier ausgelegt hat. Ein neuer Feind?«

Haokan Hei nahm die zitternde Mochin Shao am Arm und führte sie in den Schuppen. Wer sie von Ferne sah, musste glauben, sie seien von den Ereignissen des Tages geknickte und von Gespensterfurcht geschüttelte Frauen. Doch in Wahrheit waren beide angespannt wie weit ausgezogene Jagdbögen. Haokan Hei sah sich in der sorgfältig eingerichteten Hexenküche um und zuckte bedauernd mit den Schultern. »Schade um unsere Sammlung. Jetzt geht auch der letzte Rest zugrunde. Es wird schwer werden, das alles wieder zu beschaffen, aber wir können nichts mitnehmen. Ich schlage vor, wir setzen nicht nur diesen Schuppen, sondern das ganze Anwesen in Brand. Dann dürften die Magier und Geisteraustreiber nichts finden, mit dem sie uns aufspüren oder uns aus der Ferne schaden können. Wir beide aber nehmen unsere Tiergestalt an und laufen durch die Wälder nach Wey Cheng!«

»Bei allen Unsterblichen! Was willst du in Wey Cheng? Tie Hu wird das Gefolge seiner Frau auf uns ansetzen und auch Boten in die Hauptstadt schicken, um die Leute im Palast vor uns zu warnen!«

»Das erwarte ich, Tantchen. Aber willst du Onkel Cong Ming ungewarnt in sein Unglück rennen lassen? Jetzt, wo die Menschen wissen, was wir sind, werden sie sich auch gegen deinen Bruder wenden. Selbst wenn sie ihn nicht als Geisterfuchs erkennen, werden sie ihn als unseren Komplizen behandeln und vernichten. Außerdem befinden sich in einem Versteck bei unserem Pavillon noch meine kostbaren Bücher und einige andere Dinge, die wir häufig benutzt haben. Onkel Cong Ming muss sie und auch seinen eigenen Besitz vernichten, bevor er zu uns in die Wälder kommt.«

»Bei den uralten Ahnen, du hast recht! An meinen Bruder habe ich gar nicht gedacht. Glaubst du, die Magier können unsere Spur bis in die Wälder verfolgen? Und was ist mit unserem neuen, unbekannten Feind? Wer weiß, über welche Macht dieses Wesen verfügt!«

»Weißt du etwa immer noch nicht, wer das ist? Nun, du kannst mir jetzt eine Menge Vorhaltungen machen, denn du selbst hast ihn vor einer Weile erwähnt. Ich habe einfach nicht mehr an den Kerl gedacht, sonst hätte ich Yünsai nicht direkt in seinem Reich umgebracht. Er hat nur ihre verfluchte Katzenseele verhören müssen, um zu erfahren, was er wollte. Du siehst mich fragend an? Oh, Tantchen! Es ist natürlich Zhong Shan Shen – der hiesige Berggeist. Alle hohen Gipfel unterstehen einem Berggeist, so wie eine Stadt einem Stadtgott.«

»Das weiß ich ebenso gut wie du. Schließlich bin ich kein unerfahrener Welpe mehr. Ich erinnere mich sogar, dass ich dich vor ihm gewarnt habe. Aber Berggeister kümmern sich im Allgemeinen nicht darum, was außerhalb ihres Machtbereiches geschieht, und es war nicht der alte Zhong, der dort oben auf dem Felsvorsprung stand. Das war ein weiblicher Geist, der offensichtlich gelernt hat, auch im Sonnenlicht eine sichtbare Gestalt anzunehmen.«

Haokan Hei stapelte Bücher, Töpfe, Flaschen und die Körbe mit all ihrem wertvollen Inhalt zu einem Scheiterhaufen auf, über den sie das Heizgras verteilte, während Mochin Shao auf ihren Wink die restliche Holzkohle innen an den Wänden verteilte. Dann zündete sie eine Fackel an. Ehe sie diese in den Stapel ihrer mit so viel Sorgfalt zusammengetragenen magischen Utensilien warf, hielt sie inne und gab Mochin Shao die gewünschte Aufklärung.

»Es war nicht der alte Zhong, sondern seine Frau Ju Hua, die wir gesehen haben. Sie dürfte auch die Anstifterin zu dem bösen Streich mit den zur Spur ausgelegten Lumpen sein.«

»Bist du dir da sicher? Die Mutter des Roten Panthers war ein einfaches Bauernmädchen, das schon lange zu den Gelben Quellen gegangen sein müsste. Das da oben aber war eine ziemlich mächtige Unsterbliche.«

Haokan Hei lachte bitter. »Meine liebe Mochin Shao, manchmal bist du einfach zu naiv. Das alte Einbein hat seine Frau nach ihrem Tode natürlich nicht zu den Gelben Quellen gehen lassen, sondern sie zu einem ziemlich kräftigen Gui-Gespenst gemacht. Wenn es ihm gelingt, ihr genug Wissen zu vermitteln, und wenn er sich gut genug beim obersten Höllenrichter einschleimen kann, wird sie eines Tages auf diesem Wege eine kleine Göttin mit ähnlich begrenztem Wirkungskreis werden wie ihr feiner Gemahl.

Unsereins aber wird in den roten Staub zurückgetreten, wo immer sich eine Gelegenheit dazu bietet. Doch ich werde es ihnen allen zeigen! Eines Tages werden wir beide an der Tafel der Xiwangmu essen, vom Wasser des langen Lebens trinken und vielleicht sogar einen der Pfirsiche der Unsterblichkeit serviert bekommen. Unser Krieg ist noch nicht entschieden! Ich hole mir Tie Hus Seele nun geradewegs und mit Gewalt, und ich kenne jemanden, der mir dabei mit Begeisterung helfen wird!«

»Ja, aber ...«

»Kein Aber, Tantchen! Wir werden den Staub dieses Ortes von unseren Pfoten schütteln, Onkel Cong Ming warnen und uns dann an den Hof von Zhou begeben – zu meinem alten Freund Lao Shu, dem Rattengeist. Mit seiner Hilfe werde ich Tie Hu eine Falle stellen, aus der ihm kein Berggeist und keine lächerliche Katzenseele mehr heraushelfen kann. Du weißt, Lao Shu liegt viel an Tie Hus völliger Vernichtung, aber er darf ihn nicht mit eigener Hand umbringen. Das wäre das Ende seiner zusammengestohlenen Zauberkraft und Unsterblichkeit.«

»Kannst du dir sicher sein, dass das stimmt? Wer hat denn die Orakel für ihn befragt?«

»Ich! Wie sonst könnte ich dies so genau wissen? Ich habe neun verschiedene Orakel befragt, und alle besagten dasselbe. Lao Shu darf Tie Hu nicht töten. Daher muss er, um seinen Feind loszuwerden, unsere Pläne unterstützen. Komm, Tantchen, hier ist unsere Arbeit getan. Jetzt müssen wir noch die anderen Gebäude anzünden. Noch vor der Mittagszeit werden wir für die Magier oder die Jäger mit ihren Hunden spurlos verschwunden sein.«

46. TIE HU ERFÄHRT ALLERLEI UND WÄHLT SEINEN LEBENSWEG

Zhong Tie Hu wachte in einer prächtigen Halle auf, einer Art Höhlendom, der ihm zunächst völlig fremd vorkam. Doch als sein Blick klarer wurde, überspülte die Erinnerung ihn wie eine Woge. Er musste sich an Einzelheiten klammern, um sich nicht selbst in den vielen Tausenden, auf ihn eindringenden Bildern zu verlieren.

Dicke Matten aus gedrehter und geflochtener Schafwolle bedeckten Böden aus schimmerndem Marmor, Tücher und Polster aus Ziegenhaar lagen auf Bänken und Tischen, die wiederum aus edelstem Gestein bestanden, und ringsum hingen kunstvoll aus dem kurzen Gras der Bergmatten geflochtene und gefärbte Wandbehänge. Über einem Hochsitz, der aus einem schillernden Turmalin bestand, hing ein Schwert mit schwarzer Klinge und einem aggressiv funkelnden Rubin im Knauf. Dies war eine Waffe, die einem unbefangenen Betrachter Todesfurcht einflößen konnte. Alles andere in diesem Raum bestand aus durchscheinend weißem Kristall, das immer wieder in den sich brechenden Farben des Sonnenlichts aufleuchtete.

Tie Hu lag auf einer Bank, die dick mit Schafwollteppichen gepolstert war, und neben seinem Lager stand ein Tisch mit einem Krug Wasser und einem Korb mit süßem Gebäck. Daneben lag die Flöte aus Kristall, die er beim letzten Besuch geschenkt bekommen und liegen gelassen hatte. Ihn interessierten im Augenblick aber nur die kleinen Kuchen, die seine Großmutter aus aromatischen Wurzeln blühender Pflanzen buk, die sehr hoch in den Bergwänden wuchsen.

Er nahm ein Stück und roch daran. Sofort lief ihm das Wasser im Mund zusammen, und sein Magen knurrte erbärm-

lich. Gleichzeitig fühlte er sich so schwach, als hätte er tagelang nichts mehr zu essen bekommen. Gierig stopfte er sich das Kuchenstück in den Mund und kaute mit vollen Backen. Komisch, es war doch sonst nicht die Art seiner Mutter und seiner Großmutter, ihn so zu vernachlässigen. Er schlug die Decke zurück, unter der er geschlafen hatte, und setzte sich auf. Dann starrte er verblüfft auf seine Kleidung, denn das, was er trug, war das Gewand eines erwachsenen Mannes.
Langsam stand er auf und blickte an sich herab. Seine Hände waren groß und kräftig und trugen an manchen Stellen Schwielen wie die Hände von Buku, dem Waffenmeister seines Vaters. War er hier in der Halle seiner Großeltern eingeschlafen und durch einen missglückten Zauber als erwachsener Mann wieder aufgewacht? Für einen Augenblick war Tie Hu ratlos. Sein Kopf schien wieder leer zu sein wie ein ausgelaufenes Fass. Er sah sich um, ob niemand anders im Raum war, und fand seine Großmutter still und durchscheinend wie ein Nebelstreif vor einer Kristallsäule stehen, die wie ein Zedernstamm aus dem Boden trat, bis zur Decke stieg und oben in tausend Farbschattierungen schillerte.
»Großmutter Ju Hua?«, fragte er vorsichtig, als fürchtete er, sie in ihrer Betrachtung zu stören.
Sie kam lautlos näher. Es sah aus, als schwebte sie im Licht, obwohl sie ganz normal vorwärtsschritt. So hatte sie es immer gemacht, als wollte sie betonen, dass sie eine Geisterfrau war. Tie Hu wollte ihr wie gewöhnlich mit ausgebreiteten Armen entgegenlaufen. Doch sein Fuß stockte. Was war mit Ju Hua passiert? Entweder war er selbst so stark gewachsen oder seine Großmutter auf die Größe eines Kindes geschrumpft. Als sie vor ihm stand, reichte sie ihm gerade bis zur Brust und musste zu ihm hochschauen.
Sie lachte sichtlich amüsiert. »Hast du gut geschlafen? Hast du Hunger? Ach, vergiss die süßen Kuchen. Ich lasse dir et-

was Kräftigeres bringen. Schließlich bist du ja kein Kind mehr.«
Dann sah sie ihn durchdringend an. »An was erinnerst du dich?«
Tie Hu hielt ihrem Blick verwundert stand. »Oh, ich erinnere mich an dich und Großvater und die früheren Besuche hier. Nur bin ich da nicht in der Halle eingeschlafen. Ich danke dir, dass du die Flöte aufbewahrt hast, die ich beim letzten Mal liegen … gelassen … ha… Oh, nein! Jetzt weiß ich, was du meinst! Beim ewigen Himmel, es ist, als lebten zwei ganz verschiedene Leute in meinem Kopf.
Ich bin immer noch dein kleiner Enkelsohn Tie Hu und gleichzeitig – der Fürst Zhong aus Wey! Ich … ich habe eine Frau, die mir gerade einen Sohn schenken will. Und da ist auch die arme Yünsai, um die ich mich kümmern wollte. Bei allen Göttern, was habe ich für eine Verwirrung angerichtet! Großmama, ist Yünsai wirklich tot? Hat sie die Wahrheit gesprochen? Ist meine Konkubine wirklich eine Geisterfüchsin? Wie lange habe ich geschlafen? Ich muss wissen, ob mein Sohn heil auf die Welt gekommen ist, und ich muss mich um diese falsche Nü Ying und ihre angebliche Mutter kümmern. Großmutter …!«
»Du fragst mir ja die Leber aus dem Bauch! Drei Tage hast du wie ein Stein geschlafen, und jetzt willst du alles in drei Augenblicken wissen. Setz dich an den Tisch und iss erst einmal! Dein Großvater und ich werden dir alles erklären, soweit wir selbst Bescheid wissen. Dann musst du dich um die Menschen draußen kümmern, die verzweifelt nach dir und der kleinen Yünsai suchen. Sie krabbeln wie Ameisen auf unserem Berg herum, weil ihre Liebe zu dir größer ist als ihre Furcht. Soweit ich ihr Gerede verstanden habe, hast du einen Sohn bekommen. Er lebt!«
»Es ist wirklich ein Junge? Dann haben die Wahrsager und

Orakelpriester meiner Frau sogar einmal eine richtige Voraussage zustande gebracht. Großmama, ich muss sofort nach meiner Frau sehen. Nicht dass sie sich übermäßige Sorgen macht – oder durch meine Abwesenheit tödlich beleidigt ist. Ich komme ein anderes Mal wieder. Dann können wir …«

»Zappeliger Bengel! Setz dich an den Tisch, wie deine Ahnin es dir gesagt hat. Du wirst dich erst stärken und uns zuhören! Oder glaubst du, ich warte noch einmal fünfzehn Jahre, bis du dich bequemst, uns das nächste Mal zu besuchen?« Ebenso lautlos wie seine Dame war der Herr des Glockenberges erschienen, und seine Stimme brachte die Kristalle zum Schwingen.

Tie Hu sank in sich zusammen, denn ihm fiel ein, wie viele unehrerbietige Dinge er in seiner Unwissenheit über Götter und Geister gedacht und gesagt hatte. Fünfzehn Jahre lang hatte er die Sagen über seine Herkunft für Ammengeschwätz gehalten und sich über Menschen lustig gemacht, die an eben jene Geister glaubten. Nun fühlte er, dass er rot wurde wie ein Mädchen. Er ließ sich neben seinem Großvater an der leeren Tafel nieder und senkte schuldbewusst den Kopf.

Der Berggeist stieß ihn an und forderte ihn auf, seiner Großmutter beim Tischdecken zuzusehen. »Sie hat jahrelang geübt, bis es so perfekt geklappt hat. Natürlich will sie jetzt dafür bewundert werden.«

Ju Hua lachte fröhlich und klatschte in die Hände. Ein Wandteppich hob sich wie von selbst und gab einen Torbogen frei. Platten und Körbe voller kalter und dampfend heißer Speisen schwebten herein. Ihnen folgten Kannen, Schalen und Becher mit verschiedenen, aromatisch duftenden Getränken. Ju Hua lenkte die Gefäße wie ein Feldherr seine Truppen, bis sie genau dort auf der Tafel standen, wo sie sie hinhaben wollte. Dann erst setzte sie sich zu den beiden Männern. Doch ihre Hände blieben nicht müßig. Sie ließ die Löffel über den Schüsseln tanzen und dirigierte kleine Happen auf die Teller. Dann wünschte sie einen guten Appetit.

Tie Hu hatte großen Hunger, doch er zwang sich, nicht wie ein Tier über das Essen herzufallen. Schließlich wollte er dem alten Herrn keinen Grund zu neuem Tadel geben.

Eine Weile widmeten sie sich alle drei dem ausgezeichneten Mahl, das nach den neunundneunzig guten Dingen schmeckte und doch in der Hauptsache aus den Pilzen, Beeren und Wurzeln der Bergwiesen bestand. Zhong Shan Shen schob zuerst die Schüsseln von sich weg und rülpste zum Zeichen seiner Zufriedenheit. Dann unterzog er seinen Enkel einer kritischen Musterung. Doch der Tadel, den Tie Hu unwillkürlich erwartete, blieb aus. Der Alte brummte nur etwas Unverständliches in seinen schütteren Bart, und das klang wie ein Hauch von Anerkennung.

Tie Hu musste ihn so ängstlich angestarrt haben, dass er zu lachen begann. »Na ja, du junger Held – schau mich nicht an, als hielte ich schon das Rohrbündel in der Hand. Du kannst ja nichts dafür, dass man dir beigebracht hat, gedankenlos in den Tag hineinzuleben und die Erfüllung von Pflichten nur von anderen zu verlangen. Um die Mängel deiner Erziehung werde ich mich später einmal kümmern müssen. Jetzt sind andere Dinge wichtig.

Inzwischen weißt du, dass deine Konkubine dir nur vorgespielt hat, sie sei Nü Ying, um dich in ihre Klauen zu bekommen. Zum Glück hast du die Zähigkeit deines Vaters geerbt und konntest den Fuchsweibern genügend Widerstand leisten. Soweit deine kleine Freundin Jin Mau die beiden belauschen konnte, hatten die Füchsinnen beschlossen, deine Willenskraft mit gewissen Mitteln aus ihrer Hexenküche zu brechen. Ich berichte dir am besten das, was die tapfere Kleine uns erzählt hat, von Anfang an …«

Temperamentvoll assistiert von seiner Shen-Frau berichtete Zhong Shan Shen seinem Enkel, was Jin Mau ihnen mitgeteilt hatte. Als er zum Ende kam, hatte er den Eindruck, als hätte dieser kein Wort von dem verstanden, was er gesagt hatte. Tie Hu saß einfach da und starrte ins Nichts. Der Berggeist wollte schon aufbrausen. Da legte Ju Hua ihre Hand auf seinen Arm und schüttelte den Kopf. Zhong Shan Shen seufzte und lehnte sich zurück. »Was machen wir jetzt mit dir …?«, begann er.

In dem Moment begann Tie Hu, mit tonloser Stimme seine Sicht der Geschichte zu erzählen, von Jin Maus Plänen, ihn mit der vierten Yü zu verheiraten, über die Ereignisse im Palast von Wey samt jener Farce von einer Gerichtsverhandlung mit König Lu Niao, bis zu der echten Gerichtsverhandlung auf dem Kunlun-Berg, die bruchstückhaft aus den Tiefen seines aufgewühlten Gedächtnisses auftauchte. Er schloss mit der verzweifelten Feststellung, dass er sein Leben durch sein Unwissen wie auch durch sein Nicht-wissen-Wollen vollkommen verpfuscht habe.

»Bleib einfach bei uns im Glockenberg«, schlug Ju Hua ihm vor. »Hier kannst du dich von den Wunden in deiner Seele erholen, die das überstürzte Wecken deiner Erinnerungen in dir geschlagen hat. Dein Großvater wird dir alles beibringen, was du für den Tag benötigst, an dem du deine sterbliche Hülle abwerfen und zu einem Unsterblichen werden kannst. Wir werden alles aufschreiben, was dir durch deine Mutter und dann durch die feindlichen Füchsinnen widerfahren ist, und wenn du auf den Kunlun-Berg zurückkehren kannst, wirst du die Revision deines Urteils wegen des gebrochenen Heiratsversprechens betreiben. Du wirst sehen, mit den Beweisen, die du hast, wird man deine jetzige Ehe für ungültig erklären. Also wirst du Nü Ying doch noch heiraten können.«

Tie Hu dachte einen Augenblick nach und schüttelte dann den Kopf. »Nehmt es mir nicht übel – aber ich kann nicht einfach bei euch bleiben, denn ich habe einen Sohn, um den ich mich kümmern muss. Ich will nicht den Fehler begehen, der meine Mutter um ihren Rang als Unsterbliche gebracht hat, und ich will meinen Sohn nicht in den Händen der Höflinge lassen, die um meine Frau herumschwirren. Also werde ich die Ehe fortsetzen müssen, selbst wenn ich auf dem Kunlun-Berg weiterhin als pietätloser Verbrecher gelte. Aber niemand kann von mir verlangen, dass ich mit meiner Frau auch meinen Sohn verstoße und ihn zu einem Bastard abstempele.«

»Das verlangt auch niemand von dir«, antwortete Zhong Shan Shen. »Er ist und bleibt dein Sohn, das allein zählt. Du kannst ihn mit hierherbringen – du solltest es sogar tun. Deiner menschlichen Frau gegenüber brauchst du kein schlechtes Gewissen mehr zu haben – sie hat die Geburt nur um wenige Stunden überlebt. Wir wussten nicht, wie wir es dir mitteilen sollten, aber du solltest es wissen, bevor du dich entscheidest. Vielleicht kannst du, wenn man dich auf dem Kunlun-Berg akzeptiert hat, auch für deinen Sohn die Gnade einer vorzeitigen Unsterblichkeit erreichen. Wenn nicht, so muss er halt später ohne dich in der Welt des roten Staubes zurechtkommen.«

»Lu Kin tot? Möge der Höllenrichter gnädig mit ihr verfahren! Das hat sie nicht verdient. Ohne all die Speichellecker und Hofschranzen um sie herum hätte sie mir eine gute erste Frau sein können. Einer der Ärzte und Magier hat behauptet, sie sei mit einem seltenen Gift in Berührung gekommen, das ihr Leben während der Geburt gefährden würde. Wenn all das wahr ist, was Jin Mau belauscht hat, haben die mörderischen Geisterfüchsinnen meine Frau umgebracht.

Sollen all diese Morde ungerächt bleiben? Was ist, wenn die beiden sich später an meinen Sohn heranmachen? Er dürfte noch mehr zur Welt des roten Staubes gehören als ich und wäre ihnen schutzlos ausgeliefert. Auch muss ich mich um den elenden Rattengeist Lao Shu kümmern, der meine Eltern ermordet hat. Auch ihr Tod darf nicht ungerächt bleiben. Und da gibt es noch die Weissagung, ich würde die Stadt Wey Cheng vor den brandschatzenden Horden aus Zhou bewahren, wie es mein Vater vor mir getan hat.«

»Dein Vater hat sich von Shirliang Po breitschlagen lassen, ein Kriegsmann zu werden. Dafür war mein Sohn aber nicht bestimmt! Was Übles daraus entstanden ist, hast du am eigenen Leib erlebt. Nein, mein Junge, der Krieg mit Zhou ist nicht deine Sache, und gegen den Rattengeist kannst du erst dann vorgehen, wenn du der Welt der Menschen den Rücken zugekehrt hast und ein vollwertiges Mitglied der Welt der Götter, Geister und Unsterblichen geworden bist. Das gilt auch für die Geisterfüchsinnen. Als Mensch hast du keine Chance gegen dieses üble Gesindel.

Glaubst du, ich will nach meinem Sohn auch noch den einzigen Enkel durch dieses Pack verlieren? Deine Großmutter gehört nicht zu jenen hohen unsterblichen Feen, denen es gegeben ist, Kinder zu gebären wie sterbliche Frauen. In dem Punkt sind die Menschen und die langlebigen Geistertiere fast allen Göttern und Geistern überlegen. Nein, du wirst bei uns bleiben und die Bücher der Weisheit und der Zauberkunst studieren, wie es deine Feindin, die Geisterfüchsin, wahrscheinlich seit Jahrhunderten getan hat. Ich bringe dir schon bei, wie man Unsterblichkeit erlangt.«

Tie Hu brachte nicht jene Begeisterung für derlei Zukunftsaussichten auf, die sein Großvater von ihm erwartete, sondern starrte auf das hässliche schwarze Schwert, das ihn gleichermaßen lockte und abstieß. Ihm war, als symbolisierte diese Waffe seinen weiteren Lebensweg. Nach einer Weile schüttelte er den Kopf und sagte: »Nein!«

Sein Großvater schnaubte und spreizte seinen schütteren Bart. »Was heißt hier nein?«

Tie Hu wirkte mit einem Mal nicht mehr hilflos und weich. »Ich sage nein, weil ich nicht vorhabe, diesen bequemen Weg in die Unsterblichkeit zu wählen. Ich werde den Kunlun-Berg erst dann betreten, wenn ich mit dem Rattengeist abgerechnet habe – oder bei dem Versuch gescheitert bin. Ich bin kein Kaufmann, der seinen Rivalen vor Gericht schleppt, sondern werde den Tod meiner Eltern und den Verlust ihrer Unsterblichkeit mit eigener Hand an der alten Ratte rächen.

Wenn Jin Mau die Geisterfüchsinnen in ihrer Hexenküche richtig verstanden hat, hat mir dieses Rattenwesen auch die beiden Fuchshexen auf den Hals gehetzt. Und noch etwas – warum hat meine Mutter mich nicht auf dem Kunlun-Berg in Sicherheit gebracht? Sie muss den Hof von Wey für einen sichereren Zufluchtsort gehalten haben, denn sie war ja schon vorher mit mir auf dem Götterberg gewesen.«

»Das mag ihrer Laune oder dem Streit mit ihrer Mutter entsprungen sein«, brummte der Berggeist. »Schließlich hatte Xiwangmu ihr damals gesagt, sie dürfe ihr nie mehr unter die Augen treten!«

Ju Hua aber wiegte den Kopf. »Es muss mehr dahinterstecken. Sternengeist hat mir gegenüber einmal erwähnt, dass sie zwei Feinde hat, einen, der ihr offen gedroht hat – eben der Rattengeist Lao Shu –, und einen, der sie im Geheimen verfolgt und dem sie nichts nachweisen kann. Leider hat sie mir keinen Namen genannt. Aber ihr Feind muss wohl ein hoher Beamter der Herrin Xiwangmu sein, ein von ihr abgewiesener Freier, der ihr Rache geschworen hat. Sie meinte, der hohe Herr sei so erhaben über die Menschen und die

Welt des roten Staubes und würde sie nicht bis hier hinunter verfolgen.
Auch war sie überzeugt, dieser Mann hätte die alte Ratte auf sie angesetzt. Sie hasste diesen Unsterblichen, konnte aber aus mir unbekannten Gründen nichts gegen ihn unternehmen.«
Der Berggeist war ein zu geradliniges Wesen, um Verständnis für Intrigen und Doppelspiele zu haben. Daher schwieg er eine Weile und kaute auf seinem Bart herum. Dann nickte er widerwillig. »Ich glaube, da ist Sternengeist einem tödlichen Irrtum zum Opfer gefallen. Als die mörderische Meute des Rattengeistes hier auftauchte, habe ich versucht, über meine Grenzen hinaus einzugreifen, was mir in einem gewissen Maße hätte gelingen müssen. Aber da waren so starke Zauber im Spiel, dass ich hilfloser war als ein neugeborenes Kind.
Die Felslawine, die ich auf die Mordbrenner herabregnen lassen wollte, gerann zu einem dürren Rinnsal aus Staub, obwohl ich den ganzen Berg zum Beben brachte! Dann erhielt ich einen Rückschlag, der mich bis an die Grenze der Auflösung schwächte. Da war eine Kraft im Spiel, die ich dem Rattengeist nicht zugetraut hätte. Ich habe mehr als ein Jahr lang am Rand des Vergehens geschwebt, und ohne dich und deine Pflege, meine kleine Bäuerin, hätte der Glockenberg längst einen anderen Herrn.«
»Daran erinnere ich mich nur allzu gut. Der ganze Berg war krank und unberechenbar abweisend, so dass die Menschen sich nicht mehr in seine Nähe getraut haben.« Sie seufzte und sah Tie Hu an. »Wenn das mit dem unbekannten Feind stimmt, mein lieber Junge, dann musst du erst recht danach streben, so schnell wie möglich die Kraft eines Unsterblichen zu erlangen. Als Mensch kannst du gegen solche Feinde nichts ausrichten. Bleib hier in der Sicherheit des Glo-

ckenberges und lerne alles, was dein Großvater dir beibringen kann. In fünfzig, sechzig Jahren streifst du deine sterbliche Haut ab, gehst zum Weltenberg und versuchst, dort den Platz einzunehmen, der dir als Enkel der Göttin Xiwangmu zusteht. Dort kannst du die alte Ratte vor Gericht zitieren lassen und überdies den wahren Feind seiner Mutter suchen und stellen.«

Tie Hu schüttelte heftig den Kopf. »Nein, das werde ich nicht tun! Ich bleibe in der Welt der Sterblichen und nehme mein Schicksal in die eigene Hand. Wenn ihr, meine Großeltern, so freundlich sein wollt, mich in das eine oder andere Geheimnis der Magie einzuweihen, wäre ich euch auf ewig Dank schuldig. Mir wäre es lieb, wenn ich nicht ganz so hilflos irgendwelchen Hexenkünsten ausgesetzt wäre.«

Zhong Shan Shen war von der Dickköpfigkeit seines Enkels alles andere als begeistert. »Wenn du ein Mensch bleibst, wirst du entweder hier auf dem Glockenberg-Gut in magischen Flammen umkommen wie dein Vater, oder man wird dich zu einem Soldaten machen, der an der Grenze zu Zhou im Schlamm erstickt! Sei doch vernünftig! Deine Mutter hat dir verboten, Soldat zu spielen. Willst du auch ihr ungehorsam werden?«

»Ich will ihren Tod, den meines Vaters und aller, die dem Rattengeist und den Geisterfüchsinnen zum Opfer gefallen sind, an Lao Shu und seinen Hexen rächen. Erst dann kann ich mir wieder ins Gesicht sehen, ob als Mensch, als Unsterblicher oder – was dann wahrscheinlicher sein wird – als Gui-Gespenst. Ich denke, es ist unter den gegebenen Umständen unwahrscheinlich, dass mich der König, mein Schwager, zu einem seiner Offiziere macht. Aber ich kann es wie mein Vater halten – wenn es zum Schlimmsten kommt, rüste ich ein eigenes Heer aus und komme der Stadt Wey Cheng zur Hilfe. Dort mag sich mein Schicksal entscheiden.

Inzwischen, so hoffe ich, kann ich eine Spur dieser Fuchsfrauen finden.«

»Wenn du eine Waffe in die Hand nimmst, um einen Menschen damit zu töten, dann brauchst du dich bei mir nicht mehr sehen zu lassen!«, brüllte Zhong Shan Shen.

Ju Hua legte besänftigend die Hand auf seinen Arm und sah Tie Hu an. »Sag mir doch bitte, Enkelsohn, warum willst du nicht auf den Kunlun-Berg gehen? Mir scheint, du hasst allein schon den Gedanken, deinen Platz dort einzufordern.«

Tie Hu stand auf, umarmte seine Großmutter und küsste sie auf die Stirn. »Ich verneige mich vor deiner Weisheit, Großmutter. Nein, ich will nicht dort um gnädige Aufnahme betteln, wo man meine Mutter mit Füßen getreten und verjagt hat wie eine räudige Hündin! Ich bin erst bereit, den Weltenberg zu betreten, wenn meine Mutter rehabilitiert ist und ihr Feind entlarvt wurde.

Soll dieser Unsterbliche in klammheimlicher Freude mit über mein Wohl und Wehe abstimmen und mich erneut verdammen können? Soll man sich dort über meinen Sohn lustig machen, weil er von einer Menschenfrau mit Barbarenblut abstammt? Lieber lebe und sterbe ich wie ein Mensch und gehe, wenn meine Zeit gekommen ist, zu den Gelben Quellen.«

Tie Hu sah zwei sehr nachdenklich gewordene Geister vor sich. Sein Großvater nickte schließlich widerwillig. »Du hast dein Schicksal gewählt. Wenn ich herausfinde, dass Shirliang Po dich heimlich beeinflusst hat, drehe ich der alten Knollennase das Gesicht auf den Rücken. Aber wenn es dein freier Wille ist, muss ich dir meinen Segen geben. Geh nun und kümmere dich um deine Menschen! Du kannst, solange du auf dem Gutshof lebst, uns mit deinem Sohn besuchen kommen. In dieser Zeit werde ich dir beibringen, was Baum und Fels dich lehren können. Härte, Zähigkeit und Geduld wirst du brauchen, wenn du dein Leben in deine Hände nehmen willst, sonst schwemmt dich der Strom des Schicksals davon und ertränkt dich in der Flut.«

Ju Hua zuckte zusammen und stieß ihrem Gatten ihren Ellbogen in die Seite. »Sch…! Alter! Jetzt hast du unserem Enkelsohn schon zweimal einen elenden Tod vorhergesagt! Du weißt, wie groß die Gefahr ist, dass solche Omen wahr werden. Wünsch ihm lieber mit aller Kraft Erfolg und ein glückliches Ende! Sonst sitzt du eines Tages hier auf dem Gipfel und weinst Felsen als Tränen um unsere verlorenen Kindeskinder.«

Der Berggeist schniefte und wirkte auf eine verlorene Art sehr menschlich. »Natürlich wünsche ich unserem jungen Helden hier Glück und Erfolg in allem, was er unternimmt – und wie ich es ihm wünsche! Selbst so ein knorriger alter Baum wie ich lässt sich nicht von jedem feinen Herrchen, das sich Gott oder Beamter des Jadekaisers oder der Königin des Westens schimpft, den Sohn und die Schwiegertochter rauben und selbst an den Rand des grauen Nichts bringen! Ich werde alles tun, um dir zu helfen, Tie Hu. Aber erwarte nicht zu viel. Ich bin nur eine kleine lokale Gottheit ohne Macht und Einfluss.

Ach … jetzt geh! Draußen stehen dein getreuer Buku, seine Frau Xiang und mit ihnen fast alle Leute von deinem Gut und dem Dorf und erwarten dich. Ich habe einen der Orakelpriester wissen lassen, dass du hier bist und heil aus dem Berg herauskommst.«

Tie Hu zuckte zusammen. »Der alte Buku und Xiang! Bei der Göttin Xiwangmu! Ich habe noch eine traurige Pflicht zu erledigen. Ich muss ihnen den Körper ihrer Tochter mitbringen und sie irgendwie trösten. Ach, ich wünschte, ich hätte dem Mädchen nie seinen Willen getan und es hierhergebracht …«

»Unsinn, Junge!«, antwortete Zhong Shan Shen. »Du vergisst, dass es in Wahrheit Jin Mau war, die dir dein Leben und deine Seele gerettet hat. Auch Yünsai hat ihr Leben für das deine gegeben!«
Tie Hu lächelte gedankenverloren, denn er erinnerte sich an den Bericht über das seltsame Orakel einer Dorfwahrsagerin, das auf verschlungene Weise wahr geworden war. Dann verabschiedete er sich liebevoll von seinen Großeltern. In der Höhle hinter dem unsichtbaren Eingang zum Berg nahm er Yünsais Körper auf und trat durch den vor ihm zerfließenden Fels ins Freie.
Draußen warteten die Menschen, wie es sein Großvater ihm gesagt hatte. Mit Tränen in den Augen schritt er auf das alte Ehepaar zu. »Mein alter, treuer Buku, tapfere Mutter Xiang! Hier bringe ich euch den Leichnam eurer Tochter. Sie ging offenen Auges und mit viel Mut einer großen Gefahr entgegen und opferte ihr Leben für das meine, wie es ihr vorausgesagt worden war. Ich hätte sie euch viel lieber lebend zurückgebracht. So aber soll sie im Tode noch meine kleine, zweite Frau werden und ihr meine Schwiegereltern. Ihre Seelentafel wird auf dem Altar meines Hauses stehen, und es werden Kerzen davor brennen, wie es die Sitte erfordert. Ich kann nur versuchen, euch, meine beiden Getreuen, zu trösten, so gut ich es vermag. Wir wollen den Himmlischen Jadekaiser bitten, dass Yünsais Seele für ihr Opfer einen Platz unter den Feen und Göttinnen der Königin des Westens erhält.«
Tie Hu wurde von dem Jubel und der Zuneigung der Menschen schier erdrückt. Im Tod wurde binnen weniger Augenblicke aus dem verachteten Närrchen der alten Xiang eine verkappte Fee, die zur Erde gestiegen war, um den Fürsten Zhong zu retten. Selbst ihre Eltern strahlten, obwohl ihnen, wie auch vielen anderen, Tränen über die Wangen

liefen. So dauerte es mehr als eine Stunde, bis er die Menschen um sich herum beruhigt und ihre Neugier halbwegs zufriedengestellt hatte. Dann endlich konnte er das gelbe, runzlige Gesicht seines erstgeborenen Sohnes betrachten.

47. JIN MAU TRITT VOR DEN HÖLLENRICHTER

Auf dem wundersamen Weg zu den Gelben Quellen, den der Berggeist ihnen geschaffen hatte, verlor Jin Mau sich schnell in angenehmen Tagträumen. Mit der verängstigten, jämmerlich fiependen Vogelseele an ihrer Seite lief sie so mühelos dahin, als sei alles Schwere von ihr abgefallen. Der Weg glich einem Tunnel aus dichten Pflanzen, der durch einen stillen See zu führen schien. Zumindest brach sich das Licht, das durch das Grün drang, so als fiele es durch die leicht gekräuselte Oberfläche eines Teiches.

Hie und da erinnerte Jin Mau sich, dass sie über die Antworten nachdenken sollte, die sie dem Höllenrichter geben musste. Aber da Zhong Shan Shens Brief schon auf dem Tisch des zuständigen Beamten liegen musste, nahm sie an, dass er ihm alles erklären und ihn hoffentlich gnädig stimmen würde. Also brauchte sie sich keine großen Sorgen zu machen. Tie Hu war gerettet und mit seinen Großeltern vereint, und diese würden ihn vor der Schwarzen Geisterfüchsin schützen. Sie selbst aber hatte die Aufgabe erfüllt, für die ihr Vater sie bestimmt hatte.

»Jin Mau! Jin Mau, warte! Bleib stehen! Es ist wichtig!«

Es war wie ein schreckhaftes Erwachen. Jin Mau zuckte zusammen, stemmte sich gegen das sanfte Dahingleiten und schüttelte mühsam die Tagträume ab. Die Stimme gehörte Sternengeist, und sie klang abgehetzt. Das Kätzchen wollte sich umdrehen und auf den Feengeist warten. Doch sie vermochte es nicht. Obwohl sie schon auf den Hinterläufen saß, glitt sie wie von unsichtbaren Fäden gezogen auf ihr noch fernes Ziel zu.

Irgendwo jenseits des braun-grünen Schilf- und Tangdickichts tauchten schemenhaft die Umrisse von Shi Shing auf. Sie schoss wie ein großer Fisch umher, doch die Wasserpflanzen umschlossen sie wie Spinnennetze, in denen sie sich immer wieder verfing. Der einzige Weg, der ihr offen stand, war genau der Pfad, auf dem Jin Mau und die Seele der Nachtigall der Unterwelt entgegenschwebten. Sternengeist aber wehrte sich, diesem bequemen Weg zu nahe zu kommen, und versuchte, sich parallel dazu durchzukämpfen. Aber sie fiel immer wieder zurück. Panikerfüllt rief sie nach Jin Mau, doch diese verstand nur Bruchstücke ihrer Worte. Die klangen nach Füchsin und Gefahr.

Jin Mau schüttelte sich. Was konnte Tie Hus Mutter damit meinen? Die Gefahr durch die Geisterfüchsinnen war doch gebannt! Sie konnte sich nicht vorstellen, was Sternengeist in heillose Aufregung versetzte, und ihr war klar, dass sie nichts mehr für Tie Hu tun konnte. Hilflos starrte sie auf den Weg vor ihr, den sie nicht verlassen konnte, und stieß ein jämmerliches Miauen aus. Dann konzentrierte sie sich wieder auf die ungewohnte Art der Verständigung, die die Geister untereinander benutzten, und rief, so laut sie konnte: »Ich verstehe dich nicht! Es ist doch alles gut! Dein Sohn ist in Sicherheit!«

Die Antwort drang in Fetzen an ihre Katzenohren. Es klang wie Teile von Tonfolgen in aufsteigenden Luftblasen. Dann bewegte sich das schwebende Dickicht, als breche sich ein großes Raubtier darin mit Gewalt seine Bahn. Schemenhaft tauchte ein Tiger auf, ein Geschöpf mit weißem Fell und lackschwarzen Streifen darin. Mit verzweifelten Riesensprüngen versuchte das Wesen, sich seinen Weg mitten durch das Dickicht dieser unwirklichen Zwischenwelt zu bahnen. Dabei zog es Tangbüschel wie wehende Stoffstreifen hinter sich her.

Zwischen das Fauchen und Brüllen des Tigers mischten sich kaum verständliche Worte. »Es ist noch nicht vorbei! Kätzchen, bitte komm zurück! Stemm dich mit deinem ganzen Willen gegen den Zauber. Du kannst es, glaub mir! Ich brauche dich noch einmal. Die Geisterfüchsinnen planen einen noch heimtückischeren Anschlag auf meinen Sohn, und vor dem wird ihn auch der Berggeist nicht schützen können.«

Jin Mau fühlte sich wie in Eiswasser getaucht. Ihr Fell sträubte sich, und verzweifelt bemühte sie sich, Sternengeist entgegenzulaufen. Für einen Augenblick verlangsamte sich die Fahrt zur Hölle, und sie näherte sich dem Rand des Pfades. Doch kaum hatte sie die ersten Fasern der Wand berührt, wurde sie zurückgeschleudert.

Aus den Pflanzen formte sich eine riesige Hand, so, wie Jin Mau es schon bei Shirliang Po erlebt hatte. Sie versuchte, sich mit einem Sprung nach vorn in Sicherheit zu bringen. Doch die Hand griff nicht nach ihr, sondern packte den Tigergeist und schleuderte ihn wie eine Stoffpuppe hinter ihr her. Ein Wirbelwind erfasste alle drei Seelen und fegte sie auf ein glühendes Tor zu – auf die Große Geistersperre, den Eingang zur Hölle. Nun gab es kein Zurück.

Wenige Augenblicke später befand sie sich mit Sternengeist, die wieder die Gestalt einer Frau angenommen hatte, und der verschüchterten Nachtigall in einem riesigen Vorzimmer. Es gab keine Möbel außer einigen Bänken, auf denen zumeist sehr alte, verbraucht wirkende Tote Platz genom-

men hatten. Andere Seelen, die hier auf die Begegnung mit dem Höllenrichter warteten, liefen scheu umher und gingen dabei den pferdeköpfigen Höllenwächtern in weitem Bogen aus dem Weg. Diese hielten riesige Hellebarden in ihren Händen und versuchten, sehr martialisch auszusehen. Aber Jin Mau fand, dass die Wesen viel zu sanfte Augen hatten.
Im Gegensatz zu den Wächtern wirkten die Bilder, mit denen die Wände rundum geschmückt waren, sehr bedrohlich. Sie zeigten in grellen Farben jene Strafen, die für die verschiedensten Verbrechen in der Hölle verhängt wurden. Über den Bildern standen Schriftzeichen, die den Inhalt der Bilder erklärten oder den Seelen Anweisungen erteilten. Da aber die meisten Menschen nicht lesen konnten, raunten die Zeichen ihre Bedeutung jedem zu, der die Bilder betrachtete. Sternengeist las Jin Mau einige der Texte mit spöttischer Stimme vor.
»›Wartehalle zu den neunundneunzig Schrecken‹, ›Das Gericht der ersten Ebene der Hölle‹, ›Neuankömmlinge müssen warten, bis sie aufgerufen werden‹, ›Erforscht euer Gewissen und bereitet euch auf die Wahrheit vor‹, ›Dies ist das Tor zur Läuterung der Seele und zur Wiedergeburt‹ – was für ein Aufwand, um arme Menschenseelen schon vorab zu quälen und zu ängstigen. Ich habe so meine Zweifel, ob die Strafen lange vorhalten. Kaum sind die Sterblichen in eine neue Haut geschlüpft, ist alles wieder vergessen, und Armut, Hunger und Gier führen sie genauso sicher auf den Weg neuer Sünden und Verbrechen, wie Dummheit, Machthunger und maßloser Ehrgeiz. Ach, Jin Mau …«
Unter einem Bild, das die Strafen für unflätiges Fluchen und übles Gerede darstellte, begann die schöne Dame mit einem Mal zu schimpfen wie ein Händler, dessen Karren im Schlamm stecken geblieben war. Dabei nahm sie das Kätzchen auf die Arme und kraulte es hinter den Ohren. Ihre

Tränen aber brannten wie Flammen auf Jin Maus Rücken. Als diese sich beklagte, lächelte Sternengeist zum ersten Mal, wenn auch recht bitter.

»Entschuldige, Jin Mau, wenn ich deine Ohren beleidigt und dein Fell nass gemacht habe. Aber ich bin so unglücklich wie nie zuvor. Jetzt bin ich hier gefangen und muss in der Unterwelt bleiben, bis die Höllenrichter mich als geläuterte Seele ansehen. Dann ›darf‹ auch ich in eine neue Haut schlüpfen und werde als gewöhnliche Sterbliche in der Welt des roten Staubes wiedergeboren. Aber genau das wollte ich um jeden Preis verhindern. Ich will nicht in den Kreis der Wiedergeburten eintauchen, denn dann vergesse ich, wer ich einst war, und wäre wohl auf ewig vom Kunlun-Berg verbannt. Damit hätte jene böswillige Person gewonnen, die mir dieses Schicksal angedroht hat.«

»War das der Rattengeist?«, unterbrach Jin Mau sie.

Sternengeist seufzte. »Nein, es war nicht Lao Shu, sondern ein anderer, der viel mehr Macht und Einfluss hat als der elende Ratterich. Ich erwähnte den Namen, glaube ich, schon bei unserer ersten Begegnung. Mein wahrer Feind ist ein Unsterblicher, der selbst nie ein Mensch war, sondern stolz auf seine Abkunft vom König des östlichen Weltenberges ist. Doch in den Adern des Mannes fließt Dämonenblut. Er wollte mich einst unbedingt zu seiner Frau machen, hat sich aber nur für mich interessiert, weil ich Xiwangmus Tochter bin. Er hat wohl gehofft, durch mich als zweite Gottheit an der Seite meiner Mutter über den Garten und die Quelle der Unsterblichkeit herrschen zu können. Dafür war er großzügig bereit, über meine Abkunft von einem Tiergeist hinwegzusehen. Natürlich habe ich ihm gesagt, was ich von ihm halte, und ihn sehr deutlich abgewiesen.

Meine Mutter aber schätzte ihn und glaubte an seine ehrlichen Absichten. Daher nahm sie mir die schroffe Ableh-

nung übel. Der aber hat danach alles getan, um mir das Leben schwer zu machen, und seine Intrigen und Verleumdungen haben dafür gesorgt, dass ich den Kunlun-Berg verlassen musste. Obwohl er Tiergeister hasst und verachtet, hat er die alte Ratte auf mich gehetzt und sie bei dem Überfall auf das Glockenberg-Gut mit seinen Zauberkräften unterstützt.
Wäre er nicht gewesen, hätte ich Lao Shu in die Hölle gejagt! Seinetwegen habe ich Tie Hu nicht auf den Kunlun-Berg bringen können, denn dort wäre mein Sohn nicht sicher gewesen. Ich habe gegen seine Machenschaften verloren, nicht gegen den Rattengeist. Lao Shu hätte es nie fertiggebracht, mich in ein kraftloses Gespenst zu verwandeln. Aber es geht nun nicht um jenen elenden Kerl, sondern einzig und alleine um Tie Hu.«
Sternengeist ballte ihre Hände zu Fäusten. »Kätzchen, mein Sohn ist in höchster Gefahr! Seine Großeltern sind liebe, nette Geister, die in ihrem Reich mit einer gewissen Macht ausgestattet sind. Aber sie können Tie Hu nicht für immer im Glockenberg einsperren. Du musst mit dem Höllenrichter reden – wir beide müssen mit dem hohen Herrn reden! Ich habe die Geisterfüchsinnen belauscht, als Tie Hu in das Reich seines Großvaters gebracht wurde und ich ihm nicht folgen konnte. Sie wollen ihn mit Hilfe des Rattengeistes und seiner Zauber während einer Schlacht in eine Falle locken, in der er langsam und qualvoll sterben soll, so dass sie sich seine Seele mit Gewalt aneignen können.
Wir werden vor dem Höllenrichter Anklage gegen diese schmutzigen Geister erheben. Es heißt zwar, dass selbst der höchste Richter der Unterwelt keinen direkten Einfluss auf die Geschehnisse in der Welt des roten Staubes nehmen darf, aber vielleicht vermag er uns doch zu helfen. Vielleicht lässt er dich – oder auch mich – in die Welt der Menschen

zurückkehren, damit eine von uns Tie Hu warnen und ihn als Schutzgeist begleiten kann.
Ach, Kätzchen, ich habe mitbekommen, was du als stummes Kind alles getan hast. Du warst so klug und so tapfer! Ich kann dir nur von Herzen danken und stehe tief in deiner Schuld. Hoffentlich kann ich diese irgendwann einmal abtragen.«
»Du kannst mich ja in meinem nächsten Menschenleben eine Weile als Schutzgeist begleiten, damit ich nicht wieder in einem der Häuser der Blumen und Weiden lande. Ohne meinen Vater als Beschützer wäre das nicht mehr so lustig.«
Sternengeist lachte, und es klang ein wenig echte Heiterkeit durch. Doch ehe sie antworten konnte, fragte Jin Mau unvermittelt: »Wer war das vorhin? Die magische Hand, meine ich. Doch nicht etwa mein Vater?«
Sternengeist sah sie verständnislos an. »Wer war was?«
»Die große Hand, die dich gepackt und bis zur Geistersperre geworfen hat. So etwas Ähnliches hat Shirliang Po auch mit mir gemacht, um mich vor den Geisterfüchsinnen zu retten.«
»Ach das – das war Seine Hoheit Lü Lang, der Höllenrichter der ersten Ebene persönlich. Was für eine hanebüchene Ungerechtigkeit! Ich bin zwar ein Gespenst geworden, aber ich bin keine Sterbliche, die man gewaltsam auf den richtigen Weg bringen muss. Das werde ich dem Kerl auch sagen. Schließlich bin ich Shi Shing, Xiwangmus Tochter, auch wenn ich meine Kräfte als Fee des Kunlun-Berges verloren habe. Dieser grüngesichtige Beamte hat kein Recht, mich so zu behandeln.«
»So? Habe ich das nicht?«, fragte eine sehr tiefe Stimme hinter ihr aus dem Nichts. Ein Gesicht entstand in der Luft, grün wie eine Dämonenfratze und hässlich wie eine Wächterfigur. »Shi Shing, du scheinst nicht zu wissen, dass ich

auch das Recht habe, über Unsterbliche und ihre Verfehlungen zu urteilen.«
»Verfehlungen? Ich?«, fragte Sternengeist empört. »Was für Verfehlungen soll ich denn begangen haben?«
Vor ihnen öffnete sich das Tor zum Gerichtssaal, und ein schweineschnäuziger Konstabler winkte Shi Shing, mitzukommen. Mit Jin Mau auf dem Arm und dem Geist der Nachtigall auf dem Zeigefinger der freien Hand trat Sternengeist erhobenen Hauptes ein. Sie grüßte den Höllenrichter, der würdevoll hinter seinem blutroten Tisch thronte, so hochmütig, als handele es sich um einen Besuch für ein Gespräch unter gleichgestellten Personen.
Der Konstabler wollte das Kätzchen und den Vogel aus dem Gerichtssaal weisen, da sie noch nicht an der Reihe waren, doch ein Blick der Dame ließ ihn erstarren. Nun lachte der Höllenrichter dröhnend. Die tierköpfigen Beisitzer neben ihm zuckten zusammen und schüttelten verwundert die Köpfe. So weit sie zurückdenken konnten, hatte noch nie ein Ankömmling so wenig Respekt vor dem Totengericht gezeigt, und der sonst so grimmige und gefürchtete Richter amüsierte sich auch noch darüber.
Ehe Lü Lang die Sitzung eröffnen konnte, streckte Sternengeist ihm die Hand hin, auf der die Seele der Nachtigall saß. »Seht her, hoher Herr Totenrichter! Die Seele dieses Vogels befand sich fälschlich im Körper eines kleinen Mädchens. Da muss Euch oder einem anderen Höllenrichter ein schwerwiegender Fehler unterlaufen sein!«
»Bist du gekommen, um mich auf diesen Fehler aufmerksam zu machen?« Lü Lang starrte Sternengeist mit flammend roten Augen an, bis sie ihren Blick abwenden musste.
Dann streckte er eine krallenbewehrte Hand aus, groß genug, um einen Falken darin zu bergen, und nahm ihr den Vogel ab. Dabei ging er erstaunlich zart und behutsam mit

dem winzigen Federball um. Er hauchte das kleine Ding an und verwandelte es in die Seele eines Menschenkindes. »Dein Teil ist getan«, sagte er zu dem schwachen, durchscheinend wirkenden Geschöpf. »Du bekommst eine neue Haut und wirst als Menschenkind wiedergeboren. Sei brav und enttäusche mich nicht.«
Er hauchte das Kind ein zweites Mal an, und es verschwand in einer silbrig schimmernden Wolke. Für einen Augenblick glaubten Sternengeist und Jin Mau zu sehen, wie das Kind sich dabei in einen Knaben verwandelte, der die Kleidung eines Beamten trug und inmitten Glück verheißender Vorzeichen saß. Dann erlosch die Erscheinung.
»Ist das der Ausgleich oder die Wiedergutmachung für Euren Fehler?«, fragte Sternengeist bissig. »Da hätte die arme Mutter des stumpfsinnigen Mädchens mit der Vogelseele viel eher eine Belohnung verdient.«
Die flache Hand des Richters fuhr auf den Tisch nieder. Es klang wie ein Paukenschlag, dessen Echo von den Wänden zurückhallte. Jin Mau, die sich trotz ihrer Angst vor dem Richter auf dem Tisch vor ihm zusammengerollt hatte, sprang mit allen vieren in die Luft und fauchte. Die Konstabler und Beisitzer hielten gespannt den Atem an.
»Shi Shing, du stehst vor deinem Richter!«, rief Lü Lang. »Du hast meine Macht und deine Schwäche gefühlt. Also akzeptiere es! Bei aller Achtung vor deiner erhabenen Mutter frage ich mich, wie die hohe Dame Xiwangmu es zulassen konnte, dass aus dir so ein respektloses, pflichtvergessenes Geschöpf werden konnte. Ich hätte nicht übel Lust, dich endgültig deiner Geburtsrechte als Fee zu entkleiden und dich in den Kreis der Wiedergeburten zu schicken. Du bist hochmütig, dreist und egoistisch! Zudem hast du deiner Mutter den schuldigen Respekt verweigert und willst nur deinen eigenen Willen durchsetzen. Wie sollen die Men-

schen in der Welt des roten Staubes sich an die Gesetze halten, wenn sich die Götter nicht zu benehmen wissen? Anstatt dich wie eine wohlerzogene Jungfrau zu betragen, hast du dich wie eine Tigerin aufgeführt.«

Sternengeist lachte sehr bitter. »Soweit ich weiß, war mein Vater ein wilder Tigergeist, der mir wohl sein Temperament vererbt hat. Vielleicht hätte er mir zugehört. Meine Mutter tat es jedenfalls nicht. Sie …«

»Still! Wenn ich die Geduld mit dir verliere, wirst du die Gefilde der Unterwelt erst dann wieder verlassen, wenn du wahre Demut gelernt hast. Du hast selbst deinen Vater erwähnt. Sag mir, hast du dich je dafür interessiert, wer er ist? Hast du ihn je besucht, ihn geehrt und ihm zu Füßen gesessen, um dich von ihm belehren zu lassen? Woher willst du wissen, was für ein Temperament er hat? Shi Shing, ich könnte der Liste deiner Verfehlungen noch etliche hinzufügen. Daher verbanne ich dich in die tiefsten Tiefen der Unterwelt. Du wirst dorthin gehen, wo die Gelben Quellen entspringen, und deinen Vater aufsuchen, der im Übrigen ein guter Freund von mir ist. Dort bleibst du so lange, wie ich es für richtig halte.«

Sternengeist schüttelte den Kopf. »Aber ich muss mich um meinen Sohn kümmern! Die Geisterfüchsinnen …«

Zum zweiten Mal landete die flache Hand des Höllenrichters auf dem Tisch. Der Schlag echote nun vielfach durch die Gerichtshalle. Vor Schreck kniff Jin Mau den Schwanz ein und legte die Ohren fest an. Die verstört wirkenden Beisitzer zogen die Köpfe zwischen die Schultern und sahen einander fragend an. So verärgert und gleichzeitig so nachsichtig hatten sie ihren Herrn noch nie erlebt.

»Du bist eine dickköpfige Närrin, Shi Shing. Statt dein Sinnen und Trachten darauf auszurichten, die verschütteten Quellen deiner Feenkraft wieder zu öffnen und damit zu dir selbst zu finden, hast du dich wie ein gewöhnlicher Albtraumgeist an deinen Sohn geheftet. So kannst du ihm nicht helfen, und das hast du selbst verschuldet. Wer hat ihn denn blind gemacht für die Welt jenseits des roten Staubes und ihm sein Geburtsrecht gestohlen?

Das war nicht dein Feind und nicht dessen Kreatur, der Rattengeist, sondern du ganz allein. Du hast ihn zu einem gewöhnlichen Menschen gemacht und damit angreifbar für ein Geschöpf wie die Schwarze Geisterfüchsin!

Hättest du die Kräfte zu beherrschen gelernt, die dir von deinen Eltern mitgegeben wurden, dann hätte jedermann dir den schuldigen Respekt gezollt. Niemand, auch kein überehrgeiziger Beamter und erst recht kein Tiergeist wie Lao Shu, wäre dir zu nahe getreten. Mit zauberischer oder göttlicher Macht wird man nicht einfach geboren, man muss sie sich erwerben. Genau das haben deine Feinde getan! Im Gegensatz zu ihnen hast du nur mit deiner Feenkraft gespielt. Bei den Gelben Quellen wirst du zur Quelle deines eigenen Wesens finden, wenn du dich darum bemühst, dann kannst du eines Tages wieder sein, was du gewesen bist: eine kleine Göttin des Kunlun-Berges im Gefolge deiner Mutter.

Allerdings hast du recht getan, indem du die Seele Jin Maus in die stumme Yünsai gebettet hast. Nun aber liegt das Schicksal deines Sohnes in anderen Händen.«

Sternengeist starrte den Totenrichter mit erwachender Hoffnung an. Auch Jin Mau richtete sich auf und spitzte die Ohren. Was hatte Lü Lang da gesagt? Hatte auch er die Hände mit im Spiel? Ebenso wie Shirliang Po?

Nun ließ Sternengeist ihre Schultern sinken, und all die Härte und die Verbissenheit wichen aus ihrem Gesicht. »Ihr … Ihr habt die Vogelseele mit Bedacht in das Kind gebettet? Damit Jin Maus Seele einen Körper findet?«, stam-

melte sie. »Aber warum habt Ihr nicht von vorneherein eingegriffen?«
»Wenn wir all das Unglück der Welt verhindern wollten, das durch falsches Streben, Dummheit und Feigheit entsteht, müsste es mehr Gerichtsbeamte und Soldaten der Unterwelt als Menschen und himmlische Götter geben. Nein, Shi Shing, das ist uns nicht möglich, und es ist uns auch verboten, offen einzugreifen. Bei der Nachtigallenseele war das etwas anderes.
Mein Eingreifen geschah nicht speziell um deines Sohnes willen. Ich habe nur ein wenig dazu getan, dass die Geisterfüchsinnen die Folgen ihrer egoistischen Handlungsweise an sich und ihrer Sippe zu spüren bekommen. Es sind Warnungen für die beiden Magierinnen. Noch können sie trotz ihrer bisherigen Verfehlungen den Weg zur wahren Vollendung einschlagen.«
»Herr, ich möchte Euch tausendfachen Dank für Eure Hilfe abstatten. Ich stehe in Eurer Schuld und hoffe, dass ich diese eines Tages abtragen kann!«, antwortete Shi Shing in ungewöhnlich friedlichem Tonfall. Doch ihre nächsten Worte verwischten den guten Eindruck wieder.
»Ich hoffe, Ihr werdet nicht auf halbem Wege stehen bleiben. Die Füchsinnen planen einen neuen Anschlag auf meinen Sohn, und sie wollen sich dabei der Armee des Rattengeistes bedienen. Wie ich von Jin Mau erfahren habe, soll Zhong Tie Hu der Kriegsheld werden, der die Stadt Wey Cheng vor dem Untergang rettet. Ihr müsst verstehen, dass ich zumindest den Anschlag der Füchsinnen auf seine Seele vereiteln muss. Also solltet Ihr mich nicht sofort zu den Gelben Quellen schicken ...«
Der Totenrichter hob wieder die Hand, um auf den Tisch zu schlagen, ließ sie dann aber erschöpft sinken und schüttelte in komischer Verzweiflung den Kopf. »Da redet man sich

den Mund trocken und wund, und du undankbares Geschöpf hörst noch nicht einmal richtig zu. Du gehst hinab in die tiefste Ebene der Hölle, verstanden? Dein Sohn wird möglicherweise Hilfe bekommen, nicht durch mich, sondern durch eine … aber das geht dich nichts an!«

Shi Shing presste die Handflächen zusammen und starrte den Höllenrichter an. »Herr, bitte, verzeiht, aber ich bin vor Sorge ganz außer mir. Seht, ich knie vor Euch nieder und flehe Euch an: Helft meinem Sohn! Lasst wenigstens Jin Mau wieder in die Welt der Menschen zurückkehren, damit sie ihn warnen kann! Dann will ich tun, was immer Ihr von mir verlangt. Ich freue mich ja schon, meinen Vater kennenzulernen und von ihm zu erfahren, wie ich meine Kräfte zurückbekomme.«

Lü Lang seufzte und sah Jin Mau an, die ihre Furcht vor dem dämonenhaften Totenrichter nicht ganz verbergen konnte. Ehe sie mit eingezogenem Schwanz unter dem Tisch verschwinden konnte, packte er sie und hielt sie zwischen seinen Händen wie in einem Käfig. Erregt fauchend schlug Jin Mau mit ausgefahrenen Krallen nach seinen Fingern.

Lü Lang legte den Kopf in den Nacken und brüllte vor Lachen. »Siehe an, Shirliang Pos Tochter hat doch mehr Mut, als es zuerst den Anschein hatte. Nun, kleine Katzendame, du hast trotz aller Warnungen einen sehr dornenvollen Weg eingeschlagen. Richtig und korrekt wäre es, dich in die siebte Stufe der Hölle zu schicken, dorthin, wo die frechen, faulen und eitlen Mädchen ihre Sünden abbüßen. Aber da gibt es gleich zwei verdiente Beamte, die für dich ein gutes Wort bei mir eingelegt haben: dein Vater und der Herr des Glockenberges. Da deine Taten deine Untugenden ein wenig aufwiegen, kann ich dich als Shen-Geist zu deinem Vater zurückschicken – oder dir eine neue Haut geben und dich in einer anständigen Menschenfamilie wiedergeboren werden lassen. Du hast die Wahl.«

Jin Mau schnurrte und rieb ihren Kopf an Lü Langs Handflächen. »Herr, keines von beiden würde mir gefallen. Bitte, lasst wenigstens mich zu Tie Hu zurückkehren und ihn vor den neuen Plänen der Füchsinnen warnen. Gebt mir einen Körper, wenigstens für kurze Zeit! Bitte!«

Lü Lang ließ die Schultern sinken, schüttelte den Kopf und sah Sternengeist an, die Jin Maus Bitte nur mit flehenden Gesten zu unterstützen wagte. »Was soll ich nur mit so sturen Weibsbildern anfangen? Jin Mau, hör mir jetzt genau zu. Inzwischen müsstest du doch gelernt haben, dass meine Macht außerhalb der Hölle sehr begrenzt ist. Ich kann nur diejenigen verurteilen und bestrafen lassen, die in die Unterwelt kommen, ob freiwillig oder unter Zwang. Das hat der Himmlische Jadekaiser in seiner grenzenlosen Weisheit so bestimmt, und das ist gut so. Ich kann dir auch nicht einfach einen Menschenkörper geben und dich in die Welt zurücksenden. Die einzige Möglichkeit wäre, dich in den Körper einer gewöhnlichen Straßenkatze zu setzen und so zu deinem Helden zu schicken.

Du kannst kaum ein Schriftzeichen lesen und kein einziges schreiben – ganz abgesehen davon, dass dein Gedächtnis im Körper einer Katze wahrscheinlich sehr bald schwinden würde, da du nicht das Wissen und die Ausbildung jener Geisterfüchsinnen besitzt, die du bekämpfen willst. Du wirst, wenn du dich nicht sehr um den Erhalt deines Wesens bemühst, nach kurzer Zeit nur noch wenig mehr sein als ein ganz normales Tier. Erkennt die Schwarze Füchsin dich, so wird sie dich töten, und dann bleibt weniger von dir übrig als von dem Mädchen, das zur Nachtigall wurde.«

»Wenn ich Tie Hu vor den Hexen retten kann, ist mir das gleichgültig!«, antwortete Jin Mau trotzig. »Ob ich meine

Erinnerungen während einer Wiedergeburt verliere oder weil ich ein Albtraumgeist werde, bleibt sich doch gleich!«

»Nein, kleine Dame, das tut es nicht. Aber du willst nicht einsehen, was gut und richtig ist, sondern bist in die Idee verbissen, deinen Geliebten retten zu müssen. In jeder Wiedergeburt würdest du etwas von dieser Erinnerung mitnehmen und Wahnvorstellungen nachhängen. Also werde ich dich zu Tie Hu zurückschicken. Aber merk dir eins: Du kommst als alte, gewöhnliche Straßenkatze zu ihm. Wenn er dich aufnimmt und dich zu seiner Begleiterin macht, dann hast du eine Chance, die Kraft deiner Seele zu stärken und nach dem Tod hierher zurückzufinden. Nimmt Tie Hu sich deiner nicht an oder tötet die Schwarze Füchsin dich vorher, dann bist du für immer verloren! Willst du dieses Risiko eingehen?«

»Ja! Wenn Tie Hu durch diese Füchsin stirbt, ist auch er für immer verloren, und aus dieser Seelendiebin würde eine mächtige Göttin. Das werde ich verhindern! Vergesst nicht, Herr, dass die Füchsinnen mich bereits zweimal ermordet haben. Ich habe Anspruch auf meine Rache, auch wenn es mich die Unsterblichkeit kosten sollte.«

»Du opferst dich umsonst. Selbst wenn die Schwarze Füchsin es schaffen sollte, Tie Hus Seele zu rauben, so wird sie mit ihrer Beute nicht weit kommen. Shirliang Po und Zhong Shan Shen haben bereits Klage gegen die Geisterfüchsinnen beim Himmlischen Jadekaiser eingereicht. Verurteilt der Oberste Himmelsherr die Taten der Fuchshexen, so werden sie in Acht und Bann getan und gewinnen niemals Macht und Einfluss in den himmlischen Sphären.«

Jin Mau sah den Totenrichter verächtlich an. »Acht und Bann? Das reicht mir nicht. Sie werden durch den Raub von Tie Hus Seele genügend Macht und Zauberkraft besitzen, weiter zu morden und viele andere Wesen unglücklich zu machen. Aber zuerst geht es um Tie Hu. Sie dürfen seine Seele nicht bekommen und auch nicht die seines Sohnes. Die kleine Nachtigall hat von Euch ihre Chance zur Rache bekommen. Jetzt gebt mir die meine! Ich bin bereit, alle Folgen zu tragen.«

Lü Lang schien seltsamerweise zufrieden zu sein. »Gut, kleine Jin Mau, so sei es. Ich bette deinen rebellischen Geist in eine Straßenkatze, die sich nicht weit von Tie Hu aufhält und zusammen mit ihm in Schwierigkeiten geraten wird. Du wirst nicht viel tun können, um ihm zu helfen, fürchte ich. Es ist schon eine andere Hilfe unterwegs – keine sehr kraftvolle, wie ich fürchte. Aber auch die Schwachen haben eine gewisse Macht.«

Shi Shing hatte regungslos zugehört. Nun umarmte sie Jin Mau und kraulte sie unter dem Kinn und hinter den Ohren. »Ich danke dir, kleine Katzenfrau. Pass auf dich auf, denn auch in dir schlummert die Kraft einer Fee. Ich möchte nicht, dass du verlorengehst. Lebe wohl und auf Wiedersehen!«

»Auf Wiedersehen!«, maunzte Jin Mau, während sechs pferdeköpfige Konstabler antraten, um Sternengeist zu ihrem Bestimmungsort zu bringen. Dann ließ sie sich von Lü Lang auf der flachen Hand hochheben. »Geht es los?«, fragte sie in zittriger Erwartung.

Der Höllenrichter nickte. »Es ist sehr viel Zeit vergangen, seit Tie Hu dich in der Grotte gefunden hat. Er hält sich schon längst nicht mehr auf dem Glockenberg-Gut auf – und die Pläne der Geisterfüchsinnen dürften sich schon ihrer Ausführung nähern. Pass auf, ich schicke dich jetzt in deinen neuen Körper!«

Er blähte die Backen auf und blies das Kätzchen wie eine Feder von seiner Hand. Jin Maus Geist taumelte wie im Sturmwind und flog, wie es ihr vorkam, unendlich lange in grauer Dunkelheit.

48. CONG MING WILL HAOKAN HEI AUF DEN RICHTIGEN WEG FÜHREN

Haokan Hei und Mochin Shao legten den Weg nach Wey Cheng als gewöhnliche Füchsinnen zurück. Auf vier Pfoten lief es sich schneller, und so sahen sie bereits vier Tage später die Umrisse der Stadt vor dem mondhellen Himmel auftauchen. Da die Tore geschlossen waren, suchten sie in einem Wäldchen Deckung, um die Morgendämmerung abzuwarten.

Am Rand des Gehölzes hatte eine Gruppe von Händlern ihre zweirädrigen Wagen und Schiebekarren abgestellt und schlief unter den Wagenböden oder unter nachlässig aufgespannten Planen. Sie waren wohl zu spät gekommen, um noch am Abend in die Stadt zu gelangen, und überdies zu geizig, um umzukehren und den Schutz der Herberge zu suchen, die nur gut tausend Schritte entfernt an der Hauptstraße lag. Zwei Männer, die die Kleidung von Kulis trugen, hatten sie als Wachen bestimmt. Die beiden hockten gähnend am Feuer und sprachen eifrig dem Inhalt einer Tonflasche zu.

Der Wind trug den Geruch von billigem Schnaps zu den Füchsinnen hinüber. »So viel Leichtsinn muss bestraft werden!«, lachte Haokan Hei. »Hier können wir uns das Silber und die Kupferkäsch holen, die wir in Tiergestalt nicht mitnehmen konnten.«

Mochin Shao nickte und schlug mit der Rute gegen ihre Flanken. An das Problem hatte sie auch schon gedacht. Ohne Geld würden sie sehr bald in Schwierigkeiten kommen. »Geh und hol uns einen oder zwei Schnüre Kupferkäsch. Ich sammle in der Zwischenzeit Binsen und Weidenruten und binde zwei Hüte und zwei Regenumhänge für uns zusammen, wie die armen Bäuerinnen sie tragen. Darunter können wir unsere Gui-

Kleider verbergen. In der Stadt suchen wir die Herberge ›Zum Schwarzen Hund‹ auf. Dort fragt niemand nach, und wir können wir uns unauffällig mit meinem Bruder treffen.«

Die Schwarze Füchsin nickte und schnürte davon. Sie kam sehr bald zurück und warf ihrer Pflegemutter zwei Beutel vor die Füße, deren Riemen deutliche Bissspuren zeigten. Einen Augenblick blieb sie noch in Fuchsgestalt stehen und lauschte. Doch es blieb alles ruhig. Keiner der Menschen schien etwas bemerkt zu haben. Dann verwandelte sie sich wie Mochin Shao in eine alte Bäuerin und half ihr, die Binsenumhänge fertigzustellen. Im Gegensatz zu ihrem ursprünglichen Plan setzten sie ihren Weg in tiefer Dunkelheit fort, um den Rest der Nacht am Straßenrand vor dem Stadttor zu lagern, in dessen Windschatten es sich schon ein paar andere Reisende bequem gemacht hatten.

Mochin Shao hatte Bedenken, als sie den Geruch der Menschen in die Nase bekam. Es waren Männer von jener Sorte, denen die Messer locker im Gürtel saßen und die keine Hemmungen hatten, einem anderen Menschen wegen drei Kupferkäsch die Kehle durchzuschneiden. Doch es kam noch schlimmer.

Ein paar Männer hockten um ein winziges Feuer, ließen einen Tonkrug kreisen und spielten im schwachen Schein der Flammen ein einfaches Würfelspiel. Als sie die beiden Bäuerinnen sahen, riefen sie ihnen ein paar schmutzige Bemerkungen zu. Dann fragte einer, dessen Zunge bereits mehr dem Alkohol als seinem Kopf gehorchte, ob sie die bösen Fuchshexen seien, die die arme Prinzessin ermordet und den Prinzgemahl entführt hätten. Richtige Frauen würden bei diesem Wetter doch nicht mitten in der Nacht herumlaufen.

Mochin Shao hätte sich am liebsten auf der Stelle in eine Füchsin verwandelt und wäre davongerannt, doch sie zwang sich mit aller Willenskraft, die von ihr gewählte Frauengestalt aufrechtzuerhalten, um sich nicht zu verraten. Haokan Hei aber behielt ihre Geistesgegenwart. Trocken kichernd humpelte sie auf den Sprecher zu, hockte sich neben ihn und nahm ihren Hut ab.

Darunter kam das Gesicht einer uralten Vettel mit einem bösen Auge zum Vorschein. »Ah, hoher Herr, küsst mich! Ich bin eine Geisterfüchsin und suche eine hübsche Männerseele! Kommt! Umarmt mich! Seht Ihr nicht, wie wunderschön ich bin?«

Der Betrunkene schob sie angeekelt zurück. »Verschwinde, du schmutziges Bettelweib, und behalte deine Läuse und Flöhe für dich! Bei dir bekomme ich ja noch die Seuche!«

Haokan Hei stand immer noch kichernd auf, hinkte zu einem trockenen Platz und hockte sich neben Mochin Shao, als wäre nichts weiter geschehen. Doch in ihrem Geist arbeitete es. Sie waren so schnell gelaufen, wie es die Sorge um ihre Sicherheit erlaubt hatte, und doch war die Kunde vom Tod der Prinzessin Lu Kin schneller gewesen als sie. Das verhieß nichts Gutes für ihr Vorhaben, und der nächste Morgen bestätigte ihre Befürchtungen.

Gerade als sie in der Morgendämmerung durch das Tor traten, hörten sie schon, wie die Nachricht von Lu Kins Tod vom Trommelturm verkündet und von den Ausrufern in jedem Teil der Stadt wiederholt wurde. Sie enthielt das Gleiche, was sie schon von den Landstreichern gehört hatten, und noch einiges mehr. Die hochgeehrte königliche Schwester Lu Kin sei von zwei weiblichen Fuchsgeistern vergiftet und ihr Gemahl durch die gleichen dämonischen Wesen entführt worden. Die Bevölkerung von Wey Cheng wurde aufgefordert, auf alles Ungewöhnliche zu achten, denn der König und seine Minister hätten durch Orakel erfahren, dass diese Geister auch in die Hauptstadt eindringen und ihr Morden fortsetzen wollten.

Haokan Hei fluchte leise vor sich hin, als sie den gesamten Wortlaut der Kunde erfasst hatte. Mochin Shao aber begann zu zittern, ihr Gesicht zerfloss wie Teig und ließ die Fuchsschnauze durchscheinen. Haokan Hei drehte ihr den Arm auf den Rücken und brach ihn ihr fast, um sie durch den Schmerz wieder zur Vernunft zu bringen. Gerade zog eine doppelte Wache am Stadttor auf, und die Männer begannen, jeden Reisenden genau zu untersuchen. Sie ließ man jedoch nach kurzer Musterung passieren, und sie suchten jene heruntergekommene Herberge auf, die im ärmsten Viertel der Stadt lag. Im »Schwarzen Hund« waren Frauen ohne Begleitung im Allgemeinen Freiwild oder zumindest die Zielscheibe übler Scherze, ganz gleich, wie alt sie waren. Haokan Hei hatte auf gewisse magische Tricks vertraut, die Ärger mit betrunkenen Möchtegernfreiern von ihnen abhalten sollten. Nun aber wusste sie nicht, ob sie es wagen konnte, auch nur den geringsten Zauber anzuwenden.
Die Geisterbeschwörer und -austreiber waren sicher schon am Werk, einfache Gegenzauber über die ganze Stadt zu werfen, um sie in den nächsten Tagen zu überwachen, bis sie spezielle Schutzzauber gegen Geisterfüchse gewirkt hatten. Daher würde ihnen kaum ein fremder Zauberspruch entgehen. Auch würden die Menschen spätestens im hellen Tageslicht erkennen, dass da zwei Frauen mit Gespensterkleidern herumliefen. Sie mussten sich also so schnell wie möglich menschliche Kleider besorgen, ohne dabei aufzufallen.
Während Haokan Hei noch grübelte, wie sie das ohne Zuhilfenahme irgendeines Zaubers oder einer magischen Täuschung bewerkstelligen konnten, begann Mochin Shao, leise zu jammern. »Wie konnte das passieren? Woher wussten sie von uns? Wir haben doch all unsere Spuren verwischt! Nicht dass morgen die Stadttore geschlossen bleiben und die Stadt von Magiern durchsucht wird! Ich habe …«

»Halt endlich den Mund!«, fuhr Haokan Hei sie ebenso leise wie böse an. »Begreifst du nicht, dass du uns mit deinem Gejaule noch verrätst? Natürlich ist man uns noch nicht auf der Spur! Was die dort verkünden, ist nur das Geplapper jenes Arztes, der zufällig das Gift kannte, das ich verwendet habe. Die anderen Quacksalber haben ihm doch zunächst nicht geglaubt. Jetzt aber brauchten sie schnell eine gute Erklärung für den Tod der Prinzessin, um nicht selbst dafür zur Verantwortung gezogen zu werden.
Gefährlich wird es erst, wenn Tie Hu wieder aus dem Glockenberg herauskommt. Er wird von seinem Großvater Zhong und seinem Bauernweib gewiss gründlich bearbeitet und aufgeklärt worden sein und dürfte alles über seine Herkunft erfahren haben. Also wird er stärker sein als zuvor, und so werde ich noch mehr Kraft aufwenden müssen, um an seine Seele zu kommen.«
»Du gibst den Gedanken immer noch nicht auf?«, fragte Mochin Shao vorsichtig, um nicht schon wieder den Zorn der Schwarzen Füchsin zu erregen.
»Nein! Warum denn auch? Wenn Onkel Cong Ming in Sicherheit ist, gehen wir nach Zhou und benutzen den Rattengeist für unsere Pläne.«
»Wenn … wenn …«, flüsterte Mochin Shao. »Wenn mein Bruder sich noch in Sicherheit bringen kann! Spürst du nicht die Wolken magischer Kraft, die aus dem Palast hochsteigen? Dort weben sie schon an starken Erkennungszaubern. Wir werden nicht mehr unerkannt in den Palastbezirk hineinkommen!«
Haokan Hei hob ihr Gesicht und blähte die Nasenflügel. »Du hast recht! Also wird Onkel Cong Ming zumindest in dieser Nacht noch allein auf sich aufpassen müssen. Morgen werden wir versuchen, ihm eine Botschaft zu schicken. Er muss uns im Tempel der Wassergötter außerhalb der Stadt

treffen. Dort ist der einzige Platz im Umkreis der Stadt, der noch halbwegs Sicherheit verspricht. Bei den eingebildeten Priestern dort haben weder Shirliang Po noch die höfischen Magier etwas zu vermelden. Wir werden morgen im Lauf des Vormittags die Stadt wieder verlassen und uns ebenfalls dorthin begeben, mit Räucherwerk und Opfern als Pilgerinnen getarnt. Bis dahin müssen wir alles besorgt haben, was wir für unsere Täuschung benötigen.«

»Wenn …«, wiederholte Mochin Shao mit starrem Blick. Ihr Fuchsgesicht hinter der Menschenmaske sah mit einem Mal greisenhaft alt und eingefallen aus.

Haokan Hei musterte sie und nickte beifällig. »Gut so, Tantchen – so eine alte Vettel, wie du sie jetzt darstellst, wird in dieser Nacht wohl nicht belästigt. Ich werde mich ebenfalls älter und hässlicher machen. Dann können wir unbehelligt im Stroh des offenen Schuppens schlafen. Wir müssen nur noch unsere Gewänder so schmutzig machen, dass es aussieht, als habe man uns in den Dreck gestoßen. Dann fällt es nicht auf, wenn wir sofort nach unserer Ankunft ein paar alte Kleider von einem Pfandleiher oder Lumpensammler erwerben.«

Mochin Shao ließ sich von Haokan Heis ungebrochenem Optimismus anstecken, und es schien, als behalte die Schwarze Füchsin recht. Der Wirt glaubte ihnen gern die Geschichte, dass sie arme Pilgerinnen seien, die unterwegs den Großteil ihrer Habe verloren hatten. Er sah nur auf die Kupferkäsch, die sie noch besaßen und die er in seiner eigenen Tasche sehen wollte. Daher versprach er, ihnen auf der Stelle alles zu besorgen, was sie benötigten, angefangen bei alter, aber sauberer und Pilgerinnen angemessener Kleidung bis hin zu Weihrauch und anderen Opfergaben.

Er erklärte sich sogar bereit, sie von seinem ältesten Sohn zum Tempel bringen zu lassen. Die Geisterfüchsinnen nahmen das Angebot mit überschwenglicher Dankbarkeit an, wohl wissend, dass sie für jedes einzelne Teil das Doppelte oder Dreifache seines Wertes würden zahlen müssen. Aber sie brauchten nicht mehr in der Stadt herumzulaufen, und als Pilgerinnen in der Begleitung eines Einheimischen würden sie von den Wachen am Tor nicht beachtet werden. Der Wirt erlaubte ihnen, für vier Kupferstücke in der winzigen Kammer einer abwesenden Schankmagd zu schlafen, so dass sie auch keinen Ärger mit betrunkenen Gästen bekommen würden.

Nachdem sie ihre Dachkammer bezogen hatten und von dem überaus geschäftstüchtigen Wirt mit allem, was sie brauchten, versorgt worden waren, verließ Mochin Shao die Herberge und lief, von innerer Unruhe und der Angst um ihren Bruder getrieben, in Richtung Oberstadt. Sie wollte sehen, wie es um den Zugang zum äußeren Palastgelände stand.

Kurze Zeit später kehrte sie abgehetzt zurück und brachte schlechte Nachrichten mit. Die Wachen an den Toren zum Palast waren verdreifacht worden und durchsuchten jeden, der hinein- oder hinausgehen wollte, mit ungewöhnlicher Gründlichkeit. Gleichzeitig lief das Gerücht durch die Straßen, einer der Wahrsager des Königs würde des Verrats und der Zusammenarbeit mit bösen Geistern verdächtigt und überall gesucht.

Haokan Hei biss die Zähne zusammen. »Wir verlassen heute noch die Stadt. Onkel Cong Ming muss sehen, wie er zurechtkommt!«

»Ja, aber …«, wagte Mochin Shao einzuwerfen, »du wolltest meinen Bruder doch warnen. Deswegen haben wir uns in die Höhle des Tigers gewagt. Du kannst ihn doch jetzt nicht einfach im Stich lassen!«

»Ich will aber nicht mein Fell zu Markte tragen!«, antwortete Haokan Hei schärfer als beabsichtigt.

Als sie Mochin Shaos versteinerte Miene sah, lenkte sie ein. »Wir werden so weitermachen wie bisher. Wir sind als Pilgerinnen gekommen und werden als Pilgerinnen noch heute den Tempel besuchen und dort ein wenig mit den Statuen der Wassergeister plaudern. Vielleicht kommt uns von ihnen eine Erleuchtung! Diese Geister mögen die Menschen nicht, die immer wieder ihr Element stören und beschmutzen. Vielleicht gelingt es mir, einen von ihnen zu beschwören …«
Mochin Shao packte die Opfergaben und ihre restlichen Habseligkeiten mit energischen Bewegungen in zwei Körbe. »Du kannst in der Gegenwart der Priester nicht ihre Götter beschwören, damit würdest du uns ganz schnell verraten. Nimm dich zusammen, Kind! Ich glaube, du beginnst, Fehler zu machen. Das ist kein Wunder, denn die Zauber gegen Geisterfüchse beginnen zu wirken. Wir werden in den Tempel gehen und wie Menschenfrauen unsere Gebete sprechen. Dann wenden wir uns nach Osten und gehen nach Zhou, wie du es schon vorgeschlagen hattest. Ich hoffe nur …«
Sie sagte nicht, was sie hoffte, denn es war allzu offensichtlich. Glücklicherweise wurden an den Stadttoren nur die Passanten kontrolliert, die Wey Cheng betreten wollten. Die, die die Stadt verließen, wurden kaum beachtet.
Als die Geisterfüchsinnen in Begleitung des Wirtsjungen die Prozessionsstraße zum Tempel der Wassergötter hinaufgingen, der auf einer von einem Hügel gekrönten Halbinsel im See lag, gesellte sich ein stark vermummter und wie unter einem schweren Leiden zitternder alter Mann zu ihnen. Der Kleidung nach war er ein armer Marktschreiber, der wie die meisten Menschen um sie herum einen Korb mit Opfergaben trug.
Mochin Shao blickte in das spitze Profil des Mannes und begann vor Freude still zu weinen. Es war ihr Bruder Cong Ming, und er sah aus, als sei er gerade der achtzehnten Stufe

der Hölle entronnen. Aber er hielt sich aufrecht und verbarg sein Fuchsgesicht mit bewundernswerter Konzentration hinter einem verwitterten Greisenantlitz. Haokan Hei war ebenfalls erleichtert, dass er hatte entkommen können, und begrüßte ihn ehrerbietiger als sonst.

Plötzlich hallten Schreie aus der Stadt herüber und unterbrachen ihr Grübeln. Vom Trommelturm tönten die dumpfen Wirbel des Feueralarms weit über die Stadt hinaus. Als Haokan Hei sich umdrehte, sah sie im Palastgelände fettigen, schwarzen Rauch aufsteigen. Dort musste mindestens ein größeres Gebäude in Flammen stehen. Wie Haokan Hei sich erinnerte, waren in diesem Teil des Palastgeländes der Tempel der Omen, das Magazin und die Unterkünfte der Palastgarde untergebracht.

Der Wirtsjunge stürzte in Panik davon, wohl um seiner Familie beizustehen, falls sich das Feuer über die ganze Stadt ausbreiten sollte. Aber die Schwarze Füchsin war sicher, dass das Feuer sich nur in jenem Areal austoben würde. Es bedurfte keines zweiten Blickes auf das zufriedene, boshafte Lächeln in Cong Mings Gesicht, um zu wissen, dass der Brand nicht zufällig entstanden war.

Der alte Geisterfuchs hatte wahrscheinlich alle seine Besitztümer und auch das, was Haokan Hei zurückgelassen hatte, in den Tempel gebracht, in dem er die Nächte über Büchern und Schriftrollen gesessen hatte, und einen Zauber ausgelegt, der mit einer gewissen Verzögerung zu einem unlöschbaren Feuer führte. Damit hatte er nicht nur ihre Spuren verwischt, sondern auch die Arbeit der Wahrsager und Orakelpriester auf viele Tage so gut wie unmöglich gemacht. Nun konnten sie sicher sein, ungeschoren nach Zhou zu entkommen. Haokan Hei schnaufte zufrieden. In Onkel Cong Ming steckte doch mehr Entschlossenheit und füchsische Schläue, als sie ihm zugetraut hatte.

Wie echte Pilger nahmen sie nun an den Riten und Opferzeremonien teil, die für das gewöhnliche Volk vorgesehen waren, und am frühen Abend wanderten sie die Heeresstraße entlang Richtung Osten. An diesem Tag waren viel mehr Menschen unterwegs als sonst, denn die Rauchsäule über dem Palast hatte auch etliche andere Besucher der Stadt veranlasst, Wey Cheng so schnell wie möglich den Rücken zu kehren. In der Maske alter Leute kamen die drei Fuchsgeister nur langsam voran und fanden am späten Abend die Herberge genauso überfüllt vor, wie sie es vermutet hatten. Sie stritten sich mit dem Wirt, der für einen Platz unter dem Stallvordach noch von jeder Person zwei Kupferkäsch verlangte, und wanderten dann wie arme, verzweifelte Pilger weiter in die Nacht hinein.

In einem Gebüsch, in das das Mondlicht keinen Zugang fand, entledigten sie sich ihrer menschlichen Kleider und vergruben sie tief in einem verlassenen Fuchsbau. Dann rannten sie in vierfüßiger Gestalt querfeldein auf die Grenze von Zhou zu, in ein Gebiet hinein, in dem heftige Kämpfe tobten.

Vor Soldaten hatte Haokan Hei weder Respekt noch Angst, aber Jäger mit großen Hunden konnten ihnen in ihrer tierischen Gestalt gefährlich werden. Daher schüttelte sie sich vor Schreck, als sie in Hörweite eines großen Hauses gerieten, von dem vielfaches Hundegebell zu ihnen herüberscholl. Irritiert sog sie die Luft ein.

»Angst?«, fragte Cong Ming sie spöttisch.

»Was heißt hier Angst? Es ist unsinnig, sich in Fuchsgestalt ohne Not so nahe an ein Rudel Hunde zu wagen, auch wenn sie eingesperrt sein mögen. Wenn jemand ihre Käfige öffnet, sind sie im Nu hinter uns her.«

»Seltsam, dass du vor ein paar hirnlosen Kreaturen wie diesen Hunden Angst hast, aber in Gegenwart von Magiern ständig mit dem Feuer spielst! Wie passt das zusammen, Füchsin mit neun Schwänzen?«

Haokan Hei fuhr verärgert auf. »Hunde sind gerade deswegen gefährlich, weil sie nicht denken. Man kann sie nicht mit Tricks an der Nase herumführen wie die Menschen. Ich habe gewaltigen Respekt vor diesen Kreaturen!«

»Etwas mehr Respekt vor den Menschen stände dir gut an. Du hast mit dem Feuer gespielt und dich verbrannt. Es ist diesmal nur eine kleine Wunde, aber schmerzhaft genug, um dir als Warnung zu dienen. Deine blinde Gier nach einer starken Seele hat dich Risiken eingehen lassen, gegen die eine Verfolgung durch ein Hunderudel ein Spiel mit Wassertropfen ist! Du aber willst deine unsinnige Jagd fortsetzen. Wenn du dich nicht änderst, wirst du zugrunde gehen wie deine Mutter und meine Mutter, die beide nicht erkennen wollten, wo ihre Grenzen lagen. Was hast du eigentlich in den tausend Jahren auf dem Berg der sanften Stille gelernt? Sicher nicht dieses Streben nach Macht, das jede Vernunft in deinem Schädel ausgelöscht hat. Wenn du ein echtes Interesse am Erhalt unserer Sippe hättest, würdest du für die nächsten Jahrzehnte auf deine menschliche Gestalt verzichten und die Mutter meiner Söhne werden.«

Haokan Hei blickte Cong Ming fassungslos an und lachte dann wild auf. Es klang wie das Heulen eines jungen Wolfes. Daraufhin begannen die Hunde in ihren Zwingern zu toben. Erschrocken stoben die drei Füchse davon.

Als der Lärm hinter ihnen verklungen war, blieb Cong Ming hechelnd stehen. »Da siehst du, was du in deiner Gedankenlosigkeit anrichten kannst!«, warf er Haokan Hei vor.

Mochin Shao wollte sich einmischen, wurde aber von ihrer Pflegetochter böse angeknurrt. »Das ist meine Sache! Onkel Ming, ich habe nicht vor, mich meiner Pflicht der Sippe gegenüber zu entziehen. Eines fernen Tages werde ich deine

Söhne gebären. Aber ich will meine Kinder nicht in einer schmutzigen Erdhöhle zur Welt bringen, sondern von Anfang an dafür sorgen, dass sie eine unsterbliche Seele bekommen und als Menschen unter Menschen aufwachsen.«

Zur Bekräftigung ihrer Worte spreizte Haokan Hei die neun Schwänze, die in ihrer vierfüßigen Gestalt sonst zu einem verschmolzen.

Cong Ming lachte auf füchsische Art. »Ich glaube kaum, dass die Seele dieses Zhong Tie Hu so kräftig ist, wie du glaubst. Keine Menschenseele kann eine Geisterfüchsin zu einer machtvollen Göttin machen. Geh, such dir einen verlotterten Studenten, der schon vom Pfad der Tugend abgekommen und verdammt ist. Nimm seine Seele und widme dich nach der Aufzucht meiner Söhne auf weiseren Wegen deiner Vollkommenheit! Auf Mord und kindischem Herumspielen mit fremden Schicksalen ruht kein Segen.«

»Du redest, wie es dir in deine Pläne passt! Außerdem bist du neidisch, weil ich dir an Zauberkraft weit überlegen bin. Du willst doch nur erreichen, dass ich in den Jahren als Füchsin in der Wildnis meine Kräfte wieder verliere und zu einer gewöhnlichen Hexe verkomme. Aber ich werde meinen Weg weitergehen und eine Göttin werden!«

»Das Schicksal jedes Einzelnen von uns liegt im Dunkeln. Auch dir gewähren die Orakel nur fragwürdige Ausblicke in die Zukunft. Was immer auch geschehen ist, hast du so interpretiert, wie es dir genehm war. Ich könnte diesem Irrwitz ein Ende bereiten, indem ich dir einen Teil deiner Kräfte nehme und dich zwinge, die Mutter meiner Kinder zu werden. Aber das widerstrebt mir.«

Haokan Hei ging vor Wut mit allen vieren in die Luft. »Zwingen willst du mich? Du armseliger Wurm von einem Möchtegern-Wahrsager! Weil du ein entfernter Onkel von mir und dazu das Sippenoberhaupt bist, glaubst du, du hättest die Macht, mir meine Kräfte zu nehmen? Bildest du dir etwa ein, ich würde stillhalten und zusehen, wie du das zerstörst, was ich mir in Jahrhunderten aufgebaut habe? Rühr mich an, und ich vergesse, was ich dir als Sippenältesten schuldig bin!«

Cong Ming musterte die Schwarze Füchsin, die kampfbereit vor ihm stand. »Ich rühre dich nicht an. Geh deiner eigenen Wege und tu, was du willst. Aber ich werde dich im Auge behalten. Erlebst du eine Niederlage, so werde ich deine Schwäche ausnützen und dich mir unterwerfen. Nach allen Vorzeichen muss ich in absehbarer Zeit einen Sohn zeugen, sonst wird mir keiner mehr geschenkt. Leider bist du die einzige Geisterfüchsin weit und breit, mit der ich mich verbinden kann, und du hast überdies geschworen, du wolltest für den Fortbestand der Sippe sorgen. Also werde ich tun, was notwendig ist, damit du diesen Eid einlösen musst.«

»Ich habe nicht geschworen …«, protestierte Haokan Hei, sah aber ein, dass jeder weitere Disput mit Cong Ming sinnlos war. Sie stieß Mochin Shao an, die den Streit fassungslos verfolgt hatte und nun wie ein Welpe vor sich hin wimmerte. »Kommst du mit mir, oder begleitest du ihn?«

Mochin Shao starrte ihren Bruder an. »Ich habe Hei-Heis Mutter versprochen, mich um sie zu kümmern«, entschuldigte sie sich.

»Geh und wache über diesen ungezogenen Balg«, antwortete Cong Ming. »Vielleicht gelingt es dir wider Erwarten doch noch, diesem Weib Vernunft beizubringen. Lass dich aber auf keines ihrer unsinnigen Abenteuer ein. Das könnte nämlich auch dein Ende sein!«

»Pass lieber auf dich selbst auf, du Born aller Weisheit!«, rief Haokan Hei ihm noch zu. Dann verschwand sie so schnell im Unterholz, dass Mochin Shao Mühe hatte, ihr zu folgen.

49. ZHONG TIE HU WIRD ZUM FELDHERRN DES REICHES WEY ERNANNT

An einem hellen Sommertag, genau neunundneunzig Tage nach dem Tod seiner Gemahlin, kehrte Zhong Tie Hu nach Wey Cheng zurück. Ihm folgte ein Zug aus Wagen, Sänften, Reitern und Fußgängern, der dreimal länger war als der, der ihn auf seinem Weg in die Verbannung begleitet hatte. Den Mittelpunkt bildete auch diesmal die Prinzessin Lu Kin. Doch sie reiste nicht in einer prächtigen Sänfte, sondern wurde in einem riesigen, mit Blumen und Ehrenzeichen geschmückten Sarg in die Stadt zurückgebracht, dessen Wagen von zwölf Pferden gezogen wurde. Hundertundein Priester schritten vor der einbalsamierten Toten her, und hinter ihr folgte ihr gesamter Hofstaat in Trauerkleidung aus ungebleichtem Leinen, angefangen beim obersten Hofmagier bis hinab zu der jüngsten Küchenmagd, die die Dame einst aufs Land begleitet hatte. Auch die Menschen aus Tie Hus Gefolge, die der Prinzessin die letzte Ehre erweisen wollten, und die Soldaten, die die Tote als Wächter und Ehrengarde begleiteten, waren in Trauerweiß gekleidet. Es war ein gespenstisch wirkender Zug, der von den Einwohnern der Stadt schweigend empfangen und bis zum äußeren Palasttor geleitet wurde.

Tie Hu war nicht wohl in seiner Haut, auch wenn er es hinter einem grimmigen Gesicht verbarg. Er hatte bereits zwei Aufforderungen des Kanzlers ignoriert, sich auf dem schnellsten Wege an den Hof nach Wey Cheng zu begeben, und er hatte gegen König Lu Niaos Befehl seinen Sohn und dessen Amme in die Obhut seiner Großmutter gegeben. Ju Hua hatte ihren Berg und ihren Gemahl für eine Weile verlassen, um über das kränkelnde Kind zu wachen. Wie der Arzt Xi Shui war auch sie der Meinung, die Geisterfüchsinnen hätten auch den Säugling vergiftet, um die Sippe des Panthers vom Glockenberg in der dritten Generation aussterben zu lassen. Tie Hu glaubte ihr und hoffte, dass seine Großeltern ihm den Sohn erhalten konnten.

Die Nachricht von der Geburt eines Knaben und die Tatsache, dass er die ersten vier Wochen überlebt hatte, war am Hofe von Wey wie ein Blitz eingeschlagen. Seit zwölf Jahren war weder in der königlichen Familie noch in denen der königlichen Prinzessinnen oder ihrer Anverwandten ein Sohn geboren oder älter als einen Monat geworden. Es war wie ein Fluch – nur die für den Fortbestand der Sippe wertlosen Mädchen überlebten, und diese konnten nach Sitte und Gesetz auch nicht die Ränge und Ämter ihrer Familie übernehmen und weitervererben.

Jetzt gab es wieder einen Sohn im Umkreis der königlichen Sippe – wenn auch nur ein Kind der ungeliebtesten Schwester des Königs, das keinen Anspruch auf den Thron hatte. Dennoch waren in der Vergangenheit bereits Männer mit ähnlicher Abstammung von ihren Parteigängern auf den Thron gesetzt worden oder hatten sich diesen Platz selbst erkämpft. Tie Hu war klar, dass allein die Existenz seines Sohnes Zhong Huang die Quelle für vielerlei Intrigen werden würde, die sein Leben und das des Kindes in Gefahr brachten.

Doch keine Intrige und keine Drohung würde ihn dazu bringen, zu allem ja zu sagen, was der Kanzler oder der König von ihm verlangten. Er war auch nicht mehr bereit, sich demütigen und zur Spielfigur degradieren zu lassen, selbst wenn es um seine nackte Haut ging. Er hing nicht sonderlich stark an dieser Existenz, in der ihm nach dem Urteilsspruch des Richters des Kunlun-Berges kein menschliches

Glück und keine Erfüllung in der Ehe mehr beschieden sein würden.
Aber er hatte auch nicht vor, diese Welt freiwillig zu verlassen, sondern er wollte seine Pflicht erfüllen und so lange kämpfen, bis sein Sohn durch keinen grausamen Krieg und keinen General Rattenkopf mehr bedroht wurde. Deswegen würde er alles ihm Mögliche tun, um dieser Stadt und diesem Land den Frieden zu bringen. Als er Wey Cheng verlassen hatte, war er noch ein Jüngling gewesen, doch nun kehrte er als Mann und als Träger eines Erbes zurück, das nicht von dieser Welt war.
Der Trauerzug wurde mit allem Pomp und allen Zeremonien empfangen, die dem Begräbnis einer Prinzessin anstanden. Auch er selbst wurde nicht mehr wie ein zum Fürsten erhobener Höfling behandelt, sondern wie ein mächtiger Erbfürst. Nun war er der Königliche Prinz dritten Grades, Fürst Zhong. Das war eine Rangerhöhung, die in der komplexen und auf feinste Abstufungen ihrer Ränge bedachten Hofgesellschaft viel Wirbel erzeugt haben musste.
Damit war Tie Hu nicht mehr auf die offiziellen Audienzen, Zeremonien oder Gastmähler angewiesen, um den König sprechen zu können, sondern hatte das Recht, Tag und Nacht bei Lu Niao ein und aus zu gehen. Zwischen ihm und dem Ohr des Königs standen jetzt nur noch der Kanzler und der Zeremonienmeister. Vor einem guten Jahr hätte ihn diese Ehre überwältigt, aber nun erhoffte er sich einen praktischen Nutzen. Mit Titeln und Würden konnte man keinen gegnerischen Feldherrn vernichten. Mit dem Einfluss aber, den er aus diesen Ehren gewinnen konnte, vermochte er ein Heer auszurüsten und zu schulen, das in der Lage war, dem Feind die Stirn zu bieten.
Neun Tage lang zogen sich die Begräbnisfeierlichkeiten und Tempelrituale für Lu Kin hin. Während dieser Zeit lebte Tie

Hu als trauernder Witwer völlig von der Welt abgeschlossen in einem Flügel des Tempels, den er nur verlassen durfte, um an weiteren Zeremonien und Prozessionen teilzunehmen. Er konnte zwar der Dienerschaft Befehle erteilen, aber mit Priestern, Höflingen oder Ministern nur die vorgeschriebenen formellen Worte wechseln.

Früher hätten ihn diese Abgeschlossenheit und die Ungewissheit um sein künftiges Schicksal zur Beute von Ängsten und Albträumen gemacht. Nun aber spürte er, dass er die Dinge in Ruhe auf sich zukommen lassen konnte. Er hatte sein Ziel, und das würde er auch gegen den Willen des Königs von Wey und seiner Minister verfolgen. Dieses Ziel war der Untergang des Generals Rattenkopf und wenn möglich auch seiner füchsischen Helfershelferinnen. Danach musste er die Zukunft seines Sohnes sichern. Wie er das unter den in Wey Cheng herrschenden Verhältnissen bewerkstelligen konnte, wusste er noch nicht zu sagen. Aber er spürte, dass das Kind Huang sich als ein Band erweisen würde, das ihn stärker an diese Welt fesselte, als er es sich hatte vorstellen können.

Nach den neun Tagen der Trauerriten änderte sich kaum etwas an seiner Situation. Tie Hu bezog ein seinem neuen Rang entsprechendes Haus auf dem Palastgelände, doch entgegen der Sitte erschienen keine privaten Besucher, um ihm zu seiner Rangerhöhung und dem kleinen Palast zu gratulieren. Bei der ersten Audienz, bei der er anwesend sein musste, fühlte er sich isoliert, obwohl er im Kreuzfeuer neugieriger Blicke stand. Alle schienen darauf zu warten, wie der König und seine Minister sich zu dem neugebackenen Prinzen stellten und welchen Platz er wirklich im Gefüge des Hofstaats einnehmen würde. Aber selbst der Kanzler, der ihn vor seiner Hochzeit mit jovialer Väterlichkeit und leichter Herablassung behandelt hatte, musterte ihn zweifelnd und schien nicht sicher zu sein, wie er ihm begegnen sollte.

Als König Lu Niao ihn vor den Thron rief, ging ein Seufzen und Tuscheln durch die Reihen der Höflinge, und Tie Hu setzte seine Sinne so ein, wie Ju Hua es ihn in den letzten Wochen gelehrt hatte. Er las Furcht in den Augen der Menschen, und er roch ihre Angst trotz aller Duftöle und flüchtiger Essenzen, die die Männer benutzten. In der Wildnis hätte dieser spezielle Geruch sie an den Tiger verraten. Bei dem Gedanken fühlte Tie Hu, wie eine Lust in ihm aufstieg, zu jagen und zu töten. Er verbarg dieses Gefühl unter einem undurchdringlichen Lächeln, kniete vor Lu Niao nieder, wie es das Zeremoniell befahl, und stellte fest, dass auch der König nach Angstschweiß roch.
Tie Hu ließ die rituelle Begrüßung und die feierliche Bestätigung seiner Rangerhöhung regungslos über sich ergehen. Dabei hatte er seine Augen scheinbar andächtig auf den Boden gerichtet. Unter seinen Wimpern aber wanderte sein Blick über die Gesichter der Minister und obersten Hofbeamten und las in ihnen eine verzweifelte Anspannung. Zudem spürte er, dass jedermann um ihn herum ein starkes Amulett zur Abwehr von Tiergeistern und übelwollenden Gui-Gespenstern trug. Die Ausstrahlung der Schutzzauber rieb schmerzhaft an seinen für Magie geschärften Sinnen, und der nichtmenschliche Teil seines Wesen reagierte gereizt auf diese Amulette.
Die Leute um ihn herum hatten sich nicht nur die Berichte über Geisterfüchsinnen zu Herzen genommen, sondern auch die Gerüchte von seiner Verwandlung in eine Art Berggeist, die seit seinen regelmäßigen Besuchen im Glockenberg die Runde machten. Unter diesen Umständen würde er nicht hier am Hofe leben können, sonst verwandelte er sich wirklich noch in einen Tiger und fiel in Neumondnächten unschuldige Menschen an.
Zum Glück kam Lu Niao nach den offiziellen Zeremonien

ganz unvermittelt zur Sache und verlangte von Tie Hu, dass dieser auf der Stelle den Posten des kürzlich im Krieg gefallenen Generals Fürst Ku übernähme und den tiefer ins Land eindringenden Feind aufhielte. Tie Hu hatte schon auf dem Glockenberg-Gut einiges über den unglücklichen Kriegsverlauf gehört und wusste, dass der Krieg ohne gründliche Vorbereitungen nicht zu gewinnen war. Deshalb sagte er laut und deutlich: »Nein!«

Lu Niao verschlug es die Sprache. Aber der allgegenwärtige Kanzler trat lächelnd nach vorn und fragte ihn mit gefährlich freundlich klingender Stimme: »Verehrter Prinz Tie Hu, dürften wir Euch um eine nähere Erklärung bitten? Vergesst nicht, dass wir nur unbedarfte Sterbliche sind, denen das Wissen höherer Mächte vorenthalten bleibt.«

Tie Hu erhob sich und straffte seine Gestalt. Dabei fiel ihm auf, dass die Männer um ihn herum kleiner wirkten als früher. Es sah so aus, als sei er seit seinen regelmäßigen Besuchen im Glockenberg um mehr als eine Handspanne gewachsen. Also hatten der Schneider und seine Gehilfen, die ihm die Trauergewänder genäht hatten, doch recht gehabt. In den lockeren Alltagsgewändern, die er auf seinem Landgut zu tragen pflegte, hatte er nicht bemerkt, wie groß und wie breit er geworden war. Sein Gesicht, das ihm der Bronzespiegel morgens zeigte, hatte die Weichheit der Jugend verloren, und seine Stimme glich mehr dem dröhnenden Organ seines verstorbenen Vaters. Kein Wunder, dass die Menschen ihn anstarrten und bereit waren, alle Gerüchte zu glauben, die sich um ihn und den Glockenberg rankten. Aber das bedeutete auch, dass man im Augenblick bereit war, ihn als eine höhere Autorität anzuerkennen. Das gedachte er zu nutzen.

»Mein Herr und König, verehrter Kanzler Ding Wanzi«, begann er. »Gern gebe ich Euch die gewünschte Erklärung:

Ich bin nicht bereit, meine Zeit damit zu verschwenden, den Rückzug einiger schlecht ausgebildeter und noch schlechter versorgten Truppen zu organisieren.«

»Was heißt hier Rückzug?«, fuhr der Kanzler auf, und den König riss es fast aus seinem Hochsitz. Lu Niao öffnete den Mund und schloss ihn wieder, ohne ein Wort über die Lippen zu bringen.

Tie Hu spürte selbst, dass sein Lächeln zu einem Zähnefletschen missriet. »Es tut mir leid, dass dieses Wort in den Ohren der Herren allzu misstönend klingt. Aber das Gebot der Stunde heißt Rückzug in die befestigten Stellungen, die noch von dem letzten großen Vorstoß des Feindes her existieren.

In diesem Jahr wäre jeder weitere Angriff auf die Heere von Zhou mit zu großen Verlusten verbunden. Wollt Ihr den Rattenkopf im nächsten Jahr vor den Mauern von Wey Cheng sehen? Wir geben jetzt einige vom Krieg verwüstete Landstriche auf, erneuern unsere Kräfte und können sie im nächsten Jahr an den entscheidenden Stellen konzentrieren. Den Rückzug können die überlebenden Offiziere nach den klaren Befehlen unseres Herrn Kriegsminister auch ohne einen Feldherrn bewältigen. Gleichzeitig muss die Versorgung aller Truppenteile mit Nahrungsmitteln, Kleidung und Ausrüstung entscheidend verbessert werden. Ich stelle mich den Herren für die Klärung der Einzelheiten gern zur Verfügung.«

Er lachte grimmig auf. »Die Zeit der Muße und Abgeschiedenheit auf meinem Landgut habe ich nicht vergeudet, sondern den Verlauf des Krieges mit Zhou seit dem Auftauchen des Generals Rattenkopf beobachtet. Dabei habe ich genügend Erkenntnisse gesammelt, um zu wissen, wie man den Krieg zu einem für uns befriedigenden, ehrenhaften Ende bringen kann. Wenn Ihr, mein König, und Ihr, werte Herren

Minister, bereit seid, die Führung dieses Krieges mit allen Vorbereitungen einzig und allein in meine Hand zu legen, schwöre ich, dass kein Feind die Mauern von Wey Cheng besteigen wird. Ich hoffe sogar, dass wir die Grenzen des Reiches so weit wieder herstellen können, wie sie in den ersten Jahren dieser Dynastie existiert haben.«

»Dann müssten wir ja auf fast ein Drittel des Gebietes verzichten, welches wir besessen haben, als der Vater unseres erhabenen Herrn Lu Niao unter die Götter erhoben wurde. Das wäre eine Pietätlosigkeit gegenüber dem verehrten Ahnen!«, rief der König aus.

»Entweder das oder …«, begann Tie Hu, besann sich aber auf die gebotene Höflichkeit. »Es wäre eine größere Pietätlosigkeit gegenüber den geheiligten Ahnen der Dynastie, wenn die Horden von Zhou die Pferde über ihre Gräber trieben! Wir haben nur noch eine einzige Chance – und für die benötigen wir eine Armee, die diesen Namen auch verdient! Ich bin bereit, die vor uns liegenden Monate des Herbstes und des Winters zu nutzen, um neue Truppen aufzustellen und aus den Soldaten, die jetzt an der Front liegen, brauchbare Krieger zu machen. Ich verlange dafür aber völlig freie Hand und jede Art von Unterstützung.

Weiter verlange ich, dass mir mein gesamtes, nach meiner Hochzeit von Euch eingezogenes Vermögen wieder zurückgegeben wird und dazu jeder Kupferkäsch, der meiner verstorbenen Gemahlin gehört hat. Ich habe keine Lust, um das Geld betteln zu müssen, das zu einer ordentlichen Kriegsführung notwendig ist! Lieber benutze ich meine eigene Kasse, und ich bin bereit, den Krieg ein volles Jahr lang allein zu finanzieren. Auch werde ich die Versorgung des Heeres selbst organisieren und mir die Lieferanten und Zwischenhändler gründlich aussuchen. Mit der jetzt herrschenden Klientel-Wirtschaft und Kriegsgewinnlerei einzelner Leute muss Schluss sein! Ich will den Feind zwingen, den Krieg ohne allzu große Verluste für uns zu beenden, und ich werde es auf meine Weise tun. Habe ich mich klar genug ausgedrückt?«

Solch offene Worte waren an diesem Hof seit Jahrzehnten nicht mehr gefallen. Lu Niao und seine Minister sahen so aus, als hätte man sie in Eiswasser getaucht. Während der König kraftlos in sich zusammensank und in diesem Moment vorzeitig vergreist wirkte, blähte der Kanzler sich in seiner ganzen Wichtigkeit auf. »Prinz Tie Hu, wenn wir Euch freie Hand gewähren, wie Ihr es verlangt, erwarten wir nichts anderes als einen Sieg! Verliert Ihr, wird Euer Kopf neben dem des glücklosen Grafen Bu Hao am westlichen Tor angenagelt werden. Außerdem werdet Ihr Euren Sohn an den Hof bringen – als Geisel für Euer Wohlverhalten!«

Tie Hu blickte Ding Wanzi durchbohrend an und sah ihn schrumpfen und einen Schritt zurückweichen. Dann schüttelte er den Kopf. »Mein Sohn bleibt, wo er ist. Er wächst unter der Obhut von Mächten auf, die besser über sein Wohlergehen wachen können, als es hier möglich ist. Auf dem Glockenberg-Gut wird kein böser Fuchsgeist mehr morden oder Häuser und Tempel in Brand setzen können, wie es vor drei Monaten hier im Palastgelände geschah. Dort stehen mir Mächte zur Seite, die jeden schädlichen Einfluss von Geistern und Gespenstern wirkungsvoll abhalten – ohne Bannsprüche und Berge von Amuletten! Auch ich besitze ein wenig von dieser Macht und gedenke sie einzusetzen, wie mein Vater sie eingesetzt hat – zum Wohl des Reiches Wey und seiner Bewohner.

Ihr habt die Wahl, mein König: Händigt mir mein Vermögen und das meiner Gemahlin aus und gebt mir freie Hand. Dann bekommt Ihr den Frieden, den das Reich dringend braucht. Oder lehnt mein Angebot ab. Dann werde ich mich auf mein Gut zurückziehen und warten, bis der Feind die Mauern von Wey Cheng berennt. Ob ich dann aber mit einer kleinen Bauernarmee genauso viel ausrichten kann wie der Rote Panther vom Glockenberg, wage ich zu bezweifeln. Noch einmal wird sich der General des Rabenkönigs von Zhou nicht überraschen lassen.«

»Ihr tragt stark auf!«, begann der Kanzler.

Lu Niao unterbrach ihn mit einer Handbewegung. Schwankend stand er auf und stützte sich dabei schwer auf einen Diener. »Tie Hu, ich habe dich nicht als Schwager anerkannt, um mit dir zu feilschen wie ein Marktweib. Ich gebe dir freie Hand, und du gewinnst diesen Krieg für mich. Du weißt, was du mir als jüngeres Familienmitglied schuldig bist, und ich erwarte, dass du bis zum letzten Blutstropfen kämpfst – und siegst! General Eisentiger – so mögest du von heute an genannt werden –, mit deiner Hilfe wird Wey in den Grenzen des Begründers dieser Dynastie in neuem Glanz erstehen!«

»Wey wird in neuem Glanz erstehen!«, antworteten alle Anwesenden im Chor. Aus der Stimme des Kanzlers klang Ärger darüber heraus, dass der König einen anderen als ihn mit so großer Macht ausgestattet hatte, denn er spürte, dass sein Stern im Sinken begriffen war. Lu Niaos verknittertes Gesicht aber strahlte Zufriedenheit aus.

In den nächsten Wochen kam Tie Hu kaum zum Schlafen. Der König übertrug ihm tatsächlich die Verfügung über sein gesamtes Vermögen und das seiner Frau. Der Kriegsminister, der immer etwas im Schatten des Kanzlers gestanden hatte, ließ sich von Tie Hu sämtliche Befehle an die Truppen diktieren und sorgte auch für eine bessere Versorgung. Da es keine schlechten Nachrichten aus dem Kriegsgebiet mehr gab und der Feind aus den getroffenen Maßnahmen offensichtlich keinen Vorteil zu ziehen wusste, kam es zu keiner

Verstimmung. Tie Hu war nun der geliebte Vetter des Königs und der neue Machtpol am Hofe, und so belagerten ihn die Höflinge, um sich vom Glanz des aufsteigenden Sterns bescheinen zu lassen. Nur der Kanzler und dessen engster Anhang stellten sich gegen ihn.

Ding Wanzi tat es ganz offen, denn er fühlte sich tödlich beleidigt, weil Tie Hu, der sonst geduldig alle Zeremonien im Palast und in den Tempeln über sich ergehen ließ, sich strikt weigerte, an den Zeremonien zur Entmachtung des Stadtgottes Shirliang Po teilzunehmen. Dieser äußerte sich sogar bissig über die Eignung des gewünschten Stadtgottes, der schließlich ein berühmter – oder nach anderer Meinung berüchtigter – Ahne des Kanzlers war. Tie Hus vernichtende Kritik veranlasste Lu Niao schließlich, sämtliche Orakel zu befragen und alle bekannten Wahrsager zu Rate zu ziehen. Das Ergebnis ließ dieses Mal keinen Zweifel daran, dass Shirliang Pos Absetzung der Stadt und dem Hof Unglück bringen würde. Daraufhin befahl Lu Niao, die Zeremonien einzustellen.

Tie Hu war klar, dass er sich den Kanzler damit endgültig zum Todfeind gemacht hatte, aber es störte ihn nicht sonderlich. Die Auseinandersetzung mit Ding Wanzi und seinem Anhang würde erst kommen, wenn der Krieg beendet war oder er sich eine Blöße gab. Vorerst durfte der Kanzler ihm keine Steine in den Weg legen, denn die abergläubischen Höflinge hielten ihn als General Eisentiger nun für einen ebenso großen Kriegsmagier wie den feindlichen Feldherrn.

Tie Hu war heilfroh, als er zu Beginn des neuen Jahres endlich die Hauptstadt verlassen konnte. Im Verlauf des Herbstes hatte er ein neues Heer aufgestellt und bezog mit ihm nun ein Winterquartier in der Nähe der Frontlinie, an der der Krieg im Herbst zum Stillstand gekommen war. Von dort aus konnte er sich um die Soldaten und Offiziere kümmern, die den Krieg des vergangenen Sommers überlebt hatten. Anders als sonst waren sie diesmal nicht zum größten Teil über Winter nach Hause geschickt worden, damit ihre Sippen sie ernähren mussten. Daher bekam Tie Hu die Chance, aus den alten und neuen Truppen bis zum Frühjahr ein Heer zu schaffen, an dem der Gegner sich die Zähne ausbeißen sollte.

Das Unterfangen, welches angesichts der hohen Verluste des letzten Feldzugs, der vielen jungen Rekruten und der schlechten Ausrüstung zunächst hoffnungslos ausgesehen hatte, erwies sich im Laufe des ungewöhnlich milden Winters als erfolgreich. Die Heereslieferanten versuchten keinerlei Betrug, sondern lieferten ihre Waren pünktlich und in guter Qualität. Das veranlasste Soldaten und Offiziere, mit ungewohntem Feuereifer zu üben, und in dem Stab, den Tie Hu um sich aufbaute, bereitete man sich auf sämtliche Angriffsmöglichkeiten vor, mit denen der General Rattenkopf den Krieg im Frühjahr eröffnen mochte. Sogar der Entsatz der Hauptstadt bei einem Durchbruch des Feindes wurde in die Planungen einbezogen und sorgfältig eingeübt.

Die Geschichten, die Tie Hu als General Eisentiger gleichsetzten mit seinem erfolgreichen Vater, flößten den Menschen Hoffnung ein. Zudem kamen die Spitzel, die Tie Hu unter dem fahrenden Volk und begnadigten Räubern rekrutiert und in das Land des Feindes geschickt hatte, mit allerlei wertvollen Nachrichten zurück. In Zhou hatte man schnell von der Existenz eines neuen Generals erfahren, schien aber Tie Hu ebenso wenig ernst zu nehmen wie seine Vorgänger. Zumindest deuteten die Vorbereitungen, die General Rattenkopf für seinen neuen Feldzug traf, darauf hin, die für eine Auseinandersetzung mit dem erstarkten Heer von Wey nur wenig geeignet zu sein schienen.

Tie Hu war allerdings weniger hoffnungsvoll als die Menschen um ihn herum, denn er kannte die Schwachstelle dieses Kriegszuges. Die war er selbst. Mit seiner Person stand oder fiel Weys Schicksal schon im nächsten halben Jahr. Traf er gravierende Fehlentscheidungen, versagte er in der Schlacht oder fiel er vorzeitig durch Unglück oder Verrat, so gab es niemanden, der sein Werk fortsetzen konnte. Dann würde der Feind Wey mehr oder weniger kampflos besetzen können. Höchstens die Hauptstadt würde ihm noch einen gewissen Widerstand entgegensetzen.
Tie Hu wusste vorerst keine Lösung für dieses Problem. Wenn er im Verlaufe der ersten Monate Erfolge aufweisen konnte, wollte er die Adelssöhne aus königlichem Blut an seine Seite holen und brauchbare Anführer und Offiziere aus ihnen machen. Ihnen würden die Soldaten schon aus Gehorsam dem Königshaus gegenüber folgen.
Als er aber dem Kanzler und dem Kriegsminister die Idee unterbreitete, die Söhne der höchsten Familien unter seine Fittiche zu nehmen und auszubilden, schlugen ihm Ablehnung und heftiges Misstrauen entgegen. Der Kanzler und einige andere besorgte Väter machten ihm klar, dass man von ihm und nur von ihm den Sieg über den Feind erwartete. Die Herren Söhne, so hieß es, seien in der Hauptstadt unabkömmlich.
Tie Hu wusste, mit welchen Unterhaltungen sich die jungen Herren ihre Zeit vertrieben und dass sie sich vor den meisten Pflichten drückten, obwohl die Langeweile sie angeblich schier umbrachte. Doch ihm blieb nichts anderes übrig, als mit den Achseln zu zucken und diesen Plan zu den Akten zu legen.
Das Frühjahr kam, und die Truppen beider Reiche setzten sich in Bewegung. Allen Nachrichten und Erkenntnissen der Späher zufolge plante der Rattengeneral an der schwächsten

Stelle der Verteidigungslinie den Durchbruch auf Wey Cheng, und er war mit allem ausgerüstet, was zu einer längeren Belagerung gehörte. Natürlich hatte er genügend Truppenteile aufgestellt, die an anderen Punkten der Front angreifen sollten, um die wahren Absichten zu verschleiern und Weys Kräfte an verschiedenen Stellen zu binden.
Wäre das Heer von Wey noch in genauso schlechtem Zustand wie in den vergangenen Jahren, müsste es ihm gelingen. Aber Tie Hu verfügte über die notwendigen Verteidiger hinaus über eine schnelle, schlagkräftige Truppe, die er in den Rücken des Feindes führen wollte, um ihn beim Durchbruch durch die eigenen Linien stellen und festhalten zu können, bis der geplante Entsatz aus den Festungen und den Reserven im Hinterland zur Stelle war.

50. HAOKAN HEI VERBÜNDET SICH MIT DEM RATTENGEIST

Die Kontaktaufnahme mit dem Rattengeist gestaltete sich für Haokan Hei schwieriger, als sie es sich hätte vorstellen können. Es schien unmöglich, an General Rattenkopf heranzukommen, denn er war ständig unterwegs. Dazu umgab ihn ein Schwarm von Offizieren, Ordonnanzen und Leibwächtern, die ihn sogar gegen die eigenen Soldaten abschirmten.
»Der Herr beliebt, sich geheimnisvoll und unnahbar zu geben«, bemerkte Mochin Shao bissig. »Was bildet er sich ein? Hält er sich für wichtiger und höher stehend als selbst der König von Zhou?«
»Sicher tut er das«, antwortete Haokan Hei mit wegwerfen-

der Geste. »Er hält den Rabenkönig für einen lächerlichen Popanz – so hat er sich auf dem Berg der sanften Stille mir gegenüber geäußert und behauptet, er gäbe einen besseren Herrscher ab und wenn er wollte, würde es ihn nur ein Fingerschnippen kosten, Herr über Zhou zu werden.«

»Warum hat er sich denn noch nicht dazu gemacht?«

»Ach, Tantchen! Er und ich haben fast das gleiche Ziel: den Tod des Fürsten Zhong und die Vernichtung seiner unsterblichen Existenz. Lao Shu hat nur andere Motive als ich. Er fürchtet Zhong Tie Hu wegen einiger schlechter Vorzeichen und weil dieser die Ermordung seiner Mutter Shi Shing und des Roten Panthers an ihm rächen muss. Das Schicksal der beiden ist eng miteinander verknüpft, und Zhong Tie Hus Existenz stellt für die alte Ratte eine ständige Bedrohung dar. Daran muss ich ihn noch einmal erinnern.

Leider hatte ich damals, als ich für Lao Shu die Orakel befragte, kein Interesse an dem Geschick des Rattengeistes. Daher sind mir möglicherweise ein paar interessante Einzelheiten entgangen, mit deren Hilfe ich ihn jetzt beeinflussen könnte. Aber so wichtig ist Lao Shu auch nicht. Wenn er uns geholfen hat, Tie Hu in unsere Gewalt zu bringen, mag er König von Zhou werden, mir ist es gleich.

Wir werden hier in Zhou Cheng auf ihn warten. Zum Glück gibt es in dieser Stadt kaum Schutzzauber gegen Gui-Gespenster und ähnlich unangenehme Dinge, die uns das Dasein vergällen könnten. Wahrscheinlich nimmt man hier Rücksicht auf die Empfindlichkeit unseres Ratterichs. Jedenfalls werde ich ihm nicht noch einmal hinterherreisen. Allerdings frage ich mich, warum er nicht auf unsere Briefe reagiert.«

»Vielleicht hat er die verschlüsselte Botschaft in den fingierten Offerten nicht begriffen. Er hat ja nicht dein umfangreiches Wissen.«

»Wenn er die Schreibseide selbst in die Hand genommen hat, dürften ihm die magischen Zeichen in der Zierleiste sofort ins Auge gefallen sein. Ich vermute eher, dass der Herr glaubt, er könne ohne uns auskommen. Aber da hat er sich geschnitten. Wenn er bis jetzt noch nicht weiß, dass sein Feind sein Gedächtnis wiedergefunden und sicher auch einige magische Fähigkeiten erworben hat, dann werde ich es ihm erklären.«

»Womit wir wieder bei unserem Problem wären! Wie willst du es ihm sagen, wenn wir nicht in seine Nähe gelangen können?«

»Er wird zum Neujahrsfest in der Hauptstadt erwartet, da er sich an den offiziellen Zeremonien beteiligen muss. Dann werden wir ihn ganz offiziell aufsuchen.«

»Und wie? Als Kuppelmutter und Kurtisane? Das ist die einzige Möglichkeit, die ich sehe!«

»Genau so, Tantchen! Morgen wirst du mit dem restlichen Silber unseres letzten Raubzuges ein erstklassiges Haus im Viertel der Blumen und Weiden kaufen und ein paar junge, aber erfahrene Mädchen dazu. Dann lässt du mich beim Verwalter des Hurenviertels als Kurtisane ersten Ranges eintragen und zahlst alle notwendigen Steuern. Bis wir alle Vorbereitungen getroffen haben, ist das Neujahrsfest da, und du kommst nicht in die Verlegenheit, an mir interessierte Freier abweisen zu müssen.«

»Oh, das würde nicht schaden. Jede Kupplerin, die es sich leisten kann, versucht, ihr bestes Mädchen rarzumachen, um begüterte Freier anzulocken. Es wird eine Menge Gerede geben und ganz zu unserem Auftreten passen, wenn ich dich am Neujahrstag persönlich zu dem großen General bringe, um den berühmtesten Mann des Reiches als ersten Freier für dich einzufangen. Dabei freue ich mich schon auf sein dummes Gesicht, wenn er uns erkennt.«

»Hoffentlich wirst du nicht allzu sehr enttäuscht!«, spottete Haokan Hei.

Tatsächlich wurde Mochin Shao enttäuscht. Am späten Vormittag des letzten Tages im alten Jahr sprachen die beiden Füchsinnen in der palastähnlichen Residenz vor, die der General Rattenkopf in der Hauptstadt bewohnte. Zu ihrer Verwunderung wurden sie sofort vorgelassen. Der Rattengeist begrüßte sie wie alte Bekannte und schickte die anwesenden Offiziere und auch die Diener sofort weg. Dann nahm er seine eiserne Maske ab und grinste breit über sein halb rättisches und halb menschliches Gesicht, das von Brandnarben grausam entstellt wurde.

»Ah! Siehe da, meine liebste Freundin Haokan Hei! Sei mir herzlich willkommen! Ich muss sagen, diese Kleidung steht dir ausgezeichnet. Du hättest das Zeug zu einer großartigen Kurtisane. Präsentiere dich so dem alten Raben – ich meine König Wuya –, und du bist in kurzer Zeit eine Macht, mit der man rechnen muss. Hier in Zhou ist man nicht so bigott wie am Hof von Wey.«

Haokan Hei hob die Augenbrauen. »Wenn es mich und dich weiterbrächte, würde ich es sogar versuchen. Ich bin auf der Jagd nach einer anderen Beute, wie du weißt. Übrigens – darf ich dir Mochin Shao vorstellen, meine unermüdliche Tante und Pflegemutter? Ihr kennt euch noch nicht persönlich, nicht wahr?«

Die beiden Tiergeister musterten einander abschätzend. Dabei schien der Rattengeist in der älteren Füchsin eine verwandte Seele zu entdecken, denn er grinste über beide Ohren und verneigte sich schwungvoll. »Ich habe schon von dir gehört, liebes Tantchen, und freue mich, dich persönlich kennenzulernen. Ich nehme deine Dienste und Fähigkeiten genauso gerne in Anspruch, wie es diese übermütige, junge Person hier tut.«

»Welche Dienste?«, fragte Mochin Shao verblüfft.
»Oh, ich denke, ihr seid zu mir gekommen, weil euer erster Anschlag auf Zhong Tie Hu missglückt ist und ihr jetzt auf meine Unterstützung angewiesen seid. Aber wenn ihr mit meiner Hilfe seiner Herr werden wollt, dann müsst ihr auch gewillt sein, es im Rahmen meiner Pläne zu tun. Mein nächster Feldzug wird Wey das Rückgrat brechen. Es wird fallen, und das wird es nicht zuletzt der Tatsache zu verdanken haben, dass Shi Shings Sohn dort zum General gemacht worden ist. Auf den Tag habe ich gewartet, seit mir die kleine Kröte entgangen war. Denn von einem Verbündeten jenseits der Welt des roten Staubes habe ich erfahren, dass aus Tie Hu erst der General Eisentiger werden muss, bevor ich eine Chance habe, sein Schicksal zu meinen Gunsten zu wenden.«
Haokan Hei schüttelte unwillig den Kopf. »Deswegen hast du dich geweigert, dich mit mir zu verbünden? Mir hast du erzählt, du wüsstest nicht, was aus dem Balg der Shi Shing geworden ist. Warum hast du mir dieses Orakel verschwiegen?«
»Dann hättest du vielleicht nach meiner Nachrichtenquelle geforscht, und das hätte mir jemand sehr übelgenommen. Der Herr mag im Allgemeinen keine Tiergeister.«
Nur Mochin Shao sah, wie sich Haokan Heis Pupillen vor Überraschung weiteten und ein zufriedenes Lächeln über ihr Gesicht huschte. Der Rattengeist musste ihr gerade mehr über seinen Gönner verraten haben, als er ahnte.
Aber die Schwarze Füchsin sprach mit der gleichen, leicht beleidigt klingenden Stimme weiter. »Mich interessiert das Geschwätz irgendwelcher Möchtegern-Weisen nicht. Ich denke, der Herr hat nur Angst, selbst als Anstifter zu einem weiteren Mord dazustehen, wenn du Tie Hu mit eigener Hand vernichtest. Schließlich könnte sich irgendwann auch

die Göttin Xiwangmu dafür interessieren, warum du ihre Kinder und Enkel ausrottest.
Zhong Tie Hu ist nicht mehr der leichtfertige Dummkopf, der er bis vor kurzem noch gewesen ist. Ich weiß aus sicherer Quelle, dass er seinen Großvater im Glockenberg aufgesucht und sich dort das Wissen um seine Herkunft und seine ererbten Fähigkeiten erworben hat. Der Tigergeist in ihm ist erwacht, und er dürfte kein so leichtes Opfer mehr sein.«
Der Rattengeist grinste so bösartig, dass sein Gesicht wie eine besonders abstoßende Dämonenfratze wirkte. »Das weiß ich, und mir ist auch klar, wem ich das zu verdanken habe, nämlich dir dummem Stück! Ich habe Informanten in Wey Cheng, sowohl am Hof wie auch unter der reichen Händlerschaft. So habe ich mir die Geschichte deines Versagens zusammenreimen können. Habe ich dir damals auf dem Berg der sanften Stille nicht gesagt, dass wir nur gemeinsam Erfolg haben können?
Aber du wolltest nicht warten! Anstatt Tie Hu nur zu beobachten und mit aller Sorgfalt deine Vorbereitungen für eine gewaltsame Übernahme seiner Seele zu treffen, hast du es auf die primitive Art und Weise deiner Ahninnen versucht. Aber der Kerl ist kein genusssüchtiges Herrensöhnchen, sondern hat das Temperament eines kalten Fisches, genau wie seine Mutter, und daran musstest du zwangsläufig scheitern. Was ich dir übelnehme, ist weniger dein Versagen als der Ort, den du dir dafür ausgewählt hast.
Du hast ihn doch praktisch seinem Großvater in die Arme geworfen und mit der Ermordung seiner Liebsten auch noch sämtliche Widerstandskräfte in ihm geweckt. Wenn du ihm immer noch seine Seele rauben willst, wirst du weit über dich hinauswachsen müssen. Das gilt auch für dich, Mochin Shao. Du hast schon einen festen Platz in meinem Plan!«
Haokan Hei verbannte ihre Mordgedanken in die Tiefen

ihres Herzens. Wenn sie erst am Ziel war, würde sie dafür sorgen, dass dieser impertinente Rattengeist winselnd zu ihren Füßen lag und froh sein durfte, wenn sie ihn am Leben ließ. Nach außen aber zeigte sie eine beleidigte Miene. »So, du hast schon einen Plan! Würdest du dich von der Höhe eines beseelten Unsterblichen herablassen und ihn uns armen Geisterfüchsinnen erläutern?«

Für einen Augenblick verzerrte sich Lao Shus Miene, als koche er einen ganz persönlichen Ärger aus, dann aber schüttelte er den Kopf. »Noch nicht! Ich benötige noch ein paar Mittelchen, die ich mir erst besorgen muss. Außerdem muss ich sicher sein, dass dieser Eisentiger den Sinn meiner Frühjahrsoffensive nicht durchschaut. Ich gebe ihm die Möglichkeit, einen taktischen Fehler von mir auszunützen und … Aber das hängt noch von einigen Unwägbarkeiten ab. Ihr werdet jetzt hier in meiner Residenz einen eigenen Flügel beziehen. Offiziell gehe ich auf das Angebot der Kuppelmutter ein und nehme die Kurtisane mit ihr zusammen in meinem Haus auf, weil mir das Mädchen so ungewöhnlich gut gefällt. Inoffiziell werdet ihr euch gründlich auf eure Aufgabe vorbereiten. Ich teile euch noch mit, was ihr besonders intensiv üben müsst.«

Die Geisterfüchsinnen hassten es, wenn jemand sich anmaßte, so über sie zu bestimmen, aber im Augenblick waren sie auf Lao Shu angewiesen. Deshalb hielten sie sich zurück, so schwer es ihnen bei seinen Provokationen auch fiel.

»Beantworte mir bitte noch eine Frage«, sagte Haokan Hei. »Warum hast du nicht auf unsere Briefe reagiert? Wir haben dir dreimal einen Treffpunkt angegeben, und wir haben jedes Mal vergebens auf dich gewartet. Du brauchst uns für deine Pläne, aber du hast uns wie Bettlerinnen missachtet!«

»Ach, plustere dich nicht auf, Füchslein! Habt ihr geglaubt, ich könne es mir in meiner Stellung leisten, mich wie ein verliebter Student in dunklen Ecken herumzutreiben? Es gibt genug Leute, die mich nicht aus den Augen lassen, und ich will nicht, dass man in Wey erfährt, dass ich mich heimlich mit zwei geheimnisvollen Frauen getroffen habe.«

»Hast du Angst, Tie Hu könnte daraus seine Schlüsse ziehen und gewarnt sein?«, spöttelte Haokan Hei.

»Es gibt auch andere Leute, die sich für euch interessieren, nachdem ihr die ganze Welt auf eure Existenz aufmerksam gemacht habt! Ich habe keine Lust, gewisse Spione auf dem Hals zu haben.«

Haokan Hei schnappte nach Luft. »Wen meinst du damit?«

»Gui-Gespenster und anderes Ungeziefer aus Shirliang Pos Umkreis! Dieser kleine Götze hat mehr Verbindungen und Helfershelfer, als du dir vorstellen kannst. Was glaubst du, wer dafür gesorgt hat, dass du bei Tie Hu gescheitert bist?«

Haokan Hei zuckte mit den Schultern. »Zufall war das, weiter nichts«, behauptete sie wider besseres Wissen. »Ich konnte ja nicht ahnen, dass die kleine Hure die Tochter dieses lächerlichen Stadtgottes war und bereit, sich für die Dummheiten ihres Erzeugers in den Folterkammern der siebten Hölle schinden zu lassen. Shirliang Po hat keine wirkliche Macht, und seine Helfer sind schwach und kraftlos. Außerdem bist du ab jetzt dafür verantwortlich, dass ich Tie Hu wehrlos in die Hand bekomme. Du wirst auch dafür sorgen müssen, dass ich vollkommen ungestört arbeiten kann.«

Lao Shu grinste. »Ich kann Störungen durch Menschen und Tiere von dir fernhalten, aber gegen Geister musst du dich selbst wappnen.«

Haokan Hei warf den Kopf hoch. »Shen-Geister und Gui-Gespenster können mich nicht stören. Da müsste der Himmlische Jadekaiser schon seine Konstabler und Gerichtsbeamten schicken, um mich von meinem Ziel abzuhalten.«

Jetzt lachte der Rattengeist aus vollem Hals. »Dein Selbst-

vertrauen ist ungebrochen, Füchsin! Das gefällt mir. Aber lasst euch nun von meinem Hausbesorger eure Zimmer anweisen und Dienerinnen zuteilen. Ich zeige euch heute Nacht meine Hexenküche und meine Bibliothek – und einen geheimen Gang, durch den ihr diese Räume ungesehen betreten könnt. Jetzt muss ich mich meinen Pflichten widmen. Ich habe einen Kriegszug vorzubereiten – und einen Festabend. Immerhin ist heute Neujahrsnacht.
Ihr müsst unbedingt an der Feier teilnehmen. Schließlich will ich mich öffentlich mit meiner neuen Kurtisane sehen lassen. Das klärt deine Stellung, Haokan Hei, und wird jedem Gerücht die Spitze nehmen. Außerdem dürfte es ein sehr amüsanter Abend werden, denn wir haben die berühmte Schauspieler- und Gauklertruppe der Alten Weidenfrau zu Gast, die wieder eines ihrer schwülstigen Heldendramen aufführt. Ich mag diese lächerlichen Geschichten, in denen die menschlichen Helden der Vorzeit mit großem Pathos und Inbrunst verherrlicht werden. Die Komödiantentruppe hat in ihrem Repertoire ein Stück, das mir besonders gut gefällt. Es handelt von einem fremden Teufel in Wey Cheng und stellt den Weg unseres Freundes Shirliang Po vom barbarischen Sklaven zum Stadtgott dar. Soll ich der Weidenfrau ausrichten, dass sie dieses Stück heute Abend aufführt? Ich teile meinen Spaß gerne mit euch.«
»Von diesem knollennasigen Teufel habe ich eigentlich genug!«, antwortete Haokan Hei verkniffen. Dann begriff sie, dass ihre schroffe Ablehnung den Rattengeist verstimmte, und lenkte ein. »Da es dir so gefällt, will ich nicht nein sagen. Wir werden die Vorfreude auf seine Niederlage und seine Erniedrigung mit dir teilen. Also, Lao Shu, du kannst der neugierigen Beamtenschaft deine Neuerwerbung für deinen Frauentrakt präsentieren – aber bitte mit einem Perlenschleier vor dem Gesicht!«

»Du bist ein vernünftiges Mädchen, kleine Füchsin mit neun Schwänzen. Ich erwarte euch beide am Spätnachmittag zu Beginn der Stunde des Hahns in der großen Empfangshalle.«
Da gerade ein Ordonnanzoffizier in den Raum stürmte, verneigten sich die Geisterfüchsinnen stumm und ließen sich von einem Diener in ihr neues Quartier bringen.
Wenig später standen sie im Innenhof eines üppig eingerichteten Pavillons, auf den der Schatten eines fünfstöckigen Wohnturms fiel. Der Turm sah aus, als sei er seit Jahren nicht mehr benutzt worden, aber er roch geradezu nach Hexenküche. Zufrieden stellte Haokan Hei fest, dass sie die geheimen Wege, die in das verschlossene und teilweise mit Brettern zugenagelte Gebäude führten, auch ohne den Rattengeist ausmachen konnte. Das war eine kleine Genugtuung für ihre verletzte Seele.
Mochin Shao knabberte immer noch an dem unverschämten Auftreten des Rattengenerals herum und schimpfte vor sich hin. Als Haokan Hei sie verärgert zur Rede stellte, schüttelte sie sich. »Hei-Hei, ich traue diesem aufgeblasenen Popanz nicht! Er will uns benutzen, um Tie Hus Seele zu zerstören, und wird uns im letzten Moment um unseren Lohn bringen. Was ist, wenn er das Ritual genau in dem Moment unterbricht, wenn Tie Hu bereits tot ist und du seine Seele vollends zu deiner eigenen machst? Entweder stirbst du oder du wirst wahnsinnig! Doch selbst dann, wenn du nur deine Fähigkeiten verlierst und zu einer gewöhnlichen Fuchsfrau wirst, hat er sein Ziel erreicht und neben seinem Feind auch noch eine starke Konkurrentin beseitigt.«
»Damit könntest du recht haben. Ich traue dem Kerl alles Schlechte zu, aber er hat nicht das Wissen und die Fähigkeit, den richtigen Zeitpunkt für einen Angriff auf mich zu erkennen. Stört er uns zu früh, so zerstört er meine Kräfte, so

dass ich die Seele verliere. Die geht dann so gut wie unverletzt zu den Gelben Quellen und erhebt Anklage gegen ihn und uns. Damit aber verschuldet Lao Shu den Tod seines Feindes unmittelbar und gerät selbst in Bedrängnis.
Stört er mich zu spät, habe ich die Kraft, ihm auf der Stelle das Genick zu brechen oder ihn in eine macht- und kraftlose Ratte zurückzuverwandeln. Das werde ich so oder so tun, nur zu einem späteren Zeitpunkt.«
»Deine Selbstsicherheit möchte ich haben! Ich wünschte, wir wären fünfhunderttausend Schritt weit von hier weg und hätten den Namen Zhong Tie Hu nie gehört. Sage mir eins: Willst du dich wirklich auf den Plan dieses ungehobelten Tiergeistes einlassen?«
»Oh ja! Aber ich werde alle Vorsichtsmaßnahmen treffen, die mir möglich sind, und die Zeit bis dahin nutzen, um meine und deine Kräfte gründlich zu schulen. Jetzt aber mach ein festtägliches Gesicht und richte mir die Frisur. Lass meine besten Gewänder holen! Ich will heute Abend einen glanzvollen Auftritt haben.«
Mochin Shao seufzte und nickte ergeben.

51. DIE SANFTE WEIDENFRAU SIEHT STÜRMISCHE ZEITEN HEREINBRECHEN

Nicht weit entfernt vom Palast des Generals Rattenkopf richtete sich eine dünne, weißhaarige Frau aus der Hockstellung auf, in der sie die letzten zwei Stunden verbracht hatte, und starrte noch eine Weile blicklos ins Leere. Ihr Gesicht, das normalerweise trotz ihres hohen Alters glatt

und rosig war wie das einer Frau von dreißig oder vierzig Jahren, erschien nun welk und müde. Vor ihr lag ein kinderkopfgroßer, unregelmäßig gewachsener Block Bergkristall auf einem dreifüßigen Gestell. Er leuchtete von innen heraus in allen Farben des Regenbogens und überstrahlte sogar das Licht der Öllampe, die von einer Stange herabhing.
Als die Stoffbahn über dem Eingang im vorderen Teil des Filzzeltes raschelnd zur Seite geschoben wurde, bückte die Frau sich rasch und strich mit der Hand über den Kristall. Der Stein erlosch und wurde trübe wie gewöhnlicher Quarz. Dennoch warf die Frau eine alte Decke über ihn. Dann nahm sie ein Kleidungsstück zur Hand und tat, als hätte sie die ganze Zeit daran genäht.
»Ich habe doch gesagt, ich will nicht gestört werden«, krächzte sie unwillig.
Die Schritte hielten jedoch nicht inne. Eine nicht mehr ganz junge Frau, die nur mit einer weiten Hose und einer alten Jacke bekleidet war, schob den inneren Vorhang beiseite und trat mit geschmeidigen Bewegungen ein. Ihre Lippen waren zusammengepresst, und auf ihrer Stirn stand eine steile Falte.
»Weidenmutter, ich bin es nur, Ji Lin!«, antwortete sie, als sie schon mitten im Raum stand, und deutete kopfschüttelnd auf die Stelle, an der scheinbar nur eine zusammengeknüllte Steppdecke lag. »Hast du schon wieder stundenlang in deinen Wahrsagekristall geschaut? Das bewahrt uns auch nicht vor den Launen der Großen! Der …«
»Der hohe Herr General Rattenkopf wünscht, dass wir die Geschichte von Shirliang Po aufführen. Ich weiß es bereits. Ihr kennt sie alle auswendig. Wo also liegt das Problem?«
»Konntest du uns das nicht früher mitteilen, Weidenmutter?«, antwortete die jüngere Frau schnippisch. »Wenn du dich in der letzten Zeit mehr um unsere Probleme als um diesen dummen Stein gekümmert hättest, wüsstest du, dass

uns eine Reihe von Darstellern und Requisiten fehlen. Bize, die Nase, kann sich mit seinem gebrochenen Bein noch nicht auf die Bühne stellen. Aber wer sonst sollte den Stadtgott darstellen? Wir haben das Stück vernachlässigt, weil wir es in Wey seit dem vorletzten Herbstseefest nicht mehr aufführen dürfen. Wer konnte ahnen, dass wir es gerade hier spielen müssen?«

»Wir müssen jederzeit bereit sein, ein Stück aus unserem Repertoire aufzuführen. Lass die dicke Lu Shirliang Po darstellen. Der hohe Herr wird es uns wohl verzeihen, dass wir eine Frau nehmen. Aber sie ist groß und hässlich genug, um einen fremden Teufel darstellen zu können.«

»Und was ist mit den Kleidern? Wir haben im Augenblick nur Kostüme nach der Art, wie sie hier in Zhou getragen werden. Alle anderen müssen erst gesäubert und repariert werden. Ach, Weidenmutter, wir haben uns solche Mühe mit dem Stück gegeben, das die glorreichen Ahnen des Königs Wuya verherrlicht, und da will unser Gastgeber ausgerechnet ein Stück aus Feindesland sehen! Wenn der König wütend wird, dann können wir froh sein, wenn wir schnell und unauffällig verschwinden können!«

»Nimm die neuen Kostüme. Wir sind in Zhou, und die Leute freuen sich, wenn sie die Geschichte so sehen, als hätte sie sich in ihrer Stadt abgespielt. In Wirklichkeit stimmen auch die Kleider, die wir für das Spiel in Wey verwendet haben, nicht mit jenen überein, die zu Shirliang Pos Lebenszeit getragen wurden. Wir nehmen Kostüme, wie sie vor vierzig, fünfzig Jahren modern waren, und den Leuten gefällt es.«

»Und was ist, wenn wir dann doch Ärger mit den Speichelleckern des Königs bekommen? Wir haben unser neues Stück groß angekündigt!«

»Ach, Kindchen, das kann uns dieses Mal gleichgültig sein.

Wir müssen diese Stadt auf jeden Fall morgen in aller Frühe verlassen. Ihr werdet noch vor der Vorstellung anfangen, die Vorbereitungen für unsere Abreise zu treffen. Außerdem müsst ihr auf mich als alte Vettel auf der Bühne und auch vorher als Wahrsagerin verzichten. Nimm Zhen, die Nadel, für diese Rolle. Du wirst nicht viel mehr Schminke brauchen als bei mir, und ihre Haare kannst du mit Mehl grau färben. Ich darf mich heute nicht mehr blicken lassen.«

»Was soll das, Weidenmutter? Die Leute wünschen doch gerade, die geheimnisumwitterte Weidenfrau zu sehen!«

»Diesmal nicht! Entschuldige mich, sag, ich sei krank, oder das hohe Alter mache mir zu schaffen. Schließlich gelte ich als über achtzigjährig.«

»Bist du das denn nicht? Du hast es mir doch selbst immer gesagt. Liegt es womöglich an deinem Stein, dass man dich für eine schlanke Matrone von vierzig Jahren halten könnte?«

»Das liegt an einer weisen Lebensführung, du neugieriges Ding! Willst du mich mit Schmeicheleien aus dem Zelt locken? Ich sagte doch, ich darf mich da draußen nicht sehen lassen. Ich habe eine alte, sehr mächtige Feindin entdeckt, die mich trotz der Bühnenlumpen und der Schminke sofort erkennen würde. Da sie hier großen Einfluss hat, würde sie dafür sorgen, dass wir hier nicht mehr lebend wegkommen. Wir werden möglichst früh von hier verschwinden und auf geradem Weg nach Wey Cheng zurückkehren. Das kannst du den anderen sagen.«

Ji Lin stemmte die Hände in die Hüften. »Seit wann hast du eine mächtige Feindin? Davon hast du nie etwas erzählt! Du bist doch so bekannt, dass diese Frau dich schon längst gefunden haben müsste!«

Die Weidenfrau lachte, und ihre Stimme klang so hell und rein wie die eines jungen Mädchens. Ihre Gestalt straffte sich, und der Buckel der alten Frau verschwand. »Du gibst keine Ruhe, bis du nicht alles weißt, nicht wahr? Aber Neugier tötet die Katze! Na komm, mach nicht so ein abweisendes Gesicht. Ich will dir erklären, was ich kann und darf. Aber es gibt da ein paar Dinge, die ich für mich behalten muss, und die würdest du mir sowieso nicht glauben.

Vor etlichen Jahren habe ich die Truppe, mit der ich damals herumgezogen bin, wegen eines Mannes verlassen. Er war ein hoher Beamter, der sich unsinnigerweise in mich alte Komödiantin verliebt hat. Daher nahm er mich als seine Konkubine ins Haus. Ich gebar ihm ein Mädchen und verließ ihn wieder, denn ich sehnte mich zurück nach der Freiheit, die wir Komödianten genießen. Der Beamte hat es mir nicht übelgenommen, und er liebt mich heute noch wie damals. Beim letzten Herbstseefest habe ich ihn wie jedes Mal, wenn wir in Wey Cheng gastieren, besucht. Da habt ihr angenommen, ich sei in den Tempel gegangen, um zu beten.«

»Das habe ich die ganzen Jahre über geglaubt. Aber du musst damals doch schon ziemlich alt gewesen sein, als du zu dem Mann gezogen bist. Hat er denn nichts gemerkt?«

»Damals hatte ich noch tiefschwarze Haare. Erst nach der Geburt meines Kindes wurde ich schlagartig weiß. Aber ich habe ihn nie belogen – er kannte mich schon sehr lange und hat immer wieder um mich geworben. Aber das ist eine andere Geschichte. Bei unserem letzten Besuch in Wey Cheng habe ich erfahren, dass meine Tochter von einer Feindin meines Mannes ermordet worden ist. Leider konnte er die Verbrecherin nicht dingfest machen, und so bat er mich, unterwegs nach dem Weibsdämon Ausschau zu halten. Heute habe ich sie gefunden, und ich bin sicher, dass sie die nächsten Wochen oder Monate hierbleiben wird. Wenn die Hexe mich sieht, wird sie die Mutter der von ihr Ermordeten erkennen und uns alle umbringen lassen. Aber wenn ich die

Nachricht von ihrem Aufenthaltsort dem Vater meines Kindes bringe, kann ich mithelfen, sie zur Strecke zu bringen.«

Ji Lin schüttelte sich wie ein nasser Hund. »Weidenmutter, du träumst! Wenn nicht doch noch ein Wunder geschieht, wird das Land Wey über kurz oder lang von der Armee des Rattenkopfs überrannt werden. Ich glaube kaum, dass der finstere General deinen Geliebten am Leben lassen wird, wenn er Wey Cheng dem Erdboden gleichmacht, wie er es geschworen haben soll.

Ich habe nichts dagegen, morgen in aller Frühe aufzubrechen. Wenn wir nun ohne anzuhalten quer durch das Land nach Wey Cheng ziehen, werden wir hinterher hungrig wie Straßenkatzen dastehen. Außerdem könnten wir mitten in den Krieg geraten. Also sei vernünftig, Liu Wenjou! Du kannst ja einen oder eine von uns mit einem Brief zu deinem Beamten schicken, um ihn zu warnen. Aber du darfst nicht die ganze Truppe gefährden.«

Das Gesicht der sanften Weidenfrau verhärtete sich. »Mein Weg führt nach Wey Cheng. Ihr könnt ja allein weiterziehen!«

Ji Lin seufzte. Wenn die Weidenfrau so ein Gesicht machte, konnte man sie nicht von ihrem Vorhaben abbringen, und da ihnen bisher immer alles zum Guten ausgeschlagen war, was die Alte beschlossen hatte, würden ihr die anderen blindlings folgen. Sie selbst hoffte nur, dass sich die Weidenmutter in Zukunft wieder mehr um ihre Schauspieler und weniger um den geheimnisvollen Kristall kümmerte. Sonst würde die Truppe schließlich auseinanderbrechen.

Liu Wenjou reckte sich. »Glaube mir, mein Kind, wir werden sehr stürmische Zeiten über uns ergehen lassen müssen und hart am Rand einer Katastrophe vorbeiwandern, bis die Götter die Sonne ihres Wohlwollens wieder über uns aufgehen lassen. Der Himmel über unserem Schicksal und über dem von Wey Cheng färbt sich sehr, sehr schwarz …«

52. LAO SHU BEKOMMT EINE UNFREUNDLICHE ANTWORT

Zehn Tage vor Beginn des Frühjahrsfeldzuges wurden die bisher reibungslos verlaufenden Kriegsvorbereitungen nachhaltig gestört, und das eigenartigerweise durch General Rattenkopf persönlich. Hatte Lao Shu bis dahin einen nach Haokan Heis Meinung äußerst übertriebenen Optimismus ausgestrahlt, benahm er sich seit ein paar Tagen so, als sei er in eine Falle geraten und fände keinen Ausweg mehr. Er schien an seinem nackten Rattenschwanz zu nagen, den er vor den Augen der Welt ebenso sorgfältig verbarg wie Haokan Hei ihre neun buschigen Ruten.

Fünf Tage lang lief er halb blind und geistesabwesend durch das Kriegslager und machte seine Leute nervös. Er hatte sich mit dem Heer auf jenem Gebiet niedergelassen, welches das Heer von Zhou dem Land Wey erst im letzten Jahr abgenommen hatte, und es stand zu vermuten, dass der Eisentiger von Wey versuchen würde, diese Stelle zuerst zurückzuerobern. Von dem hohen Trommelturm in der Mitte des Lagers aus konnte man bereits den Rauch der Herdfeuer sehen, die die feindlichen Truppen angezündet hatten.

Auf diesem Trommelturm, der für ein so schnell errichtetes Lager an der Grenze schlichtweg ungebräuchlich war, hielt sich Lao Shu nun schon die sechste Nacht in Folge auf. Seine Leute hatten den strikten Befehl erhalten, sich fernzuhalten, ganz gleich, was geschehen möge, und er erlaubte nicht einmal den beiden Füchsinnen, das Gebäude zu betreten. Nicht nur diesen beiden war klar, dass er geheimnisvolle Rituale auf dem Turm abhielt, aber nur Haokan Hei erkannte, dass es keine mächtigen Kriegszauber waren, die er da wob. Mit Verwunderung und einer gewissen Genugtuung

verfolgte sie von ihrem Zelt aus seine vergeblichen Versuche, sich mit einem sehr mächtigen Wesen aus dem Geisterreich in Verbindung zu setzen. In der sechsten Nacht ließ sich dieses Wesen auch herab, Lao Shu eine Botschaft zu schicken, aber es war nicht die, die die alte Ratte erwartet hatte.
Eine magische Kraftentfaltung von der Stärke eines gewaltigen Blitzschlags zerstörte das Dach des Turmes und den Raum darunter mit allen magischen Gerätschaften. Lao Shu überlebte den Angriff, aber er zahlte einen hohen Preis für seine Hartnäckigkeit. Seine Leute sahen nur die vom Feuer versengten Arme und das Blut, das unter seiner Maske hervorquoll. Haokan Hei sah tiefer und stellte fest, dass ihm der Schlag einen guten Teil seiner magischen Kräfte einfach ausgebrannt und seinen Geist bis in den Grund seines Wesens verletzt hatte. Jeder kleine Geisteraustreiber, der die Grundregeln seines Berufes beherrschte, hätte ihn nun in die Gestalt einer gewöhnlichen Ratte bannen können.
Noch nie hatte Haokan Hei ein Wesen so fassungslos gesehen wie Lao Shu. Halb wahnsinnig vor Wut, Schmerz und tief gekränktem Stolz sattelte er sein Pferd, scheuchte seine Leibwache weg und ritt blindlings davon. Die Füchsin nahm sich sofort ein zweites Pferd und folgte ihm. Im Gegensatz zu seiner Leibwache, die ebenfalls hinter ihrem Herrn herritt, konnte sie seiner Spur mühelos folgen.
Für sie roch der Rattengeist meilenweit nach einer Feuermagie, die nur wenige Unsterbliche beherrschten. Also musste er die Verbindung zu einem Gott auf dem Kunlun-Berg gesucht haben, und sie ahnte auch, mit wem. Lao Shus Gönner hatte diesen mit einer drastischen Geste zurückgestoßen, wie Haokan Hei entzückt feststellte. Für den Rattengeist musste es wie das Ende all seiner Pläne aussehen. Auch wenn er es nicht zugab, so hatte er seinen Feldzug mit Absicht schlecht geplant, damit der feindliche General glauben

sollte, er brauche dem schwerfälligen Hauptheer von Zhou nur mit seiner angeblich bestens geschulten Truppe in die Flanke zu fallen, um ihm die entscheidende Niederlage beizubringen.

Obwohl Lao Shu Haokan Hei nicht in seine Pläne eingeweiht hatte, begriff die Füchsin, was er vorhatte. Sie hatte die Landkarten, auf denen die Offiziere die eigenen und die feindlichen Stellungen eingetragen hatten, sehr genau studiert und wusste, welchen Weg das eigene, als Stoßkeil gegen Wey Cheng gerichtete Heer ziehen sollte. Sein Vorhaben konnte nur gelingen, wenn entweder ungeheure magische Kräfte zur Entfaltung kämen oder wenn er ganz plötzlich eine schlagkräftige Truppe an der richtigen Stelle aus dem Ärmel zog. Eine solche Truppe gab es jedoch nicht, sonst hätte man wenigstens gerüchteweise davon gehört. Haokan Hei war sich sicher, dass der Rattengeist auf die Anwendung starker Magie gesetzt hatte – und damit auf die Hilfe des geheimnisvollen Gönners, dessen Identität er nicht preisgeben wollte.

Nun hatte er eine Zurückweisung erlebt, die der Anfang von seinem Ende als General und vielleicht auch als Unsterblicher sein konnte. In Haokan Heis Augen war es der Lohn für seine Überheblichkeit, und nun würde er von ihrer Gnade und Barmherzigkeit abhängen.

Bisher hatte Lao Shu sie wie eine kleine, etwas belächelte Hilfskraft behandelt, doch von nun an würde sie diejenige sein, die befahl. Sie allein konnte ihn vor der Schande einer schmählichen Niederlage bewahren. Ihre Augen funkelten vor Vergnügen, während ihre neun Schwänze buschig und glänzend um sie herumtanzten, als sie vom Pferd abstieg und auf ihn zutrat.

Der General hatte seine Gesichtsmaske und seine verhüllenden Kleider abgeworfen und lag in der Gestalt einer riesigen Ratte am Rand eines einsamen Waldsees. Wimmernd kühlte er die Brandwunden auf seinen Vorderläufen und der Brust.

»Mit Wasser machst du die Sache noch schlimmer, mein Freund«, sagte Haokan Hei mit freundlicher Stimme, ohne jedoch ihre Schadenfreude zu verbergen.

Lao Shu fuhr erschrocken auf, denn er hatte ihre Annäherung erst im letzten Moment bemerkt. »Willst du dich an meinem Unglück weiden? Das hätte dir auch passieren können, wenn du dich mit diesem Mistkerl eingelassen hättest! Ich wünschte, ich hätte nie auf die Einflüsterungen dieses Verräters gehört. Ich würde ihn umbringen, wenn ich es könnte.«

»Du kanntest Man Dai doch gut genug, um zu wissen, worauf du dich einlässt!«

Lao Shu schnaufte. »Woher weißt du von ihm? Ich habe seinen Namen doch nie erwähnt.«

Haokan Hei schüttelte sich vor Lachen. »Armer Ratterich! Das, was du für dein großes Geheimnis gehalten hast, war für mich sehr schnell keines mehr. Ich weiß sehr wohl, dass der hohe Herr Man Dai den jungen Zhong Tie Hu hasst, weil dieser mit der Dame Nü Ying verlobt ist, die er selbst zur Frau begehrt. Aber für ihn ist die Sache abgeschlossen, denn er hat Tie Hu vor über einem Jahr mit meiner Hilfe aus dem Spiel geworfen. Das Eisentigerchen musste vor dem Hohen Gericht des Kunlun-Berges erscheinen, und es hat die Auflagen des Richters unartigerweise nicht erfüllt. Mit seinem Tod in der Welt des roten Staubes wird die Dame für Man Dai frei sein.

Ganz gleich, ob Tie Hu in diesem Jahr stirbt oder hundert Jahre alt wird – er hat sein Geburtsrecht verloren und wird zu den Gelben Quellen gehen müssen. Damit ist er auch für sein treues Bräutchen gestorben, und Man Dai kann um sie werben. Das junge Ding ist nicht aus so hartem Holz geschnitzt wie Tie Hus Mutter, die den Kunlun-Berg um deinetwillen verließ und sich in die Arme des Roten Panthers warf.«

Lao Shu richtete sich mühsam auf, wankte wie ein Betrunkener auf Haokan Hei zu und ließ sich neben ihr zu Boden fallen. »Du weißt nicht alles, Füchsin! Nicht ich war hinter Xiwangmus Tochter her. Es war Man Dai, der Shi Shing haben wollte, obwohl sie väterlicherseits von einem Tigergeist abstammt und er sich viel auf seinen mächtigen Ahnen, den König des östlichen Weltenberges, zugutehält.

Man Dai hat mir versprochen, sich für mich einzusetzen, damit ich wieder auf den westlichen Weltenberg zurückkehren darf, und er wollte mich sogar in seine Dienste nehmen, so dass ich zu einem geachteten Beamten auf dem Kunlun-Berg hätte aufsteigen können. Dafür sollte ich vorher nur noch Shi Shings Bastard erledigen.«

»Und das hast du Trottel geglaubt? Man Dai ist eine falsche Schlange! Ich war auf dem Kunlun-Berg und habe ihm nicht uneigennützig geholfen. Dabei konnte ich ihn genau studieren.«

»Aber als Gott und göttlicher Beamter muss er sich doch an die Gesetze des Obersten Himmelsherrn halten! Wenn bekannt wird, was für einen schlechten Charakter er hat, wird man ihn zum Gehilfen eines Höllenrichters machen und dorthin schicken, wo die Unterwelt am schmutzigsten ist.«

»Wenn es nach mir geht, landet er auf jeden Fall dort. Er hat mich wie den letzten Dreck behandelt! Wenn ich Tie Hus Seele besitze, werde ich mich Man Dais Untergang widmen. Aber sag mir, warum bist du in seinen Diensten geblieben, nachdem du dir schon so viel Ärger eingehandelt hattest?«

»Das bin ich ja gar nicht. Ich wollte meine Rache an diesem Weib, und ich hatte auch Angst vor ihrem halbsterblichen

Balg. Ein Sohn von ihr, so wurde geweissagt, würde ein mächtiger Magierkrieger werden, dem meine Kräfte nicht gewachsen wären, und ich war überzeugt, dass Shi Shing ihn zur Rache an mir verpflichten würde. So beschloss ich, sie, ihren Mann und das Kind zu beseitigen. Man Dai war ja ebenfalls daran interessiert, sie und ihre Brut zu vernichten. Fühlte er sich doch tödlich beleidigt, weil sie dem sterblichen Nachkommen eines lächerlichen Berggeistes jenen Sohn geboren hat, den er sich von ihr erhofft hatte. Nur sehr mächtige Unsterbliche können Kinder bekommen, wie du sicher weißt. Es ist eine andere Art ewigen Lebens und daher den Sterblichen vorbehalten. Man Dai wollte daher einen Sohn als Beweis seiner Macht und Größe. Dafür brauchte er natürlich eine Dame, die die Kraft hatte, ihm diesen Wunsch zu erfüllen und die auch dazu bereit war.«

»Na ja, die wird er bald bekommen – sowie Tie Hu nicht mehr existiert. Aber erzähle weiter. Du bist schon vor Tie Hus Geburt General in Zhou geworden, also warst du von Anfang an auf Shi Shings Vernichtung aus. Aber du bist auf dem Schlachtfeld nicht mit dem Roten Panther fertig geworden. Ich weiß, dass er dir nach deinen ersten Siegeszügen eine Niederlage nach der anderen beigebracht hat, bis der Rabenkönig von Zhou enttäuscht und verbittert Frieden mit dem König von Wey geschlossen hat.«

Lao Shu betastete vorsichtig seine Brandwunden. »Nein, so war es nicht. Komm, du neugierige Füchsin, hilf mir gegen das unlöschbare Feuer, das immer noch in meinen Wunden brennt, und verbinde mich. Dafür erzähle ich dir auch den Rest der Geschichte.«

»Oh nein, dafür helfe ich dir nicht! Ich kann dir das Feuer aus deinen Wunden ziehen und dafür sorgen, dass sie in wenigen Tagen heilen. Aber ich tue es nur dann, wenn du auf meine Forderungen eingehst.«

»Was für Forderungen? Du hast ganz nette Kräfte, aber du bist nicht mächtig genug, mir zu helfen.«

»Ach ja? Du Trottel warst dir die ganze Zeit zu gut, mich in deinen Plan einzuweihen. Aber ich weiß, dass du deinen Feind an eine bestimmte Stelle locken willst, indem du dir eine starke Blöße gibst. Er soll glauben, er könne dich und deine Mannen in den Kochtopf stecken. Stattdessen soll er in eine Falle gehen.

Das Land, das Eisentiger durchqueren muss, hat aber keine größeren natürlichen Engpässe. Du könntest ihn höchstens im Tal des Flusses festsetzen, dem er ein Stück weit folgen muss, um sein Heer ohne Probleme durch die schroffe Hügelkette um das Blauwasser zu bringen. Da brauchst du wirklich einen Zauberer wie Man Dai oder ein mindestens halb so starkes Heer wie das von Tie Hu. Mit deinem Hauptheer kannst du aber nicht so schnell umkehren, um ihn einzukesseln, und eine andere, schlagkräftige Truppe hast du nicht in erreichbarer Nähe. Also setzt du auf Magie.«

»Du hast beinahe recht, Neunschwanz. Ich wollte ihn genau in diesem Flusstal festsetzen. Aber es ist nicht so schwer, wie du denkst. Ein Felsrutsch hinter dem Heer, ein ordentlicher Regenguss, damit das Wasser zu steigen beginnt und die Soldaten in Panik versetzt werden, und dazu Man Dais Täuschungszauber, die den Leuten vorgaukeln, dass riesige Ungeheuer aus den Felswänden kommen und über sie herfallen – mehr wäre nicht nötig. Zhong Tie Hu wäre im Nu mutterseelenallein und uns ausgeliefert.«

Haokan Hei sah Lao Shu ein paar Augenblicke lang fassungslos an. Dann schüttelte sie den Kopf und begann, Zaubersprüche über seine Wunden zu sprechen. Er schniefte und hielt eine Weile still. Als sich der letzte Feuerzauber aufgelöst hatte, hielt er es nicht mehr aus. »Sag endlich, was du denkst!«

Haokan Hei knurrte unwillig. »Soll ich das wirklich? Bei dir ist doch der Verstand in deinem Eigendünkel ertrunken. Lass mich erst die Löcher in deinem Fell mit Heilpflanzen versorgen, die hier am Wasser wachsen. In drei, vier Tagen hast du nur noch ein paar haarlose Stellen. Ob das Fell nachwächst, kann ich dir nicht sagen. Aber das macht nichts. Dann siehst du wenigstens wie der Narr aus, der du bist!«
Lao Shu knirschte mit den Zähnen, schwieg aber, bis die Füchsin ihn versorgt hatte. Dann erhob er sich und versuchte, seine Gestalt wieder menschenähnlicher zu machen, damit er in seine Lederkleidung schlüpfen und die eiserne Tiermaske überziehen konnte, die sein vernarbtes, stark rättisch wirkendes Gesicht verbarg. Auf einen unhörbaren Befehl gesellte sich sein Pferd zu ihm. Er wollte aufsteigen, doch das Lachen der Füchsin nagelte ihn am Boden fest.
»So, so, der Herr beliebt zu gehen. Der Herr ist nicht nur ein Narr, sondern auch ein Dummkopf. Ohne mich, mein Lieber, wirst du sang- und klanglos untergehen, das prophezeie ich dir ohne Orakelschale und -feuer! Glaubst du, der Eisentiger wird dich am Leben lassen? Er ist Soldat geworden, um dich zu treffen und zu töten! Sein Großvater hat ihn sicher mit genügend Magie ausgestattet, damit er mit dir fertig werden kann. Glaubst du, Zhong Shan Shen, der Gott des Glockenberges, hätte vergessen, was Man Dai und du ihm angetan habt? Der Alte musste hilflos zusehen, wie sein Sohn und dessen Frau trotz Shi Shings Zauberkräften elendiglich im magischen Feuer umgekommen sind.
Ich weiß zwar nicht, wie stark Man Dai sich in die Sache am Glockenberg eingemischt hat, aber ich glaube, er hat sich zu weit vorgewagt! Setz dich her, du Idiot, und erzähl mir genau, was sich damals abgespielt hat! Dann erkläre ich dir, wie man eine wirkungsvolle Falle aufbaut – ohne Halbheiten und Löcher so groß wie Hoftore!«

Lao Shu wollte ihr den Rücken zukehren, um sein Pferd zu besteigen, denn die keifende, besserwisserische Hexe wurde ihm langsam lästig. Doch er kam nicht von ihr los. Zum ersten Mal ließ sie ihn die Zaubermacht spüren, die sie in über tausend Jahren in sich aufgebaut hatte, und nagelte ihn mit ihrem Blick fest. Er versuchte, den Rest seiner geistigen Kräfte zu sammeln und ihren Angriff abzuwehren. Doch es war wie das Zappeln eines Kindes an der Hand des Vaters. Sie zwang ihn, zu ihr zu kommen und sich zu ihren Füßen niederzusetzen. Er wollte sie niederbrüllen, doch mit einer kleinen Geste brach sie den Ton in seiner Kehle, so dass er nur ein hilfloses Gurgeln herausbrachte.

»Du solltest andere Geister nicht wegen dummer Vorurteile unterschätzen, mein Lieber«, sagte Haokan Hei mit einem freundlichen Lächeln. »Jetzt sei ein braver, gehorsamer Junge, dann darfst du auch wieder den Mund auftun.«

Lao Shu kämpfte noch einen Augenblick vergeblich gegen ihren Zauber, gab dann auf und nickte. Dabei schlug er die Augen nieder, um den Hass in seinem Blick zu verbergen.

Aber Haokan Hei bot ihm nicht einmal die Chance zu einer sauberen Feindschaft. »Du und ich, wir haben ein Ziel, und das ist die Vernichtung Tie Hus. Bis zu dem Tag, an dem die Seele dieses Menschen mir gehört und sein Körper den wilden Tieren zum Fraß dient, sind wir Verbündete. Dann werden wir uns ohne Bedauern trennen. Ich bin dann sogar bereit, dir bei der vollständigen Rückgewinnung deiner Kräfte behilflich zu sein. Du wirst sie brauchen, wenn du mit Shirliang Po fertig werden willst. Aber merk dir eins: Ab jetzt bin ich diejenige, die befiehlt! Fällst du mir in den Rücken, ist es dein Schaden! Meinetwegen kannst du König von Wey und Zhou und allen Ländern darum herum werden, das ist mir recht. Dann kannst du mir nämlich einen großen Gefallen tun und all diese widerwärtigen Magier, Dämonenbe-

schwörer und Geisteraustreiber zu den Gelben Quellen schicken.
Nun erzähl mir, was du von Man Dai und seinen Intrigen weißt. Ich muss möglichst genau erfahren, was er im Einzelnen getan und mit welchen Mitteln er die Geschehnisse in der Welt des roten Staubes beeinflusst hat. Was hat er gegen den Geist vom Glockenberg unternommen? Welche Magie hat er dir zur Verfügung gestellt?«
Lao Shu hob hilflos die Hände. »Das sind ein Haufen Fragen auf einmal! Warum willst du das alles wissen?«
Haokan Hei zeigte ihm die Zähne. »Das, mein Lieber, erfährst du hinterher. Weich mir nicht aus! Ich lasse dich nicht eher gehen, als bis ich alles aus dir herausgequetscht habe. Deine Leibwache wird uns nicht stören, denn die reitet gerade hoffnungslos im Kreis herum und wird das erst bemerken, wenn die Sonne untergegangen ist.«
»Du denkst auch an alles, Füchsin. Nun denn! Du erfährst alles über Man Dai, was ich weiß. Dafür darfst du mir erzählen, wie er dir auf die Schwänze getreten ist. Du scheinst nämlich darauf erpicht zu sein, ihn von seinem hohen Thron herunterzuholen!«
»Das bin ich, und du sollst auch erfahren, was sich in jener Nacht auf dem Kunlun-Berg zugetragen hat, als Tie Hu dort vor dem Gericht erscheinen musste. Jetzt aber rede!«
Lao Shu begann zu erzählen und konnte gar nicht mehr aufhören, und das ohne Haokan Heis magische Beeinflussung. Er redete sich seine Wut und seine Enttäuschung von der Seele, und schließlich weinte er sich bei der Füchsin aus. Ihre Antwort bestand in einem schadenfrohen Lachen. Aber das galt nicht ihm. Man konnte ihr an der Nasenspitze ablesen, dass sie schon in Plänen für Man Dais Demütigung schwelgte.
Anstatt Lao Shu einzuweihen, stand sie auf, rief die Pferde

und befahl ihm, aufzustehen. »Komm, Ratte, schwing dich in den Sattel. Wir müssen vor dem Abend wieder im Lager sein. Die Zeit läuft uns davon, und wir haben noch eine Menge zu tun.«

»Ja, aber …«, begann Lao Shu.

Sie schnitt ihm das Wort ab. »Kein Aber! Ich erkläre dir alles später. Jetzt gilt es, schnell und präzise zu handeln.«

Lao Shu folgte ihr mit hängenden Schultern und fand nicht die Kraft zu widersprechen. Dafür hasste er sich selbst.

Im Lager ließ Haokan Hei ihm keine Zeit, zur Besinnung zu kommen, sondern hetzte ihn wie einen Laufburschen herum. Schließlich wollte sie, dass er für sie Briefe schrieb. Da begehrte er zum ersten Mal auf. »Was soll das? Ich bin weder dein Sklave noch ein bezahlter Pinselschwinger!«

»Ich benötige den Bericht über Man Dais Intrigen fünfmal in der Form, die ich dir jetzt diktieren werde. Aber ich darf weder die Schreibseide noch Pinsel oder Tusche selbst berühren, sonst gebe ich mir eine Blöße, die mein Gegner rücksichtslos ausnützen würde. Lao Shu, du bist ein halbgebildeter Tiergeist und hättest dich nie mit jemand so viel Mächtigeren wie Man Dai einlassen dürfen! Ich aber werde sämtliche Vorsichtsmaßnahmen ergreifen, die es gibt.«

»Was hilft es dir gegen Man Dai, wenn du seine Verfehlungen aufzeichnest?«

»Sehr viel! Ich habe nicht umsonst zehn Kuriere angefordert. Fünf davon schickst du mit diesen Schreiben zu Orten, die ich dir noch nennen werde. Aber sie dürfen nicht geradewegs dorthin reiten, sondern müssen unterwegs in bestimmten Herbergen absteigen und bis zu dem Tag warten, für den du den Schlag gegen Tie Hus Heer geplant hast. Gelingt mein Plan, so musst du diese Leute durch die anderen fünf Kuriere zurückholen lassen. Dann werden die Aufzeichnungen ungelesen vernichtet. Misslingt mein Vorha-

ben und kehre ich nicht zu dir zurück, dann müssen die Kuriere ihre Pflicht erfüllen und die Briefe zu ihren Empfängern bringen.«
»Ich verstehe kein Wort!«, antwortete der Rattengeist. »Zu welchen Leuten willst du die Aufzeichnungen bringen lassen?«
»Oh, zum Beispiel nach Wey Cheng in den Tempel von Shirliang Po. Die Priester müssen den Inhalt der Aufzeichnungen wie ein Gebet vor der Statue dieses kleinen Götzen verlesen und das Schreiben danach auf dem Altar verbrennen. So gelangt es in die Hand dieses Teufels. Rate mal, was er damit machen wird!«

53. HAOKAN HEI ÜBT SICH IN ERPRESSUNG

Diesmal gab es keine tierköpfigen Gerichtskonstabler, deren Zauber eine kluge Geisterfüchsin mitbenutzen konnte, um die vielen tausend Meilen zum Kunlun-Berg in kurzer Zeit zurückzulegen. Auch wurde das Tor nicht für einen anderen Ankömmling geöffnet, dessen Auftauchen die Aufmerksamkeit der Wachen auf sich zog. Haokan Hei war daher lange nicht so optimistisch, wie sie den Rattengeist hatte glauben machen können. Sie musste den Weltenberg aus eigener Kraft erreichen und unauffällig Einlass finden. Dabei lief ihr die Zeit davon.
Mochin Shao hatte ihr unter Aufbietung aller Kräfte geholfen, sonst hätte sie ihren Plan noch vor dem ersten Schritt begraben müssen. Nun aber war die alte Füchsin nach etlichen Stunden konzentrierter Rituale mit einem Teil der Le-

bensessenz ihrer Pflegetochter in ihrem Herzen in einen totenähnlichen Schlaf verfallen und würde erst wieder erwachen, wenn sie zu ihr zurückkehrte.
Zunächst ging auch alles gut. Haokan Hei löste ihren Körper so weit auf, bis er dünn wie ein Nebelstreif wurde und für menschliche Augen unsichtbar. Dann führte sie das Ritual der schnellen Bewegung aus und flog in der Gestalt eines Vogels, aber rein vom eigenen Willen vorwärtsgetrieben, Richtung Westen. Ein Tag und eine Nacht benötigte sie, bis die Mauern vor ihr auftauchten, die die neun Terrassen des Weltenberges vor unliebsamen Eindringlingen schützten. Für einen Augenblick ließ sie ihre Augen über die glänzenden, vielfarbigen Dächer der göttlichen Türme und Paläste schweifen und sehnte sich nach dem Tag, an dem sie hier als Herrin leben konnte.
Dann aber musste sie die Geschwindigkeit ihres Fluges sehr rasch verringern, denn sie geriet in Gefahr, sich wie ein Geschoss in das riesige Tor zu bohren und einen guten Teil ihrer Lebensessenz in dem magischen Erz zu verlieren. Sie überschlug sich wild und landete vor den Füßen einiger Unsterblicher, die draußen vor den Mauern herumstanden. Zitternd vor Schreck und verwirrt versuchte sie gleichzeitig, auf die Beine zu kommen und sich in ihre Frauengestalt zurückzuverwandeln. Sie musste wohl ein sehr lächerliches Bild abgeben, denn die Wachen und die anderen Geister um sie herum begleiteten ihre Bemühungen mit schallendem Gelächter.
Hatte Haokan Hei gehofft, sie könne sich im hellen Tageslicht unauffällig unter die Passanten mischen, bildete sie stattdessen den Mittelpunkt einer Schar von jungen Beamten, die sie je nach Temperament verspotteten oder ihr mehr oder weniger ernst gemeinte Ratschläge zuteilwerden ließen. Ihr aber steckte der Schreck über die misslungene Landung

so tief in den Knochen, dass sie sich nicht richtig auf ihre Rückverwandlung konzentrieren konnte.

Sie brauchte nicht in einen Spiegel zu schauen, um zu wissen, wie sie aussah. Ihre Schwänze hingen dünn und wie in Schlamm gebadet an ihrem Körper herab, und auf einem unförmigen Frauenkörper saß ein Fuchskopf mit einem Fell, das wie von Motten zerfressen wirkte. Ihre Tasthaare standen struppig in alle Richtungen ab, und ihre Gui-Kleidung bestand aus Bettlerlumpen. All das gab Zeugnis ab, in welchem armseligen Zustand sich ihr Geist befand, und war ein schlechter Auftakt für ihr Vorhaben. Sah Man Dai sie so bei sich auftauchen, würde er sie nicht einmal anhören, geschweige denn auf ihre Forderungen eingehen.

Eine blassgesichtige, übernächtigt wirkende junge Frau trat neugierig aus dem Tor, um den Grund des Aufruhrs zu erfahren. Da sie den grünen Rock und den Tigerstreifengürtel der höchsten Feen des Kunlun-Berges trug, wurde Haokan Hei bei ihrem Anblick ganz steif. Das musste Nü Ying sein, Tie Hus Braut. Zum Glück schien das Mädchen sie nicht zu erkennen, sondern wies die Gaffer und Spötter scharf zurecht.

»Hört auf!«, befahl sie ihnen mit der Autorität einer Dame aus Xiwangmus engerem Gefolge. »Seit wann ist es auf dem Weltenberg Sitte, sich über ein armes Tiergeist-Mädchen lustig zu machen? Was ist, wenn die junge Dame Hilfe sucht oder eine schwerwiegende Anklage bei Gericht erheben will? Soll sie sich den Weg zum Gericht des Himmlischen Jadekaisers suchen und dort erklären, dass man sie hier verlacht und abgewiesen hat?«

Die vorher so übermütigen Unsterblichen zogen die Köpfe ein und trollten sich, und die Wachen gaben sich betont steif und unbeteiligt. Sie stellten auch keine Fragen, als Nü Ying Haokan Hei bei der Hand nahm und sie durch das Tor in die im Sonnenlicht schimmernde Welt des Kunlun-Berges führte.

Die Schwarze Füchsin zitterte vor Nervosität. Was wollte Nü Ying von ihr? Hatte sie sie erkannt? Wie viel wusste die Fee eigentlich über sie? Hatte sie damals überhaupt mitbekommen, dass ein Fuchs Tie Hu das Schutzamulett abgenommen hatte? Fragen über Fragen wirbelten in ihr und machten sie beinahe blind für ihre Umgebung. Sie blieb stehen und schüttelte sich, als hätte man sie in eisiges Wasser getaucht.

Nü Ying musterte sie besorgt. »Seid Ihr verletzt? Ich weiß, es ist ein Schock, wenn man sich den neun Terrassen des Kunlun-Berges zu schnell nähert und in die Aura der magischen Mauern stürzt. Wenn Ihr hier leben wollt, müsst Ihr die Annäherung üben. Das musste sogar ich, obwohl ich hier geboren wurde. Oh, entschuldigt! Ich vergaß, mich Euch vorzustellen. Ich bin Nü Ying, eine Fee aus dem engeren Gefolge der hohen Herrin Xiwangmu. Ich arbeite in der großen Bibliothek des zehntausendfachen Wissens und der himmelhohen Weisheit, und man nennt mich die Meisterin von Pinsel und Tusche. Und wer seid Ihr? Was hat Euch hierhergeführt?«

»Ich …, ich …«, stotterte Haokan Hei, die verzweifelt nach einer glaubhaften Geschichte suchte. War diese Nü Ying so naiv und kindlich hilfsbereit, wie sie tat, oder wollte sie sie nur unauffällig in eine Falle locken?

Allerdings konnte das dumme Ding nichts von ihr wissen. Möglicherweise hatte es sie in jener Nacht der Gerichtssitzung als gewöhnlichen Geisterfuchs wahrgenommen. Als Tie Hu sie dann als vorgebliche Nü Ying kennengelernt hatte, war das geistige Band zwischen den beiden Verlobten bereits zerrissen. Also konnte die Fee sie nicht kennen. Wie es aussah, war Nü Ying trotz ihrer hohen Stellung in ihrem

Innersten noch ein braves, kleines Mädchen, bestrebt, jedermann zu gefallen. Das musste sie ausnützen. Es mochte für die Zukunft sogar nützlich sein, eine Zeugin zu haben, die den guten Man Dai mit einer Geisterfüchsin in Verbindung bringen konnte.

»Entschuldigt meine Tölpelhaftigkeit, hohe Dame«, sagte sie mit einer tiefen Verneigung. »Ich bin das erste Mal hier auf dem Weltenberg. Ein mächtiger Unsterblicher schickt mich als Botin. Ich soll einem Herrn vom Gericht einen Brief überbringen und auf Antwort warten. Nur weiß ich nicht, wohin ich mich wenden soll, denn es handelt sich wohl um eine private Botschaft.«

Haokan Hei beobachtete Nü Ying scharf. Aber deren Gesichtsausdruck zeigte immer noch die gleiche leicht besorgte Hilfsbereitschaft.

»Wisst Ihr den Namen des Herrn?«

»O ja, natürlich! Man nennt ihn Man Dai!«

Nun zuckte Nü Ying doch zusammen. Wenn Haokan Hei den Schatten, der über ihr Gesicht huschte, richtig deutete, so mochte die junge Dame diesen Herrn ganz und gar nicht. Es sah so aus, als vermochte der hochnäsige Unsterbliche sich bei den Damen seiner Wahl nicht beliebt zu machen.

»Zu Herrn Man Dai wollt Ihr? Das dürfte nicht einfach sein, denn er hat Vorurteile gegen Tiergeister und sähe es gewiss nicht gerne, wenn Ihr bei Gericht nach ihm fragen oder sein Haus durch den Vordereingang betreten würdet. Aber ich habe Euch eben am Tor geholfen und kann Euch jetzt nicht einfach im Rinnstein stehen lassen. Kommt, ich bringe Euch zu seinem Wohnhaus. Wenn ich Euch noch einen Rat geben darf: Lasst Herrn Man Dai reden und regt Euch nicht über das auf, was er über Tiergeister sagt. Er kann manchmal beleidigend wirken.«

Während dieser Rede hatte Nü Ying die Füchsin zu einer

steilen Treppe geführt und wanderte mit ihr hinauf. Sie stützte sie sogar, da Haokan Heis Beine immer noch vor Schreck und Schwäche zitterten, bis sie zum Hoftor eines Anwesens kamen, dessen aufwendig gestaltete Dächer und Wände vom hohen Rang seines Besitzers kündeten. Nü Ying wollte noch etwas sagen, aber da trat eine mollige Frau in der Kleidung einer Haushofmeisterin heraus. Sie umarmte Nü Ying und starrte dann die Füchsin an.

»Was für einen Unglücksvogel bringst du mir denn da?«, fragte sie lachend.

»Die junge Dame ist die Botin eines Freundes von Herrn Man Dai und hat einen Brief für ihn. Ich bitte dich, versorge sie gut, damit sie deinem Herrn gefasst und in geordnetem Zustand gegenübertreten kann.«

»Aber natürlich! Kommt, junge Frau, ich bringe Euch in einen Raum, in dem Ihr Euch in Ruhe frisch machen könnt, und serviere Euch ein Abendessen. Der Herr wird kaum vor der Dämmerung heimkommen, und bis dahin könnt Ihr Euch erholen.«

Nü Ying nickte beifällig. »Ich verabschiede mich und wünsche Euch noch alles Gute!«

Haokan Hei verneigte sich und richtete sich nicht eher auf, als bis Nü Ying gegangen war, denn sie musste ihr Lachen verbergen. Wer hätte gedacht, dass die Braut ihres Opfers ihr weiterhalf? Damit ließ sich der zweite Besuch auf dem Kunlun-Berg noch besser an als der erste. Ein gutes Essen und ein warmes Bad stellten ihre Lebensgeister wieder her, und sie begann schon, in der Vorfreude auf das Gespräch mit Man Dai zu schwelgen. Als der Hausherr auftauchte, erhielt ihre gute Laune jedoch einen argen Dämpfer.

Man Dai bekam bei ihrem Anblick ein grünes Gesicht und fletschte die Zähne. »Was in aller Höllenteufel Namen suchst du hier, Füchsin? Wenn dich jemand kommen gesehen hat, drehe ich dir den Hals um und zerschmettere deine Seele in zehntausend Funken.«

»Es hat mich jemand kommen sehen – Euer Bräutchen Nü Ying hat mich eigenhändig zu Euch gebracht.«

»Was? Bist du wahnsinnig geworden, Fuchsfratze?« Er warf die Hände hoch, und sogleich legte sich ein magischer Schirm um das Haus. Haokan Hei war gefangen.

Sie strich sich über ihr nun wieder makelloses Frauengesicht und spreizte die neun Schwänze wie ein Pfau. Dabei fixierte sie Man Dai mit hochgezogenen Augenbrauen und lachte spöttisch. »Der Herr hat Angst vor einer gewöhnlichen Füchsin? Nun, es wäre der Karriere des Herrn wohl auch arg abträglich, wenn herauskäme, was er vor vierzehn Jahren am Glockenberg gemacht hat. Gewiss wäre der Berggeist Zhong Shan Shen daran interessiert, zu erfahren, wer den General Rattenkopf und seine Marodeure mit schirmenden Zaubern, Feuergeistern und Illusionen unterstützt hat. Damals habt Ihr den Kopf sehr weit vorgestreckt! Und jetzt, wo Euer Freund Lao Shu noch einmal Eure Hilfe braucht, lasst Ihr ihn schnöde im Stich. Das ist eines Gottes des Kunlun-Berges unwürdig, findet Ihr nicht?«

Man Dais Hände wurden zu Klauen und öffneten und schlossen sich, als wollten sie an Haokan Heis Hals Maß nehmen. »Der Schwätzer hat dir wohl alles erzählt! Aber du wirst es niemandem mehr mitteilen können. Ich werde auch dafür sorgen, dass diese elende Ratte die nächste größere Schlacht nicht überlebt.«

»Dann bliebe Euer Freund Tie Hu Sieger und ginge als General Eisentiger in die Geschichte ein. Wer weiß, vielleicht erhebt man ihn für die Rettung von Wey auch in den Stand eines Gottes. Dann behielte seine Verlobung mit der Dame Nü Ying ihre Gültigkeit – und Ihr wäret ein zweites Mal düpiert!«

Man Dai ließ sich in einen Sessel fallen und schnappte nach Luft.

»Wenn Ihr Euch in einen Karpfen verwandelt, macht Ihr die Sache auch nicht besser!«, stichelte die Füchsin. »Übrigens – Tie Hu ist in den Glockenberg hineingeraten und hat durch seine Großeltern sein Gedächtnis zurückgewonnen. Er wird Eurer sicher nicht liebevoll gedenken – so, wie Ihr ihn als Hilfsrichter in jener Verhandlung bekämpft habt!«

»Beisitzer!«, korrigierte Man Dai die Füchsin.

»Meinetwegen auch als Beisitzer. Für Tie Hu macht das keinen Unterschied. Er weiß nun, dass es jemanden gibt, der verhindert hat, dass er den Auflagen des Gerichts Folge leisten konnte. Wenn er die Welt des roten Staubes in Ehren und mit erwachenden Zauberkräften verlässt, wird er beim Höllenrichter Anklage erheben. Sein Großvater und die ganze Brut der lokalen Götter werden ihn dabei unterstützen. Also überlegt Euch gut, ob Ihr zitternd auf das Verhängnis warten oder ob Ihr Lao Shu und mir helfen wollt, den Eisentiger in ein räudiges Kätzchen zu verwandeln. Mehr gedenke ich von seinem Geist nämlich nicht übrig zu lassen!«

»Du bist eine infame Erpresserin! Aber das hilft dir auch nicht weiter. Ich werde dich und die alte Ratte einfach beseitigen. Du hast keine Seele, also kannst du mich auch nicht bei einem der Höllenrichter anklagen, und Lao Shu muss schon im eigenen Interesse schweigen. Außer euch kennt niemand die Wahrheit, und ohne Zeugen bleibt Tie Hus Anklage leeres Geschwätz! Selbst wenn er beweisen kann, dass er durch einen Anschlag gehindert wurde, die Auflage des Gerichts zu erfüllen, so hat er Nü Ying dennoch verloren. Ist Lao Shu erst einmal beseitigt, laufen die Krieger von Zhou wie die Hasen. Dann wird Eisentiger kein großer Held werden und erst recht kein Unsterblicher. Warum also sollte ich mich einmischen? Offiziell gilt die Ratte als der

Schuldige am Tod von Tie Hus Eltern und an seinen persönlichen Schwierigkeiten. Daher wird euer Untergang von niemandem betrauert werden.«
»Wenn Ihr uns vernichtet, werden einige Leute die Wahrheit erfahren. Was glaubt Ihr, wird Shirliang Po tun, wenn er das da bekommt?« Bei diesen Worten ließ sie einen langen Streifen jener blutroten Seide in ihrer Hand entstehen, auf der man gewöhnlich Anklageschriften bei schweren Verbrechen formuliert. Schwarze, sauber gemalte Schriftzeichen erschienen darauf, und das knisternde Tuch schwebte zu Man Dai hinüber.
Er überflog den Schriftsatz und wurde abwechselnd rot, grün und totenbleich im Gesicht. »Da habt ihr zwei euch ja viel Mühe gegeben«, sagte er nach einer Weile stummen Brütens. »Aber das nützt weder dir noch Lao Shu. Ich werde erst dich beseitigen und ihm dann einige Feuergeister in sein Lager setzen. Dann verbrennt dieser Schrieb zusammen mit dem Rattengeist.«
»Niemand wird Euch daran hindern können. Aber es sind schon einige Boten mit Abschriften dieser Anklage zu ausgewählten Personen unterwegs, zum Beispiel auch zu Shirliang Po. Ganz gleich, was Ihr tut, diese Information gerät in die Hände der Totenrichter. Glaubt Ihr, sie würden dieses Wissen für sich behalten? Selbst wenn sie es nur als Gerücht verbreiten und nicht selbst damit zum Göttlichen Jadekaiser oder zu Xiwangmu gehen, ist Eure Stellung hier auf das Äußerste gefährdet. Dann gibt es keine Karriere mehr und kein hochrangiges Bräutchen.«
»Du Bestie, du widerliches, gehässiges, flohzerfressenes …! Ich würde dir am liebsten sofort den Hals umdrehen und deine Reste zerfetzen. Aber ich lasse dich noch eine Weile am Leben, bis ich alles von dir erfahren habe. Dann darfst du eines leichteren Todes sterben.«

»Ihr werdet mich ganz am Leben lassen müssen, mein Guter. Glaubt Ihr wirklich, mein Tod würde Euch weiterbringen? Oder dass Lao Shu Euch in dem Fall Vertrauen schenken und brav die Kuriere zurückholen würde? Er weiß, dass nur ich allein Tie Hus Geist so zerstören kann, dass kein Stück mehr für den Höllenrichter übrig bleibt.«

»Das kann ich genauso gut wie du und mit wesentlich weniger Aufwand!«, sagte Man Dai mit einem bitteren Auflachen.

»So? Das glaube ich nicht. Sein Tod würde monatelang an Euch haften bleiben. Außerdem gibt es genug streifende Geister, die Euch bei diesem Mord beobachten könnten. Die Kraft, die Ihr braucht, um Zhong Tie Hu restlos zu vernichten, ist in der Welt des roten Staubes über fünfhundert Meilen zu spüren! Irgendwann tritt einer, der Zeuge Eures Tuns wurde, vor einen der Totenrichter und erzählt es diesem. Ihr werdet Euch nie sicher sein können, ob und wann das geschieht.«

»Du hast dir das alles gut zurechtgelegt, nicht wahr, Füchsin?«

»Nun, ich weiß, mit was für einem ehrlosen, skrupellosen Wesen ich es zu tun habe. Ihr seid mir ein guter Lehrmeister gewesen, mein Lieber! Habt Ihr mir nicht selbst beigebracht, dass man einen guten Magier nur mit nichtmagischen Schlichen schlagen kann?«

Aus Man Dais Ohren und Nasenlöchern stieg Rauch auf, und seine Krallenhände bohrten sich in das Holz der Armlehne. Ehe er Worte fand, spöttelte Haokan Hei weiter. »Ihr solltet Euch nicht vor lauter Reue selbst verbrennen. Helft Lao Shu, im Tal des Blauwasserflusses eine wirkungsvolle Falle für Zhong Tie Hu und seine Soldaten aufzustellen, und schon seid Ihr uns und alle Eure Probleme mit einem Schlag los. Lao Shu und ich holen die Kuriere mit der An-

klageschrift zurück und halten aus ureigenstem Interesse den Mund.«
Man Dai wollte aufbegehren, schluckte aber dann und ließ die Schultern sinken. Mit unnatürlich ruhiger Stimme begann er zu sprechen und behandelte Haokan Hei beinahe wie eine Gleichrangige. »Ich kann Euch und Eurem Freund nicht helfen, zumindest nicht zu diesem Zeitpunkt. Ihr glaubt wohl, ich säße hier oben nur herum und hätte nichts zu tun! Das habe ich schon der alten Ratte versucht klarzumachen. Ich habe Pflichten, und im Augenblick bin ich unabkömmlich. Würde ich ohne Anweisung in die Geschehnisse der Welt des roten Staubes eingreifen, verlöre ich meinen Rang und meine Stellung bei Gericht.«
Haokan Hei hörte ihm mit interessierter Miene zu und nickte scheinbar verständnisvoll. Dann aber lachte sie ihn aus. »Mein lieber Man Dai, Ihr haltet Euch wohl für den Nabel der Welt, weil Ihr glaubt, Ihr müsstet unbedingt selbst handeln. Aber das ist nicht notwendig. Im Gegensatz zu der Ratte habe ich keinerlei Interesse daran, dass mein und Euer Name in einem Atemzug genannt werden.
Wenn Ihr Euch persönlich dort unten hinstellt und mit Euren Kräften die Falle für das Heer des Eisentigers aufbaut, wird die Sache noch gründlicher schiefgehen als damals am Glockenberg. Lao Shu wäre dort trotz Eurer Zauber beinahe von Shi Shing getötet worden. Nein, Ihr bleibt schön hier und buckelt Euch weiter durch Eure Karriere.«
»Was willst du denn sonst von mir, Füchsin?«, fragte Man Dai verwirrt.
»Eine Waffe, mit der ich die Falle selbst aufstellen kann, oder vielmehr meine Tante Mochin Shao, die eine bessere Hexe ist, als die meisten Wesen annehmen.«
»So eine Waffe gibt es nicht!«
»Oh doch! Mit den Sturmdämonen und Regendrachen der

Göttin Xiwangmu können Zhong Tie Hu und seine Männer leicht überwältigt werden.«

»Füchsin, du bist wahnsinnig! Niemand außer den höchsten Göttern vermag die Elementargeister der Göttin zu führen. Sie würden dich zerschmettern und furchtbare Verheerungen anrichten, bis sie wieder eingefangen werden können.«

»Das Führen ist nicht so schwer, wie Ihr denkt. Wenn die Dämonen erst aus ihrem magischen Gefängnis freigesetzt worden sind, kann Mochin Shao sie ihrem Willen unterwerfen und sie lenken. Das hat sie schon ein paar Mal mit Erfolg getan, wenn sie einige von ihnen am Himmel entdeckt hat. Ihr müsst mir nur beibringen, wie man die zauberischen Krüge öffnet, in denen die Elementargeister gefangen gehalten werden, und wie man die Geschöpfe wieder einfängt und die Siegel über ihnen anbringt. Ihr wollt doch nicht, dass die Dämonen frei und ungebunden hierher zurückkehren und sich vor lauter Freude im Garten mit den Pfirsichen der Unsterblichkeit austoben?«

»Glaubst du, ich würde ein so ungeheures Verbrechen begehen und Xiwangmu einen Krug mit Sturmdämonen stehlen?«

»Einen? Zwei oder drei! Ich benötige sowohl Sturmdämonen wie auch Regendrachen. Dazu will ich einen Wolkendrachen haben, der mich mit den Krügen zum Kriegslager des Rattengeistes zurückbringt, und einen Zauber, der mein Reittier dort in Regentropfen und Hagelkörner auflöst, damit es nicht mehr verhört werden kann. Weiterhin benötige ich einen Zauber, mit dem ich zum Schluss die Krüge mit ihrem Inhalt in gewöhnliche Steine verwandeln kann, die die nächsten zehntausend Jahre auf dem Grund des Flusses dahinrollen und im Meer landen. Ich ...«

»Soll ich dich auch noch in Xiwangmus Schatzhaus führen, in dem all ihre Zauber und zauberischen Geschöpfe aufgehoben werden? Dort könntest du dir die Taschen bis zum Platzen vollstopfen!«

»Nein danke! Da dürfte es Dinge geben, die meine Existenz auslöschen wie eine schwache Kerzenflamme. Ich vertraue darauf, dass Ihr mir genau das bringt, was ich benötige. Vergesst nicht, ich habe tausend Jahre lang Zauberei und Magie studiert. Mir fehlen nur die Mittel, um mein Wissen umsetzen zu können.«

»Du weißt sehr genau, was du willst, Füchsin! Aber was machst du, wenn ich nein sage?«

»Ich lasse die Kuriere mit den Informationen über Euch unbehelligt an ihre Ziele gelangen! Wenn ich Tie Hus Seele nicht bekomme und auch keine Rache an diesem unsäglichen Shirliang Po, dann sollt Ihr, mein hoher Herr, auch kein göttlicher Beamter und mächtiger Unsterblicher des Kunlun-Berges mehr sein. Ihr könnt mich umbringen, denn mir gilt dieses kleine Leben nicht viel. Aber Ihr habt nichts von meinem Tod, denn Lao Shu traut Euch nicht mehr, seit Ihr ihn mit einem Blitz erschlagen wolltet. Er wird alles tun, um Euch zu schaden!«

»Du infames Geschöpf! Du willst mich nur zu dir hinunter in den Schlamm und Moder der Wildnis ziehen!«

»Ich will zu Eurer Höhe aufsteigen! Aber ich werde natürlich immer daran denken, wie hoch Ihr naturgemäß über einer Geisterfüchsin steht, und Euch als Respektsperson behandeln. Seid Ihr damit zufrieden?«

»Nein, das bin ich nicht! Es dreht mir den Magen herum bei dem Gedanken, dass so ein schmutziges Tier wie du sich hier als Göttin aufführen könnte. Aber so weit wird es wahrscheinlich auch nicht kommen. Ich kann …«

Haokan Hei betrachtete Man Dai wie die Spinne ihre Beute. Sie mochte es, wenn ein so Hochmütiger unter den Mächtigen vor ihr zappelte. »Versucht nicht zu behaupten,

Ihr kämet nicht an Xiwangmus magische Schätze heran! Ihr habt Lao Shu ein Messer mit magischer Klinge aus ihrer Schatzkammer geschenkt, ein kleines Ding nur, aber ich habe im Gegensatz zu dem Dummkopf die Hand der Göttin daran gespürt. Es war die Waffe, mit der Zhong Bao Hong und Shi Shing tödlich verletzt wurden. Das Feuer hätte sonst kaum ihre Seelen von den sterblichen Körpern getrennt! Da ist noch ein Schwert in Lao Shus Besitz, das auch aus diesem Schatzhaus stammt. All das steht schwarz auf rot in dem Schreiben.
Kommt, stellt Euch nicht so an! Wer einmal ein Dieb ist, bleibt es für immer. Also geht und besorgt mir, was ich brauche. Nehmt von den Krügen die, die ganz hinten und zuunterst stehen. Die Regendrachen und Sturmdämonen darin dürften nach einer längeren Wartezeit voller Zerstörungswut und begierig auf ihre Bewegungsfreiheit sein, so dass sie keine dummen Fragen stellen.«
Man Dai wollte noch einmal aufbegehren, doch der Wucht der Erpressung und der Bereitschaft der Füchsin, für das Gelingen ihrer Pläne rückhaltlos ihre eigene Existenz aufs Spiel zu setzen, vermochte er nichts entgegenzusetzen. Dabei fühlte er, wie er immer tiefer in dem Sumpf versank, in den er damals durch eine leichtsinnige Handlung hineingeraten war.
»Wenn man mit Dreck umgeht, macht man sich selbst schmutzig«, murmelte er.
»Die Erkenntnis kommt ein wenig spät! Ihr steckt schon bis zum Hals im Schlamm. Also reicht mir Eure Hand, und ich ziehe Euch aufs sichere Land.«
»Dein sicheres Land ist eher so eine Art heimtückischer Treibsand. Aber keine Sorge, Füchslein! Ich werde dir alles bringen, was du benötigst, und sei es auch nur aus keinem anderen Grund als dem, deinem Untergang zusehen zu können. Du greifst nach der Sonne und wirst kläglich verbren-

nen! Ich brauche keine Hand gegen dich zu erheben, sondern kann bald das Ende deiner Existenz feiern, das du dir selbst bereiten wirst. Wenn du die Ratte in deinen Untergang hineinziehst, werde ich dir sogar noch dankbar sein.«

»Habt Ihr keine Angst, dass ich die Kuriere nicht zurückpfeifen könnte?«

»Nein, das habe ich nicht. Wenn du erst die Sturmdämonen besitzt, wirst du kein Interesse haben, deinen Teil an diesem Komplott bekannt werden zu lassen. Ich bitte dich – ja, ich sage bitte! –, diese Angelegenheit noch zu klären, bevor du von den außer Kontrolle geratenen Dämonen selbst zerrissen oder im Fluss ertränkt wirst.«

»Wenn sie außer Kontrolle geraten, können sie auch hier Unheil anrichten. Also sagt mir lieber die ganze Wahrheit, wenn Ihr mir den Umgang mit den Zauberkrügen erklärt.«

»Das werde ich. Wenn du keinen schweren Fehler machst, so werden die Elementargeister sich dort austoben, wo sie freigelassen wurden, und nach ein paar Stunden oder Tagen erschöpft in ihre Krüge zurückkehren. Du siehst, ich gehe noch nicht einmal ein großes Risiko ein. Wenn du die Sache jedoch verpatzen und mich dazu noch mit diesen Briefen in Schwierigkeiten bringen solltest, werde ich den Rest meines Daseins damit verbringen, deinen Geist einzufangen und ihn schlimmer zu quälen, als es die Höllenknechte der achtzehnten Hölle vermögen.«

»Ich kann mir Euch als Folterknecht so richtig vorstellen: mit dem Kopf eines Wasserbüffels und den Fängen eines Geiers. So würdet Ihr Euch sehr gut machen! Schade, dass es nicht so weit kommen wird. Ich sähe Euch gern dort unten als Höllenkreatur.«

»Halte den Mund, Fuchsfratze! Sonst vergesse ich mich«, warnte Man Dai sie, drehte sich abrupt um und verließ das Zimmer.

Kurz vor der Morgendämmerung stieg eine vor Zufriedenheit kichernde Füchsin auf einen Wolkendrachen, um sich zum Lager des Rattengeistes zurücktragen zu lassen. Man Dai hatte sie mit einem Unsichtbarkeitszauber versehen, den auch die hohen Unsterblichen nur dann zu durchschauen vermochten, wenn sie scharf nach dem Träger des magischen Schirms Ausschau hielten. Zu Haokan Heis Bedauern hielt dieser Zauber nur einen Tag und eine Nacht, und diese Zeit würde sie für ihre Rückkehr benötigen. Als sie die bis auf einige Wachen leeren Straßen unter sich liegen sah, ließ sie den Wolkendrachen in ihrem Hochgefühl noch einmal über den unteren Terrassen kreisen. Zu ihrem nicht geringen Vergnügen entdeckte sie auf der obersten Plattform eines Turmes Nü Ying.

Das Mädchen schien sich um einen Unsterblichen zu kümmern. Es war der berühmte General Li Ring, der als uralter Mann nach vielen sagenhaften Heldentaten unter die Unsterblichen erhoben worden war und es wohl nie gelernt hatte, eine andere Gestalt anzunehmen.

Haokan Hei fragte sich, was der Kerl vor der Morgendämmerung auf einer Turmplattform zu suchen hatte. Soweit sie sich erinnerte, gehörte er zu einem gewissen Freundeskreis göttlicher Beamter, zu denen auch Shirliang Po zählte. Sicher hatte Nü Ying dem Alten von ihrer Begegnung erzählt. Hatte er Verdacht geschöpft und hielt nach ihr Ausschau? Da sie unsichtbar war, würde er vergebens auf sie warten.

Dann erinnerte sie sich an ihre eigene Wache auf einem Turm, damals in Wey Cheng, als sie nach Zhong Tie Hu Ausschau gehalten hatte, und lenkte den Wolkendrachen sofort nach Osten. Sie hatte kein Interesse daran, im ersten Schein der Morgendämmerung, in der die Lichtfinger des neuen Tages fast alles Unsichtbare sichtbar machten und viele Zauber brachen, von dem alten General entdeckt zu werden.

54. DIE WEIDENFRAU LIEGT AUF DER LAUER

Bitte, Weidenmutter, kannst du wenigstens mir sagen, was wir hier eigentlich suchen?« Ji Lin war außer sich, doch sie versuchte, die gebotene Höflichkeit der Älteren gegenüber beizubehalten. »Bin ich deine Stellvertreterin, oder bin ich es nicht? Ich habe doch ein Recht, zu erfahren, warum wir wie wild in der Welt herumziehen, ohne unsere Kunst auszuüben.

Warum sind wir in aller Eile nach Wey Cheng gezogen, ohne auf Mensch und Tier Rücksicht zu nehmen, durften dort aber kein einziges Stück aufführen? Du hast nichts anderes getan, als einen Tag und eine Nacht im Tempel zu beten. Aber deinen angeblichen Liebhaber habe ich nicht zu Gesicht bekommen. Da war weder ein Beamter noch ein adeliger Standesherr, und du hast auch mit keinem einzigen Mann gesprochen, noch nicht einmal mit einem der Priester. Du hast nur vor dem Bild des Stadtgottes gehockt, als würdest du auf eine Eingebung warten.«

»Genau das habe ich getan – und ich habe erfahren, was ich wissen wollte. Deswegen sind wir ja hier.«

»Das kann doch nicht dein Ernst sein, Weidenmutter! Was sollen wir denn hier in dieser unwirtlichen Gegend, wo es nur Steine und wilde Tiere gibt? Hier werden wir verhungern oder marodierenden Soldaten zum Opfer fallen. Die Kriegsfront ist nicht weit von hier entfernt.«

»Ich weiß! Aber ich bin sicher, dass unsere Vorräte noch mehrere Wochen ausreichen. Die große Höhle hier gibt uns nicht nur Schutz und frisches Quellwasser, sondern bietet uns auch eine natürliche Bühne, auf der du einige unserer Stücke neu einüben lassen kannst. Sei versichert, wir werden diesen Ort verlassen, bevor uns das Essen und das Futter für die Tiere ausgehen. Oder hast du etwas an der Qualität der Lebensmittel auszusetzen?«

»Nein, das habe ich nicht. Ich frage mich immer noch, wer uns all diese Vorräte gespendet hat, die ein ganzes Bauerndorf über den Winter bringen könnten. Alles trägt das Zeichen des Tempels des Stadtgottes von Wey Cheng. Aber ich habe noch nie erlebt, dass die Tempelobersten etwas verschenken würden. Weidenmutter, bitte! Ich möchte wissen, wer uns versorgt und dann hierhergehetzt hat.«

»Mein Geliebter natürlich! Er hat mir auch den Weg zu dieser Höhle gewiesen, in der wir uns so wunderbar verstecken können. Sorge bitte dafür, dass sich niemand draußen sehen lässt, weder bei Tag noch bei Nacht. Es treiben sich ganz sicher Zhou-Krieger in der Nähe herum, und die dürfen uns unter keinen Umständen entdecken.«

Ji Lin schnaubte. »Das hast du schon zweimal gesagt! Unsere Leute halten sich auch daran. Ich wundere mich, warum sie sich das alles von dir gefallen lassen. Aber ich will nicht mit Ausreden abgespeist werden, und mir reicht auch nicht der Klang des Silbers, das du wohl auch von deinem Geliebten erhalten hast – ausgerechnet mit dem Prägestempel des Tempels von Shirliang Po!

Doch wir sollten im Augenblick für diese Umstände dankbar sein. Schließlich können wir von dem Geld, das du aus dem Tempel mitgebracht hast, unsere Ausrüstung ergänzen. Ich möchte zwei neue Zugochsen kaufen und die Wagen reparieren lassen. Aber wenn wir nicht bald wieder auftreten, werden andere Truppen uns unsere traditionellen Plätze wegnehmen und uns an den Rand der Märkte und Feste drängen. Als ziehender Komödiant muss man immer aufs Neue um die Gunst des Publikums buhlen, sonst vergisst es einen.«

»Jetzt traktierst du mich mit den Lehren, die ich dir beigebracht habe. Aber wenn die Truppe die Zeit hier nutzt, um neue Kostüme zu nähen und viel zu üben, dann werden wir glanzvoller zurückkehren als je zuvor. Bis dahin wirst du mit den anderen an unserem Repertoire arbeiten und ich in meinen Wahrsagestein starren. Sorg dafür, dass mich niemand stört, und bereite die Leute darauf vor, dass es in dieser Gegend wahrscheinlich ein schlimmes Unwetter oder so etwas geben wird. Es kann auch ein großer Felsrutsch oder sonst eine Katastrophe sein. Wenn es so weit ist, müsst ihr die Kinder unter die Wagen schicken und die Tiere beruhigen.«

»Woher weißt du von einem Unwetter? Ist das in deinem Stein zu sehen? Nicht dass uns die Höhlendecke auf den Kopf fällt oder Wasser eindringt und uns ersäuft!«

»Nein, nein, meine Kleine. Da brauchst du dich nicht zu sorgen. Wir stehen unter dem Schutz der Gottheit, die hier unter der Erde wohnt und die Schätze in der Tiefe bewacht. Ich weiß nicht genau, was geschehen wird, aber ich werde es in meinem Kristall sehen, wenn die Zeit gekommen ist. Dann muss ich eine schwierige Aufgabe erfüllen. Frage nicht weiter! Ich bin einer Bitte meines Geliebten gefolgt und tue, was er mir aufgetragen hat. Jetzt geh, mein Kind. Ich muss mich wieder meinem Kristall widmen!«

55. AM BLAUWASSERFLUSS WIRD EINE FALLE GESTELLT

Haokan Heis Rückkehr vom Berg der Götter war ein einziger Triumphzug, aber auch ein sehr einsamer, denn außer Mochin Shao und Lao Shu hatte sie niemand bemerkt. Aber die Bewunderung, die sie in den Augen ihrer

Tante las, und die Fassungslosigkeit und die nackte Angst vor ihr, die sich auf dem unverhüllten Gesicht des Rattengeistes abzeichnete, berauschten sie. Daher erzählte sie ihnen mehr, als sie eigentlich beabsichtigt hatte, und verschwieg nur ihre unrühmliche Landung und die Begegnung mit Nü Ying. Mochin Shao hätte sonst nur ein böses Omen darin gewittert.

Auch in den nächsten Tagen schwebte Haokan Hei wie auf Wolken, vernachlässigte aber nicht die Vorbereitungen für den Überfall auf Tie Hu. Sie ging mit Lao Shu und ihrer Tante jede Einzelheit des magischen Angriffs auf das Heer des Eisentigers durch, und sie übte jeden Zauber und jede Handlung sorgfältig ein.

Als das Hauptheer mit den Fußtruppen und den Belagerungsgeräten unter der Führung eines Offiziers in Lao Shus Maske und Generalsuniform in Richtung Wey Cheng aufbrach, waren auch sie bereit zum Abmarsch. Der Weg ihrer kleinen Truppe, der nur sie drei und ein paar sorgfältig ausgewählte Offiziere und Soldaten angehörten, führte sie nach Süden, bis sie zwei Tage später das Tal des Blauwasserflusses erreichten. Von dem Heer des Eisentigers war noch nichts zu sehen. Späher hatten ihnen aber bestätigt, dass der General auf den Trick hereingefallen war und seine Truppe eilig, aber geordnet heranführte.

Viel Zeit blieb ihnen nicht mehr, die Falle aufzustellen. Dennoch ging Haokan Hei mit äußerster Sorgfalt an die Arbeit. Sie suchte zuerst das Flusstal gründlich ab, um sich die örtlichen Gegebenheiten einzuprägen. Dann wählte sie sich eine Stelle aus, die ihr genügend Schutz gegen neugierige Blicke oder Störungen durch Mensch oder Tier, gleichzeitig aber einen weiten Ausblick über das Tal bot.

Genau unter der Felsmulde, von der aus sie die Elementargeister auf Tie Hu und sein Heer lenken wollte, bildete ein

Bach eine enge Klamm, bevor er sich über eine Felsentreppe schäumend in den Fluss ergoss. Die Füchsin ließ einen der Offiziere mit dem Pferd in dem Bachbett hochreiten. Die Felsentreppe und die Strömung erwiesen sich als ein geringes Hindernis für den Reiter. Dann aber wurde die Klamm zu einer gefährlichen Sackgasse, in der das Pferd des Mannes kaum Platz fand, sich auf den glitschigen, zerklüfteten Steinen zu drehen.

»Das ist gut!«, sagte Haokan Hei händereibend zu Lao Shu. »Dort drinnen wird dieser Eisentiger jämmerlich zugrunde gehen! Lass deine Männer die Körbe und Kisten mit unserem Gepäck und den Vorräten heraufbringen. Mochin Shao soll auch mitkommen und die kostbaren Krüge mitbringen. Wir werden uns jetzt hier einrichten und diesen Platz nicht eher verlassen, bis alles vorbei ist. Wenn wir mit dem Zauber begonnen haben, darf niemand mehr hierherkommen! Diese Magie verträgt keine Störung.

Ich sorge dafür, dass er und seine Leute schon draußen vor der ersten Felsenenge von einem Regensturm überrascht werden, gerade stark genug, um sie in den Schutz der überhängenden Felswände zu treiben. Dort wird es dann erst richtig losgehen. Aber dann musst du schon weit weg sein. In dem Moment, wo der Posten vorn die Annäherung des feindlichen Heeres meldet, setzt ihr euch auf die Pferde und reitet, als seien sämtliche Ungeheuer von den Gelben Quellen hinter euch her. Ich möchte nicht, dass du oder deine Leute von den entfesselten Sturmdämonen getötet werden.«

Lao Shu verneigte sich spöttisch. »Ich danke dir für deine Fürsorge! Womit habe ich sie verdient?«

»Du wirst sie dir erst verdienen müssen. Du eroberst Wey Cheng und trittst Shirliang Po in den Staub. Das ist dein Teil der Aufgabe.«

»Den ich zu erfüllen gedenke. Ich wünsche dir viel Glück!«

»Das hat mit Glück nichts zu tun, sondern nur mit Können und Intelligenz!«, fauchte Haokan Hei hinter ihm her. Doch Lao Shu hatte sich schon an den Abstieg gemacht.

56. DIE WEIDENFRAU RÜSTET ZUM ANGRIFF

Zuerst sah Liu Wenjou in ihrem Kristall nur ein kahles Flusstal, das sich zwischen schroffen Felswänden durch eine wuchernde, grüne Hügellandschaft zog. Während ringsum überall Bäume wie im Wettstreit ihre Wipfel zum Himmel streckten, wuchsen dort unten nur ein paar kärgliche Büsche und niederer Tränenbambus.

Vor zwei Jahren war dieses Tal der Schauplatz erbitterter Kämpfe gewesen. Die gegnerischen Parteien hatten die Bäume zu beiden Seiten des Flussufers für Schanzen und Verhaue gefällt, und was noch stand, war zuletzt genau wie die hier eingeschlossenen Menschen und Tiere in einem durch Hexerei entfachten Feuersturm verbrannt. So wirkte das Tal des Blauwasserflusses wie eine Narbe in der Welt, aus der sich sogar die Geister der Steine und Bäume zurückgezogen hatten, und noch immer lag eine beinahe greifbare Traurigkeit über dieser Gegend.

Zwei, drei Tage geschah nichts. Der Kristall zeigte nur hie und da ein paar wilde Ziegen und einmal sogar einen jungen Tiger, der den leichtfüßigen Tieren an einer recht ungeeigneten Stelle auflauerte. Ansonsten gab es nur gelegentlich ein paar Reiter in der Ferne, die zumeist unauffällig gekleidet waren. Die nervöse Aufmerksamkeit der Berittenen verriet jedoch, dass es sich nicht um harmlose Reisende handelte. Am Mittag des dritten Tages tauchte ein größerer Reitertrupp auf, der geradewegs auf das Blauwassertal zuhielt. Die Männer trugen Waffenröcke, wie sie in Zhou gebräuchlich waren, und in ihrer Begleitung befanden sich zwei Frauen, die wie Krieger zu Pferd saßen.

Als die Weidenmutter sich die Frauen näher ansehen wollte, verschwamm deren Bild. Dies war auf einen Schutzzauber zurückzuführen, den nur so mächtige Hexen wie die Geisterfüchsinnen anwenden konnten. Daher warf sie einen Blick auf den Mann mit dem zernarbten, tierhaften Gesicht. Den hatte sie schon früher ohne Maske in ihrem Kristall gesehen. Es war General Rattenkopf in der Uniform eines gewöhnlichen Leutnants aus Zhou. Also waren dies genau die Leute, die sie erwartet hatte. Trotz aller Sorgfalt verlor sie die Schemen der Geisterfüchsinnen nacheinander aus dem Blickfeld. Die beiden hatten sich von ihren Begleitern getrennt und irgendwo in der Nähe des unteren Taleingangs ein Lager bezogen, das von noch mächtigeren Zaubern geschützt wurde. Liu Wenjou wäre am liebsten sofort nach draußen gelaufen, um mit eigenen Augen nach den Feindinnen Ausschau zu halten. Aber die ausschwärmenden Soldaten hielten sie davon ab.

Schließlich widmete sie ihre ganze Aufmerksamkeit dem Rattengeist, der zunächst scheinbar ziellos umherstreifte, als wolle er die Anhöhen um das Tal durchsuchen, bis er mit einem Mal an einer bestimmten Stelle des Höhenzuges spurlos verschwand. Kurze Zeit tauchte er an der gleichen Stelle wieder auf. Dort mussten die Füchsinnen ihr Versteck haben. Aber solange Lao Shu seine Männer nicht fortschickte oder selbst mit ihnen davonritt, geschah bestimmt noch nichts. Das Warten konnte sich also noch tagelang hinziehen.

Liu Wenjou starrte angestrengt in den Kristall, um sich kei-

ne Bewegung des Rattengeistes und keine Änderung der Situation entgehen zu lassen. Aber es war, als würde sich ihr hohes Alter nun doch bemerkbar machen. Ihre Konzentration ließ schnell nach, und sie spürte, wie sich jede Faser ihres Seins nach einem tiefen, erquickenden Schlaf sehnte.
Sie überlegte schon, ob sie Ji Lin bitten sollte, sie abzulösen. Aber wie sollte sie ihrer Stellvertreterin klarmachen, auf was sie hier wartete? Sie wusste es ja selbst nicht genau. Shirliang Po hatte sie nur gebeten, hier Wache zu halten, weil er einen heimtückischen Anschlag der Geisterfüchsin und des Rattengeistes auf den neuen Feldherrn von Wey befürchtete. Er hatte ihr jedoch nicht sagen können, was sie gegen die zauberischen Wesen unternehmen konnte. Gegen die Füchsinnen war sie eine Kerzenflamme im Vergleich zu einem hoch lodernden Feuer. Sie hatte nicht die geringste Chance gegen sie, und ihr Herr Gemahl wusste das.
»Achte auf dich!«, »Lass dich nicht von ihnen erwischen!«, »Ich will dich nicht schon wieder verlieren!« – das waren seine Worte gewesen. Doch hinter seiner Sorge um ihr Wohlergehen hatte sie seine tiefsitzende Angst um Wey Cheng gespürt. Er fürchtete den Tod seiner Stadt und ihrer menschlichen Bewohner, der auch das Ende seiner Existenz sein würde, denn er gehörte nicht zu jenen Unsterblichen, die nach einer Niederlage dieses Ausmaßes zum Himmlischen Jadekaiser gehen und einfach um einen neuen Posten in der göttlichen Hierarchie bitten konnten. Er würde vergehen und verwehen wie ein Tiergeist. Das wollte Liu Wenjou um jeden Preis verhindern. Ihr eigener Hass auf den grausamen Rattengeist war so groß, dass sie durchaus bereit war, dieses Leben, das schon lange nur durch Shirliang Pos Zauber erhalten wurde, in die Waagschale zu werfen.
Sie schüttelte sich bei dem Gedanken an den Tod, denn sie wusste, dass der Höllenrichter sie nach ihrem nächsten Ende

in die Gestalt einer Ameise oder Grille bannen würde. Aber auch dieses Schicksal barg nicht genug Schrecken für sie, um sie zu einem frommeren Leben zu bewegen. Als kleines Insekt würde sie unter Shirliang Pos Altar Schutz suchen und sich von den Krumen der Opfergaben ernähren, bis sie diesen Lebenskreis durchmessen hatte.

Vielleicht würde sie ja doch wieder als Katze zurückkehren. Dann konnte sie im Tempel auf Rattenjagd gehen und sich jedes Mal vorstellen, das Genick einer bestimmten Ratte zu brechen. Bei dem Gedanken lachte Liu Wenjou über sich. Sie war leider nicht so frei von Gefühlen und Wünschen, wie es für ein Weiterkommen in die Welt der Unsterblichen notwendig gewesen wäre. Sie hatte eben den Geist einer Katze, genau wie ihre arme, ermordete Tochter.

Da fielen ihr ein paar andere Worte Shirliang Pos ein. »Achte auf die Katze«, hatte er gesagt. »Du wirst sie bestimmt hören. Folge ihrer Stimme!«

Auf ihre Frage hin hatte er allerdings zugeben müssen, dass er nicht wusste, ob die besagte Katze wirklich auftauchen würde. Er behauptete nur, dass noch eine andere Macht eingreifen und ebendiese Katze schicken würde, um dem Eisentiger zu helfen. Liu Wenjou hatte hellauf über diese Vorstellung gelacht, um nicht zu verzweifeln. Eine Katze und eine alte Gauklerin – was für ein hilfloses Gespann angesichts der Macht der Füchsinnen und des Rattengeistes!

Am nächsten Morgen war es endlich so weit. Der Rattengeist entfernte sich mit seinen Männern eilig Richtung Nordwesten, und im Süden tauchte Mann für Mann das Heer des Generals Eisentiger auf. Irgendwo dazwischen spannen die Füchsinnen ihr unheilvolles Netz. Liu Wenjou rang die Hände. Was sollte sie jetzt tun? Bis das Heer das Flusstal erreicht hatte, würden noch mehrere Stunden vergehen. Sie beschloss, sich noch einmal für zwei Stunden hinzulegen und zu schlafen. Die Arbeit mit dem Kristall strengte sie mehr an als sonst und ermüdete sie stark. Sie wollte noch Ji Lin rufen und ihr sagen, dass sie zwei Stunden später geweckt werden sollte. Doch ehe sie einen Laut über die Lippen brachte, schlief sie im Sitzen ein.

57. DIE SCHWARZE FÜCHSIN MACHT SICH AN IHR SCHAURIGES WERK

Kaum war der Rattengeist außer Sichtweite, erschienen Soldaten mit Haokan Heis umfangreichem Gepäck. Ihnen folgte Mochin Shao mit den Krügen der Xiwangmu. Die Geisterfüchsinnen bauten ihre Hexenküche unter einem vorspringenden Felsen auf und schützten sie mit allerlei Zaubern gegen neugierige Geister und die mögliche Einflussnahme lokaler Gottheiten. Schließlich hatten sie ihre Lehre aus den Ereignissen am Glockenberg-Gut gezogen. Am frühen Morgen des nächsten Tages, gerade als sie ihre letzten Vorbereitungen abgeschlossen hatten und es sich bequem machen wollten, um sich vor der eigentlichen Arbeit etwas auszuruhen, erblickten sie am Horizont das Aufwallen einer großen Staubwolke. Die konnte nur von Tie Hus Reiterheer aufgewirbelt worden sein. Entweder war der Eisentiger die Nacht hindurch geritten, oder er hatte seine Leute schon beim ersten Anzeichen der Dämmerung in die Sättel getrieben. Der menschliche Posten, der für sie Ausschau hielt, würde noch einige Zeit nichts bemerken. Daher legte Haokan Hei ein blaues Seidentuch über einen hochragenden Felsen. Das war das Zeichen für den Rattengeist, seine Leute zu sammeln und abzurücken.

Lao Shu jagte seine übernächtigten Männer auf die Beine und ritt mit ihnen durch das Flusstal davon. Für einige Zeit senkte sich Totenstille über die Gegend. Es war nicht einmal mehr Vogelzwitschern zu vernehmen, geschweige denn die Laute anderer Tiere. Nur das Wasser sang sein nimmer endendes Lied.

Für die Geisterfüchsinnen wurde das tatenlose Warten zur Qual. Die Staubwolke kam so langsam näher, dass Haokan Hei schon befürchtete, das Heer könnte das Flusstal vor Einbruch der Nacht nicht mehr erreichen und würde weit draußen in der Ebene sein Lager aufschlagen. Es konnte auch sein, dass die Männer den Durchgang erst nach Aufgang des Mondes beginnen wollten, um feindliche Späher zu verwirren.

Beides hätte bedeutet, dass Tie Hu selbst oder einer der Magier oder Priester, die der Sitte nach jeden größeren Heeresteil begleiteten, etwas vom Wirken des Rattengeistes mitbekommen hatte oder durch ein Orakel von einer bevorstehenden Gefahr gewarnt worden war. Haokan Hei und Mochin Shao hatten zwar auch Zauber gegen solche Zwischenfälle gewebt, aber wenn das Heer außerhalb ihrer Reichweite lagerte, konnte alles Mögliche schiefgehen. Im schlimmsten Fall entschloss Tie Hu sich, die Hügel zu umgehen, auch wenn er dadurch drei oder vier Tage verlor.

Mochin Shao hörte sich alle Befürchtungen ihrer Pflegetochter an und begann zu lachen. »Hei-Hei, meine Liebe, sei nicht so nervös! Es ist noch nicht Mittag! So ein Heerwurm kann sich nun einmal nicht schneller bewegen.«

»Oh doch, das kann er schon. Denk daran, was die Späher sagten. Tie Hu führt nur berittene Soldaten an. Ich fürchte, er hat Verdacht geschöpft und zögert deswegen. Schau dort! Da tauchen Leute von ihm auf und sehen sich den Eingang des Tals sorgfältig an. Nun, sie werden nichts finden, denn es gibt dort keine Spuren von Menschen oder menschlichen Eingriffen. Wir beide benötigen keine Verhaue aus Baumstämmen und ähnliche Hilfsmittel, um einen Felssturz auszulösen. Das schaffen zwei oder drei Sturmdämonen spielend.

Ist der Pilzabsud fertig? Ich muss ihn getrunken haben, bevor ich die Krüge öffne. Sonst kann es zu spät sein. Bist du dir sicher, dass du die Dämonen lenken kannst? Hast du dir gut eingeprägt, wie du vorgehen musst? Bist du …«

Haokan Hei fragte und fragte und redete sich so ihre Anspannung von der Seele. Mochin Shao beruhigte sie, so gut sie konnte, und fand dabei auch ihre eigene Ruhe wieder. Sie kamen überein, dass Haokan Hei die ersten, entscheidenden Angriffe der Sturmdämonen und Regendrachen selbst führen musste. Erst wenn Tie Hu gefangen war, würde Mochin Shao die Elementargeister übernehmen. Das beruhigte die Schwarze Füchsin, und sie sah dem Kommenden gelassener entgegen.

Am Nachmittag brachen die Späher endlich ihre Untersuchung ab und kehrten zu dem näher kommenden Heer zurück, und kurz darauf zeichnete es sich ab, dass Tie Hu die Falle nicht erkannt hatte. Seine Reiter näherten sich langsam, aber stetig dem Eingang des von Felswänden gesäumten Flusstals.

Haokan Hei schwankte etwas unter der Wirkung des Pilzgiftes. Doch ihre Hände führten zielsicher die rituellen Bewegungen über dem ersten Krug aus. Vier Regendrachen stiegen unsichtbar auf und flogen ein Stück nach Süden. Dann schickte sie ebenso viele Sturmdämonen hinter ihnen her. Sofort färbte sich der Himmel hinter dem Heerzug schwarz. Eine Wetterwand türmte sich auf und wälzte sich von hinten auf die Truppe zu.

Als die ersten schweren Tropfen die Soldaten erreichten,

trieben sie die Pferde an und rannten schließlich in dem unwegsam werdenden Gelände neben den Tieren her. Wie die Füchsinnen es erwartet hatten, versuchten die Männer, unter einer überhängenden Felswand weiter oben im Tal geschützte Stellen zu finden, wo sie den Wetterschlag halbwegs trocken überstehen konnten.

Haokan Hei hielt jetzt nach Tie Hu Ausschau. Als sie ihn inmitten des Zuges entdeckte, ließ sie weitere Sturmdämonen frei. Jetzt begann der eigentliche Angriff auf ihr Opfer. Tie Hu musste samt seinem Pferd in den Bachlauf getrieben werden. Doch gerade als sich die Dämonen auf den Eisentiger stürzen wollten, tauchte die Katze auf.

Es war eine gewöhnliche Straßenkatze, ein rötlich gelbes, zerzaustes Geschöpf mit durchdringender Stimme. Sie schoss aus einer Spalte und landete auf einem vorspringenden Felsen, in dessen Nähe Tie Hu versuchte, mit seinem durchgehenden Pferd fertig zu werden. Die Katze schrie zum Erbarmen. Es sah aus, als hätte der Regen den Schlafplatz des Tieres durchtränkt und es ins Freie gescheucht. Haokan Hei bekam einen solchen Wutanfall, dass sie einen der Sturmdämonen genau auf den Störenfried lenkte. Sie ließ die Katze durch die Luft wirbeln und gegen eine Felswand schleudern. Der Körper des Tieres erschlaffte beim Aufprall und stürzte tief in den Bach herab. Für kurze Zeit war noch ein Blutfleck zu sehen, den der Regen langsam abwusch.

58. DIE FALLE SCHLIESST SICH UM IHR OPFER

Tie Hu fuhr zusammen. Ihm war, als würde er ein Kind durchdringend schreien hören. Es klang wie eine Warnung, und für einen Augenblick hatte er das Gefühl, sein Pferd wenden und davonpreschen zu müssen. Ärgerlich schüttelte er den Kopf und konzentrierte sich ganz auf seine Aufgabe.

Er war sich sicher, dass der gegnerische General irgendwo auf seinem Weg eine Falle für ihn aufgestellt hatte. Denn aus welchem anderen Grund würde der Rattenkopf so sklavisch seine schon im Herbst gefassten Schlachtpläne verfolgen? Er musste von der schnellen Truppe wissen, die Tie Hu aufgestellt hatte und selbst anführte. Es war natürlich möglich, dass er angesichts des großen Heeres, das er für den Vorstoß auf Wey Cheng zusammengezogen hatte, ein kleines Reiterheer nicht ernst nahm. Aber der Rattengeneral übte sein Handwerk schon zu lange und zu erfolgreich aus, um solche Fehler zu begehen. Also blieb nur eine Falle.

Dazu boten sich der alten Ratte nach Tie Hus Ansicht nur zwei Möglichkeiten: Er konnte versuchen, ihn im Tal des Blauwasserflusses einzuschließen, genau dort, wo dieser eine Kette schroffer Hügel durchbrach. Oder er konnte eine besondere Strategie entwickelt haben, um seine Truppe an der Stelle aufzureiben, an der diese auf sein Belagerungsheer stoßen musste. Ein Hinterhalt im Flusstal benötigte eine mindestens halb so große Truppe wie sein Reiterheer. Dazu aber hätte Lao Shu irgendwo noch eine Armee aufgestellt haben müssen, die allen Spähern und Gerüchtemachern entgangen war. Es trieben sich jedoch bis auf die üblichen Streifscharen keine feindlichen Soldaten in dem Gebiet um das Blauwasser herum.

Tie Hu dachte auch an einen Angriff konzentrierter Magie, ähnlich wie damals bei dem Überfall auf das Glockenberg-Gut. Auch wenn das Flusstal keine besonders brauchbare Falle darstellte, durfte er diesen Aspekt nicht aus den Augen verlieren. Irgendjemand aus dem Kreis der Unsterblichen hatte dem Rattenkopf damals geholfen, und er unterstützte ihn möglicherweise auch jetzt wieder. Diese Hilfe konnte natürlich ebenfalls wirksam werden, wenn die Truppe von Wey auf den Heerwurm von Zhou traf. Aber das war wegen der Furcht, die auch die Soldaten aus Zhou beim Anblick übernatürlicher Kräfte befiel, eher unwahrscheinlich.

Gerade als die Magier behaupteten, Spuren eines Zaubers entdeckt zu haben, türmte sich eine schwarze Wetterwand über ihnen auf und überschüttete sie mit faustgroßen Hagelkörnern.

Einer der Magier drängte an Tie Hus Seite und schrie ihm ins Ohr, um das Heulen des Sturms zu übertönen. »Böses Omen! Die Götter sind gegen uns! Sturmdämonen und Regendrachen jagen über uns durch die Wolken! Sie werden uns mit Blitz und Hagel vernichten!«

Tie Hu zuckte mit den Schultern und versuchte, sein scheuendes, um sich schlagendes Pferd zu bändigen. Er saß als Einziger außer dem Magier noch im Sattel, um den Überblick zu behalten. Doch er konnte dem Mann nur zurufen, sich in Sicherheit zu bringen. Wenn die Götter gegen sie waren, musste er versuchen zu retten, was zu retten war. Sturmdämonen – das konnte kein Angriff des Rattengeistes sein. Die Wesen gehörten in die Obhut der Göttin Xiwangmu persönlich. Wahrscheinlich war dieses Unwetter in dieser menschenleeren Gegend schon lange von den Göttern geplant gewesen, weil das Toben der Elemente hier nur wenig Schaden anrichtete.

Die Windböen und die Regenfluten lockerten das Geröll

hoch oben an einem Steilhang, und dann ging eine Felslawine ab, die das Flussbett auf der gesamten Breite verschüttete. Zum Glück hatte auch die Nachhut die Unglücksstelle schon passiert. So gab es nur ein paar Schreckensrufe, und nach den Schreien von Pferden und Menschen zu urteilen, Verletzungen durch Steinsplitter.

Doch dann lösten sich weitere Felsen von den Talwänden. Die Pferde einiger Nachzügler gingen durch und trieben Tie Hus Tier endgültig in Panik. Es rannte blindlings vor den Sturmböen davon und galoppierte eine Naturtreppe hoch, als wolle es im Schatten des Einschnittes den fauchenden, reißenden Windstößen entgehen. Tie Hus Obergewand hatte sich so unglücklich am Sattel verfangen, dass er nicht abspringen konnte, und als er das Leder mit einem Ruck löste, war es zu spät.

Vor ihm tauchte eine enge Klamm auf, aus der das Wasser wie aus einem Wasserspeier schoss. Das Pferd machte noch einen verzweifelten Sprung, rutschte über die letzte Barriere und glitt auf den nassen, glatt geschliffenen Felsen aus. Tie Hu flog wie von einer Sehne abgeschossen durch die Luft und stürzte in das aufgewühlte Wasser. Sein Reittier wälzte sich im Todeskampf und klemmte ihn ein. Er spürte, wie das Tier noch einmal zuckte und mit den Hufen schlug. Dann lag es regungslos und mit unnatürlich verdrehtem Kopf da.

Tie Hu wurde von dem Gewicht des Tierkörpers unter Wasser gedrückt und schlug um sich. Dabei kam er gerade so hoch, dass er Luft bekam. Plötzlich vernahm er wieder das Geräusch, das ihn vorher schon gewarnt hatte. Es war das erbärmliche, durchdringende Schreien der Katze und hörte sich so an, als befände sich ein Tier in höchster Lebensgefahr. Doch ehe Tie Hu sich umschauen konnte, fegte eine neue, noch höhere Welle heran und deckte ihn zu.

59. EINE SCHRECKENSGESTALT ERSCHEINT

Nachdem die Katze beseitigt war, sah es so aus, als ginge alles vollkommen nach Plan. Die Sturmdämonen hatten einen größeren Felsrutsch ausgelöst und dem Heer damit den Rückweg abgeschnitten. Die Regendrachen spien so viel Wasser aus, als käme ein ganzes Meer vom Himmel, und der sonst recht harmlose Blauwasserfluss schwoll sehr schnell an. Das Wasser staute sich an der neuen Barriere am unteren Talausgang und stieg langsam, aber stetig an den Steilwänden hoch. Mochin Shao übernahm von Haokan Hei nun die Führung der Elementargeister und begann, den Soldaten den Weg zum oberen Talausgang abzuschneiden. Einen Sturmdämon hatte Haokan Hei allerdings für ihre Zwecke zurückbehalten. Sie benötigte ihn, um ihr Opfer zu quälen.

Das Wesen hatte Tie Hus Pferd mit unsichtbaren Schlägen genau in das Bachbett getrieben und es so erschreckt, dass es stürzte und sich den Hals brach. In seinen Todeszuckungen begrub es Tie Hu halb unter sich, so dass er in dem schäumenden Wildwasser gefangen war. Es schien keines besonderen Eingreifens mehr zu bedürfen, denn so, wie Tie Hu jetzt lag, stand ihm ein langer, schmerzhafter Kampf gegen den Tod durch Ertrinken bevor.

Da aber tauchte erneut die Katze auf, die schon längst hätte tot sein müssen. Sie krallte sich auf dem Kadaver des Pferdes fest und schrie aus voller Kehle. Ihre durchdringende Stimme drang wie ein Messerstich in die Sinne der Füchsin und störte ihre Konzentration. Gleichzeitig begann das die Sinne erweiternde Pilzgift, seine volle Wirkung zu entfalten. Es ließ das störende Geräusch in ihrem Kopf nachhallen, bis er wie eine Bronzeglocke dröhnte und sie schier in den Wahnsinn trieb.

Haokan Hei brauchte alle Künste, die man ihr auf dem Berg der sanften Stille vermittelt hatte, um den Lärm auszuschließen und sich einzig und allein auf ihr Ziel zu konzentrieren. Das aber hatte zur Folge, dass sich die lebendige Gegenwart von Tie Hus Seele wie ein Feuer in ihr Innerstes brannte und ihre Gier nach seiner Lebensessenz bis ins Unendliche steigerte. Am liebsten hätte die Füchsin den Sturmdämon fahren lassen und sich in ihrer Gier auf ihren Gefangenen gestürzt. Dabei aber hätte sie nur zerstört, was sie in winzigen Schlucken in sich aufnehmen und zu ihrem eigenen Selbst machen musste.

Erneut durchdrangen die Schreie der Katze Haokan Heis magische Abwehr und hämmerten wie Trommeln in ihrem Kopf. Mit aller Konzentration, derer sie noch fähig war, ließ die Füchsin ihren Sturmdämon über das lästige Ding hinwegfegen. Doch die Kraft des Elementargeistes wirbelte das Wasser in der Klamm auf und ließ es hoch über dem Pferdekörper zusammenschlagen, so dass Tie Hu in den Wellen verschwand. Die Seele des Gefangenen flackerte und begann, sich zu schnell von seinem Körper zu lösen. Haokan Hei riss den Dämon herum und ließ ihn die Wassermassen aus der Klamm treiben. Für einen Augenblick fasste sie das Geschöpf dabei zu hart an, so dass es wild um sich schlug und noch mehr Wasser auf Tie Hu häufte.

Haokan Hei spürte, wie sie unwillkürlich zu stark an dem Sterbenden sog und seinen Tod damit noch beschleunigte. Sie hob den Kopf, schrie ihren Frust hinaus und riss damit auch Mochin Shao aus ihrer Konzentration. Die alte Füchsin aber erwies sich als erstaunlich nervenstark. Sie ohrfeigte ihre Pflegetochter und drückte sie auf ihren Platz zurück. Gleichzeitig schob sie mit der Kraft der zwei ihr noch ge-

horchenden Sturmdämonen die Wasser aus der Klamm und ließ Tie Hu von ihnen Luft in die Lungen blasen.
Haokan Hei spürte, wie ihr Opfer wieder auflebte. Ein normaler Mensch wäre schon tot gewesen, Tie Hus stärkere Natur aber lieferte ihn ihr unbarmherzig aus. Auch die Katze lebte noch, aber ihr Geschrei war in ein leises Wimmern übergegangen. Haokan Hei beschloss, das lächerliche Ding nicht mehr zu beachten. Tief atmete sie durch und versenkte sich wieder in eine meditative Starre.
Mit der Kraft ihres Elementargeistes hielt sie den Wasserspiegel gerade so hoch, dass nur einzelne Wellen über Tie Hus Gesicht spülten. Zwischendurch bekam er immer noch genügend Luft, um hustend und röchelnd gegen das Ertrinken ankämpfen zu können. Seine Lebensenergie verbrannte jetzt mit einer ruhigen Flamme, deren Essenz auf sie zufloss und ganz langsam und gleichmäßig von ihr aufgenommen wurde. Dabei versank die Welt um sie herum, und bald existierten nur noch sie und ihr Opfer. Sie bemerkte nicht mehr, wie Mochin Shao ihr die Führung des letzten Sturmdämons aus der Hand nahm und selbst das Werk des langsamen Todes fortsetzte.
Auch die alte Füchsin nahm jetzt nur noch das wahr, was sie durch die Augen der Elementargeister sah. Gleichzeitig musste sie Tie Hu mit ihrer Hilfe zu Tode schinden wie auch seine Soldaten in ständiger Bedrängnis halten. Zu ihrem Leidwesen konnte sie den Wasserspiegel des Flusses nicht so weit steigen lassen, dass er die Soldaten ertränkte, die sich auf den höchsten, noch erreichbaren Stellen der Talwände in Sicherheit gebracht hatten, denn die Fluten würden dann auch den Bach aufstauen und Tie Hu zu früh umbringen. So galt es, ein empfindliches Gleichgewicht aus Wind und Wasser zu erhalten, bis das Werk endlich getan war.

Gerade hatte Mochin Shao diesen Gedanken gefasst, als wie aus dem Nichts eine Art Erddämon erschien. Mit gleißend hellen, wild aufgelösten Haaren und einer blutroten Schreckensfratze sprang das Wesen mitten in ihre sorgfältig aufgebaute Hexenküche und schwang eine riesige Keule.

60. DIE WEIDENFRAU FÄLLT DEM SCHICKSAL IN DEN ARM

Ein schreckliches Kreischen und Rütteln riss Liu Wenjou aus einem für ihr Alter ungewöhnlich tiefen Schlaf. Es war, als würde der Felsen bis in ihre Träume um Hilfe schreien, weil die Welt einstürzte. Die Weidenfrau kam nur langsam zu sich und benötigte eine gewisse Zeit, um zu begreifen, was um sie herum vorging. Im Höhlendom herrschte das Chaos. Die kleinen Öllampen aus Ton, die ihre Leute überall aufgehängt hatten, waren heruntergefallen und erloschen. Nur das Küchenfeuer in der Mitte brannte noch und beleuchtete eine albtraumhafte Szenerie. Menschen schrien und stolperten kopflos umher, Tiere brüllten, schlugen um sich und zerrten an ihren Stricken. Ein Wagen war umgestürzt und hatte wohl jemanden unter sich begraben.

Ji Lin kam mit aufgelösten Haaren auf die Weidenfrau zu. »Ist das das Unwetter, das du uns prophezeit hast? Hörst du die Fluten, die draußen vom Himmel fallen, und das Heulen des Sturms? Draußen geht die Welt unter, und wir werden hier unten hilflos ertrinken oder vom Berg erschlagen werden!«

»Ertrinken?« Die Weidenfrau zuckte zusammen und sah sich nach ihrem Kristall um. Wer jetzt da draußen im Flusstal steckte, musste sehr wohl ertrinken. Der Eingang ihrer Höhle aber lag weit über allen Wassern. Doch der Kristall gab Liu Wenjou keine Auskunft mehr. Die Zauber der Füchsin hatten ihn blind gemacht und mussten wohl auch ihren totenähnlichen Schlaf verursacht haben.

»Ji Lin! Um der Götter willen, kannst du mir sagen, welche Stunde wir jetzt haben?«

»Die Stunde des Hahns wahrscheinlich. Eben hatten wir da draußen noch einen schönen Nachmittag. Dann kam auf einmal die Wetterwand.«

Die Weidenfrau spürte, wie ihre Glieder vor Schreck zu zittern begannen. Es war schon später Nachmittag, und inzwischen konnte der Anschlag der Geisterfüchsinnen gelungen sein. Das Heer des Eisentigers musste sich schon im Flusstal befinden, das bei diesem Regensturm zu einer tödlichen Falle für die Männer werden konnte. Liu Wenjou fragte sich, wie die beiden Hexen es fertiggebracht hatten, ein solches Unwetter herbeizuzaubern. Aber eines war klar. Wenn sie dem Schicksal noch in den Arm fallen wollte, so musste sie wie auf Zauberschuhen laufen, um ... ja, um was zu tun? Sie wusste es nicht.

Aber sie konnte nicht einfach die Hände in den Schoß legen. Sie musste hinaus und sich mit eigenen Augen vergewissern, was die Füchsinnen da taten. Sie warf sich einen wasserdichten Umhang über, ein dickes, haariges Ding, das zum Kostüm eines berühmten Räubers gehörte. Dann schmierte sie sich fette, rote Bühnenschminke ins Gesicht, um nicht sofort als alte Frau erkannt zu werden, und griff nach einem kräftigen Knüppel. Wortlos drängte sie sich durch die Leute, die ihr fassungslos und verängstigt zugesehen hatten, ins Freie und begann zu laufen.

Der schlimmste Regensturm war wohl schon vorüber, aber das Wasser fiel immer noch wie Perlenschnüre vom Himmel. Dazu war es so dämmrig, als sei die Sonne bereits hinter dem Horizont verschwunden. Liu Wenjou konnte kaum die Hand vor Augen sehen und versuchte verzweifelt, sich zu orientieren. Im Regen sah jede Richtung gleich aus. Dann hörte sie das Schreien und Kreischen einer Katze. Es klang, als steckte das Tier in höchster Not. Das musste das Zeichen sein, von dem Shirliang Po gesprochen hatte, der Ruf, dem sie folgen sollte.

Mit einer Gelenkigkeit, die sie sich selbst nicht mehr zugetraut hatte, bahnte sie sich den Weg durch das rauhe Gelände. Trotz der Dunkelheit und des Regens erkannte sie einige Landmarken wieder, die sie im Kristall gesehen hatte. Die Schreie der Katze führten sie genau auf den Teil des Taleinschnitts zu, den sie in ihrem Kristall nicht hatte erkennen können. Den Knüppel als Stock benutzend, rannte und sprang sie wie eine wilde Ziege durch das Felsenlabyrinth.

Die Stimme der Katze wurde schwächer und war bald nicht mehr zu vernehmen. Die Weidenfrau geriet in Panik. War all ihre Mühe vergebens gewesen? Kam sie zu spät? Ihr Herz setzte aus, und das Blut rauschte ihr in den Ohren. Mit Tränen in den Augen stolperte sie halb blind vorwärts und blieb dann stehen. Nach dem starken Rauschen des Wassers zu urteilen, musste sie schon ganz in der Nähe des Flusses und damit auch nahe bei dem Versteck der Geisterfüchsinnen sein.

Jetzt galt es, den Kopf zu behalten und das Herz in die Hände zu nehmen. Sie packte den Knüppel, als sei er ihr einziger Schutz gegen die Fuchshexen, die irgendwo um sie herum in der Düsternis hocken mussten, drehte sich langsam um die eigene Achse, lauschte und starrte in die Dunkelheit. Zum Glück brach in der Ferne etwas Licht durch die Wolkendecke, so als würde das Unwetter abflauen, und nun spürte sie die Gegenwart von mächtigen Elementargeistern. Bei der

Erkenntnis atmete sie tief durch. Nun war das Wissen über die Geisterwelt und ihre Mächte, das Shirliang Po ihr vermittelt hatte, ihr zu etwas nütze. Was auch immer geschehen war – die Füchsinnen benutzten die Sturmdämonen und Regendrachen der Xiwangmu für ihr unheilvolles Werk.
Elementargeister waren ziemlich dumme Wesen, die jedem gehorchten, der die Fähigkeiten und das Wissen hatte, ihnen Befehle zu erteilen. Dank ihrem Gatten kannte sogar sie einige der Zauberworte, mit denen die Wesen gelenkt werden konnten. Aber so gezielt wie die Füchsinnen konnte sie nicht mit den Dämonen umgehen und war nicht in der Lage, sie ihnen abspenstig zu machen. Damit gab es nichts mehr, was sie hätte tun können, denn dieser Waffe der Geisterfüchsinnen hatte sie nichts entgegenzusetzen. Oder doch?
Wenn sie die Hexen bei ihrem Treiben überraschen konnte, verloren sie vielleicht die Kontrolle über die Elementargeister. Das Wichtigste bei allen diesen Zaubern war Stille und Ungestörtheit. Jedes unerwartete Geräusch und jede Unterbrechung durch eine andere Person konnte den Zauberbann der Hexen brechen. Um das zu verhindern, hatten die Füchsinnen einen Schutzkreis um sich gezogen.
Diese unsichtbare Wand bestand aus einer Art von Magie, die in jedem unvorbereiteten Lebewesen starke Müdigkeitsgefühle und Unlust zum Weitergehen auslöste. Das war der Bann gewesen, der sogar durch ihren Kristall hindurch gewirkt und sie in einen stundenlangen Tiefschlaf versetzt hatte. Aber eine erkannte Gefahr war nur noch eine halbe Gefahr. Sie musste sich jetzt schnell und entschlossen durch diesen Kreis bewegen, ohne Rücksicht auf das, was sie dahinter erwartete. Mit ein, zwei Handgriffen gab sie sich ein noch dramatischeres Aussehen und rannte los.
Auf der Bühne hätte ihr Auftritt keine durchschlagendere Wirkung erzielen können. Für einen Augenblick sah sie die

magischen Utensilien der Füchsinnen wohlgeordnet vor sich, den Kessel, der aromatischen Dampf ausstieß, die Bronzespiegel, die die Befehle an die Dämonen verstärkten, und all die Hilfsmittel, die für den großen Zauber notwendig waren.

Eine der beiden Frauen sah sie kommen, sprang schreiend auf und rief nach den Sturmdämonen. Dabei stieß sie gegen den Dreifuß mit dem Kessel und warf ihn um. Die Brühe ergoss sich in die Holzkohlenglut und schoss als farbige Dampf- und Rauchsäule in den Himmel. Feuerfunken schossen umher und setzten trockene Blätter und bizarr geformte Harzklumpen in Brand. In der Aufregung entglitten der Hexe ein paar der Elementargeister und rasten wild über ihren Köpfen umher. Zwei, drei andere brausten nach dem Willen der Fuchshexe heran und stürzten sich auf die Weidenfrau. Doch sie konnten den Knüppel nicht mehr aufhalten, der auf den Kopf der Hexe herabfuhr und ihn spaltete.

Ein Blutschwall ergoss sich wie klebriger Regen über die Umgebung. Mochin Shao ruderte jämmerlich fiepend mit den Armen herum und stolperte durch das Feuer. Obwohl ihr Gesicht zerstört und ihre Augen blind waren, kam sie unbarmherzig auf die Weidenfrau zu. Klauenartige Hände griffen nach Liu Wenjou, die in Todesangst gegen die Felswand zurückwich und nutzlose Abwehrzauber gegen Hexen und Dämonen murmelte. Noch im Vorwärtsstolpern setzte sich der Kopf der Füchsin wieder zusammen und wurde zu einer Tierfratze mit gelben Fangzähnen. Die Flammen um sie erloschen, und ihr Körper warf die verbrannten Fetzen ab wie eine alte Schlangenhaut.

Just in dem Moment, in dem sich die Hände der Geisterfüchsin in den Umhang der Weidenfrau verkrallten und ihr Maul nach der Kehle des Opfers schnappte, rauschten die von wirren Befehlen irritierten Sturmdämonen heran und packten zu. Doch es war nicht die Weidenfrau, die sie zu fassen bekamen, sondern die Geisterfüchsin, deren zappelnder Körper von den Elementargeistern in die Luft gerissen, herumgewirbelt und mit der Kraft eines Orkans gegen die Felsen geschmettert wurde. Ihr Todesschrei hallte grauenhaft über das Tal, und die Dunkelheit deckte ihr Ende gnädig zu.

Die Weidenfrau stand zitternd da und sah einige Atemzüge lang hilflos dem Toben zu. Dann besann sie sich und rief den immer wilder herumschießenden Elementargeistern den einzigen Befehl zu, der ihr jetzt helfen mochte: »Sturmdämonen, Regendrachen! Kehrt dorthin zurück, woher ihr gekommen seid! Kehrt zurück in eure Heimat! Eine Mächtige befiehlt euch das in Xiwangmus Namen!«

Zuerst sah es aus, als zeigten die Worte trotz der Kraft, die die Weidenfrau in sie gelegt hatte, keine Wirkung. Sie wiederholte sie noch einmal, zweimal. Dann riss die Wolkendecke auf, und die Strahlen der untergehenden Sonne tauchten die Landschaft in rotes Licht. Wild durcheinanderwirbelnd und von ungebändigter Zerstörungslust erfüllt, jagten die Elementargeister nach Westen zum Kunlun-Berg. Sie ließen eine Schneise aus geknickten Bäumen, abgedeckten Dächern und überschwemmten Wegen und Feldern hinter sich.

Die Weidenfrau stand schwer atmend und noch völlig aufgelöst da und blickte in die aufgewühlten Fluten des hochgehenden Blauwasserflusses. Dabei wurde ihr mit einem Mal schreckhaft bewusst, dass es ja zwei Füchsinnen gewesen waren. Sie packte die Keule, die sie in ihrer Panik hatte fallen lassen, und sah sich um. Ja, da bewegte sich etwas. Ein schwarzfelliger Fuchs kroch nicht weit von ihr auf allen vieren durch die Felsen und hinterließ dabei eine Spur aus Blutstropfen.

Das Wesen schien blind zu sein, denn es stieß ständig gegen

irgendwelche Felsen und Vorsprünge. Die Weidenfrau ging darauf zu und nahm Maß, um dem Geschöpf mit einem einzigen Schlag den Garaus zu machen, damit es nicht lange leiden musste. Gerade als sie ausholte, um die Sache schnell zu Ende zu bringen, hörte sie wieder die Katze schreien. Sofort war die Füchsin vergessen. Die konnte in ihrem Zustand nicht weit kommen, dachte die Weidenfrau und kletterte, so schnell sie konnte, in die Klamm hinunter, aus der der Schrei gekommen war.

61. GEMEINSAM SIND AUCH DIE SCHWACHEN STARK

Jin Mau hatte sich selbst im Körper der stummen Yünsai keinen Augenblick so hilflos gefühlt wie an diesem Tag. Ihre Seele war in den tödlich verwundeten Körper einer alten, halbverhungerten Streunerin gestopft worden wie ein schmutziges Gewand in einen Wäschesack.

Wie sinnlos, dachte Jin Mau verzweifelt und schrie ihre Hilflosigkeit schrill hinaus. Da lag Tie Hu vor ihr, eingeklemmt von seinem toten Pferd. Das aufgewühlte Wasser des Baches wirbelte über seinen Körper und schlug ihm ins Gesicht. Er presste seinen Kopf gegen einen Felsen und reckte sein Gesicht nach oben, so dass er gerade eben nach Luft schnappen konnte. Aber die vom Sturm aufgepeitschte Gischt rann pausenlos über ihn, und jede vierte, fünfte Welle begrub ihn vollständig unter sich.

Dieser Sturm war kein gewöhnliches Unwetter, sondern raste wie ein Zornausbruch der Götter dahin. Jin Mau hatte schon eine Begegnung mit Sturmdämonen hinter sich, an jenem Tag, an dem sie das vergiftete Traumkraut benutzt hatte. Nun sah sie die Wesen viel deutlicher vor sich. Einer nach dem anderen flog über die Klamm, ließ sich nach unten fallen und strich durch die schmale Öffnung zwischen die eng beieinanderstehenden Felswände. Sie wühlten nacheinander das Wasser auf, raubten ihr den Atem und drückten Tie Hu unter Wasser. Jemand schien sie dabei zu lenken und zu zügeln, denn sie entfalteten nicht ihre volle Wucht.

Aber sie zerrten ganz gezielt an ihrem Katzenkörper und schlugen auf ihn ein, um sie von dem Pferdekadaver hinab ins Wildwasser zu stürzen und zu ertränken. Jin Mau schlug ihre Krallen tief in das Fell des toten Tieres unter ihr und hielt sich mit all der Kraft, die ihr verblieben war, fest. Zum Glück verschwanden die meisten Sturmdämonen nach dem Angriff, den Jin Mau und Tie Hu nur wie durch ein Wunder überstanden hatten. Danach begnügte sich ein einzelner Elementargeist damit, die Katze zu bedrängen und den Mann zu quälen.

So musste Jin Mau hilflos mit ansehen, wie Tie Hus Lebensessenz wie eine kleine, kaum flackernde Flamme seinen Körper verließ und in einem leuchtenden Bogen nach oben stieg. Dort wurde sie von etwas aufgesogen, das wie eine schmutzige, stumpfbraune Wolke über der Felskante waberte. Die Erscheinung wuchs in dem gleichen Maße, in dem Tie Hus Lebenskraft Stück für Stück dahinschwand, und sie, Jin Mau, die alles für diesen Menschen hingegeben hätte, vermochte nur ihren Zorn in die Welt hinauszuschreien.

Damit konnte sie das Leben ihres Geliebten nicht retten, aber sie hoffte, das Werk der Hexen stören und wenigstens einen Teil seiner Seele retten zu können. Aber ihre Kraft ließ zu schnell nach. Das Schreien wurde zur Qual, und sie konnte nur noch wimmern. Stumm verfluchte sie den Höllenrichter. Sollte das ihre Strafe sein? Die Auslöschung des ihr

liebsten Menschen auf der Welt hautnah miterleben zu müssen, ohne irgendetwas für ihn tun zu können? Nein, das hatte sie nicht verdient. Immer würde sie sich an sein grausames Ende erinnern.
Bleib am Leben!, ermahnte Jin Mau sich selbst. Denk nach! Irgendetwas musste Lü Lang sich doch dabei gedacht haben, sie hierherzuschicken. Ihr Schreien hatte nichts bewirkt, und es gab auch sonst nichts, was sie hätte tun können, selbst wenn dieser Körper nicht so viele Knochenbrüche aufgewiesen hätte. Auch als gesunde Katze hätte sie wegen des reißenden Wassers den Platz auf dem toten Pferd nicht verlassen oder gar Tie Hu befreien oder auch nur seinen Kopf über Wasser halten können. Denk nach … echote es in Jin Mau. Es muss doch einen Ausweg geben. Aber es gab keinen.
Mit einem Mal aber sammelten sich die Sturmdämonen und flogen wie auf Befehl Richtung Westen. Eine beinahe unerträgliche Ruhe legte sich über die Felsen. Mit dem Nachlassen des Sturms sank auch der Wasserspiegel ein wenig. Tie Hu lag mit geschlossenen Augen da und atmete röchelnd. Auf seinen Lippen erschienen Blutbläschen. Noch lebte er. Jin Mau atmete auf. Doch nicht lange. Er verlor jetzt sichtbar an Kraft, und es war abzusehen, wann er seinen Kopf nicht mehr würde hochhalten können. Dann würde er ertrinken.
Jin Mau holte vorsichtig tief Luft. Sie musste all ihre Kraft in einen letzten Schrei legen. Vielleicht würde jetzt doch jemand auf sie aufmerksam. Tie Hu musste Männer bei sich gehabt haben, und es konnte noch Überlebende geben. Sie füllte die Lungen, bis die Schmerzen unerträglich wurden, und schrie, wie sie nie in ihrem Leben geschrien hatte. Aus den Augenwinkeln heraus sah sie, wie Tie Hu noch einmal die Augen aufriss und sie anblickte. Er lächelte und nickte

ihr kaum merklich zu. Dann rutschte sein Kopf weg und tauchte in der Strömung unter. Jin Mau spürte, wie ihre Krallen sich lösten und sie in sich zusammensank. Dann schwanden auch ihr die Sinne.

Als sie wieder zu sich kam, war sie immer noch nass und zitterte vor Kälte, trotz der Sonnenstrahlen, die die Klamm nun in ein rötliches Licht tauchten. Sie lag nun quer auf dem Sattel, so dass sie nicht wegrutschen konnte. Ein Zipfel der Deckenrolle, die am Sattel befestigt war, deckte sie zu und schützte sie vor der Gischt des immer noch aufgewühlten Baches. Also hatte jemand versucht, sie zu retten. Aber was war mit Tie Hu? Sie hob den Kopf und starrte nach unten. Da hockte eine uralte Frau mit rot verschmiertem Gesicht auf dem Felsen, stützte Tie Hus Oberkörper mit ihren Knien und hielt den Kopf des Bewusstlosen fest, damit er nicht ins Wasser zurücksinken konnte.

Im ersten Augenblick atmete Jin Mau auf. Tie Hu war gerettet. Oder? Nein, er war noch nicht gerettet. Die Frau war nicht in der Lage, seine Beine von der Last des toten Pferdes zu befreien. Also war sein Tod nur etwas aufgeschoben. Auch die Fremde schien sich darüber im Klaren zu sein. Sie streichelte seine Haare und weinte bitterlich. Dann bemerkte sie, dass Jin Mau wach war. »Ach, Kätzchen – ich bin zu spät gekommen! Ich habe versagt! Wenn du nicht gewesen wärest, hätte ich die Füchsinnen nicht gefunden. Deine Schreie haben mich zu ihnen geführt. Aber es war alles umsonst!«

Jin Mau stieß einen feinen Laut aus. Es klang mehr wie das Piepsen eines Vogels. Dann schüttelte sie mit vorsichtigen Bewegungen den Kopf.

»Verstehst du mich, Kätzchen? Bist du eine Art Geisterkatze?«

Jin Mau nickte.

»Ich bin Liu Wenjou, die Weidenfrau. Du bist die Katze, von

der mein Gatte sprach – Shirliang Po, der Stadtgott von Wey Cheng. Er sagte, ich solle auf die Stimme der Katze hören, dann könnte ich Zhong Tie Hu retten. Aber ich kann es nicht. Ich habe den Zauberbann der mächtigen Geisterfüchsinnen gebrochen und bin doch zu schwach, sein Leben zu bewahren. Mein Gatte hat sich sicher nicht vorstellen können, dass der General durch sein totes Pferd umkommen könnte. Tie Hu stirbt mir unter den Händen weg, und ich kann nichts dagegen tun.«

Jin Mau zuckte zusammen. Die Frau mit den weißen Haaren da drüben war ihre Mutter! Ach wie gern hätte sie ihr das gesagt. Aber das war jetzt nicht wichtig. Sie mussten versuchen, Hilfe zu bekommen, sonst würden sie alle drei hier sterben. Sie drehte ihren Kopf hin und her und blinzelte.

»Du bist anderer Meinung, kleine Katzendame? Ach, wenn du nur reden könntest! Meinem dummen, alten Kopf fällt nichts ein.«

Jin Mau riss ihr Maul auf, um noch einmal zu schreien, doch es wurde nur ein klägliches Krächzen daraus.

Die Weidenfrau sah sie scharf an und runzelte die Stirn. »Willst du mir etwas sagen? Du drehst den Kopf. Also nein. Willst du einfach nur schreien? Ein Nicken? Glaubst du, es könnte uns jemand hören? Ja? Oh … ich glaube, ich weiß, was du meinst. Ich bin ja so dumm gewesen. Es müssen noch Soldaten die Falle überlebt haben, denn der Fluss ist nicht so hoch angestiegen, dass er das ganze Tal hätte überschwemmen können. Wenn ich jetzt rufe, könnten mich die Leute hören. Sie werden doch hoffentlich nach ihrem General suchen.«

Die Weidenfrau legte ihren Kopf in den Nacken und stieß ein Gehcul aus wie ein liebeskranker Wolfsrüde. »Das haben sie bestimmt gehört!«, erklärte sie. Dann begann sie, einfach um Hilfe zu rufen wie eine Frau in Todesnot.

Nichts rührte sich, jedenfalls nicht für die Weidenfrau, die nach ein paar Augenblicken nach Luft rang und ihr klopfendes Herz beruhigen musste. Doch Jin Maus Ohren waren schärfer. Sie hörte in der Ferne Rufe und Befehle. Den Geräuschen nach zu urteilen schien es sogar noch überlebende Pferde zu geben. Sie wimmerte und bewegte den Kopf so, als lausche sie intensiv.

Die Weidenfrau sah sie überrascht an. »Hörst du etwas? Soll ich noch einmal rufen? Ja? Gut, ich schreie mir jetzt den letzten Rest meiner Lunge aus dem Hals!«

Nun, so hörte es sich auch an. Die Weidenfrau rief um Hilfe und war so darauf konzentriert, dass sie die Soldaten nicht bemerkte, die nass und schlammbedeckt am Eingang der Klamm erschienen und sich brüllend und jubelnd auf sie stürzten. Die Freude der Männer galt der bleichen, bewusstlosen Gestalt, die die Weidenfrau immer noch krampfhaft festhielt. Die Männer waren so eifrig, dass sie Jin Mau beinahe ins Wasser gestoßen hätten. Aber ein Aufschrei der Weidenfrau bewahrte sie im letzten Moment vor einem Sturz in die immer noch aufgewühlten Fluten des Baches.

»Vorsicht, passt auf die Katze auf!«, rief sie. »Das Tier ist der Schutzgeist Eures Generals. Es hat bis zuletzt um sein Leben gekämpft und ist beinahe von den Fuchshexen getötet worden! Bitte gebt mir das Kätzchen. Ich will versuchen, es am Leben zu halten.«

Einer der Männer nahm Jin Mau ganz sanft und etwas ängstlich auf und hielt sie weit von sich gestreckt auf seinen Armen, ein anderer stützte die Weidenfrau und ein Dritter hielt Tie Hu fest. Der Rest wuchtete den Pferdekörper herum, so dass der General freikam. Dann trugen sie einen nach dem anderen stumm und bedrückt an einen trockenen Platz.

Dort nahm die Weidenfrau Jin Mau an sich und wies die

Männer an, Tie Hu auf ein erhöhtes Felsenband zu legen. Sie erklärte ihnen, wie sie ihm das Wasser aus den Lungen pressen und ihm Luft einflößen konnten.

Der Hauptmann folgte ihren Befehlen, als sei sie sein Vorgesetzter. Zwischendurch aber fragte er zweifelnd: »Lebt er wirklich noch?«

»Ja, er lebt noch. Ich spüre es. Ich bin Liu Wenjou, die Weidenfrau, und ich verstehe etwas von der Heilkunst. Tut, was ich euch sage, und ihr bekommt euren Anführer zurück. Vielleicht ist doch noch nicht alles zu spät. Ihr solltet jetzt sofort Boten zu anderen Heereseinheiten schicken und Alarm schlagen. Der Rattenkopf aus Zhou ist inzwischen mit seinem Heer nach Wey Cheng unterwegs. Vielleicht bekommt euer General Eisentiger noch genügend Mann zusammen, um einen Entsatz zu wagen. Ihr wollt doch nicht kampflos aufgeben, oder?«

Der Hauptmann begann, aus vollem Hals zu lachen. »Nein, das wollen wir bestimmt nicht. Rette unseren General, Weidenfrau, und überlass uns alles andere! Hoffentlich kannst du auch seinem Schutzgeist helfen. Gegen den bösartigen Mordbrenner aus Zhou kann unser Eisentiger jede Unterstützung brauchen.«

Verwundert über das muntere, ja fast übermütige Lachen des immer noch nassen und schlammbedeckten Offiziers machte die Weidenfrau sich an die Arbeit, Tie Hu wieder ins Leben zurückzuholen. Doch ihr fehlten die Mittel, die sie brauchte, um seinen tödlich erschöpften, ausgekühlten Körper vor dem Ende zu bewahren.

Als sie verzweifelt aufblickte, sah sie, dass ringsum immer mehr Soldaten und Pferde auftauchten. Sie alle sahen so aus, als habe man sie stundenlang durch einen tiefen Morast gezogen. Doch sie schienen nur erschöpft, sonst aber gesund und munter zu sein. Die Weidenfrau hatte das mörderische

Werk der Fuchshexen wohl gerade noch rechtzeitig gestört, um auch die Männer des Eisentigers retten zu können.
Ein paar Tote hatte es gegeben, wie sie erfuhr. Die elf Magier, die die Truppe begleitet hatten, waren schon bald wie von unsichtbaren Händen gepackt gegen die Felsen geschleudert und in die Fluten geworfen worden. So gab es bei der Truppe niemanden mehr, der etwas von der Heilkunst verstand. Daher bat sie die Männer, ihre Leute aus dem Höhlenversteck zu holen, und es kam Leben in die etwas verwirrt herumstehenden Soldaten.
Eine Stunde später lagerte das ganze Heer mit dem zum größten Teil geretteten Tross um die Höhle herum, in der die Gaukler Schutz gesucht hatten. Angespannt sahen die Männer zu, wie ihr bleicher, kraftloser und noch halb betäubter General in eine schnell aus Zweigen und dicken Blättern errichtete Schwitzhütte getragen wurde. Vor der Hütte brannte ein Feuer, in dem große Steine erhitzt wurden. Mit Hilfe der glutheißen Steine und einem Kräuteraufguss wurde in der Hütte ein dichter, aromatischer Dampf erzeugt, der die Kälte und die krankmachenden Geister aus Zhong Tie Hus Körper treiben sollte.
Bize, die Nase, ließ es sich trotz seines immer noch steifen Beines nicht nehmen, sich zum General in die Hütte zu setzen und die Behandlung zu überwachen, denn er verstand am meisten davon. Nur widerwillig akzeptierte er die Hilfe eines Soldaten, der den General mit Birkenblättern abreiben musste, um die Lebensessenz wieder in seinem Körper zu verteilen. Zum Glück war Tie Hu ohne Knochenbrüche davongekommen, und die Prellungen, Quetschwunden und Risse, mit denen sein Körper übersät war, würden bei seiner ungewöhnlich kräftigen Natur in ein paar Tagen ausheilen.
Die Katze wurde von der Weidenfrau, der verblüfften Ji Lin und einem Akrobaten versorgt, der ebenfalls etwas von der

Heilkunst verstand. Die drei kümmerten sich um das Tier wie um ein krankes Kind. Jin Mau ließ sich gerade mit fein geschabtem Fleisch füttern, als Tie Hus Stimme aus der Blätterhütte herausdrang, und sie verschluckte sich vor Lachen. »Eine Sänfte! Baut mir eine Sänfte! Ich will dem Rattenkopf folgen!«

Die Weidenfrau erschrak, als die Katze zu würgen begann. Sie nahm das fest bandagierte Bündel auf ihren Schoß und begann, der Kleinen das Mäulchen zu säubern. Jin Mau schnurrte, um sie zu beruhigen. Die Weidenfrau hielt das Ohr an ihren Hals, dort, wo er wie der einer Schildkröte aus den Verbänden ragte, und stieß dann einen schrillen Schrei aus. Durch Shirliang Pos Lehren wusste sie, wie man sich mit Geistern und Gui-Gespenstern verständigen konnte, und auf diese Weise hatte die Katze eben »Liebe Mama!« zu ihr gesagt.

»Jin Mau, bist du es?«, fragte sie fassungslos.

Jin Mau lachte im Geiste und nickte ganz vorsichtig mit dem Kopf. Ihr Katzenmäulchen verzog sich zu einem verkrampften Lächeln. Ihr tat jeder einzelne Knochen im Leib weh, ganz gleich, ob er gebrochen oder noch heil war. Liu Wenjou aber sprang auf und lief mit der Katze auf den Armen in die Schwitzhütte, wo zwei halbnackte Männer Tie Hu gerade ganz vorsichtig in heilende Blätter einpackten.

»Soll die Katze etwa auch so behandelt werden?«, fragte Bize mit einem unwilligen Schnauben.

»Natürlich nicht, du dummer Junge. Ich will nur wissen, ob der Herr Eisentiger ansprechbar ist.«

»Ich bin ansprechbar, Weidenmutter«, antwortete Tie Hu heiser. »Ich danke dir für deine Hilfe. Sag, ist das das gelbe Kätzchen, das im Bachbett so geschrien hat? Bleibt es am Leben?«

»Keine Sorge. Jin Mau lebt und wird ihre Verletzungen überstehen.«

»Du weißt, wer sie ist?«, fragte er verblüfft.
»Ja, mein Junge, ich weiß von ihr und ihrem Schicksal. Hm … Bize! Bitte verlass einen Augenblick die Hütte und nimm den jungen Mann dort mit. Ich habe dem General etwas mitzuteilen, das nur für seine Ohren bestimmt ist.«
»Und für meine!«, sendete Jin Mau.
Tie Hus Kopf ruckte hoch, so dass die nassen Blätter von seiner Brust rutschten. »Kätzchen? Jin Mau, mein Kleines? Verstehst du mich?«
Jin Mau schnurrte. »Ja, mein Liebster. Ich verstehe dich, und Mama Weidenfrau – meine Mutter! – tut es auch. Wir können uns alle so verständigen. Ich fürchte, Mama Liu Wenjou hat dir noch etwas Unangenehmes zu erzählen. Ihr ist nämlich die Schwarze Füchsin entkommen.«
Die Weidenfrau lächelte etwas scheu. »So klein ist meine Tochter jetzt und hat doch so große Ohren! Ich habe Euren beiden Hauptleuten vorhin erklärt, dass es zwei Fuchshexen waren, die Euch mit schlimmer Zauberei diese Falle gestellt haben. Eine davon ist schließlich durch ihre eigenen Sturmdämonen umgekommen. Die andere wurde zum Schwarzen Fuchs. Ich wollte sie mit dem Knüppel erschlagen, aber dann habe ich das Kätzchen schreien gehört und bin ihm gefolgt. So hat die Schwarze entkommen können.«
Tie Hu lächelte besänftigend. »Als gewöhnliche Füchsin kann sie mir wohl nicht mehr gefährlich werden. Liebe Liu Wenjou, ich bin es, der dir zu danken hat. Du hast dein Leben für mich aufs Spiel gesetzt, so, wie es deine Tochter nun schon mehrmals getan hat. Dabei habe ich Jin Mau in ihrem Leben als Blumenmädchen nicht so gut behandelt, wie sie es verdient hätte. Hätte ich auf sie gehört …!«
»Zum Glück habt Ihr das nicht getan, Herr«, antwortete die Weidenfrau lächelnd. »Mein Gemahl hat gesagt, die Heirat mit der vierten Yü wäre zwar für Euren Weg zur Unsterb-

lichkeit kein Hindernis gewesen, wie es die Ehe mit Lu Kin war, aber wahrscheinlich eine Katastrophe für Wey Cheng und das ganze Reich. Ihr seid dazu bestimmt, die Stadt zu retten, so, wie es Euer Vater damals getan hat. Mit der Tochter eines verurteilten Rebellen an Eurer Seite wäret Ihr nie General geworden. Jetzt ist die Zeit gekommen, wo Wey und Wey Cheng – und mein Gemahl Shirliang Po – Euch benötigen, und Ihr seid gut gerüstet.
Wie ich höre, sind alle Eure Magier bei dem Versuch umgekommen, sich gegen den Zauber zu stemmen. Es tut mir leid, aber wenigstens sind sie die einzigen Todesopfer dieses hinterhältigen Anschlags. Shirliang Po hat mich hierhergeschickt, Euch zu helfen, aber die Füchsinnen waren zu stark für mich. Ohne diese stimmgewaltige, kleine Katze hätte ich nichts ausrichten können. Meine Tochter muss wohl geradewegs von den Gelben Quellen gesandt worden sein. Also sind auch die Höllenrichter der Meinung, dass Ihr dringend gebraucht werdet. Wir werden alles tun, um Euch schnell auf die Beine zu bringen. Dann müsst Ihr den General Rattenkopf verfolgen, der mit seinen Truppen gewiss schon auf dem Weg nach Wey Cheng ist.«
»Er ist ganz sicher dorthin unterwegs. Aber wir werden ihm nicht direkt folgen … ich habe da schon andere Pläne. Bitte geh jetzt und schicke mir meine beiden Hauptleute, damit ich ihnen meine Befehle erteilen kann. Sie kennen die Aufstellungen meiner Truppen für den Fall eines Durchbruchs des Rattenkopfes auf Wey Cheng schon in groben Zügen. Keine Sorge, Weidenmutter, es wird alles gut werden.
Sorge du für unser kleines Katzenmädchen. Mit deiner Erlaubnis möchte ich sie bei mir behalten, solange ihr Katzenleben währt. Sie ist mein Schutzgeist – wie du es den Soldaten ja schon gesagt hast –, und das soll sie auch bleiben. Ich werde sie auf Seidenkissen betten und ihr die beste Milch

und das beste Fleisch besorgen, das es gibt. Sie wird mir das Glück bringen, das ich benötige. Shirliang Po wird seine Stadt behalten, das verspreche ich dir!«

Die Weidenfrau versuchte, sich vorzustellen, wie Tie Hu in einem Soldatenlager das Kätzchen Jin Mau auf seidene Kissen betten wollte, und lächelte. Aber sie widersprach nicht, denn sie hatte das Anrecht auf ihre Tochter schon vor vielen Jahren aufgegeben.

62. CONG MING HÄLT SEIN WORT

Tie Hu und seine Soldaten begleiteten den Zug der Gaukler und Komödianten bis auf die Hochebene jenseits des Blauwassertals. Dort verabschiedete man sich in großer Herzlichkeit voneinander. Die Weidenfrau wollte ihre Leute durch ungefährdete Gegenden in den Westen des Landes führen, um das Kriegsgeschehen zu meiden. Sie würde sich Wey Cheng erst wieder nähern, wenn Tie Hu, wie sie sagte, dem Rattengeist dort das Fell gegerbt hatte.

Der fröhliche Abschied blieb nicht ohne Zeugen. Auf einem Ausläufer der Hügelkette, gut versteckt unter einem einzeln stehenden Baum mit tief herabhängenden Zweigen, verfolgte ein hasserfülltes Wesen diesen Abschied und schickte alle bösen Wünsche hinter den Menschen her – aber ohne einen Laut von sich zu geben und ohne den Versuch zu machen, auch nur den kleinsten, magischen Fluch zu schleudern. Drei Wesen hatten es der Beobachterin besonders angetan: Tie Hu, die Weidenfrau und Jin Mau. Wäre es nach ihren Wünschen gegangen, so wären alle drei dort unter den schrecklichsten Schmerzen zu Boden gesunken und kläglich verendet.

Wenn Wünsche Silberstücke wären, gäbe es keine Bettler mehr. So aber konnte das halb menschliche, halb füchsische Wesen, das noch vor drei Tagen eine stolze Geisterfüchsin mit neun Schwänzen gewesen war, seine Wut nur hilflos in seiner Brust einsperren. In diesen drei Tagen hatte Haokan Hei, deren Geist tiefe Wunden davongetragen hatte, sehen und fühlen müssen, wie die gesamte Essenz, die sie ihrem Opfer mühsam abgerungen hatte, aus ihr herausgeströmt und wieder zu Tie Hu zurückgekehrt war. Statt eine Seele zu bekommen, hatte sie nur die Hüllen und Fesseln entfernt, die Tie Hus Kräfte tief in seinem Innern festgebannt hatten. Wenn er nun lernte, richtig mit seinem Tigererbe umzugehen, und es niemandem gelang, ihn mit Magie oder den richtigen Giften zu schwächen, war er schon weit auf dem Weg zur Unsterblichkeit.
Haokan Hei war sich schmerzhaft der Tatsache bewusst, dass sie ihre Pläne aufgeben musste. In den nächsten Jahrhunderten würde sie nicht mehr in der Lage sein, sich eine so starke Seele einzuverleiben. Anstelle der neun Schwänze besaß sie nur noch einen, der zerrupft an ihrem Hinterteil baumelte und keine Kraft fand, sich aufzurichten. Das machte ihr deutlich, dass sie das meiste von dem verloren hatte, was sie sich auf dem Berg der sanften Stille mühsam angeeignet hatte. Wenn sie sich von den schlimmsten Wunden erholt hatte, würde sie nur noch eine mittelmäßige Hexe sein, so, wie die arme Mochin Shao es gewesen war. Sie war am Ende – aber Lao Shu war es noch nicht.
Sie würde den Rattengeist vor dem Eisentiger warnen. Wenn Lao Shu ein Ohr für ihre Ratschläge hatte, würde sie so lange bei ihm bleiben, bis er ihren gemeinsamen Feind ausgelöscht hatte. Sie jedenfalls würde nicht eher ruhen, bis Tie Hu tot und seine Seele zerstört war und mit ihr auch die von Shirliang Pos Katzentochter.

Haokan Hei ärgerte sich immer noch darüber, dass sie nicht sofort erkannt hatte, wieso sich diese räudige Straßenkatze so hartnäckig an ihr kümmerliches Leben hatte klammern können. Das war auch wieder das Werk dieses knollennasigen Teufels von Stadtgott gewesen. Auch die Gauklerin, die wie ein Waldgeist aus dem Nichts aufgetaucht war, gehörte zu ihm. Haokan Hei starrte dem Zug der Komödianten nach und suchte nach dem silbrig leuchtenden Haar der Weidenfrau. Shirliang Po hatte alles in die Waagschale geworfen, was er besaß: seine greisenhafte Hexe von Frau und seine als Katze zurückgekehrte Tochter.
Hätte ihr vorher jemand prophezeit, dass sie, die mächtige Haokan Hei, an einer Katze und einer alten Frau scheitern würde, so hätte sie ihn ausgelacht. Man Dai hatte mit seinen Lehren recht behalten. Gegen starke Magie half nur das Moment der Überraschung. Aber späte Erkenntnisse waren nutzlos, das hatte sie nun unter Schmerzen gelernt. Die nächsten Jahre würde sie nicht eher ruhen, bis von Tie Hu, der Katze und der Weidenfrau nichts mehr übrig blieb, was zu den Gelben Quellen gehen konnte. Lange starrte sie den beiden Gruppen nach, die nun verschiedene Wege zogen, bis das Reiterheer verschwunden und die Wagen nur noch feine Schatten unter dem Horizont waren. Dann kletterte sie in ihrer krüppelhaften Menschengestalt die steilen Felsen hinab, um sich auf den Weg zu Lao Shu zu machen.
Gerade als sie sich wieder in einen Fuchs verwandeln wollte, wurde sie gepackt, gegen die Felswand gestoßen und geohrfeigt, bis sie das Bewusstsein verlor. Als sie wieder zu sich kam, starrte sie fassungslos in das wütende Gesicht Cong Mings, der sich über sie beugte.
»So!«, sagte er. »Das war dringend notwendig. Die erste Ohrfeige war für dein Versagen, die zweite für den Tod meiner Schwester und die dritte für den Ungehorsam deinem

Sippenoberhaupt gegenüber. Erinnerst du dich, was ich dir vor unserer letzten Trennung angekündigt habe? Ich sagte, ich würde deine Schwäche nach der unvermeidlichen Niederlage ausnützen und dich zum Gehorsam zwingen. Jetzt ist es so weit! Du wirst ab jetzt tun, was ich dir befehle. Versuche nicht, mir zu entkommen, denn jetzt reicht meine Macht aus, dich auf dem Bauch zu mir zurückkriechen zu lassen.«

Haokan Heis aufgesprungene Lippen zitterten vor Schreck und Wut. Aber ihr war klar, dass sie im Augenblick höchstens noch mit Worten etwas erreichen konnte. »Bitte, Onkel Cong Ming! Schlag mich nicht mehr. Ich will dir ja gehorchen und komme gern mit dir. Aber zuerst muss ich meinen Verbündeten warnen – Lao Shu, den Rattengeist. Du willst doch sicher nicht, dass er ahnungslos in sein Verderben läuft.«

»Haokan Hei, du bist eine alte Heuchlerin! Dir liegt überhaupt nichts an der räudigen Ratte, wie du ihn vor nicht allzu langer Zeit genannt hast. Du sinnst nur auf Rache. Aber diesen lächerlich menschlichen Gefühlen kannst du wieder nachhängen, wenn du mir gegenüber deine Pflicht getan hast. Du wirst mich jetzt in den Wald von Ran begleiten, in dem Mochin Shao und ich geboren wurden. Dort wirst du mir so lange Junge werfen, bis der Fortbestand unserer Sippe nach meinem Dafürhalten gesichert ist. Hast du mich verstanden? Wenn ich genügend Söhne und Töchter habe, kannst du gehen, wohin du willst. Von mir aus kannst du dann Hals über Kopf in dein Verderben rennen. Ich werde meine Kinder ohne deine Hilfe großziehen. Unter deinem Einfluss können sie nur lernen, Dummheiten zu machen und sich in ihr Unglück zu stürzen. So, jetzt verwandele dich und folge mir!«

Haokan Hei starrte ihn für einen Augenblick wütend an, wurde aber durch seine Willenskraft gezwungen, die Augen niederzuschlagen. Es war die erste von vielen Kostproben seiner jetzt überlegenen Kraft, die sie in der nächsten Zeit zu spüren bekommen würde. Sie konnte nur die Schultern hochziehen und sich wieder in eine gewöhnliche Füchsin verwandeln. Dabei fügte sie ihren bösen Wünschen für Tie Hu und seine Freunde und Verbündete noch ein paar ganz persönliche Flüche gegen Cong Ming hinzu. Zu mehr war sie nicht fähig.

Ein Einwand aber fiel ihr noch ein, als sie durch dichtes Gebüsch nach Osten schnürten. »Zu dem Wald, in dem du geboren bist?«, fragte sie. »Ist es dort nicht viel zu gefährlich? Dieser Ort liegt doch mitten in dem am heißesten umkämpften Gebiet.«

Cong Ming lachte boshaft. »Ja, das stimmt. Deswegen gibt es dort ja auch keine menschlichen Behausungen mehr und damit auch keine Jäger mit Hunden, die uns und unseren Kindern gefährlich werden können.«

63. LAO SHU SIEHT SICH AM ZIEL SEINER WÜNSCHE

Auf ihrem Flug nach Westen verwüsteten die entfesselten Elementargeister in wenigen Stunden mehr Land als die kriegführenden Heere in mehreren Jahren. Sie entwurzelten und knickten ganze Wälder, deckten Dächer ab, rissen Hütten und Scheunen ein und setzten das Land unter Wasser. Felder wurden zu Seen und Wege zu reißenden Bächen. Flüsse traten über die Ufer und rissen Mensch und Tier mit sich. Zum Glück zogen die entfesselten Dämonen sehr schnell über die Welt. Daher waren nur wenige Opfer zu beklagen. Aber ein großer Teil der Aussaat war zerstört und die Straßen für Wagen und Schubkarren unpassierbar. Selbst für Reiter und Fußgänger wurde jeder Schritt durch den Morast zur Qual.

Als Lao Shu endlich im Lager seiner Hauptarmee eintraf, fand er ein einziges Chaos vor. Die wenigen Gebäude lagen in Trümmern, in den Baumkronen ringsum hingen die Reste der zerfetzten Zelte, die Vorräte waren größtenteils verdorben, und das Belagerungsgerät befand sich in jämmerlichem Zustand. Verzweifelte Soldaten versuchten, ihre Ausrüstung zu retten und halbwegs trockene Wiesen für die Zugtiere zu finden, die jetzt knietief im Schlamm standen. Dem Rattengeist war auf den ersten Blick klar, dass dieses Heer Tage, wenn nicht gar Wochen benötigte, um wieder einsatzfähig zu sein.

Er fluchte auf die unfähigen Geisterfüchsinnen, die die gestohlenen Elementargeister nicht im Zaum hatten halten können. Dann beschloss er, sich seine gute Laune von so kleinen Überraschungen nicht verderben zu lassen. Die Truppen von Wey waren wohl kaum in einem besseren Zustand, und ohne einen energischen Anführer würden seine Gegner hilflos sein wie kleine Kinder. Er aber besaß noch eine einsatzfähige Reitertruppe und war damit Herr des freien Landes, wohin er auch kam. Wenn er jetzt keinen Fehler machte, gehörte der Sieg ihm.

Die verzweifelten Offiziere seiner Fußtruppen und Pioniereinheiten speiste er mit ein paar knappen Befehlen ab und sammelte seine Reiter um sich. Ihnen befahl er, sich für die Eroberung von Wey Cheng zu rüsten. Er sah in verwunderte, ja fassungslose Gesichter. Noch nie hatten Reiter allein eine große, befestigte Stadt erobert. Das gaben ihm sein Stellvertreter und sein Adjutant zu bedenken. Lachend wischte Lao Shu ihre Bedenken beiseite.

In den Augen des Rattengeistes waren die beiden Männer Steifknochen, die ihm von König Wuya zur Seite gegeben worden waren, um ihn zu überwachen und zu zügeln. Gleichzeitig waren sie nicht in der Lage, seine Pläne zu verstehen, geschweige denn, sie irgendwie zu kontrollieren. Lao Shu verspottete sie, ohne ihnen jedoch den Grund für seine Zuversicht zu verraten. Er hatte noch einen kleinen, gemeinen Trumpf im Ärmel, und den gedachte er auszuspielen, ehe die Zeit oder das Schicksal ihm diese Chance zunichtemachen konnten. Je schneller er auf die Hauptstadt von Wey vorrückte, um so sicherer war ihm die Beute.

Der Vormarsch auf Wey Cheng erwies sich zunächst als weitaus mühsamer, als er erwartet hatte. Die Reiter mussten die Pferde führen und kamen kaum voran. Lao Shu spürte, wie die Zeit ihm zwischen den Fingern zerrann und sein Vorhaben gefährdete. Um sich abzulenken, malte er sich das Schicksal, das er der eroberten Stadt, ihren Bewohnern und ihrem Stadtgott bereiten wollte, in allen Einzelheiten aus. Als sie von einer Hügelkuppe auf die Ebene von Wey Cheng herabsahen, schien es schon auf den ersten Blick, als behielte er mit seiner Zuversicht recht.

Die Gegend um Wey Cheng war von den Verheerungen, die die Elementargeister im Lande angerichtet hatten, weitgehend verschont geblieben. Die Stadt und ihr Umland lagen so friedlich da, als hätten sie noch nie etwas von Krieg gehört. Die Bauern arbeiteten mit ihren Weibern und Kindern auf den Feldern und ließen das Vieh an langen Leinen angepflockt und ohne Aufsicht weiden. Auf den Straßen bewegte sich eine Menge Leute zu Fuß und mit Traglasten oder den traditionellen Schubkarren zwischen Reitern, Tragtieren und Karren. Die Menschen boten ein Bild emsiger Geschäftigkeit, so als gäbe es nirgends einen Feind, der ihnen gefährlich werden konnte. Es waren auch keine Militärposten oder Streifscharen zu sehen, die die Stadt vor einer feindlichen Annäherung warnen konnten. Für die schlammbedeckten Reiter und ihre erschöpften Pferde war dieses Bild die reinste Provokation.

Einer der Unteroffiziere schlug vor, in einem Parforceritt auf die Stadt zuzustürmen und in sie einzudringen, ehe die schlafmützigen Stadtsoldaten die Tore schließen konnten. Lao Shu lehnte den Vorschlag rundweg ab. Er zog sich mit seinen Begleitern wieder zum Hauptteil seiner Truppe zurück, der in der Deckung eines unwegsamen Geländes auf sie wartete, und schickte einige zuverlässige Männer als Späher aus. Dann bequemte er sich dazu, seinen Offizieren zu erklären, warum ein Sturmritt auf Wey Cheng die schlechteste aller Möglichkeiten war.

»Kommen wir zu spät und finden die Tore geschlossen, so machen wir uns lächerlich und stärken die Moral der gegnerischen Truppen, ganz abgesehen von den sinnlosen Verlusten, die uns ihre Pfeile und Steinschleudern in dem Augenblick beibringen, in dem wir ohne Ordnung unter den Mauern kehrtmachen müssen. Gelingt es uns aber wider Erwarten, in die Stadt einzudringen, dann haben wir es mit einem ungebrochenen, noch nicht durch Hunger und Seuchen geschwächten Feind zu tun. Die Stadtbewohner bewegen sich in ihren Gassen wie Fische im Wasser, und jede Hausecke wird für uns zur Falle. Mit einem Reiterheer allein kann man keine große Stadt erobern. Da bedarf es ein paar zusätzlicher, kleiner Überredungshilfen für die, die innerhalb der Stadt das Sagen haben und die uns sämtliche Tore bis hoch zum Palast öffnen können. Diese Wundermittelchen hoffe ich, bald in die Hand zu bekommen.«

Die Männer lachten verständnislos und waren nur froh, ihren Anführer bei so guter Laune zu sehen. Als die Späher in der Abenddämmerung zurückkehrten und dem General unter vier Augen Bericht erstatteten, wurde Lao Shus Handlungsweise für seine Leute noch rätselhafter. Er ließ die Hufe der Pferde mit speziellen Schuhen versehen, die den Hufschlag dämpften, und führte die Truppe auf Schleichwegen auf das Ufer des großen Sees zu, an dem die Stadt lag. Sein Ziel war eine größere Halbinsel, die weit in das Wasser hineinragte und auf einer Anhöhe einen stattlichen Gebäudekomplex trug.

Es war der Tempel der Wassergötter, ein prächtiges Bauwerk, das von einer halbhohen Mauer umgeben war, die für eine Räuberbande oder für ein Reiterheer ein durchaus ernst zu nehmendes Hindernis darstellte. Doch die großen Tore standen noch offen, und die Wachen davor schienen ihre Aufmerksamkeit eher dem Geschehen innerhalb der Anlage und einigen schamlosen, aufgeputzten Mädchen zu schenken, die offensichtlich genauso betrunken waren wie sie. Lao Shu ließ seine Männer absitzen und die Pferde in die Deckung des dichten Uferbewuchses führen. Dann befahl er den Männern, sich an die Wachen heranzuschleichen und sie lautlos zu erledigen.

Das war eine sehr leichte Aufgabe. Die Wachen und die Mädchen, die bei ihnen standen, wurden niedergeschlagen und getötet, ehe sie auch nur mitbekamen, dass ein Feind aufgetaucht war. Ebenso erging es den prächtig gewandeten Gardisten, die im Vorhof lagerten. Diese hatten ihre Waffen achtlos an der Mauer abgelegt, ließen Schläuche und Krüge mit billigem Pflaumenschnaps kreisen oder beschäftigten sich im Schatten einiger Büsche mit kichernden und girrenden Mädchen. Offensichtlich hatten auch sie sich an der fröhlichen Feier beteiligt, deren Lärm aus den inneren Gebäuden und Parkanlagen herüberscholl.

Die Männer des Rattengeistes taten leise ihr blutiges Werk und stießen sich dann verwundert an. Das, was sie hier sa-

hen, und der Lärm, der aus dem inneren Tempelbezirk herausdrang, passte nicht zu dem angeblich so heiligen Ort, zu dem früher sogar Gläubige aus Zhou gepilgert waren. Irgendjemand hatte die heilige Stätte in ein nach Parfüm und Schnaps stinkendes Freudenhaus verwandelt.
Lao Shus Lachen klang schadenfroh aus seiner Maske heraus. »Die Leute da drinnen will ich lebend haben, und zwar alle, versteht ihr? Schlagt sie nieder, wo ihr sie findet, und bindet sie, damit uns keiner entkommt. Ich brauche sie möglichst unverletzt. Bringt alle Gefangenen in die Haupthalle des Tempels, damit ich mir jeden Einzelnen ansehen kann!«
Es war ein Kesseltreiben wie bei einer Hasenjagd, nur dass Hasen nüchtern und wendig waren. Die jungen Männer, die beim Anblick der Feinde wie aufgestörte Hühner durch den Tempelgarten irrten, stolperten in ihrer Trunkenheit über ihre Füße und fielen den Verfolgern buchstäblich in die Arme.
Die Einzigen, die sich ernsthaft zur Wehr setzten, waren die Priester und Mönche, die der Feier ferngeblieben waren. Sie riefen ihre Götter an, bezichtigten die Eindringlinge lauthals der Tempelschändung und gingen mit Stöcken, Besen und hölzernen Gartengeräten auf die Gewappneten los. Nachdem Lao Shu von einem splitternden Kerzenständer verletzt worden war, ließ er alle Kuttenträger, ihr Gesinde und diejenigen, die vor seinen Augen keine Gnade fanden, vor dem Altar niedermetzeln. Es blieben nur knapp drei Dutzend milchgesichtige Jünglinge am Leben und ein älterer Mann, der die Kleidung eines reichen Bürgers von Wey Cheng trug.
Lao Shus Männer murrten, weil sie die Priester hatten erschlagen müssen, denn sie fürchteten die Rache ihrer Geister und die der Götter, die in diesem Tempel verehrt worden waren. Der Rattengeist stellte sich vor den Altar und wies

auf die Statuen der grausam und unbarmherzig wirkenden Gottheiten.

»Glaubt ihr wirklich«, fragte er seine Leute, »dass die Götter und Geister des großen Sees die Hand über Priester halten, die ihren Tempel durch Orgien entweihen lassen und das Gold, mit dem sie bestochen wurden, in die eigene Tasche wirtschaften? Die Bürger von Wey Cheng sind ein verderbtes Gezücht, das die Götter beleidigt und den ewigen Himmel schmäht. Diese Toten sind das Opfer, das wir den Wassergöttern zur Versöhnung bringen mussten, sonst hätte ihr Fluch auch uns getroffen! Pflanzt die Köpfe aller männlichen Toten auf den äußeren Mauern auf. Man soll in diesem Land sehen, was mit jenen passiert, die heilige Stätten besudeln.«

Mit diesen Worten beruhigte er die aufgeregten Gemüter seiner Leute schnell wieder, und man war ihm sogar dankbar für seine weise Voraussicht.

Lao Shu rieb sich zufrieden die Hände und sah sich seine Gefangenen genauer an. Den älteren Mann ließ er losbinden, auf ein Maultier setzen und in Begleitung von zwei zuverlässigen Männern wegbringen. Die Soldaten sollten ihn bis in die Nähe der Stadtmauer begleiten, so dass er unversehrt jene Pforte erreichen konnte, die sich betuchten Bürgern und Adeligen auch in der Nacht auftat.

Dann widmete Lao Shu sich dem Rest seiner lebenden Beute. Den Soldaten schienen die Jünglinge die Mühe nicht wert zu sein. Es war kein einziger Minister und kein namentlich bekannter Adeliger unter ihnen, sondern nur junge Männer im Alter von fünfzehn bis zu vielleicht fünfundzwanzig Jahren. Das Einzige, was auf eine höhere Abkunft schließen ließ, waren die mit Goldfäden durchwirkten, reich bestickten, höfischen Gewänder, die sich aber jetzt im gleichen jammervollen Zustand befanden wie ihre Besitzer.

Lao Shu fragte seine beiden Offiziere, ob sie wüssten, wen sie da gefangen hätten. Als die Männer verwirrt die Frage verneinten, erinnerte er sie an den Fluch der Sohnlosigkeit, der seit vierzehn Jahren auf dem höchsten Adel von Wey Cheng lag und ausgerechnet seinen Feind Zhong Tie Hu verschont hatte. Er zeigte auf jeden einzelnen der jungen Männer und nannte seinen Untergebenen anhand der verschlungenen Muster, die auf ihren Röcken eingestickt waren, ihre Herkunft. Es kam ihm so glatt und mühelos von den Lippen, als wäre er jeden Tag am Hof von Wey ein und aus gegangen.

Da waren die drei Söhne des Kanzlers Ding Wanzi ebenso wie die beiden Nachkommen seines Feindes, des Sitten-Ministers, und viele andere Söhne bekannter Adelsgeschlechter. Als Lao Shu sie zählte und ihre Namen von seinem Schreiber notieren ließ, stellte er fest, dass ihm die gesamte goldene Jugend der Hofgesellschaft in die Hände gefallen war, bis eben auf den einen Knaben, den sein jetzt umgekommener Feind Eisentiger am Glockenberg versteckt hatte. Sein Spion in Wey Cheng hatte wirklich ausgezeichnete Arbeit geleistet.

Um den letzten Nachkommen des Königsgeschlechts von Wey und seiner Feindin Shi Shing würde er sich später kümmern. Haokan Hei hatte ihm zwar versprochen, sich auch dieses Problems anzunehmen, aber er musste sich um seiner eigenen Sicherheit willen vergewissern, dass sie den richtigen Balg beseitigt hatte. Jetzt galt es, den zweiten Teil seines Planes zur Eroberung von Wey Cheng in die Tat umzusetzen. Die Jünglinge – das erklärte er seinen Offizieren – waren der Schlüssel zu den Toren der Stadt.

»Lu Niaos Minister und Höflinge«, sagte er, und es war, als würde sogar noch seine eiserne Maske dabei grinsen, »werden alles tun, um ihre kostbare Brut möglichst heil und gesund zurückzubekommen. Sie werden dafür ohne zu zögern ihren eigenen König opfern. Wir werden im Triumphzug zum Palast reiten und ohne einen Schwertstreich zu den Herren der Stadt werden.«

Er erlaubte seinen Männern, eine halbe Stunde lang zu plündern und sich die Taschen mit Gold und Silber zu füllen. Dann ließ er die Gefangenen auf Maultiere binden und mitnehmen, allen voran die drei Söhne des Kanzlers. Anders als vor dem Überfall auf den Tempel marschierte seine Truppe ganz offen auf die Stadt zu. Nur die Gefangenen drehten sich immer wieder zum Tempel um, über dem jetzt eine Säule aus Rauch und Flammen in den Himmel stieg und sich unter einem blutigen Morgenrot verlor.

Inzwischen war das Land so leer, als wären Mensch und Tier vom Erdboden verschluckt worden. Die Nachricht vom Erscheinen des feindlichen Heers musste sich ausgebreitet haben wie ein Buschbrand in glühender Hitze. Die Tore der Stadt waren geschlossen und verrammelt, und überall auf den Mauern standen Bewaffnete frierend in der Morgenkälte. Als Lao Shu von seinem Adjutanten auf die unerwartet zahlreichen Krieger aufmerksam gemacht wurde, die die Stadt aufgebracht hatte, lachte er schallend.

»Mein lieber Chun Kou, du bist und bleibst ein Narr! Natürlich stehen viele Leute auf den Mauern. Aber ich wette, nur jeder Zwanzigste von denen weiß, wie man einen Speer hält oder einen Bogen spannt. Das sind Bauernlümmel und Gossengesindel, die man schnell in nachgemachte Soldatenröcke gesteckt und mit Stöcken ausgerüstet hat, die aus der Entfernung wie Waffen aussehen sollen. Den Trick haben sie auch schon vor fünfunddreißig Jahren versucht. Aber die Schwachköpfe wissen nicht, dass ich Augen wie ein Bussard habe und jedes Blendwerk durchschaue.

Wir werden knapp außer Reichweite der Bogenschützen vor den Mauern stehen bleiben und den Leutchen da oben Gelegenheit geben, sich unsere Gefangenen anzusehen. Viel Freude werden sie an ihnen nicht mehr haben, das garantiere ich dir. Gehört die Stadt erst uns, werde ich mich an das Gelächter erinnern, das vor fünfunddreißig Jahren meinen Rückzug begleitet hat.«

Das Gesicht des Adjutanten verzerrte sich. Er hatte andere Vorstellungen vom Kriegführen als sein Feldherr und diente Lao Shu nur, weil sein König es ihm befohlen hatte. Der General wusste genau, dass er sinnloses Töten von unbewaffneten Zivilisten und andere Willkürakte verabscheute. Gerade deswegen zwang der Rattenkopf ihn, Dinge zu tun, die ihm aus tiefster Seele zuwider waren. Aber wenn dieser Krieg zu Ende war, würde auch Lao Shu seinen gerechten Lohn bekommen, dafür würde König Wuya schon sorgen.

Noch benötigte der König von Zhou den Hexer mit der Rattenmaske. Eines Tages aber würden andere Magier dafür sorgen, dass der Feldherr von Zhou nicht auch seinem Herrn gefährlich werden konnte. In einem Großreich Zhou wurde ein Schlächter und Mordbrenner wie er nicht mehr gebraucht. Mit diesen Überlegungen versuchte Chun Kou, sein Gemüt zu beruhigen, ehe er daranging, die weiteren Befehle seines Generals in die Tat umzusetzen.

Die Stunde des Hasen verstrich, die des Drachen begann, während die Reiter aus Zhou mit ihren zitternden Gefangenen stumm in Rufweite des Haupttores warteten, bis endlich von den Mauern herab ein Unterhändler angekündigt wurde. Es handelte sich um einen älteren Mann im einfachen Gewand eines unteren Hofbeamten, der durch eine kleine Pforte ins Freie gelassen wurde. Er schwenkte ein Tuch mit den Schriftzeichen für Waffenstillstand und Verhandlung. Lao Shu schickte seinen Adjutanten unbewaffnet und mit einem ähnlichen Tuch in der Hand vor, um dem Mann freies Geleit zuzusichern.

Als der Abgesandte näher kam, stöhnten drei der Gefangenen auf. Sie ließen ihre Köpfe bis auf die Brust sinken und versuchten verzweifelt, ihre Gesichter zu verbergen. Doch Lao Shu hätte den Mann auch ohne diesen deutlichen Hinweis erkannt. Es war Ding Wanzi, der Kanzler, in Verkleidung eines Schreibers der königlichen Hofhaltung. Lao Shus massiger Körper bebte in Vorfreude auf das Kommende, und er musste an sich halten, damit sich sein sorgfältig verborgener Rattenschwanz nicht aus dem Gewand stahl und vor Begeisterung wippte. Er stieg vom Pferd, legte demonstrativ sämtliche Waffen ab und trat auf Ding Wanzi zu.
»Sieh an! Wen haben wir denn da? Ding Wanzi ganz demütig als Schreiberling verkleidet. Wenn ich jetzt bösartig wäre, so würde ich das als Affront auffassen und Euch unter die Gefangenen einreihen. Habt Ihr wirklich geglaubt, mich täuschen zu können?«
Der Kanzler verneigte sich sehr tief vor dem General und kniete dann vor ihm nieder. »Herr, ich biete mich zum Tausch für diese unnützen Jünglinge an, deren Hände nur gut sind, Becher und Spielkarten zu halten. Darüber hinaus bin ich ermächtigt, Euch ein Lösegeld für diese Kinder anzubieten.«
»Warum sollte ich Euch als Tauschobjekt akzeptieren? Als Laufbursche seid Ihr viel besser geeignet. Aber ich will gnädig sein und Euch den Preis für diese Hundewelpen nennen: Ich verlange für jeden Einzelnen von ihnen sein Gewicht in Gold.«
In den Augen des Kanzlers funkelte es auf, so als taxiere er, wie viel er für seine Söhne aufbringen müsse. Lao Shu hatte jedoch nicht vor, sie ihm so einfach zurückzugeben. Daher versetzte er der aufkeimenden Hoffnung den ersten Dämpfer. »Der Preis versteht sich natürlich einschließlich des Gewichts des jeweiligen Reittieres. Außerdem müssen alle Ge-

fangenen zusammen ausgelöst werden. Mit Halbheiten gebe ich mich nicht zufrieden.«

Ding Wanzi wurde aschgrau. »Ich kenne Euch besser, als Ihr denkt. Ihr wollt keinen Handel mit uns. Ihr wollt uns nur quälen!«, flüsterte er heiser.

Lao Shu wurde wieder von einem Lachen geschüttelt. »Aber nein, mein Guter! Warum sollte ich? Ich will nur eins haben, und das ist die Stadt da vor mir. Mein Hauptheer folgt mir in Eilmärschen. Ich könnte warten, bis es hier ist, und Euch so lange belagern, bis dem letzten Verteidiger vor Hunger und Schwäche die Waffe aus der Hand fällt.

Ich kann meine Gefangenen hier vor Euren Augen langsam zu Tode foltern, bis Ihr Eure Soldaten einen Ausfall machen lasst. Dann verliert die Stadt ihre Verteidiger und Ihr Eure hochwohlgeborenen Söhne. Danach fällt Wey Cheng mir wie eine reife Frucht in die Hand. Ihr könnt Euch aber auch ganz einfach ergeben und mir die Tore öffnen. Ihr liefert mir diesen königlichen Kretin Lu Niao aus und huldigt mir als neuem Herrn – natürlich als Stellvertreter des Königs von Zhou.«

Ding Wanzi straffte seinen Rücken. »Wey Cheng ist gut befestigt, und dank der Vorwarnung haben wir neben wohlgefüllten Kornspeichern auch genügend Vieh zur Versorgung der Bewohner. Eine Belagerung können wir leicht überstehen. Ihr vergesst, dass auch wir unsere Armeen haben. Ich glaube, unser General Eisentiger wird sehr bald mit starken Truppen hier auftauchen und Euch jagen. Ihr solltet Euch also mit einem großzügigen Lösegeld zufriedengeben und Euch auf die Auseinandersetzung mit unseren Kriegern vorbereiten.«

Lao Shu setzte sich auf einen Felsblock am Wegesrand und schlug sich auf die Schenkel. »Sagt nur, Ihr wisst noch nichts von dem Schicksal Eures unfähigen Generals? Wie könnt

Ihr nur glauben, dass ein halbes Kind wie dieser Zhong Tie Hu mir hätte gefährlich werden können? Es hat mich keinen einzigen Mann gekostet, diesen unerfahrenen Dummkopf samt einem großen Teil seiner Armee in eine Falle zu locken und kläglich zugrunde gehen zu lassen. Die paar schlecht bewaffneten Bauern, die noch in irgendwelchen Stellungen im Land herumlungern, können mir nicht gefährlich werden. Mein lieber Ding Wanzi, Ihr solltet begreifen, dass der Krieg zu Ende ist.

In meiner unendlichen Großmut gebe ich Euch und Euren Kollegen deswegen die Möglichkeit, mir kampflos die Stadttore zu öffnen. Dann gebe ich mich mit Lu Niaos Kopf als Siegeszeichen zufrieden und verschone alle anderen Leben. Weigert Ihr Euch, so beginne ich damit, meine Gefangenen hier langsam zu Tode martern.«

Ding Wanzi stand eine Weile stumm und schwankend da, als hätte ihn der Schlag getroffen. Sein Mund öffnete und schloss sich, ohne dass er Worte formen konnte. Dann verfluchte er den General Eisentiger und wünschte ihm, dass er als giftiger Hundertfüßler wiedergeboren würde.

»Oh, ich glaube, dieser lächerliche Knabe wird überhaupt nicht mehr wiedergeboren«, lachte Lao Shu. »Dafür haben meine Magier schon gesorgt. Von seiner Seele ist noch nicht einmal genug für eine Ameise übrig geblieben, geschweige denn für einen Hundertfüßler. Wenn Ihr mich allzu sehr ärgert, lasse ich meine Magier mit Euch und Lu Niaos anderen Speichelleckern genauso verfahren. So, geht jetzt und überbringt meine Forderung Eurem König und dem Rat der Minister. Ihr müsst Lu Niao ja nicht auf die Nase binden, dass ich seinen Kopf dem König von Zhou als Zeichen des Sieges zu Füßen legen will.

Sagt ihm, ich gewähre ihm und allen aus seiner Sippe, die sich ihm anschließen wollen, freien Abzug. Allen anderen adeligen Sippen und auch den Beamten werde ich die Hälfte ihres Besitzes und ihre Titel belassen, wenn sie König Wuya die Treue schwören. Ich gebe Euch bis morgen früh Zeit. Zu Beginn der Stunde der Schlange will ich die Antwort haben.«

Ding Wanzi nickte und verneigte sich noch einmal tief. Dann kehrte er langsam zur Stadt zurück, gebeugt wie ein Mann, der in wenigen Minuten um mehr als ein Jahrzehnt gealtert war.

Lao Shu ließ die Gefangenen an schnell errichtete Pfähle binden und kräftige Feuer zwischen ihnen schüren, damit sie auch noch in der Nacht von der Stadt aus deutlich gesehen werden konnten. Den Wachen gab er den Befehl, den Geiseln in dem Augenblick, in dem sich feindliche Soldaten außerhalb der Stadtmauern zeigten, die Kehle durchzuschneiden. Dann zog er sich in sein Lager zurück, um endlich einmal ohne Ärger und Sorgen bis zum Morgen ruhen zu können.

Die folgende Nacht war mondhell und sternenklar und ebenso warm wie der Tag zuvor. Das Land trocknete jetzt rasch. Lao Shu nahm es als gutes Omen. So konnte sein Hauptheer früher als geplant wieder einsatzfähig sein. Er traute den Leuten aus Wey nicht und würde seinen Triumph erst wirklich genießen können, wenn er seine Macht auf die Kraft seiner großen Armee stützen konnte.

Am nächsten Tag legte sich der Sonnenglast schon früh wie funkelnde Glut über das Land, so als wolle er die letzten Spuren der unnatürlichen Unwetter beseitigen. Die Gefangenen hingen von Hitze gequält wie Strohpuppen an den Pfählen, und Ding Wanzi, der pünktlich zur Stunde der Schlange an der kleinen Pforte erschien, konnte seine Tränen nicht verbergen. Mit zitternden Lippen stand er vor Lao Shu und stammelte seine Botschaft.

»König Lu Niao hat in der Nacht die Orakel befragen lassen.

Alle sagen übereinstimmend aus, dass die Stadt Hilfe zu erwarten hat und nicht von Euch erobert werden wird. Außerdem äußerten die Orakelpriester Zweifel an Eurer Darstellung des Todes unseres Feldherrn. Den Zeichen zufolge wird er in jeder Auseinandersetzung mit Euch Sieger bleiben. Da aber auch Orakelpriester bei der Deutung der Zeichen irren können, hat König Lu Niao in seiner Weisheit beschlossen, ein eindeutiges und unwiderlegbares Zeichen von Euch zu verlangen.
Könnt Ihr uns den toten Körper unseres Feldherrn – oder auch nur seinen Kopf – präsentieren, so werden wir Euch, ohne zu zögern, die Stadttore öffnen und Euch als unseren neuen Herrn begrüßen. Könnt Ihr das nicht, dann müssen wir annehmen, dass General Eisentiger am Leben ist und auch sein Heer noch existiert. Dann werden wir Euch für die Geiseln ihr Körpergewicht in Gold als Lösegeld bieten. Ihr solltet dann mit Eurer Truppe unser Land zu verlassen, zu König Wuya reiten und ihm unsere Bereitschaft zu ehrlichen Friedensverhandlungen überbringen. Das sind Lu Niaos Worte.«
Hätte Lao Shu nicht seine eiserne Maske getragen, ohne die er sich normalerweise nie sehen ließ, dann hätte Ding Wanzi nackten, tödlichen Hass auf dem Gesicht seines Gegenübers gesehen. Der Rattengeist fasste in diesem Augenblick den Entschluss, seine ursprüngliche Absicht wahr zu machen und diese Stadt mit ihren Bewohnern und ihrem Stadtgott restlos vom Erdboden zu tilgen, ganz gleich, was man in Zhou dazu sagen würde. Aber er würde es langsam tun. Der Untergang von Wey Cheng sollte noch in zehntausend Jahren allein bei der Erwähnung des Namens Grauen auslösen. Bei dieser Vorstellung hatte er sich wieder so weit beruhigt, dass seine Stimme völlig gelassen und sogar ein wenig belustigt klang.

»Das Vertrauen Eures Herrn in Eure Orakelpriester möchte ich haben! Glaubt er wirklich, was er da sagt? Ich kann Euch die Überreste Eures lächerlichen Tigerchens natürlich nicht präsentieren, denn ich habe ihn meinen Dämonen vorgeworfen, und von denen ist er mit Haut und Haaren vernichtet worden. Ihr engstirnigen, kurzsichtigen Idioten! Habt Ihr denn nichts von den Unwettern bemerkt, die das Auftauchen meiner zerstörungslustigen Freunde begleitet haben? Die Elementargeister, die Euren Heerführer zerrissen, seine Reste zu Staub zerblasen und in alle Winde zerstreut haben, sind mit seiner Armee nicht gnädiger verfahren. Von der hochgelobten Reitertruppe existiert kein Mann und kein Tier mehr. Von ihren Waffen, ihrer Ausrüstung, ja, sogar von den Hufeisen ihrer Pferde ist nur blutiger Staub zurückgeblieben!
Begreift doch endlich: Es gibt keine Soldaten mehr, die für Euch kämpfen könnten. Niemand wird dieser Stadt zu Hilfe kommen! Der Einzige, der Eure jämmerlichen Leben noch retten kann, bin ich.« Bei diesen Worten lachte Lao Shu dröhnend.
»Euer König und sein ganzer Kronrat wird mir für diese unverschämte Botschaft büßen. Ich gebe Euch und ihnen noch genau drei Stunden Zeit. Dann steht ihr alle hier vor mir. Barfuß, in Sklavenkitteln und mit einem Strick um den Hals werdet ihr mir huldigen und mir die Stadt übergeben. Ich werde gnädig mit euch verfahren und euch nur entmannen. Euch selbst werde ich verschonen, denn Ihr scheint mir der einzig vernünftige Mann innerhalb der Palastmauern zu sein. Die anderen sollen als Kulis oder Bettler weiterleben, den Menschen zum Gespött.
Weigert Lu Niao sich oder weigert sich auch nur ein Einziger aus seinem Gefolge, meine Bedingungen zu erfüllen, werde ich zuerst die Geiseln vor aller Augen in Stücke

schneiden lassen. Dann gebe ich mich mit nichts weniger zufrieden als mit den Köpfen aller Adeligen und Hofbeamten außer Euch, und wenn die Stadt mir nicht die Tore in absehbarer Zeit öffnet, bleibt keine Maus in ihr mehr am Leben. Richtet das Eurem König aus.«

Ding Wanzi hatte die lange Rede mit steinernem Gesicht über sich ergehen lassen. Niemals würde Lu Niao bereit sein, auf seinen Thron zu verzichten, auch nicht um das Leben der Geiseln zu retten. Es blieb nur die verzweifelte Hoffnung, dass die Orakel recht behalten und General Eisentiger noch früh genug auftauchen würde, um dem Rattenkopf seine Gefangenen zu entreißen und Wey Cheng vor dem Untergang zu bewahren. So verneigte er sich nur stumm vor dem feindlichen Feldherrn und wankte dann zitternd wie ein kranker Mann auf die Stadt zu.

Gerade als er dem feindlichen Feldherrn den Rücken zukehrte, erschien ein abgehetzter Reiter, der ohne Rücksicht auf die Umstehenden heranpreschte und sein erschöpftes Pferd erst vor dem General zügelte. Mit lauter, fast überkippender Stimme meldete er, dass ein Spähtrupp in der Ferne ein Reiterheer gesichtet hätte, das auf Wey Cheng zuhielt.

»Ein Reiterheer?« Sogar der Kanzler vernahm die Verblüffung in der Stimme des Generals. »Woher … Ach so, ja! Das ist die Truppe, die ich in Zhou angefordert habe, um eventuelle Verluste bei einem Scharmützel am Blauwasserfluss auszugleichen. Ich wusste ja nicht, ob das gesamte Heer in unserer Falle umkommen würde.«

In Ding Wanzis Ohren hörten sich diese Worte falsch und aufgesetzt an. Irgendetwas Unerwartetes war geschehen. War es das Wunder, auf das sie in Wey Cheng hofften? Er wollte es lieber noch nicht glauben. So beschloss er, in der Stadt nichts von diesem Zwischenfall verlauten zu lassen.

Lao Shu sah dem Kanzler nach, der, ohne zu stutzen oder

sonst eine äußere Regung zu zeigen, auf die kleine Pforte zuging. Erst als Ding Wanzi außer Hörweite war, putzte er den Kurier herunter, der seine Nachricht vor einem Unterhändler der anderen Seite ausposaunt hatte, und drohte ihm die schwersten Strafen an, wenn die Verhandlungen durch diese Dummheit einen schlechten Verlauf nehmen würden. In Zhou gab es nicht mehr genug Pferde für ein weiteres Reiterheer, und das war auch in Wey Cheng bekannt. Woher also sollte diese Truppe kommen?

Lao Shu beschloss, sich dieses Heer selbst anzusehen – natürlich so heimlich und lautlos, wie nur er alleine es vermochte. Deswegen ließ er sich das schnellste und kräftigste Pferd satteln und verzichtete auf jegliche Begleitung. Im letzten Moment zog er seinen Adjutanten Chun Kou beiseite und befahl ihm, die Leute in Alarmbereitschaft zu halten. »Sollte es sich wirklich um eine gegnerische Truppe handeln, werde ich sofort zu unserem Hauptheer zurückkehren. Bin ich bis zum frühen Morgen nicht zurück, führst du unsere Leute auf Umwegen in unsere Stellungen zurück. Bis dahin hältst du den Mund, wenn dir dein Kopf auf den Schultern lieb ist! Du weißt, ich erfahre alles!«

Der Adjutant bestätigte den Befehl, ohne eine Miene zu verziehen, und fragte dann: »Und was geschieht mit den Gefangenen?«

Der General lachte und strich mit der Handkante über seine Kehle. »Es bleibt auch da bei meinen Befehlen!«

Dann schwang er sich in den Sattel und trieb das Tier aus dem Stand in den Galopp. Hinter seiner Stirn rasten die Gedanken. Es konnten keine eigenen Leute sein, die da kamen. Was war da schiefgelaufen? Sein gesamter Schlachtplan beruhte auf der Falle im Blauwassertal und darauf, dass nach dem Tod des Eisentigers in Wey niemand mehr fähig war, aus den verstreuten Heeresteilen eine schlagkräftige Ar-

mee zu bilden. Er wusste genau, dass er im anderen Fall nur unter hohen Verlusten siegen konnte – oder sogar den Rückzug antreten musste. Diesmal war er nicht für eine größere Feldschlacht gerüstet.
Genau wie sein Gegner hatte er zu viele Leute in Auffangstellungen zurückgelassen, nur mit dem Unterschied, dass seine Leute einen wesentlich längeren Weg zurücklegen mussten, um noch in den Krieg eingreifen zu können. Es war nicht seine Idee gewesen, mit weniger als der Hälfte der Soldaten den Vorstoß auf Wey Cheng zu wagen. König Wuya hatte darauf bestanden, genügend Verteidigungskräfte zurückzuhalten. Nun, er würde sich zu gegebener Zeit daran erinnern, dass ein Herrscher, der seinem Feldherrn in den Arm fiel, ein Mann war, der den Sieg verschenkte.
Er schob seinen wachsenden Ärger über König Wuya zur Seite und konzentrierte sich wieder auf das, was vor ihm lag. Es mochte sein, dass irgendein ehrgeiziger Hauptmann die Nachricht vom Untergang seines Feldherrn und seines Heeres erfahren hatte und nun versuchte, mit einer schnell zusammengerafften und mühsam beritten gemachten Truppe die Hauptstadt zu entsetzen. Das konnte seine Pläne stören. Dabei kam es auf die Anzahl der Reiter an, die sich näherten, und auf ihre Bewaffnung.
Direkt unter den Mauern von Wey Cheng mochte Lao Shu jedoch keine Schlacht zwischen seinen Reitern und einem auch nur halb so starken Gegner riskieren. In dem Fall konnten ihm sogar die schlecht bewaffneten Stadtbüttel gefährlich werden. Er musste sich die Leute genau ansehen. Handelte es sich um Bauernlümmel, die wie Säcke auf ihren Maultieren herumhüpften, so würde es ausreichen, ihnen mit seiner Truppe entgegenzuziehen, sie über den Haufen zu reiten und mit Pfeilen zu spicken. Der Rest würde sich dann ins Gebüsch schlagen. Andernfalls … nun, er verschob seine

Entscheidung auf später. Am Horizont zeichnete sich schon eine größere Staubwolke ab.
Lao Shu hatte ein flaues Gefühl im Magen, denn das Land war noch nicht so trocken, dass ein paar Maultiere und Esel eine solche Spur gegen den Nachmittagshimmel hinterlassen konnten. Er ritt nun vorsichtiger weiter und hielt sich seitwärts der Straße. Eines spürte er schon. Im Gegensatz zum Heer des Eisentigers gab es dort vorn keine aktiven Magier und Geisterbeschwörer. Das war ein gutes Zeichen. Nicht dass er die Hexenmeister fürchtete. Diese Leute konnten bei ihm höchstens ein gewisses Ekelgefühl auslösen. Aber ihre Abwesenheit war zumindest ein Zeichen, dass die Falle der Geisterfüchsinnen funktioniert hatte.
So war er recht guten Mutes, bis ein grelles, weißes Leuchten wie ein Schlag in seine magieempfänglichen Sinne fuhr. Ihm näherte sich ein mächtiges Geschöpf aus der Geisterwelt, und es ritt an der Spitze der Feinde. Das gleiche Leuchten – allerdings so rot wie Blut – hatte er vor fünfunddreißig Jahren wahrgenommen, als der Panther vom Glockenberg ihm wie aus heiterem Himmel in den Rücken gefallen war. Damals war er mit seinem Heer zwischen der Truppe des Panthers und der Stadtmauer eingeschlossen worden und hatte sich nur unter hohen Verlusten befreien können. Noch einmal würde ihm das nicht passieren.
Lao Shu brauchte nicht lange zu rätseln, wer dort in aller Eile auf Wey Cheng zuritt. Er sah seine schlimmsten Befürchtungen wahr werden. Da näherte sich kein Haufen ungeübter Bauernlümmel, sondern eine gut bewaffnete, berittene Truppe. Es waren all die Leute, die im Blauwassertal hätten zugrunde gehen sollen – und ungefähr noch einmal die Hälfte der ursprünglichen Truppe dazu. Jemand hatte alle Soldaten zusammengeholt, die dieses Land auf Pferde setzen konnte, und an der Spitze dieser Armee ritt General

Eisentiger, dessen Gesicht mehr dem eines Dämons von den Gelben Quellen als dem eines Menschen glich.
Was auch immer diese dummen Füchsinnen getan hatten, sie hatten restlos versagt. Noch schlimmer – sie hatten genau das bewirkt, was er um jeden Preis verhindern wollte – sie hatten das innere Wesen seines Feindes geweckt. Der Zhong Tie Hu, der hier ritt, gehörte mehr dem Geisterreich an als der Welt des roten Staubes. Unverhüllt trug er die verzerrten und wie aufgeplatzt wirkenden Reste einer menschlichen Maske zur Schau, aus denen sich der Kopf eines weißen Tigers schälte. Auch sein Körper war massiger geworden. Er glich jetzt mehr dem Roten Panther, und jeder, der ihn so reiten sah, konnte sich vorstellen, dass er mit einem Satz aus dem Sattel springen und sich noch in der Bewegung in einen riesigen Tiger verwandeln konnte. Der Sohn des Panthers und der Enkel eines Tigergeistes von den Gelben Quellen hatte zu sich selbst gefunden.
Lao Shu war klar, dass dieser Kriegszug für ihn nicht mehr zu gewinnen war, ganz gleich, wie viele Leute er dem Eisernen Tiger entgegenstellen konnte. Er hatte die Nachricht vom Ende des feindlichen Generals bereits nach Zhou gesandt, und sie war ganz sicher auch schon bis zu den Soldaten seiner Armeen gelangt. Erfuhren die Männer nun, dass der Eisentiger dem Zugriff der mächtigen Hexen entkommen war, würden sie ihn genauso fürchten, wie ihre Väter den Roten Panther gefürchtet hatten, und käme es zu einer Schlacht, würden seine Männer beim Anblick des feindlichen Feldherrn laufen wie die Hasen.
Lao Shu konnte nichts anderes tun, als zum Rückzug zu blasen und so viele Männer wie möglich zurück nach Zhou zu bringen. Aber es war noch nicht alles verloren. Wenn Tie Hu den Spieß herumdrehen und Zhou angreifen wollte, dann würde er sehen, dass die Männer, die hier Fersengeld gaben,

durchaus bereit waren, ihre Heimat bis zum letzten Blutstropfen zu verteidigen.
Lao Shu glaubte nicht, dass Zhong Tie Hu so unklug sein würde, ihm mit einem ungeordneten und unvorbereiteten Heer bis nach Zhou zu folgen. Also würde der Krieg in diesem Jahr bis auf ein paar Grenzscharmützel ruhen, und das gedachte er auszunutzen. Bevor er sich einer neuen Feldschlacht stellte, musste der Eisentiger beseitigt werden, mit List und Tücke, mit Gift oder Magie, ganz wie es sich ergeben mochte.
Lao Shu nahm sich vor, es selbst zu tun. Jetzt, wo sich die Füchsinnen als Maulheldinnen und der große Unsterbliche Man Dai als Verräter und Scharlatan entpuppt hatten, konnte er sich über all die üblen Vorzeichen, mit denen ihm Haokan Hei immer wieder in den Ohren gelegen hatte, ruhigen Gewissens hinwegsetzen und seinen Gegner eigenhändig zu den Gelben Quellen schicken.
Zuallererst wollte er aber eine andere Angelegenheit regeln, die ihm schon lange am Herzen lag. Er brauchte nicht nur freie Hand, sondern auch einen freien Rücken, wenn er mit seinem Todfeind Zhong Tie Hu fertig werden sollte. Die Vorbereitungen dazu mussten in Zhou beginnen, in der Hauptstadt, genauer gesagt, im Palast.

64. GENERAL EISENTIGER FÜHRT DEN KRIEG IM PALAST WEITER

Die Befreiung von Wey Cheng wurde kein Triumphzug für Tie Hu. Es gab keinen Kampf, ja noch nicht einmal einen Hauch von Widerstand. Der Feind verflüchtigte sich wie Schnee an einem heißen Frühlingstag. Die Männer des

Rattenkopfes ließen alles zurück, was ihre Flucht hätte behindern können, und spritzten in alle Richtungen auseinander, so dass an eine Verfolgung nicht zu denken war. Aber vorher richteten sie ein Blutbad an.

Als Tie Hu sich der Stadt näherte, empfing ihn eine unnatürliche Stille. Es war, als hätte ein Zauber des Rattengeistes die Stadt und ihre Bewohner in einem Augenblick ihres Lebens für immer gebannt. Die Stadttore waren noch geschlossen, und die Krieger standen wie erstarrt auf den Mauern und hatten ihre Speere immer noch so fest in den Fäusten, als erwarteten sie jeden Augenblick den Angriff eines überlegenen Feindes.

Vor der Stadt hingen mehr als dreißig in blutdurchtränkte Hofgewänder gekleidete Tote an Pfählen. Tie Hu hielt sein Pferd neben ihnen und schlug die Hände vor das Gesicht. Er hatte jeden Einzelnen von ihnen gut gekannt, war er doch mit ihnen aufgewachsen. Es waren jene Jünglinge, die er in sein Heer hatte aufnehmen wollen, um erwachsene Männer aus ihnen zu machen. Man hatte sie ihm nicht gegeben, weil man um ihr Leben gefürchtet hatte. Seine Männer waren bis auf die Magier alle noch am Leben, aber diese hier, die Blüte und die Hoffnung des Hochadels von Wey, waren tot.

Tie Hu schämte sich seiner Tränen nicht. Seine Trauer kam aus einem verwundeten Herzen. Er hatte nichts für diese halben Kinder tun können und fühlte sich dennoch mitschuldig. In Hofkreisen würde man ihn auch für diesen vielfachen Tod verantwortlich machen und nicht den hier herrschenden Leichtsinn und die Verantwortungslosigkeit, in der diese Jünglinge aufgewachsen waren. Er stieg vom Pferd, warf den Brustpanzer ab und zerriss sein Gewand. Dann stimmte er eine Totenklage an.

Es war jetzt vielleicht nicht der richtige Moment, Gefühlen Ausdruck zu geben angesichts der Reiter, die sich verwirrt

hinter ihm sammelten, und den immer noch geschlossenen Stadttoren, aber er konnte nicht anders. Er musste seine Erregung, seine Wut, seinen Hass auf irgendeine Weise aus sich herauslassen, sonst würde er buchstäblich aus seiner menschlichen Haut aussteigen und zu toben beginnen.
Er konzentrierte sich auf die Bitte an Shirliang Po, mit den Seelen dieser Jünglinge so gnädig wie möglich zu verfahren und ein gutes Wort für sie bei den Richtern der Unterwelt einzulegen. Dabei schob sich ein ihm selbst noch unbekanntes Gesicht vor sein inneres Auge, eine narbige Rattenschnauze, so, wie die Weidenfrau sie beschrieben hatte. Diesen Feind galt es zu treffen und zu vernichten, in dieser oder in der anderen Welt, und wenn es das Letzte war, das er in dieser Existenz vollbringen würde. Er schrie es laut hinaus und erneuerte seinen Racheschwur, den er vor seinem Großvater Zhong Shan Shen gesprochen hatte, für seine Eltern, für die Toten vom Glockenberg-Gut und jetzt auch für seine einstigen Spielkameraden. Selbst jetzt mochte er sie nicht Freunde nennen, denn zwischen seiner und ihrer Art hatten Welten gelegen. Aber wie auch immer sie gelebt hatten – ein solch grausames Ende hatte keiner von ihnen verdient.
Seine Tränen machten ihn blind und seine Sinne taub für das, was um ihn herum geschah. So reagierte er mit einem wilden Fauchen auf die Berührung einer unvertrauten Hand.
»Nun, nun, mein prinzlicher Schwager – willst du deinen eigenen König totbeißen?«
Tie Hu wischte sich die Augen trocken und blinzelte, um wieder sehen zu können. Vor ihm stand König Lu Niao, schon in Trauerweiß gekleidet. Er sah noch älter und verbrauchter aus als vor einem halben Jahr, so als nage eine Krankheit an ihm. Vielleicht auch ein langsam wirkendes Gift – schoss es Tie Hu durch den Kopf. Ihm blieb nichts anderes übrig, als niederzuknien und seinen Kopf zu senken,

während sich Gedanken durch seinen Kopf schlichen, die der Situation nicht gerade angemessen waren.
Lu Niaos Trauer erreichte nicht seine Augen. Er hatte die Adeligen um sich herum, seine Onkel und seine angeheirateten Verwandten, immer um ihre Söhne beneidet und sie teilweise deswegen auch gehasst. Nun gab es niemanden mehr aus seiner engeren Verwandtschaft, dessen Sohn seinem Thron gefährlich werden konnte – bis auf Zhong Tie Hu. Doch ohne eigene Söhne war sein Thron auch nur ein Scheiterhaufen seiner Hoffnungen. All das spiegelte sich in seiner Miene, als er sich bückte und seinen General zu sich hochzog.
»Komm, mein Prinz, die Stadt steht dir offen. Deine Krieger haben schon das Lager in Besitz genommen, welches der Rattenkopf von Zhou uns hinterlassen hat. Du aber wirst in meinem Palast wohnen und wie ein Sohn an meiner Seite speisen, bis die Grablegung und die Trauerfeierlichkeiten für diese Unglücklichen hier vorüber sind. Dann mag uns das Kriegsgeschick wieder trennen.«
Tie Hu hatte einiges dagegen einzuwenden, denn schließlich befand er sich mitten in einem Feldzug. Doch dann wurde ihm klar, dass der Krieg sich auch hier im Palast abspielte – auf eine andere Weise als im Feld. Ohne es zu wissen, folgte er den gleichen Gedankengängen wie sein Todfeind. Er musste erst wieder hier in Wey den Rücken frei bekommen, ehe er gegen den Rattengeist vorgehen konnte. Zudem hatte er jetzt genug zuverlässige Offiziere, die die Heere für ihn neu formieren und in die richtigen Ausgangsstellungen bringen konnten, Männer, denen seine Soldaten vertrauten, weil er ihnen sein Vertrauen schenkte.
Der Einzug in die Stadt war eine Trauerprozession. Die Menschen, die Schulter an Schulter die Straßen säumten, hatten sich einen alten Sack oder einen Fetzen hellen Stoffs überge-

worfen, um Trauer zu zeigen. Doch wenn man einen Blick auf ihre gesenkten Gesichter werfen konnte, stand nur überwundene Angst und grenzenlose Erleichterung in ihnen.
Ein Gesicht fiel Tie Hu in der Menge auf, weil es im Gegensatz zu den anderen verkniffen und verärgert wirkte. Er kannte den Mann von früher her. Es war Wa Ren, ein ihm unsympathischer Wirt und Pferdehändler, welcher der Kuppelmutter Fen Mei so oft Schwierigkeiten gemacht hatte. Der Mann hatte auch mancherlei unsaubere Geschäfte mit den Jünglingen abgeschlossen, die nun steif und stumm auf ihren Bahren lagen. Soweit Tie Hu sich erinnern konnte, hatte Wa Ren öfter Feste für die jungen Adeligen und ihre Freunde außerhalb des Palastes gegeben, bei denen es außer Wein und Glücksspielen auch Blumenmädchen und Lustknaben gegeben hatte.
Tie Hu hätte den Mann trotz dieses Wissens nicht beachtet, wenn dieser nicht eine Ausstrahlung gehabt hätte, die seine Sinne zur Weißglut reizte. Ohne einen klaren Gedanken fassen zu können, folgte er den Gefühlen des Tigers in sich und stürzte sich vom Sattel aus auf den Mann. Während die Menschen um sie herum schreiend beiseitestoben, hob er ihn hoch und schüttelte ihn wie ein Beutetier. Dabei fiel dem verstörten, vor Angst kreischenden Wirt ein magisches Schutzamulett aus dem Gewand und landete in Tie Hus blitzschnell zupackenden Klauenhänden.
Es war ein fingergliedgroßer Knochen, von dem die für Tie Hu ekelhafte Ausstrahlung ausging. Der General stieß Wa Ren den herbeieilenden Gardisten in die Arme, wickelte das Amulett vor aller Augen in ein Seidentuch und steckte es in die Tasche. Den Bewaffneten gab er noch den Befehl, den Kerl zu arretieren und besonders streng zu bewachen. Dann schloss er sich unter den verwunderten Blicken der Höflinge und des Königs wieder dem Zug an.

Im Palast hatte er kaum Zeit, sich frisch zu machen. Der Minister für Sitten und Riten schoss sofort auf ihn zu. »Herr General! Prinz Tie Hu! Ich verlange zu wissen, was Euer anmaßendes Verhalten bedeuten soll! Wer hat Euch das Recht gegeben, ehrenwerte und harmlose Bürger in unserer Stadt einfach verhaften zu lassen? Was glaubt Ihr, wer Ihr seid? Bildet Ihr Euch ein, Eure bewusst verspätete Ankunft gäbe Euch das Recht, Euch hier aufzuspielen? Wo wart Ihr denn, als der Rattengeist die Blüte unserer Jugend ermorden ließ?«

Tie Hu musterte den Mann, der wie ein blökender Ziegenbock vor ihm stand, und leckte sich unwillkürlich die Lippen. Dabei war ihm nicht klar, wie erschreckend sein fratzenhaftes Gesicht und seine in halbe Pranken verwandelten Hände auf die Menschen um ihn herum wirken mussten.

Der Minister zuckte zurück, als hätte sich eine Giftschlange vor ihm aufgebäumt, und fiel rücklings zu Boden. Einen Augenblick zappelte er hilflos wie ein Fisch auf dem Trockenen. Dann zog er sich mühsam an einem Tischbein hoch und schlug dabei Tie Hus helfend ausgestreckte Hand aus, als sei sie mit Aussatz behaftet. »Ihr seid ein Dämon, kein Mensch! Ein tierköpfiger Teufel, ein Geschöpf ohne Moral und wahrscheinlich genauso schlecht und gewissenlos wie der General von Zhou!

Ich weiß, dass Ihr bei unserem König jetzt gut angeschrieben seid. Aber mich könnt Ihr nicht täuschen. Ihr habt gewusst, dass der Rattenkopf die Blüte unserer Jugend abmetzeln wollte. Die angeblichen Todfeinde haben sich die Hände gereicht, um beide Länder verderben zu können. So ist es, das weiß ich genau!«

Tie Hus Hände bewegten sich wie Pranken, und tatsächlich fuhren lange Krallen aus seinen Fingern. Der Minister schrie auf und wich zur Wand zurück. Wahnsinn flackerte in sei-

nen Augen. Während einige Wachen in den Raum stürmten, um nach der Ursache des grauenerfüllten Schreis zu sehen, drehte Tie Hu sich zu einer Wandnische um, in der ein Bronzespiegel hing, und versuchte, seine Pranken wieder in normale Menschenhände zu verwandeln. Irgendwie gelang ihm das auch, er brachte es sogar fertig, sein Gesicht mit reiner Willenskraft wieder menschenähnlich zu gestalten. Er wollte nicht, dass die Leute sich vor Angst von ihm abwandten, und verstand nun auch, warum der Rattengeist seine vom Kampf mit dem Roten Panther zernarbte Fratze hinter einer eisernen Maske verbarg.
Als er im Spiegel prüfte, ob er sich wieder ins Gesicht sehen konnte, verlangte er von den Wachen, einige der Herren Magier und Geisterbeschwörer herbeizuholen und ihm auch den gefangenen Wirt zu bringen. Nach kurzer Zeit drängten sich eine Menge Leute in der Halle, die Tie Hu als Empfangsraum für Gäste zugewiesen worden war. Selbst der König und der wie zu Stein erstarrte Kanzler waren herbeigekommen, um zu erfahren, was es mit diesem seltsamen Zwischenfall auf sich hatte.
Tie Hu musterte die Anwesenden nachdenklich. Ihm entgingen die furchtsamen, fragenden und beunruhigten Blicke nicht, die einige von ihnen tauschten. Doch er kümmerte sich nicht darum. Er nahm das Knochenamulett aus der Tasche und öffnete vor aller Augen einen ebenfalls aus Knochen bestehenden Behälter. Ein Knäuel dunkler, kurzer Haare und eine Art schwarzgrauer Schuppe fielen heraus. Die Magier beugten sich interessiert darüber und machten dann Abwehrzeichen gegen böse Geister.
»Meine Herren, können Sie mir sagen, um was es sich hierbei handelt?«, fragte Tie Hu und ließ Wa Ren dabei nicht aus den Augen. Der Gefangene sah mit höchster Angst auf die Magier.

Diese nahmen verschiedene Gegenstände aus den mitgebrachten Schatullen, angefangen bei Schildkrötenpanzern, die, über einer Flamme erhitzt, Antworten auf alle Fragen gaben, über Jadescheiben mit magischen Zeichen bis hin zu Bergkristallsplittern, die Unsichtbares aus der jenseitigen Welt sichtbar machen sollten.

»Falls die Herren Schwierigkeiten haben, diese Gegenstände zu erkennen, kann ich aushelfen«, bot Tie Hu nach einer Weile stummen Zuschauens an.

Aber die Magier schüttelten einhellig den Kopf und fuhren mit ihren Untersuchungen fort. Dann zogen sie sich kurz zur Beratung zurück. Doch sie schienen sich ungewöhnlich schnell einig geworden zu sein, denn sie kehrten beinahe auf dem Absatz in die Halle zurück. Ihr Sprecher verkündete mit gestelzten Worten: »Es handelt sich einwandfrei um Haare vom Fell einer riesigen Ratte und um eine Schuppe von ihrem Schwanz! Alle Untersuchungen und alle Orakelbefragungen haben ergeben, dass diese Dinge von dem Ungeheuer stammen, das dem Rabenkönig von Zhou als Feldherr dient. Damit steht fest, dass dieser Mann Wa Ren, Wirt und Pferdehändler aus Wey Cheng, ein Agent und Spion des Königs von Zhou und eine Kreatur des feindlichen Generals ist. Er ist ein Verräter und schuldig am Tod der Söhne aus der Königssippe. Er hat die Blüte unseres Reiches ihren Mördern zugeführt.«

Wäre der General Rattenkopf ohne Maske und verhüllender Kleidung unter den Anwesenden aufgetaucht, hätte die Wirkung nicht größer sein können. Die Männer wichen vor dem Wirt bis an die Wände zurück, und einige verließen sogar schreiend den Raum.

Wa Ren aber brüllte wie am Spieß und versuchte, in allen Tonarten seine Unschuld zu beteuern. Aber die grimmigen Blicke einiger hochgestellter Anwesender – mit dem Kanzler an der Spitze – zeigten, dass sie froh waren, einen Schuldigen gefunden zu haben, den sie für den Tod der jungen Adeligen büßen lassen konnten. König Lu Niao aber sah so aus, als freue er sich insgeheim auf eine neue Gerichtssitzung.

Tie Hu verhinderte, dass Wa Ren sofort abgeführt wurde. Er wollte beginnen, den größten Schmutz aus diesem Palast auszuräumen, denn er mochte bei seinem nächsten Kriegszug keine Verbündeten seines Feindes in seinem Rücken wissen.

»Meine Herren, bitte beruhigen Sie sich doch. Möchten Sie nicht wissen, wer im Palast hinter diesem Mann steckt? Die Berichte über unsere Truppen und ihre Bewegungen hat der Rattenkopf von Zhou mit Sicherheit nicht nur von seinen Spionen bekommen. Es muss einen Verräter hier am Hof geben – oder eine ganze Gruppe davon …«

Ein Beamter aus dem Gefolge des Kanzlers fiel Tie Hu ins Wort und bat um Gehör. Einige Höflinge reagierten wütend über diese Respektlosigkeit, doch Tie Hu gebot ihnen zu schweigen. Von der Weidenfrau hatte er den Namen dieses Mannes schon gehört. Es war der junge Beamte, der die Kupplerin Fen Mei vor dem Zugriff des Sitten-Ministers gewarnt hatte, so dass sie sich und ihre Mädchen in Sicherheit hatte bringen können. Daher nickte er dem Beamten ermutigend zu.

»Mein Prinz, verehrter General Eisentiger. Ich habe vor drei Tagen durch Zufall mitbekommen, dass dieser Mann dort ein frommes Fest im Tempel der Wassergötter organisiert hat. Er sprach mit den Söhnen Seiner Exzellenz Ding Wanzi und hat sie mit zweideutigen Anspielungen aufgefordert und sogar bedrängt, daran teilzunehmen! Außerdem ist er …« – hier schien der Mann allen Mut zusammenzunehmen, um weiterzusprechen – »… ist er ein regelmäßiger Gast im Haus des Ministers für Riten und Sitten gewesen.«

Nach diesen Worten brach das Chaos aus. Wa Ren schrie mit überschlagender Stimme, dass er das Fest nur organisiert habe, weil die beiden ältesten Söhne des Kanzlers ihn darum gebeten hätten. Der Sitten-Minister bestritt vehement jegliche Verbindung mit dem übel beleumundeten Wirt und verlangte, dass auch der verleumderische Beamte verhaftet würde. Dann begann jeder jeden zu beschuldigen, und das Geschrei in diesen sonst so stillen und von Hofzeremoniell erfüllten Hallen hörte sich an, als zanke sich eine Rotte betrunkener Kulis. Tie Hu fühlte, wie die Nähe und die Ausdünstung der vielen erregten Menschen seine Sinne reizte und ihm starke Eckzähne wachsen ließ. So schlich er sich ins Freie und suchte wie in Kindertagen im Tempel der freundlichen Zwillingsgötter Ho-Ho Zuflucht, den Schirmern von Ehe, Freundschaft und Harmonie.

Dort fand ihn schließlich der Kanzler. Er betrachtete den Betenden eine Weile mit kalten Augen, ehe er ihn ansprach. Tie Hu erinnerte sich noch gut an das Wohlwollen, mit dem ihn Ding Wanzi überschüttet hatte, als er noch glaubte, aus ihm eine seiner Kreaturen machen zu können. Jetzt, wo er aus eigener Kraft hoch in Lu Niaos Ansehen stand, hasste ihn der Kanzler als Konkurrenten und jetzt auch noch als einen Mann, der einen Sohn besaß.

Tie Hu nahm nicht an, dass Ding Wanzi dieser Abneigung Raum geben würde, solange es den Feind aus Zhou noch gab. Aber in der Zeit danach musste er sich vor ihm hüten.

»Hier habt Ihr Euch versteckt«, sagte der Kanzler mit einem aufgesetzt wirkenden Lächeln. »Aber das wird Euch nicht viel nützen. Ihr habt innerhalb dieser Mauern an einem Tag mehr Verheerungen angerichtet, als es der Feind durch das Abschlachten unserer Feldherren und Offiziere in Jahrzehnten geschafft hat. Drei Minister und etliche ihnen untergebene Beamte, die alle zum Klüngel des Sitten-Ministers ge-

hörten, wurden verhaftet und angeklagt. Sie werden wohl die Wut des Königs und seiner Berater mit voller Wucht zu spüren bekommen, ganz gleich, in welchem Maße sie schuldig sind.
Aber auch Ihr werdet Rede und Antwort stehen müssen. Der König will Euch sehen. Er möchte genauer erfahren, wo Ihr gewesen seid, als der General Rattenkopf mit einer Reitertruppe bis vor unsere Mauern kommen und ungehindert morden und brandschatzen konnte.«
Tie Hu starrte den Kanzler verblüfft an. Wollte man ihm aus irgendeinem Grund jetzt schon einen Strick drehen? Die Augen des Mannes drehten sich flackernd weg. Nein, so sah niemand aus, der wusste, dass er Macht über sein Gegenüber hatte. Ding Wanzi wollte ihn nur verunsichern. Natürlich wollte Lu Niao einen genauen Bericht über den Verlauf des eigentlich nicht zustande gekommenen Feldzuges, und das war des Königs gutes Recht. Tie Hu wurde klar, dass er die Tage hier ausnützen musste, um noch weitere Fronten zu klären, unter anderem auch, wie weit der Kanzler in seiner Feindschaft gehen würde, obwohl er ihm seinen mächtigsten Konkurrenten aus dem Weg geräumt hatte.
Als Tie Hu siebzehn Tage später Wey Cheng verließ – mit der Katze Jin Mau auf einem Kissen hinter seinem Sattel –, wusste er, dass niemand den Sumpf aus Intrigen, Neid und Begierden an diesem Hof wirklich austrocknen konnte. Die zufällige Aufdeckung des Verrats hatte eher dazu geführt, dass die Urheber anderer Verbrechen nun ruhig schlafen konnten, weil man jetzt die Schuldigen für all die Vorfälle gefunden hatte, die in den letzten Jahren ungeklärt und ungesühnt geblieben waren.
Seine Stellung war auch nur bis zu dem Tag gesichert, an dem der Krieg mit Zhou zu Ende war. Dann würde er seinen Rücken vor Dolchen und seine Speise vor Gift schützen

müssen. Aber das war ihm schon von Anfang an bewusst gewesen, wenn auch nicht in dieser brutalen Deutlichkeit. Im Augenblick aber musste er diese düsteren Gedanken abstreifen, denn nun galt es, die Armeen zu inspizieren. Danach würde er sein Hauptquartier am Glockenberg aufschlagen und den Rest des Jahres nutzen, um die Schlagkraft des gesamten Heeres zu steigern. So konnte er auch seine Großeltern öfter besuchen und sich um seinen Sohn kümmern. Darauf freute er sich schon seit dem Zwischenfall im Blauwassertal.

Seine Gedanken streiften kurz die Schwarze Füchsin, die schwer angeschlagen überlebt haben musste. Die Weidenfrau hatte ihm von Shirliang Po ausrichten lassen, dass er selbst wahrscheinlich nicht mehr viel von ihr zu befürchten hätte. Doch er solle gut auf seinen Sohn aufpassen. Nun, das hatte er auch vor, obwohl er sich nicht vorstellen konnte, dass sich die Geisterfüchsin noch einmal dem Gut am Glockenberg nähern würde. Dort nämlich wollte er seinen Sohn bis zur Feier seiner Mannbarkeit festhalten.

65. NÜ YING VERLÄSST DEN KUNLUN-BERG

Auf dem Kunlun-Berg fliegt die Zeit für seine Bewohner normalerweise wie im Sturm vorbei. Ein Menschenleben ist wie ein langer Augenblick, mehr nicht. Das sagen jedenfalls die, die aus der Welt des roten Staubes zu den Unsterblichen aufgestiegen sind. Nü Ying war nach den Begriffen der Götter und Feen noch sehr jung und erlebte daher den Lauf der Zeit genauso intensiv wie ein Sterblicher. Nach ihren fehlgeschlagenen Versuchen, ihren Bräutigam Tie Hu vor den unglücklichen Verstrickungen in der Welt des roten Staubes zu bewahren, empfand sie jede Stunde wie eine Ewigkeit, und sie wusste nun, dass sie hier oben einen Feind hatte.

Es war derjenige, der verhindert hatte, dass sie Tie Hus Körper und Seele vor schlechten Einflüssen schützen konnte. Nun fühlte sie sich hilflos und verunsichert. Aber sie wollte sich nicht ihrer Mutter anvertrauen, denn deren Eingreifen in den Prozess gegen Tie Hu hatte alles noch viel schlimmer gemacht. Nein, diese Angelegenheit musste sie alleine durchstehen. Das aber war für eine junge Fee nicht leichter als für ein Menschenkind. Sie konnte sich einfach nicht vorstellen, wer ihr Feind war und warum er sie bekämpfte. Soweit sie wusste, hatte sie in ihren kurzen Leben noch nie jemandem etwas zuleide getan.

Dieser Feind musste sich ganz in ihrer Nähe aufhalten und schon früh von ihren Absichten gewusst haben, denn sein Eingreifen traf ihren Plan genau an seiner schwächsten Stelle und vereitelte ihn zwischen dem Augenblick, in dem sie ihrem Bräutigam die weiße Jadestatuette in die Hand gedrückt hatte, und dem Moment, in dem der Zauber hätte wirksam werden können. Um Tie Hu zu beschützen, hatte sie zuerst in ihr Zimmer in der Bibliothek zurückkehren müssen. Dort hatte sie das Gegenstück zu der weißen Jadestatuette in einem magischen Kreis zurückgelassen.

Die zweite Figurine stellte Tie Hu dar, und sie war nicht aus weißer, sondern aus goldgrüner Jade geschnitten. Nü Ying hatte die ihnen ihrer Herkunft nach gehörenden Farben absichtlich vertauscht, um die Wirkung des Sympathiezaubers zu erhöhen. Über die beiden Statuetten hätte sie praktisch an Tie Hus Seite stehen und alles erleben können, was er erlebte. Die weiße Statuette vermochte sich auch nach ihrem

Willen zu bewegen und zu handeln wie ein echtes Lebewesen. Sie konnte sogar schreiben, und daher hätte sie sich endlich ihrem Bräutigam verständlich machen können.
Doch als sie das goldgrüne Gegenstück benutzen wollte, konnte sie Tie Hu weit und breit nicht spüren. Das Einzige, was sie feststellen konnte, war der ungefähre Ort, an dem die Jadefigurine lag. Er befand sich irgendwo auf der untersten Terrasse des Kunlun-Berges, ziemlich weit von der Stelle entfernt, an der Tie Hu mit seinen Begleitern die Götterstadt auf dem Berg wieder verlassen hatte.
Also musste ihm jemand in der kurzen Zeit die Statuette abgenommen und versteckt haben. Am nächsten Tag stellte sie fest, dass die Figur in einem Graben voller Unrat lag, wie eine verfaulte Frucht, die man voller Abscheu weggeworfen hatte. Anscheinend wollte ihr der unbekannte Feind seine Verachtung für ihre stümperhafte Magie zeigen.
In jener Nacht aber war sie trotz der ersten bösen Erfahrung, aber voller Angst und Sorge in Tie Hus Geist geschlüpft, um noch einmal einen Versuch zu unternehmen, ihn mit einem Traumgesicht zu warnen. So wurde sie Zeuge, wie jemand versuchte, seinen Geist oder zumindest seine Erinnerungen zu zerstören. Das gleiche Wesen, jene Frau mit der Aura einer mächtigen Geisterfüchsin, die ihr in Tie Hus Albtraum das Gefühl des Todes übermittelt hatte, machte sich daran, mit dem Staub des Vergessens die Erinnerung der letzten Stunden aus Tie Hus Gedächtnis zu brennen und das zauberische Band zu zerstören, das seine und Nü Yings Seele aneinanderkettete. Das hatte Nü Ying verzweifelt zu verhindern versucht, aber all ihre Anstrengungen waren vergebens gewesen.
Der Zauber der Geisterfüchsin löschte Tie Hus Erinnerung an die Gerichtsverhandlung auf dem Kunlun-Berg aus und verletzte sie selbst zuletzt so schwer, dass sie zu einer tauben,

stummen und regungslosen Hülle wurde. Nun schien sie im Sterben zu liegen wie ein gewöhnliches Menschenkind. Jedermann um sie herum, von ihrer Mutter angefangen bis zur Herrin Xiwangmu, suchte verzweifelt den Grund für ihre geheimnisvolle Krankheit. Die göttliche Königin des Westens flößte ihr eigenhändig den Saft eines der Pfirsiche der Unsterblichkeit ein, um sie zu retten. Doch auch das schien nicht zu helfen, denn sie wachte nicht auf.

In Wahrheit war sie hellwach. Tief in ihrem Körper gefangen, kämpfte ihr Geist immer noch gegen das Gefühl des Todes, das die Geisterfüchsin aus dem brechenden Herz einer anderen Frau in ihr eigenes gesenkt hatte, und gegen die hoffnungslose Verlorenheit, die der Staub des Vergessens über ihren und Tie Hus Geist gebreitet hatte. Da sie eine Unsterbliche war, konnte sie nicht sterben und nicht vergessen, sondern war nur gelähmt und aller Sinne beraubt. Es dauerte lange, bis sie die Schrecken in ihrem Geist überwinden konnte. Dann aber kam sie schnell wieder zu sich und erhob sich von ihrem Krankenlager, als hätte sie sich nur zu einem kurzen Schlummer niedergelegt. Als sie in den Spiegel sah, war sie jedoch zu einer erwachsenen Frau geworden und hatte viel an Feenkraft hinzugewonnen.

Nur ihre Verbindung zu Tie Hu hatte unter den Ereignissen gelitten. Sie konnte immer noch durch seine Augen sehen und seine Gefühle und Träume erfassen. Doch sie konnte ihm nicht mehr ihr Bild senden oder sich anderweitig bei ihm bemerkbar machen. Damit gab es für sie keinen Weg mehr, ihm zu helfen oder ihn zu warnen.

Nachdem sie ihre Eltern und die Herrin Xiwangmu von ihrer wundersamen Heilung überzeugt hatte und das Haus verlassen durfte, ging sie als Erstes zum Gerichtshof, um dem Präfekten ihre Beobachtungen mitzuteilen. Doch das Urteil über ihren Bräutigam war schon in Kraft getreten. Tie

Hu würde in dieser Existenz in der Welt des roten Staubes kein Glück mehr beschert sein, und er würde wie ein gewöhnlicher Sterblicher den Weg in die Unterwelt und damit in den Kreis der Wiedergeburten antreten müssen.
Der Präfekt des Gerichts bedauerte dies zwar, aber er wollte und konnte das Urteil nicht zurücknehmen. Er versuchte, Nü Ying zu beruhigen, und sprach von einem vorgezeichneten Schicksal, an dem auch die Götter nichts ändern konnten. Als er dann noch andeutete, dass es doch noch andere wünschenswerte Bewerber um ihre Hand gäbe, auf die sie stolz sein könnte, verließ sie die »Halle der Gerechtigkeit« in wilder Empörung.
Das Einzige, was ihr dieser Besuch auf dem Gericht einbrachte, war die nähere Bekanntschaft des uralten Generals Li Ring, der sie bat, seine Abhandlungen über seinen Freund Shirliang Po und den Roten Panther vom Glockenberg und deren gemeinsamen Kampf um die Stadt Wey Cheng in Schönschrift umzusetzen. Der alte Herr war eine entsetzlich schwierige Person und nie so recht zufrieden. Nü Ying aber wusste ihn mit einer Mischung aus Festigkeit und kindlicher Pietät zu behandeln und kam daher gut mit ihm aus.
Als einer der Bewerber um ihre Hand sie kritisierte, weil sie sich so viel um den alten Herrn kümmerte, schwor sie, Li Ring zum Gemahl zu nehmen, falls sie Tie Hu endgültig verlieren sollte, und sei es nur, um endlich Ruhe vor ihren aufdringlichen Freiern zu finden. Natürlich wollte sie niemand anders zum Gefährten als Zhong Tie Hu. Lieber blieb sie für alle Ewigkeiten eine ledige Jungfrau. Aber dieser vertrocknete Greis, dessen Freundschaft sie gewonnen hatte, war mit Sicherheit nicht ihr Feind.
Da Tie Hu die Auflagen des Gerichts nicht erfüllen konnte und jene menschliche Prinzessin zu seiner ersten Frau gemacht hatte, schien seine Gemeinschaft mit ihr unwieder-

bringlich zerschnitten und zerstört zu sein. Das war natürlich Wasser auf die Mühlen einiger Götter und göttlicher Beamter. Sie nahmen wieder die Gestalt stattlicher oder auch mädchenhaft schöner, junger Männer an, umwarben sie oder schickten eine Heiratsvermittlerin nach der anderen zu ihren Eltern.

Es war wie eine Belagerung. Unter den Freiern waren drei besonders aufdringliche Verehrer, die auch nicht davor zurückschreckten, die Grenzen des Anstands zu verletzen. Nü Ying vermutete unter ihnen ihren heimlichen Feind, denjenigen, der ihre Hilfe für Tie Hu vereitelt und ihm die Tierhexe geschickt hatte, um sein Gedächtnis zu zerstören.

Sie vermochte jedoch nicht herauszufinden, wer von ihnen es gewesen sein könnte. Bei jedem von ihnen gab es einen anderen Grund, warum er trotz seines ungehörigen Benehmens unschuldig sein konnte. Bei dem Ersten konnte sie sich nicht vorstellen, dass er die notwendige Verschlagenheit aufbrachte, eine Geistertierhexe mit Staub des Vergessens zu versorgen oder überhaupt den richtigen Zeitpunkt zum Eingreifen zu erkennen. Der Zweite hätte in seiner Gier nach Juwelen und anderen schönen Dingen die Jadestatuette behalten oder zumindest sorgfältig versteckt, um sie irgendwann von der hineingelegten Magie zu befreien. Der Dritte hätte sich niemals mit einer Geisterfüchsin eingelassen, denn er hasste Geistertiere und ekelte sich vor ihnen.

Tagsüber widmete Nü Ying sich wieder ihren Pflichten in der Bibliothek und kümmerte sich nebenbei auch eifrig um die Anliegen des alten Generals. In den Nächten aber versenkte sie sich in Tie Hus Gedanken und Träume und nahm so an seinem Schicksal teil. Sie bekam mit, wie er vom Hofe verbannt wurde und sich auf sein Gut am Glockenberg zurückzog. Durch seine Augen lernte sie dann auch die Schwarze Geisterfüchsin kennen. Sie wusste nicht, ob sie einen Wutausbruch bekommen oder heulen sollte, als sie sah, wie diese Tierhexe sich mit ihrem Gesicht in Tie Hus Vertrauen einschlich. Ihr Bräutigam sah nur das Gesicht, das er lieben sollte, und bemerkte nicht, dass es nur eine Maske war, hinter der sich eine Seelendiebin verbarg. Nü Ying aber spürte die unheilvolle Ausstrahlung der Geisterfüchsin sogar noch in Tie Hus Träumen. Nach dieser Entdeckung vertraute sie sich dem alten General an.

Li Rings Reaktion war eine ganz andere, als Nü Ying es erwartet hatte. Er glaubte ihr und nahm ihre Worte ernst, ja, er schien ihre Angelegenheit zu seiner eigenen machen zu wollen. Er erzählte ihr, was sein Freund, der göttliche Stadtpräfekt Shirliang Po ihm über diese Angelegenheit berichtet hatte, und dabei erfuhr sie auch Näheres über das Ende von Tie Hus kleiner Menschenfreundin. Jin Mau war jener hilflose Shen-Geist aus Tie Hus Albtraum gewesen, und der Tod der Kurtisane hatte zusammen mit dem Staub des Vergessens ihre Krankheit verursacht.

Der alte General stimmte ihren Erkenntnissen zu und wusste mehr über die Ereignisse um Tie Hu zu berichten. Jin Maus Geist, erklärte er ihr, war in jenes stumme Mädchen geschlüpft, das in Tie Hus Nähe lebte. Li Ring und sein grimmiger Freund aus Wey Cheng hofften, sie würde trotz ihrer scheinbaren Hilflosigkeit den Anschlag der Geisterfüchsin auf Tie Hus Seele verhindern. Starker Magie, so erklärte Li Ring der mutlos vor ihm sitzenden Fee, könne man oft genug mit ganz primitiven Mitteln entgegentreten, wenn man nur das Moment der Überraschung auf seiner Seite hatte. Diese Worte hatte Nü Ying in einem anderen Zusammenhang schon einmal gehört. Sie wusste nur nicht mehr, von wem.

Erleichtert bekam sie das Ende der Pläne der Schwarzen Füchsin mit, aber auch den Tod des stummen Mädchens. Sie

trauerte um Shirliang Pos katzenhafte Tochter und wünschte ihr von Herzen einen milden Höllenrichter. Auch da beruhigte sie Li Ring. Sein Freund und er würden alles tun, um Jin Maus Geschick zu erleichtern. Nü Ying aber wünschte sich, sie würde dieses mutige Katzenmädchen eines Tages kennenlernen. Das wäre eine unterhaltsame Freundin und Gesellschafterin für eine einsame junge Fee wie sie. Mehr aber als für Jin Maus Schicksal interessierte sie sich für das, was mit Tie Hu geschah.
Stolz und glücklich bekam sie mit, dass Tie Hus Geist sich wie eine Knospe öffnete und er endlich zu sich selbst fand. Tatsächlich erinnerte er sich auch wieder an sie und ihre Verlobung. Aber genauso klar war auch der Urteilsspruch, der sie nun trennen sollte, in sein Gedächtnis zurückgekehrt. In seinem geraden Sinn nahm Tie Hu das Urteil als unabänderlich an und schloss seine Trauer über den Verlust seiner Braut tief in seinem Herzen ein. Nü Ying aber dachte nicht daran, ihren Verlobten aufzugeben. Zu ihrem Leidwesen hatten auch die Bemühungen seines Großvaters, des Berggeistes, das Band zwischen ihr und Tie Hu nicht mehr herstellen können. So blieb sie weiterhin eine hilflose Zuschauerin in seinem Kopf.
Dann kam der Tag, an dem Nü Ying am Tor zu den neun Jadeterrassen der Schwarzen Geisterfüchsin begegnete. Sie beide erkannten einander und verbargen dieses Wissen genauso schnell vor aller Welt. Nü Ying setzte ein glattes, freundliches Gesicht auf und machte die Fuchshexe glauben, sie sei völlig ahnungslos. So nannte Haokan Hei ihr unabsichtlich den Namen ihres geheimnisvollen Feindes und lachte insgeheim wohl noch über die dumme Fee.
Also Man Dai war der Schuft, der ihren Schutzzauber zerstört und Tie Hu einem ungerechten Urteil ausgeliefert hatte. Man Dai, der Lügner, dachte Nü Ying wütend. Dieser

überstolze Tiergeist-Hasser war ein gewissenloser Ehrgeizling, der von jedermann verlangte, ihn wegen seiner Abstammung von dem Geisterkönig des Ostens bevorzugt zu behandeln. Der gleiche Gott aber war sich nicht zu schade, sich um seines persönlichen Vorteils willen mit einer amoralischen Geisterfüchsin einzulassen.

Der alte General hatte sie schon einmal vor diesem Freier gewarnt und ihn Tie Hus Feind genannt. Sie aber hatte ihn nur für einen aufdringlichen Gimpel gehalten. Im entscheidenden Moment aber verbarg sie ihre aufgewühlten Gedanken und Gefühle sehr sorgfältig hinter einem freundlichen Gesicht und brachte die Geisterfüchsin zu Man Dais Anwesen. Dann eilte sie zu Li Ring und berichtete ihm von Haokan Heis Besuch. Der alte General sagte nur, sie dürften die Füchsin nicht aus den Augen lassen, solange sie sich auf dem Kunlun-Berg aufhielt. Daraufhin legten sie sich beide auf die Lauer und beobachteten das Haus des heuchlerischen Beamten. Das stellte sich hinterher als fataler Fehler heraus. Sie hätten Man Dais Umtriebe verfolgen und ihn vor dem Präfekten anklagen sollen. Dann wäre ein furchtbares Unglück verhindert worden.

So aber bekamen Nü Ying und der alte General nur mit, dass Haokan Hei Man Dais Haus nicht verließ, bis dieser zurückkehrte und sie mit einem aus Wolken geschaffenen Drachen vom Kunlun-Berg wegschickte. Den Wolkendrachen musste er aus den Arsenalen der Göttin Xiwangmu gestohlen haben, also war der Herr nicht nur ein Lügner, sondern auch ein Dieb, und Nü Ying war sich jetzt vollkommen sicher, dass er beim Verschwinden ihrer Jadestatuette auch seine Hand im Spiel gehabt hatte. Schließlich war er ganz kurz vor diesem Zeitpunkt aus dem Gerichtsgebäude hinausgeschickt worden, weil er Tie Hu, wie Li Ring ihr berichtet hatte, ganz offensichtlich hatte übervorteilen wollen.

Später machten Li Ring und sie sich Vorwürfe, dass sie ihre Beobachtungen nicht sofort dem Gerichtspräfekten mitgeteilt hatten. Wer aber hätte gedacht, dass ausgerechnet Man Dai Gefäße mit Elementargeistern stehlen und einer Tierhexe übergeben würde? Er musste die Krüge gut getarnt haben, denn weder Nü Ying noch dem General war irgendein Gegenstand aufgefallen, den die Geisterfüchsin bei sich gehabt hatte. Daher nahm das Schicksal unbarmherzig seinen Lauf. An jenem Tag, an dem die Füchsin die Elementargeister freisetzte, um sie für ihre bösen Pläne zu verwenden, fand oben auf der obersten Terrasse des Kunlun-Berges das höchste Fest der Götter statt, das nur alle tausend Jahre einmal gefeiert wird. Es war das Fest der Pfirsiche der Unsterblichkeit. Die heiligen Bäume, von denen diese Früchte stammten, schmückten sich zu jeder Jahreszeit mit einem wundervollen Blütenflor. Doch an jedem Baum reifte nur alle tausend Jahre einmal eine einzige Frucht. Zum Glück gab es genügend Bäume, so dass die große Zeremonialschale aus weißer Jade bis zum Rand mit ihnen gefüllt war.

Die Vorbereitungen zu diesem Fest hatten auch Nü Ying wochenlang in Atem gehalten, so dass sie nur selten dazu gekommen war, sich in Tie Hus Gedanken und Träume einzuschleichen. Dabei hatte der alte General alles über seine Feldzugspläne wissen wollen, und zwar bis hin zu den seltsamsten Einzelheiten. Sein Drängen war ihr fürchterlich lästig gewesen, und sie hatte manchmal alle Höflichkeit zusammennehmen müssen, um ihn zu vertrösten. Hinterher wusste sie, dass sie sich an jenem Tag besser um Tie Hu gekümmert hätte.

Doch die Gegenwart Seiner Majestät, des Himmlischen Jadekaisers, nahm auch ihre Aufmerksamkeit völlig in Anspruch, und so entging ihr die Möglichkeit, die Götter rechtzeitig vor der Katastrophe zu warnen, die nun über den

Kunlun-Berg hereinbrach. Die wütenden Elementargeister waren beinahe schon über ihnen, als die Göttin Xiwangmu einen Sturm in der Welt unten bemerkte, der nicht ihren Befehlen gehorchte.

Ehe sie oder irgendjemand anders reagieren konnte, fegten die Sturmdämonen durch den heiligen Pfirsichgarten, zerstörten seine Blütenpracht und rissen die noch unreifen Früchte ab. Selbst der Oberste Himmelsherr wurde vom Wüten der Elementargeister vollkommen überrascht. Die Tische, an denen die Götter, Feen und höchsten Beamten saßen, kippten um und versanken in den Wasserfluten, die die Regendrachen ausspien, und die heiligen Früchte, die den Mittelpunkt des Festes bildeten, wurden wie Kinderbälle davongespült.

Dann ging alles so schnell, dass Nü Ying und der alte General nichts mehr sagen oder gar eingreifen konnten, denn was nun kam, geschah mit der Schnelligkeit eines Blitzschlags. Der Jadekaiser wurde so wütend, dass er die Elementargeister auf der Stelle auflöste und Xiwangmu für zehntausend Jahre zu den Gelben Quellen verbannte. Dann nahm er den obersten Richter des Kunlun-Berges und die gesamte Spitze der Beamtenschaft kurzerhand mit sich in seinen Palast in der Mitte des Himmels.

Nü Ying hatte zu jenen Feen gehört, die die höchsten Götter bedienen mussten, und so waren sie und Li Ring, der nur ein Beamter zweiten Ranges war, von der Wut des Himmelsherrn verschont geblieben. Der alte General versuchte, Nü Ying zu trösten und aufzurichten. Doch sie gab sich die Schuld an dem Desaster. Hätte sie ihrer Mutter oder der Herrin Xiwangmu selbst ihre Beobachtungen mitgeteilt, so wäre Man Dai vielleicht verhört worden und sein Verbrechen ans Tageslicht gekommen. Li Ring war anderer Meinung, denn sie hatten nur die Übergabe des Wolkendrachen

an eine fremde Person mitbekommen. Durch seinen Rang aber war Man Dai berechtigt, einen Wolkendrachen für sich selbst entstehen zu lassen und ihn zu benutzen.
Da saßen sie nun, der alte General und die blutjunge Fee, hilflos wie Menschenkinder und völlig ratlos. Es gab in diesen Tagen nach der Katastrophe niemanden auf dem Weltenberg, an den sie sich hätten wenden können. Kamen sie an den falschen Beamten, so hätte dieser sie vielleicht auch eingesperrt, bis jemand mit höherer Autorität zurückgekehrt war. Das aber konnte im besten Fall einige Menschenjahre dauern, und in der Zeit würde Tie Hu seinen Feinden hilflos ausgeliefert sein.
Li Ring hatte sein Versprechen gehalten und dafür gesorgt, dass auch der zweite Anschlag der Geisterfüchsin auf Tie Hu fehlschlug. Aber die tollwütig gewordenen Elementargeister waren auch ein Ergebnis seines Eingreifens. Das Bewusstsein einer gewissen Mitschuld an den schlimmen Ereignissen hielt Nü Ying davon ab, sich irgendeinem subalternen Beamten zu offenbaren. Man Dai hätte ihr mit seinen Hexenkünsten wahrscheinlich so lange die Worte im Munde herumgedreht, bis sie als die Hauptschuldige an der Katastrophe dagestanden hätte.
In Nü Ying stieg Hass auf, wenn sie diese heuchlerische Kreatur nur von weitem sah. Man Dai hatte wie Li Ring am Tisch der Beamten zweiten Ranges gesessen und war daher ebenfalls dem Abtransport zum Himmelspalast entgangen. Jetzt ging er mit glatter und hochmütiger Miene durch die Straßen, so als sei er das unschuldigste und ehrenhafteste Wesen der Welt. Doch sie spürte seine bohrenden Blicke in ihrem Rücken.
Er wusste offensichtlich, dass sie die Geisterfüchsin zu ihm gebracht hatte, und er schien sich nicht schlüssig zu sein, was sie ahnte oder erraten hatte. Plötzlich fürchtete sie Man Dai

und fühlte sich schutzlos. Ihre Eltern waren zum Himmelspalast mitgenommen worden, so dass sie außer dem alten General nur noch die Vorsteherin der Bibliothek als Ansprechperson hatte. Die alte Dame aber hatte bei aller Vorliebe für Nü Ying kein Verständnis für die Dinge, die sich außerhalb ihres Hauses abspielten und nichts mit Büchern oder Schriftrollen zu tun hatten. So ließ sich Nü Ying mit einer lahmen Ausrede freigeben und suchte wieder bei Li Ring Rat und Hilfe, denn sie hatte sich einen recht verwegenen Plan zurechtgelegt.
Sie wollte die Göttin Xiwangmu bei den Gelben Quellen aufsuchen und ihr alles anvertrauen, was sie wusste. Die Herrin musste wissen, was zu tun war. Es galt nur, die Erlaubnis der Höllenrichter für diesen Besuch zu bekommen. Zu ihrer Verwunderung stimmte der alte General ihrem Plan vorbehaltlos zu und ermutigte sie auch noch.
Er erklärte ihr, wie sie vorzugehen hätte, und gab ihr sogar einen Brief an den Höllenrichter der ersten Ebene, Herrn Lü Lang, mit. So machte Nü Ying sich mit den besten Wünschen des alten Generals auf den Weg zu den Gelben Quellen, um mit der Herrin Xiwangmu zu sprechen und ihre und Tie Hus Feinde anzuklagen. Sie sah mutiger aus, als sie sich fühlte, denn auch für die Unsterblichen war die Unterwelt ein furchteinflößender Ort.

66. TIE HU VERBÜNDET SICH MIT VERSCHWÖRERN UND REBELLEN

Zum ersten Mal seit Jahren gab es in Wey – und auch in Zhou – einen friedlichen Sommer und einen Herbst, in dem die Ernte ohne Angst eingefahren werden konnte. Doch die Menschen fühlten nur wenig Erleichterung und keinerlei Freude, denn düstere Vorzeichen versetzten sie in Angst und Schrecken. Das Blut, das im Krieg vergossen wurde, erzeugte eher ein gewohntes, greifbares Grauen. Aber nun weinten die Wolken blutige Tränen, die Kühe der Wasserbüffel gebaren Kälber mit zwei Köpfen oder fünf Beinen, und die halbwilden Hunde jaulten Nacht für Nacht, als seien sämtliche Dämonen der Hölle hinter ihnen her. Daher gab es für die Menschen keine Ruhe und auch keine Zuflucht.

Zuerst ahnten es nur die Priester, die Magier und die Geisterbeschwörer. Dann aber zogen halb wahnsinnige, von bösen Geistern besessene Menschen von Ort zu Ort und verkündeten es jedem, der ihnen begegnete: »Der Untergang der Welt ist nahe. Xiwangmu, die göttliche Königin des Westens, die Herrin der Pestilenz und des Todes und die Hüterin der Unsterblichkeit, ist vom Himmel verdammt und zu den Gelben Quellen verbannt worden! Gehe in dich, Mensch, und besinne dich auf deine Sünden, denn bald öffnen sich auch für dich die Pforten der Hölle, die nie wieder eine Seele freigeben werden!«

Die Menschen spürten das Verderben nun auch am hellen Tag. Sie zeigten auf die Katzen in den Gassen, die schnurrend um die Füße unsichtbarer Reisender strichen oder kreischend vor schreckenerregenden Gui-Gespenstern flüchteten.

Die Grenzen der Geisterwelt hoben sich auf, die Mauern

zwischen Diesseits und Jenseits stürzten ein, und es gab keine Harmonie mehr zwischen den Lebenden. Auch schien die ganze Welt den Atem anzuhalten und der Kreislauf des Lebens zu zerbrechen.
Dann kam das Unheil Schlag auf Schlag. In Wey starb König Lu Niao, wie es hieß an innerer Auszehrung. Hinter vorgehaltenen Händen wurde von einem langsam wirkenden Gift gemunkelt, welches ihm eine seiner Schwestern beigebracht haben sollte. Noch während der hundert Tage, die die Begräbnisfeierlichkeiten währten, wurden einige Minister und Höflinge verhaftet, des Hochverrats angeklagt und sofort hingerichtet. Übrig blieben nur die Freunde und Anhänger des Kanzlers Ding Wanzi. Daher wunderte sich niemand über das, was die Palastorakel übereinstimmend aussagten. Ding Wanzi, so hieß es, sei vom Obersten Himmelsherrn zum neuen König bestimmt worden.
Passenderweise starb Ding Wanzis Frau, die Prinzessin Lien, an einer verschluckten Fischgräte. Sie war eine treue Anhängerin ihres königlichen Bruders gewesen und hatte seinen Tod besonders heftig betrauert. An dem Tag, an dem Ding Wanzi zum König ausgerufen wurde, heiratete er die vier ältesten Töchter des verstorbenen Königs und erklärte sie zu vier gleichberechtigten Hauptfrauen. Dabei berief er sich auf einen berühmten Helden des Altertums, dem der Göttliche Jadekaiser selbst gestattet hatte, vier Töchter von vier Königen als rechtmäßige Hauptfrauen zu sich zu nehmen, um die zerstrittenen und ausgebluteten Reiche zu einigen.
Die Krönung und die Hochzeit wurden von vielerlei Unglückszeichen begleitet. Ein für das beginnende Frühjahr viel zu heftiger Regensturm setzte während der Feierlichkeiten das Gelände des Palastes bis zur äußeren Mauer unter Wasser, und man erzählte sich später, dass giftige Kröten und Hundertfüßler vom Himmel gefallen seien und Schlan-

gen die Felder rund um die Stadt bedeckt hätten. In den Augen des Volkes wurde da eine Dynastie gegründet, der der Segen des Himmlischen Jadekaisers fehlte und die daher keine göttliche Legitimation besaß.
Beinahe gleichzeitig mit dieser Hochzeit nahm das Unheil auch in Zhou seinen Lauf. General Rattenkopf war nach dem erfolglosen Feldzug bei seinem König in Ungnade gefallen und offiziell abgesetzt worden. Doch trotz seiner Unberechenbarkeit und Grausamkeit war der Mann mit der Rattenmaske bei seinen Leuten beliebt. Vom einfachen Soldaten bis hin zu den höchsten Offizieren, die ihre Stellung ihrem Können und ihrer Tapferkeit verdankten, hielt das Heer bis auf wenige Königstreue zu seinem Feldherrn. Die Männer wollten glauben, König Wuya sei beleidigt, würde sich aber im Laufe des Jahres wieder mit seinem Feldherrn versöhnen. Doch dann wurden mehrere Anschläge auf den General verübt, bei denen er zweimal verwundet wurde.
Aber es kursierten auch Gerüchte, nach denen General Rattenkopf selbst diese Anschläge auf sich inszeniert hätte, um einige Minister des Königs in Misskredit zu bringen und den König unter Druck zu setzen. Die Soldaten glaubten nicht an diese lächerlichen Verleumdungen. Immerhin waren die Attentäter vor verschiedenen Truppenteilen öffentlich verhört worden, hatten ihre Absichten gestanden und ihre Auftraggeber preisgegeben. Trotz seines Ärgers über seinen eigenwilligen Feldherrn ließ König Wuya prompt einige seiner Minister um dieser Anschläge willen hinrichten.
Der Konflikt zwischen dem General und dem Königshof spitzte sich im Lauf des Spätherbstes und des Winters zu. Doch suchten sowohl König Wuya, dem die überlebenden Minister in den Ohren lagen, wie auch der General nach einer einvernehmlichen Lösung. Es galt, die Selbstzerfleischung des Landes zu verhindern. Der Eisentiger aus Wey,

so hieß es, lauere doch nur darauf, Zhou in einem Augenblick der Schwäche zu überfallen.

Der König und sein General wollten sich am Tag vor dem Neujahrsfest vor den Toren der Stadt treffen, um sich vor allem Volk wieder zu versöhnen. Doch bevor es zu einer persönlichen Begegnung kam, schlug das Schicksal zu. Das Pferd eines Gardisten des Königs scheute heftig und schlug wild um sich. Ein Huf traf König Wuya so unglücklich am Kopf, dass er aus dem Sattel geschleudert wurde und sich schwer verletzte. Trotz aller Bemühungen seiner Ärzte und Magier starb er noch in der folgenden Nacht.

General Rattenkopf aber bewies den Magiern und dem staunenden Hofstaat, dass das Ganze ein raffiniertes Attentat gewesen war, um ihn, den verdienten Feldherrn des Reiches, in ein schiefes Licht zu setzen. Nur durch einen glücklichen Zufall waren er selbst und seine Männer vom Ort des Geschehens noch viel zu weit weg gewesen, so dass man ihm keine Schuld zuweisen konnte. Wuyas Sohn, der einzige Thronerbe, nahm der plötzliche Tod seines Vaters so stark mit, dass er wenige Tage später an seinem Sarg zusammenbrach und starb.

Der Rat der Minister, der durch einige Anklagen stark verkleinert worden war, trug nach Ablauf der Trauerzeit General Rattenkopf die Krone des Reiches Zhou an, und zur Legitimation dazu noch die Hand der Prinzessin Gan Lan, der einzigen Tochter des Königs mit seiner rechtmäßigen Ehefrau. Hier aber gingen die Pläne des Rattengeistes nicht ganz auf, denn die Prinzessin verschwand nach der Beerdigung ihres Bruders spurlos. So musste sich Lao Shu mit den hübschesten Töchtern einiger Sklavinnen und Konkubinen des verstorbenen Königs als Frauen begnügen, um seinem Thronanspruch einen Hauch von Legitimität zu verleihen.

Tie Hu wurde von diesen Ereignissen beinahe unvorbereitet

überrollt. Trotz aller Widrigkeiten durch üble Vorzeichen und unerklärliche Vorkommnisse unternahm er alles, um seine Armeen auf höchstmögliche Kampfstärke zu bringen, denn er wollte Lao Shus Truppen jederzeit entgegentreten können. Gleichzeitig versuchte er herauszufinden, was der feindliche Feldherr eigentlich plante.

Als er die Nachricht vom Tode des Rabenkönigs und der Wahl Lao Shus zum neuen König vernahm, gehörte er zu den wenigen Menschen, die in den Ereignissen eine gut angelegte Intrige von General Rattenkopf selbst sahen. Zu dem Zeitpunkt hatte er jedoch andere Sorgen, denn Lu Niaos Tod drohte seine eigenen Pläne zu zerstören.

Kaum hatte sich Ding Wanzi zum König von Wey gemacht, da bekam Tie Hu von ihm den Befehl, sich pünktlich zu den Riten der Inthronisierung einzufinden und seinen Sohn Zhong Huang mitzubringen. Der ehemalige Kanzler ging sogar so weit, seinem Feldherrn Entmachtung und schwerste Strafen anzudrohen, wenn er nicht pünktlich erscheine oder sich weigere, seinen Sohn bei Hofe zu präsentieren.

Im ersten Augenblick wollte Tie Hu die Botschaft ebenso wenig beachten wie die Schreiben des Kanzlers. Doch dann wurde ihm klar, wie verfahren die Situation war. Folgte er dem Befehl, so begab er sich und seinen Sohn in die Hände eines Mannes, der ihn beneidete und beinahe tödlich hasste. In der Stadt und besonders im Palastgelände konnte Ding Wanzi sich auf die Stadtwache und die schwerbewaffneten Königsgarden stützen, die schon seit vielen Jahren von seinen Kreaturen durchsetzt waren.

Verweigerte er dem Ex-Kanzler den Gehorsam und blieb bei seinen Truppen, so konnte jener ihm nicht das Geringste anhaben, denn seine Offiziere waren erprobt und ihm absolut treu, und seine Soldaten verehrten ihn. Er war, wenn man es genau nahm, der Herr des Landes Wey außerhalb der

Hauptstadt – und ein Rebell, wenn er den Befehlen seines neuen Königs nicht gehorchte.
Tie Hu war ratlos. Solange er die Armee aus seinem Vermögen unterhielt, war er Herr der Situation, denn er hatte auch die Versorgung seiner Truppen so organisiert, dass ihm aus der Hauptstadt niemand in den Rücken fallen konnte. Er konnte also seinen Krieg gegen Zhou und seinen Rattenkönig bis zum Ende weiterführen. Danach aber war er ein armer Mann, ganz gleich, ob er siegte oder verlor – und unter diesen Umständen ein heimatloser, gejagter Flüchtling. Er würde mit seinem Sohn das Glockenberg-Gut verlassen und in irgendwelche Barbarenländer ziehen müssen, wo Ding Wanzis Arm sie beide nicht mehr erreichen konnte.
Wollte er aber seine Stellung und besonders die seines Sohnes sichern, musste er Krieg gegen sein eigenes Land führen, und das hieß, die Armee gegen Wey Cheng zu führen und es mit Gewalt zu erobern. Dann aber stellte er sich mit Lao Shu auf eine Stufe und wurde zum Mörder und Marodeur.
Tie Hu glaubte zwar nicht, dass sich Ding Wanzi freiwillig mit dem Mörder seiner Söhne gegen ihn verbünden würde, aber er traute es dem Rattengeist durchaus zu, das Zerwürfnis zwischen dem König von Wey und seinem Feldherrn über neue Mittelsmänner im Palast von Wey anzuhcizen und aus der Situation Kapital zu schlagen. Würde er die eigene Hauptstadt belagern, so würde Lao Shu ihn sofort mit einer schnellen Truppe von hinten angreifen und sein Heer gemeinsam mit Ding Wanzis Soldaten unter den Mauern von Wey Cheng aufreiben.
Wie Tie Hu es auch drehte und wendete, er wusste das Problem nicht allein zu lösen. Deswegen entschloss er sich, auf jene geheime Botschaft zu antworten, die ihn kurz vor Ding Wanzis Befehl erreicht hatte und der er eigentlich keine Beachtung hatte schenken wollen.

Der Überbringer der Nachricht war ein einfacher Bauer vom Gut des Grafen Yü, des Mannes, der beinahe Tie Hus Schwiegervater geworden wäre. Der Bote trug das Ansinnen seines Herrn buchstäblich auf dem Kopf. Man hatte ihm die Schriftzeichen auf den kahl rasierten Kopf geschrieben und diesen dann mit Ruß eingerieben. Unter dem typischen Strohhut der Landleute sah es so aus, als verberge der Mann die Folgen einer Strafe, zu der auch das Kahlrasieren des Kopfes gehörte.
Buku musste dem Mann noch einmal die Haare rasieren lassen, denn sie waren in den wenigen Tagen seiner Reise schon wieder kräftig nachgewachsen. Die Botschaft besagte nicht mehr und nicht weniger, als dass der Graf Yü und ein entfernter Verwandter von ihm, der Graf Po aus Zhou, dem General Eisentiger ein Treffen im Wald der Eule vorschlugen. Der Tag für das Treffen war schon bestimmt und stand so knapp bevor, dass Tie Hu kaum Zeit zum Überlegen und Abwägen blieb.
Ein abergläubischer Mensch hätte diesen Treffpunkt niemals vorgeschlagen. Die Eule galt den meisten Menschen als Unglücksbringer, und deswegen hatte man einem einst lieblichen Ort seinen jetzigen Namen gegeben. Vor dem Krieg war der Wald der Eule als Wald von Ran eine große Parklandschaft mit alten Bäumen und wundervoll blühenden Sträuchern gewesen, in der von Wiesen und Feldern umgebene Gehöfte verstreut waren und fischreiche Seen und Weiher zum Verweilen einluden.
Doch in den über vierzig Jahren Krieg waren die Wohnstätten der Menschen zerstört und größtenteils von der Wildnis verschlungen worden. Dichtes, dornenreiches Buschwerk hatte Wiesen und Felder überwuchert, und die Seen waren zu hässlichen Sumpflöchern verkommen. Jetzt fühlten sich dort nur noch Eulen, Kröten, Schlangen und Füchse wohl. Das Einzige, was für den Treffpunkt sprach, war sein schlech-

ter Ruf, denn er schützte vor zufälliger Entdeckung. Es war aber auch ein Ort, an dem Verrat und Mord unentdeckt bleiben konnten.

Die Grafen Yü und Po galten in ihrer jeweiligen Heimat als Rebellen und Abtrünnige und waren daher aus der Hofgesellschaft ausgestoßen worden. Dabei hatten sie sich noch nicht einmal eines größeren Verbrechens schuldig gemacht. Sie hatten nur den unsinnigen Krieg und die Zustände am jeweiligen Hof kritisiert und sich zu Sprechern des einfachen Volkes gemacht.

In ihrer Botschaft schworen die beiden Grafen bei Shirliang Po, ihrem gemeinsamen, sagenhaften Ahnherrn, dass sie in Frieden und Freundschaft kommen und auch wieder gehen wollten, ganz gleich, wie Zhong Tie Hu sich zu ihren Vorschlägen stellen würde. Tie Hu brauchte diese Versicherung nicht, denn ihm war klar, dass diese beiden Männer kein doppeltes Spiel mit ihm spielten. Aber er wusste nicht, ob sie gegen die Intrigen und zauberischen Künste des Rattengeistes gefeit waren. Möglicherweise dienten sie ihm, ohne es zu wissen, als Helfershelfer. So hatte Tie Hu zunächst gezögert, ihre Einladung anzunehmen, bis ihm klarwurde, wie prekär seine Situation war.

Daher schickte er den Boten mit sorgfältig gereinigter Kopfhaut, einem guten Wegegeld und einer kleinen Lackdose an jenen geheimen Ort zurück, an dem die beiden Herren auf seine Antwort warteten. Die Dose trug das Symbol für »Bunter Wald«, und das war nichts anderes als der alte Name für den Wald der Eulen. Drei Tage später ritt er los, angeblich, um die neuen Grenzbefestigungen zu inspizieren, die er im Lauf des Herbstes tief in dem von Zhou schon eroberten und jetzt wieder geräumten Land hatte erbauen lassen. Diese Bauten sollten den General Rattenkopf daran hindern, das leere Land wieder zu besetzen.

Das teilte er Ding Wanzi in einem selbstbewussten, mit einem knappen Lagebericht ergänzten Brief mit. Seinen Sohn übergab er wieder der Obhut seiner Großmutter. Am liebsten hätte er ihn ja tief im Glockenberg verborgen. Doch das Kind benötigte eine sterbliche Amme, und außerdem bekam ihm die Kälte im Innern des Berges nicht. Der Junge hatte nichts von einem Bewohner der Geisterwelt an sich, sondern war durch und durch menschlich. Im Gegensatz zu seinem Großvater hielt Tie Hu dies jedoch nicht für ein Unglück.

Er traf vor den beiden Grafen an der verabredeten Stelle im Wald der Eule ein. Wie verabredet, hatte er nur drei Männer als Begleiter mitgenommen, seinen Waffenmeister Buku, der ihn niemals allein hätte gehen lassen, und seine beiden besten und fähigsten Offiziere. Es waren die Männer, die er für ihre schnelle Entschlusskraft in der Falle am Blauwasser befördert hatte. Die Treue dieser beiden Soldaten galt in erster Linie dem Land Wey, dann ihrem General und zuletzt dem Königshaus.

Wäre da nicht die Botschaft der Grafen gewesen, hätte man sich auf einem Jagdausflug befinden können. Buku schlug tatsächlich eine Jagd vor, nicht so sehr, um Beute zu machen, sondern um die beiden abergläubischen, arg nervösen Obristen abzulenken. Die beiden Männer sahen im Feld jedem Feind gelassen entgegen. Doch in dieser wüsten, verwunschenen Gegend fühlten sie sich trotz Tie Hus Gegenwart unbehaglich. Selbst der Hinweis, dass Tie Hus Katze, sein Schutzgeist, keine bösen Geister in der Nähe bemerkte, beruhigte sie nicht. Daher behauptete Buku, er habe beim Sammeln von Feuerholz frische Spuren von Wildschweinen gesehen. Nun waren die beiden Obristen auf einmal Feuer und Flamme und vergaßen all die bösen Gui-Gespenster, die es hier geben sollte.

Tie Hu schickte seine Begleiter ohne ihn auf die Jagd, denn er wollte Jin Mau an diesem üblen Ort nicht alleine zurücklassen. Zudem streifte er selbst nur noch nachts und in der Gestalt eines Tigers durch den Wald. Den Obristen erklärte er, dass wenigstens einer zurückbleiben und auf die Pferde aufpassen müsse. Schließlich war dieser Ort mit seinem schlechten Ruf ein idealer Platz für ein Räubernest. Das feuerte die Obristen an, denn mit ein paar lumpigen Räubern getrauten sie sich fertig zu werden. Es waren jedoch keine Räuber, denen sie begegneten – und sie brachten auch keine Wildschweine mit. Als sie Tie Hu ihre Beute präsentierten, würgte es ihn vor Ekel in der Kehle, und Jin Mau raste fauchend und spuckend den nächsten Baum hoch. Die Männer hielten vier tote Füchse in den Händen, einen großen, alten Rüden und drei halbwüchsige Welpen.

Buku stellte sich wie ein kleiner Kampfhahn vor den beiden Männern auf, als müsse er sie vor Tie Hu in Schutz nehmen. »Ich habe ihnen gesagt, sie sollen das widerliche Raubzeug abschießen. Wer weiß, ob es nicht Spione des Rattenkopfes waren? Der arbeitet doch mit solchem Fuchsgesindel zusammen. Man kann diese dämonischen Biester nur erschlagen, wenn man sie in Fuchsgestalt vorfindet. Also haben wir unsere Pflicht getan! Wir haben gesehen, wie die Füchse an einem frisch gerissenen Keiler gefressen haben. Habt Ihr schon einmal gehört, dass gewöhnliche Füchse Wildschweine jagen?«

»Schon gut, schon gut!«, beruhigte Tie Hu den aufgeregten Alten. »Ich habe ja noch nicht einmal den Mund aufgemacht, geschweige denn einen von euch getadelt. Nein, ich glaube auch nicht, dass gewöhnliche Füchse Wildschweine jagen können. Das Tier könnte auch an schlechten Ausdünstungen eingegangen sein. Kommt, Männer, schmeißt die Kadaver da drüben in die Senke.«

»Was ist mit den Pelzen?«, fragte einer der Offiziere. »Die sind makellos und ließen sich gut verarbeiten.«

Tie Hu machte eine abwehrende Geste. »Lasst den Biestern ihre Felle! Wenn das da Geisterfüchse waren, so hängt gewiss ein tödlicher Fluch an ihnen.«

Die armen Obristen, die eben noch voller Jagdfieber gewesen waren, wurden kreidebleich. Daran hatten sie nicht gedacht. Entsetzt schleuderten sie die toten Füchse von sich, als wären es Feuerbrände in ihren Händen. Sie beruhigten sich erst wieder, nachdem Tie Hu einen Schutzkreis um ihren Lagerplatz gezogen hatte und ihnen überdies magische Amulette versprach, die der Herr des Glockenberges persönlich für sie anfertigen würde. Mit diesen Schutzzaubern würde kein böser Geist ihnen je wieder etwas anhaben können.

Die Männer knieten voller Dankbarkeit vor ihrem General nieder und huldigten ihm für seine Güte. Statt frischen Wildschweinbratens gab es nun eine Suppe aus Armeevorräten, mit Trockenfleisch, Bohnen und Zwiebeln. Bald konnten die Männer schon wieder lachen. Jin Mau aber beruhigte sich nicht so schnell. Sie war längst wieder von dem Baum heruntergesprungen und hatte dabei, wie gewohnt, Tie Hus Schulter als Landeplatz gewählt und die Risse in seinem Lederwams um einige vermehrt. Jetzt lag sie wie ein Kragen um seinen Hals und schnurrte scheinbar zufrieden. Tatsächlich aber redete sie in der für Menschen unhörbaren Art der Geister auf Tie Hu ein.

»Ich beschwöre dich, lass uns schnell von hier weggehen«, drängte sie ihn. »Die vier Füchse gehörten zur Verwandtschaft der bösen Schwarzen. Sie riechen nach ihr. Der ganze Wald hier riecht nach Haokan Hei. Also muss sie hier irgendwo sein. Vielleicht waren das ihr Gefährte und ihre Jungen.«

Tie Hu seufzte und schüttelte sich bei dem Gedanken. Buku, der gerade gefragt hatte, was er von dem Grafen Yü hielt, bekam es in den falschen Hals. »Ja, warum sind wir dann hier, wenn Euch der alte Graf so unsympathisch ist?«
Tie Hu hob den Kopf. Jin Maus eindringliches Flüstern in seinem Kopf hatte ihn völlig abgelenkt. Da auch er sich nicht zwischen zwei so unterschiedlichen Gesprächspartnern teilen konnte, gab er Jin Mau einen Klaps und bat sie zu schweigen. Sie unterbrach ihren Gedankenschwall mit einem zornigen Maunzen und sprang zu Boden. Als er sie auf seinen Schoß ziehen wollte, fauchte sie ihn böse an und stolzierte ohne ein weiteres Wort davon. Mit einem Seufzer wandte Tie Hu sich wieder seinem Waffenmeister zu.
»Entschuldige bitte, alter Freund. Ich habe nur an die Menschen gedacht, die ich durch die Hand der Geisterfüchsin verloren habe. Dieser Wald ist wirklich ein verfluchter Ort. Ich glaube, hier fürchten sich sogar Räuber zu hausen. Ich gebe zu, ich bin auch froh, wenn wir die Stätte wieder verlassen können. Aber was den Grafen Yü betrifft, so halte ich sogar sehr viel von dem Mann. Ich hätte mich sonst nie mit diesem Treffen einverstanden erklärt …«
Er zählte seinen Begleitern auf, welche Verdienste sich der frühere Herzog Yü einst um das Reich von Wey erworben hatte, ehe ihn die Clique um den Kanzler und jetzigen König Ding Wanzi verleumdet hatte. Nur die Wertschätzung, die der Vater des Königs Lu Niao diesem Mann entgegengebracht hatte, hatte ihn damals vor Brandmarkung und elender Verbannung bewahrt, wenn nicht sogar vor einem schändlichen Tod.
Während Tie Hu noch berichtete, vernahmen die Männer gedämpften Hufschlag und leise Stimmen. Es war Graf Yü, allerdings nicht mit drei, sondern mit vier Begleitern. Einer von ihnen war nur ein Junge, fast noch ein Kind. Die Neu-

ankömmlinge näherten sich sehr vorsichtig dem Feuer und atmeten sichtbar auf, als sie Tie Hu erkannten.

Graf Yü sprang trotz seines hohen Alters von seinem Pferd und verneigte sich dann so tief vor Tie Hu wie vor einem königlichen Prinzen ersten Ranges. »Ich danke Euch, dass Ihr meiner Bitte gefolgt seid. Verzeiht mir, aber ich musste gegen unsere Verabredung eine weitere Person mitbringen. Ich wusste nicht, wo ich dieses Kind hier sicher unterbringen sollte. Aber sein Auftauchen war für uns ein unerwarteter Glücksfall. Ich erkläre Euch noch genau, um wen es sich bei dieser ehrenwerten Person handelt. Zuerst will ich Euch meine anderen Begleiter vorstellen: Hier ist Graf Po. Genau wie ich führt er seine Abstammung auf einen Sohn des berühmten Helden Shirliang Po zurück. Ihm sieht man es sogar noch ein wenig an …«

Graf Po war ein massiger, ungewöhnlich groß gewachsener Mann mit einer hässlichen Nase und viel zu hellen Augen. Wenn man die Bilder im Tempel des Stadtgottes von Wey Cheng gesehen hatte, konnte man sich mit etwas Fantasie die Verwandtschaft vorstellen. Aber Po wirkte ruhig und vornehm und schien sich nichts auf seine Abstammung einzubilden. In Zhou war sie bestimmt auch keine Empfehlung. Der Graf bedankte sich artig bei Tie Hu für sein Kommen und begrüßte Buku und die beiden Offiziere mit großer Höflichkeit.

Die beiden anderen Begleiter waren zwei von General Rattenkopf in Unehren entlassene Offiziere, sein früherer Adjutant Chun Kou und sein Stellvertreter Huan Yen, die sich keines anderen Vergehens schuldig gemacht hatten, als treu zu dem verstorbenen König Wuya zu stehen. Ihre Mienen spiegelten noch etwas von dem Zorn wider, den sie auf ihren ehemaligen General hegten.

Nachdem alle Anwesenden sich gegenseitig noch einmal auf

das Höflichste begrüßt hatten, setzten sie sich um das Feuer, teilten sich die restliche Suppe und einiges von den Vorräten, die die Neuankömmlinge mitgebracht hatten. Dabei stellte Tie Hu verwundert fest, dass der junge Begleiter der Grafen kein Knabe, sondern ein Mädchen in Männerkleidern war. Graf Po bemerkte Tie Hus Blick und nickte kummervoll. »Darf ich Euch die Prinzessin Gan Lan vorstellen? Sie ist das einzige noch lebende Kind des Königs Wuya mit seiner ihm rechtmäßig angetrauten Gemahlin Mu Dan. Sie musste vor dem Zugriff des Rattengenerals fliehen und hat sich unserer Sache angeschlossen. Wir haben geschworen, nicht eher zu ruhen und zu rasten, bis wir unser Ziel erreicht haben.«

»Und was ist Euer Ziel?«, fragte Tie Hu freundlich.

Den Herren Po und Yü schien seine Art zu gefallen. »Ich will es in einen kurzen Satz bringen«, antwortete Graf Yü. »Wir wollen die beiden Reiche Wey und Zhou unter einem König vereinen, und dieser König sollt Ihr sein, Zhong Tie Hu!«

Tie Hu brauchte keinen Moment der Besinnung. Mit unveränderter Freundlichkeit sagte er einfach: »Nein!«

Den fünf Verschwörern blieb die Luft weg. Graf Po legte vorsichtig die Suppenschale und seine Essstäbchen weg und schnaufte wie ein alter Blasebalg. Die Prinzessin, die Tie Hu mit recht kecken Blicken gemustert hatte, verzog ärgerlich das Gesicht und fauchte wie ein junges Kätzchen, so dass Jin Mau, die unter einem Busch hockte und lauschte, den Schwanz sträubte. Graf Yü räusperte sich mehrmals, als habe er etwas Unangenehmes verschluckt, und brach das langsam peinlich werdende Schweigen.

»Verehrter General Eisentiger, dürfte ich Euch bitten, dieses unfreundlich kurze Wort zu erläutern? Vielleicht habe ich unser Anliegen auf eine solch ungeschickte Weise vorgetragen, dass Ihr Euch womöglich beleidigt fühlt!«

Tie Hu lächelte den Mann freundlich an. Innerlich aber war er so angespannt, dass er fürchtete, sein Gesicht könne sich wieder zu einer Dämonenmaske verzerren. Doch Yü gab sein Lächeln leicht verschämt zurück.
»Mein lieber Graf Yü«, antwortete Tie Hu nach kurzem Überlegen, »ich fühle mich nicht im Geringsten beleidigt. Wenn einer beleidigt sein könnte, so wäret Ihr das. Schließlich habe ich Eurer Familie mit der nicht zustande gekommenen Hochzeit einen nicht wiedergutzumachenden Schaden zugefügt. Ich kann Euch erst heute dafür aufrichtig um Verzeihung bitten.«
Yü machte eine abwehrende Geste. »Ich weiß, wer die Schuldigen an der Krankheit und dem frühen Tod meiner vierten Tochter waren. Der Hauptschuldige nennt sich jetzt König von Wey! Mein Kind hat Euch nichts nachgetragen, und ich tue es auch nicht.«
»Ich stehe dennoch in Eurer Schuld, Graf Yü. Aber diese kann ich nicht damit abtragen, dass ich ein Unrecht durch ein anderes tilge. Nun, ich denke, ich sitze hier unter Männern mit braven Herzen und ehrlichen Absichten, die ein offenes Wort vertragen können.
Ich halte es für ein gutes Werk, die beiden Länder unter einem Herrn zu vereinen. Doch ich bin nicht der richtige Mann für den Thron. Ich besitze dazu so wenig oder so viel Legitimation wie der Rattenkopf aus Zhou und noch erheblich weniger als der einstige Kanzler Ding Wanzi, der immerhin in weiblicher Linie vom Großvater des verstorbenen Königs Lu Niao abstammt. Ich hingegen bin nicht mit einem der Königshäuser verwandt. König aber darf nur der werden, der die Legitimation des Volkes und den Segen des Jadekaisers dazu erhält.
Um Ding Wanzi abzusetzen, müsste ich gegen mein Land Krieg führen und die Mauern von Wey Cheng berennen.

Das aber hätte ganz sicher nicht den Segen der Götter. Ich habe vor nicht allzu langer Zeit den Willen Eures hochverehrten Ahnen Shirliang Po erfüllt und Wey Cheng vor den Horden des Rattenkopfes bewahrt, wenn auch mehr durch Zufall als durch eigenes Verdienst. Soll ich jetzt in die Fußstapfen dieses Mordbrenners treten?«

Die fünf Verschwörer wiesen diesen Gedanken weit von sich. Nach kurzem Besinnen fragte Yü: »Und was ist mit Eurem Sohn? Er ist mit dem rechtmäßigen Königshaus von Wey enger verwandt als Ding Wanzi, und er ist der erste männliche Nachkomme, der nach dem Fluch der Sohnlosigkeit geboren wurde. Das allein ist schon ein gutes Omen, wenn nicht sogar ein deutliches Zeichen der Götter.«

Tie Hu schnalzte mit der Zunge. »Was das Erbe des Königshauses von Wey betrifft, so mögt Ihr recht haben. Aber wie wollt Ihr ihn auf den Thron von Wey setzen, ohne vorher einen Bürgerkrieg geführt zu haben? Ding Wanzi kann sich in Wey Cheng verschanzen und warten, bis ich meine Heere gegen Zhou aufgerieben und mein Vermögen verbraucht habe. Dann ist er der unangefochtene Herr dieses Landes. Ich kann Euch nicht helfen. Ich werde meine Heere im Frühjahr gegen die des Rattenkönigs von Zhou führen, bis ich ihn selbst vor meiner Klinge habe. Kann ich ihn töten, habe ich mein Ziel erreicht und meine Verpflichtung zur Rache am Tod meiner Eltern erfüllt.

Ihr mögt Euch in Zhou einen Herrscher wählen, der den Segen der Götter hat. Von Euch, Graf Po, und Euren Freunden verlange ich dann nicht mehr und nicht weniger als einen dauerhaften Frieden zwischen Wey und Zhou!«

»Den kann es aber ohne einen rechtmäßigen König nicht geben«, warf die Prinzessin ein. »Ich bin immer noch der Meinung, dass Ihr, der Ihr von beiden Elternteilen her göttlicher Abstammung seid, der beste König für beide Länder wäret. Doch wenn Ihr den Usurpator von Wey nicht stürzen wollt, so bin ich bereit, Euch nach Lao Shus Ende die Hand zum Bund der Ehe zu reichen, um Euch den Weg auf den Thron von Zhou zu ebnen. Auch wenn wir Frauen normalerweise vom Erbe der Familie ausgeschlossen sind, so gilt das nicht in königlichen Häusern. Meine Hand ist Legitimation genug, wenn das Volk und die Götter damit einverstanden sind! Ich bin ebenfalls bereit, Euren Sohn zu ehelichen, wenn Ihr selbst nicht König werden wollt.«

»Mein Sohn ist noch ein Säugling in der Wiege!«, antwortete Tie Hu mit leichtem Spott.

»Er wird erwachsen werden, bevor ich zu alt bin, ihm legitime Nachkommen zu schenken«, antwortete das Mädchen entschlossen. »Außerdem bin ich der Meinung, dass er in dem Fall, dass Ding Wanzi ohne männliche Nachkommen von den Töchtern des Königs Lu Niao stirbt, der einzige Nachfolger für den Thron von Wey sein wird, dem der Segen des Göttlichen Jadekaisers und des ewigen Himmels sicher ist. Ihr könntet die beiden Länder nach dem Tod des Ex-Kanzlers in Frieden einen und Eurem Sohn übergeben.«

»Nun, mein Sohn ist mit dem Königshaus von Wey tatsächlich näher verwandt als Ding Wanzi«, antwortete Tie Hu nachdenklich. »Aber genau das weiß unser neuer König auch. Er verlangt sehr nachdrücklich, dass ich meinen Sohn nach Wey Cheng bringe. Ich fürchte, mein Sohn könnte bei diesem Besuch an einer unerklärlichen Krankheit sterben. Oder Ding hält ihn als Geisel für mein Wohlverhalten fest und bringt ihn erst um, wenn er selbst einen Sohn hat und seine Dynastie damit gesichert ist. Bis dahin muss er allerdings auch mich beseitigt haben.«

Graf Yü lachte sehr grimmig. »Ich sehe, Ihr habt einen klaren Blick für die Tatsachen. Ding Wanzi fürchtet den Anspruch Eures Sohnes auf den Thron nicht weniger als Euren

Ruf und Eure Beliebtheit beim Volk. Euer Bildnis steht schon im Tempel des Stadtgottes in Wey Cheng, und Ding Wanzi kann es nicht entfernen lassen, ohne einen Aufstand in der Stadt zu provozieren.
Er hofft auf einen eigenen Sohn von einer seiner vier Frauen. Doch bisher hört man nur von schlechten Omen. Wenn er ein Kind bekommt, wird es wahrscheinlich wieder ein Mädchen sein. Seine Herrschaft zählt erst Wochen, selbst wenn man die Zeit des Interregnums mitrechnet, und doch murren die Leute in Wey Cheng schon jetzt über seine harte Hand. Lu Niao war ein großer Narr, aber er hat seinen Kanzler immer von zu strengen Maßnahmen abgehalten.
Zhong Tie Hu – für welch ein Land wollt Ihr kämpfen? Für eines, das unter der harten Hand eines grausamen Tyrannen schmachtet und von dessen Günstlingen ausgeplündert wird? Wie lange, glaubt Ihr, lässt Ding Wanzi Euch als Feldherr gewähren? Wenn Ihr keinen schnellen Sieg über den Rattenkönig erringt, dann wird er Euch in einem Moment der Schwäche hinterrücks umbringen lassen. Wenn Ihr siegt, wird er es spätestens dann tun, wenn der erste Jubelsturm im Volk verrauscht ist und der volle Reisnapf in der Nähe für die Leute wichtiger ist als ein Held in der Ferne.
Also besinnt Euch und geht auf unser Ansinnen ein. Ihr müsst Euch ja nicht selbst zum König machen. Herrscht als Regent für Euren Sohn über die beiden vereinten Länder und setzt ihn auf den Thron, wenn er fähig ist, die Zügel in die Hand zu nehmen. Lasst Ihr Ding Wanzi gewähren, dann kämpft Ihr für eine verlorene Sache, ganz gleich, ob Ihr Euren Feind besiegt oder selbst dabei zugrunde geht.«
Tie Hu bemerkte, dass Jin Mau in seiner Nähe unter einem Busch lag. Sie wirkte bedrückt, enthielt sich aber ganz gegen alle Gewohnheit jeglichen Kommentars. Daher herrschte lange Zeit Schweigen. Buku und die jungen Obristen saßen ver-

schüchtert am Rand des Lagers und wagten kaum, laut zu atmen. Von ihnen waren kein Rat und keine Hilfe zu erwarten. Schließlich richtete Tie Hu sich auf. »Mein Feind heißt Lao Shu, General Rattenkopf – oder jetzt König Rattenkopf. Ihn muss ich zuerst vernichten, ganz gleich, was sich sonst tut. Ding Wanzi ist Eure Sache, Graf Yü. Ich kann, darf und werde nicht mit Heeresmacht gegen Wey Cheng ziehen. Sollte dem einstigen Kanzler von Wey etwas zustoßen und man mich rufen, so werde ich kommen und sehen, ob man mir die Stadttore in Frieden öffnet – aber erst dann, wenn Zhou keine Gefahr mehr für Wey darstellt.
Was meinen Sohn betrifft, so würde ich lieber warten, bis er sich selbst entscheiden kann. Da das aber wahrscheinlich unmöglich ist, werde ich mich in dieser Beziehung dem Urteilsspruch meines Großvaters, des Herrn des Glockenberges, und dem des Herrn Shirliang Po unterwerfen. Ist es der Wille dieser beiden Götter, meinen Sohn auf dem Thron von Wey zu sehen, dann mag es sein. Ist es dann auch der Wille des Volkes von Zhou, meinen Sohn auch als seinen König anzuerkennen, so werde ich mich nicht dagegenstellen. Darüber hinaus bin ich bereit, diese junge Dame hier als meine Schwiegertochter in die Familie aufzunehmen. Das ist alles, was ich versprechen kann.«
»Nun, damit müssen wir uns wohl begnügen«, antwortete Graf Po enttäuscht. »Mir wäre ein Mann wie Ihr, der gleichermaßen ein gewaltiger Krieger und ein besonnener, kluger Kopf ist, lieber als ein Kind, dessen Eigenschaften noch niemand kennt. Verzeiht mir mein Misstrauen, aber Eure erste Dame war kein durch und durch lauterer Charakter.«
»Aber sie war die Schwester des letzten rechtmäßigen Königs von Wey!«, antwortete Tie Hu nicht ohne eine gewisse Schärfe.
Graf Po zuckte etwas zusammen und lehnte sich zurück.

Sein Verwandter gab sich jedoch noch nicht zufrieden. »Auch ich sähe lieber Euch auf dem Thron beider Länder. Ihr benötigt für Eure Legitimation nichts als das Einverständnis des Volkes und den Segen der Götter, und ich sehe nichts, was dem entgegenstehen könnte.«
Tie Hu holte tief Luft, schwieg aber. Wie sollte er den beiden Männern etwas erklären, was wahrscheinlich über ihr Verständnis hinausgehen würde?

67. HAOKAN HEI LÄSST IHRE WUT AN EINER KATZE AUS

Für Haokan Hei wurde das Leben zu einer endlosen Kette von Demütigungen. Cong Ming behandelte sie wie eine Sklavin und nicht wie eine Gefährtin. Er erniedrigte sie, wo er nur konnte, und wenn sie aufbegehrte oder wenn sie versuchte, die Grenzen des Waldes zu überschreiten, in den er sie gebracht hatte, bestrafte er sie grausam. Er lähmte ihren Willen und genoss es, wenn sie unter seinen Bissen aufheulte und sich vor Schmerzen wand. Wundgeschlagen an Leib und Seele spürte sie, wie die letzten Zauberkräfte in ihr schwanden, und sie konnte den Tag kommen sehen, an dem sie nur noch eine gewöhnliche Füchsin sein würde. Dann begriff sie, dass genau dies Cong Mings Absicht war. Er wollte ihr all ihre Kräfte nehmen und sie zu einem Schatten, einem Zerrbild ihrer selbst machen.
Als sie ihm das vorwarf, lachte er nur. »Ich tue dir nur das an, was du verdient hast. Du bist nichts als ein entartetes Geschöpf, das in seinem Hochmut vergessen hat, was es der Sippe schuldig ist.«

»Du bist wahnsinnig!«, schrie sie ihn an, obwohl ihr die malträtierten Rippen bei jedem Atemzug weh taten. »Außerdem bist du neidisch, weil ich ein viel größeres magisches Talent habe als du. Du könntest niemals zu einem Gott aufsteigen, du schwachsinniger Tölpel. Du willst mich zerstören, weil ich weitaus größer und mächtiger werden kann als du! Dabei habe ich doch alles getan, um den Feind unserer Sippe zu vernichten, ehe er uns auslöscht.«

Haokan Heis Körper spannte sich in Erwartung einer neuen Attacke. Doch Cong Ming stieß ein lautes Heulen aus, das Gelächter und Spott zugleich ausdrückte. »Du legst dir die Wahrheit so zurecht, wie es dir passt, und bist blind für die Tatsachen. Nicht dieser armselige Zhong Tie Hu wird an unserem Untergang schuld sein – den ich jetzt mit aller Kraft zu verhindern suche –, sondern einzig und allein du! Du hast das Orakel des blauen Schildkröterichs in seiner unvollständigen Fassung in die Hände bekommen und so interpretiert, wie es dir und deinem Rattenfreund in die ganz persönlichen Pläne passte. Es gab da noch eine andere Aussage des Schildkröterichs, die bei dem Orakel fehlt. Sie besagt, dass eine Frau mit pelzigem Gesicht unsere Sippe retten kann. Die …«

»Ich kenne auch diese Worte! Aber wer anderes als ich kann damit gemeint sein? Diese Worte haben mich in meinen Absichten bestärkt und durch alle Widrigkeiten vorwärtsgetrieben! Wäre da nicht dieser intrigante Widerling Shirliang Po gewesen, so hätte ich mein Ziel auch erreicht.«

Cong Mings Schwanz schlug um seine Flanken, und seine Augen funkelten in der Dämmerung. »Haokan Hei, du bist eine noch größere Närrin, als ich bisher angenommen habe. Nicht du, sondern dieses arme Katzenluder Jin Mau war mit diesem Spruch gemeint! Hast du das immer noch nicht begriffen? Sie ist die Tochter eines Gottes und einer Art sterb-

licher Geisterfrau, und sie sollte eigentlich eine Katzenfee, eine kleine Göttin mit einem Katzenkopf werden. Doch ihr Vater machte sie zu einer gewöhnlichen Hure, um über sie diesen Eisentiger in seine Hände zu bekommen.
Hättest du nicht eingegriffen, dann würden Jin Mau und ihr Liebhaber jetzt in irgendeiner Strafkolonie des Reiches Wey als Arbeitssklaven leben, und ich wäre inzwischen ein gutbestallter Hofmagier des Königs Wuya, des neuen Herrn über Wey. Ich habe jahrelang dafür gearbeitet, den verfluchten Hof von Wey noch tiefer in Dekadenz zu stürzen. Das Land sollte König Wuya über deinen Rattenfreund wie eine reife Frucht in die Hände fallen. Ich war schon recht nahe an meinem Ziel, als es dir einfiel, dich als Retterin unserer Sippe aufzuspielen. Ich habe versucht, dich zu warnen, aber du wolltest es auf eine Auseinandersetzung mit mir ankommen lassen, die uns beide an die Magier des Königs Lu Niao verraten hätte.
Alles, was ich dir persönlich erklärt habe oder über Mochin Shao ausrichten ließ, hast du dir nach deinem Belieben zurechtgebogen und als meine Zustimmung gedeutet, weil du mich für einen versponnenen Trottel gehalten hast. Dabei hast du alles zerstört, was ich mir aufgebaut hatte. Ich hätte ein Land geschaffen, in dem sich Geisterwesen wie wir ungestört und nicht durch bornierte Geisteraustreiber gefährdet unter die Menschen hätten mischen können. Selbst für einen stinkenden Rattenpelz wie deinen Freund Lao Shu wäre dort Platz gewesen. Wir hätten die Götter menschlicher Herkunft beseitigen und uns selbst als Götter einsetzen können. In diesem Land hättest du deine Kinder ohne Angst vor Entdeckung als Prinzen und Prinzessinnen aufziehen können. Aber du hast in deinem bodenlosen Egoismus nur dich und deinen persönlichen Erfolg gesehen.
Jetzt wirst du deine Fehler und deine Schuld am Tod meiner Schwester hier in diesem Wald abbüßen und dafür sorgen,

dass es wieder genügend Geisterfüchse in diesem Land gibt. Was deine Hexenfähigkeiten angeht, so kannst du sie meinetwegen wieder aufbauen und benutzen, wenn unsere Kinder erwachsen und stark genug sind, um sich ihre Gefährten in fremden Ländern oder vielleicht auch auf dem Kunlun-Berg zu suchen. Dann kannst du ein weiteres Mal auf den Berg der sanften Stille gehen und aufs Neue das Zeichen der neun Schwänze erwerben. Du kannst auch irgendwo verderben – mir ist es gleich. Ich werde dich klein halten, solange ich dich zum Gebären und Nähren meiner Kinder brauche. So, genug geredet. Polstere die Höhle für die Welpen mit Moos und Binsen aus. Ich bringe genug Fleisch nach Hause, damit du mir nicht verhungerst.«

Von dem Tag an tat Haokan Hei, was Cong Ming wollte. Aber sie sprach kein einziges Wort mehr mit ihm. Sie glaubte ihm bei weitem nicht alles, was er ihr da erzählt hatte. Wenn es wirklich so gewesen wäre, wie er behauptete, hätte er sie in sein Vertrauen ziehen müssen, ehe es zu spät war. Entsprachen seine Worte aber tatsächlich der Wahrheit, zeugte das von einer unglaublichen Missachtung ihrer Person. So oder so hasste sie ihn, wie sie noch nie ein anderes Wesen gehasst hatte, mehr noch als Shirliang Po und dessen flohzerfressene Katzentochter.

Vorsichtig kapselte sie ihr Inneres vor ihm ab, und wenn er sich auf der Jagd befand, nährte sie die Flamme ihrer Zauberkunst und ihrer Langlebigkeit durch kleine Übungen und Meditation. Zwölf Wochen nach ihrer Ankunft im Wald der Eule gebar sie ihm drei Junge. Zu ihrer Erleichterung musste sie sie nicht in einer schmutzigen Erdhöhle zur Welt bringen. Cong Ming hatte sie zu einem weitverzweigten Höhlensystem aus roten Sandsteinfelsen gebracht, das mit seinem Gewirr aus schmalen Gängen und kleinen Grotten für Füchse ein Paradies darstellte.

Es war trocken, sauber und besaß an tiefer gelegenen Stellen Quellen und tiefe Teiche mit klarem, schmackhaftem Wasser. In einigen der stillen Gewässer gab es blinde Höhlenfische, die sie für ihren eigenen Bedarf und den ihrer Welpen fing. Cong Ming stellte sich beim Fischen einfach zu dumm und zu ungeduldig an, und sie hatte nicht vor, ihm diese Delikatesse zugänglich zu machen. Das war die kleine Rache einer unterdrückten Frau.

Cong Ming war ein guter Jäger und tötete sogar Tiere, die für einen normalen Fuchs viel zu groß waren. So brachte er Fleisch im Überfluss nach Hause. Oft genug musste sie die weniger guten Teile tief vergraben, damit sie nicht faulten und Ratten anlockten, die den Welpen hätten gefährlich werden können. Die Kleinen, zwei rote Weibchen und ein schwarzer Junge, wuchsen bei dem reichen Nahrungsangebot gesund und schnell heran. Für eine kurze Zeit empfand Haokan Hei sogar einen Anflug von Mutterglück. So, wie die Mädchen sich entwickelten, würden sie bei richtiger Anleitung formvollendete Geisterfüchsinnen werden. Sie freute sich schon darauf, sie auszubilden.

Doch kaum standen die Welpen sicher auf ihren Beinen und konnten auf die Milch der Mutter verzichten, führte Cong Ming sie in einen anderen Teil des Höhlenlabyrinths und verbot ihnen, auch nur ein einziges Wort mit ihrer Mutter zu wechseln. Die Kinder durften sie nicht einmal mehr sehen. In ihrer ersten Wut wäre Haokan Hei am liebsten weggelaufen. Wenn ihre Kräfte auch durch geduldige Übungen wieder wuchsen, war sie noch lange nicht stark genug, um Cong Ming zu entkommen. So begnügte sie sich damit, ihn und ihre Kinder aus der Ferne zu beobachten und ihnen gelegentlich bei ihren Jagdausflügen nachzuschleichen.

Die meiste Zeit verbrachte sie mit Schlafen. Wusste sie Cong Ming und die Kinder weit weg, so beschäftigte sie sich mit einfachen Zaubern, für die sie Steine oder Teile bestimmter Pflanzen benutzte, und baute ihre Kräfte Stück für Stück wieder auf. Bald war es so weit, dass sie sich heimlich wieder in eine Frau verwandeln konnte, wenn auch noch mit einem Fuchskopf zwischen den Schultern. Diese Körperbeherrschung brachte es auch mit sich, dass sie im Herbst kein zweites Mal trächtig wurde.

Cong Ming gegenüber erklärte sie das mit den Verletzungen, die er ihr während der Tragzeit mit ihrem ersten Wurf zugefügt hatte. Der Narr glaubte ihr das und brachte ihr wieder die besten Stücke der Beute mit. Er hoffte im Frühsommer auf einen neuen Wurf. Dazu aber wollte Haokan Hei es nicht mehr kommen lassen, denn sie konnte jetzt schon kaum mit ansehen, wie falsch er ihre Kinder erzog.

Im Gegensatz zu den gewöhnlichen Füchsen jagte Cong Ming am hellen Tag, und so brachte er es den Kindern bei, obwohl das unvernünftig war. Haokan Hei brach auch jetzt ihr Schweigen nicht, sondern sah trotz der Sorge um ihre Töchter scheinbar unbeteiligt zu. Nicht lange, da begann sie, unter Vorahnungen und heftigen Albträumen zu leiden, die sich von Tag zu Tag steigerten, und dann trat genau das ein, was sie seit Wochen befürchtete. Cong Ming und die Kinder kamen eines Nachmittags nicht wie gewohnt von ihrem Jagdausflug zurück.

Früher hätte sie in dieser Situation die Orakel befragt und so versucht, die drohende Gefahr zu erkennen und ihr zu begegnen. Nun aber besaß sie kein Medium und keine Mittel, mit deren Hilfe sie sichere Kunde hätte bekommen können. Sie verbrachte Stunden mit geistigen Übungen, um den Grund ihrer Ängste auszuloten, doch es gelang ihr nicht. Als die Sonne tief hinter den Baumwipfeln versank, schlich sie in Fuchsgestalt ins Freie und suchte nach Spuren ihrer Familie.

Cong Mings Ausdünstung lag überall in der Luft, denn er pflegte als Rüde mit seinem Urin einen großen Kreis um das Höhlenlabyrinth mit seinen vielen Ausgängen zu markieren. Das war die Grenze, die Haokan Hei nach seinem Willen nicht überschreiten durfte. Er selbst aber streifte mit den Welpen durch den gesamten Wald der Eule und auch darüber hinaus, ganz wie es ihm beliebte. Auch jetzt schien er sich wieder weit von den Höhlen entfernt zu haben.

Haokan Hei versuchte, seine Gegenwart mit ihren magischen Sinnen zu lokalisieren. Doch auch das misslang ihr. Sie wusste nun nicht, ob er sein magisches Inneres so gut verbarg, dass sie ihn nicht bemerken konnte, oder ob er einfach in zu großer Entfernung herumstreifte. Da sie immer noch nicht genau abschätzen konnte, ob ihre Sinne wieder so scharf waren wie vor dem misslungenen Seelendiebstahl, fühlte sie sich verunsichert.

Sie witterte und lauschte, konnte aber außer einem unangenehmen Kribbeln in ihrer Nase nichts feststellen. Sie näherte sich vorsichtig Cong Mings Kreis, ohne ein Lebenszeichen von ihm oder den Welpen zu erhalten. Dafür roch es mit einem Mal nach Pferden und nach Rauch. Irgendwo in der Nähe des Waldrandes lagerten Menschen. Waren sie der Grund für ihre bösen Ahnungen?

Mit aller Vorsicht überquerte sie Cong Mings Kreis an einer Stelle, an der das Gebüsch am dichtesten war, und schnürte von Deckung zu Deckung auf das Feuer zu, immer auf der Hut vor einem Auftauchen ihres Peinigers oder eines der Kinder, die sie sofort an ihn verraten würden. Dann bekam sie einen anderen, ebenso vertrauten wie verhassten Geruch in die Nase. Dort vorn befand sich Zhong Tie Hu, und irgendwo in seiner Nähe schlich eine Katze herum. Das musste diese Hure Jin Mau sein!

Haokan Hei stöhnte auf. Wenn sie dieses unnatürliche, kleine Monstrum erwischen konnte, hatte das fürchterliche Dreivierteljahr unter Cong Mings Fuchtel wenigstens etwas Gutes mit sich gebracht. Aber bevor sie auf Katzenjagd ging, musste sie zuerst erfahren, was Tie Hu hier zu suchen hatte. War er auf der Suche nach ihr? Konnte er wissen, dass sie sich hier aufhielt? Nein, das war unmöglich. Er musste einen anderen Grund haben, sich in dieser von allen Göttern und Schutzgeistern verlassenen Gegend herumzutreiben. Diesen Grund wollte sie kennenlernen. Vielleicht bekam sie Informationen, mit denen sie sich bei Lao Shu wieder beliebt machen konnte. Der Rattengeist war jetzt ihre einzige Hoffnung, sich an Eisentiger zu rächen.

Nein, nicht rächen, korrigierte sie sich. Rache war, und da hatte Cong Ming durchaus recht, ein lächerlicher, menschlicher Wunsch, der einem im besten Fall kaum etwas anderes einbrachte als einen verschwindend kurzen Augenblick des Triumphs und danach die unausgefüllte Leere eines verschwendeten Lebens. Tie Hu musste sterben, aber nicht wegen eines dummen Rachewunsches, sondern wegen der konkreten Gefahr, die von ihm für sie und ihre Kinder ausging. Er war es, der eine Gefahr für alle Geisterfüchse darstellte. Vielleicht konnte sie es ja so drehen, dass sich die alte Ratte und dieser lächerliche Eisentiger gegenseitig zugrunde richteten und Cong Ming mit sich nahmen.

Danach konnte sie, Haokan Hei, zusammen mit ihren Kindern Cong Mings Pläne in die Tat umsetzen. Sie würden die einzigen mächtigen Geistertiere im weiten Umkreis sein, und sie würden eines Tages die Länder ringsum mit ihrer Hexenkraft beherrschen. Das war ein Ziel, für das es sich zu leben lohnte. Schade, dass Mochin Shao nicht mehr existierte. Sie war zwar nur eine mäßige Hexe gewesen, aber eine zuverlässige, listige Begleiterin.

Haokan Hei bedauerte ihren Tod jedoch nicht sonderlich.

Mochin Shao hatte Zeit genug gehabt, sich eine Menschenseele anzueignen, und damit hätte sie den Angriff der Sturmdämonen überlebt. Sie selbst aber fühlte zum ersten Mal seit ihrer Niederlage im Blauwassertal das Blut wieder lebendig durch ihre Adern pulsieren und ihre magischen Kräfte durch ihren Geist strömen. Bald, sehr bald würde sie wieder zu einer Geisterfüchsin werden, vor der Menschen und Geister sich hüten mussten.
Jetzt konnte sie sogar schon über ihre eigene Verblendung lachen und verwarf ihre Pläne, eine Göttin auf dem Kunlun-Berg zu werden. Was sollte sie an einem Ort, an dem Lügner und Heuchler wie dieser Man Dai in hohem Ansehen standen und an dem man sich doch nur hinter ihrem Rücken über das emporgekommene Tier lustig machen würde?
Im Nachhall ihrer neuen Pläne schwelgend, schob sich Haokan Hei so dicht wie möglich an den Kreis der Menschen heran, die in der eisigen Nachtluft dick in Felle und Decken gepackt um ihr Lagerfeuer saßen. Natürlich hielt sie sich von Tie Hu fern und kapselte ihr Inneres ab, so dass er auch mit jenen besonderen Sinnen, die Geister wahrnehmen konnten, nichts von ihr bemerkte. Die Einzige, die sie schon mit ihrer Nase erkennen dürfte, war diese räudige Katze. Aber die lag weit von ihr entfernt auf der anderen Seite des Lagerfeuers unter einem Busch. Da der Wind quer zu ihnen wehte, drang auch kein Geruch von ihr zu der Katze herüber und umgekehrt. So konnte sie in aller Ruhe lauschen, und es war schon sehr interessant, was sie da alles mitbekam.
Mit dem Wissen über die Verschwörer und ihre Pläne konnte sie wohlgemut zu Lao Shu zurückkehren und sich für einige Zeit wieder mit ihm verbünden. Jetzt, wo er König von Zhou war und damit eines seiner wichtigsten Ziele erreicht hatte, würde er wohl kaum seine Wut über den missglückten

Feldzug gegen Wey an ihr auslassen, was sie ihm andernfalls durchaus zugetraut hätte.
Das Gespräch am Feuer kam in eine Phase, in der die Menschen sich nur noch wiederholten und Nebensächlichkeiten von sich gaben. Doch Haokan Hei hatte genug gehört. Eigentlich war es jetzt für sie an der Zeit, ins Felsenlabyrinth zurückzukehren, bevor Cong Ming sie hier aufspürte und sie beide in Gefahr brachte. Sie schwankte. Am liebsten wäre sie jetzt in die Nacht hineingelaufen, um so viele Meilen wie möglich zwischen sich und ihren Peiniger zu bringen. Aber sie wollte ihre Kinder nicht so ohne weiteres seiner Willkür und seiner verfehlten Erziehung überlassen.
Ein anderer Grund schlich da drüben durch das Gebüsch. Sie wollte nicht die Chance vertun, diese verhasste Katze zu töten und als Gui-Geist zu den Gelben Quellen zu schicken. Dort konnte kein Berggeist und kein Shirliang Po der kleinen Hure zu einem neuen Körper verhelfen.
Sie erhob sich zögernd und lauschte und witterte noch einmal gründlich. Nun bekam sie einen Hauch von Cong Mings Geruch und auch von ihren Kindern in die Nase, doch sie spürte die magische Gegenwart des alten Geisterfuchses nicht. Sorgfältig witterte sie, denn sie wollte nicht mitten im Anschleichen auf die Katze von ihm überrascht werden. Noch ehe sie sich endgültig entscheiden konnte, ob die Luft rein war, drang ein Laut an ihr Ohr, der all ihre Kräfte mobilisierte und sie in einen Zustand rasenden Zorns versetzte. Es hörte sich an wie das Wimmern eines verletzten, halb betäubten Fuchskindes. Aus der gleichen Richtung erscholl dann auch das gedämpfte Fauchen einer Katze.
Haokan Hei rannte so schnell wie schon lange nicht mehr. Hatte dieses Miststück eines ihrer Kinder angefallen? Dafür würde sie es lebendig in Stücke reißen! Trotz ihrer Aufregung mied sie die Menschen und die unruhig stampfenden

Pferde und verursachte auch kaum mehr Geräusch als das Rascheln einer Maus im welken Laub. Jenseits des Lagers erst entdeckte sie das ganze Ausmaß der Katastrophe.
In einer stinkenden, schlammigen Grube lagen drei Füchse mit rötlichem, blutverklebtem Fell. Sie mussten schon seit Stunden tot sein. Ein vierter Fuchs, ihr schwarzfelliger Sohn Cong San, versuchte verzweifelt, an einer eingebrochenen Stelle über den Rand dieser Grube hinauszukriechen, obwohl er kaum noch die Kraft aufbrachte, seinen Kopf zu heben. Über ihm saß eine rotgoldene Katze und hieb wild auf seine Schnauze ein, um ihn in den Dreck zurückzustoßen.
Lautlos wie ein Schatten sprang Haokan Hei über die Grube hinweg, landete genau auf der Katze und biss zu. Sie hörte die Knochen des Genicks unter sich splittern und schmeckte das Blut. Doch diese Katze hatte mehr als ein Leben. Noch im Sterben fauchte sie wild und stieß mit ihrem letzten Atem einen schrillen Todesschrei aus, den menschliche Stimmen sofort beantworteten. Haokan Hei schleuderte den noch zuckenden Kadaver von sich weg, packte ihren Sohn wie einen Milchwelpen am Nackenfell und begann zu rennen, als würde sie von der Tollwut getrieben.
Nicht lange, da krachten und splitterten die Büsche hinter ihr unter der Wucht eines mächtigen Körpers. Haokan Hei rannte trotz ihrer sperrigen Last durch verfilztes Gestrüpp und dicht zusammenstehende Bäume, um dem Ungeheuer zu entkommen, das unerbittlich ihrer Spur folgte. Ihre Lungen brannten und rangen schon verzweifelt nach Luft. Doch sie musste noch schneller werden, denn ihr folgte ein Dämon aus dem tiefsten Sumpf der Hölle.

68. TIE HU TRIFFT EINIGE ENTSCHEIDUNGEN

Tie Hu vernahm Jin Maus Todesschrei und sprang entsetzt auf. Mitten in der Bewegung streifte er seine menschliche Hülle samt den Kleidern wie ein altes Gewand ab, wurde zu einem riesigen weißen Tiger und verschwand mit einem einzigen Satz im Unterholz. Doch er kam zu spät. Sein Kätzchen war tot, und in ihren brechenden Augen stand das Bild ihrer Mörderin. Ihr Geist löste sich aus dem Körper, flatterte zum Abschied wie eine Motte um ihn herum und entfernte sich schnell in Richtung Westen. »Halte dich nicht mit meinem Leichnam auf«, rief Jin Mau ihm noch ganz eindringlich zu. »Lauf ihr nach. Fang die Füchsin, zerreiße sie und töte ihre Brut!«

»Das werde ich tun«, rief er ihr mit aller Macht seines Geistes hinterher. Er versuchte, dabei so viel von seiner inneren Kraft wie möglich auf sie zu übertragen, damit sie für den Weg zur Unterwelt gerüstet war. »Viel Glück beim Höllenrichter. In meinen Gedanken werde ich immer bei dir sein. Ich liebe dich, Jin Mau, und ich werde goldene Kerzen vor deiner Seelentafel anzünden.«

Es kam keine Antwort mehr. Tie Hu wusste nicht, ob sie seinen Gruß noch verstanden hatte. Aber das war jetzt auch nicht wichtig. Jin Mau wusste, dass er sie liebte und nie vergessen würde. Dort vorn aber lief seine Feindin, die sein Kätzchen schon zum dritten Mal getötet hatte. Nun musste auch die Schwarze Füchsin sterben.

Tie Hu brach mit wilder Kraft durch das Unterholz, um die schwache Spur nicht zu verlieren. Doch ein Tiger war kein Jäger des dicht bewachsenen Waldbodens, und auch als Geistertiger hatte er einen Körper, der nicht durch Bäume und Felsen hindurchfliegen konnte. Zwar holte er zunächst auf, aber dann ging die Jagd auf ein Stück wild zerklüfteter und stark überwucherter Felsenlandschaft zu, in der sich die Füchsin wie ein Fischotter im Wasser bewegte. Tie Hu musste nun mühsame Umwege in Kauf nehmen und schließlich zusehen, wie die Füchsin fast unter seiner Nase mit ihrem Welpen in einer Felsspalte verschwand. Das Letzte, was er von ihr hörte, war ein keckerndes Lachen und ein paar spöttische Worte, die sie ihm auf die Art der Geister zusandte: »Wir werden uns wiedersehen, Eisentiger! Dann aber wirst du derjenige sein, der um sein Leben läuft.«

Tie Hu stürzte sich auf den Höhleneingang und versuchte, ihn mit seinen Pranken zu erweitern. Doch das war trotz seiner Stärke ein vergebliches Unterfangen. Er holte sich an dem Gestein nur blutige Pranken. Überdies teilte ihm seine Nase mit, dass er es mit einem weitläufigen Höhlenlabyrinth zu tun haben musste, in dem ein Fuchs jeden Jäger verlachen konnte. Er versuchte, einen kühlen Kopf zu bekommen, und strich dann witternd und lauschend durch die bewaldete Felsenlandschaft.

Vielleicht kam die Füchsin an einer anderen Stelle heraus? Er fand eine Reihe weiterer Eingänge, viel mehr, als er erwartet hatte. Durch sie konnte er zwar tiefer in die Höhlen eindringen, doch innen schlossen sich die Felswände schnell zu schmalen Spalten. Selbst als Mensch würde er hier kaum mehr als ein paar Schritte weit kommen. Er öffnete seine magischen Sinne und suchte nach einer örtlichen Gottheit, die ihm weiterhelfen konnte. Doch hier gab es wohl schon lange keinen mächtigen Unsterblichen mehr.

Dafür hörte er bei seiner Suche an einigen Stellen unter der Erde Wasser plätschern und roch die Gegenwart von Mäusen und anderen kleinen Tieren. Wenn die Füchsin nicht die Nerven verlor, konnte sie es hier wochen- und monatelang aushalten. Sie konnte auch aus irgendeiner der vielen Spalten schlüpfen und sämtliche Verfolger narren, ganz gleich, wie viele Männer er in diesem Wald postieren würde. Nach einer guten Stunde sah er das Vergebliche seiner Bemühungen ein und trollte sich wie ein von seiner Beute düpierter Jungtiger. Wenn er die Füchsin fangen wollte, würde er warten müssen, bis sie in der Nähe des Rattengeistes auftauchte. Sie war dessen Handlangerin und würde mit ihren Neuigkeiten zu ihm laufen, sobald sie sich sicher fühlte.

Mit langsamen, ja fast schläfrigen Bewegungen kehrte er zur Grube zurück. Jin Maus Körper lag nicht mehr dort, wo er sie zurückgelassen hatte. Tie Hu erschrak und wollte seinen Schmerz und seine Wut hinausbrüllen. Doch dann roch er Bukus Anwesenheit. Natürlich, ja! Sein treuer Waffenmeister würde den Körper seines Schutzgeistes nicht wie ein Stück Abfall liegen lassen. Tie Hu verwandelte sich wieder in einen Menschen, um seine Gäste nicht noch einmal zu erschrecken, und kehrte ans Feuer zurück. Die anderen lagerten noch genauso um die Glut, wie er sie vor fast zwei Stunden verlassen hatte.

Als er auf sie zutrat, schien es erst, als habe das Entsetzen sie versteinert. Langsam und steif richteten sie sich auf und murmelten artige Beileidsbekundungen, wie sie in einem Trauerfall üblich waren. Doch ihre Blicke hingen schreckgeweitet an seinem weißen Gewand, das keine Säume und Nähte besaß. Es war das Kleid eines Gui-Gespenstes. Die beiden Offiziere aus Zhou machten heimlich das Zeichen gegen übelwollende Geister. Tie Hu grüßte nur knapp und griff dann nach seinen Kleidern. Als er sich anzog, spürte er die Blicke der anderen in seinem Rücken. Nun, es war ja kein alltäglicher Anblick, wenn sich ein Kleidungsstück beim Anziehen eines anderen Stück für Stück in Luft auflöste.

Als Tie Hu sich in seinem zerkratzten Lederwams endlich wieder wie ein Mensch fühlte, sah er sich nach dem Körper der Katze um, die fast ein Jahr seine treue Begleiterin gewesen war. Buku hatte sie aufgebahrt, wie man es mit einem lieben Menschen zu tun pflegte. Gerade das aber ließ den Unterschied zwischen der lebendigen Jin Mau und dem armen Geschöpf deutlich zu Tage treten, in deren sterbenden Körper sie damals geschlüpft war. Hatte sie im Leben jung und agil gewirkt, mit makellos rotgoldenem Fell und kräftigen Krallen und Schnurrbarthaaren, so trat nun wieder die alte, räudige Streunerin zutage. Der Körper war von vielen Narben bedeckt, und die schlimmsten davon hatten eigentlich schon damals im Blauwassertal ihren Tod verursacht, als die Füchsin den plötzlich aufgetauchten Störenfried hatte töten wollen.
Tie Hu verrichtete ein kurzes Totengebet vor ihr und bat den Totenrichter stumm, gnädig mit seiner tapferen Jin Mau zu verfahren und sich auch wohlwollend des ursprünglichen Katzengeistes anzunehmen, falls dieser einst ein Mensch gewesen war und den Weg zur Unterwelt gefunden hatte. Er versprach, auch ihm eine Seelentafel auf seinem Hausaltar aufzustellen, genau wie der stummen Yünsai. Dann schwor er, die Mörderin seiner Liebsten zu suchen und zur Rechenschaft zu ziehen. Als er sich wieder ans Feuer setzte, schämte er sich seiner Tränen nicht. Aber es war jetzt nicht die Zeit für persönlichen Kummer. Er holte tief Luft, weil ihm jetzt erst aufging, was die Anwesenheit der Füchsin aller Wahrscheinlichkeit nach für Graf Po, die Prinzessin Gan Lan und ihre Begleiter bedeutete. Lao Shu würde sie erbarmungslos jagen lassen.
»Meine Herren«, begann er. »Ich muss mich dafür entschuldigen, dass ich Sie so lange habe warten lassen. Aber ...«
Er blickte in immer noch starre Gesichter und weit aufgerissene Augen. Nur Buku hatte die Verwandlung nicht ver-

schreckt. Er versuchte nur, die Tränen aufzuhalten, die auch ihm ununterbrochen aus den Augen rannen.

»Herr, darf ich Euch etwas fragen?«, brach er als Erster das Schweigen.

Tie Hu nickte.

»Bitte, sagt mir eines, wenn Ihr dürft. War das … ist meine Tochter Yünsai jetzt zum zweiten Mal ermordet worden? Es war doch ihr Geist, nicht wahr? Ich habe diese Katze so lieb gehabt wie einen Menschen.«

Tie Hu seufzte. Er wollte den Alten nicht enttäuschen, aber er musste bei der Wahrheit bleiben. »Ja und nein. Es war der Geist, der deine Tochter Yünsai für kurze Zeit beseelt hat. Es war der Geist meiner Konkubine Jin Mau. In Wahrheit war sie eine ganz besondere Person, die jüngste Tochter unseres verehrten Stadtgottes Shirliang Po, der der Ahne dieser beiden Herren Grafen hier ist.

Ja, meine Herren, die Katze, mein Schutzgeist, war eine entfernte Verwandte von Euch, die dreimal als Sterbliche die Welt betrat, um mich und damit auch unsere beiden Länder vor den Machenschaften eines anderen Geschöpfes aus der Welt der Götter und Geister zu bewahren, vor Lao Shu, dem General Rattenkopf. Dieser Mann ist in Wirklichkeit ein bösartiger Rattengeist, der wegen seiner Verbrechen vom Kunlun-Berg verbannt wurde und nun in unserer Welt weiteres Unheil stiftet.«

Einige Augenblicke musste er nach Worten ringen. »Ihr habt mich jetzt in der Gestalt gesehen, die mir von Mutterseite vererbt wurde. Shi Shing war, bevor sie aus Liebe eine Sterbliche wurde, eine Fee im Gefolge unserer Herrin Xiwangmu, aber auch die Tochter der Göttin und das Kind eines Tigergeistes von den Gelben Quellen. Ich aber bin trotz der Tiergestalt, die ich annehmen kann, ein Sterblicher, dem das Schicksal die Aufnahme in den Kreis der Götter

verwehrt hat. Ich trauere nicht darum, ich werde leben und sterben wie ein Mensch, und ich werde zu den Gelben Quellen gehen, wie es jedem von uns bestimmt ist.
Dennoch gehöre ich zu einem so großen Teil der Geisterwelt an, dass es mir schon aus diesem Grund verwehrt ist, als König zu regieren. Der Göttliche Jadekaiser hat den Unsterblichen verboten, sich gegen den Willen der höchsten Götter in die Belange der Menschen einzumischen. Im Gegensatz zum Rattengeist werde ich mich auch als Mensch an dieses Gesetz halten. Nun kann aber ein zauberischer Tiergeist wie Lao Shu kaum von normalen Menschen besiegt werden. Seine Macht ist so groß, dass er sogar auf dem Weltenberg im Westen als Tiergottheit gegolten hat, und die Geisterfüchsinnen sind von ähnlicher Art.
Meine Aufgabe ist es, den Umtrieben des Rattengeistes ein Ende zu setzen. Das wurde mir indirekt von Shirliang Po und von Zhong Shan Shen, dem göttlichen Hüter des Glockenberges, aufgetragen. Auch darf ich den Mord an meinen Eltern nicht ungerächt lassen. Wenn ich diese Verpflichtung erfüllt habe, so werde ich mich ganz der Erziehung meines Sohnes widmen, der nichts vom Erbe der Geisterwelt mitbekommen hat. Wenn Zhong Huang mündig geworden ist, werde ich mich auf einen Berg zurückziehen und bis zum Ende dieses Körpers als Einsiedler leben. So, nun habe ich mit vielen Worten meine schroffe Ablehnung begründet, die Euch, meine Herren, so sehr gestört hat. Ich hoffe, ich treffe jetzt bei Euch auf größeres Verständnis.«
Graf Po, der in der Kälte sein Alter doch stark zu spüren schien, stand umständlich auf, hinkte auf Tie Hu zu und verbeugte sich mit leichtem Ächzen. »General Eisentiger, verehrter Zhong Tie Hu, verzeiht mir meine Uneinsichtigkeit und nehmt den Ausdruck meiner Hochachtung entgegen. Eure Motive sind ehrenwert und Euer Charakter von be-

wundernswerter Reinheit. Ihr verdient es, dass das Lob Eurer Person in gold auf rot aufgezeichnet und im Tempel des Himmlischen Jadekaisers und der höchsten Götter angeschlagen wird.«

Auch Graf Yü stand auf, verneigte sich und lobte Tie Hus Lauterkeit und seine Charakterstärke. Auf Tie Hu wirkten die Reden wie eine jener Geisterbeschwörungen, mit denen ein raubgieriger Tiger, der in die Herden eines Dorfes eingefallen war, höflich gebeten wird, sich woanders seine Beute zu suchen. Doch er spürte, dass die Männer es ernst meinten. Sie wollten ihn beschwichtigen, aber auch so verehren, wie sie eine ihnen lieb gewordene, lokale Gottheit verehrten, die sie vor Krankheit und Katastrophen schützen sollte.

Tie Hu ließ die Zeremonie der Lobpreisungen, der sich außer Buku alle Männer in der Runde anschlossen, mit einem freundlichen Lächeln über sich ergehen. Sein Waffenmeister schaute mit träumerischem Blick zu und freute sich wohl immer noch über die Tatsache, dass seine stumme Tochter das Gefäß der Seele einer Fee gewesen war. Das war für einen Mann wie ihn eine Ehre und eine Auszeichnung, auf die er noch stolz sein würde, wenn er dem Höllenrichter gegenüberstand.

Als sich seine Gäste und seine jungen Begleiter wieder beruhigt hatten und mit Wohlbehagen den frischen Tee schlürften, den die Prinzessin Gan Lan zubereitet hatte, kam er auf die Dinge zurück, die im Augenblick wichtig waren. »Graf Po, Ihr solltet mit Ihrer Königlichen Hoheit, der Prinzessin Gan Lan, und Euren beiden jungen Begleitern in Wey Schutz suchen. Da mir die Geisterfüchsin leider entkommen ist, dürfte die Ratte auf dem Thron von Zhou sehr bald von Eurer Rebellion wissen. Dann seid Ihr dort Eures Lebens nicht mehr sicher. Ich biete Euch Asyl auf meinem Gutshof am Glockenberg an.

Ihr, Graf Yü, könnt Euch und Eure Familie auch dort in Sicherheit bringen, wenn Ihr glaubt, dass Ihr unmittelbar gefährdet seid. Aber wenn Ihr das tut, wird König Ding Wanzi sich an Euch und Eure damalige Verurteilung erinnern und Euren Kopf fordern. Mich hat er inzwischen gewiss schon als Abtrünnigen und Rebellen abgestempelt, da ich seine Befehle ignoriert habe.«

Graf Yü lachte. »Ich danke Euch, mein Freund, für Eure Fürsorge. Doch ich stehe nicht so allein da, wie Ihr denkt. Ich habe nach dem Tod meiner vierten Tochter begonnen, so etwas wie eine geheime Rebellenarmee aufzubauen, die mich durchaus eine Weile vor dem Zugriff des einstigen Kanzlers schützen kann. Sie ist nicht stark genug, um eine Stadt zu belagern und zu erobern, aber wenn ich im Laufe des Jahres genügend Männer und Waffen nach Wey Cheng schmuggeln kann, bin ich in der Lage, im geeigneten Moment – zum Beispiel nach dem Tod der schrecklichen Geisterratte – den Palast zu besetzen, Ding Wanzi zu verjagen und Euch die Tore zu öffnen. Viele der mir verschworenen Männer haben noch Verwandte in der Stadt, bei denen sie unauffällig unterkommen können. Das Einzige, was mir fehlt, ist genügend Gold und Silber, um meine Leute gut auszustatten.«

Tie Hu nickte nachdenklich. »Ich weiß, was Ihr meint. Eure Männer sind bei ihren Verwandten so lange willkommen, solange sie genügend Kupferkäsch und Silberbruch in der Tasche haben, um sich ernähren und ihrer Gastfamilie unter die Arme greifen zu können. Nun gut, ich unterstütze Euch auch mit Geld. Versorgt Eure Männer, wie Ihr es für richtig haltet, bewaffnet sie gut und schleust sie nach Wey Cheng. Sie dürfen nur nichts tun, was Shirliang Po verärgern würde. Gelingt es mir, den Rattenkopf zu besiegen und zu töten, bin ich bereit, mich notfalls auch mit König Ding Wanzi und seinem engeren Anhang auseinanderzusetzen. Ich betone

aber noch einmal – Shirliang Po und Zhong Shan Shen müssen mit meinem Vorgehen einverstanden sein.«
Graf Yü nickte eifrig. »Wir werden nichts gegen den Willen der Götter unternehmen, aber alles mit ihrem Segen. Ich danke Euch für Euren guten Willen und Eure Unterstützung.«
»Heißt das, Euer Sohn wird doch König beider Länder?«, brach Prinzessin Gan Lan ihr langes Schweigen. Als Tie Hu nicht sofort antwortete, fuhr sie fort: »Er muss es werden, ich bestehe darauf! Ihr habt selbst gesagt, dass er an dem Erbe der Geisterwelt keinen Anteil hat. Also werde ich mit Euch kommen und mich um ihn kümmern, so dass er unter meiner Fürsorge zu einem stattlichen Jüngling heranwächst. Graf Po und Graf Yü werden seine Erzieher und bereiten ihn auf sein hohes Amt vor.
Die Herren Chun Kou und Huan Yen hier werden unsere Verbindungsleute in Zhou. Sie werden sich anstelle des Grafen Po an die Spitze unserer Rebellenarmee stellen und verhindern, dass sich nach dem unvermeidlichen Ende des Rattenkönigs ein weiterer Usurpator auf den Thron von Zhou setzen kann. Dann werdet Ihr, Prinz Tie Hu, die beiden Länder in Eurer Hand vereinen und sie für Euren Sohn verwalten, bis er volljährig ist. Das habt Ihr uns vorhin zugesagt. Ich, Gan Lan, rechtmäßige Tochter des ermordeten Königs Wuya von Zhou, nehme Euch beim Wort.«
Tie Hu seufzte und blickte zur Scheibe des Vollmondes hoch, die groß, aber fast blutrot am Himmel stand und kaum Helligkeit spendete. »Zuerst muss der Rattengeist getötet werden. Dann wird sich herausstellen, was die Götter für mich und für meinen Sohn im Schoß der Zukunft verborgen halten. Falle ich im Kampf gegen Lao Shu, so vertraue ich meinen Sohn Euch an, Graf Yü, unter der Bedingung, dass mein Waffenmeister und kleiner Schwiegervater Buku

bei ihm bleiben kann. Er wird sich so um ihn kümmern, wie er sich um mich gekümmert hat, als ich meine Eltern verlor. Einen treueren Wächter und Freund kann sich kein Knabe wünschen.«

Ein eisiger Windstoß begleitete Tie Hus Worte und gab ihnen den Klang einer bösen Vorahnung. Die Gesichter der Männer schienen sich mit Eis zu überziehen, und die bereitwillige Zustimmung der beiden Grafen klang eher wie verzweifelte Abwehr eines schlimmen Geschicks.

69. JIN MAU WIRBELT GEISTER AUF UND TRIFFT NÜ YING

Diesmal gab es keinen freundlichen Berggeist, der Jin Mau einen bequemen Weg in die Unterwelt ermöglichte. Ihre Seele war durch den Angriff der Füchsin mit einem Schlag aus dem Körper der alten Katze getrieben worden und schwebte nun wie der feine Schirm eines Pflanzensamens durch die Nacht. Diesmal überkam sie ein Gefühl der Hilflosigkeit und des Grauens, denn sie spürte überall um sich herum die Gegenwart von Hungergespenstern.

Der ganze Wald der Eule war von Hungergespenstern erfüllt. Sie schwebten nicht im Mondlicht durch die Luft, und sie schimmerten auch nicht von innen heraus wie andere Gui-Gespenster. Daher hatte Jin Mau sie als lebendige Katze nicht bemerkt. Ihr war nur die unendliche Traurigkeit und die Verzweiflung aufgefallen, die wie ein graues Tuch über der Landschaft lag. Kein Wunder, dass der Wald der Eule ein von Menschen gemiedener Ort war. Die Albträume, die die Menschen hier heimsuchten, konnten empfind-

liche und schwache Gemüter in Wahnsinn und Tod treiben. Selbst furchtlose Menschen würden hier an Leib und Seele krank werden, und sogar größere Tiere mussten sich hüten, hier zu lange zu verweilen.
Für einen Augenblick verdrängte Jin Mau das Grauen, das die armen Hungergespenster in ihr erregten, und sie konzentrierte sich ganz auf das helle Feuer von Tie Hus Geist. Gerade beugte er sich als riesiger weißer Tiger über den toten Katzenkörper. Für einen Augenblick berührten sich ihre Seelen, und sie konnte ihm das Bild ihrer Mörderin übermitteln. Sie legte all ihre Kraft in diese letzte Botschaft, denn sie wollte, dass Tie Hu der Füchsin endlich den Garaus machte. Er musste sie töten, denn sonst würde er nie Ruhe vor dieser Hexe finden.
Tie Hu schien sie verstanden haben, denn er füllte sie mit seiner magischen Kraft, um sie für ihren schweren Weg zu stärken. Es war viel mehr Lebensessenz, als ihr Geist aufnehmen konnte, und diese umgab sie wie eine dichte, sanft strahlende Aura. Jin Mau wollte Tie Hu noch tausendfachen Dank senden und ihn ihrer ewigen Liebe versichern, doch das, was in diesem Augenblick um sie geschah, trieb sie in panische Flucht.
Tausende grauer Hungergespenster lösten sich von den kläglichen Resten niedergebrannter Häuser, von Steinen, die aus einst blutgetränkter Erde ragten und von verkrüppelten Bäumen, unter denen noch bleiche, halb von Moos überwucherte Knochen lagen. Tie Hus verschwenderisch fließende Lebenskraft hatte sie aus ihrer Starre gelöst, und nun wollten sie mehr von dieser Labsal haben. Einige folgten Tie Hu. Doch er konzentrierte sich auf die Jagd nach der Füchsin und verschloss dabei instinktiv sein Innerstes, so dass er für Geistersinne nur noch wie ein kraftloser, dünner Schatten wirkte. Jin Mau aber schwebte praktisch in einem üppigen

Lebensquell, der sich wie eine Wolke um sie ausbreitete, und so wandte der graue Schwarm sich ihr zu.
Jin Mau sah die Masse wie eine Ballung aus schmutzigen Spinnweben auf sich zukommen und schüttelte sich. Wenn diese Hungergeister sie erwischten, würden sie sie aussaugen und als leere, verwehende Hülle zurücklassen. So dachte sie mit aller Willensstärke an die Große Geistersperre, das Tor zur Unterwelt, hinter dem Lü Langs Vorhalle des ersten Gerichts lag. Erleichtert stellte sie fest, dass sie sich schnell und immer schneller nach Westen bewegte, auf den Kunlun-Berg zu, an dessen Fuß sich das Höllentor befand. Doch das Gefühl der Erleichterung hielt nicht lange an. In ihrer Gier folgten die Geister ihr. So zog Jin Mau eine lange, graue Schleppe hinter sich her, die beständig wuchs.
Tie Hus Lebenskraft hatte nicht nur sie gestärkt, sondern vielen Tausenden anderer Geister einen Hauch von Leben zurückgegeben. Mehr und mehr von ihnen erhoben sich aus der nächtlich dunklen Erde und folgten der strahlenden Verheißung, die an ihnen vorbeizog.
Es war eine Ankunft, von der man in allen Ebenen der Hölle wohl noch nach zehntausend Jahren erzählen würde. Jin Mau schoss wie ein Feuerball zwischen den verblüfften Höllenwächtern hindurch und suchte verzweifelt nach einem Versteck, in dem sie sich verkriechen konnte. Dann füllten die Geister den Warteraum zu den neunundneunzig Schrecken wie ein unendlicher Mückenschwarm. Jin Mau fühlte die Nähe einer ihr bekannten Präsenz und rannte darauf zu. Dann sah sie eine Person in einem glänzenden, bodenlangen Gewand aus grüner Seide vor sich und schlüpfte zwischen die knisternden Stoffbahnen. Mit bebenden Flanken blieb sie auf zwei zierlichen, bunt bestickten Pantöffelchen liegen und schnurrte, um die Dame von ihren freundlichen Absichten zu überzeugen.

Für einen Augenblick blieb um sie herum alles ruhig. Dann füllte Lü Langs dröhnende Stimme den Saal und brachte sogar den Fußboden zum Zittern. Schwere Stiefel und eiserne Schuhe polterten über die Steinplatten, und schwirrende Geräusche erfüllten die Luft. Dann vernahm Jin Mau trotz des infernalischen Lärms über sich ein Lachen, das ganz und gar nicht in diese scheußliche Situation passte. Die Dame zog ihren grünen Rock hoch, griff nach ihr und hob sie trotz ihres Sträubens auf ihren Schoß.

»Schon gut, Kätzchen! Du brauchst keine Angst mehr zu haben. Ich beschütze dich vor den Hungergespenstern. Komm, Jin Mau, kleine Schwester, öffne deine Augen und schau dich um! Die Diener des Herrn Lü Lang sind schon fleißig bei der Arbeit!«

Jin Mau riss die Augen weit auf. Es geschah weniger aus Neugier, denn von den grauen Geistern wollte sie möglichst nichts mehr sehen. Ungläubig starrte sie die Frau an, auf deren Schoß sie lag. Sie hatte sie schon als Statue gesehen, und sie hatte gegen ihre Doppelgängerin gekämpft. Aber was suchte eine Göttin, eine Fee des Kunlun-Berges, hier im Vorraum der Hölle? Jin Mau japste und ließ ihre Zungenspitze heraushängen.

»Nü Ying?«, fragte sie vorsichtig.

»Ja, meine Liebe, ich bin Nü Ying, die Braut deines Freundes und Gefährten Zhong Tie Hu. Ich habe dich auf dem Rücken seines Pferdes sitzen und am Fußende seines Bettes schlafen sehen, und ich weiß, was du alles für ihn getan hast. Aber schau nur! Lü Langs Dämonen sind wirklich flink mit ihren Netzen. Sie haben die Hungergeister beinahe schon alle eingefangen. Jetzt brauchst du wirklich keine Angst mehr zu haben.«

»Ich habe keine Angst!«, antwortete Jin Mau nicht ganz wahrheitsgemäß.

»Oh nein, ganz sicher nicht. Du kamst nur angeschossen, als seien die Folterknechte der Kupfernen Hölle hinter dir her. Was hast du – oder vielmehr, was habt ihr, Tie Hu und du, angestellt, dass sich die Hungergeister in diesen Scharen auf dich gestürzt haben?«

Jin Mau sah fasziniert zu, wie die silbernen Netze der pferde- und ochsenköpfigen Dämonen durch die Luft schwirrten und die jetzt wie feine Staubflocken herumwirbelnden Geister einfingen. Hier unten sahen die armen Seelen ganz harmlos aus, und Jin Mau konnte ihre eigene Todesfurcht nicht mehr so recht verstehen. Verlegen begann sie zu schnurren und sich zu putzen.

»Die widerliche Schwarze Geisterfüchsin hat mich zum dritten Mal umgebracht«, antwortete sie dann mit leisem Fauchen. »Tie Hu hat mir nur einen Abschiedsgruß nachgerufen. Wer konnte denn wissen, dass er damit all diese schwindenden Seelen aus ihrem Schlaf des Vergessens wecken würde?«

Nü Ying nickte versonnen. »Unser Freund ist sehr stark geworden, zu stark für die Welt des roten Staubes. Aber er ist sich seiner Kräfte nicht bewusst und kann sie nicht richtig anwenden. Er müsste gute Lehrer bekommen, mächtige Unsterbliche, die mit einer Tigerseele wie der seinen umgehen können, denn sonst wird er eines fernen Tages sich und anderen zur Gefahr. Solange er mit seiner Macht und Stärke nicht umzugehen weiß, kann jeder gelehrte Hexenmeister und auch eine Geisterfüchsin wie diese Haokan Hei ihm schaden oder ihn sogar töten. Auch kann Tie Hu nicht die schützen, die ihm anvertraut sind. Arme Jin Mau, du trägst schwer an deiner Liebe zu ihm.«

»Er hätte mich sicher schützen können, wenn er bei mir gewesen wäre. Ich bin neugierig herumgestreift, weil ich irgendwo ein kleines Tier habe winseln hören, und dann hat

die schwarze Dämonin mich abseits des Lagers erwischt. Die Fuchshexe kann Tie Hu selbst nicht mehr schaden, denn sie soll ihre Kräfte verloren haben. Das hat jedenfalls Shirliang Po gesagt. Aber mit einer alten Katze wie mir hat sie natürlich auch als gewöhnliche Füchsin leichtes Spiel gehabt. Tie Hu trägt keine Schuld an meinem Tod, an keinem meiner Tode! Außerdem war meine Existenz in dem alten Katzenkörper kein richtiges Leben. Ich habe immer gespürt, dass ich nicht in ihn hineingehöre.
Ich mache mir nur große Sorgen wegen des Rattengeistes, den Tie Hu vernichten will. Aber wie soll er mit so einem starken Hexenmeister fertig werden? Ich muss unbedingt mit dem hohen Herrn Lü Lang darüber reden. Er wird hoffentlich irgendetwas tun können, um Tie Hu zu helfen. Aber sag mir lieber, was du hier machst? Hat man dich jetzt auch vom Kunlun-Berg verbannt, so wie Sternengeist, Tie Hus Mutter?«
»Nein, ich bin freiwillig hier. Ich will Lü Lang sprechen, weil ich eine Botschaft für unsere hohe Herrin Xiwangmu habe, die ich nur ihr selbst ausrichten kann. Aber man lässt mich nicht zu dem hohen Herrn vor. Ich sitze hier schon seit Wochen herum und warte. Man sagt mir immer nur, ich sei noch nicht an der Reihe.«
Kätzchen schlug aufgeregt mit ihrem Schwanz. »Oh, sag mir, ist es wahr, dass die Königin des Westens vom Obersten Himmelsherrn auf zehntausend Jahre zu den Gelben Quellen verbannt wurde?«
»Ja, meine kleine Freundin, das ist so! Leider!«
»Aber das ist nicht gut für die Menschen und die Welt da oben! Das Leben ist aus dem Gleichgewicht geraten. Böse Dämonen, die Xiwangmu einst verbannt hatte, werden aus ihren Verstecken kriechen, in die Körper von Menschen schlüpfen und ihre Seelen auffressen. Und …«

»Nein, meine kleine Schwester, so weit wird es der Jadekaiser gewiss nicht kommen lassen. Xiwangmu war schon öfter tief unten bei den Gelben Quellen zu Besuch. Dort lebt ihr Gefährte, Shi Shings Vater. Normalerweise gibt es viele andere Götter auf dem Kunlun-Berg, die das Gleichgewicht des Lebens und die Harmonie der Welt aufrechterhalten, zusammen mit den Göttern des östlichen Weltenberges und denen des Palastes in der Mitte des Himmels.
Aber jetzt hat der Jadekaiser auch alle anderen hohen Götter und Feen des westlichen Weltenberges in seinen Palast der Himmelsmitte gebracht. Wahrscheinlich will er herausfinden, wer unter ihnen die Schuld an dem schrecklichen Unglück trägt, welches die ungezügelten Elementargeister über den heiligen Pfirsichhain und den ganzen Kunlun-Berg gebracht haben. Vielleicht will er sie auch nur noch einmal neu an ihre Pflichten erinnern. Er war so wütend, wie ihn noch nie jemand gesehen hat, und ich hatte schon befürchtet, er würde Xiwangmus Palast mit einem Blitzstrahl zerstören. In seiner verständlichen Erregung hat der erhabene Jadekaiser Xiwangmu dazu verurteilt, für die nächsten zehntausend Jahre bei den Gelben Quellen zu bleiben, oder – das sagte er dann später zum Präfekten des Hohen Gerichts – so lange, bis die wahren Übeltäter gefunden sind und bestraft werden können. Ich glaube, ja, ich bin mir sogar sicher zu wissen, wer hinter dem …«
In diesem Augenblick rief ein eselsköpfiger Konstabler Jin Mau in den Gerichtssaal. Nü Ying zog die Hände zurück, damit das Kätzchen von ihrem Schoß springen konnte. Doch diese kletterte ihr einfach auf die Schulter und schnurrte ihr ins Ohr. »Komm, trag mich hinein! Dann bist du auch drinnen.«
Nü Ying zögerte keinen Augenblick, diese Einladung anzunehmen. Der Konstabler brummte etwas, was sich wie »Die-

se freche Katzenfee!« anhörte, doch er schickte Nü Ying nicht zurück.
Diesmal empfand Jin Mau die riesige, düstere Halle mit den überall gegenwärtigen Höllenwächtern nicht als angsteinflößend. Selbst die grimmige, grüne Fratze des Totenrichters wirkte auf sie wie das anheimelnde Gesicht eines väterlichen Freundes. Sie freute sich sogar, vor ihn zu treten, wenn sie auch durchaus Angst vor seinem Urteil hatte und vor der Zeit der Sühne und Läuterung, die ihr nun bevorstand. Aber sie hegte die Hoffnung, dass Lü Lang ihr den Aufenthalt hier unten so leicht wie möglich machen würde. In diesem Bewusstsein sprang sie auf den Richtertisch und lief schnurrend auf ihn zu. Nü Ying aber kniete vorschriftsmäßig auf dem kalten Boden nieder und grüßte den Höllenrichter mit drei Stirnaufschlägen.
Lü Lang winkte ihr aufzustehen und widmete sich dann dem Katzengeist, der um seine Hände herumstrich und so laut schnurrte, als hätte er einen lang vermissten Freund wiedergefunden. »Aber, Jin Mau! Willst du mich jetzt auf diese Weise umgarnen, nachdem du die ganze Unterwelt in höchste Aufregung versetzt hast? Wie hast du es fertiggebracht, alle diese unglücklichen, verlorenen Seelen in die Unterwelt zu locken?
Du hast ein gutes Werk an ihnen vollbracht, das kann ich dir versichern. Aber weißt du, in was für Schwierigkeiten du die ganze Unterwelt damit gebracht hast? Wir wissen nicht, wie wir mit so vielen Seelen auf einmal fertig werden sollen. Die gesamte Höllenverwaltung versinkt im Chaos!
Wir haben nicht einmal genug Beamte und Knechte, um uns um ein Hundertstel dieser armen Seelen zu kümmern. Ach, Jin Mau, was soll ich nur mit dir machen? Am liebsten würde ich dich mit dem Rest dieses Pfirsichs der Unsterblichkeit füttern, den die Stürme und die entfesselten Wasser

hierhergespült haben. Dann könnte ich dich als Fee auf den westlichen Weltenberg schicken und wäre dich endlich für immer los. Dazu müsste ich jedoch die Erlaubnis der Herrin Xiwangmu einholen, und das geht nicht, solange die hohe Dame unter dem Richtspruch unseres Obersten Herrn und Gebieters steht.«

Bei diesen Worten legte er einen goldenen Pfirsichkern auf den Tisch, an dem noch ein wenig Fruchtfleisch und ein Rest Schale hing. Das Kätzchen zog die Nase kraus, als wolle es sagen, ihm sei eine fette Maus viel lieber. Aber da trat Nü Ying blitzschnell an den Richtertisch, riss das Fruchtfleisch von dem Kern und stopfte es Jin Mau ins Mäulchen. Sie hielt der sträubenden Katze das Schnäuzchen zu, bis diese den Brocken heruntergewürgt hatte.

»So, mein hoher Gebieter und Richter. Jetzt könnt Ihr mich bestrafen und in die tiefsten Tiefen der Unterwelt schicken. Gern werde ich büßen, was ich getan habe. Aber Jin Mau hat es verdient, eine Fee zu werden, denn sie hat alles getan, um meinen Bräutigam Tie Hu vor seinen Feinden zu bewahren und den Willen des Stadtgottes von Wey zu erfüllen. Sie hat gehandelt, wo ich die Hände gerungen habe, und sie hatte Erfolg, wo ich mit meinen kläglichen Versuchen gescheitert bin. Damit hat sie sich das Recht erworben, Tie Hus Gefährtin und seine erste Frau zu werden. Ich werde in dem Augenblick die Verlobung lösen, in dem Tie Hu schwört, Jin Mau für immer an seine Seite zu stellen.«

Lü Lang hatte keinen Finger gerührt, um Nü Ying an ihrem Tun zu hindern. Statt zornig zu werden, brüllte er vor Lachen, bis die Beisitzer und Konstabler sich verzweifelt die Ohren zuhielten.

»Nü Ying«, sagte er schließlich, nachdem er sich die Lachtränen aus den Augen gewischt hatte, »du bist eine abgefeimte Heuchlerin! Du willst mich nur zwingen, die Tore der Unterwelt für dich zu öffnen und dich zu Xiwangmu gehen zu lassen, obwohl du als grünberockte Fee mit dem heiligen Tigerstreifengürtel hier unten nichts zu suchen hast. Meine Strafe für dich sollte nun darin bestehen, dich auf der Stelle zum Palast des Jadekaisers zu schicken, damit du dort deine Aussage machen und erzählen kannst, was du gehört und gesehen hast.«

»Wenn ich dort meine Aussage mache, dann trifft es nur einen der drei Schuldigen, und vielleicht noch nicht einmal ihn. Ich kann nur Vermutungen äußern. Man müsste die beiden Mitschuldigen verhören, um die Wahrheit ans Licht der Sonne zu bringen. Aber diese beiden gehen ihren blutigen Weg in der Welt des roten Staubes.« Man sah Nü Ying an, dass es der schüchternen jungen Fee nicht leichtfiel, so vor dem hohen Beamten aufzutreten.

Aber Lü Lang schien ihre Festigkeit zu gefallen. »Ich weiß, dass jemand Xiwangmus Elementargeister entwendet hat und sie benutzen wollte, um den Feldherrn von Wey und seine Reiterarmee zu vernichten. Vor nicht allzu langer Zeit kamen elf Seelen zu mir, die sich als Wahrsager und Magier bezeichneten. Sie jammerten und klagten über ihr Schicksal, doch sie wussten nicht zu sagen, wer die Elementargeister auf sie gehetzt hat. Sie konnten mit ihren Beobachtungen nichts anfangen, aber ich habe meine Schlüsse aus ihren Aussagen gezogen. Die Geisterfüchsin Haokan Hei ist ebenso in die Sache verwickelt wie der Rattengeist Lao Shu. Der Himmel wird bald ein weiteres Urteil über die alte Ratte fällen. Doch es bedarf der Hand eines Gottes, um ihn zu töten und seine zusammengeraubte Seele vor meinen Richtertisch zu bringen.«

Nü Ying kniete aufs Neue nieder. »Herr, Eure Weisheit und Eure Klugheit ist grenzenlos. Ihr habt vollkommen recht. Die Schwarze Füchsin war wenige Monate vor der Kata-

strophe bei dem Banditen Rattenkopf. Das hat mir General Li Ring berichtet, und er hat es von Shirliang Po, dem Stadtgott von Wey, erfahren.
Wenige Wochen später ist Haokan Hei auf dem Kunlun-Berg aufgetaucht. Ich selbst habe sie auf ihre Bitte zu demjenigen gebracht, den ich jetzt im Verdacht habe, ihr nicht nur einen Wolkendrachen, sondern auch die Krüge mit den Elementargeistern übergeben zu haben. Ich kann beeiden, dass die Geisterfüchsin den Kunlun-Berg mit einem Wolkendrachen verließ, der entgegen den Regeln nicht mehr zurückgebracht wurde. General Li Ring ist ebenfalls Zeuge des Besuchs der Geisterfüchsin geworden. Aber wir haben keinen der gestohlenen Krüge bei ihr bemerkt.
Daher sind meine und Li Rings Aussage nur von geringem Wert. Ich habe bisher sonst niemanden in mein Vertrauen gezogen, weil ich befürchte, dass mein Feind, der Dieb, gewarnt würde und sich der Gerechtigkeit entziehen könnte. Er ist ein sehr mächtiger Magier und listig wie eine Schlange!«
Lü Lang starrte Nü Ying mit seinen durchdringenden roten Augen an, bis sie das Gesicht wegdrehen musste. »Du willst auch mich nicht ins Vertrauen ziehen, nicht wahr? Aber mein Freund Li Ring hat es schon getan. Du brauchst daher den Namen des Verdächtigen nicht zu nennen. Du solltest ihn auch weiterhin für dich behalten, bis du deiner Herrin Xiwangmu gegenüberstehst. Es wird ihrer Kraft bedürfen, die drei Verbrecher dingfest zu machen und zumindest die beiden Tiergeister hier vor meinen Richtertisch zu schaffen. Sag der göttlichen Königin des Westens, dass die Geisterfüchsin sterben muss und doch nicht sterben darf. Ihr Geist soll hier vor mir Rede und Antwort stehen!«
Nü Ying sah ihn verständnislos an. »Sterben und nicht sterben? Wenn sie stirbt, löst sie sich auf, denn sie hat noch kei-

ne unsterbliche Seele. Stirbt sie nicht, kann sie aber doch nicht hierhergebracht werden.«

»Du hast recht, meine kleine Schönschriftenmalerin, und wiederum auch nicht. Die Füchsin hat eine unsterbliche Hun-Seele wie jedes Lebewesen in der Welt des roten Staubes. Aber die ihre ist so winzig und so schwach wie die eines dieser Hungergeister hier, die uns deine kleine Freundin beschert hat. Sie würde niemals aus eigener Kraft das Tor zur Unterwelt durchschreiten können, sondern im Licht der Sonne vergehen. Also müsste man ihr genau das geben, wonach sie strebt: eine Seele, so stark wie die eines Menschen. Die kann sie auf ehrlichem Weg nur bekommen, wenn sie einen der Pfirsiche der Unsterblichkeit isst – aber den letzten Rest der Ernte dieses Jahrtausends hast du eben an unsere Katzenseele hier verfüttert.«

Nü Ying sah Jin Mau an und begann zu kichern wie ein kleines Mädchen, denn aus dem Kätzchen war eine hübsche Frau geworden – zumindest, was ihren Körper betraf. Der Kopf aber war der einer Katze geblieben, nur in den richtigen Proportionen zum Körper. Sie sah nicht schlecht aus, die neu geschaffene Katzenfee. Aber da sie schon einmal das Äußere einer schönen Frau gehabt hatte, war das keine so erstrebenswerte Verwandlung. Auf dem Kunlun-Berg würden viele Götter sie für einen emporgekommenen Tiergeist halten, und Zhong Tie Hu würde sie vielleicht nicht zu seiner Frau nehmen wollen, weil sie ihn zwangsläufig immer an die Füchsin mit ihrem Fellgesicht erinnern würde.

Nü Ying seufzte kummervoll. »Oh, Jin Mau, das habe ich nicht gewollt! Woher hätte ich wissen sollen, dass der Rest des heiligen Pfirsichs nicht ausreicht, um dir auch dein menschliches Gesicht zurückzugeben?«

Jin Mau betastete ihre Schnauze und probierte, wie fest ihre beeindruckend kräftigen Eckzähne saßen. Dann maunzte sie. Aber es klang nicht traurig oder bedrückt, sondern eher wie ein Lachen.

»Nü Ying, große Schwester«, sagte sie und ließ ihre Zungenspitze aus dem Katzenmaul schauen. »Ich weiß nicht, was ich sagen soll. Bin ich jetzt wirklich eine Fee? Dann brauche ich nicht hier in der Unterwelt zu bleiben, nicht wahr? Ach, ich bin dir ja so dankbar. Wie soll ich das je wiedergutmachen? Ich glaube, ich begnüge mich damit, deine Zofe zu werden. Du wirst Tie Hus Hauptfrau, wie es dir bestimmt wurde, und ich darf dann immer um euch sein. Dann besitzt du einen mächtigen Tiger und ein Hauskätzchen!«

»Nein, mein Kleines. Du wirst Tie Hus Hauptfrau. Das hast du verdient! Wenn er dich wegen deines Katzengesichts nicht haben will, dann bin ich ihm ernsthaft böse.«

Lü Langs flache Hand klatschte auf den Richtertisch, so dass dieser wie eine Trommel dröhnte. »Schluss jetzt, ihr beiden unmöglichen Frauenzimmer! Ihr seid hier in der Hölle und nicht in einem Lustgarten, wo ihr nach Belieben schwätzen könnt. Tragt euren dummen Streit aus, wenn euer Eisentiger den Weg zur Unsterblichkeit gefunden hat. Jetzt aber macht euch auf den Weg zur tiefsten Stelle der Unterwelt, dorthin, wo die Gelben Quellen entspringen und wo Xiwangmu als Tigerin mit ihrem Gefährten durch die Sumpfwälder streift.

Aber ihr müsst den Weg dorthin ohne meine Hilfe finden. Dazu gehört eine große Portion Mut und Unerschrockenheit. Ihr dürft vor nichts zurückscheuen oder gar fliehen, sonst verirrt ihr euch hoffnungslos und landet wie gewöhnliche Menschenseelen in einer der Höllenebenen. Ihr würdet eure Feenkraft und Unsterblichkeit verlieren und irgendwann als Menschen oder gar als Tiere wiedergeboren werden. Dann bleibt Xiwangmu wirklich auf zehntausend Jahre

verbannt, und Zhong Tie Hu fällt früher oder später den Intrigen seiner Feinde zum Opfer.
Wenn ihr aber die Gefahren der Hölle zu sehr fürchtet, so sagt es ruhig. Noch könnt ihr es euch anders überlegen. Nü Ying kehrt zum Kunlun-Berg zurück, als sei nichts geschehen, und Jin Mau wird zu ihrem Vater gehen, um sein Schicksal zu teilen, ganz gleich, wie es für den alten Teufel ausgehen mag.«
Nü Ying und Jin Mau sahen sich an. Dann sträubte Jin Mau ihre Katzenbarthaare und fasste nach Nü Yings Hand. »Wir gehen nach unten!«, sagten beide wie aus einem Mund.
Lü Lang hatte nichts anderes erwartet. Auf eine Handbewegung von ihm entstand ein Tor an einer Stelle, wo vorher eine glatte Wand gewesen war. Es glich einer Dämonenfratze, die sich bereits in Vorfreude auf ihre Beute die Lippen zu lecken schien.
»Mit so etwas erschreckt man kleine Kinder«, flüsterte Nü Ying der fauchenden Jin Mau zu.
Die Katzenfee nickte und zog ihre Freundin entschlossen auf das Tor zu. Als sie näher kamen, senkte sich die Zunge zu Boden und wurde zu einem weichen, wenn auch widerlich anzusehenden Teppich. Während sie in den Schlund der Fratze traten und der Mund sich schmatzend hinter ihnen schloss, vernahmen sie als Letztes Lü Langs Bemerkung zu seinen Beisitzern.
»Das sind zwei vorwitzige und hoffnungslos verliebte Frauenzimmer. Aber wenn sie so weitermachen, könnten sie den Knoten des Schicksals lösen und dazu beitragen, dass auf allen drei Weltenebenen wieder Ruhe und Frieden einkehrt.«

70. HAOKAN HEI VERLIERT EINEN VERBÜNDETEN

Als die Füchsin mit letzter Kraft in das Höhlenlabyrinth eintauchte, hatte sie schon blutigen Schaum vor der Schnauze stehen, und dieses Blut stammte nicht von ihrem Sohn. Sie legte den Jungen vorsichtig neben einer Quelle ab, die aus einer Felswand heraustrat und sich in einer flachen Pfütze sammelte. Dann trank sie ausgiebig und versuchte, dem ihr verbliebenen Welpen etwas Wasser in die Schnauze zu träufeln. Als ihre Lungen nicht mehr verzweifelt nach Luft rangen und der Schmerz in ihrer Kehle erträglich wurde, legte sie sich neben ihrem Jungen nieder und leckte seine Wunden. Mehr konnte sie im Augenblick nicht für ihn tun. Sie hörte sein Herz schlagen. Es klopfte ganz schwach und rasend schnell, aber es schlug. Die Pfeile hatten eine Schulter und die Hüfte durchschlagen, ohne lebenswichtige Teile zu verletzen. Mit guter Pflege und viel Ruhe konnte der kleine Cong San wieder gesund werden. Doch er würde in seinem Fuchskörper ein jagdunfähiger Krüppel bleiben und als Mensch auf Krücken gehen müssen.

Durch ihre starke Erschöpfung fehlte ihr die Kontrolle über ihre magischen Fähigkeiten, und so wirkte sie auf andere Bewohner der Geisterwelt wie eine blakende Fackel. Der Tiger aber hatte an allen möglichen Orten herumgeschnüffelt und gegraben und sich dabei mehr und mehr von der Höhle entfernt, in der sie Zuflucht gefunden hatte. Also hatte er sie nicht auf die Art der Geister wahrnehmen können. Der Berggeist vom Glockenberg hatte sich offensichtlich nur wenig Mühe mit der Ausbildung der magischen Kräfte seines Enkels gegeben, und das machte dieses Tigerchen in beiden Gestalten verwundbar.

Vorerst aber war Haokan Hei allein mit ihren Sorgen und ihrer ungestüm aufbrandenden Wut über den Tod ihrer so vielversprechenden Töchter. Sie wusste aber nicht, wem sie diesen Verlust mehr ankreiden sollte, dem Tölpel Tie Hu und dem Menschengesindel in seiner Begleitung oder Cong Ming, der in seiner Verblendung die ganz gewöhnlichen Gefahren unterschätzt hatte, die allen in der Wildnis lebenden Füchsen drohten. Daher gönnte sie ihrem Verwandten dieses lächerlich gewöhnliche Ende. Aber sie hasste ihn auch jetzt noch, weil er ihre beiden Mädchen mit in den Tod geführt hatte. Ihr war nur der kleinste und schwächste Welpe geblieben, aus dem höchstens ein mittelmäßig begabter Geisterfuchs ähnlich wie sein Vater werden konnte.
Es war wie ein Hohn des Schicksals. Nach ihrem Versuch, Tie Hus Balg als Krüppel zur Welt kommen zu lassen, hockte sie jetzt selbst neben einem Kind mit zerschmetterten Gelenken und konnte nur hoffen, dass es überlebte. Sie versuchte, die niederdrückenden Gedanken abzuschütteln, und begriff dann mit einem Mal den lichten Kern, den Wink des Schicksals, der in ihnen lag. Mochin Shao hatte sich die Seele von Tie Hus Bastard für ihre Unsterblichkeit gewünscht. Nach dem Tod ihrer Tante hätte sie diese für ihren Sohn verwenden können, aber für eine solche Seelenverpflanzung würde sie noch auf Jahrzehnte hinaus zu schwach sein.
Dringender als eine Seele benötigte sie für ihren Sohn den Körper eines gesunden Menschenkindes, sonst würde er nicht lange genug leben, um eines Tages selbst eine Seele stehlen zu können. Zwar gab es genug als unerwünscht ausgesetzte Kinder, aber das waren immer Mädchen. Wenn jemand wirklich einen Sohn loswerden wollte, so fand sich immer eine Frau, die keine Kinder bekommen konnte und ihren Mann zu täuschen suchte, indem sie ihm einen fremden Säugling unterschob. Bei kinderlosen Konkubinen in

reichen Familien kam das so häufig vor, dass es sogar Räuber gab, die regelmäßig neugeborene Knaben im Auftrag solcher Frauen entführten.
Auch eignete sich ein menschlicher Säugling nur schlecht für eine Seelenübertragung, denn zumeist zog er das Fuchskind mit in den Tod. Ein etwa zwei Jahre alter Junge aber wäre genau das richtige Opfer, und falls Tie Hus Sohn ihren Anschlag überlebt hatte, würde er in ein paar Monaten das passende Alter erreicht haben.
Vielleicht konnte sie die Seelen heimlich vertauschen, dann konnte ihr Sohn als Prinz Zhong aufwachsen und von Anfang an in einem Stand leben, der ihm den Weg zu großer Macht und Einfluss öffnen würde. War Tie Hu erst tot, so konnte sie sich in der Maske einer Dienerin in der unmittelbaren Nähe ihres Jungen einnisten und aus ihm einen Geisterfuchs machen, auf den sie vielleicht doch noch stolz sein konnte.
Eifriger als bisher leckte Haokan Hei die Wunden ihres Welpen und verbrachte die nächsten Tage mit seiner Pflege, ohne sich Ruhe zu gönnen. Zu ihrem nicht geringen Ärger musste sie dabei ihre Fuchsgestalt beibehalten, denn die wilde Flucht vor ihrem Feind hatte auch ihre Zauberkräfte wieder aufgezehrt. In dieser Gestalt hatte sie zumindest den Vorteil, ihrem Jungen Fische und Mäuse vorkauen zu können.
Sie blieb vollkommen ungestört, denn die Gruppe um Tie Hu brach schon im frühen Morgengrauen des nächsten Tages auf und verließ den Wald der Eule. Für einige Zeit war Haokan Hei froh über die Einsamkeit des verlassenen Forstes, denn sie fing in der Höhle und in der Nähe der Eingänge Beute im Überfluss und fand auch genügend Kräuter, mit denen sie die Wunden ihres Kindes versorgen konnte.
Vier endlos lange Wochen dauerte es, bis Cong Sans Über-

leben gesichert war. Aber auch dann humpelte er erbärmlich schwerfällig auf zwei gesunden und zwei verkrüppelten Beinen und konnte nur wenige Schritte aus eigener Kraft laufen. Haokan Hei grauste es bei dem Anblick des Jungen vor dem langen Weg nach Zhou Cheng, auf den sie ihn bald mitnehmen musste. Die Tage wurden nun wärmer, und bald kam die Zeit heran, in der gewöhnlich die Kriegszüge begannen. Wenn sie den Rattenkönig noch in seiner Stadt oder in einem Kriegslager auf eigenem Gebiet antreffen wollte, dann musste sie sich beeilen.

So entschloss sie sich, ihren Sohn wenigstens streckenweise zu tragen, nicht im Maul, denn dazu war er nun wirklich zu groß, sondern wie eine Menschenfrau auf dem Rücken. Das war nicht einfach, denn sie hatte kein Tuch, um ihn darin einzuwickeln, und als Füchsin auch keine Hände, um ihn mit ein paar Ranken festbinden zu können. So musste ihr Welpe mit ausgestreckten Läufen bäuchlings auf ihr liegen, während sie vorsichtig durch die nächtliche Landschaft schnürte.

Manchmal erwog sie, ob sie nicht doch ihren Weg als Menschenfrau zurücklegen sollte, denn die Verwandlung gelang ihr nun von Tag zu Tag besser. Sie konnte sogar schon wieder ihre Fuchsschnauze hinter einem Frauengesicht verbergen und ihren Schwanz unsichtbar machen. Aber in menschlicher Gestalt musste sie größtenteils auf die Deckung von Gebüsch und Feldhecken verzichten, und sie konnte auch ihren Sohn nicht verwandeln. Eine Frau aber, die in saumlosen Gui-Gewändern und mit einem jungen Fuchs in den Armen angetroffen wurde, hatte sofort sämtliche Geisteraustreiber im weiten Umkreis auf dem Hals. So blieb ihr nichts anderes übrig, als sich weiterhin auf vier Pfoten zu bewegen und Cong San auf dem Rücken zu balancieren.

In dieser entwürdigenden Pose wurde sie nach einigen Wochen ausgerechnet von Lao Shu selbst aufgespürt. Doch sie kümmerte sich nicht um das Gelächter des Rattengeistes und seinen Spott. Sie sträubte nur ein wenig ihr Fell, als sie seine kostbar geschmückte Jagdkleidung sah und den Bogen, den er über der Schulter trug. Sie verdrängte die Erinnerung an den Tod ihrer Töchter und konzentrierte sich auf das, was sie dem Rattengeist berichten musste.

Vorsichtig bettete sie ihren Sohn auf ein Moospolster und nahm menschliche Gestalt an, wenn auch mit einem Fuchskopf. Ein Frauengesicht anzunehmen kostete sie zu viel Kraft und Konzentration, aber sie wollte nicht in ihrer Tiergestalt bleiben, weil sie sich neben dem massigen Körper des Rattengeistes sonst winzig und hilflos gefühlt hätte. Schließlich unterbrach sie seine dummen Bemerkungen über ihr heruntergekommenes Aussehen mit einem symbolischen Schnappen nach seiner Kehle.

»Ich mag in deinen Augen herabgekommen sein, aber ich bin immer noch gefährlich!«, sagte sie bewusst leise. »Du dagegen scheinst dich von Man Dais Prügeln erholt zu haben und wieder Herr deiner magischen Kräfte zu sein.«

Lao Shu verzerrte sein Gesicht voller Wut. »Es ist alles deine Schuld. Zhong Tie Hu lebt noch und ist stärker denn je! Er kann seine Gestalt spielend in die eines Geistertigers verwandeln und hat dabei die Kraft von zehn gewöhnlichen Tigern.«

»Mein Sohn ist ebenfalls ein Opfer dieses Tölpels geworden. Tie Hu und seine Jäger haben meinen Gefährten Cong Ming und meine beiden Töchter wie gewöhnliche Füchse erschlagen und meinen Sohn beinahe tödlich verletzt. Auch angesichts der Toten habe ich meinen Schwanz nicht eingekniffen, sondern Tie Hu und die Leute belauscht, die sich am Rand des Waldes der Eule getroffen haben. Dabei habe ich einiges erfahren, das auch für dich wichtig sein müsste.

Aber da du ja offensichtlich dein Interesse an Wey und dem Eisentiger verloren hast und nur noch König von Zhou spielen willst, werde ich warten, bis die Rebellen dich gedemütigt und verjagt haben.«
Lao Shu starrte sie eine Weile stumm an, als könne er sich nicht schlüssig werden, was er mit ihr und ihren Worten anfangen sollte. Dann knurrte er: »Rede!«
»Ich denke ja nicht daran!«, schnappte sie zurück. »Zuerst will ich eine Entschuldigung für dein Versagen, für deine Schuld an Mochin Shaos Tod und für die Zerstörung meiner Kräfte.«
Die alte Ratte fuhr auf. »Ich denke ja nicht daran, denn ich habe auch ein paar interessante Tatsachen über die Vorgänge am Blauwasser erfahren. Ich weiß jetzt, dass wir beide einer Intrige von Shirliang Po und seinen Helfershelfern zum Opfer gefallen sind. Das erzählt man sich in allen Gassen von Wey Cheng. Shirliang Po hat seine Hure, die Weidenfrau, ausgeschickt, um den großen Helden Eisentiger vor einem Ende durch Hexenhand zu bewahren. Also hänge nicht mir das Versagen unserer Pläne an! Irgendjemand hat nicht dichtgehalten und unsere Pläne ausgeplaudert. Aber nur wir drei wussten, was die Falle am Blauwasser bewirken sollte und wie man sie zerstören konnte. Wir sind belauscht worden, meine Kleine. Fass dich also auch an deine eigene Schnauze! Du hättest die Lauscher bemerken müssen, denn du warst doch die große Magierin von uns dreien.«
Haokan Heis Gedanken wirbelten unter der Wucht dieser Neuigkeiten. Doch sie konnte sich nicht vorstellen, dass man sie während der entscheidenden Phasen ihrer Planung hatte belauschen können, denn sie hatte alle erdenklichen Maßnahmen zu ihrem und Mochin Shaos Schutz getroffen. Aber es war möglich, dass es unbemerkte Lauscher gegeben hatte. Im Umkreis der Totenrichter und der lokalen Gottheiten

gab es eine Menge neugieriger Schwätzer. Vorsichtig lenkte sie ein. »Wenn man es mit Gegnern auf unserem eigenen Niveau zu tun hat, ist man vor Überraschungen nicht sicher. Wahrscheinlich waren wir beide nicht vorsichtig genug. Aber verschüttetes Wasser kann man nicht aufsammeln. Doch sag mir zuerst eines: Hast du Frieden mit Wey gemacht?«

»Nein, natürlich nicht! Beide Seiten lecken sich ihre Wunden und warten auf ihre Chance. Ding Wanzi hat sich zwar mit seinem General überworfen, traut sich aber nicht, den Volkshelden zu entlassen oder ihm einen Meuchelmörder zu schicken. Dafür hat er zu viel Angst vor ihm und vor mir. Ärgerlicherweise laufen diesem verdammten Eisentiger die Bauernburschen nun scharenweise nach, um unter ihm Soldat zu spielen, während ich täglich Soldaten verliere und nicht herausfinden kann, wohin sie verschwinden. Über die Grenze nach Wey gehen sie nicht. Also muss es etwas mit deiner Bemerkung über Rebellen zu tun haben.

Ich kann mich kaum noch auf meine Adeligen verlassen, geschweige denn auf das Volk von Zhou. Erst haben sie mir zugejubelt und mich beinahe zum Thron getragen, und jetzt spinnen sie Intrigen, um mich wieder zu stürzen. Die Leute liebedienern mir ins Gesicht und laufen heimlich zu irgendwelchen Wahrsagern, die ihnen etwas von einem neuen König erzählen. Und dabei fällt immer der Name Zhong!

Ich sage dir, ehe dieser Eisentiger auf meinen Thron zu sitzen kommt, werde ich ihn eigenhändig erwürgen und seinen Körper mit einem magischen Schwert zerstückeln, das auch seine Seele in Fetzen schneidet!«

Die Füchsin starrte sinnend ins Unterholz. Ihr entging kein Käfer und keine Maus, und sie verspürte Hunger. Aber es war ein Hunger, den sie nicht in Tiergestalt mit ein paar Regenwürmern oder Heuschrecken stillen konnte. Es war der Hunger nach mehr zauberischer Macht und Kraft, als sie sie im Augenblick besaß. Seufzend wandte sie sich wieder Lao Shu zu.

»Natürlich steckt Tie Hu dahinter. Aber er ist nicht der Kopf der Rebellen. Die beiden Köpfe heißen Graf Po aus Zhou und Graf Yü aus Wey. Die beiden führen ihre Sippen auf deinen alten Feind Shirliang Po zurück, in dessen Namen sie jetzt angeblich handeln. Tie Hu ist nur ihr Aushängeschild. Ich habe die saubere Bande einen halben Abend lang belauschen können. Die Dame, die dir den Thron von Zhou hätte sichern sollen, hat sich ebenfalls der Rebellion angeschlossen, und sie hat einen anderen Ehemann als dich im Kopf. Sie will denjenigen haben, der nach dem Willen der Rebellen den Thron von Wey mit dem von Zhou vereinigen soll. So, das war der Kern der Botschaft, die ich dir überbringen wollte.«

»Also hat sich diese Hure Gan Lan in die Arme des Helden Eisentiger geworfen! Dabei habe ich alles so fein gesponnen. Man hält König Wuyas Tod immer noch für einen Unfall und den seines Sohnes für übertriebene Pietät. Ich sage dir eins, das Gift, das sie beide traf, ist heimtückisch und stark genug, um sogar diesen Eisentiger zu erledigen, wenn es auf eine Schwertklinge aufgebracht wird. Ich werde zu verhindern wissen, dass der Balg meiner Feindin Shi Shing an meiner Stelle auf den Thron kommt!

Ich habe vor ein paar Tagen schon Boten an Zhong Tie Hu geschickt und ihm ein persönliches Treffen vorgeschlagen. Wir werden uns wahrscheinlich in der Ebene von Chiao auf neutralem Boden begegnen.«

»Das ist nicht ohne Risiko für dich. Die Ebene von Chiao liegt ziemlich nahe am Glockenberg.«

»Ja, man kann den Gipfel von dort aus noch deutlich sehen. Aber Zhong Shan Shen, dieser kleine Götze von einem Berg-

geist, hat in der Ebene keinerlei Macht. Der Eisentiger aber wird sich in der Nähe des Glockenberges sicher fühlen und wie ein Jungtier in meine Falle tappen. Eines kannst du dir hinter die Ohren schreiben, du Versagerin: Ich lasse mich nicht länger von den lächerlichen Orakeln beeindrucken, die du damals gestellt hast, sondern erledige ihn mit eigener Hand, so dass der Rest seiner Seele sich im grauen Nichts auflöst.«
Haokan Hei versuchte, so treuherzig wie möglich auszusehen. In ihrem Innern aber brandete Gelächter auf. Etwas Besseres hätte ihr nicht passieren können. Sollte die alte Ratte doch versuchen, Zhong Tie Hu umzubringen. Nach dem, was ihr die Orakel einst mitgeteilt hatten, würde er dabei selbst ins Gras beißen. Sie aber würde den Rücken frei haben, sich um den jungen Zhong zu kümmern.
»Ich glaube, du hast recht. Es könnte wirklich sein, dass ich die Zeichen falsch gedeutet habe«, sagte sie lächelnd. »Aber lass uns aufbrechen. Ich brauche endlich wieder ein gemütliches Bett und eine Zofe, die sich um mein Wohlergehen kümmert. Ich werde dich zu dem Treffen begleiten und dich mit allen meinen Kräften unterstützen. Oh, keine Sorge, ich werde mich im Hintergrund halten!«
Lao Shu lachte ihr ins Gesicht. »Nein, meine Liebe. Du wirst dich nirgends aufhalten. Ich ziehe meine Angelegenheiten ab jetzt ohne deine sogenannte Hilfe durch.«
Haokan Hei fühlte sich wie vor den Kopf geschlagen. »Heißt das, du willst mich in Zhou zurücklassen?«
»Ich werde dich sogar hier an diesem Ort zurücklassen. Du bist überflüssig, hast du das nicht begriffen? Ich habe keinerlei Interesse, meine Untertanen noch mehr zu beunruhigen, indem ich eine Fuchshexe an meinen Hof hole. Schlag dich in der Wildnis durch, oder stürz dich mit amt deinem Krüppel da in den nächsten See. Du ruinierst mir nicht noch einmal alles mit deiner Stümperei und behauptest dann noch,

ich sei schuld an deinem Versagen. Wir sind ein für alle Mal geschiedene Leute! Also troll dich, du Geisterfuchsschlampe, ehe ich meine Männer auf Fuchsjagd schicke!«

»So ist das also! Erst benutzt du mich, bis ich mir dabei meine Kräfte ruiniere, und dann wirfst du mich weg wie einen alten Lumpen. Möge dir dafür dein Schwanz von der Räude zerfressen werden!«

»Du solltest lieber auf deine eigene Rute aufpassen! Wie ich sehe, hast du ja schon acht davon verloren. Du bist nichts mehr wert! Also verschwinde, ehe ich es mir anders überlege und dich wie einen Wurm unter meinen Füßen zertrete!«

Haokan Hei warf den Kopf hoch. Ihr war klar, dass sie Lao Shu im Augenblick wenig entgegenzusetzen hatte. Aber sollte er wider Erwarten seine Auseinandersetzung mit dem Eisentiger überleben, so würde er auf der Liste ihrer künftigen Opfer ganz oben stehen.

Sie stand auf, strich sich symbolisch über ihren saumlosen, roten Rock, nahm ihren Sohn auf ihre Arme und grüßte den Rattengeist noch einmal mit unverhohlenem Spott. »Ich hoffe für dich, dass du noch eine lange Zeit taugst! Oder soll ich dir lieber wünschen, dass du den endgültigen Verlust deiner Fähigkeiten nicht überlebst? Es ist schwerer, in Schwäche weiterzuleben, als zu sterben! Vielleicht wirst du das eines Tages noch am eigenen Körper spüren. Für diese Prophezeiung benötige ich keine Orakelschale und kein Feuer. Trotzdem wünsche ich dir aus ehrlichem Herzen Erfolg bei Tie Hu! Möge seine Seele sich in grauen Schatten auflösen!«

Mit diesen Worten verschwand sie ohne einen Laut im Unterholz.

71. JIN MAU UND NÜ YING GEHEN DURCH DIE HÖLLE

Irgendwie habe ich mir die Hölle doch anders vorgestellt«, sagte Jin Mau unvermittelt.

»Wie denn?«, fragte Nü Ying neugierig. Ihre Stimme aber bebte genauso wie ihre rechte Hand, mit der sie Jin Maus Linke umklammert hielt.

»Nun, ich dachte, es sähe auch hier so aus wie in einem Gerichtsgebäude oben bei den Menschen, mit dunklen Kellern, mit Käfigen und Zellen, in denen die Verurteilten ihre Strafen bekommen. Lü Langs Gerichtshalle ist einem Gerichtsgebäude in der Menschenwelt doch sehr ähnlich.«

»Du meinst, du hast dunkle Gänge, Gitterstäbe und schmutzige Löcher mit Gefangenen erwartet, ja?«

Jin Mau nickte eifrig. »Und Hallen in der Art der Höfe, in denen Verbrecher grausamen Strafen zugeführt werden. Aber ich habe keinen so fürchterlichen, roten Gang ohne jede Abzweigung erwartet. Es ist, als liefe man freiwillig durch den Schlund eines Seeungeheuers. Jeden Moment können wir den Magen erreichen, in dem wir verdaut werden. Mir wird allein bei dem Gedanken schon übel!«

»Käme da so etwas wie ein Magen, hättest du ihn mit deiner feinen Nase schon längst gerochen«, antwortete Nü Ying. Ohne ihren Schritt zu verlangsamen, löste sie ihren Griff um Jin Maus Hand, legte den Arm um ihre Schultern und zog sie näher zu sich heran. Dann begann sie, die Freundin hinter den Katzenohren zu kraulen.

Jin Mau zog den Kopf weg und protestierte. »Bitte nicht, große Schwester! Ich bin doch keine Schoßkatze mehr.« Dabei schlug ein starker Katzenschwanz um ihre und Nü Yings Beine.

Nü Ying nahm Jin Maus Hände und hob sie hoch. »Du bist aber auf dem besten Weg, wieder eine richtige Katze zu werden. Sieh nur! Da wächst schon Fell aus deiner Haut, und du bekommst Krallen wie eine junge Tigerin!«
Jin Mau zog die Schultern hoch. »Ach deswegen juckt es so unter meinen Kleidern. Ich würde am liebsten alles ausziehen.«
»Du musst dir den Stoff einfach nur wegdenken. Aber ich würde an deiner Stelle wenigstens einen kurzen Kittel anbehalten. Wenn du hier nackt herumläufst, halten die Höllenknechte dich noch für eine büßende Seele, die ihnen entwischt ist. Die Toten haben zumeist keine Möglichkeit, ihre Blöße zu bedecken.«
»Oh, keine Sorge. Ich würde mich zu Tode schämen, wenn ich nichts auf dem Leib trüge, mit oder ohne Fell. Aber wie kommt es, dass mir die Kleider so unbequem erscheinen, wenn ich sie mir doch ausgedacht habe? Schau nur, dein Gewand passt dir auch nicht mehr. Es sieht aus, als gehöre es einer älteren Schwester von dir! Dein Rocksaum und die Spitzen deiner Ärmel schleifen schon am Boden. Ich glaube, du wirst mit jedem Schritt kleiner und jünger. Du gleichst jetzt einem vielleicht zwölfjährigen Mädchen!«
»Waaas?« Nü Yings Schritt stockte. Verwirrt sah sie an sich herab. Dann nahm sie Jin Maus Hand fester als zuvor und schritt wieder aus. Doch der Weg, der sich eben noch steil in die Tiefe gesenkt hatte, wurde mit einem Mal flacher. »Wir dürfen nicht zögern oder stehen bleiben, kleine Schwester, sonst verirren wir uns und landen in einer der gewöhnlichen Höllen! Kannst du meine Ärmeltasche festhalten? Ich habe einen Bronzespiegel darin. Ja, da ist er. Kannst du ihn mir hochhalten? Ja, danke. O nein! Das ist gemein!«
»Was ist gemein?«
»Schau selbst hinein. Da zeigt sich nur eine Fratze – die Dä-

monin der Eitelkeit. Aber ich bin nicht eitel. Ich wollte nur sehen, was du meinst!«

»Iiiih!«, antwortete Jin Mau. Sie schüttelte sich und stopfte den Spiegel in Nü Yings Ärmeltasche zurück.

»Was hast du darin gesehen?«

»Das verlebte, verwüstete Gesicht eines alternden Freudenmädchens. Als ich noch die Kurtisane Goldene Katze war, hatte ich immer Angst, eines Tages so auszusehen.«

»… und ich hatte Angst, als eitel zu gelten! Deswegen habe ich auch außer den unbedingt notwendigen Nadeln und Broschen nie Schmuck getragen und auch keinen Puder aufgelegt. Also wirken die Kräfte der Hölle auf uns. Es heißt, man begegnet hier all seinen Taten, seinen Wünschen und auch seinen Ängsten. Man muss sich selbst ins Auge sehen.«

Jin Mau miaute kläglich. Aber es klang nicht ängstlich, sondern eher wie Selbstverspottung. »Warum werde ich dann wieder zu einer Katze? Ich habe keine Angst davor!«

»Genau weiß ich das auch nicht. Wahrscheinlich wird unsere wahre Natur hier nach außen gekehrt. Das erklärt auch, warum ich zu einem kleinen Mädchen werde. In Menschenjahren bin ich mit meinen einundzwanzig eine erwachsene Frau, die längst verheiratet sein müsste. Aber als unsterbliche Fee bin ich noch ein kleines Kind. Nach den Begriffen der Feen und Götter bin ich noch lange nicht erwachsen, und ich bin es auch in meinem Herzen noch nicht. Eigentlich müsste ich zu dir ältere Schwester sagen, denn gegen mich bist du lebenserfahren und weise. Das ist wohl auch einer der Gründe, warum ich möchte, dass du Tie Hus erste Frau wirst. Du bist eine Heldin, die ganz sicher von unserer Herrin Xiwangmu oder sogar vom Obersten Himmelsherrn hochgeehrt wird! Du bist es wert …«

Dröhnendes Gelächter unterbrach Nü Yings Worte. Wesen mit glotzäugigen Affengesichtern, überlangen Schlangenhälsen und krötenähnlichen Körpern umringten sie und versperrten ihnen grinsend den Weg. Die Höllengeschöpfe waren in zottelige, schmierige Felle und rohes Leder gekleidet und hielten Spieße mit dreizinkigen Spitzen in ihren Händen. Das Größte und Plumpeste von ihnen war offensichtlich ihr Anführer. Er trug die Rangabzeichen eines Hauptmanns und baute sich in all seiner Wichtigkeit vor den beiden auf.

Er stemmte die Hände dorthin, wo sich bei einem Menschen die Hüften befanden, und ließ sein Gesicht an einem wohl mannslangen Hals wie ein Pendel zwischen Jin Mau und Nü Ying schweben. »Hoho! Was haben wir denn da für Küken? Ein kleines Mädchen und eine aufrecht gehende Katze, die hier spazieren gehen und sich gegenseitig etwas vorjammern! So etwas habe ich noch nie erlebt. Was glaubt ihr eigentlich, wo ihr hier seid? Auf einer Blumenwiese des Himmlischen Jadekaisers?«

Der Dämon schien auf die Anzeichen von Furcht oder einem schlechten Gewissen zu warten. Aber die beiden Feenmädchen zeigten keine Angst und wichen auch nicht vor der Höllenkreatur zurück. Sie blickten ihn nur verwundert an, denn sie fühlten sich unsanft aus ihrer Gedankenwelt gerissen. Dann begriffen sie, dass sie vergessen hatten, unentwegt an ihr Ziel zu denken. Dadurch hatte der Zauber der Unterwelt auf sie gewirkt und sie an einen Ort gebracht, an dem sie den Wächtern der Unterwelt in die Arme laufen mussten. Die Höllenknechte bedrohten sie mit ihren Gabelspießen und leckten sich die Lippen, als freuten sie sich schon darauf, sie als Beute mit sich zu schleppen. Stumm und verwirrt hielten Nü Ying und Jin Mau sich bei den Händen, als ob die Nähe der jeweils anderen ihnen neue Kraft gäbe. Sie holten tief Luft, richteten sich straff auf und starrten den Anführer herausfordernd an.

Der Konstabler brüllte unvermittelt los. »Ihr seid euch wohl zu fein für eine Antwort, was? Von welcher Ebene seid ihr ausgerissen? Los, antwortet, sonst spießen wir euch auf der Stelle auf und nageln euch an das nächste Tor!«
Nü Ying hob das Kinn und versuchte, möglichst hochmütig auszusehen. »Wir sind nirgends fortgelaufen, sondern mit der Erlaubnis des hohen Herrn Lü Lang unterwegs zum Ursprung der Gelben Quellen, dorthin, wo zurzeit die Göttin Xiwangmu weilt. Wie du an meinem grünen Gewand und dem Tigerstreifengürtel sehen kannst, gehöre ich zum Gefolge der Göttin.«
Das Affengesicht des höllischen Offiziers wackelte auf seinem Schlangenhals. »Lügnerin! Lügnerin! Schau dich doch an, du Lumpensack!«, schrie er und öffnete dabei den Mund so weit, dass sich der Kopf bis zum Hals spaltete. Es sah aus, als wollten sich die fadendünnen Lippen wie die einer Schlange über Nü Yings Kopf stülpen und sie verschlingen.
Jin Mau riss ihre Hände hoch, um Nü Ying zu schützen. Dabei fuhr sie dicht vor den Augen des Höllenwächters ihre Krallen aus und bleckte drohend die kräftigen Eckzähne.
Der Krötenkörper des Konstablers machte einen wilden Satz und landete ganz dicht vor Jin Mau. »Was? Du willst mir die Augen auskratzen? Ich werde dich häuten und dein Fell um meine Lenden tragen!«
Jin Mau fauchte. »Nenne meine Schwester nie wieder eine Lügnerin, Krötenmann!«
Dabei warf sie einen verzweifelten Blick auf Nü Yings Kleider. Von der wunderschönen, grünen Seide waren wirklich nur graue Fetzen zurückgeblieben, und aus dem Tigerstreifengürtel war ein zerfaserter Strick geworden, dessen Enden traurig herabhingen. Aber sie ließ sich nicht beirren. »Du weißt genau, was für Auswirkungen die Unterwelt auch auf Feen und Göttinnen hat! Meine Schwester grämt sich um

ihren Bräutigam, der in größter Gefahr schwebt. Dabei hat sie keinen Sinn für Putz und schöne Kleider! Wir sind auf dem Weg zur Herrin Xiwangmu. Lü Lang, der Richter der ersten Ebene, hat uns erlaubt, die königliche Mutter des Westens in ihrer Verbannung aufzusuchen, wie es unsere Pflicht ist.«

Der Konstabler blies sich nach der Art der Kröten auf, bis sein Körper die Größe eines dreistöckigen Turmes hatte. Sein Kopf hing schließlich an einem ungeheuer dicken und langen Schlangenhals zwischen seinen Knöcheln und glotzte die beiden Mädchen mit schüsselgroßen Augen an. »Wenn ihr nicht lügt, dann seid ihr entweder dumm, feige oder einfach pflichtvergessene Geister! Die Hölle wirkt nur auf den, der ein schlechtes Gewissen und einen schwachen Willen hat! Reine, starke Geister verlieren ihren Weg nicht. Ihr seid es also nicht wert, vor die leopardenschwänzige Göttin zu treten.

Jetzt werdet ihr mit mir kommen! So etwas wie ihr muss geläutert und auf eine anständige Wiedergeburt vorbereitet werden. Versucht nicht, mir Ärger zu machen, sonst bringe ich euch in die vierte Ebene, wo geldgierige, betrügerische Blumenmädchen und verlogene Nebenfrauen Dämonenbastarde gebären müssen, die ihre eigenen Mütter fressen und wieder ausspeien.«

Jin Mau sah Nü Ying verzweifelt an. Sie war ja als Goldene Katze ein geldgieriges Blumenmädchen gewesen, das seine Freier an der Nase herumgeführt hatte. Für eine Weile hatte sie sich eingebildet, sie könne der Hölle und dem Kreis der Wiedergeburten entgehen. Nun aber hatte die grausame Wirklichkeit sie eingeholt. Sie war bereit, sich ihrem Schicksal zu stellen. Nü Ying aber musste ihr Ziel erreichen. Das war alles, was in diesem Augenblick zählte.

Sie nahm die Fee, die sie in der kurzen Zeit liebgewonnen

hatte, wie zum Abschied in die Arme und blickte dem fassgroßen Kopf vor ihr fest in die Augen. »Ich werde mit dir gehen, denn ich war wirklich so ein Blumenmädchen, wie du es beschreibst. Dafür aber lässt du Nü Ying ziehen. Sie war nie ein sterblicher Mensch, denn sie ist als Fee auf dem Kunlun-Berg geboren worden. Deshalb darfst du sie auch nicht auf ihrem Weg aufhalten. Sag deinen Männern, sie sollen ihr Platz machen. Dann kannst du mich verschleppen, wohin auch immer du willst.«
Das riesige Affengesicht auf dem Schlangenhals streckte ihr die Zunge heraus. »Was? Handeln willst du mit mir, du Wurm von einem Hürchen? Ihr Menschenkinder lasst euch doch immer wieder etwas Neues einfallen. Aber damit wirst du keinen Erfolg haben. Auch Feen fallen hier unter das Gesetz der Läuterung und Wiedergeburt, denn sonst haben sie hier nichts verloren. Mit Betteln und Winseln kann man hier nichts erreichen, sondern macht sein Schicksal nur noch schlimmer. Aber tröstet euch, die wahrhaft Mutigen und Starken kommen auch hier an ihr Ziel. Nur unreife Früchtchen wie ihr müssen zurück in den großen Kochtopf.«
Nü Ying umklammerte Jin Maus Arm. Ihre Hände zitterten, aber ihre Stimme klang fest. »Lass mich jetzt reden, Katzenschwesterchen. Du wirst nicht mit diesem Großmaul gehen und mich hier allein zurücklassen. Du hast von der Frucht der Unsterblichkeit gegessen und bist frei vom Kreis des Lebens. Also bist du keine unreife Seele mehr, und ich bin es auch nicht. Wir lassen uns nicht von einer aufgeblasenen Kröte und ein paar schlangenhalsigen Dämonen von unserem Weg abbringen. Krötenmann, dir befehle ich, uns gehen zu lassen! Sag deinen Leuten, sie sollen zurücktreten.«
Bei diesen Worten wuchs sie Stück für Stück und verwandelte sich von einem Kind zurück zu einer jungen Frau. Ihre Lumpen glätteten sich, und der Strick um ihre Hüften wur-

de zu einem gefleckten Tuch, das eher ein Leoparden- als ein Tigermuster trug. Jetzt zeigte auch sie dem Höllenwächter ihre Zähne, und siehe da, sie waren so lang und scharf wie die einer großen Katze. Sie warf die Arme hoch und wurde mit einem Ruck zu einem jüngeren Abbild von Xiwangmu als Pestdämonin.

Da der affengesichtige Konstabler nicht sofort reagierte, klopfte ihr Leopardenschwanz herausfordernd auf den Boden, und eine schwarze Hand streckte sich ihm entgegen. Das schüchterte ihn nun doch ein. Mit einem Zischen strömte die Luft aus seinem Körper heraus, und er schrumpfte wieder auf die Größe eines Menschen. Die neue, wilde Nü Ying trieb ihn einige Schritte rückwärts durch die Halle, bis er ihr mit einem Sprung den Weg frei machte. Jin Mau verfolgte das Geschehen mit weit aufgerissenen Katzenaugen. Dann schüttelte sie ihre Erstarrung ab, lief hinter Nü Ying her und klammerte sich an die Zipfel ihres Gürteltuchs, bevor sie es ihrerseits wagte, dem Höllenwächter wieder die Zähne zu zeigen.

Der Konstabler fluchte unbeherrscht und drohte ihnen mit der Faust. Dann warf er den Kopf auf seinen runden Rücken, wälzte ihn hin und her und lachte aus vollem Hals. »Geht ruhig weiter, ihr Kunlun-Hexen! Glaubt aber nicht, ihr hättet schon gewonnen. Kennt ihr überhaupt den richtigen Weg? Schaut euch doch um! Ihr werdet laufen und laufen und landet doch bei den vergessenen Seelen, die nie den Weg zurück in die Welt des roten Staubes finden. Dann werdet ihr noch mit Tränen daran denken, dass ich, Hauptmann Schuppenhals, euch die Chance auf ein neues Leben schenken wollte, und werdet eure Dummheit und Sturheit verfluchen. Das könnt ihr mir glauben!«

Jin Maus Herz machte ein paar wilde Sprünge, als sie sah, wohin ihr Weg sie geführt hatte. Sie standen in einem riesigen Höhlendom mit Hunderten von Ein- und Ausgängen, die sich wie widerwärtige Mäuler vom Boden über sämtliche Wände bis unter die Wölbung der Decke erstreckten. Aus allen Öffnungen fiel flackerndes Licht in die riesige Halle, und die verschiedensten Geräusche und Gerüche drangen herein. Jin Maus Schultern sanken herab. Wie sollten sie da noch den richtigen Weg zu der Herrin Xiwangmu finden? Durch jedes Tor schien es in eine andere Ebene oder einen anderen Kerker zu gehen, in denen immer neue Schrecken auf die zu läuternden Seelen warteten.

Hauptmann Schlangenhals spürte Jin Maus Verwirrung und ihre Angst und kam kichernd näher. Doch als er die Hand nach ihr ausstrecken wollte, schlug ihm eine zottelige, schmutzige Haarmähne ins Gesicht. »Ich habe gesagt, sie ist nicht für dich bestimmt«, schrie die jetzt vollständig in eine Dämonin verwandelte Nü Ying ihn an und trieb ihn nur mit der Kraft ihrer brennenden, giftig grün verfärbten Augen zurück. »Über ihr Schicksal entscheidet die Göttin Xiwangmu. Bleib, wo du bist, sonst verschlingt dich der Boden unter deinen Füßen und schickt dich selbst zu den verwehenden Seelen! Schau, für uns öffnet sich der Weg zu den Sümpfen der Tigergeister und dem Ursprung der Gelben Quellen ganz von selbst!«

Tatsächlich klaffte da genau zwischen ihnen und den Höllenknechten ein Spalt in der Erde und gab eine weit geschwungene, im Nichts schwebende Wendeltreppe frei, die in die Unendlichkeit hinabzuführen schien. Aber sie wirkte nicht sehr verlockend, denn sie bestand aus glitschigen Steinen und üppigen, grünen und gelben Schlingpflanzen, über die in breitem Strom knöcheltiefes Wasser rann.

»Du musst den festen Willen haben, dein Ziel zu erreichen!«, flüsterte Nü Ying Jin Mau hastig, aber sehr leise zu. »Denk an nichts anderes als an den Weg, der uns zur Herrin Xiwangmu führt. Alles andere ist ohne Bedeutung.«

Der Krötenmann hatte ihre Worte gehört und sprang mit einem Satz über die Öffnung. »Ich glaube, du verlierst, Pesthexe! Die Kleine hat nicht den richtigen Willen. Ihre Sünden und menschlichen Schwächen halten sie hier fest. Sie mag hundertmal von einem Pfirsich der Unsterblichkeit gegessen haben, aber sie bleibt eine zweifelnde, umherirrende Menschenseele. Gib sie schon her und verschwinde zu deinen Verwandten, den Ungeheuern im gelben Sumpf. Hoffentlich fressen sie dich, ehe sie dich als ihresgleichen erkennen.«

Nü Ying, die schon auf der obersten Treppenstufe stand und mit ihrem Leopardenschwanz das Wasser peitschte, wollte Jin Mau an sich reißen. Doch Hauptmann Schuppenhals war schneller. Er packte das Katzenmädchen, quetschte ihm die Arme gegen den Brustkorb und hob es wie ein Beutestück hoch über seinen Kopf. Jin Mau erstarrte vor Angst und begann hilflos zu weinen. Dann sah sie das entsetzte Gesicht ihrer Wahlschwester und begriff, dass ihr hier niemand anders helfen konnte als sie sich selbst.

Wieder einmal stand sie an einem Scheideweg ihrer Existenz. Aber diesmal ahnte sie zumindest, was sie erwartete, und suchte verzweifelt nach einem Ausweg. Sie dachte an ihren Vater und seinen Freund, den Berggeist vom Glockenberg, und bat sie stumm um Hilfe. Sofort erschienen die Gesichter der beiden Götter vor ihrem inneren Auge, und es war, als nickten sie ihr aufmunternd zu. Dann tauchte Tie Hus Gesicht vor ihr auf. Er sah traurig auf sie herab wie damals auf die tote Yünsai oder auf den steif werdenden Körper der rotgoldenen Straßenkatze.

Sei stark, bitte! Sonst verliere ich dich endgültig!, schien er zu ihr zu sagen.

Nein!, schrie Jin Mau in ihren Gedanken. Dann sagte sie noch einmal sehr laut: »Nein!«

»Was?«, fragte Hauptmann Schuppenhals und lockerte unwillkürlich seinen Griff.
»Ich sagte: Nein!«, antwortete Jin Mau, die immer noch in seinen langen Affenarmen hing. »Ich gehe nicht mit dir, denn ich habe eine Pflicht zu erfüllen, die wichtiger ist als meine Strafe und meine Läuterung. Ich gehe zu Xiwangmu und lege mein Schicksal in ihre Hände. Also lass mich los, du Büttel!«
Der Konstableroffizier stellte sie wieder auf die Erde, ganz vorsichtig wie etwas sehr Zerbrechliches, und starrte sie an. Es war, als wollte er ganz tief in sie hineinsehen. »Du plapperst ja nur nach, was dir dieses freche Weib da vorn eingibt, kleine Katzenseele«, brummte er. Aber es klang nicht sehr überzeugt.
Jin Mau ritt der Übermut, als sie ihn so unentschlossen von einem Bein auf das andere treten sah. Sie gab seinen starren Blick zurück, bis er die Augen abwenden musste. »Geh mir aus dem Weg, Gerichtsbüttel! Nimm deine Männer und melde dich bei deinem vorgesetzten Richter. Er wird dich zum Strafdienst abkommandieren, wenn er hört, dass du Botinnen vom Kunlun-Berg belästigt hast, die zudem noch mit dem Segen Lü Langs unterwegs sind!«
Tatsächlich zog sich der Krötenmann von ihr zurück. Aus drei, vier Schritt Entfernung musterte er sie noch einmal misstrauisch, um doch noch ein Zeichen von Angst oder Unsicherheit an ihr zu entdecken. Doch Jin Mau blieb hoch aufgerichtet stehen und wies mit ihrer Pfote auf ihn. »Geh, habe ich gesagt!«
Hauptmann Schuppenhals warf die Hände hoch, als fürchte er mit einem Mal Jin Maus Willen, watschelte durch die Halle und wandte sich zielsicher einem bläulich flackernden Eingang zu. Seine Männer folgten ihm in Zweierreihen wie disziplinierte Soldaten. Jin Mau wartete, bis der Letzte von

ihnen in der Öffnung verschwunden war. Dann ballte sie die Fäuste und sagte ganz laut. »Ich will zu Xiwangmu gehen und ich tue es auch, ganz gleich, was uns noch begegnen mag.«

Dann nahm sie Nü Yings ausgestreckte Hand und trat vorsichtig auf die wasserüberfluteten Treppenstufen. Dabei lachte sie fröhlich, als sei nichts weiter geschehen. »Ich glaube, man darf sich hier unten nicht in Selbstvorwürfen ergehen oder seinen Ängsten nachgeben.«

Nun lachte auch Nü Ying. Dabei verlor sich ihr schreckliches Äußeres, und sie glich wieder der sanft lächelnden Geisterbraut aus Tie Hus Träumen. »Das hast du richtig erkannt, meine Schwester. Der Weg nach unten öffnet sich nur unserem Willen. Deswegen dürfen wir uns durch nichts mehr ablenken lassen.«

Jin Mau nickte eifrig und versuchte, nur an ihr Ziel zu denken. Doch das war gar nicht so einfach. Im Gegensatz zu dem roten Schlund, durch den sie zuerst gegangen waren, war der Weg hier voller unerwarteter Hindernisse. Die Treppe ging bald in eine Art Felsenlabyrinth über, in dem schmale, rutschige Ziegenpfade mit steilen Felswänden abwechselten, an denen sie wie Eidechsen hinauf- und an anderer Stelle wieder hinunterklettern mussten. Auch bildeten tiefe Schluchten mit tobenden Wasserläufen ein schier undurchdringliches Netz über der Landschaft. Über einige Einschnitte konnten sie springen. Über andere spannten sich kaum handbreite und unter ihren Füßen bröckelnde Felsenbrücken.

»Das ist doch für eine Katze kein Problem«, sagte Jin Mau, als vor ihnen eine besonders weit geschwungene Felsenbrücke auftauchte, die noch dazu auf einem ganz schmalen Felsenband endete. Sie hob sich auf die Zehenspitzen und tänzelte mit anmutigen Bewegungen hinüber. Gerade als ihre

Fußspitze das Felsenband berührte, riss die Wand vor ihr auf. Ein Fischmaul bildete sich und schnappte nach ihr. Durch den Schlund des Fisches konnte sie geradewegs in eine Halle sehen, in der Männer Frauen umarmten, die sich dabei in glühende Skelette verwandelten.

Nü Ying wollte nach ihrer Freundin greifen, um sie vor dem Sturz in diese Hölle zu bewahren. Doch Jin Mau war nur einen einzigen Schritt zurückgewichen und balancierte nun auf den Zehenspitzen über der Tiefe. Dabei starrte sie neugierig in das Fischmaul hinein. »Was bist du denn für ein Tor? Sag mir, wohin du führst.«

»In das Fegefeuer der geilen Lüstlinge«, antwortete das Maul mit hohler, pfeifender Stimme.

»Da solltest du aber keine Dame hineinblicken lassen. Das gehört sich nicht, selbst wenn mir als Fee manches erlaubt ist, was sich für eine Menschenfrau nicht schickt.«

»Eine Fee?«, fragte das Fischmaul und schloss sich knirschend.

»Ja, eine Fee und eine Botin der großen, königlichen Herrin des Westens. Jetzt halte deine Lippen geschlossen und zieh deinen Kopf zurück, damit wir an dir vorbeigehen können.«

Der Fischkopf verschmolz wieder mit dem Fels, und Hand in Hand schoben sich die beiden Wahlschwestern an ihm vorbei, obwohl ihre Füße kaum einen Fingerbreit Platz auf dem Felsen fanden.

»Es ist wirklich alles nur eine Frage des Willens«, lachte Jin Mau fröhlich.

»Ja, aber werde dabei nur nicht übermütig. Sonst verfängst du dich doch noch in einer Falle.«

»Nein, übermütig werde ich bestimmt nicht«, antwortete Jin Mau kleinlaut. »Ich muss mir nur selbst Mut machen. Lü Lang hat ja gesagt, wir dürfen vor nichts zurückweichen. Ich frage mich, ob wir mit unserem Willen auch unsere Umgebung verändern können. Ich habe zwar das Gefühl, dass wir auf dem richtigen Weg sind, aber ich glaube, die Hölle versucht, uns auf andere Weise aufzuhalten. Das hier ist kein Weg mehr, sondern eine ausgesuchte Quälerei!«

Nü Ying schloss die Augen, um nach innen zu horchen. »Du hast recht. Eigentlich sollte eine Fee keine schwachen Nerven haben. Aber ich sehe noch Steilhänge und Wildwasserschluchten, wenn ich die Augen schließe. Komm, wir stellen uns jetzt eine Straße vor, wie sie durch die Menschenwelt führt, steinig, vielfach sich windend, aber doch recht bequem zu gehen. Du kennst so etwas besser als ich. Stell du sie dir genau vor und erzähl mir, was es da zu sehen gibt.«

»Ich kenne nur die Straßen der Stadt Wey Cheng und die Wege, die im Schatten des Glockenberges liegen. Schau, da ist die Straße, die zum Haus der Füchsinnen führte …«

»Halt! Du darfst nicht an ein anderes Ziel denken. Nur an einen Weg, der uns hinunter zu den Sumpfwäldern bringt, in denen die Gelben Quellen entspringen und in denen wilde Tigergeister und unsterbliche Leoparden umherstreifen und Wasserbüffel und Sumpfschweine jagen.«

»Solange sie uns nicht jagen …«, murmelte Jin Mau und kam sofort ins Rutschen. Der Fels unter ihren Füßen hatte auf ihren Anflug von Angst reagiert und war zu Staub und Geröll zerfallen. Für einen Augenblick hing sie praktisch nur an Nü Yings Hand. Sofort versuchte sie, sich ein breites, bequemes Felsband vorzustellen, wie sie es schon an den Flanken des Glockenberges gesehen hatte, und beschrieb es. Mit ihren Worten ließ sie es aus dem Felsen herauswachsen. Nü Ying hatte sofort begriffen, was sie wollte, und unterstützte sie auf die Art der Geister mit ihrem Willen und auch mit Worten.

Nun warfen sie sich die Ideen und Beschreibungen wie Bälle zu und spielten mit Visionen. So bauten sie sich eine Straße durch die schroffe Felsenlandschaft, die mitten durch hoch aufragende Bergflanken führte und auch die tiefsten Schluchten überbrückte. Nach und nach senkte sich ihr Weg in die Tiefe und wurde teilweise auch zu einer bequemen und zum Glück auch trockenen Treppe.

Um die beiden Mädchen herum öffneten sich immer wieder die Mäuler scheußlicher Dämonenfratzen. Sie quollen aus den Felswänden und ließen die Schreie gequälter Seelen über die Landschaft hallen. Doch keiner der steinernen Schlünde kam ihnen zu nahe. Einige schlossen sich bald wieder stumm und verschwanden, andere stießen Drohungen oder scheinbar gut gemeinte Warnungen aus, die nur darauf angelegt waren, die beiden Wanderinnen zu erschrecken und vom Weg abzubringen.

Doch Nü Ying und Jin Mau ließen sich nicht beirren, sondern machten sich gegenseitig Mut und wiederholten gebetsmühlenhaft den Namen der Göttin und ihren Wunsch, möglichst bald die Wälder um die Gelben Quellen zu erreichen. Eine Weile führte sie ihr Weg durch einen Hohlweg, vorbei an einförmigen, abweisenden Felswänden, die sich ihrem formenden Willen entzogen, als vor ihnen das wilde Gebrüll eines Tigers erscholl.

Die beiden Wahlschwestern fassten sich wieder bei den Händen und sahen sich vorsichtig nach einer Zuflucht um. Aber hier gab es nur eine staubige Talsohle und glatte Steilwände rechts und links, die im Augenblick des Zögerns auf sie zurückten.

»Wir unterliegen immer noch den Gesetzen der Unterwelt«, sagte Nü Ying mit einem abgrundtiefen Seufzer. »Wahrscheinlich sind wir erst in Sicherheit, wenn wir Xiwangmus Gürtelenden oder ihre Ärmel berührt haben. Bis dahin müssen wir uns wohl auch in den Rachen eines Tigers stürzen in der Hoffnung, dass er uns nicht frisst!«

Jin Mau begann zu lachen, bis ihre Stimme sich an den Felswänden brach.
»Was findest du daran so lustig?«, wollte Nü Ying wissen.
Jin Mau rang nach Luft. »Ich habe mir gerade vorgestellt, wie eine weiße Tigerin auf dir herumkaut und dich dann wieder ausspuckt, weil ihr dein Geschmack zu sehr bekannt vorkommt!«
Nü Ying fand den Gedanken nicht gerade amüsant. »Reiß dich zusammen und sei still! Ich habe keine Lust, so kurz vor dem Ziel noch einem Tigergeist zum Opfer zu fallen. Wenn so einer dich frisst, dann ist es deine Seele, die dabei stirbt, nicht dein Körper! Ich will diesen Weg nicht umsonst gemacht haben, nur weil du hier mit einem Mal verrückt spielst.«
Jin Mau riss ihr Katzenmaul auf und fuhr die Krallen aus. »Wenn du Ärger haben willst, kannst du den auch schon mit mir haben!«, fauchte sie und ging auf Nü Ying los.
Diese schüttelte wild ihre Haare, die sich schlangenähnlich zusammenrollten, und entblößte ihrerseits wieder die Reißzähne der Pesthexe. Sie hob die schwarzen Klauenhände und streckte sie Jin Mau entgegen. Diese riss sich mit einem Griff den Rest ihrer Kleider vom Leib und schüttelte das zerdrückte Fell. Sie sträubte es, bis die Spitzen weit abstanden und ihrer Gestalt imponierende Stattlichkeit verliehen.
Für einige Augenblicke standen sich die Freundinnen mit wütend peitschenden Katzenschwänzen gegenüber und knurrten einander an; die Hexe Nü Ying geduckt und mit magisch glühenden Klauen, die Tod und Verderben schleudern konnten, die Werkatze mit messerscharfen Krallen und Fängen, bereit, zu fetzen und zu zerreißen. Es sah so aus, als würde zwischen den beiden Mädchen, die eben noch ein Herz und eine Seele gewesen waren, ein Zweikampf auf Leben und Tod beginnen.

Doch keine von ihnen machte den Anfang. Starr wie Wächterstatuen standen sie sich gegenüber. Nur die zuckenden Schwanzspitzen verrieten, dass Leben in ihnen war – und die wachsende Spannung. Mit bedrohlichem Knirschen schoben sich die Felswände heran, als wollten sie die Zögernden anfeuern. Doch die beiden in Dämoninnen verwandelten Feen sahen einander in die weit aufgerissenen, wie im Wahnsinn flackernden Augen, als könnten sie nicht begreifen, was mit ihnen geschah.

Eine Witterung von Gefahr, ein animalischer Instinkt oder auch nur ein bloßer Überlebensreflex riss Jin Mau aus der Starre und brach den Bann. Mit wütendem Kreischen schoss sie auf Nü Ying los, quetschte ihr die Arme mit den todbringenden Händen gegen den Brustkorb, presste die sich Windende fest an sich und rannte den immer schmäler werdenden Hohlweg entlang auf den Ausgang der Schlucht zu, hinter der in regelmäßigen Abständen das Tigergebrüll erscholl. Ohne zu zögern, sprang sie mit einem letzten Satz durch die sich schließenden Felsen ins Freie.

Sie landete auf glitschigem, abschüssigem Boden, auf dem ihre Pfoten keinen Halt fanden, und rutschte unaufhaltsam auf die Uferkante eines kleinen, mit Seerosen bedeckten Sees zu. Kurz entschlossen warf sie das immer noch zappelnde Bündel in ihren Armen mit Schwung ins Wasser und kam selbst kurz vor dem Uferrand auf allen vieren zum Stehen. Mit zitternden Knien richtete sie sich auf und sah sich um.

Sie befand sich am oberen Rand eines weitläufigen Tales, das von hohen Bergen gesäumt wurde und dessen jenseitiges Ende in gelblichem Dunst verschwand. Der Talgrund bestand aus einer grüngelben Masse aus Pflanzen, die nur hie und da einer Wasserfläche Platz machte.

Der See vor ihr war in großen Teilen von blutroten Seerosen

bedeckt, und an seinem gegenüberliegenden Ufer sah der von Pflanzen eingehüllte Kopf eines weißen Tigers aus dem Wasser. Wieder musste Jin Mau lachen, denn mitten auf dem Kopf des Tigers hatten sich zwei Seerosenblüten verfangen. Zusammen mit den lackschwarzen Fellstreifen sah es so aus, als trüge das Wesen den Kopfputz eines Blumenmädchens.

»Ich weiß nicht, was es da zu lachen gibt!«, schimpfte Nü Ying, die gerade in ihrer normalen Gestalt aus dem Wasser krabbelte und gleichzeitig versuchte, ihre Blöße mit einem halbwegs passenden Gui-Gewand zu bedecken. »Warum hast du mich ins Wasser geworfen und bist selbst am Ufer hocken geblieben? Dir hätte ein kühles Bad auch ganz gut getan. Schau nur, wie du aussiehst. Arme, Beine und Schwanz sind lehmverschmiert, und in deinen Krallen hängen ganze Büschel verfaulender Pflanzen.«

Jin Mau blickte ihre Freundin an und war erleichtert, ihre Augen freundlich auf sich gerichtet zu sehen. Nü Ying lächelte auch wieder, und ihre Stimme klang nach einer besorgten, großen Schwester. Der Anfall von Wahnsinn, der sie beide gepackt hatte, schien nur noch eine Art Prüfung gewesen zu sein. Jetzt waren sie am Ziel, im Tal der Gelben Quellen. Es war der tiefste Punkt der Erde, tief unter allen Höllen, so, wie der Palast des Jadekaisers den höchsten Punkt des Himmelsgewölbes darstellte.

Aufatmend sah Jin Mau an sich herunter und schob die Unterlippe nach vorn. »Weißt du, ich mag nicht ins Wasser steigen. Ich hasse es, ein nasses Fell zu bekommen!«

Ehe Nü Ying ihr antworten konnte, klang dicht vor ihnen eine tief rollende, aber doch sehr weiblich klingende Stimme auf. »Aber es ist schön im Wasser, und man bekommt ein weiches, glattes Fell davon.«

Jin Mau sah die Sprecherin an und wollte ihr eben erklären,

dass sie ja schließlich ein Katzenfell besaß, das bekanntermaßen Wasser nicht gut vertrug. Doch es verschlug ihr die Sprache. Nü Ying rückte ganz nahe an sie heran und klammerte sich an sie, obwohl sie sich eben noch über ihr schmutziges Äußeres beklagt hatte.

»Wir dürfen doch keine Angst zeigen«, flüsterte Jin Mau ihr zu. Aber ihr sträubte sich das Nackenfell. Da hockte die weiße Tigerin vom anderen Ende des Sees nun vor ihnen im flachen Wasser und betrachtete sie interessiert. Jin Mau hätte schwören können, dass sie das Wesen nicht aus den Augen gelassen hatte, und doch hatte es sich im Zeitraum eines einzigen Herzschlages auf sie zubewegt. Die roten Blüten hingen immer noch zwischen den Ohren des weiblichen Tigergeistes und gaben ihm ein verspieltes Aussehen, das den beiden Freundinnen ebenso wie die freundliche Stimme wieder etwas Mut einflößte.

Nü Ying löste sich wieder von Jin Mau und beugte sich über das Wasser, um sich noch einmal zu waschen. »Ich bin Nü Ying«, erklärte sie der Geistertigerin, »eine junge Fee vom Kunlun-Berg, und dies ist meine Freundin Jin Mau, die dreimal für ihre Liebe gestorben ist und nun mit einem in die Unterwelt gespülten Stück von der Frucht der Unsterblichkeit zur Fee wurde. Und wer bist du, Tigerdame?«

Die Tigerin erhob sich und kam näher. Dabei rutschten ihr die Blüten langsam über Stirn und Nase und plumpsten nacheinander ins Wasser. Das sah so komisch aus, dass Jin Mau wieder zu lachen begann. Aber mitten im Lachen klappte sie ihren Mund zu und suchte mit ihrer Zunge vergebens nach den langen Eckzähnen. Die Seele der Geistertigerin hatte sie berührt und ihr ihre menschliche Gestalt vollständig zurückgegeben.

»So, jetzt kannst du dich waschen, Mädchen«, befahl ihr die Tigerin.

Jin Mau sah sie verwirrt an und machte unwillkürlich zwei Schritte auf das Wesen zu. Dabei fiel sie mit einem Aufklatschen ins Wasser. Prustend kam sie hoch und sah ungläubig auf die lachende Frau, die jetzt vor ihr im Wasser stand. »Sternengeist? Bist du es wirklich? Entschuldige, ich habe dich als Tigerin mit all den Pflanzen um dich herum nicht erkannt.«

Sternengeist kniete neben Jin Mau nieder, umarmte sie und strich über ihre Haare. »Jin Mau, mein kleines, liebes Mädchen! Wie kommst du denn hierher?«

»Ich bin mit Nü Ying auf der Suche nach der Herrin Xiwangmu. Meine Freundin hat etwas beobachtet, das mit dem Unglück beim Fest der heiligen Pfirsiche zu tun hat und das die Göttin unbedingt erfahren muss.« Jin Mau sprudelte ihre Erlebnisse seit jenem Tag, an dem der Höllenrichter sie von Sternengeist getrennt hatte, wie ein Wasserfall heraus, aber die Dame beendete ihren Redefluss mit einer Geste.

Dann wandte sie sich an Nü Ying und reichte ihr die Hand. »Wir kennen uns schon«, sagte sie. »Ich bin Shi Shing, die Freundin deiner Mutter Huang Lo, und du bist die Braut meines Sohnes Tie Hu. Ich freue mich, dich wiederzusehen. Was bist du für ein hübsches und tapferes Mädchen geworden! Ich glaube, ich habe damals die richtige Wahl für meinen Sohn getroffen.«

Nü Ying hob abwehrend die Hände und wollte etwas einwenden, doch Jin Mau ließ sie nicht zu Wort kommen. »Können wir die privaten Dinge später bereden? Ich glaube, ich bin jetzt sauber, und ich möchte der Herrin unsere Botschaft so schnell wie möglich überbringen. Oben in der Welt der Menschen rast die Zeit vorbei. Je länger wir zögern, um so größer wird die Gefahr, dass die Geisterfüchsin und der Rattengeist Tie Hu in eine neue Falle locken. Stellt euch vor, was passieren könnte, wenn dieser Lump von einem Man Dai ihnen aufs Neue mit seinen Zaubern hilft! Dann können wir vielleicht nur noch den Tod unseres Liebsten rächen und beweinen.«

Sternengeists Kopf ruckte hoch. »Was wisst ihr von Man Dai?«

Jin Mau und Nü Ying sahen sich an und seufzten. »Wahrscheinlich noch mehr als du, liebe Sternengeist«, antwortete Jin Mau. »Aber nachdem du mich vorhin unterbrochen hast, möchte ich jetzt die ganze Geschichte nicht zweimal erzählen. Die hohe Herrin Xiwangmu interessiert sich sicher auch für die Einzelheiten.«

Sternengeist nickte, nahm die beiden Mädchen bei der Hand und schritt mit ihnen über die Seerosenblätter auf das gegenüberliegende Ufer zu. »Ihr solltet jetzt dicht bei mir bleiben, bis die übrigen Bewohner des Quellenwaldes euch kennengelernt haben. Die Gegend hier ist sehr unwegsam, besonders für Menschen, und das schwebende Gehen über Sumpf und Wasser kostet viel Kraft. Deswegen streifen wir hier normalerweise in Form von Tigern, Leoparden und anderen Raubkatzen umher. Auch leben wir von der Jagd auf flüchtiges Wild, und das hat das Wesen der Bewohner hier verändert. Die meisten sehen in jedem fremden Geschöpf eine Beute, auf die man Jagd machen muss. Wenn wir wieder festes Land unter den Füßen haben, nehme ich erneut Tigergestalt an und trage euch zu Xiwangmus Höhle.«

Jin Mau zuckte zusammen, denn vor ihren Augen erschien das Bild der Todesgöttin Xiwangmu, der Pest-Bringerin, die in einer grausigen Höhle wohnt. Nü Yings zweimalige Verwandlung gab davon sicher nur einen ganz kleinen Vorgeschmack.

Sternengeist bekam Jin Maus Gedanken mit und lächelte ihr beruhigend zu. »Freunden zeigt sich meine Mutter eigentlich nie in dieser abstoßenden Gestalt. Sie ist nun einmal die Wächterin über die Quellen und die Früchte der Unsterblichkeit wie auch die Vollstreckerin vielfachen Todes mit Seuchen, Sturm und Überschwemmungen, ganz wie es der Oberste Himmelsherr befiehlt.

Sie ist so mächtig geworden, dass der höchste Gott des östlichen Weltenberges gegen sie nur noch wie ein grauer, kraftloser Schatten wirkt. Aber ich glaube kaum, dass sie sich hier unten anders denn als weiße Tigerin oder Schneeleopardin zeigen wird. Die Gestalt einer edlen Dame, in der du sie kennst, Nü Ying, kann sie hier wegen des Verbannungsurteils nicht annehmen. Auch mir fällt es schwer, meine Menschengestalt länger beizubehalten. Sieh, auch Jin Mau hat schon wieder ein Katzengesicht!«

Jin Mau sträubte ihre Katzenschnurrbarthaare nach vorn und miaute. Es klang so kläglich, dass der männliche weiße Tiger und der Panther mit dem rostrot schimmernden Fell, die sie am Ufer erwarteten, in brüllendes Gelächter ausbrachen. Sternengeist stellte den beiden Freundinnen ihren Vater und ihren Gemahl vor und nahm selbst wieder Tigergestalt an. Nach einer kurzen, aber sehr freundlichen Begrüßung durch den Tigergeist Hu Bai und Zhong Bao Hong, den Roten Panther, setzten Jin Mau und Nü Ying sich auf Sternengeists Rücken und ließen sich von ihr durch das Pflanzendickicht tragen.

Im Schutz ihrer Begleiter gelangten Jin Mau und Nü Ying zu einem Hügel, den ein dicht mit schwarzen Bäumen bewachsenes Hochmoor bildete. In einer Flanke des Hügels gähnte ein ausgefranstes Loch wie ein abstoßendes Maul oder eine schwärende Wunde. Es war kein sehr einladender Ort, und Jin Maus Entschlossenheit begann zu schwinden. Auch Nü Ying empfand die Bedrohlichkeit dieses Ortes und fühlte sich unwohl in ihrer Haut. Daher tastete sie nach

Jin Maus Hand und hielt sie krampfhaft fest. Sie ließ auch nicht los, als sie von Sternengeists Körper rutschten und ihre Kleider zurechtzupften, um ihre Verwirrung zu verbergen. Dann ging aber alles einfacher, als sie es sich vorgestellt hatten. Die Tiergeister schoben sie kurzerhand in das Dunkel der Höhle hinein, und für ein paar Augenblicke stolperten die beiden Mädchen in tiefster Schwärze voran. Dann glühte ein unwirkliches, pfirsichfarbenes Licht auf und enthüllte ihnen eine Umgebung, die aus schwarzem Moos und rötlichen Baumwurzeln zu bestehen schien. Auf einem Ruhebett lag eine riesige Tigerin, deren Fell zwischen den schwarzen Streifen eigentlich weiß sein sollte, hier aber rötlich gelb schimmerte.

Jin Mau und Nü Ying knieten nieder und grüßten die Göttin mit feierlichen Stirnaufschlägen. Diese befahl ihnen beinahe unhöflich knapp, sich zu erheben und vor sie zu treten. Dabei richtete sie sich auf und setzte sich wie ein Mensch auf den Rand ihres Lagers. Die beiden Mädchen mussten sich rechts und links neben sie setzen. Die Göttin legte jeder von ihnen eine Hand auf den Scheitel und ließ ihren Geist direkt in ihre Köpfe eindringen. Nü Ying kannte das offensichtlich schon, denn sie faltete ergeben die Hände, schloss die Augen und blieb regungslos sitzen.

Jin Mau aber rutschte auf ihrem Platz herum und verfolgte unruhig, wie die Göttin ihre Erinnerungen wie eine stürmische Flut von Bildern an die Oberfläche ihres Bewusstseins holte. Dabei entfalteten sich auch eine Reihe von Szenen aus dem Pirolblütenhaus zu neuem Leben, an die sie sich nur sehr ungern erinnerte. Sie versuchte, sich geistig und körperlich dem harten Zugriff zu entziehen, doch Xiwangmu drückte sie erbarmungslos nieder, wirbelte die Bilder aus Jin Maus Lebens auf und konfrontierte sie Stück für Stück damit. Noch nie hatte Jin Mau sich als so klein, so schwach

und so hoffnungslos unwichtig empfunden. Zum Schluss saß sie hemmungslos schluchzend auf dem Boden vor dem Ruhebett der Göttin und wünschte sich, sie wäre Hauptmann Schuppenhals in die vierte Hölle gefolgt.
Sie bemerkte zunächst kaum, dass Nü Ying und Sternengeist ihr mit heißen Tüchern die Tränen aus dem Fell ihres Gesichts wischten und sie zu trösten versuchten. Erst als Sternengeist ihrer Mutter Vorwürfe machte, weil sie Jin Mau zu hart angefasst hatte, kam sie wieder zur Besinnung. Sie zupfte an Sternengeists Gewand und bat sie leise, mit dem Schimpfen aufzuhören.
Sternengeist starrte sie an. »Wie bitte?«
Jin Mau holte tief Luft. »Bitte streite dich nicht auch noch meinetwegen mit deiner Mutter. Du hast dich doch vor kurzem erst mit ihr versöhnt, oder nicht? Ich bin es nicht wert, dass ihr euch schon wieder überwerft.«
»Du bist sehr viel wert, meine kleine Freundin! Auch einen Streit mit meiner Mutter. Nach alledem, was du für meinen Sohn getan hast, hat sie dich sehr rücksichtslos behandelt«, protestierte Sternengeist.
»Sie hat doch ein Recht darauf, alles über mich zu erfahren«, antwortete Jin Mau niedergeschlagen. »Ich war nun einmal ein Blumenmädchen mit allen Untugenden seines Berufes. Ich bin es nicht wert …«
»Wenn du hier anfängst, jämmerlich zu werden, muss ich meine gute Meinung über dich ändern, meine Katzenfee!«, unterbrach Xiwangmu sie mit erstaunlich freundlicher Stimme.
Jin Mau sah auf und blickte der Göttin direkt in die Augen. Für einen Augenblick sah sie durch sie hindurch in das gütige Gesicht einer vornehmen Dame, und die Pfoten, die nun über ihre pelzigen Wangen strichen, fühlten sich an wie weiche, tröstende Mutterhände.

»Du bist ein sehr tapferes Geschöpf, und du hast dir den Zipfel der Unsterblichkeit verdient, den dir das kleine Stück der heiligen Frucht verliehen hat. Ich erlaube dir, deinen Weg zu Ende zu gehen und meinem Enkelsohn ein letztes Mal gegen seine Feinde beizustehen. Du wirst in die Welt des roten Staubes zurückkehren und deinen Kampf gegen die Intrigen der Geisterfüchsin Haokan Hei und den Anschlag des Rattengeistes weiterführen, so, wie es dein Wunsch ist. Dein Vater hat durchaus recht – bis wir Götter auf unsere Weise eingreifen können, wird es für Zhong Tie Hu zu spät sein. Seine Feinde sind weiter auf die Vernichtung seines Lebens und seiner Seele aus. Mit deiner Hilfe aber soll er eine allerletzte Chance erhalten.
Um die schwarzgesichtige Schlange Man Dai werde ich mich selbst kümmern. Zu lange habe ich mich von seinem Eifer und seinem glatten Äußeren täuschen lassen. Auch eine Göttin kann sich irren, wie du siehst, kleine Katzenfee. Du schaust mich so fragend an?«
»Dürft Ihr denn so ohne weiteres zurück auf den Kunlun-Berg, hohe Herrin?«, fragte Jin Mau zweifelnd. »Ich habe gehört …«
Die große, weiße Tigerin lächelte. Dabei entblößte sie ihr Gebiss, als wolle sie jemanden verschlingen. Jin Mau richtete sich steif auf, um nicht zurückzuweichen. »Ich könnte einen Boten zum Jadekaiser schicken und ihm mitteilen, dass ich nun den Verbrecher kenne, der die Katastrophe im Hain der Quellen und Früchte der Unsterblichkeit verursacht hat. Dann bekäme ich sofort von ihm die Erlaubnis, auf den Kunlun-Berg zurückzukehren, um Man Dai dingfest machen zu lassen und ihn vor dem Gericht des Obersten Himmelsherrn anzuklagen. Doch das will ich gar nicht. Flieht Man Dai, bevor ich ihn festnehmen lassen kann, oder reichen dem Richter die Beweise gegen ihn nicht aus, dann

müsste ich mit schamrotem Gesicht wieder hierher zurückkehren und eine längere Zeit der Verbannung auf mich nehmen.
Ich werde mein Schicksal in eure Hände legen, meine beiden kindhaften Feen. Ihr sollt mir die Seelen des Rattengeistes und der Schwarzen Füchsin zu Füßen legen. Mit den Aussagen dieser beiden verderbten Tiergeister wird Man Dai ganz sicher einer angemessenen Strafe zugeführt werden. Ich aber werde nicht eher diesen Ort verlassen, als bis das geschehen ist.«
»Müssen wir dann wieder durch die ganze Hölle wandern?«, fragte Nü Ying erschrocken.
Xiwangmu schüttelte den Kopf. »Nein, das ist nicht nötig. Ihr habt die Prüfung eures Mutes und eurer Entschlossenheit bestanden. Wenn ihr die beiden Tierseelen habt, gebt sie einfach bei Lü Lang ab. Dann könnt ihr euch auf den Weg zum Kunlun-Berg machen und dort meine Ankunft erwarten.«
Nü Ying atmete sichtbar auf. Ihre bleichen Wangen färbten sich wieder in zartem Rot, und ein zaghaftes Lächeln spielte um ihren Mund. »Jin Mau darf also mit auf den Kunlun-Berg kommen? Ihr seid nicht böse mit uns, weil ich ihr das Stück von dem Pfirsich der Unsterblichkeit gegeben habe? Sie darf meine Feenschwester bleiben, ja? Und … und … ich will, dass sie wieder ein Frauengesicht bekommt und an meiner Stelle Tie Hus Frau wird. Sie hat es wirklich verdient, ihn zum Mann zu bekommen.«
Xiwangmu lachte aus vollem Hals. Darüber wunderte sich ihr Raubkatzengefolge und freute sich offensichtlich. Man flüsterte sich zu, dass es das erste richtig befreite Lachen war, das man seit dem Tag ihrer Verbannung aus ihrer Kehle gehört hatte.
»Dazu muss dein Bräutigam zuerst den Weg in die Welt der

Götter finden. Warte ab, Nü Ying, bis sich der Kreis seines jetzigen Lebens geschlossen hat. Dann erst kann über eure künftige Beziehung entschieden werden.
Was Jin Maus Tiergesicht und ihren Katzenschwanz betrifft, so könnte sie im Lauf von tausend Jahren lernen, beides abzulegen und ihr früheres Aussehen anzunehmen. Wird ihre Liebe zu meinem Enkel jedoch von ihm erwidert, erfolgt ihre Rückverwandlung im Rausch der Gefühle wie von selbst. Aber innerlich wird sie immer zu einem gewissen Teil Katze bleiben.«
Nü Ying verneigte sich mit einem nervösen Auflachen vor der Göttin. Obwohl es ihr eigener Wille war, so stimmte sie der Gedanke traurig, auf Tie Hu verzichten zu müssen. »Verzeiht mir meinen Vorwitz, Herrin«, bat sie die Göttin.
»Es ist gut, mein Mädchen. Ich verstehe dich. Aber die Zeit in der Welt des roten Staubes rinnt wie ein eiliges Wasser vorbei. Ihr müsst bald zurück, damit ihr euren Auftrag erfüllen könnt.«
»Darf ich auch noch etwas fragen, hohe Herrin?«, meldete Jin Mau sich zaghaft zu Wort.
»Frage nur«, ermunterte Xiwangmu sie.
»Wie sollen wir denn an die Seelen der Schwarzen Füchsin und des Rattengeistes kommen? Die Füchsin besitzt doch keine richtige Seele, und die des Rattengeistes steckt immerhin noch in seinem Körper. Ich glaube, auch als Feen können wir nichts gegen diese beiden mächtigen Magier ausrichten.«
»Du bist ein kluges Kätzchen, meine Liebe«, sagte Xiwangmu. Einen Herzschlag lang verwandelte sie sich in das nebelhafte Bild einer vornehmen, reich geschmückten Dame. Dabei zog sie eine Haarnadel aus ihrer Frisur, die dann in der Pranke der Tigerin wie ein winziges Spielzeug wirkte. Das Ende der Nadel war mit drei daran hängenden, gelbroten Juwelen geschmückt. Sie glichen verkleinerten Pfirsi-

chen, die an einem sonnenbeschienenen Zweig hingen, aber das Licht drang aus den versteinerten Früchten selbst heraus. »Nimm diese Haarnadel und hüte sie wie deinen Augapfel. Jeder dieser Juwelenpfirsiche kann nach deinem Willen Leben oder Tod bringen. Du musst nur die Person, die du töten oder die du vor dem Tod retten willst, damit berühren und fest daran denken, was du ihr wünschst – Leben oder Tod. Es ist ein kleines, aber sehr mächtiges Schmuckstück, und ich vertraue es nur dir allein an, Jin Mau.

Solange nur du die Juwelenfrüchte berührt hast, gehorchen sie dir und sonst niemandem. Fasst sie jemand anders an, dann kann jedes Wesen mit magischen Kräften ihnen ihren Willen aufzwingen! Wird nur die Nadel berührt, passiert nichts. Denk daran, und pass gut auf sie auf. Vergiss aber nicht, dass diese Juwelen nicht aus der Ferne wirken. Sie müssen die blanke Haut oder das Fell des Wesens berühren, auf das sie wirken sollen. Deswegen musst du sehr schnell sein, wenn es um die Geisterfüchsin geht. Begreift die Hexe, was du tun willst, so wird sie versuchen, selbst Macht über die Juwelen zu gewinnen, denn von ihnen bekommt sie die so heiß ersehnte Seele, ob im Leben oder im Tod.

Auch dürfen weder Nü Ying noch meine Tochter Shi Shing noch ihr Gemahl die Pfirsiche berühren, denn sonst schwindet deine Macht über sie. Diese drei Personen werden wie du feste Gestalt annehmen und deine Begleiter und Helfer sein. Ich schicke sie mit dir, denn die Aufgabe ist zu schwer, als dass du sie allein bewältigen könntest.«

Jin Mau starrte die drei leuchtenden Kugeln an und dachte an die Sagen über die geheimnisvollen Kugeln oder Pillen des ewigen Lebens, die die Herrin des Westens manchmal verschenkte. Darum musste es sich bei diesen Juwelenfrüchten handeln. Sie kniete nieder und nahm die Haarnadel feierlich in Empfang. Da ihre Gui-Kleider keine Taschen besa-

ßen, stieß sie sich den Haarpfeil kurzerhand durch die Muschel ihres linken Katzenohrs. Dann kniete sie nieder und bedankte sich zeremoniell bei der Göttin.
Als sie aufstand, musste sie plötzlich wieder lachen. »Eure Weisheit ragt höher als der Weltenberg und reicht tiefer als die Gelben Quellen. Ich habe mir gerade vorgestellt, wie die Dame Shi Shing und der Herr Zhong Bao Hong die Schwarze Füchsin und den Rattengeist festhalten und bändigen, damit ich die Kraft der Juwelen auf sie wirken lassen kann.«
Xiwangmu nickte zufrieden. »Ja, genauso sollte es kommen. Aber denk daran, dass jedes Juwel nur ein einziges Mal seine Wirkung entfaltet. Dann ist seine Macht dahin. Es nimmt aber die Seele desjenigen auf, den du damit tötest. Auf diese Weise kannst du die beiden Tiergeister zu Lü Lang bringen. So, jetzt müsst ihr gehen, denn es wird höchste Zeit. Ich öffne euch ein Tor, das euch sofort in Lü Langs Gerichtshalle führt. Von dort aus wird er euch in die Nähe des Ortes bringen, an dem die beiden Tiergeister ihre unheilvollen Pläne aushecken. Jin Mau, eines fordere ich von dir: Kümmere dich zuerst um Tie Hus Sohn und dann erst um ihn selbst. Das ist ein Befehl, verstehst du? Ganz gleich, was passiert – such zuerst nach dem Kind!«
Jin Mau verstand sie nicht, doch ehe sie nachfragen konnte, entstand mitten im Saal ein grüner Feuerkreis. Dieser legte sich genau um Jin Mau und ihre drei Begleiter und loderte hoch auf. Als die grünen Flammen in sich zusammensanken, standen alle vier in der ihnen schon sattsam bekannten Gerichtshalle. Lü Lang erhob sich von seinem Sitz und eilte mit besorgtem Gesicht auf sie zu.

72. TIE HU BEREITET SICH AUF EINEN ZWEIKAMPF VOR

Während in der Ebene von Chiao schon die Zelte für das Treffen des Generals Eisentiger mit dem neuen König von Zhou aufgebaut wurden, stand Tie Hu selbst mit seinem Großvater hoch oben auf der Keilerzahnspitze und starrte in die Ferne.

»Nein, verehrter Ahne, ich will es mir nicht anders überlegen«, antwortete er auf die Vorhaltungen des Berggeistes.

Zhong Shan Shen ballte die Fäuste, als wolle er seinen Enkel handgreiflich zur Vernunft bringen. Auf seinem Gesicht aber zeichnete sich tiefe Sorge ab. »Du spielst leichtfertig mit deinem Leben – und auch mit deiner gesamten Existenz. Ich traue der alten Ratte nicht. Lao Shu kommt nicht, um mit dir zu verhandeln – er kommt, um dich zu ermorden, so, wie er König Wuya von Zhou und seinen Sohn ermordet hat. Mein Freund Lü Lang, der Richter der ersten Ebene der Unterwelt, hat die Seelen der beiden Verstorbenen befragt und ihre Anklagen zu Protokoll genommen. Sie haben die Wahrheit gesagt, denn das magische Gift des Rattengeistes war immer noch in ihren verletzten Seelen zu spüren.«

Tie Hu lächelte etwas verloren. »Ja, Vater meines Vaters, ich weiß, was der Rattengeist plant. Aber ich habe keine andere Wahl, als mich meinem Feind zu stellen. Deine Schutzzauber werden es Lao Shu unmöglich machen, mich wie König Wuya mit zauberischen Mitteln aus der Ferne zu ermorden. Also wird er sehr nahe an mich herankommen müssen, und dann kann ich mich wehren. Gib mir eine Klinge, mit der ich ihn in die Knie zwingen kann. Ich glaube kaum, dass mein gewöhnliches Schwert seine Schutzzauber durchdringt, und ich kann ihn ja kaum am hellen Tag in der Gestalt eines Tigers anfallen.«

Zhong Shan Shen musterte seinen Enkel, als wolle er feststellen, ob dieser unter Wahnvorstellungen litte. »Du willst doch nicht etwa versuchen, König Rattenkopf während des vereinbarten Waffenstillstands anzugreifen? Seine Männer würden dich in Stücke reißen! Da hilft dir auch deine Tigergestalt nicht, abgesehen davon, dass du den Rattengeist in seiner halbmenschlichen Gestalt weder als Mensch noch als Tiger töten kannst.«

»Wer spricht von Mord? Das wird nicht notwendig sein. Ich werde versuchen, ihn so zu reizen, dass er mir einen Zweikampf anträgt. Er wird sicher gern auf eine gewisse Herausforderung eingehen, weil er darin eine Möglichkeit sieht, mich auf scheinbar ehrliche Weise zu beseitigen. Bei seinem Wissen und seiner Erfahrung in magischen Dingen wird er genauso gut wie du wissen, dass er deine Schutzzauber nur eigenhändig und mit einer magisch präparierten Klinge durchbrechen kann. Schließlich hast du mich eindringlich vor seinen üblen Tricks gewarnt.«

»Gewarnt habe ich dich wahrlich oft genug, du dickköpfiger Bastard!«, schrie der Berggeist ihn an. »Aber offensichtlich habe ich dir damit nur Flausen in den Kopf gesetzt! Begreifst du die Situation denn nicht? Er braucht dich nur mit einer Klinge zu verwunden, an der eines seiner todbringenden Gifte klebt, und du bist rettungslos verloren. Dann darf ich neben deinem Sterbebett stehen und deinem Elend hilflos zuschauen.«

»Dann hoffe ich, so lange am Leben zu bleiben, bis Lao Shu mir zu den Gelben Quellen folgen muss. Großvater, bitte versteh mich doch! Ich habe zwei Pflichten zu erfüllen. Nein, eigentlich sind es sogar drei. Die erste ist die Rache für den Tod meiner Eltern, die zweite ist meine Verpflichtung gegenüber Shirliang Po, das Land Wey und seine Stadt vor dem Untergang durch die Horden von Zhou zu bewahren. Kann ich die alte Ratte erschlagen, so wird wieder Frieden zwischen den Ländern einkehren, und ich habe diese beiden Pflichten erfüllt.

Die dritte Verpflichtung wäre die Rache für den dreifachen Tod meiner tapferen Freundin Jin Mau. Doch um diese zu erfüllen, müsste ich die Geisterfüchsin Haokan Hei töten. Leider haben meine Spione sie entgegen meinen Erwartungen nicht im Umkreis des Rattengeistes entdeckt. Sie scheint spurlos verschwunden zu sein. Aber ich kann nicht warten, bis ich sie gefunden habe, sonst erreicht der Rattengeist sein Ziel. Ich fürchte, ich muss mit dieser unerfüllten Verpflichtung auf meinem Gewissen vor den Höllenrichter treten.«

»Junger Narr! Wenn du Pech hast und Lao Shu wirklich Hilfe von einem Verräter auf dem Kunlun-Berg bekommen hat, wie Lü Lang behauptet, dann kannst du froh sein, wenn deine Seele nach eurem Zweikampf noch kräftig genug ist für eine Wiedergeburt als Maus. Lao Shu ist auf Mord aus, und er hat wenig Interesse daran, deine Seele in der Kraft und der Stärke weiterexistieren zu lassen, die du von deiner Mutter geerbt hast.

Erinnere dich: Er hat eine Fee des Kunlun-Berges in ein Gui-Gespenst verwandelt, das noch nicht einmal aus eigener Kraft den Weg zu den Gelben Quellen finden konnte. Nur mit der Hilfe, die ich Shirliang Pos tapferer Tochter angedeihen ließ, vermochte Sternengeist schließlich an der Seite deiner Katzenfreundin den Weg in die Unterwelt anzutreten. Glaubst du, die alte Ratte würde von dir noch einen Schatten übrig lassen? Du hast keine Chance gegen ihn. Außerdem – womit willst du ihn töten?«

Tie Hu lächelte sanft, innerlich aber bereitete er sich auf das viel größere Donnerwetter vor, das gleich über seinem Haupt niedergehen würde. »Ich hoffe, du wirst mir das Schwert ›Seelenschneider‹ leihen, das über deinem Sitz im Saal der Kristallsäulen hängt. Großmutter Ju Hua hat mir viel über diese Waffe erzählt, mit der du in grauer Vorzeit an der Seite des Himmlischen Jadekaisers gegen bösartige Geister und Dämonen gekämpft hast, bevor du der Schutzgeist des Glockenberges wurdest.«

Doch das befürchtete Donnerwetter blieb aus. Es war, als hielte der Berggeist, der stumm in die Ferne starrte, auf Geisterart Zwiesprache mit einem unsichtbaren Dritten. Schließlich seufzte er tief und nickte zustimmend. »Das wäre ein Weg für dich, eine gewisse Waffengleichheit zwischen dir und deinem Feind zu schaffen. Traust du es dir zu, dieses Schwert zu führen? Es ist nicht für sterbliche Hände gemacht, und es wendet sich gegen den, der nicht mit ihm umzugehen weiß. Man braucht einen sehr starken Willen, um mit ›Seelenschneider‹ fertig zu werden, denn die Waffe dient nur dem, der ehrliche Absichten hat oder in Not ist. Da ich dich aber offenbar nicht von deinen Plänen abbringen kann, will ich dir das Schwert anvertrauen. Ist dein Geist stark genug, mag es dir gelingen, den Rattengeist zu besiegen und vielleicht sogar diesen Sieg zu überleben. Natürlich muss ich Ju Hua tadeln. Sie hätte dir nicht den Kopf mit diesen alten Geschichten vollstopfen sollen. Aber das ist nun einmal geschehen. Jetzt heb deine Hände mit nach oben geöffneten Handflächen vor deine Brust und ruf das Schwert. Denk an seinen Namen und an den Feind, der dich bedroht! Aber vergiss nicht, du darfst nicht die Absicht haben, die alte Ratte hinterrücks zu ermorden. Sonst könnte es sein, dass das Schwert in deine Brust fährt, statt in deine Hände zu kommen.«

»Es kommt von selbst?«, fragte Tie Hu versonnen. Er hatte sich vor zwei Jahren schon gewünscht, dieses Schwert gegen

den Rattengeist zu führen. Doch damals hatte er nicht einmal gewagt, sich der schwarzen Klinge bis auf Armeslänge zu nähern.
Als er die Halle der leuchtenden Kristallsäulen nach den Ereignissen am Blauwasserfluss wieder betreten hatte, war es ihm so vorgekommen, als riefe das Schwert ihn zu sich und fordere ihn auf, sich seiner zu bedienen. Von da an hatte er in jedem Augenblick, in dem seine Großeltern ihn dort allein gelassen hatten, mit der Waffe Zwiesprache gehalten. Dabei hatte er das Gefühl gehabt, das Schwert wolle ihn verhören, und er hatte ihm ganz gegen seinen Willen die Geschichte seines kurzen Lebens erzählt. Prompt hatte das Schwert vibriert, als wolle es sich auf einen neuen Kampf vorbereiten, doch es war auf seinem Platz geblieben.
Seine Hände zitterten leicht, als er nach »Seelenschneider« rief. Sein Großvater sah es und quittierte es mit einem Kopfschütteln. Doch ehe er etwas sagen konnte, tauchte das Schwert über Tie Hus Kopf auf. Seine Klinge warf das Licht der Abendsonne vielfach zurück, und es sah so aus, als stände Tie Hu in einem Regen aus Zauberfeuer. Das Schwert schien sich nicht entscheiden zu können, ob es Tie Hus Ruf wirklich folgen sollte. Eine halbe Ewigkeit lang ließ es ihn in den kalten Flammen stehen. Erst als er seine Hände nach der Klinge ausstreckte, sank sie ganz langsam zu ihm herab und legte sich schimmernd und kühl auf seine Handflächen.
Das Lichtspiel und die Waffe glichen nur noch einem guten, aber doch recht gewöhnlichen Schwert, das sich kaum von Tie Hus eigener Klinge unterschied. Einen Augenblick lang glaubte er sogar, einige der Kerben in der Schneide wiederzuerkennen, die der alte Buku trotz aller Pflege nicht mehr glätten konnte. Tie Hu nahm das Schwert vorsichtig in seine Linke und tastete nach seiner Waffe. Aber die Scheide hing

leer an seinem Gürtel. Es war, als seien die beiden Schwerter auf geheimnisvolle Weise zu einem einzigen verschmolzen.
Zhong Shan Shen hatte das Geschehen aufmerksam, ja fast atemlos verfolgt. Jetzt sanken seine Schultern herab, und er schrumpfte zu dem baumähnlichen Berggeist, als den ihn die Menschen manchmal erblickten.
»Sohn meines Sohnes, ich habe dir einiges abzubitten. Der Zweikampf war offensichtlich nicht deine Idee. Es war das Schwert, das dir diesen Gedanken eingegeben hat. Du hast es wohl zu lange betrachtet und ihm deine Gedanken weit ausgebreitet. In diese Waffe schläft ein Geist, der aus dem Atem des Göttlichen Jadekaisers entstanden ist. Dieser Geist ist erwacht und fand es wohl an der Zeit, den Kampf gegen diesen Rattengeist aufzunehmen.
Nun, es ist in dieser Zeit wahrscheinlich die einzige Waffe in der Welt des roten Staubes, die die Macht hat, Lao Shus Zauber zu durchschneiden und sein Fleisch anzugreifen. Lass dich noch ein letztes Mal umarmen, bevor du gehst. Ich fürchte, ich werde dich nie mehr wiedersehen.«
Tie Hu lachte aufmunternd. »Ich habe nicht vor zu sterben, Großvater«, sagte er mit künstlich munter klingender Stimme. »Ich bin ein guter Schwertkämpfer und habe jeden Tag geübt. Dazu haben mir meine Spione am Hof von Zhou und in den Feldlagern berichtet, dass der neue König eigentlich nur noch Essen und Frauen im Kopf hat und sich nur ab und zu in jenen Räumen einschließt, in denen man seine Hexenküche vermutet. Auch ein Tiergeist muss seinen sterblichen Körper in Bewegung halten, sonst wird er träge und reaktionsschwach. Ich rechne mir also gute Chancen aus, ihn zu treffen, bevor seine Klinge mich berührt.«
Zhong Shan Shen wiegte ungläubig den Kopf. Aber er schluckte seine Zweifel hinunter. »Ich hoffe mehr auf Lao Shus Überheblichkeit als auf seine Trägheit. ›Seelenschnei-

der‹ ist so stark in deinem alten Schwert aufgegangen, dass selbst ich, der ich darum weiß, nur noch mit Mühe die magische Kraft tief im Kern der Klinge wahrnehmen kann. Es ist zu hoffen, dass die alte Ratte glaubt, du trügest tatsächlich nur dein gewöhnliches Schwert. Dann wird er zunächst mit dir spielen, um dir seine Überlegenheit zu beweisen. So kannst du deine Chance bekommen.«

»Nun, zuerst muss ich den Rattenkopf zum Zweikampf herausfordern. Wer weiß, vielleicht geht er nicht darauf ein, weil er eine andere Falle für mich aufgebaut hat. Ich bedauere es heftig, dass ich Jin Mau verloren habe. Mit ihrer Nase für magische Dinge an meiner Seite wäre mir erheblich wohler zumute. Ich fürchte nicht den Kampf mit Lao Shu, sondern seine Heimtücke.

Nun leb wohl, Großvater! Die Sonne steht schon tief im Westen, und ich möchte heute Abend noch im Lager sein. Lao Shu will morgen früh bei Sonnenaufgang erscheinen, und das ist wahrlich eine ungewöhnliche Zeit für eine Ankunft.«

»Bei Sonnenaufgang verliert jeder Zauber für einige Augenblicke an Kraft, und Unsichtbares wird sichtbar. Er fürchtet sich wohl auch vor einer Falle, oder er will gerade diese Zeit für eine besondere Bosheit nutzen. Schlage das Schwert in silberdurchwirkte Seide. Dann kann es sich nicht verraten. Silber verbirgt magische Dinge, aber eine Schatulle ganz aus diesem Metall würde dem Rattengeist auffallen und ihn misstrauisch machen.«

»Das will ich tun, Großvater. Ich danke dir für deinen Rat und für alles, was Ju Hua und du für mich getan habt. Grüße Großmutter von mir! Sollte ich sterben, dann soll sie meinem Sohn von mir und von der tapferen Jin Mau erzählen.«

Der Berggeist umarmte Tie Hu und klopfte ihm auf den Rücken. »Geh mit dem Segen des Himmels, du dickköpfiger

Lümmel! Ich werde Ju Hua deine Grüße ausrichten, aber das andere sage ich ihr nur, wenn es wirklich zum Schlimmsten kommt. Jetzt aber mach, dass du verschwindest! Sonst musst du in stockfinsterer Nacht deinen Weg suchen.«

»Das würde mir auch nichts ausmachen. Aber ich gehe schon. Ich will als Mensch reiten, denn es läuft sich als Tiger sehr schlecht, wenn man ein Schwertgehänge um den Hals hat.«

73. HAOKAN HEI VERFOLGT BEHARRLICH IHRE PLÄNE

Das magische Feuerwerk um den Glockenberg, das seinen Mittelpunkt auf der weit vorspringenden Keilerzahnspitze hatte, war nicht unbemerkt geblieben.

Der Rattengeist zügelte für einen Augenblick sein Pferd. Er bezog die Erscheinung auf seine bevorstehende Ankunft und fragte sich, welche Schutzzauber der Berggeist da für seinen Enkel zu weben versuchte. Ihn, den großen König Lao Shu, würde es nur wenig mehr als ein Fingerschnippen kosten, damit fertig zu werden. Er lachte in sich hinein, trieb sein müdes Gefolge an und ritt in die herabsinkende Nacht.

An anderer Stelle verfolgte man die Feuererscheinung je nach Wesensart mit Neugier, ängstlicher Verwunderung oder nackter Angst. Die Bauern im Dorf nahe dem Glockenberg-Gut sahen nur den vielfarbigen Widerschein über der Keilerzahnspitze und machten das Zeichen gegen den bösen Blick. Ju Hua überließ ihren Urenkel Zhong Huang der Obhut der Amme und eilte besorgt zum Glockenberg. Da der Junge sich unter ihrer Pflege von einem schwachen

und kränklichen Säugling zu einem kräftigen Zweijährigen entwickelt hatte, brauchte er ihre ständige Fürsorge nicht mehr. Die Amme war zwar eine geistig sehr beschränkte Landfrau, aber unbestechlich und treu. So richtete Ju Hua ihr Augenmerk ganz auf die Geschehnisse auf dem Berg.
Da sie sich mit der Amme aufgehalten hatte und erst zu schweben begann, als sie keine menschlichen Blicke mehr auf sich ruhen spürte, kam sie zu spät. Der Berggeist hatte eine kristallene Treppe für seinen Enkel entstehen lassen, die Tie Hu bereits hinabgestiegen war. Gerade bestieg er am Fuß des Berges sein Pferd. Ju Hua konnte sich nur noch mit einer schwachen Leuchterscheinung umgeben, um ihn auf sich aufmerksam zu machen, und ihm dann zum Abschied zuwinken.
Als sie sich dann ihrem Gemahl zuwandte, sah sie den Kummer in seinem Gesicht und spürte seine tiefe Sorge. Sie wollte nicht fragen, um ihn nicht noch mehr aufzuwühlen. Daher nahm sie ihn stumm in ihre Arme und ließ ihn ihren Trost spüren. So blieb das alte Geisterpaar eng umschlungen auf der Bergspitze stehen, bis das letzte Licht der Dämmerung erloschen war und der Mond rund und blutrot am Himmel stand, ohne die geringste Helligkeit zu spenden.
Noch eine Person verfolgte das Feuerspiel auf dem Berg. Sie erkannte als Einzige trotz der Entfernung das Wesen des Zaubers und kümmerte sich ebenso wenig darum wie um die Rufe und Stoßgebete der Menschen außerhalb des Wäldchens, das ihr als Versteck diente. Auch sie wusste um das Treffen des Rattengeistes mit dem Eisentiger, denn von den Mauern von Zhou Cheng bis zum Schatten des Glockenberges sprachen die Leute seit Tagen von diesem Ereignis. Mit einem zufriedenen Lachen streute sie Asche aus einem Feuer, das von Haselholz, Brombeerblättern und weiteren speziellen Zutaten genährt wurde, auf die Wasserober-

fläche des kleinen Weihers. Dann beugte sie sich über die schillernde Fläche und hauchte sie ein wenig an.
Zuerst sah sie zwischen den trüben Schlieren dieses primitiven magischen Spiegels nur ihren eigenen Menschenkörper mit dem Fuchsgesicht auf den Schultern. Dann zwang ihr Wille das von der Asche veränderte Wasser, ihr die Umgebung des Gutshauses zu zeigen, in dem ihr Feind lebte. Das Bild erschien zwar nur schwankend und immer wieder zu Bruchstücken zerfallend, aber es hielt. Zum Glück war der Zauber so schwach, dass auch ein stärkerer Shen-Geist die Ausstrahlung nicht bemerken würde. So riskierte die Schwarze Füchsin es, die Geisterfrau zu beobachten, wie sie im engen Bannkreis des Berges an den Felswänden hochschwebte und auf ihren Gemahl zuflog.
Dann starrte sie in den Sonnenuntergang, bis ihre Augen schmerzten, und überlegte. Ins Haus konnte sie mit diesem lächerlich schwachen Spiegel nicht eindringen. Abgesehen von dem Schutz, den die Hausgötter einem solchen Gebäude verliehen, gab es dort noch Zauber aus der Zeit der Prinzessin Lu Kin, die Haokan Hei Übelkeit verursachten. Doch darauf durfte sie jetzt keine Rücksicht nehmen. Sie belauerte den Gutshof nun schon seit vielen Tagen und wartete auf ihre Chance. Jetzt war sie da, und sie würde so schnell nicht wiederkommen.
Noch in Menschengestalt eilte sie in die Höhle, in der sie seit Wochen mit ihrem Sohn lebte. Es war eine vom Regen ausgewaschene und durch herabgebrochene Steine wieder verschlossene Grotte zwischen den Wurzeln dreier uralter Bäume, die man nur auf allen vieren erreichen konnte, wenn man sich unter einigen mannsdicken, aufgewölbten Wurzeln hindurchschob und durch einen langen Gang mit niedriger Decke in die Tiefe kroch. Brombeergebüsch umgab die Wurzeln außen und sorgte für zusätzlichen Schutz. Haokan

Hei hatte es sich in der großen Höhle so bequem wie möglich eingerichtet, aber da sie jeglichen Kontakt mit Menschen mied, hatte sie sich nur ein Lager aus Laub und gestohlenem Stroh bauen können.
Dafür war die Hexenküche, die sie sich eingerichtet hatte, ein Wunder der Improvisation. Auf ihrem Weg zum Glockenberg hatte sie festgestellt, dass sie zwar ihre Kräfte verloren hatte, nicht aber ihr Wissen. Sie war keine Magierin von hohen Graden mehr, aber eine Hexe, die mitten in der Wildnis aus dem Vollen schöpfen konnte. Sie kannte das magische Potenzial, das in den verschiedensten Pflanzen, Erden und Mineralien steckte, und wusste, dass selbst Mottenflügel und Heuschreckenbeine erstaunlich wirksam waren, wenn man sie mit der gemahlenen Rinde der Mistel und den Blättern des Spitzwegerichs mischte und die Paste auf einen Stock aus Korkenzieherhasel auftrug. Damit konnte sie sogar Shen-Geister und Gui-Gespenster das Fürchten lehren.
Da sie die der Natur innewohnenden Kräfte benutzen konnte und auch auf die Mondphasen und den Stand der Sterne achtete, vermochte sie mit Baumschwämmen, der Rinde der Zauberhasel und ein paar Brombeerblättern Wirkungen zu erzielen, die Magier von hohen Graden nur unter großem Kraftaufwand nachahmen konnten. Hätte sie, die große Magierin Haokan Hei, all die Dinge, die sie jetzt ganz selbstverständlich benutzte, schon früher auf die richtige Art eingesetzt, so wäre ihr die Seele dieser Jin Mau schon beim ersten Mal nicht entkommen, und sie wäre jetzt vielleicht sogar im Besitz von Tie Hus Seele.
Die Schwarze Füchsin seufzte tief und sagte sich, dass man verschüttetes Wasser eben nicht mehr in den Krug zurückbringen konnte. Es zählte nur noch das Heute, wenn es für sie ein glänzendes Morgen geben sollte. Aber als sie ihren

Blick über die hölzernen Tiegel, die aus einfachem Ton geformten Schalen und die Löffel schweifen ließ, die sie mit einem am Wegesrand gefundenen Messer aus abgeworfenen Geweihen geschnitzt hatte, fiel es ihr schwer, an eine Zukunft zu denken, in der sie wieder Herrin über ein sauberes, wohleingerichtetes Alchimistenlabor sein würde.

Immerhin hatte sie alle nur erdenklichen Vorkehrungen getroffen, um ihr Vorhaben durchführen zu können. Zu ihrem Glück mieden die Menschen den kleinen Hain, weil er für sie von krankmachenden Ausdünstungen erfüllt und eine Wohnstätte böser Geister sein sollte. Daher kamen sie noch nicht einmal zum Sammeln von Gras und Holz für ihre Feuer hierher. Es war also rundum der richtige Ort für eine Geisterfüchsin.

Haokan Hei sah nach ihrem schlafenden Sohn und warf einen Zauber auf ihn, so dass er während ihrer Abwesenheit nicht erwachen würde. Er versuchte trotz seiner Behinderung immer wieder, die Höhle zu verlassen und draußen herumzustreifen. Dabei konnte er nur ganz erbärmlich auf drei Beinen humpeln, und er würde noch nicht einmal einem Menschenkind entkommen, das eben das Laufen gelernt hatte. Die Füchsin wollte nicht das Risiko eingehen, ihn im allerletzten Moment noch zu verlieren. Während sie zusah, wie der Zauber sich um ihn legte und sein Atem ruhiger wurde, rieb sie ihr Gesicht mit einer Salbe ein, die ihr die Verwandlung erleichterte. Sie konnte schon aus eigener Kraft für eine gute Stunde ein Frauengesicht annehmen. Jetzt aber galt es, in der Kunst der Verwandlung einen entscheidenden Schritt weiterzugehen.

Sie verließ die Höhle wieder und beugte sich noch einmal über den Wasserspiegel. Nach einigen Herzschlägen stärkster Konzentration bekam ihr Kopf menschliche Umrisse, und ihr Gesicht nahm die Züge der Geisterfrau Ju Hua an.

Mit den Kleidern gab sie sich etwas weniger Mühe. Da Ju Hua den Menschen auf dem Gutshof nicht verbarg, dass sie ein Shen-Geist war, trug sie meistens ein einfaches Gewand ohne Nähte und Säume wie jedes beliebige andere Gui-Gespenst. Unterschiede mochte die Dunkelheit und das flackernde Licht der Öllampen im Haus verbergen. Dann verteilte sie eine Handvoll aromatischer Asche über sich. Die würde ihre Fuchsnatur für zwei, drei Stunden vor jedem Geisteraustreiber und auch vor schwächeren Abwehrzaubern verbergen.

Die Abenddämmerung war inzwischen erloschen und die Nacht so dunkel wie bei Neumond. Dennoch stand der volle Mond wie ein mattes, rotes Auge am Himmel. Das war ein schlechtes Omen. Bedeutete es doch, dass eine mächtige Person noch vor dem nächsten Sonnenuntergang sterben würde. Haokan Hei hoffte, dass damit der Rattengeist gemeint war und am besten auch ihr gemeinsamer Feind Tie Hu. Mit diesen freundlichen Wünschen machte sie sich auf den Weg.

Sie musste den Gutshof erreichen, bevor die Geisterfrau aus dem Glockenberg zurückkehrte. Wie eine gewöhnliche Füchsin mied sie die Stellen, an denen sich Menschen aufhielten oder an denen das Mondlicht sie nächtlichen Wanderern verraten konnte. Zwischendurch warf sie immer wieder einen Blick auf die vorspringende Keilerzahnspitze. Ju Hua stand immer noch regungslos dort oben, eine schwache Leuchterscheinung, die sich nur für scharfe Fuchsaugen gegen den sternklaren Himmel abhob.

Im Gutshaus herrschte ein nervöses Kommen und Gehen, als sei es heller Tag. Die Menschen fürchteten sich vor der Ankunft des einstigen Generals, denn sie erinnerten sich so gut an seinen Überfall vor fast sechzehn Jahren, als wäre er erst vor wenigen Wochen erfolgt. Xiang hatte sich eine gro-

ße Axt an den Gürtel gebunden und erklärte jedem, der es hören wollte oder auch nicht, sie würde dem Rattenaas damit den Schädel spalten, wenn er seine Schnauze auch nur in der Nähe des Gutshofes sehen ließ.
Die Amme des kleinen Zhong Huang weinte still vor sich hin und weigerte sich, ihrem eigenen Sohn die Brust zu geben, weil sie vor lauter Angst gerade noch genug Milch für den fürstlichen Nimmersatt hatte, der immer noch gewissenhaft von ihr genährt wurde. Andere Bedienstete scharten sich in der Empfangshalle um Xi Shui, den Leibarzt des Fürsten, dessen Ruf als Magier und Geisteraustreiber weit über die Grenzen von Wey hinausreichte. Allein schon von seiner Nähe erhofften sie sich Schutz vor den üblen Gui-Gespenstern, die ihrer Meinung nach unweigerlich im Gefolge des Rattenkopfes auftauchen mussten.
Jedermann hatte mit sich selbst zu tun, und so wunderte sich niemand, die Shen-Dame des Glockenberges so bald wieder auftauchen zu sehen. Zu Haokan Heis Glück erwachte der junge Zhong Huang gerade in dem Moment, als sie das Haus betrat, und begann laut und durchdringend zu schreien. So konnte sie seiner Stimme folgen und verriet sich nicht durch ihre Unkenntnis der häuslichen Gegebenheiten. Innerlich bebend umging sie die Halle, in der sie die Aura des Mannes spürte, der damals ihren Giftstaub erkannt hatte. Die Anwesenheit des bekannten Geisteraustreibers beflügelte ihre Schritte und brachte sie dazu, sich aller Finessen und Winkelzüge zu enthalten.
Wie eine besorgte Großmutter stürmte sie in das Kinderzimmer, in dem die Amme mit dem fürstlichen Knaben und ihrem eigenen Sohn um die Wette heulte, lief, ohne rechts und links zu sehen, an das Kinderbett und nahm Tie Hus Sohn in ihre Arme. »Der Rattenkönig hat einen Fluch gesandt, und nun sind böse Geister in den Jungen gefahren.

Geht mir aus dem Weg! Ich muss meinen Enkel sofort in den Berg bringen, damit mein Gemahl ihn retten kann. Räuchert inzwischen den ganzen Raum mit Sandelholz aus!«

Die Bediensteten, die ihr gefolgt waren, liefen auseinander, als sei eine Höllenkreatur unter sie gefahren. Die Amme presste ihr Kind an ihre Brust und verbarg ihr Gesicht in einem Schal. Nur der junge Zhong schien zu merken, dass die Frau, die ihn da trug, nicht seine Großmutter war, denn er strampelte wild und schrie sich fast die Seele aus dem Leib. Doch niemand hielt Ju Huas Doppelgängerin auf. Man drückte ihr sogar noch eine Decke in die Hand, in die sie das Kind einwickeln konnte, und öffnete ihr alle Türen. Die Bediensteten schienen heilfroh zu sein, dass sie das offensichtlich von Dämonen besessene Kind aus dem Haus trug. Einige riefen ihr noch alle guten Wünsche hinterher und baten sie, weitere Schutzamulette aus dem Glockenberg mitzubringen.

Haokan Hei murmelte einige Worte, die wie Zustimmung klangen, und eilte in Richtung des Glockenberges davon. Bis zuletzt hatte sie befürchtet, der Arzt würde darauf bestehen, das Kind zuerst zu untersuchen. Aber da zwischen ihm und der Geisterfrau eine tiefe Abneigung herrschte, hatte der Mann sich nicht blicken lassen.

Nach kurzer Zeit führte der Weg in den Schatten dicht beieinanderstehender Felsnadeln und hoher Bäume. Hier erst fühlte sich Haokan Hei vor Entdeckung sicher. Sie stopfte dem Kind kurzerhand einen Zipfel seines Hemdes in den Mund und band ein Teil der Decke darüber, um es am weiteren Schreien zu hindern. Dann zwängte sie sich durch das Gebüsch, lief über Stock und Stein ihrem Versteck entgegen und erreichte es ungesehen.

Drinnen band sie dem Kind Arme und Beine zusammen, so

dass es ihr nicht mehr entkommen konnte. Noch einmal trieb die Vorsicht sie ins Freie, denn ihr war klar, dass sie sich viel zu nah am Gutshof des Eisentigers aufhielt. Sie befand sich zwar schon außerhalb des eigentlichen Machtbereiches des Berggeistes, aber sie musste hier immer noch die Menschen und ihre Hunde fürchten. Wenn die Leute begriffen, dass das Kind entführt worden war, würden sie bei der Suche auch vor diesem verrufenen Gehölz nicht haltmachen.

Daher musste sie alle Spuren beseitigen, die auf ihre Anwesenheit hindeuteten, und das fiel ihr trotz ihrer scharfen Augen in dieser bedrückenden Dunkelheit schwer. Es war, als läge eine rötlich schwarze Decke über der Welt, die jedes Licht verschluckte. Haokan Hei wünschte, sie besäße noch einen Bruchteil von jenen magischen Gerätschaften und Zutaten, mit denen sie einst so verschwenderisch umgegangen war, so dass sie für sich selbst und für alle wichtigen Personen in diesem tödlichen Spiel die Orakel hätte befragen können. Da sie dazu trotz all der Zaubermittel um sie herum nicht in der Lage war und sie ihre schwankenden Kräfte auch nicht sinnlos vergeuden durfte, konzentrierte sie sich darauf, die gut versteckte Höhle vor menschlichen Augen und hündischen Nasen zu verbergen. Sie versuchte auch, aus drei verschiedenen Holzarten, die sie zusammen mit giftigen Hundertfüßlern und einer bestimmten Pilzart verbrannte, noch mehr von jener aromatisch duftenden Asche herzustellen, die jede magische Ausstrahlung in sich aufsaugte. Damit konnte sie ihre Anwesenheit sogar vor zufällig vorbeistreifenden Geistern und einem so dummen, ungebildeten Gui-Gespenst wie dieser Ju Hua verbergen.

Sie war überzeugt, dass auch der aufgeblasene Geisterbeschwörer vom Gutshof kein Mittel besaß, sie über eine Barriere aus dieser Asche zu finden. Daher verstreute sie einiges davon an den Plätzen, an denen sie sich bevorzugt aufgehalten hatte. Dann füllte sie noch einige Schalen mit frischem Wasser an der Quelle und zog sich im ersten Schein der Morgendämmerung in ihre Höhle zurück. Sie verschloss die Öffnung zum großen Teil mit Lehm, in den sie spezielle Wurzeln und eine große Portion der magieaufsaugenden Asche gemischt hatte. Dann endlich fühlte sie sich trotz der Nähe der Menschen sicher und geborgen.

Sie sah noch nach dem jungen Zhong, dessen Gesicht schon dunkelrot angelaufen war, und nahm ihm die Fesseln und den Knebel ab. Eine gewisse Schwächung des Kindes würde ihr für das Übertragungsritual zugutekommen, aber sie durfte auf keinen Fall riskieren, dass es erstickte. Sie zog den Knaben aus und flößte ihm mit einem Sauger aus Baumschwämmen einen betäubenden Trank ein. Dann legte sie ihn auf das Lager neben ihren immer noch unter ihrem Zauber schlafenden Fuchssohn, so dass sich die Körperströme der Kinder unter ihren Beschwörungen vereinen konnten.

Als das geschehen war, beschloss sie, ein paar Stunden zu schlafen. Sie fühlte sich so ausgelaugt, als hätte sie den Berg der sanften Stille bis auf die steinernen Wurzeln abgetragen. Aber sie musste ausgeruht sein, wenn sie die Verpflanzung des Geistes ihres Sohnes in den Körper des jungen Zhong anging. Außerdem war es eine unbestreitbare Tatsache, dass ein im Morgengrauen ausgeführter Zauber selten den Abend überstand. Mit diesem Gedanken beschwichtigte sie noch im Einschlafen ein Gefühl aufziehender Gefahr.

74. EIN GAST MIT ÜBLEN ABSICHTEN ERSCHEINT

Die Stunde des Tigers war noch nicht halb vollendet, als Lao Shu mit seinen Reitern im schwachen Schein des Morgens vor Tie Hus Lager auftauchte. Nach der düsteren Nacht mit dem roten Vollmond setzte der Himmel jetzt weitere Signale drohenden Unheils und begleitete die Ankunft des Rattengeistes mit einem brennenden Farbenspiel, wie man es seit Menschengedenken nicht mehr gesehen hatte. Es war, als tobten sich Feuerdrachen zwischen den Wolkenfeldern aus. Dann verhüllte sich der Himmel und tauchte die Welt in bleiernes Grau. Doch es fiel kein Regen, und kein Blitz teilte die Wolken. Es wurde auch nicht kalt, wie man es an einem solchen Frühjahrstag hätte erwarten können, sondern es breitete sich eine drückende Hitze aus, als seien die Feuer der heißen Höllen dicht unter dem Boden der Menschenwelt entfacht worden.

Lao Shu war wie angekündigt genau zu jener Zeit erschienen, als die Sonnenscheibe von unten den Rand der Welt berührte. Doch jenes spezielle Licht, das sonst jeden Zauber sichtbar machte, wurde an diesem Tag von den gleißenden Feuerfarben am Himmel zerstreut, und dies raubte dem Gast offensichtlich die gute Laune. Statt sich zur Begrüßung seines Gastgebers der üblichen Höflichkeitsfloskeln zu bedienen, blaffte er Tie Hu an und fragte ihn, welche Beamtenkreatur des Jadekaisers er bestochen habe, um ihn mit diesen schlechten Vorzeichen am Himmel empfangen zu können.

Tie Hu lächelte frei und offen, da er ein vollkommen reines Gewissen hatte. Gegen den Rat seines Großvaters hatte er sich dazu entschlossen, das magische Schwert nicht zu verstecken, sondern trug er es genauso offen an der Hüfte wie

der Rattengeist seine fühlbar verzauberte Klinge. Da er die Waffe früher oder später an diesem Tag an sich nehmen musste, hätte ein aus dem Verborgenen hervorgeholtes Schwert seinen Feind nur unnötig aufmerksam gemacht.
So aber brachte Tie Hu es fertig, seinen Gast mit aller Höflichkeit und einem Minimum des Zeremoniells zu begrüßen, das dem irdischen Rang des Rattengeistes zustand. Erst nach einer guten halben Stunde, in der die Höflinge und Zeremonienmeister beider Seiten zu Worte gekommen waren und die Priester den Segen der Götter auf diese Begegnung herabgefleht hatten, konnte Tie Hu die herausfordernde Frage des Rattengeistes beantworten. Zu dem Zeitpunkt aber war die brennende Lichterscheinung am Himmel schon einer trübgrauen Düsternis gewichen.
»Mein hoher Herr«, sagte er, »leider kann ich nicht für mich in Anspruch nehmen, die Spiele der Feuerdrachen zu Ehren Eurer Ankunft veranlasst zu haben. Ich bin nun einmal kein Unsterblicher und auch kein Bewohner des Kunlun-Berges, der Macht und Einfluss jenseits der Welt des roten Staubes hat. Ich danke Euch aber für Eure hohe Meinung über mich. Lasst mich Euch noch einmal willkommen heißen und Euch meine Freude über Eure Ankunft versichern.
Mir liegt sehr viel am Frieden zwischen meiner Heimat Wey und Eurem Land Zhou, und ich bin glücklich über Eure Absicht, mit mir zusammen einen Weg zu suchen, endlich Frieden zu schaffen. Gern bin ich auch bereit, zwischen Euch und dem Kanz…, dem König Ding Wanzi als Friedensbote und Verhandlungsführer zu fungieren.
Darf ich Euch nun in Euer Zelt führen, damit Ihr Euch nach dem langen und anstrengenden Ritt frisch machen könnt? Danach wartet eine Frühstückstafel mit allen Köstlichkeiten auf Euch, die dieses arme Land anbieten kann. Mit wohlgefülltem Bauch verhandelt es sich doch viel leichter.«

Lao Shu starrte Tie Hu durch die Schlitze seiner Maske an. Dann schnaubte er verächtlich. »Zhong Tie Hu, Ihr seid ein Heuchler und ein glattzüngiger Lügner!«
Tie Hus Lächeln wurde zu einem breiten Grinsen. Nun beleidigte Lao Shu ihn schon zum zweiten Mal. Also hatte auch er einen Zweikampf im Sinn. Aber er wollte sich von dem Tiergeist nicht zu einer vorschnellen Reaktion provozieren lassen. Jeder der hier anwesenden Adeligen sollte hinterher bezeugen können, dass es der Rattenkönig von Zhou gewesen war, der ihn, Zhong Tie Hu, entgegen allen Friedensvereinbarungen beleidigt und herausgefordert hatte. So antwortete er ihm in freundlichstem Tonfall. »Würdet Ihr mich an der Weisheit Eurer Erkenntnis teilhaben lassen?«
Der Rattengeist knurrte wie ein angeketteter Wachhund. »Glaubt Ihr, ich würde den Spott in Euren Worten nicht bemerken? Offiziell begrüßt Ihr mich wie einen geehrten Gast, aber hinter Eurer gefälligen Miene lese ich feigen Mord. Eine Frühstückstafel mit allen Köstlichkeiten? Ha! Welches heimtückische Gift wollt Ihr mir servieren? Glaubt Ihr, ich wüsste nicht, dass Ihr mir den Tod geschworen habt? Aber ich bin zäher, als Ihr denkt. Ich sterbe nicht an ein bisschen Gift im Essen oder an einem hinterrücks abgeschossenen Pfeil! Glaubt Ihr, ich bemerke all die Zauber nicht, mit denen Euch Euer Ahne Zhong Shan Shen behängt hat? Damit zeigt Ihr mir doch nur, dass Ihr eine Heimtücke plant.«
Tie Hu schüttelte nachsichtig den Kopf. »Warum seid Ihr hergekommen, wenn Ihr mir misstraut? Ihr seid es doch gewesen, der dieses Friedensgespräch angeboten hat. Ich bin nur Eurem Wunsch, dass wir uns treffen, gefolgt. Sollte mir der Verdacht kommen, Euch läge weniger an Frieden als an der Beseitigung eines feindlichen Feldherrn, der Eure Pläne schon einmal gestört hat?«

»Du hast meine Pläne nicht gestört, du armseliger Wurm!«, brüllte Lao Shu ihn an. »Was soll mir daran gelegen sein, einen kleinen Jungen wie dich zu beseitigen? Wenn ich Krieg wollte, so wäre mir so ein unfähiges Milchgesicht wie du auf der anderen Seite doch gerade recht.«
Tie Hu behielt seine höfliche Anrede bei und verlor auch sein Lächeln nicht. »Wenn Ihr einen ehrlichen Frieden suchtet, hättet Ihr Euch nicht mit mir, sondern mit König Ding Wanzi getroffen. Er ist der Mann, der hier in diesem Land über Krieg oder Frieden entscheidet.«
Der Rattengeist knirschte hörbar mit den Zähnen. »Haltet Ihr mich für so dumm und so naiv, Zhong Tie Hu, dass ich auf Eure glatten Worte hereinfalle? Ding Wanzi mag den Thron beherrschen, aber das Land gehört Euch. Eure Armeen gehorchen Euch und nicht ihm. Außerdem – wenn Ihr ihn als Euren König anerkennt, warum habt Ihr Euch dann mit den Rebellen zusammengetan, die den ehemaligen Kanzler stürzen wollen? Haben die Aufrührer Po und Yü nicht Euch die Krone angetragen? Auch ich habe meine Spione und weiß, was Ihr und Eure sauberen Verbündeten im Wald der Eule besprochen habt. Man hat Euch den Thron von Wey und auch den von Zhou angetragen, und dazu diese Hure Gan Lan als Ehefrau, die sich als Tochter des Königs Wuya bezeichnet und doch nur eine davongelaufene Palastsklavin ist.«
Tie Hu lachte nun schallend. »Ihr solltet Haokan Hei auch nicht alles glauben. Sie spinnt ihre eigenen Netze und hat Euch ihre Version der Gespräche aufgetischt. Wo habt Ihr die Hexe eigentlich versteckt?«
»Ich habe sie zur Hölle gejagt«, brummte Lao Shu. »Was interessiert Ihr Euch für diese dürre Fuchshure? Die ist am Ende und muss wieder auf vier Beinen laufen. Aber ich glaube nicht, dass sie mich belogen hat, denn sie wollte sich wie-

der bei mir einschleimen. Zudem habe ich einige ihrer Angaben von meinen Leuten überprüfen lassen, und sie entsprachen der Wahrheit.«

Tie Hu blickte ihm ins Gesicht. »Warum sollte ich Euch meine Handlungen erklären? Wenn Ihr sie begreift, wird es für Euch zu spät sein. Aber Ihr enttäuscht mich! Seid Ihr wirklich der Schlächter gewesen, der meine Eltern und viele ihrer treuen Gefolgsleute und Bauern umgebracht hat? Meine Mutter war eine Fee des Kunlun-Berges, und kein gewöhnlicher Sterblicher hätte sie oder meinen Vater töten können.

Wie es scheint, seid Ihr nur ein gewöhnlicher Mann, der sich hinter der Maske eines Halbgottes verbirgt, ein lausiger, kleiner Angeber, der sich mit ein paar Zaubertricks die Aura eines Gottes anmaßt. Ich kann Euch nur raten, die Würde, die Ihr für Euch in Anspruch nehmt, schleunigst abzulegen und zu verschwinden. Meinetwegen könnt Ihr so viel Gold aus der Schatzkammer von Zhou mitnehmen, wie Euer Packpferd tragen kann, und ich verspreche Euch, dass niemand Euch verfolgen wird. Geht aber, ehe es für Euch zu spät ist. Der Himmlische Jadekaiser lässt nicht zu, dass ein Usurpator mit den höchsten Würden der Menschen wie mit Flitterkram spielt!«

Lao Shu riss sich seine Maske vom Gesicht und wandte Tie Hu sein halb menschliches und halb rättisches Gesicht zu, das von furchtbaren Narben entstellt war. Selbst jetzt konnte man noch das zauberische Feuer spüren, das Sternengeist ihm unter Aufbietung ihrer letzten Kräfte entgegengeschleudert hatte, ehe ihr sterblicher Körper in den Flammen umkam. Die meisten Gefolgsleute des Rattengeistes wichen zurück, und auch Tie Hus Leuten sah man an, dass sie sich weit von diesem Ort wegwünschten.

»Ja, Zhong Tie Hu, das ist ein Teil der Narben, die mir dein

Vater im Zweikampf in dem brennenden Haus und deine Mutter draußen im Dorf mit Zauberfeuer geschlagen haben. Hätte meine Magie nicht verhindert, dass die beiden Seite an Seite kämpfen, dann hätten sie mich vielleicht sogar besiegen können. Ich habe deine Eltern getötet und ihre Geister zerstört, so dass sie niemals den Weg zu den Gelben Quellen finden werden. Wahrscheinlich sind sie schon erloschen wie Kerzenflammen in einem Luftzug.«

Tie Hu hätte diese aufgeblasene Kreatur am liebsten mit bloßen Händen erwürgt. Da der Rattengeist jedoch genau das erwartete, nahm er sich zusammen und lächelte ihm ins Gesicht. »Mein lieber Lao Shu, Ihr überschätzt die Wirksamkeit Eures Seelen zerstörenden Zaubers. Von meinem Großvater habe ich erfahren, dass meine Eltern durch ihn und den Höllenrichter Lü Lang ganz unten bei den Gelben Quellen wieder vereint sind. Der Vater meiner Mutter ist stolz auf seine junge Tigerin und auf den Roten Panther, und die Herrin Xiwangmu hat ihrer Tochter längst verziehen.

Wohl habt Ihr die irdischen Existenzen meiner Eltern vernichtet und ihre Seelen für ein paar Jahre in Verwirrung gestürzt – und selbst das habt Ihr noch nicht einmal aus eigener Kraft geschafft. Die Königin des Westens weiß inzwischen, dass es einen Verräter auf dem Weltenberg gibt, der Euch, Lao Shu, wie einen Soldknecht gekauft und benutzt hat. Wie es aussieht, habt Ihr nur wenig aus eigener Kraft geleistet. Ohne einen mächtigen Protektor in der jenseitigen Welt oder eine Horde von Marodeuren im Rücken seid Ihr nur ein aufgeblasener Wicht, der sich mit Fuchsgesindel zusammentun muss, weil er sich mit seinem ungezügelten Söldnerhaufen nicht an anständige, disziplinierte Soldaten herantrauen kann.«

Dem Rattengeist stiegen Rauchwolken aus den Ohren, doch Tie Hu lachte nur. »So, mein guter Lao Shu, jetzt könnt Ihr wieder gehen. Da Ihr doch keine ehrlichen Friedensabsichten habt, ist Eure Anwesenheit hier überflüssig. Solange Ihr König von Zhou seid, darf ich Euch leider nur auf dem Schlachtfeld herausfordern. Sonst könnte man es mir als Angriff auf eine von den Göttern geheiligte Person auslegen. Im Gegensatz zu Euch achte ich die Gesetze des Himmlischen Jadekaisers und bin nicht bereit, wissentlich dagegen zu verstoßen. Also erkläre ich dieses Treffen hiermit als ergebnislos abgebrochen.«

Lao Shu ballte drohend die Fäuste. »Oh nein, Tie Hu, so leicht kommst du mir nicht davon. Ich bin hierhergekommen, um dich in den Staub zu treten, und ich habe keine Hemmungen, dich zum Zweikampf herauszufordern. Du kannst ja versuchen, dich hinter Riten und Gesetzen zu verstecken. Aber auch die werden dich nicht vor meiner Klinge bewahren!«

Tie Hu atmete so erleichtert auf, als habe man ihm eine freudige Botschaft überbracht. »Ah, jetzt gebt Ihr doch zu, dass Ihr mich beseitigen wollt. Ihr habt festgestellt, dass Ihr mich nicht heimtückisch ermorden könnt, seid aber wenigstens Manns genug, mir offen gegenüberzutreten. Gut, ich nehme Eure Herausforderung an.«

»Dann zieh dein Schwert!«, schnauzte Lao Shu ihn an.

»Sachte, sachte, König Lao Shu! Sind wir Raufbolde, die sich zwischen einer gedeckten Tafel und den Gästeunterkünften prügeln? Ihr mögt heiß darauf sein, mir Eure Waffe in die Brust zu rammen, aber Ihr werdet Euch wohl so lange zusammennehmen können, bis ein Kampfplatz abgesteckt und die Regeln des Zweikampfes mit allen dazugehörenden Zeremonien verkündet worden sind.«

»Wollt Ihr Zeit gewinnen, um mir eine Falle zu stellen?«, fragte der Rattengeist argwöhnisch.

»Ihr seid so misstrauisch, dass ich beinahe an Eurer Fähigkeit oder Eurem Willen zu einem ehrlichen Kampf zweifle. Vergesst nicht, dass Ihr ein König seid und ich der oberste Feldherr des feindlichen Landes. Bewahrt wenigstens nach außen hin Haltung und benehmt Euch nicht wie ein betrunkener Soldat, der sich um eine Hure prügeln will. Der Kampf muss geordnet stattfinden, damit die Menschen beider Länder das Ergebnis als Ausgang einer ehrlichen Auseinandersetzung akzeptieren können. Geht jetzt und zieht Euch eine für einen Zweikampf angemessenere Kleidung an. Ich will nicht, dass hinterher behauptet wird, Ihr hättet Euch in Euer Gewand verstrickt und wäret deswegen von mir besiegt worden.«

Das Maul des Rattengeistes spie nun Funken. »Ich werde dir deine herablassende Art schon eintränken, Tigerchen. Wer weiß, vielleicht wirst du mich noch um die Gnade eines schnellen Todes anflehen, wenn du halb in Stücke gehauen zu meinen Füßen liegst! Aber es sei! Wir werden diesen Leuten das Schauspiel eines zeremoniell eröffneten Zweikampfes liefern. Du dürftest zwar nichts mehr davon haben, aber es wird meinen Untertanen mehr Respekt vor mir einflößen.«

Tie Hu verschluckte diesmal seine Antwort, neigte nur zustimmend seinen Kopf und wies seinem unheimlichen Gast den Weg in das für ihn vorbereitete Zelt. Dann ging er selbst in seine Unterkunft zurück, in der ihn ein vor Angst und Sorge zitternder Buku erwartete.

»Herr, das dürft Ihr nicht tun. Ihr werdet diesen Zweikampf mit diesem Giftzahn nicht überleben. Ich …«

Tie Hu winkte ab. »Das haben wir doch alles schon besprochen. Sorge dich nicht um mich. Wenn ich falle, dann ist es an dir, meinen Sohn zu beschützen. Er ist es jetzt, auf dem die Hoffnungen auf Frieden ruhen. Der Herr des Glockenberges und auch einige andere göttliche Beamte sympathi-

sieren mit den Plänen unserer Freunde Po und Yü und glauben, dass ein König Zhong Huang den Segen des Himmlischen Jadekaisers hätte.«
Er schüttelte nachdenklich den Kopf. »Seltsamerweise hat die Geisterfüchsin dem Rattenfreund nichts von unseren Plänen mit meinem Sohn erzählt, sondern es so dargestellt, als solle ich der König der vereinten Länder werden. Dahinter kann ein weiterer böser Plan dieses Wesens stecken. Ich bitte dich, höchste Vorsicht walten zu lassen und alles zu tun, um meinen Sohn vor der Hexe zu schützen. Vielleicht ist sie jetzt auf seine Seele aus, weil sie die meine nicht bekommen hat. Mich schüttelt es bei dem Gedanken, und ich habe das Gefühl, als müsste ich so schnell wie möglich zum Glockenberg-Gut zurückkehren.
Aber ich kann jetzt nicht mehr zurück. Wenn die alte Ratte gesund und unverletzt von hier wegkommt, wird der Krieg so lange weitergehen, bis die beiden Länder eine Stätte für Wölfe und Raben geworden sind. Dann ist mein Sohn nur eine Seele unter vielen, die das Tor zur Unterwelt suchen und in ihrem Leid vielleicht nicht finden. Alter treuer Buku, ich bitte dich, bete zu allen Göttern, die du kennst, dass es mir gelingt, Lao Shu zu töten oder zumindest so zu verwunden, dass er sich wie die Geisterfüchsin in der Wildnis verkriechen muss.«
Buku nickte grimmig. »Das will ich tun, Herr, obwohl mir eher nach Fluchen zumute ist. Ich will auch gut aufpassen, ob einer der Lümmel aus dem Gefolge des Rattenkopfes einen hinterhältigen Trick versucht, um ihm zu helfen. Ich traue der verschlagenen Bande von Zhou-Kerlen nicht!«
Tie Hu lächelte wieder. »Ja, tue das! Ich glaube zwar, dass die Leute eher verzweifelt sind, weil sie Angst vor ihrem Geisterkönig haben, aber man kann ja nie wissen. Hilf mir jetzt, Panzer und Waffenrock anzulegen. Vorsicht, berühre mein

Schwert nicht! Es ist nicht mehr die Waffe, die du kennst. Auf ihm ruht meine Hoffnung, aber es mag auch mein Untergang sein. Nicht der Rattenkopf ist es, der mich zum Kampf zwingt, und auch nicht mein Racheschwur, sondern der Geist, der in diese Waffe gefahren ist und nach dem Blut unseres Feindes hungert.«

75. DIE FÜCHSIN BEKOMMT, WAS SIE SICH GEWÜNSCHT HAT

Ein Wespennest war ein ruhiger, friedlicher Ort im Vergleich zu dem Chaos, das zur Stunde des Drachen um den Glockenberg herrschte. Überall wurde der Brei für das Morgenmahl kalt oder verkochte im Topf über einem ungehüteten Feuer. Selbst das Erscheinen des Mordbrenners Rattenkopf hatte nicht so viel nackte Angst und Panik ausgelöst wie die Entführung von Zhong Huang. Das konnte nur das Werk der Schwarzen Geisterfüchsin sein, davon waren alle überzeugt. Schließlich kannte man die Erzählungen von der schrecklichen Haokan Hei und ihren grausamen Taten und wusste, dass sie in den Diensten des Feindes stand.

Je nach Temperament rannten die Menschen kopflos herum, hockten weinend und betend in einer Ecke oder suchten die Nähe von Ju Hua oder dem Arzt Xi Shui. So hatten sich viele Leute trotz ihrer Furcht den beiden Suchtrupps angeschlossen, die jeweils von Ju Hua und Xi Shui angeführt wurden, welche die Suche in zwei entgegengesetzten Himmelsrichtungen leiteten.

Ju Huas Existenz als Shen-Geist war an den Glockenberg

gebunden, und sie durfte sich nicht sehr weit davon entfernen. Daher begann sie die Suche im Gebiet zwischen dem Gutshof und den steil aufsteigenden Felsenwänden des Berges. Als Geist hatte sie den Vorteil auf ihrer Seite, andere Geister wahrnehmen zu können. Aber sie war sich dessen bewusst, dass sich die Geisterfüchsin diesmal wohl nicht so nah an den Berg herantrauen würde.

Zum ersten Mal seit ihrer ersten Begegnung mit dem Geisteraustreiber Xi wünschte Ju Hua dem Mann von Herzen Glück und Erfolg, doch sie hatte wenig Hoffnung, dass irgendjemand ihren Schützling schnell genug finden würde. Sie stellte sich immer wieder vor, was die Hexe dem Jungen alles antun konnte. Diese Angst ließ ihre Lebenskraft aus ihr herausströmen, und ihre Gestalt flackerte so stark, dass ihre Begleiter sich verzweifelt fragten, ob sich die Dame aufzulösen gedenke, um in die Unterwelt zu fahren.

»Das Sonnenlicht ist schuld«, erklärte sie. »Es löst mich auf und macht mich für menschliche Augen unsichtbar wie ein gewöhnliches Gui-Gespenst.« Aber die Menschen spürten, dass die Shen-Dame ihnen nicht die ganze Wahrheit sagte.

Ju Hua war erst nach Sonnenaufgang auf den Gutshof zurückgekehrt, und bis dahin hatte sich außer der Amme niemand Gedanken um das Wohlergehen des Knaben gemacht, denn das Schicksal ihres Herrn und Beschützers Zhong Tie Hu lag ihnen näher am Herzen als das seines Sohnes. Man fürchtete die Bosheit und Heimtücke des Rattenkopfes, und die Anwesenheit der großen Reitertruppe, die auf den Vorwerken stationiert war, trug nicht zur Beruhigung der Menschen bei. Jedem war klar, dass der neue König von Zhou jener mächtige Zauberer war, der mit seinen Leuten schon einmal Tod und Verderben über das Land um den Glockenberg gebracht hatte.

Auch hatte der Rattenkopf in den Augen der Leute erneut

seine Heimtücke bewiesen, denn nur er hatte die Geisterfüchsin schicken können. Damit stand für die einfachen Gemüter der Menschen fest, dass der Mordbrenner nur gekommen war, um das schreckliche Werk zu vollenden, das er vor sechzehn Jahren begonnen hatte. Das morgendliche Feuerspiel am Himmel war das letzte schlechte Vorzeichen des Unglücks, das über das Glockenberg-Gut und seine Bewohner hereinbrechen würde.

Mit den völlig verängstigten Menschen in ihrer Begleitung wurde die Suche für Ju Hua zu einer qualvollen Ewigkeit. Niemand wusste genau, wonach man Ausschau halten musste, auch Ju Hua nicht. Sicher hatte die Geisterfüchsin den Jungen nicht einfach in einer dunklen Ecke abgelegt, um ihn dort in ihre bösen Zauber einzuspinnen. Wurde Haokan Hei entgegen allen Erwartungen doch gefunden, so würden die Bauern und Gutsleute der Shen-Frau keine Hilfe sein, denn es reichte ja schon der Anblick einer Ratte im Gras, um die Männer in Panik ausbrechen zu lassen.

Daher konnte Ju Hua sich nicht entscheiden, ob sie vor Sorge vergehen oder erleichtert sein sollte, als sie die Suche gegen Mittag abbrechen musste, weil die Sonne sie sonst aufgelöst hätte. Auch der Arzt Xi Shui kehrte kurz darauf mit seinem Trupp zurück. Er schien in diesen Stunden um Jahre gealtert zu sein, und seine Augen glühten wie im Wahnsinn. Er hatte zu viele von den Pillen genommen, die ihm die Fähigkeit verleihen sollten, Geister zu sehen.

»Ich habe getan, was ich konnte«, sagte er niedergeschlagen. »Im Umkreis von fünf kleinen Meilen gibt es nicht die geringste Spur des Kindes und seiner Entführerin, weder auf, über, noch unter der Erde. Aber all meine Untersuchungen weisen darauf hin, dass die Hexe sich tage- oder wochenlang in der Nähe des Dorfes aufgehalten hat. Ich fürchte, sie ist längst schon mit unserem Jungen über alle Berge. Ich ...«

»Wer ist mit wem über alle Berge?«, fragte da eine Stimme praktisch aus dem Nichts. Eine Leuchterscheinung flackerte in sanftem Gelb auf und umspielte die Umrisse von vier Personen, die sich wie aus einem dichten Nebel herausschälten und feste Gestalt annahmen. Für die Leute rings um Ju Hua und den Arzt war das zu viel. Sie rannten panikerfüllt in alle Richtungen und stürzten sich Hals über Kopf in alle möglichen und unmöglichen Verstecke. Selbst Xi Shui verlor die Nerven und wollte weglaufen. Doch eine kräftige Hand packte ihn und hob ihn hoch wie ein Bündel Lumpen. Der Arzt sank wimmernd in sich zusammen und starrte mit flackernden Augen auf den Mann, der ihn festhielt. Auch Ju Hua machte kein sonderlich intelligentes Gesicht, sondern starrte ihren Sohn an, ohne begreifen zu können, wen sie da vor sich hatte.

Der Rote Panther drückte den wimmernden Arzt Sternengeist in die Arme und zog dann Ju Hua an sich. »Meine liebe Mutter, schau mich nicht so an, als wäre ich ein böses Gui-Gespenst! Ich bin es wirklich, dein Sohn Bao Hong! Ich …«

Es waren weniger seine Worte, die Ju Hua wieder zur Besinnung brachten, als Jin Maus Gelächter, das schrill aus ihrem Katzenmaul drang. Für einen Augenblick lachte sie mit, ohne zu wissen, was die Frau mit dem Katzenkopf so lustig fand. Dann brach sie in Tränen aus und umarmte nacheinander die vier Ankömmlinge. Bei der Katzenfee zögerte sie. »Bist du es wirklich, Jin Mau?«

»Ja, meine liebe Ju Hua, ich bin es. Aber das ist jetzt nicht wichtig. Wo ist Tie Hu? Wo ist König Rattenkopf? Die Ratte will Tie Hu ermorden. Und der junge Huang schwebt in höchster Gefahr!«

Sternengeist unterbrach Jin Maus aufgeregten Wortschwall. »Was ist passiert? Der Mensch da sagte so etwas von über alle Berge sein. Uns schickt die Herrin Xiwangmu! Wir sollen die Umtriebe der Geisterfüchsin und der alten Ratte beenden. Und es heißt, die Tiergeister würden irgendwo hier herumlungern!«

Ju Huas Gestalt wurde durchscheinend und zerfloss ein wenig. »Ich fürchte, ihr kommt zu spät! Tie Hu ist in die Ebene von Chiao geritten und hat sich dort schon im Morgengrauen mit dem Rattengeist getroffen. Er hat sich nicht davon abhalten lassen, ihm persönlich gegenüberzutreten. Nach den Spuren der Geisterfüchsin haben wir schon den ganzen Vormittag gesucht. Sie hat in der vergangenen Nacht meine Gestalt angenommen und meinen Enkel Zhong Huang entführt. Ich wollte gerade die berittenen Soldaten bitten, die Straßen und Felder im weiteren Umkreis nach einer Wanderin mit einem Kind abzusuchen, denn hier gibt es keine Spur mehr von ihr.«

Sternengeist biss die Lippen zusammen. »Jin Mau und Nü Ying werden nach ihr suchen. Xiwangmu hat ihnen befohlen, sich zuerst um meinen Enkel und dann erst um meinen Sohn zu kümmern. Aber das gilt nicht für mich! Bao Hong und ich werden uns in Elstern verwandeln, zur Ebene von Chiao fliegen und uns dort des Rattengeistes annehmen. Du aber solltest jetzt all deine Kräfte zusammennehmen und den beiden Mädchen helfen, die Geisterfüchsin zu finden. Jin Mau hat eine gute Nase und muss jetzt beweisen, dass sie auch feinste Spuren lesen kann!«

Ehe Ju Hua antworten konnte, hatte Sternengeist ihrem Gemahl einen Stoß gegeben. Gleich darauf stiegen zwei Elstern in den Himmel, so groß wie Bussarde, und schossen mit kraftvollen Flügelschlägen davon. Am Boden zurück blieb ein zitternder Geisteraustreiber und eine Shen-Frau, die sich von zwei wild auf sie einredenden Feenmädchen umringt sah. Was diese sagten, rauschte ungehört an Ju Hua vorbei, denn sie starrte auf die Haarnadel mit den drei Juwelenpfirsichen, die Jin Mau durch ihr linkes Katzenohr gestochen hatte.

»Das sind doch Xiwangmus heilige Pfirsichjuwelen«, flüsterte sie. »Das bedeutet Hoffnung!«

»Hoffen können wir erst, wenn wir Huang den Klauen der Schwarzen Füchsin entrissen haben«, antwortete Jin Mau grob.

Ju Hua nahm ihr die Worte nicht übel. »Es war alles mein Fehler! Ich hätte den Jungen jetzt, wo der heimtückische Rattengeist in der Nähe ist, nicht aus den Augen lassen dürfen. Aber ich wähnte ihn im oberen Stock des Haupthauses und in der Obhut seiner Amme sicher. Wer hätte annehmen können, dass die Geisterfüchsin so dreist ist, in meiner Gestalt ins Haus einzudringen? Leider sind die Schutzzauber um das Haus nicht mehr erneuert worden, weil sie auch auf mich gewirkt haben.«

Nü Ying war es jetzt, die Ju Huas Entschuldigungen recht unhöflich unterbrach. »Können wir uns das Zimmer ansehen, aus dem das Kind geraubt wurde? Jin Mau kann von dort sicher die Spur aufnehmen.«

»Natürlich! Folgt mir bitte.« Während Ju Hua vor ihnen herschwebte, stieß Jin Mau die eingesogene Luft mit einem tiefen Seufzer aus. »Bist du sicher, dass es Haokan Hei war? Ich kann Geister riechen, aber ich nehme nicht den kleinsten Hauch ihrer Anwesenheit wahr.«

»Wer sollte es sonst gewesen sein?«, fragte Ju Hua verblüfft. »Wir alle haben sofort gewusst, dass es nur die Fuchshexe gewesen sein kann. Welcher Geist oder welche Gottheit hätte sonst ein Interesse daran, den Jungen zu entführen? Abgesehen von Schlangen- und Fuchsgeistern gibt es nur wenige Unsterbliche, die das Aussehen anderer Menschen oder Geister annehmen können.

Wir sind … nun, zumindest ich war bisher absolut sicher, dass sie es war, obwohl ich mir nicht vorstellen kann, was ihr die Seele eines zweijährigen Kindes nützt. Huangs Lebenskraft ist noch viel zu schwach, um ihr eine unsterbliche Seele zu verschaffen. Wahrscheinlich hat sie ihn im Auftrag des widerlichen Marodeurs Rattenkopf geraubt, der auch die Letzten meiner Familie ermorden will. Ich glaube, ich sehe meinen Enkel auch nur noch als armes Gui-Gespenst wieder – wenn überhaupt!«

Jin Mau fauchte aufgebracht. »Ich könnte es verhindern, denn ich habe das Mittel in der Hand, Leben zu nehmen oder neu zu schenken. Aber die Göttin Xiwangmu und der Höllenrichter Lü Lang haben mir befohlen, mich erst um Tie Hus Sohn zu kümmern. Aber wenn Tie Hu stirbt und vielleicht sogar seine Seele verliert, werde ich bis zum Göttlichen Jadekaiser gehen und sie der Mitschuld am Tod meines Geliebten anklagen!«

Nü Ying legte tröstend den Arm um Jin Maus Schultern, hielt sich aber sorgsam von den drei Juwelen fern, die jetzt wie hübsche, kleine Spielzeuge wirkten und doch so überaus mächtig waren. »Xiwangmu wollte sicher nicht Tie Hus Leben aufs Spiel setzen. Schließlich ist er ihr Enkel! Aber Huang soll der künftige König beider Länder sein und ihnen Frieden bringen.«

Jin Mau entwand sich der Freundin und folgte der Geisterfrau erwartungsvoll in das Zimmer, aus dem Zhong Huang geraubt worden war. Mitten im Raum blieb sie einige Augenblicke mit weit geblähten Nasenflügeln stehen und sog die Luft sorgfältig witternd ein. Dann ließ sie sich auf alle viere nieder und beschnupperte das Bett des Kindes, den Boden darum herum und schließlich fast jede Handbreit Boden in dem Raum, auf dem Flur und auch die Treppe hinab bis zum Haupttor.

Dort blieb sie mit hängenden Schultern stehen und nieste ein paar Mal so stark, als wolle sie ihr Innerstes nach außen kehren. Als sie wieder normal atmen konnte, stieß sie einen markerschütternden Schrei aus. »Nichts! Das war nicht die Schwarze Geisterfüchsin. Es war noch nicht einmal ein Geist, sonst hätte ich die Spuren einer magischen Aura wahrnehmen müssen. Auch war keine fremde, magische Person im Haus. Nur du und der dumme Geisteraustreiber.«
Erschüttert löste Ju Hua sich in einen wabernden Nebelstreif auf, aus dem leises Weinen drang.
Nü Ying aber dachte an das, was sie auf dem Kunlun-Berg an einfachen, magischen Schutzzaubern gelernt hatte, und sah sich suchend um. Aus einer Truhe nahm sie ein sauberes Seidentuch und schritt langsam zwischen dem Haupttor und Huangs Bettchen hin und her. Dabei fuhr sie mit dem Tuch über einige Stellen auf dem Boden, am Treppengeländer und besonders sorgfältig auch über den Holzrahmen des kleinen Bettes.
Dann ging sie auf den Geisteraustreiber zu, der in einer Ecke an der Hausmauer hockte und blicklos vor sich hin starrte. Sie hielt ihm das Tuch unter die Nase. »Herr Xi – das ist doch Euer Name, nicht wahr? Was ist das für ein rötlich brauner Staub? Riecht einmal! Habt Ihr das in Eurer Alchimistenküche hergestellt?«
Der Mann starrte sie mit herausquellenden Augen an. »Geht weg von mir! Ihr seid auch ein Gui-Gespenst!«
»Ich bin Nü Ying, eine Fee aus dem Gefolge der göttlichen Königin des Westens! Von wem habt Ihr Euer Wissen um Gui- und Shen-Geister, wenn nicht von uns Unsterblichen? Reißt Euch zusammen, Mann! Es geht um das Leben des jungen Herrn, das auch Euch anvertraut wurde. Wenn Ihr mir Eure Unterstützung verweigert, dann werdet Ihr die Seele des Kindes zu den Gelben Quellen begleiten, das schwöre ich Euch!«

Der Arzt sah in Nü Yings übernatürlich schönes, aber jetzt sehr streng wirkendes Gesicht und konnte kein Erbarmen in ihren Augen lesen. »Herrin, bitte! Lasst Gnade walten. Ich habe ja auch keinen Tiergeist und kein Gui bemerkt!«
»Der Staub hier! Stammt der von dir? Antworte schnell!«
Xi Shui roch an dem Tuch und musste mehrmals heftig niesen. »Nein, Herrin, das stammt nicht von mir. Es ist eine Art Asche, die die Ausstrahlung übler Magie aufsaugt. Ziemlich primitiv, muss ich sagen. Das Zeug reizt die Nase, und seine Wirkung hält auch nur wenige Stunden an. In diesen Landen ist es nicht gebräuchlich.«
»Aber es würde die Ausstrahlung einer Geisterfüchsin verbergen, wenn sie sich damit bestreuen würde?«
»Ich glaube schon. Aber es würde sie selbst nach einer Weile schwächen, und außerdem würde sie so aussehen, als hätte sie sich in Asche gewälzt! Oh … die Doppelgängerin! Eine Magd sagte, sie hätte ein schmutziges Kleid angehabt.«
Nü Ying rieb sich die Hände. »Ich glaube, jetzt finden wir die Schwarze Füchsin. Ich danke Euch, Herr Xi. Ihr habt uns sehr geholfen.«
Dann schwebte sie auf Jin Mau zu, die dem kurzen Disput mit zuckenden Nasenflügeln gefolgt war. »Jin Mau! Liebes, kleines Kätzchen! Hast du das mitbekommen? Glaubst du, dass du der Spur dieser Asche folgen kannst?«
Jin Mau riss ihr Katzenmaul weit auf und fuhr sich mit der Zunge übers Gesicht. »Und ob ich das kann! Das Zeug sticht wie mit tausend Nadeln in meiner armen Nase, und ich kann es auf hundert Schritt wahrnehmen. Komm, wir haben keine Zeit zu verlieren!«
Nü Ying lächelte erwartungsvoll, denn auch sie hatte das Jagdfieber gepackt. Jin Mau verwandelte sich mit einem Ruck in eine übergroße Hauskatze und lief schnüffelnd und immer wieder heftig niesend aus dem Hoftor. Dabei beweg-

te sie sich so schnell, dass Nü Ying trotz des kraftraubenden Sonnenlichts hinter ihr herschweben musste, weil sie ihr zu Fuß nicht folgen konnte.

Sie blieben jedoch nicht allein. Ju Hua hatte sich als Nebelstreif um Nü Yings Gürtel gelegt und war in dem Stoff versunken. Der immer noch schreckensbleiche Arzt Xi Shui bestieg kurzerhand das Pferd, das der von Ju Hua gerufene Offizier vor der Haustür angebunden hatte, und folgte den Geistern.

Die feine Spur des rotbraunen Staubes führte zuerst auf den Glockenberg zu. Das veranlasste den Arzt, ziemlich deutliche Worte über eine unfähige Shen-Frau zu äußern. Doch dann schlug sie einen Haken in die Büsche und führte in weitem Bogen um die Gebäude des Gutshofes herum. Die Entführerin war in Schlangenlinien gelaufen und hatte sich dabei immer in der Deckung von Sträuchern und dichtem Gebüsch gehalten, wie jemand, der gewohnt war, möglichst unbemerkt durch die Welt zu schleichen.

Schließlich aber führten die Aschestäubchen schnurgerade durch ein Hirsefeld auf einen kleinen, düsteren Wald zu, dessen Rand ein Wall aus stacheligen Brombeersträuchern und anderen ineinander verhakten und verfilzten Büschen umgab. Jin Mau lief geradewegs auf eine Stelle zu, die so dicht verwachsen wirkte, als hätte sich in den letzten zehn Jahren höchstens einmal eine Maus dort hindurchgezwängt.

»Das ist ein verwunschener Ort und vollkommen unbewohnt! Sinnlos, dort zu suchen!«, rief ihr Xi Shui zu, der mit hochrotem Kopf vom Pferd stieg und hinter ihr herlief. »Wir haben jedes Blatt und jeden Stein in dem verwunschenen Gehölz umgedreht. Da kann die Hexe nicht sein. Die Spur muss am Rand weitergehen.«

»Lass sie dorthin gehen, wohin sie es für richtig hält!«, tadelte ihn Nü Ying, obwohl auch sie sich nicht vorstellen konnte,

dass die Füchsin mit dem geraubten Kind diesen Weg genommen haben sollte.
Jin Mau beachtete den Mann erst gar nicht, sondern blieb stehen, schnupperte sorgfältig und setzte dann zum Sprung an. Man hörte ihre Krallen noch auf Holz scharren, dann war sie wie vom Erdboden verschwunden. Nü Ying folgte ihr und sah dann die unter Moos verborgene, mehr als mannsdicke Wurzel, die über das Dickicht führte. Auf dieser natürlichen Brücke war schon jemand vor ihnen gegangen, barfuß und auf Zehenspitzen. An einer Stelle hatte sich die Spitze eines Fußes tief in den glitschigen Bewuchs eingedrückt, als sei jemand ins Rutschen gekommen – und diese Fußspitze hatte nur vier Zehen.
Das war der erste Hinweis darauf, dass es wirklich die Füchsin gewesen war. Geisterfüchsinnen in Frauengestalt mussten nicht nur ihr Fuchsgesicht und ihre Schwänze verbergen, wenn sie nicht erkannt werden wollten, sondern auch das Fehlen des fünften Zehs.
Nü Ying konnte ihre Beobachtung nicht an Jin Mau weitergeben, da diese mit großen Sprüngen durch den am Boden lichter werdenden Wald stürmte. Wie es aussah, war ihr Ziel ein kleiner Weiher, dessen Ufer von vielen Menschenfüßen zertreten worden war. Nach all den Fußspuren zu urteilen, hatten die Leute des Arztes das Waldstück wirklich gründlich abgesucht. Jin Mau kümmerte sich nicht um den aufgewühlten Boden, sondern ging auf eine kleine, von Pflanzenbewuchs freie Kiesfläche am Seeufer los und drehte sich dort ein paarmal um die eigene Achse. Dabei nieste sie heftig.
»Hier muss der rotbraune Staub gebrannt worden sein«, flüsterte sie mit kläglicher Stimme. »Alles liegt voll von dem Zeug, und es brennt grauenhaft. Ich kann schon nichts mehr riechen, aber ich bin sicher, dass die Geisterfüchsin ganz in der Nähe ist. Schaut her! Da liegen Holzspäne und Heizgras

unter dem trockenen Schilf wie Vorrat für einen Küchenherd aufgeschichtet, und an dieser Silberdistel hängen drei schwarze Haare mit weißen Spitzen, wie vom Schwanz einer schwarzen Füchsin.«

Nü Ying gab Jin Mau recht. An dieser Stelle hatte jemand ein kleines Feuer unterhalten und mit speziellen Zutaten genährt, um verschiedene magisch wirksame Pulver zu gewinnen. Sie fand noch viel mehr Hinweise auf die Füchsin, die sich offensichtlich gut in den primitiven, aber wirksamen Praktiken von Kräuterhexen auskannte. Aber die Menschen, die hier herumgelaufen waren, hatten jeden Hinweis auf den jetzigen Aufenthaltsort der Geisterfüchsin zerstört.

Während Nü Ying die Umgebung des Platzes in immer größer werdenden Kreisen absuchte, ohne fündig zu werden, rannte Jin Mau davon, um das Wäldchen innerhalb und außerhalb des Ringes aus dichtem Unterholz zu umkreisen. Doch ihre Augen fanden keine Antwort auf die Frage, ob die Füchsin das Wäldchen verlassen hatte oder sich noch irgendwo versteckt hielt. Die Sonne neigte sich schon tief dem Westen zu, als die beiden Feenmädchen sich wieder am Weiher trafen, wo inzwischen auch der murrende und schimpfende Arzt aufgetaucht war. Doch Jin Mau und Nü Ying kümmerten sich nicht um seine bissigen Kommentare. Sie umarmten sich, als wollten sie Halt aneinander suchen.

»Das war es dann wohl«, sagte Jin Mau auf die unhörbare Art der Geister. Das nahm ihren Worten nicht die Bitterkeit. »Meine Nase ist nichts mehr wert, und meine Augen sehen nur einen zertrampelten Waldboden. Die Füchsin kann sich bei den Menschen für ihre gründliche Arbeit bedanken.«

»Nicht aufgeben, Kätzchen«, sagte Nü Ying. »Es gibt auch unsichtbare Spuren, solche, die man nur mit dem Kopf verfolgen kann, nicht mit der Nase oder den Augen. Denk nach! Was hättest du an der Stelle der Schwarzen Füchsin getan?

Wärest du wirklich mit dem entführten Kind weitergelaufen? Dieser kleine Wald ist doch ideal für einen Fuchs. Draußen auf der Landstraße oder in den Feldern würde sie früher oder später doch von jemandem gesehen. Ich bin überzeugt, dass sie hier irgendwo steckt. Vielleicht hat sie uns auch schon längst bemerkt und lacht sich ins Fäustchen, weil wir so hilflos sind.«

Jin Mau zog die Schultern hoch. »Sie kann wohl kaum in einen gewöhnlichen Fuchsbau gekrochen sein, oder? Jedenfalls habe ich kein Loch in der Erde gesehen, das groß genug gewesen wäre, ein zweijähriges Kind hindurchzulassen, geschweige denn den Körper einer Geisterfüchsin in Menschengestalt.«

»Das habe ich auch nicht, Kleines. Aber ich bin überzeugt davon, dass es hier irgendwo eine Höhle geben muss. Es liegt in der Natur der Tiergeister, in Augenblicken der Gefahr oder großer Aufregung Orte aufzusuchen, an denen sie sich sicher fühlen. Ein solcher Ort sollte sich durch die Ausstrahlung der Füchsin, durch ihre Fußspuren oder Ähnliches verraten. Komm, wir durchsuchen noch einmal das ganze Wäldchen!«

»Nein, warte, große Schwester!«, rief Jin Mau besorgt. »Ich glaube, wir finden den Ort eher, wenn wir nachdenken, als wenn wir ziellos herumlaufen. Haokan Hei hat den Eingang zu ihrem Versteck sicher auch mit dieser stinkenden Asche geschützt.«

»Kätzchen, du hast sie praktisch schon gefunden! Unter einer der großen Baumwurzeln, über die wir gelaufen sind und die sich ein Stück durch die Luft wölbt, war die Erde darunter genauso rötlich braun wie diese Asche. Vielleicht ist dort irgendwo ein Loch, das in einen hohlen Baum oder so etwas führt. Komm, wir sehen uns diesen Ort noch einmal an!«

Nü Ying nahm Jin Mau bei der Hand und lief mit ihr zu einigen sehr alten, mächtigen Baumriesen, die auf ihren Wurzeln wie auf wulstigen Beinen standen. Unter einer der Wurzeln lag eine dicke Schicht von jener Asche. Jin Mau hielt sich die Nase zu und kroch ein Stück unter die Wurzel. Aber sie zog sich sofort wieder zurück und erbrach sich im Gebüsch. »Ich glaube, wir haben das Versteck. Aber der Eingang ist von einem großen Haufen Dreck verstopft, der mit dieser Asche und noch einigen schlimmeren Zutaten vermischt ist. Ich glaube, da kommt noch nicht einmal Xiwangmu als Leopardenhexe durch.«
Nü Ying versuchte trotzdem ihr Glück, und sie kam etwas weiter, da ihre Nase noch nicht so stark in Mitleidenschaft gezogen worden war. Als sie aufstand, berührten ihre Finger ein kleines Schutzamulett gegen den bösen Blick, wie man es kleinen Kindern auf den Rücken der Jacke zu nähen pflegte. Dieses bestand aus gelblicher Jade und konnte noch nicht lange im Schmutz gelegen haben. Hilflos starrte sie Jin Mau an. »Das Amulett hier – das muss von Zhong Huang stammen! Das ist für mich der letzte Beweis! Wir müssen da hinein. Komm, wir laufen zum Dorf und holen ein paar Männer mit Schaufeln.«
Jin Mau hob abwehrend die Hände. »Nein! Das dauert mir zu lange. Außerdem wissen wir nicht, ob die Leute den Mut haben, mit uns zu kommen. Da drüben steht der Mann, der uns den Weg frei machen wird.«
Nü Ying sah den Arzt an den Stamm eines Baumes gelehnt zu ihnen herüberstarren. »Kätzchen, du hast wie immer recht!«, sagte sie und ging auf den Mann zu.
»Herr Xi, heute könnt Ihr Euch Ruhm, Ehre und großen Reichtum erwerben. Man wird Euch als Retter des zukünftigen Königs von Wey feiern! Wir haben das Versteck der Geisterfüchsin gefunden, und Ihr braucht uns nur noch den

Eingang zu öffnen, damit wir hineingehen können. Die Füchsin hat starke Zauber in den Lehm- und Reisigpfropfen gemischt, mit dem sie den Eingang ihres Baus verschlossen hat. Räumt uns diesen Dreck beiseite, und reitet dann zurück, um Hilfe zu holen. Wir werden Zhong Huang befreien. Aber dann brauchen wir einen Menschen, der sich um das Kind kümmern kann.«

Xi Shui bückte sich und nickte eifrig. Da er nun gebraucht wurde, war er auf einmal ganz zuvorkommend. »Den Dreck räume ich Euch beiseite, hohe Dame. Aber ich bleibe hier, um Euch auch dann noch zu unterstützen. Wer könnte sich besser um ein verletztes oder krankes Kind kümmern als ich?«

Nü Ying stimmte ihm zu. »Gut! Wir holen das Kind heraus und geben es in Eure Obhut. Aber hütet es wie Eure Leber! Wir wissen nicht, über welche Kräfte die Geisterfüchsin noch verfügt.«

Xi Shui brummelte noch etwas, und Nü Ying sah, wie er ein Eisenamulett mit einem starken Geisterabwehrzauber zwischen die Zähne nahm. Dann begann er, mit beiden Händen die Barriere abzutragen und Lehm und Reisig hinter sich zu werfen. Nü Ying nieste und hustete, bis ihr die Tränen herunterliefen. Der Arzt sah sich kurz um und nuschelte etwas Unverständliches.

»Ich glaube, er will eine Decke oder so etwas haben«, übersetzte Jin Mau auf Geisterart. »Ah … er meint die Satteldecke.«

»Kluges Menschenkind«, sagte Nü Ying. »Damit kann er den Dreck weit genug vom Eingang wegschaffen. Ich werde mich bei ihm für meine schlechte Meinung über ihn entschuldigen.«

Nachdem Nü Ying dem Arzt die Decke zugeworfen hatte, ging alles sehr schnell. Innerhalb kurzer Zeit war der Raum unter der Baumwurzel geräumt und gab einen in die Tiefe des Wurzelwerks führenden Eingang frei. Xi Shui hatte kaum Zeit, Platz zu machen, so schnell sprang Jin Mau in Katzengestalt an ihm vorbei und schoss wie ein rötlich gelber Blitz in die Tiefe. Gleich darauf erscholl der wütende Aufschrei einer fremden Stimme, gefolgt von einem entsetzlichen Kreischen, das ganz nach Jin Mau klang.

Nü Ying schob Xi Shui beiseite und rief ihm noch zu, sich bis an den Waldrand zurückzuziehen. Dann rannte sie tief gebückt durch den kaum halb mannshohen Gang, den Jin Mau, nach ihren Pfotenabdrücken zu urteilen, mit wenigen Sätzen hinter sich gebracht hatte. Unten hörte sie keckerndes Gelächter, das so stark hallte, als gäbe es dort einen größeren Raum oder eine Halle. Offensichtlich war Jin Mau in Schwierigkeiten geraten.

Der Geruch nach allerlei magischen Essenzen zog Nü Ying wie durch einen Kamin entgegen, und bald bemerkte sie den Widerschein eines flackernden Feuers. Es sah so aus, als hielte die Schwarze Füchsin gerade ein Ritual ab, das stark nach Seelenraub roch. Nü Ying rannte so schnell auf die erleuchtete Öffnung zu, dass sie eine Wurzel übersah, ins Stolpern geriet und der Geisterfüchsin vor die Füße fiel. Haokan Hei stand da, schwenkte Xiwangmus Haarnadel in einer Hand, ohne die Früchte zu berühren, und hielt sich mit der anderen vor Lachen den Bauch.

Nü Ying wollte aufspringen und sich auf ihre Gegnerin stürzen. Doch die Geisterfüchsin griff nach einem Zweig vom Strauch der Korkenzieherhasel, zeigte mit der angekohlten, bläulich verfärbten Spitze auf die junge Fee und ließ sie einfach zur Höhlendecke schweben. Dort hing bereits Jin Mau in magischen Fesseln aus feinem Rauch, aus denen sie sich trotz aller Anstrengungen nicht herauszuwinden vermochte. Die gleichen Fesseln hüllten nun auch Nü Ying ein und zogen sich schmerzhaft um ihre Arme und Beine zusammen, so dass sie mit weit ausgebreiteten Gliedmaßen am bröckligen Karstfelsen klebte.

Immer noch lachend, stolzierte Haokan Hei unter ihnen hin und her und winkte ihnen dabei mit der Haarnadel zu. »Pfirsiche der Unsterblichkeit, von Xiwangmu höchst eigenhändig zu Juwelen verzaubert! Das ist genau das Geschenk, das ich mir immer gewünscht habe«, sagte sie und grinste bis fast zu ihren Fuchslauschern. »Ihr kleinen Närrinnen habt wohl geglaubt, die Steinchen würden Euch die Kraft geben, mich zu überwältigen. Ihr hättet etwas leiser sein sollen da oben. So habt ihr mir Zeit genug gelassen und dürft nun zusehen, wie ich den Zhong-Balg seiner Seele beraube und die Seele meines Sohnes in seinen Körper bette.

Der zukünftige König von Wey und Zhou wird mein Sohn sein, nicht der Bastard dieses verfluchten Eisentigers – und er wird heute zusammen mit mir unsterblich werden, denn dank der Juwelen, die ihr mir mitgebracht habt, wird meine eigene Seele nicht mehr vergehen und verwehen! Ich werde meine Kräfte zurückbekommen, und wenn es mir danach gelüstet, kann ich von jetzt an auch einen Gott seiner Seele berauben, um höchste, zauberische Macht zu erlangen! Das alles verdanke ich euch und eurer Dummheit. Ich werde mich noch auf meine Art bei euch bedanken, sowie ich Zeit dafür finde.«

Die Geisterfüchsin tanzte durch den Raum und umkreiste dreimal ein Lager, auf dem Zhong Huang und ein junger, verkrüppelter Fuchs mit roten Blumenketten aneinandergebunden lagen. Nü Ying war es, als stecke mit einem Mal ein Stein in ihrem Hals, der sie zu ersticken drohte. Sie sah die Seele Zhong Huangs wie eine Leuchterscheinung über seinem Körper schweben. Sein Geist war nur noch durch einen dünnen Faden mit seinem Körper verbunden und die schwach flackernde Seele des Fuchswelpen schon halb in den Körper des Kindes eingedrungen, aber ohne dort verankert zu sein. Zu einem anderen, kleinen Teil hing sie noch am Fuchskörper, und der Rest flackerte wie ein mattes Irrlicht zwischen den beiden Köpfen.

Das war kein gutes Omen für die Seelenübertragung. Die Seele des jungen Fuchses war noch zu kraftlos für diese Prozedur, und es konnte sein, dass beide Kinder bei diesem Ritual starben. Haokan Hei schien das auch zu wissen, denn sie musterte die Pfirsiche etwas unsicher. Offensichtlich wusste sie nicht, wie sie sie benutzen musste, um auch die Existenz ihres Welpen zu retten. Darüber schien sie ihre hilflosen Gefangenen vergessen zu haben.

Sie murmelte einige Zaubersprüche, die die Seele des jungen Fuchses wieder in seinen eigenen Körper locken sollten, und wollte gerade einen der Juwelenpfirsiche abreißen. Da zuckte ein Blitz durch die Halle. Ju Hua, die die ganze Zeit wie ein Nebelstreif in Nü Yings Gürteltuch gehangen hatte, nahm neben der Geisterfüchsin Gestalt an und riss ihr die Haarnadel weg. Eines der Juwelen aber blieb in Haokan Heis Hand zurück.

Die Schwarze Füchsin stieß einen Wutschrei aus und machte einen Satz bis fast an die Decke. Dann drehte sie sich noch im Sprung und landete mit drohend aufgerissenem Maul wieder auf den Füßen. »Ju Hua! Du dreckige Bauernhure! Du Gui-Gespenst!«, fauchte sie und griff nach dem zauberischen Haselstecken. »Gleich wirst du bereuen, nicht zu den Gelben Quellen gegangen zu sein.«

Im Gegensatz zu den beiden Feenmädchen war Ju Hua nicht von der magischen Asche geschwächt worden. Sie hob einen Stein von der Erde auf und prellte der Füchsin damit den Zauberstab aus der Hand. Sofort griff Haokan Hei in eine Schale mit beißendem Pulver, schleuderte es Ju Hua entgegen und sprang ein Stück zurück, um nicht selbst getroffen zu werden. Dann stopfte sie sich den Juwelenpfirsich ins Maul und würgte ihn hinab.

Das Pulver wirkte wie glitzernder, geisterabstoßender Nebel, der eine sich schier endlos dehnende Zeit lang wie ein deckenhoher Wandschirm zwischen der Geisterfüchsin und ihren drei ungebetenen Besucherinnen stand. Dann rieselte der Staub zu Boden und gab den Blick auf eine triumphierende Haokan Hei frei.

Ein sanftes, rötlich gelbes Licht umspielte sie, ein Leuchten, das aus ihrem Inneren herauszukommen schien und ihr ihre alte Schönheit und Kraft zurückgab. Nun stand sie in der Pose einer Siegerin da und verwandelte sich langsam, geradezu genüsslich in die Füchsin mit den neun Schwänzen, die sie in Wey Cheng gewesen war. Als die Fuchsschwänze sich wieder hinter ihr bauschten wie das Rad eines Pfaus, trat sie jubelnd vor ein Wasserschaff, hielt einen brennenden Kienspan darüber und betrachtete sich eingehend in der spiegelnden Oberfläche. Dann wandte sie sich ihren beiden Gefangenen und der immer noch unter der abstoßenden Wirkung des Glitzerpulvers zitternden Ju Hua zu.

»So, das wäre geschafft! Ich bin wieder so mächtig und schön wie vor dem Unglück in der Blauwasserschlucht, und ich habe dazu noch eine unsterbliche Seele bekommen. Jetzt habe ich die Macht, euch kleine Würmer in Stücke zu zerreißen und die Reste dem Höllenrichter vor die Füße zu werfen. Ju Hua, du reichst mir nun die Haarnadel, aber ganz vorsichtig, damit den wertvollen Früchten nicht das Geringste passiert. Wenn du ganz brav bist, lasse ich dich geschwächt, aber unverletzt zu den Gelben Quellen gehen.«

Ju Hua wich zurück und begann, zur Decke zu schweben. Dabei suchte sie verzweifelt nach einem Ausweg. Haokan Hei folgte ihr mit einer Leichtigkeit, die sie aufs Neue auf-

lachen ließ. »Seht ihr, ihr Würmer! Ich bin auf dem Weg, eine richtige Göttin zu werden. Ich brauche kein körperloser Geist zu werden, um schweben zu können.«
Sie starrte Nü Ying und Jin Mau drohend an, um sie einzuschüchtern, und wollte sich an ihrer Angst und ihrem Entsetzen weiden. Dabei traf ihr Blick die weit aufgerissenen Augen der Katzenfee, und sie las Tod darin. »Du würdest mir wohl gern die Kehle aufbeißen, du monströses Katzentier.«
»Das ist nicht nötig«, antwortete Jin Mau mit sanfter, fast schnurrender Stimme. »Du hast freiwillig den Tod gewählt. Merkst du es? Es frisst dich von innen auf. Die hohe Herrin Xiwangmu spendet die wahre Unsterblichkeit nur denen, die ihrer würdig sind. Aber du bist es nicht!«
Die Schwarze Füchsin kreischte auf. »Aber ich habe jetzt eine unsterbliche Seele! Das spüre ich ganz deutlich! Du versuchst nur einen dummen Trick, um mich zu Fehlern zu verleiten.«
»Nein, das tue ich nicht«, antwortete Jin Mau in freundlichem Plauderton. »Du hast jetzt eine Seele, die den Weg zu den Gelben Quellen gehen kann wie eine Menschenseele. Aber du hast dein Leben gegen sie eingetauscht, und nun bist du es, die zur Hölle fahren wird. Lü Lang wartet schon auf das Wesen, das die Elementargeister freigelassen und damit die Zerstörung im heiligen Pfirsichhain auf dem Kunlun-Berg verursacht hat.«
»Das war nicht meine Schuld! Dafür muss ein ganz anderer bestraft werden!«, schrie Haokan Hei und krümmte sich mit einem Mal vor Schmerzen. Sie hielt sich den Bauch, drehte sich um die eigene Achse und wälzte sich würgend am Boden, bis das verschluckte Juwel auf ihre Lippen trat. Dabei schrumpfte sie zu einer gewöhnlichen, schwarzen Fuchsfähe und streckte alle viere von sich wie ein Welpe. Immer noch spie und würgte sie, um den Pfirsich loszuwerden, doch der hing wie angewachsen an ihren Lippen. Matt bewegte sie

den Kopf, als wolle sie ihn schütteln. Dann seufzte sie auf und sank in sich zusammen. Ihre Augen wurden glasig, der Körper schrumpfte, bis schließlich nur noch ein trockenes Bündel Haut auf dem Boden lag, von dem sich büschelweise das Fell löste.

Nun fiel der Pfirsich aus dem Maul der Toten und rollte ein Stück über den Boden. Der Stein hatte alle Farbe und auch sein inneres Leuchten verloren und glich nun einem Stück billigen Glases, in dessen Innerem etwas wie eine Fliege herumkrabbelte.

Jin Mau, die auch als Fee die schärfsten Augen hatte, schrie überrascht auf. »Da ist Haokan Hei! Sie ist in dem Stein eingeschlossen.«

Ju Hua löste sich von der Höhlendecke, an der sie sich festgeklammert hatte, und schwebte zu Boden. Nü Ying wand sich in den Rauchfesseln und rief ihr zu, sie solle wieder hochsteigen und sie befreien. Doch die Shen-Frau lachte nur. »Der Zauber gehört zu denen, die nur so lange wirken, wie jemand daran glaubt! Denk dir einfach die Fesseln weg. Jetzt ist keine Hexe mehr da, die sie mit ihrem Willen aufrechterhalten kann.«

Nü Ying schloss die Augen und hatte sich im nächsten Augenblick befreit. Wie ein Samenschirmchen schwebte sie herab. Jin Mau fiel dagegen wie ein Stein zu Boden, landete aber anmutig auf allen vieren und verwandelte sich wieder in eine Frau mit Katzenkopf und -schwanz.

Während sie sich nach dem kristallenen Seelengefängnis der Füchsin bückte, umarmte Nü Ying Ju Hua. »Danke, meine Liebe! Du hast uns gerettet. Aber wie kommt es, dass du dich so gut in Zauberei auskennst? Bist du eine Magierin geworden?«

Ju Hua errötete wie ein junges Mädchen. »Nein, aber mein Gemahl hat mir sehr viel erklärt und von der Stärke des eigenen Willens gesprochen, der Magie und Flüche zu überwinden vermag. Die meisten Zauber wirken nur, wenn der Betroffene daran glaubt oder einen schwächeren Willen als der Magier hat, der ihn verhext. Aber ich sehe, wir müssen uns schleunigst um den Sohn meines Enkels kümmern, sonst stirbt er noch, während wir hier schwatzen! Jin Mau, hier nimm die Haarnadel mit den beiden restlichen Juwelen. Ich habe keine von den Früchten berührt, also müssten sie noch wirksam sein. Ich glaube, du solltest einen der Pfirsiche auf Huangs Lippen legen.«

Jin Mau hatte sich schon über den Jungen und den an ihn gebundenen Fuchswelpen gebeugt. »Nein, das geht so nicht. Ich fürchte, dass ich damit nur den Zauber der Füchsin vollende. Wir müssen die Kinder erst trennen. Was meinst du, Schwesterchen? Was weißt du über solche Zauber?«

»Leider viel zu wenig. Ich bin Schreiberin und keine Hexe«, antwortete Nü Ying, trat aber von der anderen Seite an das Lager heran und prüfte die Situation. »Wir müssen etwas tun, und zwar bald. Huangs Seele hängt nur noch an einem ganz dünnen Faden, der jeden Augenblick reißen kann. Ich glaube, Ju Hua und ich sollten die beiden Kinder blitzschnell auseinanderreißen und du hältst dich bereit, Huang das Juwel in den Mund zu stecken und darin festzuhalten. Denk dabei ganz intensiv daran, dass er in seinen Körper zurückkehren muss.«

»Was denkst du, Ju Hua?«, fragte Jin Mau die Geisterfrau. »Denkst du, dass das der richtige Weg ist?«

»Das glaube ich! Aber lass mich vorher noch etwas anderes tun.« Sie beugte sich über den Jungen und näherte sich mit ihrem Mund seinem Ohr. »Huang, kleiner Goldprinz, Oma Ju Hua ist da. Sie bringt dich nach Hause und macht dir süßen Hirsebrei. Hörst du mich, mein kleiner Jadehahn? Komm, sprich mit mir. Sag Großmama.«

Ju Huas Stimme schien durch das Ohr die flackernde Seele des Kindes zu erreichen, und sie begann schon, ein wenig in den Körper zurückzufließen. Nun bebten die starren Lippen, als wollten sie Worte formen. Gleichzeitig aber wallte der Geist des Fuchswelpen auf und versuchte, sich gegen die Rückkehr des Konkurrenten zur Wehr zu setzen.

Ju Hua griff die fest geflochtenen Blumenketten und riss daran. »Halte dich bereit, Jin Mau! Nü Ying! Schnell, pack die Fuchsbrut! Reiß das Ding zu Boden und schütte von dem Glitzerpulver darüber! Dann ist sein Geist gebannt. Los jetzt!«

Es ging alles so glatt, als hätte jede der drei Geisterfrauen die notwendigen Handgriffe gut eingeübt. Das Pfirsichjuwel leuchtete auf, als es Zhong Huangs Lippen berührte, und gleich darauf konnte man den Schrei hören, mit dem sich die Seele des Fuchswelpen von seinem zuckenden Körper löste und verwehte. Gleichzeitig zappelte Zhong Huang wild in Ju Huas Armen, während seine Hände nach Jin Mau schlugen, die ihm den Mund zuhielt.

Die Katzenfee starrte ihn an, als wollte sie das Leben eigenhändig in seinen Körper zurückzwingen, und ließ ihn erst los, als das rötlich gelbe Leuchten auf seinem Gesicht wieder erlosch und der Junge langsam rot anlief. Ein noch stärkerer Wutausbruch des Kleinen war die Folge. Er spuckte Jin Mau den farblos und trüb gewordenen Juwelenpfirsich ins Gesicht und heulte und brüllte, dass die Höhlenwände seine Stimme zurückwarfen.

»Man merkt, wer seine Mutter war«, kommentierte Nü Ying kühl.

Ju Hua warf ihr einen empörten Blick zu, während sie dem Kind die hervorquellenden Tränen abtupfte und es mit allerlei Koseworten zu beruhigen versuchte.

Jin Mau fühlte, dass ein Streit zwischen den beiden so unterschiedlichen Frauen in der Luft lag, und schob beide auf den Ausgang der Höhle zu. »Wir haben jetzt keine Zeit für Diskussionen. Ich habe nur noch einen Pfirsich, mit dem ich den Geist der alten Ratte einfangen soll. Wenn Tie Hu etwas passiert ist, weiß ich nicht, was ich tun soll. Ich kann ihn doch nicht sterben lassen, nur weil Lü Lang den Rattengeist verhören will. Ich vergehe vor Angst, und ihr wollt euch wegen ein paar Kindertränen zanken.«

»Du kannst nicht sterben, denn du bist schon ein Geist!«, antwortete Nü Ying mit einem kläglichen Auflachen. »Aber du hast recht. Unsere Aufgabe ist noch nicht erfüllt. Ju Hua, willst du mit uns kommen, oder bleibst du bei dem Kind?«

»Ich bleibe bei Tie Hus Sohn. Glaubt ihr, ich will ihn diesem Schlächter von einem Arzt überlassen? Was auch immer in der Ebene von Chiao passiert sein mag, vergesst den Rattengeist und rettet Tie Hu, wenn es nötig ist. Die Füchsin kann den Dieb Man Dai alleine überführen. Zhong Huang aber braucht seinen Vater! Wir finden sicher immer noch eine andere Waffe gegen Lao Shu, wenn er wirklich noch leben sollte.

Tie Hu hat ›Seelenschneider‹ an sich genommen, das zauberische Schwert, das mein Gemahl an der Seite des Jadekaisers geführt hat. Die Klinge bringt auch Unsterblichen den Tod, aber bei dem geringsten Fehler schwächt oder tötet sie den, der sie führt.«

Alle Erleichterung und Zufriedenheit flossen aus Jin Mau und Nü Ying hinaus. Der Sieg über die Geisterfüchsin war mit einem Schlag schal geworden, ausgelöscht von der Sorge um den Mann, den beide bis zur Selbstaufgabe liebten. Sie drängten Ju Hua aus der Höhle und schoben sie dem ungeduldig wartenden Arzt in die Arme. Jin Mau stieß sich die Haarnadel mit dem letzten Juwel durch die Löcher in ihrem Katzenohr und verwandelte sich wieder in eine übergroße

Hauskatze. Dann stürmte sie ohne Abschied davon. Nü Ying sprang im letzten Augenblick auf ihren Rücken und krallte sich in dem gesträubten Nackenfell fest. Sie winkte Ju Hua noch einmal zu, bevor sich Bäume und Gebüsch zwischen sie schoben.

76. LAO SHU TRIUMPHIERT

So schnell, wie es sich die beiden Kombattanten wünschten, kam es nicht zum Zweikampf. Das Gefolge auf beiden Seiten bestand energisch darauf, dass alle Riten und Zeremonien befolgt wurden, die die Auseinandersetzung zu einem Gottesurteil machten. Höflinge und Priester eilten stundenlang geschäftig hin und her, um den Opferaltar aufzubauen und alle Vorbereitungen für die feierliche Segnung der Kämpfer und ihrer Waffen zu treffen. Bezeichnenderweise befanden sich alle Gewänder und Gerätschaften, die für die Zeremonien notwendig waren, sowohl in den Wagen von Tie Hus Tross als auch in den Satteltaschen der Reiter aus Zhou. Es war, als hätten die Menschen schon von der Absicht ihrer Anführer gewusst, noch ehe das Treffen offiziell vereinbart worden war.

Lao Shu und Tie Hu mussten ihre Rüstungen noch einmal ablegen und sich in Geduld fassen, so schwer es ihnen auch fiel. Eine Weigerung, sich den Zeremonien zu unterwerfen, hätte in den Augen der Menschen den Verlierer zum bloßen Raufbold degradiert. Der Sieger aber hätte als Mörder gegolten und die Achtung seiner Gefolgsleute und vielleicht sogar sein Amt verloren. So setzten sich Tie Hu und sein Gegner nun doch noch friedlich an den reich gedeckten

Frühstückstisch und speisten miteinander. Ein argloser Beobachter hätte glauben können, dort säßen zwei Freunde, die gerade das Ende eines kleinen Streits mit einem ausgiebigen Frühmahl feierten.
Nachdem sich seine Giftspürer in Form von facettenreich geschliffenen Edelsteinen nicht verfärbten, wurde Lao Shu etwas zugänglicher. Im Geplänkel des Gesprächs machte er sich über Tie Hus Naivität und Ehrenhaftigkeit lustig. Er brachte es sogar fertig, locker und witzig zu sein und den Eifer seiner und Tie Hus Gefolgschaft mit treffsicheren Bemerkungen zu karikieren. Dennoch nahmen Tie Hus Raubtiersinne die innere Anspannung unter seiner zur Schau getragenen Gelassenheit wahr. Lao Shu wirkte wie ein überdehnter Bogen, gleichzeitig aber auch wie ein gehetztes Stück Wild. Irgendetwas beunruhigte den Rattengeist. Entweder hatte er eine schlechte Vorahnung, oder er plante einen besonders heimtückischen Anschlag. Als Tie Hu ihn fragte, ob ihm die Orakel der Priester in Zhou nicht gefallen hätten, verschwand seine gute Laune schlagartig.
»Die Euren sehen auch nicht besser aus!«, fauchte er ihn an.
»So? Wirklich?«, fragte Tie Hu uninteressiert. »Habt Ihr Euch etwa die Mühe gemacht, für mich die Zukunft zu befragen? Das war zu viel des Aufwandes. Ich habe keine Wahrsager und Priester bemüht. Wer ein Ziel hat, darf sich durch nichts beirren lassen, am wenigsten von irgendwelchen zweifelhaften Vorzeichen. Soll ich etwa auf halbem Wege stehen bleiben, nur weil ein giftiger Hundertfüßler den Weg meines Pferdes kreuzt oder bei Nacht eine Katze auf dem Dach meines Hauses arme Gui-Gespenster entdeckt und schreit? Mag mir der Abend auch den Tod bringen, so lebe ich den Tag noch mit allen Sinnen.«
»Ihr seid ein Idealist. Wenn Ihr erst einmal so viele Jahrhun-

derte auf dem Buckel habt wie ich, dann wisst Ihr auch die Ruhe zu schätzen, die Euch die Gewissheit gibt.«

»Dafür gebt Ihr als Herr und König von Zhou heute kein besonders nachahmenswertes Beispiel ab. Ihr betretet mein Lager wie eine fleischgewordene Gewitterwolke und hättet am liebsten Eure eigenen Leute umgebracht, nur weil sie von Euch die Einhaltung der notwendigen Riten gefordert haben. Ihr werdet noch lernen müssen, dass ein Feldherr unumschränkter Herr über Leben und Tod seiner Soldaten ist, ein König aber das Mündel seiner Minister und Zeremonienmeister. Bevor Ihr das nicht akzeptiert, werdet Ihr in Eurem Leben keine zufriedene Minute mehr erleben.«

»Dummes Zeug!«, schnappte Lao Shu. »Die werden noch meine eiserne Faust zu spüren bekommen und unter meiner Schuhsohle winseln. Wenn ich erst … nun, das geht Euch nichts an. Ihr werdet Euch in dieser Nacht als Gui-Gespenst zu den Katzen auf den Dächern gesellen und mit ihnen um die Wette schreien.«

Tie Hus Lächeln wurde noch freundlicher. »Es ist nicht einmal Mittag. Warum soll ich mir Sorgen um den Abend machen? Mein Schicksal ist in Eisen gebettet und führt mich dorthin, wohin ich gehen muss, ohne mich um meine Meinung zu fragen.«

Lao Shu hob misstrauisch den Kopf. »Wie meint Ihr das?«

»Ich bin zum Soldaten bestimmt«, erklärte Tie Hu.

Doch es klang in seinen Ohren wie eine matte Ausrede. Er hätte sich am liebsten auf den Mund geschlagen, weil er Lao Shus Misstrauen unnötigerweise Nahrung gegeben hatte. Aber irgendetwas hatte ihn gezwungen, diese Worte auszusprechen. Er horchte in sich hinein und spürte deutlich den Einfluss des Schwertes »Seelenschneider« auf seinen Geist, obwohl es zusammen mit seinem Panzerhemd hinter ihm auf einem Tisch lag. Der Zauber der Waffe begann langsam durch das tote Eisen des Soldatenschwertes zu dringen, und nun spürte die Klinge die Nähe des Rattengeistes.

Es wunderte Tie Hu, dass Lao Shu diese hochmagische Waffe immer noch nicht bemerkt hatte. Der Rattengeist hatte dem Schwert am Morgen nur einen kurzen Blick geschenkt und sich mit einem verächtlichen Auflachen abgewandt.

Tie Hu nahm an, dass die Orakel Lao Shu die Anwesenheit einer Macht verraten hatten, die ihm gefährlich werden konnte, aber sie hatten ihm die Natur dieser Macht nicht verraten. Daher war es möglich, dass er sich von dem Kampf zurückziehen würde, solange er es noch tun konnte, ohne sein Gesicht zu verlieren. Also begann auch Tie Hu, dem Beginn des Kampfes entgegenzufiebern.

Aber nicht er, sondern sein Gast trieb die Gefolgsleute beider Seiten zu größerer Schnelligkeit bei den Vorbereitungen an. Er hoffte wohl, dass all die Beschwörungen, die während der Zeremonien stattfanden, ihn auf die Spur der vermuteten magischen Falle führen würden. Tie Hu hegte ähnliche Befürchtungen und kehrte seinem Gegner nicht mehr den Rücken zu. Fühlte der Rattengeist sich einer für ihn unwägbaren Gefahr ausgesetzt, so würde er nicht zögern, ihn rücklings zu töten, ehe er selbst die Klinge blankgezogen hatte.

Daher atmete Tie Hu auf, als die Priester die Herren baten, gewappnet vor den Altar zu treten, damit die Kämpfer und ihre Waffen den Segen der höchsten Götter empfangen konnten. In der Überlieferung hatte es bisher keine Situation gegeben, in der ein König in eigener Person mit dem feindlichen Feldherrn eine Entscheidung im Zweikampf außerhalb des Schlachtfeldes suchte, und so begannen die Rituale mit unüblich kurzen Gebeten. Doch die anschließenden Opfer und unvermeidlichen Befragungen der Schildkrötenorakel zogen sich bis zum frühen Nachmittag hin.

Die Stunde des Schafes, die erste Stunde nach dem Mittag, war bereits zu Ende gegangen und die Stunde des Affen begann, als die Priester die letzten Segenswünsche für die beiden Kombattanten sprachen und sie feierlich in den abgesteckten Ring führten. Doch die Götter schienen diesem Zweikampf nicht sehr wohlgesinnt zu sein, denn ein unerwarteter Zwischenfall störte seinen Beginn. Zwei riesige Elstern erschienen über dem Platz, kreisten zwei-, dreimal über den Menschen und landeten dann auf zweien der Pfähle, die die Kampfbahn begrenzten. Tie Hu hatte noch nicht einmal begriffen, was da vor sich ging, da begann Lao Shu, zu brüllen und ihm heimtückischen Verrat vorzuwerfen.

»Was meint Ihr damit …?«, begann Tie Hu und starrte dann fassungslos auf die beiden Elstern, die zu Boden flatterten und sich vor seinen Augen in seine Eltern verwandelten.

Vor mehr als siebzehn Jahren war das dröhnende Lachen des Roten Panthers zum letzten Mal in dieser Gegend vernommen worden, und damals hatte es den Menschen Vertrauen eingeflößt. Nun aber rannten die Höflinge so entsetzt vor seiner gewaltigen Stimme davon, als sei ein leibhaftiger Panther mitten unter sie gesprungen. Außer Tie Hu und seinem Getreuen Buku blieb nur der Rattengeist auf dem Platz zurück. Lao Shu war zwei, drei Schritte zurückgesprungen und hatte sein Schwert gezogen. Auf der Klinge tanzte ein Feuer, das in tausend Farben schillerte.

Sternengeist zog ihren Sohn wie ein kleines Kind an sich und warf dem Rattengeist einen Blick tiefster Verachtung zu. »Ein ehrlicher Kampf kommt für dich wohl niemals in Frage, nicht wahr, Lao Shu? Das Schwert, das du da trägst, stammt aus der Schatzkammer meiner Mutter Xiwangmu! Es durchschneidet die Klinge jeder anderen Waffe wie Luft. Du bist und bleibst ein feiges Aas!«

Die narbige Schnauze des Rattengeistes lief dunkelrot an,

und sein Atem drang wie Rauch aus seiner Nase. »Dein braver Sohn hatte auch keinen ehrlichen Kampf im Sinn. Er hat das ganze langweilige Brimborium der Zeremonien ja offensichtlich nur deswegen abhalten lassen, um Zeit zu gewinnen, bis er sich hinter deinem Rockzipfel verstecken kann. Nun, dann kommt, ihr lächerlichen Gui-Gespenster! Mit euch werde ich auch noch fertig. Ich weiß nicht, warum die Hölle euch wieder ausgespien hat, aber ich werde dafür sorgen, dass von euch nur noch Hungergeister übrig bleiben, die den Weg zu den Gelben Quellen nicht mehr aus eigener Kraft finden!«

Sternengeist drückte Tie Hu in die Arme seines Vaters und schwebte auf den Rattengeist zu. »Gut. Ich werde mit dir kämpfen und dich mit mir in die Hölle nehmen. Lass mir Zeit bis zum Sonnenuntergang, damit ich einen festen Körper annehmen kann.«

Lao Shu schnaubte unwillig. Doch ehe er antworten konnte, rief Zhong Bao Hong seine kriegerische Frau zurück. »Nein, meine Liebe! Du wirst dich nicht mit ihm anlegen und ich auch nicht. Wir dürfen unseren Sohn nicht um den Kampf bringen, auf den er ein Recht hat. Das ist eine Frage der Ehre. Für die Menschen sind wir tot, und er hat das Recht, uns zu rächen.«

Sternengeist fuhr herum. »Bist du wahnsinnig geworden? Unser Sohn wird diesen Zweikampf nicht überleben! Bist du nur hierhergekommen, um ihn zu den Gelben Quellen mitzunehmen?«

Der Rote Panther zog seine empörte Gemahlin an sich und nahm dann Tie Hu in ihre Mitte. Unauffällig legte er Sterngeists Hand auf das Schwert seines Sohnes. Sie erstarrte und öffnete den Mund, als wolle sie einen Schrei loslassen, der sicher bis zum Glockenberg gedrungen wäre. Doch dann senkte sie ihren Kopf und verbarg das Gesicht unter ihren

Haaren. Die kurze Berührung der Waffe hatte ihr verraten, dass Tie Hus Schicksal ganz allein von dem Ausgang des Zweikampfes abhing. Er durfte nicht von sich aus zurücktreten oder fremde Hilfe annehmen, sonst würde die Waffe ihn töten. Sternengeist kannte das Schwert ihres Schwiegervaters und fürchtete seine Macht und seine Unerbittlichkeit.

»Wenn es dein Wunsch ist, mein Sohn, mit unserem Feind zu kämpfen, dann will ich dir nicht im Wege stehen«, sagte sie nach einer kurzen Bedenkpause. »Wenn du dich aber gegen deinen Willen dazu gezwungen fühlst oder unter einem Fluch stehst, dann sag es mir auf der Stelle. Ich will versuchen, dir zu helfen und dich zu befreien.«

Tie Hu löste sich von seiner Mutter und legte ihr die ausgestreckten Arme auf die Schultern. So sah er ihr lächelnd in das besorgte Gesicht. »Hochverehrte Frau Mama, niemand zwingt mich zu etwas, das ich nicht will. Ich habe mich seit längerer Zeit auf diesen Tag vorbereitet, und ich freue mich, einem ebenso kampfeshungrigen Gegner gegenüberzustehen. Ich bitte dich und auch meinen Vater herzlich, euch nicht einzumischen, ganz gleich, was passiert. Versprecht ihr mir das?«

Sternengeist und der Rote Panther nickten freudlos, und beiden stand die Angst um ihren Sohn ins Gesicht geschrieben. Lao Shu sah es mit einer gewissen Befriedigung. »Keine Sorge, Shi Shing! Ich werde nicht zu viele Stücke aus deinem Bengel herausschneiden. Du wirst ihn in Ehren begraben können und eine noch halbwegs gutaussehende Seele in die Unterwelt geleiten. Ich will doch nicht, dass er an den Gelben Quellen mit dem Kopf zwischen den Beinen herumlaufen muss wie ein gewöhnlicher Straßenräuber.«

»Pass auf, dass du nicht deine Zunge verschluckst«, antwortete Sternengeist. »Hol lieber deine menschlichen Zeugen herbei, damit der Kampf beginnen kann.«

Lao Shu verzichtete auf eine Antwort, denn dieser Frau war er in einem Rededuell noch nie gewachsen gewesen. Stattdessen rief er lautstark nach seinem Gefolge und drohte den Höflingen allerlei Unglück an, wenn sie nicht sofort wieder auf dem Platz erschienen. Tie Hu bat seine Leute um vieles höflicher und hatte den schnelleren Erfolg. Bald war wieder alles so arrangiert wie vor der Ankunft der beiden Geister.
Der Platz um Tie Hus Eltern blieb jedoch einige Schritte weit frei. Nur der alte Buku hatte sich zu dem Roten Panther gesellt, sich an ihn geklammert und heulte immer noch wie ein kleines Kind. Tie Hu hörte noch, wie er seinen früheren Herrn mit erstickter Stimme bat, einen Blick auf das Gefolge des Rattengeistes zu haben, um jeden heimtückischen Anschlag schon im Ansatz zu verhindern. Da sprach der höchste Priester die rituellen Worte, die den Kampf eröffneten.
Für jeden Zuschauer, der die heißblütigen Zweikämpfe zwischen den jungen Adeligen gewohnt war, begann diese Begegnung völlig unspektakulär. Es fehlten die schnellen, tänzerischen Schritte und die fast akrobatischen Sprünge, aus denen heraus die Waffen immer aufeinandertrafen, um sich unter Klirren und Kreischen wieder zu trennen. Tie Hu und Lao Shu aber umkreisten sich ganz ruhig und außerhalb der Reichweite der Klingen. Lange belauerten sie einander, ohne sich eine Blöße zu geben, und ihre Bewegungen wirkten so gravitätisch wie der Balztanz der Kraniche.
Abrupt kam es zum ersten Schlagwechsel. Lao Shu war trotz seiner massigen Gestalt schnell wie ein Blitz. Aber sein Schwert verriet seine Absicht, denn es spie Flammen, die Tie Hu blutigrot entgegenzüngelten. Mit einem Satz sprang Lao Shu auf seinen Gegner zu. Doch Tie Hu, dessen schrundige Klinge noch nichts von ihrem Innenleben verriet, trat im letzten Moment einen Schritt zurück, parierte dabei den

Hieb und schob die Feuerklinge seines Gegners mit einer sparsamen Bewegung zur Seite.
Lao Shu kreischte auf und hieb einige Male wild auf Tie Hu ein, ohne dessen Deckung durchbrechen zu können. Nun erst wurde ihm klar, dass auch Tie Hu mit einer magischen Klinge ausgerüstet war, stark genug, der seinen widerstehen zu können. Er löste sich von ihm, sprang zurück und begann aufs Neue, ihn zu umkreisen.
»Der alte Affe von einem Berggeist hat wohl etwas für dich ausgegraben, was er für eine Waffe hält«, spottete er. »Wo hat er denn das rostige Ding versteckt gehalten? Im Küchenabfall? Pass auf, dass die Klinge nicht beim nächsten Hieb auseinanderfällt! Die Zauber, die darauf liegen, sind doch schon zum größten Teil verweht und verflogen.«
Tie Hu lächelte beinahe vergnügt, ohne in seiner Aufmerksamkeit nachzulassen, denn er hörte Unsicherheit und Wut in Lao Shus Stimme mitschwingen. Immer noch ließ sich der Rattengeist vom kalten Äußeren des Schwertes irritieren und verstand nicht, woher die Klinge die Kraft nahm, seinem brennenden Schwert zu widerstehen. Auch »Seelenschneider« hatte die andere Klinge nicht einfach durchschlagen können. Damit war der Kampf zu einer echten Auseinandersetzung geworden und wurde nicht durch die stärkere magische Ausrüstung entschieden.
Eine Weile begnügten sich die Gegner damit, einander abzutasten und die Stärke der Klingen zu erproben, ohne dass es zu einer Berührung ihrer Körper kam. Lao Shu schien im Bewusstsein seiner übermenschlichen Kraft und Ausdauer Tie Hu ermüden zu wollen. Aber auf der Stirn des jungen Mannes zeigte sich kein einziger Schweißtropfen, und sein Arm schien ebenso wenig zu erschlaffen wie der des Rattengeistes.
Die Sonne senkte sich schon hinter die Wipfel der Bäume, als Lao Shu mit einem Mal einen besonders heftigen Ausfall

machte. Doch auch dieser Angriff scheiterte an Tie Hus schneller Reaktion. Lao Shu stolperte beim Zurückweichen, rutschte aus und plumpste wie ein nasser Sack zu Boden. Doch als Tie Hu ihm nachsetzte, um in seine ungeschützte Flanke hineinzustoßen, flog ihm eine Handvoll Staub und kleiner Steine ins Gesicht und blendete ihn. Er bewegte sich rückwärts und versuchte verzweifelt, die Augen freizubekommen. Im gleichen Moment drang etwas wie pure Säure in seine rechte Hand.

Der Schmerz raste wie kochendes Blei durch seine Adern. Sein Arm fiel gelähmt herab, und das Schwert rutschte aus seiner kraftlos gewordenen Hand. Doch ehe es zu Boden fiel, hatte Tie Hu es schon mit der Linken aufgefangen. Er riss sich das vergiftete Wurfmesser mit den Zähnen aus dem Handrücken und spie es dem Rattengeist vor die Füße. Der stand in Abwehrhaltung da und beobachtete Tie Hu aus zusammengekniffenen Augen. Offensichtlich erwartete er, dass sein Gegner unter der Wirkung des Giftes augenblicklich zusammenbrechen würde.

Tie Hu aber stand leicht schwankend da und lachte schallend. »Mit so einem Mückenstich kannst du mich nicht erledigen. Dafür werde ich dich jetzt langsam in Stücke schneiden!«

Es war nicht Tie Hu, der das rief, sondern »Seelenschneider«. Das Schwert entwickelte mehr und mehr Eigenleben und begann, Tie Hus Geist in Besitz zu nehmen. Die graue Klinge platzte auf wie eine trockene Schlangenhaut, und durch das gewöhnliche Eisen drang ein goldenes Leuchten. Tie Hu ließ das Schwert ein paarmal durch die Luft sausen, so als wolle er seine Balance erproben. Dabei löste sich der Rest des alten Soldatenschwertes wie ein zerschlissener Überzug und gab eine makellose Waffe mit schwarzer Klinge frei, der jedoch ein gleichmäßiges, rotgelbes Licht entströmte.

Lao Shu quollen fast die Augen aus dem Kopf. Dann fluchte er unflätig und sah sich wild um. Plötzlich nahm er Anlauf und sprang an einer Stelle über die Zuschauer hinweg, an der sie am dichtesten standen, und rannte auf den Wald zu. Tie Hu sah ihm nach, als ginge ihn das Ganze nichts mehr an. Er stand einfach da, mit kreidebleichem, rotfleckigem Gesicht und zitternden Armen. Das Gift des Rattengeistes wühlte in ihm und verbrannte ihn innerlich. Er spürte, wie er starb, und wusste, dass es noch zu früh war für den Tod. Ungeachtet der Schmerzen packte er sein Schwert mit beiden Händen und wankte hinter Lao Shu her.

Am Rand des abgesteckten Kampfringes blieb er stehen und deutete mit der Schwertspitze auf den Rattengeist, der gerade versuchte, sein unter Sternengeists Zauber schreiendes und ausschlagendes Pferd zu besteigen. Aus der Spitze der Klinge zuckte ein Lichtstrahl auf Lao Shu zu und umhüllte ihn wie einen goldenen Schleier. Der Rattengeist wurde von der Kraft des Schwertes auf die Kampffläche zurückgezerrt und erst in der Mitte des Platzes wieder freigegeben.

»So, jetzt kämpfe!«, sagte Tie Hu mit fast normaler Stimme.

Lao Shu legte die Hand an den Schwertgriff, ohne blankzuziehen, und starrte Tie Hu an, als wartete er auf etwas.

»Du willst nicht kämpfen? Du wartest auf meinen Tod, ja? Aber ich werde nicht eher sterben, als bis du auf dem Weg zu den Gelben Quellen bist. Ich trage das Schwert ›Seelenschneider‹, das vom Göttlichen Jadekaiser für den Kampf gegen Dämonen und aufrührerische Unsterbliche geschaffen wurde. Die Waffe will dich vernichten, und sie hat noch nie ihr Opfer verfehlt.«

»Keine Waffe kann ohne die Hand kämpfen, die sie führt«, antwortete Lao Shu. »Gib auf, Eisentiger! In meiner Tasche habe ich das Gegengift. Wenn du dein Schwert wegsteckst, gebe ich das Mittel deinem Waffenmeister, damit er es dir

einflößt. Wir können ein andermal weiterkämpfen, wenn du darauf bestehst, ehrlich und mit gewöhnlichen Waffen.«
Tie Hu schüttelte den Kopf und schritt auf den Rattengeist zu. »Dafür ist es zu spät, Lao Shu! Glaubst du, es gäbe noch ein Wesen zwischen den Gelben Quellen und dem Palast des Jadekaisers, das dir noch einmal vertrauen würde? Zieh dein Schwert und wehre dich! Sonst erschlage ich dich wie einen tollwütigen Hund.«
Lao Shu sah mit Entsetzen, wie Tie Hu mit jedem Schritt, den er auf ihn zukam, kräftiger und leichtfüßiger wurde. Das goldene Leuchten der Waffe breitete sich auf seiner Haut aus, während kleine Feuerbälle in seinen Augen spielten. Es war nicht mehr der General Eisentiger, der da unerbittlich näher kam und ihn rückwärts über die Kampffläche trieb, sondern der Geist des Schwertes, der von einem Sterbenden Besitz ergriffen hatte.
Schneller als jede andere Waffe zuckte »Seelenschneider« auf den Rattengeist zu. Lao Shu riss seine Klinge hoch, um den Schlag abzuwehren. Doch »Seelenschneider« fuhr durch die Feuerklinge, den Brustpanzer und den magischen Schutz seines Körpers, als sei alles nur Luft. Mit einem wütenden und verzweifelten Aufheulen fiel der Rattengeist in sich zusammen. Sein Körper schrumpfte, und seine Rüstung rollte wie eine hohle Puppe durch den Staub. In dem schwarzen Brustpanzer raschelte etwas, als scharre ein Tier darin. Dann glitt der Schwanz einer großen Ratte aus der metallenen Hülle, zitterte wie im Todeskampf und sank schlaff herab.
Tie Hu schob das Schwert in die Scheide und wandte sich seinen Eltern zu. Er ging zwei, drei Schritte, blieb stehen, schwankte wie ein junger Baum im Sturm und stürzte zu Boden, ohne einen Laut auszustoßen. Dann zerriss ein schriller Schrei die Luft. Aber es war nicht Tie Hu, der ihn ausgestoßen hatte. Er kam von der großen, goldroten Katze,

die über die erstarrten Menschen hinweg in den Ring sprang und neben der regungslosen Gestalt zum Stehen kam. Eine schlanke Frauengestalt in wehenden, grünen Kleidern sprang vom Rücken der Katze und kniete neben Tie Hu nieder. Gleichzeitig nahm auch die Katze weibliche Gestalt an, ohne ihr Tiergesicht oder ihren wild peitschenden Schwanz zu verlieren.

Auch Tie Hus Eltern waren an die Seite ihres Sohnes geeilt. Nü Ying und Sternengeist prüften Tie Hus Atem und horchten auf seinen Herzschlag.

»Er lebt noch«, sagte Sternengeist. »Aber nicht mehr lange! Habt ihr noch ein Juwel für ihn?«

»Aber ja!«, rief Jin Mau und riss den letzten Stein von der Haarnadel. »Einen für die Schwarze Füchsin, einen für den Sohn und den letzten für den Vater!«

Nü Ying bettete Tie Hus Kopf in ihren Schoß. »Mit Xiwangmus Segen«, sagte sie. Jin Mau legte ihm das Juwel auf die Lippen. »Er soll leben!«, rief sie fast beschwörend aus.

Das Juwel begann, sanft zu leuchten. Der Schein breitete sich auf Tie Hus Gesicht aus, ähnlich wie vorher die gelbe Glut des Schwertes. Die vier Geister sahen gespannt zu, wie das Leben in seinen Körper zurückströmte. Dem Kratzen und Scheppern hinter ihrem Rücken aber schenkte keiner von ihnen Beachtung. Erst als Buku zu brüllen begann, sprangen Sternengeist und der Rote Panther auf und sahen sich kampfbereit um. Doch sie übersahen das katzengroße, schmutzig graue Ding, das aus Lao Shus Rüstung kroch und sich mit einem Satz auf Tie Hus Gesicht stürzte. Ehe jemand es verhindern konnte, hatte die Ratte das Juwel von Tie Hus Lippen gerissen und stürmte mit ihrer Beute davon.

Jin Mau reagierte zuerst. Ihre Katzeninstinkte ließen sie einen einzigen, großen Satz machen und auf der fliehenden Ratte landen. Sie erwischte das Tier am Schwanzansatz und krallte sich in ihm fest. Dann drehte sie sich um ihre eigene Achse und wirbelte die Ratte durch die Luft. Sie ließ sie mehrmals auf dem Boden aufprallen und riss sie wieder hoch. »Tod! Tod!«, schrie sie dabei.

Es wirkte wie der Tanz einer Wahnsinnigen.

Doch das Pfirsichjuwel schien nur noch Leben spenden zu können, wie Jin Mau es ihm zuerst befohlen hatte. Während Tie Hus Körper unter den Händen seiner Mutter verfiel, wuchs Lao Shu im rötlich goldenen Schimmer des Juwels und nahm wieder seine halbmenschliche Gestalt an. Er stieß die wimmernde Jin Mau in den Staub, nahm seine Waffe auf und stapfte lachend auf die drei fassungslosen Geister zu.

Nü Ying wollte nach dem Schwert an Tie Hus Seite greifen. Der Rote Panther umklammerte ihre Hand und sagte scharf: »Nein! Es kann ihn nur einmal töten. Wenn es jetzt gegen ihn gezogen wird, sucht es sich vielleicht ein anderes Opfer. Ein Tod ist genug!«

Er stand auf und trat dem Rattengeist entgegen. Sternengeist fasste ihn an der Hand, um ihre Kräfte mit den seinen zu vereinen. Jin Mau rief etwas, das wie »fliehen« klang. Doch niemand hörte auf sie. Nü Ying saß bleich und durchscheinend am Boden und hielt Tie Hus steif werdenden Körper in ihrem Schoß, als versuche sie, ihn wenigstens noch im Tode zu schützen. Sternengeist und ihr Gemahl schwebten regungslos eine Handbreit über dem Boden, als wollten sie den Todesstreich des Feuerschwertes als Geister empfangen. Die Menschen, die nicht zum zweiten Mal geflohen waren, verkrochen sich zwischen den Zeltbahnen und sahen entsetzt auf das für sie unheimliche Geschehen.

Lao Shu stellte sich breitbeinig vor seine Feindin und ihren Mann, hob langsam das Schwert und sah die beiden feixend vor Vorfreude an. »Nun, wer von euch beiden will denn zuerst sterben? Ich lasse euch großmütig die Wahl.«

Sternengeist musterte ihn scharf und begann zu lächeln. »Du!«

Der Rattengeist lachte dröhnend. Es klang beinahe so hallend wie das Lachen des Roten Panthers. Gleichzeitig lösten sich Tränen aus seinen Augen und tropften über sein Fell. Doch es waren blutige Tränen. Blut tropfte auch aus seiner Nase und trat als roter Schaum vor seinen Mund. Sein Fell riss dort auf, wo »Seelenschneider« ihn getroffen hatte, und eine tiefe, klaffende Wunde spaltete seinen Körper. Er bäumte sich noch einmal auf, sackte in sich zusammen und schrumpfte aufs Neue. Diesmal blieb der blutige Körper einer gewöhnlichen Ratte zurück, die aussah, als hätte sie ein scharfes Messer beinahe in zwei Teile geteilt.

»Lao Shu hat sein sterbliches Leben zurückbekommen, ohne dass die Wunde geheilt war, die ›Seelenschneider‹ ihm geschlagen hatte. Daran ist er dann wirklich gestorben«, erklärte Sternengeist.

Jin Mau erhob sich steif und ächzend wie eine alte Frau. In ihrer Hand hielt sie den letzten Juwelenpfirsich, der ebenfalls das Aussehen von Glas angenommen hatte. Auch in ihm krabbelte etwas wie eine Fliege im Innern. »Seine Seele ist hier drinnen gefangen«, sagte sie. »Aber um was für einen Preis! Ach, Sternengeist, ich bin es nicht wert, eine Fee zu sein. Tie Hu ist tot, also habe ich versagt.«

Sternengeist schloss sie in die Arme. »Das Schicksal meines Sohnes war besiegelt, als er den Geist des Schwertes ›Seelenschneider‹ weckte. Kein Sterblicher darf diese Waffe führen, aber es gibt auch kaum einen Unsterblichen, der sich ihrem Willen widersetzen kann. Wir werden die Waffe mit in die Unterwelt nehmen. Dort werden die Höllenrichter einen Platz finden, an dem sie kein Unheil mehr anrichten kann. Nur der Göttliche Jadekaiser darf sie rufen, wenn sie gebraucht wird. Ach, kleine Jin Mau, du bist ein besonders tapferes Geschöpf! Ich wünschte, du wärest meine Schwiegertochter geworden.«

»Dann hätte ich ja zwei Frauen heiraten müssen, liebe Frau Mutter«, sagte da eine bekannte Stimme hinter ihr.

Sternengeist ließ Jin Mau los und drehte sich ganz langsam herum. Ungläubig blickte sie auf den eingeschrumpften Leichnam ihres Sohnes in Nü Yings Armen und auf den lächelnden jungen Mann, der vor ihr in der Luft schwebte, nur eine Handbreit über dem Boden, und sich bemühte, sich in ein Gui-Gewand zu hüllen.

»Du … du lebst?«, fragte sie.

»Das ist aber keine sehr intelligente Frage, Mama. Nein, ich lebe nicht mehr, jedenfalls nicht als Mensch. Aber ich muss sagen, ich fühle mich nicht wie ein armes, schwaches Gui-Gespenst. Außerdem sähe ich es lieber, wenn meine Braut mich und nicht die Überreste meines sterblichen Körpers umarmen würde. Oder dürfen Geister nicht mehr lieben?«

Der Rote Panther schlug seinem Sohn auf die Schulter, so dass dieser unwillkürlich zusammenzuckte. »Mein Sohn, begreifst du nicht, was passiert ist? Das Juwel unserer verehrten Herrin Xiwangmu hatte doch schon auf dich gewirkt. Du hast kein sterbliches Leben geschenkt bekommen, sondern Unsterblichkeit! Du bist zu einem richtigen Bewohner der Geisterwelt geworden wie deine Mutter und auch ich. Nun kannst du uns begleiten, ohne Angst vor dem Höllenrichter haben zu müssen. Deine Seele hat den Kreis des Lebens verlassen, um für immer an den Orten der Unsterblichen zu leben. Ach, was werden wir für herrliche Jagden an den Gelben Quellen erleben!«

»Du kannst nur an Jagen und Essen denken!«, schalt Sternengeist und zog Mann und Sohn überglücklich an sich.

Das Lachen und Herumwirbeln der fünf Geister hatte inzwischen auch die letzten Menschen vertrieben. Nur Buku

stand noch irgendwo im Schatten eines Zeltes, in das er sich bei der Auferstehung des Rattengeistes geflüchtet hatte. Jetzt trat er etwas zitternd und scheu auf Tie Hu zu und reichte ihm die Hand. Den Anblick des Toten aber mied er.
»Herr, jetzt muss ich mich wohl auch von Euch verabschieden. Ich werde Euren Körper genauso zu Grabe tragen, wie ich die Körper Eurer Eltern in ihr Grab gelegt habe, als wir sie endlich unter den verbrannten Trümmern fanden. Ich schwöre, ich werde genauso für Euren Sohn sorgen, wie ich mich um Euch gekümmert habe. Aber eines müsst Ihr mir versprechen.«
Tie Hu bewunderte einmal mehr den Mut und die Standfestigkeit des alten Mannes und bekundete Zustimmung. »Ich werde tun, was auch immer du von mir wünschst, solange es in meiner Macht steht.«
Buku zupfte an Jin Maus Gui-Gewand. »Ich möchte, dass Ihr drüben in der Welt der Toten und Geister besser auf dieses Mädchen hier aufpasst. Schließlich war sie ja auch einmal meine Tochter, und Ihr habt sie nach ihrem Tod symbolisch zu Eurer Nebenfrau genommen. Lasst sie jetzt nicht wieder als Katze herumstreunen. Versprecht Ihr mir das?«
»Ja, mein Treuester der Treuen«, antwortete Tie Hu feierlich. »Das verspreche ich dir aus vollstem Herzen. Zur Frau nehmen kann ich sie leider nicht, denn ich habe schon eine Hauptfrau, und als Nebenfrau darf ich sie nicht in mein Haus nehmen, denn sie ist jetzt eine Fee. Aber ich werde sie wie eine geliebte Schwester an meiner Seite behalten, bis sie eines Tages noch ihr Glück findet.«
Seine Eltern klatschten beifällig in die Hände, Nü Ying seufzte und Jin Mau biss die Zähne zusammen. Heimlich wischte sie sich die Tränen ab und drängte vehement zum Aufbruch.
»Wir dürfen den Richter Lü Lang und die Herrin Xiwang-

mu doch nicht warten lassen«, erklärte sie mit dünner, zittriger Stimme. Doch nur der Rote Panther wunderte sich, warum sie es auf einmal so eilig hatte.

77. DER HIMMLISCHE JADEKAISER VERKÜNDET LOB UND STRAFE

Dieses Mal stand Jin Maus Rückkehr in die Unterwelt unter ganz anderen Vorzeichen. Sie betrat die Vorhalle nicht als verängstigte Seele oder als Bittstellerin, sondern als heiß ersehnter Gast und wurde von ehrerbietig grüßenden Wächtern in Empfang genommen. Drinnen in der Gerichtshalle warteten schon etliche Unsterbliche und göttliche Beamte auf sie und ihre Begleiter. Da standen die Herrin Xiwangmu, ihr Gefährte Hu Bai, der Richter Lü Lang selbst und mindestens ein Dutzend seiner Amtskollegen im Halbkreis vor dem Richtertisch, und hinter ihnen warteten etliche andere berühmte und weniger bekannte Unsterbliche auf die Rückkehr der vier Jäger.
Stolz trat Jin Mau vor Lü Lang hin und legte die beiden Juwelen mit den Seelen der Füchsin und des Rattengeistes in seine Hände. Das dritte Juwel, das sich kaum noch von einem gewöhnlichen Kieselstein unterschied, händigte sie mit einer tiefen Verbeugung der Göttin Xiwangmu aus.
Zu ihrer Verwunderung verzichtete Lü Lang auf eine Befragung der Tiergeister. Er legte die beiden Kugeln mit ihren Seelen in ein weißes Jadekästchen und übergab es einer Dame, einer berühmten Unsterblichen namens Ho Xiangu, die die beiden Angeklagten in ihren Kristallgefängnissen an den Hof des Jadekaisers bringen sollte. Der Oberste Him-

melsherr wollte sie in seiner höchsteigenen Gegenwart verhören lassen und erst dann eine Entscheidung über das Schicksal der Königin des Westens und ihrer höchsten Beamten treffen. Daher hieß es für alle Beteiligten, auch für die Göttin Xiwangmu selbst, sich noch eine Weile in Geduld zu fassen.

Lü Lang bestimmte, dass alle Beteiligten diese Wartezeit ganz unten bei den Gelben Quellen verbringen sollten. Er und seine Richterkollegen wollten die Zeit nutzen, um die Helden dieser eigenartigen Geschichte nach ihren Erlebnissen zu befragen und ihre glückliche Rückkehr zu feiern. Sie alle begleiteten die Göttin in feierlicher Prozession wieder zu ihrer Höhle im Wald bei den Gelben Quellen.

Anders als bei Jin Maus und Nü Yings erstem Besuch gab es diesmal einen geraden Weg dorthin, glatt und bequem wie eine gepflasterte Palaststraße, und kein Wächter oder Dämon wagte es, sie aufzuhalten. Im Gegenteil, da standen ochsen- und pferdeköpfige Wächter neben schlangenhalsigen Krötenmännern, Dienern mit Hundegesichtern und allerlei anderen bizarren Höllengeschöpfen rechts und links der Straße und achteten darauf, dass es den Herren Richtern und ihren Begleitern schon auf dem Weg nach unten nicht an Erfrischungen und Bequemlichkeiten mangelte. Unter ihnen erkannte Jin Mau auch Hauptmann Schuppenhals, der ihr ehrerbietig zunickte.

Die Prozessionsstraße führte wie eine geschwungene Brücke über die tückischen Sumpfwälder geradewegs auf den Ort zu, an dem Xiwangmu als Tigerdame residiert hatte. Die abweisende Höhle gab es jedoch nicht mehr. Wo vorher ein schwarzes Loch in einem wenig einladenden Hochmoor gegähnt hatte, stand nun ein Palast, eine kleine Kopie des Jadeturms auf dem Kunlun-Berg. Die trüben, überwucherten Seeflächen waren einem Park mit klaren Wasserarmen und einem großen Teich voller Goldkarpfen gewichen, die den Besuchern bettelnd die Mäuler entgegenreckten. Das Innere des Palastes war hell und festlich geschmückt, und grün gekleidete Feen mit Blumen und Früchten in den Händen begrüßten alle Ankömmlinge.

Als die Begrüßungsriten endlich vorbei waren und die Gäste zu ihren Ruheräumen geleitet wurden, entführte Nü Ying Jin Mau in die ruhigeren Teile des Palastes. Sie zeigte ihr ihre Lieblingsorte wie die Bibliothek, die Galerie der tausend Bilder und die herrliche Porzellansammlung. Natürlich waren das hier nur Schattenabbilder der echten Schätze. Aber man konnte sie anfassen und benutzen, als seien sie tatsächlich vorhanden.

Mitten im Gespräch brach Jin Mau auf einmal in Tränen aus und umarmte Nü Ying, als wolle sie sich von ihr verabschieden.

»Was ist denn, Schwesterchen?«, fragte die Fee, obwohl sie die Antwort schon zu kennen glaubte.

»Ich komme nicht mit auf den Kunlun-Berg«, antwortete Jin Mau. »Ich bleibe hier unten in der Unterwelt. Lü Lang oder Sternengeists Vater werden sicher einen Platz für mich finden, wo ich mich nützlich machen kann. Jetzt, da ich meine Pflicht erfüllt habe, brauchen Tie Hu und du mich nicht mehr. Werdet glücklich miteinander. Versprichst du mir das?«

Nü Ying brachte ihre Worte geradewegs auf den Punkt. »Du liebst ihn mehr, als du ertragen kannst, und du magst es nicht, von ihm wie eine Schwester behandelt zu werden, habe ich recht?«

Jin Mau senkte den Kopf. »Ja! Aber es ist nicht zu ändern. Du bist die richtige Braut und ich nur eine Konkubine, die keine mehr sein darf. Also kann ich nicht mit euch kommen. Ich kann es nicht ertragen, ohne seine Liebe und seine Zärtlichkeit in seiner Nähe zu leben. Hier wird man mich sicher gern aufnehmen und mir einen Platz zuweisen, und wenn nicht, dann gehe ich zu meinem Vater nach Wey Cheng. Dann werde ich ein Shen-Geist, der die Blumenmädchen beschützt und vor allzu üblen Freiern bewahrt.«

Nü Ying musste lachen, obwohl auch ihr zum Heulen zumute war. »Nun, das ist eine Aufgabe, die du sicher gut erfüllen kannst. Aber warte bitte das Fest ab, bevor du öffentlich erklärst, dass du hierbleiben willst. Du bist jetzt die gefeierte Hauptperson, und alle würden dich fragen, warum du das tun willst, und auf dich einreden. Die Herrin Xiwangmu hat ja schon angedeutet, dass sie dich in ihr Gefolge aufnehmen will, und außer dir gibt es wohl keine Fee, die diese große Ehre ausschlagen würde.

Dein Vater und deine Mutter sind auch eingeladen und müssten jeden Moment hier eintreffen. Sie sind zum ersten Mal Gäste der Göttin. Also lass sie diese Stunden und Tage unbeschwert genießen. Du kannst ja nach den Festlichkeiten in Ruhe mit deinen Eltern reden. Ich habe gehört, dass die Weidenfrau jetzt doch für immer bei Shirliang Po bleibt. Die beiden werden sicher sehr traurig sein, wenn sie hören, dass ihre Tochter in der Unterwelt leben will.«

Jin Mau versuchte zu lächeln. »Du hast recht. Ich bin ein selbstsüchtiges Biest. Für die kurze Zeit des Festes kann ich meinen Kummer verbergen und aller Welt ein freundliches Gesicht zeigen. Besonders Tie Hu soll mich lachend und fröhlich in Erinnerung behalten.«

»Ich danke dir, mein Katzenschwesterchen. Es ist ja nur für ein oder zwei Tage.«

Aber Nü Ying irrte sich. Das Fest dauerte selbst nach dem Zeitgefühl der Geister und Unsterblichen mehrere Wochen. Obwohl der Jadekaiser sein Urteil über die Tiergeister und ihren Helfer auf dem Kunlun-Berg noch nicht gefällt hatte und Xiwangmus Verbannung damit auch noch nicht aufgehoben worden war, feierten die hier anwesenden göttlichen Beamten und ihre Gäste ihre Rehabilitation, als säße sie schon wieder auf ihrem Thron hoch über den Gipfeln der Menschenwelt.

Jin Mau genoss es scheinbar vollkommen unbeschwert, im Mittelpunkt der Aufmerksamkeit zu stehen, erzählte von ihren Abenteuern und gab lustige Schwänke aus ihrem Leben als Blumenmädchen zum Besten. Zwischendurch sang und tanzte sie für die Gäste, auch wenn das nicht ganz dem Verhalten entsprach, welches man von einer Fee erwartete. Sie scherzte mit den oft schrecklich aussehenden Höllenrichtern und ließ die Komplimente jüngerer Höflinge artig über sich ergehen.

Oft saß sie zu Füßen ihrer Eltern und hörte sich ihre Erzählungen mit der gleichen Aufmerksamkeit an, mit der sie den Belehrungen und Ratschlägen des Berggeistes Zhong Shan Shen und seiner Frau Ju Hua lauschte. Sie redete ganz unbefangen mit Tie Hu und benahm sich gegenüber seinen Verwandten bis hoch zur Göttin selbst wie eine bescheidene, gehorsame Haustochter. Offensichtlich empfand sie trotz ihres geheimen Kummers sehr viel Freude daran, eine gefeierte Heldin zu sein.

Dabei half ihr die Schule als Freudenmädchen im Pirolblütenhaus und die Art dieser Frauen, im Heute zu leben, ohne sich Sorgen um das Morgen zu machen. Als sie endlich Zeit fand, mit ihrem Vater über ihre Zukunft zu reden, kam zum zweiten Mal ein Bote des Obersten Himmelsherrn zu den Gelben Quellen und brachte eine Vorladung mit, die der Göttin Xiwangmu galt, aber viele der Gäste einschließlich Jin Mau und Tie Hus Eltern und ihre sonstigen Verwandten einschloss. Da Jin Mau namentlich erwähnt wurde, durfte sie sich nicht weigern mitzukommen.

War der Gerichtssaal des Richters Lü Lang schon ein Ehrfurcht gebietender Ort, so kam sich Jin Mau im himmlischen Gerichtsgebäude ganz erbärmlich klein vor. Hier gab es keine Schreckensbilder an den Wänden oder furchterregende Wesen mit Tierköpfen als Konstabler und Beisitzer. Die Halle war auch nicht düster oder in blutigen Farbtönen gehalten, sondern erfüllt vom Gold des Sonnenlichts und dem Blau des Himmels. Auch mussten hier nur die Angeklagten auf einem Stück rauhen, kalten Steinfußboden knien. Für die übrigen Anwesenden breitete sich zu ihren Füßen eine bunte, duftende Blumenwiese wie ein dicker Teppich aus.
Der riesige Thronsessel des Jadekaisers und der reich mit Schnitzereien verzierte Stuhl des Richters bestanden aus weißer Jade, und der Richtertisch, die Sessel der Beisitzer und Zeugen und selbst die Schreibpinsel und der Tuschstein schienen aus Kristall gewordenem Licht geschaffen zu sein. Dieses färbte sich, wie es hieß, bei jeder Lüge, die in diesem Himmelssaal ausgesprochen wurde, dunkelblau, zum Zeichen, dass hier alles ans Licht der Sonne trat und nur die Wahrheit Bestand hatte, denn hier wurde nicht über sterbliche Seelen zu Gericht gesessen, sondern über Götter und andere Unsterbliche.
So schön der Ort auch war, gab er jedem, der vor dem Richtertisch stand oder kniete, das Gefühl, ein winziges, zerbrechliches Insekt zu sein. Selbst Xiwangmu schien das so zu empfinden. Die majestätische Dame gab sich hier wie eine etwas ängstliche Menschenfrau, die nicht wusste, ob sie nun Zeugin oder Angeklagte sein würde. Sie atmete sichtlich auf, als sie von den Gerichtsdienern zu einer Zeugenbank geführt wurde. Neben ihr mussten Jin Mau, Nü Ying, Tie Hu, Sternengeist und ihr Gemahl, Shirliang Po und der Berggeist vom Glockenberg Platz nehmen. Ihren restlichen Be-

gleitern wurde befohlen, sich hinter diesen aufstellen, und so wussten diese nicht, ob sie nur Zuschauer sein würden oder auch Zeugen.

»Die Zeugenbank ist kein bequemer Ort«, bemerkte Zhong Shan Shen, als er sich neben Jin Mau setzte. »Hier kann man schnell zum Angeklagten werden. Der Richter des Göttlichen Jadekaisers ist nur das Sprachrohr des Obersten Himmelsherrn, und er wird Lob und Tadel wie auch Belohnung oder Strafe für jeden der Beteiligten an dieser Geschichte aussprechen.«

Jin Mau schluckte und sah zu Tie Hu hinüber. Hoffentlich geschieht ihm nichts, dachte sie verzweifelt. Vielleicht hatte die Göttin nicht das Recht gehabt, ihn mit ihrem Zauber zu einem Unsterblichen zu machen, und er wurde kurzerhand in den Kreis der Wiedergeburten zurückgeschickt. Dann entdeckte sie, dass Tie Hu immer noch das schreckliche Schwert »Seelenschneider« bei sich hatte. Er trug es ganz unauffällig unter seinem Obergewand versteckt, ein Kunststück, das ihm als Sterblicher angesichts der Größe des Schwertes nicht gelungen wäre.

Niemandem sonst war die Waffe bisher aufgefallen. Es hatte nach der Rückkehr in die Unterwelt auch niemand mehr an dieses verhexte Ding gedacht. Dabei war es strengstens verboten, eine Waffe mit in den Gerichtssaal zu nehmen. Bei den Menschen ahndeten die Richter das Tragen einer Waffe vor dem Richtertisch mit den schwersten Strafen oder gar mit dem Tod. Daher mochte Jin Mau sich gar nicht erst vorstellen, zu welcher Strafe der Richter hier oben Tie Hu verurteilen würde, wenn er den Frevel entdeckte. Sie hätte sich vor Schreck am liebsten in eine Maus verwandelt und sich tief ins Gras verkrochen.

Der Himmlische Jadekaiser erschien nicht, er war auf einmal einfach anwesend. Während sein Gefolge durch mehrere kreisrunde Mondtore in den Saal hineinströmte, saß er von einem Augenblick auf den nächsten mit sehr ernstem Gesicht auf seinem Thronsessel und sah sich um. Jin Mau hatte das Gefühl, als blickte er jeder der eingeladenen Personen bis auf den Grund der Seele. Dabei war es, als höbe eine feste, aber warme Hand alle Schleier im Innern, die sonst gnädiges Vergessen deckte. Es tat nicht weh, dennoch war sie froh, als die drei Hauptangeklagten in den Saal geführt wurden und die Aufmerksamkeit des höchsten Himmelsherrn auf sich zogen.

Man hatte Haokan Hei ihre wunderschöne Frauengestalt und die neun Schwänze belassen, die sie auf dem Höhepunkt ihrer Macht als große Magierin ausgewiesen hatten und die sie im Tode zurückgewonnen hatte. Auch der Rattengeist erschien in seiner menschlichen Gestalt mit dem zernarbten, halb menschlichen und halb rättischen Gesicht und seinem imposanten Rattenschwanz, den er jetzt aber nicht mehr unter seiner Kleidung verbergen konnte. Der dritte Angeklagte war Man Dai, göttlicher Beamter dritten Grades auf dem Kunlun-Berg, einst Gerichtsbeisitzer und Verantwortlicher für die Sicherheit und Ordnung in Xiwangmus Schatzhaus. Ihm hatte man den feierlichen Ornat seines Standes gelassen, nur seine Rangabzeichen hingen in Fetzen herab.

Wie die Füchsin und der Rattengeist trug er einen schweren Holzkragen und darüber noch einen dünnen, eisernen Reifen mit einer Kette daran um den Hals. Die Arme und Beine der Angeklagten steckten in so schweren Ketten, wie man sie bei den Menschen nur Raubmördern und anderen Schwerverbrechern anlegte. Ein Zauber verhinderte, dass die drei sich unkörperlich machen und aus ihren Fesseln schlüpfen konnten. Offensichtlich waren sie alle schon intensiv verhört worden, denn ihre Hände trugen Male von

Fingerpressen, und als sie niederknien mussten, geschah das unter Wimmern und Stöhnen.
Vor dem Richter lag ein umfangreiches Protokoll mit den Ergebnissen der gerichtlichen Untersuchung und den ersten Gerichtssitzungen. Daher waren die Angeklagten stumme Zuhörer, als nun die Zeugen nacheinander aufgerufen wurden.
Jin Mau war als Erste an der Reihe. Vor Schreck verwandelte sie sich in eine Straßenkatze und miaute kläglich. Der Richter wollte sie verärgert zur Ordnung rufen, doch der Jadekaiser selbst beugte sich vor und gab ihr mit einer winzigen Bewegung seines Drachenzepters ihre Frauengestalt zurück. Nur der Kopf blieb kätzisch, und ihr Katzenschwanz schlang sich eng um ihre Beine. Die sanfte Berührung des magischen Symbols hatte ihre Nerven ein wenig beruhigt, und so vermochte sie die Fragen des Richters ruhig und ausführlich zu beantworten.
Er ließ sich ihr ganzes Leben erzählen, von dem Tag an, an dem sie im Tempel aufgewacht und von Fen Mei in das Pirolblütenhaus gebracht worden war, bis zu dem Augenblick, in dem sie Lü Lang die gefangenen Seelen ausgehändigt hatte. All das hatte sie in der Unterwelt schon so oft erzählen müssen, dass sie ihre Angst vergaß und ganz in ihrem Bericht aufging. Als sie endete, kam es ihr so vor, als erwache sie aus einem tiefen Traum. Niemand kommentierte ihre Worte, und so setzte sie sich auf das Zeichen des Richters verwirrt auf ihren Platz.
Nach ihr wurde Tie Hu aufgerufen. Er machte einen völlig geistesabwesenden Eindruck, als er niederkniete und mit der Stirn dreimal den Boden berührte, wie es sich gehörte. Als er sich erhob, glitt das Schwert aus seiner Kleidung und strahlte rötlich golden auf. Dem Richter quollen fast die Augen aus dem Kopf, während sich sein Gesicht grün wie das eines

Höllenrichters färbte. Er hob seinen Stab, um auf der Stelle eine schwere Strafe über den völlig arglosen, jungen Unsterblichen auszusprechen. Doch da hob der Jadekaiser die Hand und deutete auf das Schwert.

Die Waffe flackerte wie eine Fackel bei einem plötzlichen Luftzug, löste sich von ihrem Träger und schwebte zum Himmelsherrn herüber. Er nahm es, hielt es vor sich hin und sog tief die Luft ein. Das goldene Licht löste sich von der schwarzen Klinge und floss wie Wasser zum Mund des Jadekaisers. Das Schwert entfärbte sich gleichzeitig und wurde zu durchscheinendem Kristall. Dann verschwand es im Nichts. Tie Hu blieben nur die verkohlten, zerfallenden Reste seiner alten Schwertscheide, die fein wie Staub zu Boden rieselten.

»Es ist gut«, sagte der Oberste Himmelsherr. »Eisentiger hat die Waffe nicht freiwillig hierhergebracht. Das Schwert beherrscht jeden Sterblichen und zwingt auch Unsterblichen seinen Willen auf. Es hat selbst den Weg hierher gesucht und sich dafür den Geist des jungen Mannes untertan gemacht. Diese Waffe darf nur von der Hand geführt werden, die von mir die Kraft dazu bekommt. Selbst dann muss der Träger sich davor hüten, Fehler zu machen, die der Geist der Waffe nicht verzeiht. Sie kennt kein Erbarmen, wie es mein alter Freund Zhong Shan Shen zu seinem Leidwesen erfahren hat. Dieses Schwert durfte nicht in der Welt der Menschen und noch weniger bei den Gelben Quellen bleiben. So spreche ich Zhong Tie Hu in dieser Angelegenheit von jeder Schuld frei!«

Der Richter entfärbte sich wieder und nickte erleichtert. Tie Hu, der langsam begriff, was er da unfreiwillig getan hatte, warf sich vor dem Himmelsherrn auf den Boden. Doch als er sich in artig gedrechselten Danksagungen ergehen wollte, winkte der Himmelsherr ab. »Erzähl dem Richter deine

Version der Geschehnisse seit dem Tag, an dem man dich an den Hof von Wey brachte.«
Im Gegensatz zu Jin Mau berichtete Tie Hu in militärisch knappen Worten sein Schicksal und auch einiges von seinen Taten und seinen Beweggründen. Er machte auch keinen Hehl aus seiner Freundschaft und Liebe zu Jin Mau.
Er ließ weder seine schlechte eheliche Beziehung zu der Prinzessin Lu Kin aus noch seine Zuneigung zu der stummen Yünsai, die er ja zunächst nicht als sein Kätzchen erkannt hatte. Über die beiden Tiergeister und das, was sie ihm und denen, die ihm nahestanden, angetan hatten, sprach er wie ein neutraler Beobachter, obwohl ihm dabei die Tränen über die Wangen liefen. Auch er wurde ohne Kommentar auf die Zeugenbank zurückgeschickt.
Jin Mau hatte den Eindruck, dass diese Verhandlung Jahre dauerte, zumindest nach dem Zeitgefühl der Menschen. Ging es bei den Richtern in der Welt des roten Staubes schon sehr umständlich und langatmig zu, so übertraf diese Sitzung alles, was sie sich hatte vorstellen können. Jeder, der auf der Zeugenbank saß, sogar die Göttin Xiwangmu und auch einige andere wie Ju Hua und Liu Wenjou, die Weidenfrau, musste seine Geschichte erzählen. Auch sie durften jene in ihrem Leben wichtigen Dinge nicht auslassen, die nichts mit den Angeklagten zu tun hatten. Nur die Göttin konnte sich auf jene Dinge beschränken, die sich auf ihre Tochter, deren Freier und den von ihr protegierten Beamten Man Dai bezogen.
Als die Befragung schließlich endete, fühlte Jin Mau sich unendlich müde und ausgelaugt, obwohl sie die ganze Zeit über weder Hunger noch sonst ein körperliches Bedürfnis verspürt hatte. Sie wusste, dass man als Unsterblicher eigentlich nicht essen oder trinken musste, aber wenn man kein mächtiger Gott war oder ein göttlicher Beamter, der von den

Gebeten der Menschen und ihrem Glauben und guten Willen erhalten wurde, dann erlosch die Kraft, die einer Seele Leben schenkte. Man wurde zu einem unkörperlichen, für die Augen von Menschen unsichtbaren Geist, der mit den nächtlichen Winden dahintrieb oder mit der Erde verschmolz.

So war Jin Mau ebenso erleichtert wie die meisten Anwesenden, als der Richter eine Pause anordnete, in der es Erfrischungen geben sollte. Seltsamerweise blieben alle, die auch bei Xiwangmus Fest zugegen gewesen waren, still und in sich gekehrt, so dass Jin Mau schließlich froh war, als die Verhandlung fortgesetzt wurde.

Nun waren die drei Gefangenen an der Reihe. Der Gerichtsschreiber, ein würdiger, älterer Mann in grauer Robe, las die Protokolle der ersten Sitzungen vor, in denen die Anklagen gegen die drei Beschuldigten und ihre halbherzigen Geständnisse minutiös aufgezeichnet waren. Er setzte ihrer Schuld noch die Taten hinzu, die in den Aussagen der Zeugen ans Licht gekommen waren. Zu guter Letzt wurden die Gefangenen gefragt, ob sie ihre Schuld ohne Vorbehalte und Ausflüchte anerkennen wollten. Von den Verhören zermürbt und von der Gegenwart des Obersten Himmelsherrn eingeschüchtert, warfen sich die Schwarze Füchsin und der Rattengeist zu Boden und gaben alles zu, was ihnen vorgeworfen worden war, und noch ein paar Dinge mehr. Dann baten sie den Himmlischen Jadekaiser um Verzeihung.

Man Dai aber leugnete weiterhin seine Verbrechen und schrieb alles, was gegen ihn gesagt worden war, üblen Nachreden zu, die Shi Shing, genannt Sternengeist, und Nü Ying über ihn verbreitet hätten. Er erklärte auch die geständige Geisterfüchsin zur professionellen Lügnerin und umgab sich dabei mit einem Zauber, der seine Worte wie lautere Wahrheit klingen lassen sollte. Die Fähigkeiten, die ihm sein

Dämonenblut verlieh, verhinderten, dass sich der kristallene Richtertisch in seiner Nähe verfärbte.
Jin Mau begriff nicht ganz, was da geschah. Sie sah nur den wasserklaren Tisch, der keine Lüge anzeigte, und regte sich schrecklich darüber auf. Am liebsten wäre sie aufgesprungen und hätte dem Mann die Augen ausgekratzt, denn mit seinen Worten stempelte er Nü Ying zu einer Verleumderin, die sich nur wichtigmachen wollte, weil er ihre eindeutigen Angebote zurückgewiesen hatte.
Der Richter sah sich kurz nach dem Jadekaiser um und erhielt ein Nicken und ein feines Lächeln als Antwort. Daraufhin befahl er dem Rattengeist und der Füchsin, aufzustehen und ihre Hände auf den Tisch zu legen. Auch Nü Ying musste hinzutreten und ihre Hand auf die kühle Oberfläche pressen. Auf die Aufforderung des Richters hin bestätigten alle drei die Richtigkeit ihrer Aussagen. Auch jetzt verfärbte sich der Tisch nicht.
Man Dai musste von fünf Konstablern gezwungen werden, seine Hände auf den Tisch zu legen und die Wahrheit seiner Aussagen zu bestätigen. Sogleich nahm der Tisch in seiner Nähe ein schmutziges Dunkelblau an, das auf ihn zuzufließen schien. Seine Hände verwandelten sich in hässliche Klauen, seine Haut wurde schwarzfleckig und überzog sich mit rauhen Haaren. Zuletzt wuchs ihm ein Schwanz, und Hörner durchstießen von innen seinen Schädel. Nach kurzer Zeit hatte er sich in einen besonders hässlichen Ochsenkopfmann mit riesigen, weit ausladenden Hörnern verwandelt. Sein Tiermaul öffnete sich zu einem Schrei, doch es kam nur ein dumpfes Muhen heraus.
Der Richter zupfte seine Robe zurecht und setzte die Amtsmütze auf zum Zeichen, dass er die Urteile verkünden wolle. Die Konstabler rissen den verwandelten Man Dai zu Boden, während die beiden Tiergeister freiwillig wieder niederknie-

ten und auf ihren Spruch warteten. Ein tadelnder Blick des Richters traf Jin Mau, die vor Begeisterung über den tiefen Fall des hochmütigen Beamten auf ihrem Platz hin und her rutschte.

»Im Namen des Obersten Himmelsherrn ergehen an die drei Angeklagten folgende Urteile: Der diebische, ungetreue Beamte Man Dai wird auf ewig als Tierdämon vor dem Haus der tausend Zauber, dem Schatzhaus der Herrin Xiwangmu auf dem Kunlun-Berg, angekettet, damit jedem Unsterblichen seine Schande vor Augen geführt wird. Er wird mit seinen Tierlauten jeden mahnen, der sich unberechtigt dem Haus der tausend Zauber nähert oder sich daran zu schaffen macht. Als hoher Beamter, der sich der Gunst der Herrin Xiwangmu erfreute, hätte er ein Vorbild für Sterbliche und Unsterbliche sein müssen, aber nun wird er anderen als Warnung dienen.

Der Rattengeist Lao Shu hat dem verderbten Beamten Man Dai als williger Helfer gedient, aber auch schon vorher üble Taten vollbracht. Nur die Tatsache, dass er geständig ist und seine Reuebekundungen einen gewissen Willen zur Besserung erkennen lassen, bewahrt ihn davor, ohne unsterbliche Seele sein Leben als gewöhnliche Ratte beenden zu müssen. Er wird in die sechste Hölle geschickt, wo die glühenden Kupfersäulen alles Schlechte aus ihm herausbrennen werden. Ist seine Reue aufrichtig, wird er nach tausend Jahren zu einem Höllenknecht untersten Ranges befördert und tritt in den Dienst eines der Höllenrichter. Bewährt er sich, so kann ihm nach zehntausend Jahren die Wiedergeburt als Mensch gestattet werden.

Die Geisterfüchsin Haokan Hai hat nur aus purem Eigennutz gehandelt, ohne verführt worden zu sein. Ihr standen alle Wege offen, eine Tiergöttin und große Zauberin zu werden, die durch unermüdliches Streben und gute Werke eine unsterbliche Seele hätte erlangen können. Sie aber hat alle weisen Lehren, deren sie teilhaftig wurde, in den Staub getreten. Daher wird sie dazu verurteilt, als Dämonin in der dreizehnten Hölle ihre Kunst des Seelenraubs an jenen Söhnen zu erproben, die ihre Eltern durch Pietätlosigkeit, liederlichen Lebenswandel und andere Untaten eines frühen Todes haben sterben lassen. Doch sie wird die Qualen, die sie den Seelen als Strafe zufügt, auch am eigenen Leibe spüren. Sie behält jedoch ihre jetzt unsterbliche Seele. Nach zehnmal zehntausend Jahren mag ihr gestattet werden, sich eine neue Haut zu wählen, um als Mensch oder beseeltes Tier wiedergeboren zu werden.«

Die beiden Tiergeister bedankten sich artig für ihre Strafen, die ihnen doch noch den Weg der Läuterung und Wiedergeburt offenhielten. Der verwandelte Man Dai aber musste wie ein wild gewordener Ochse am Nasenring hinausgeschleppt werden. Selbst als er mit seinen Wächtern auf dem Weg zum Kunlun-Berg war, hörte man sein Gebrüll noch bis zum Himmel erschallen.

Jin Mau hoffte, dass der Richter die Gerichtssitzung nun schließen und die Zeugen entlassen würde. Aber nun kam das, was sie nach den Worten des Berggeistes gefürchtet hatte. Wie es auch bei Gerichtsverhandlungen bei den Menschen Sitte war, würde Lob und Tadel an diejenigen verteilt werden, die an den Ereignissen beteiligt gewesen und als Zeugen gerufen worden waren, und auch hier oben gab es Belohnungen oder Strafen. Jin Mau musste nur an ihre Vergangenheit als Blumenmädchen zurückdenken und an die Tatsache, dass es Nü Yings schneller Griff nach dem Rest der heiligen Frucht gewesen war, die sie zu einer Fee gemacht hatte. Jetzt bekam sie Angst davor, doch noch in die Hölle und damit in den Kreis der Wiedergeburten zurückgeschickt zu werden.

Noch mehr Angst hatte sie allerdings um Tie Hu, der sein Ehegelübde gebrochen und selbst als Unsterblicher keine Anstalten gemacht hatte, sich Nü Ying zu nähern oder sie als seine Hauptfrau anzuerkennen. Jin Mau hoffte, dass der Richter Tie Hus Schwierigkeiten richtig einzuschätzen wusste. Sonst konnte es passieren, dass er ihn als zu läuternde Seele zu den Gelben Quellen schickte.

Aber nicht Tie Hu war es, der zuerst an die Reihe kam. Der Richter sprach noch ein paar abschließende, sehr ermahnende Worte zu allen Anwesenden und zog sich dann zurück. Der Oberste Himmelsherr selbst aber rief zuerst Xiwangmu zu sich. Die Göttin hatte während der Verhandlung ihre Ruhe und Gelassenheit wiedergefunden und damit auch die Quelle ihrer Feenkraft. Mit einem Lächeln voller Erwartung kniete sie vor dem Jadekaiser nieder und neigte leicht den Kopf.

»Xiwangmu, du bist im Laufe der Jahrhunderte nachlässig und unaufmerksam geworden und hast deine Pflichten versäumt«, tadelte er sie sanft. »Auch hast du zu wenig auf die Erziehung deiner Tochter Shi Shing geachtet. Sie ist mehr eine Tigerin geworden als eine Fee. Doch du hättest ihr dein Ohr leihen müssen, als sie über das ungehörige Verhalten ihres Freiers Man Dai bei dir Klage führte. Du aber hast dich vom Zauber des Mannes und seinem glatten Gesicht blenden lassen und ihm Glauben geschenkt.

Von nun an wirst du wieder mehr hinter die Dinge schauen, wie es sich für eine Göttin gehört, der die Aufsicht über die Quellen und den Hain der Unsterblichkeit gegeben wurde. Nimm diesen Ball aus dem Kristall der Wahrheit. Du wirst ihn durch die Hallen und Gärten des Kunlun-Berges und über seine Terrassen tragen, damit das Böse, das sich dort eingenistet haben mag, im Licht der Wahrheit offenbar wird. Jeden Tag wirst du in eigener Person nach dem Rechten se-

hen, bis jeder Winkel und auch die Herzen der dir unterstellten Götter und Feen erhellt worden sind.
Das wirst du alle zehntausend Jahre wiederholen, damit es auf dem westlichen Weltenberg nicht noch einmal zu Verleumdungen, Diebstahl und einer Katastrophe durch entfesselte Elementargeister kommt. Auch wirst du diese Kugel auf der untersten Ebene der Unterwelt, an den Gelben Quellen herumtragen. Dorthin wirst du dich alle sieben Jahre für sieben Monate zurückziehen und dich um deinen Gefährten kümmern. Das ist mein Befehl.
Des Weiteren wirst du der Heirat deiner Tochter mit Zhong Bao Hong, dem Panther vom Glockenberg, noch nachträglich deinen Segen geben, denn diese Verbindung ist vom Himmel gewollt.«
Xiwangmu nahm eine faustgroße Kugel in Empfang, die ein reines, farbloses Licht ausströmte, barg sie in ihrer Ärmeltasche und zog sich mit einer tiefen Verneigung zurück.
Der Jadekaiser rief Sternengeist zu sich und hielt ihr einen Vortrag über die Pflichten einer Tochter, einer Ehefrau und einer Mutter. Dabei tadelte er sie scharf, weil sie sich im Moment höchster Gefahr nicht ihrer Mutter offenbart hatte. Doch er äußerte auch Verständnis für viele ihrer Handlungen, da das Böse, das Man Dai ihr angetan hatte, ihren Starrsinn geweckt, aber auch ihre Entschlossenheit und ihren Mut gestärkt hatte. Er erlaubte ihr und ihrem Gemahl, den größten Teil ihrer Zeit auf dem Kunlun-Berg zu leben. Aber sie sollten ebenfalls von Zeit zu Zeit in die Unterwelt zurückkehren und den Richtern dort als Schreiber oder Beisitzer dienen.
Als Nächsten holte er Shirliang Po zu sich. Der Jadekaiser lobte seinen Einsatz für die ihm anvertraute Stadt, tadelte aber die Art und Weise, in der er die Unsterblichkeit und beinahe auch die Seele seiner Tochter seinen Plänen geop-

fert hatte. Da er jedoch einen großen Anteil an der Überführung der verbrecherischen Tiergeister und ihres Spießgesellen hatte, verzieh er ihm und gab ihm nur einige Ermahnungen mit auf den Weg.

Dann musste der Berggeist vortreten. Ihm warf der Jadekaiser vor, nicht rechtzeitig genug zurück in den Himmel gekommen zu sein, um das Dämonen tötende Schwert zurückzugeben und Heilung für die Verletzungen seiner unsterblichen Existenz zu finden. Der Kaiser tadelte auch sein Verhalten gegenüber seiner Frau Ju Hua, die er bei sich festgehalten hatte, anstatt ihr die Möglichkeit zu geben, im Kreis der Wiedergeburten den Weg in die echte Unsterblichkeit zu finden. Dann aber rief er die Shen-Dame zu sich und berührte sie mit seinem Jadezepter. Ein Leuchten breitete sich über ihr aus, das dem Licht aus den Pfirsichen der Unsterblichkeit glich, und sie wurde zu einer Fee.

»Für deine Tapferkeit, deine Treue und deine Klugheit«, erklärte der Jadekaiser. »Bleib deinem Gemahl weiterhin eine gute Gefährtin und hilf ihm wie bisher, über die Menschen seines Amtsbezirkes zu wachen. Ich gebe euch beiden die Kraft, über den Berg hinaus zu herrschen und die Seelen der Sterblichen in weitem Umkreis zu sammeln und ihrer Bestimmung zuzuführen, auch wenn keine Gebete von Angehörigen sie auf ihrem Weg begleiten und stärken. Du, mein Freund, hast dem Himmel entsagt und deine Aufgabe gewählt. Bleibe also als Zhong Shan Shen im Glockenberg und tue dort deine Pflicht.«

Dann rief er die Weidenfrau zu sich. Auch sie machte er nach einigen Ermahnungen zu einer Fee und lud sie, ihren Gemahl Shirliang Po wie auch Ju Hua und den Berggeist zum nächsten Fest im Hain der heiligen Pfirsiche ein, wo die Aufnahme der beiden Damen in den Kreis der Unsterblichen besiegelt werden sollte. »Wir werden tausend Jahre warten müssen, bis die nächsten Früchte heranwachsen«, setzte er wohlwollend lächelnd hinzu. »Bis dahin müsst ihr euch gedulden.«

Jin Mau klopfte das Herz im Hals. Nach seinen Eltern und Großeltern würde jetzt sicher Tie Hu an die Reihe kommen. Doch der Jadekaiser rief Nü Ying zu sich. Mit ihr machte er es kurz. Er lobte ihre Treue und ihre Entschlossenheit und tadelte sie nur, weil sie mit ihren Erkenntnissen über Man Dais heimliche Umtriebe hinter dem Berg gehalten hatte und so einen gewissen Teil der Schuld an den Zerstörungen im heiligen Pfirsichhain mittrug. Dann sagte er ihr, dass sie weiter ihre Pflicht auf dem Kunlun-Berg tun solle. Das war zum Erstaunen der Zuhörer alles.

Dann kam Jin Mau an die Reihe. Sie kniete wie alle anderen vor dem Jadekaiser nieder und klemmte dabei ihren zuckenden Katzenschwanz zwischen die Beine. Der Himmelsherr blickte sie an und las all ihre Ängste und Befürchtungen in ihrem Herzen wie in einer ausgebreiteten Schriftrolle. »Dein Vater hat dir dein Geburtsrecht genommen, so, wie Shi Shing ihrem Sohn das seine vorenthalten hat. Hilflos hat Shirliang Po dich unter Menschen ausgesetzt, nur mit einer Ahnung von den Pflichten, die du erfüllen solltest. Du hast dich tapfer geschlagen und dir in einer Umgebung voller schlechter Einflüsse deinen Sinn für Gut und Böse und für Recht und Unrecht bewahrt. Selbst dem Tod und der Hölle hast du die Stirn geboten, um deines Vaters Willen zu erfüllen. Kleines Mädchen, du hast dir die Unsterblichkeit, die Lü Lang und Nü Ying dir sehr eigenmächtig geschenkt haben, redlich verdient, und ich gebe meinen Segen dazu. Aber nun ist es an der Zeit, dass du lernst, etwas anderes zu sein als ein Blumenmädchen oder eine streunende Katze.

Du wirst auf dem Kunlun-Berg wohnen und dort neue Pflichten bekommen. Werde eine Fee, mit der die Göttin

Xiwangmu zufrieden sein kann. Dann wirst du auch deinen Katzenschwanz verlieren und wieder das Gesicht annehmen, das dir deine Mutter bei der Geburt mitgegeben hat. Sollte ich aber Klagen über dich hören, so wirst du dem Herrn Lü Lang in der Unterwelt als Magd oder Botin dienen, bis du Vernunft gelernt hast und dein Geist reifer geworden ist. Aber ich glaube nicht, dass das notwendig sein wird. Du hast das Herz einer Heldin und die Seele eines pietätvollen Kindes. Das ist gut, wenn du auch den schweren Weg antreten musst, eine erwachsene Frau zu werden. Setz dich wieder, kleines Kätzchen.«

Jin Mau schluckte. »Herr … darf ich um etwas bitten?«, fragte sie vorsichtig.

»Nein«, sagte der Jadekaiser zu ihrer Enttäuschung. Er sah ihren wehen Blick und milderte das harte Wort ab. »Nicht jetzt. Warte ab und entscheide hinterher, ob deine Bitte noch notwendig ist.«

Jin Mau verneigte sich mit einem Stoßseufzer, der den hohen Herrn aber nicht erweichte, und setzte sich bedrückt auf ihren Platz. Sie hatte doch nur um eine wohlwollende Behandlung Tie Hus bitten wollen, der nun als Letzter vor den Hochsitz des Jadekaisers gerufen wurde. Auch er schien das Urteil des Obersten Himmelsherrn zu fürchten, besonders da dieser ihn eine Weile betrachtete, ohne das Wort zu ergreifen.

Tie Hu fühlte diesen Blick wie einen schweren Holzkragen um den Hals, so, wie Man Dai ihn hatte tragen müssen. »Ich habe Fehler begangen, Herr«, sagte er, als er das Schweigen nicht mehr ertrug, »und will nichts beschönigen oder entschuldigen. Nur durch Zufall bin ich ein Unsterblicher geworden, nicht durch die Anmaßung des eigenen Willens. Nehmt mir diesen Stand und schickt mich dorthin, wohin ich gehöre. Nur möchte ich wissen, für welche Fehler ich

Buße zu leisten habe, damit ich es in aller Aufrichtigkeit tun kann.«

»Das ist nun das zweite Mal, dass du mich um Bestrafung bittest, Eisentiger. Hast du so ein schlechtes Gewissen? Du bist noch sehr jung und doch schon ein erwachsener Mann, der andere Männer angeführt hat, Männer, die dir ihr Leben anvertrauten. Du hast Mut und Entschlossenheit bewiesen. Aber ich muss dich tadeln, weil du deinen Geist dem für dich übermächtigen Schwert ›Seelenschneider‹ geöffnet und damit deine Seele in Gefahr gebracht hast. Da du jedoch nicht wusstest, wie gefährlich diese Waffe wirklich ist, hast du das einzig Richtige getan, um des Rattengeistes Lao Shu und seiner Zauber Herr zu werden.

Frauen gegenüber findest du jedoch nicht den rechten Weg. Das wirst du noch lernen müssen, und zwar sehr bald. Du wirst Nü Ying und Jin Mau in einer einzigen Zeremonie als gleichrangige Ehefrauen heiraten und sie auch gleich behandeln. Ich erlege dir auf, deine Zeit und deine Zuneigung weise zwischen deinen beiden Damen aufzuteilen. Ihr werdet gemeinsam lernen, gute Unsterbliche zu sein, und ihr werdet ebenfalls gemeinsam von Zeit zu Zeit die Unterwelt aufsuchen und den Höllenrichtern bei der Erfüllung ihrer Pflichten helfen.

Ich habe schon einmal einem Helden vier gleichberechtigte Frauen an die Seite gestellt, um einen grausamen Krieg zu verhindern. Bei euch dreien will ich nur absegnen, was sich aus eurem Kampf gegen jene drei Verbrecher ergeben hat. Damit du aber nicht eines Tages glaubst, du könnest noch nach zwei weiteren Ehefrauen Ausschau halten, bestimme ich, dass du das Fräulein Yü Vier und die Dame Lu Kin auch jetzt noch als deine durch die Umtriebe der Füchsin umgekommenen Ehefrauen anzusehen hast. Du wirst die Seelenopfer und alle anderen Riten befolgen, die einer verstorbenen ersten Frau zustehen, bis ihre Seelen in neuer Haut auf die Welt des roten Staubes zurückgekehrt sind. Aber auch dann wirst du dich mit deinen beiden Damen begnügen und ihre Augen nicht durch eine Konkubine beleidigen.«

»Herr, Ihr macht mich schamrot. Ich verehre die Frauen und besonders diese beiden Feen viel zu sehr, um ihnen je ein Leid antun zu können. Ich danke Euch für Eure Großmut und möchte Euch nur um zwei Dinge bitten. Darf ich das?«

»Sprich«, sagte der Jadekaiser mit einem wissenden Lächeln und warf den sich stürmisch umarmenden Feen Nü Ying und Jin Mau einen mahnenden Blick zu.

»Ich möchte, dass Ihr mir Weisheit verleiht«, bat Tie Hu, »damit ich im Umgang mit meinen zukünftigen Damen immer das Richtige zu tun vermag. Und ich möchte wissen, was aus meinem Sohn geworden ist, der völlig allein in der Welt der Menschen zurückbleiben musste. Ich mache mir große Sorgen um ihn.«

»Weisheit kann man niemandem verleihen, auch keinem Gott und keinem Unsterblichen. Die musst du dir durch Erfahrung und überlegtes Handeln selbst erwerben. Hör genau hin, wenn dein Gegenüber spricht, denk tief nach und sprich in wichtigen Dingen erst, wenn du dir deiner Sache sicher bist. Damit erwirbst du dir Weisheit.

Was deinen Sohn betrifft, so ist er nicht völlig alleine. Lu Kins Sohn ist ein Mensch unter Menschen. Du hast ihm treue Gefolgsleute zur Seite gestellt und eine Dame als Ehefrau ausgewählt, die die besten Teile aus einem jahrhundertealten Herrschergeschlecht in sich vereint. Es wird keine Ehe, die in den Wolken der Zuneigung geschlossen wurde, sondern vor dem Altar der Pflicht. Doch sieh selbst!«

Dort, wo vorher der Steinfußboden für die Angeklagten gewesen war, entstand ein Loch, durch das man bis auf den Erdboden hinabsehen konnte. Zuerst war da nur ein weites

Viereck mit Bergen, Flüssen und Wäldern. Dann kam das Bild näher. Es zeigte Städte und Dörfer, Straßen und Häuser, und schließlich konnte man die Gesichter der Menschen voneinander unterscheiden. Der Blick dieses himmlischen Zauberauges schweifte durch ein friedliches, blühendes Land, in dem überall die Symbole und Schriftzeichen von Zhou zu sehen waren. Doch der Ort, auf den es zueilte, war einwandfrei Wey Cheng.

Die ganze Stadt war mit Wimpeln, Fahnen, Rollbildern und Blumen geschmückt, und Tausende von wohlgenährten und sauber gekleideten Menschen säumten die Straßen. Es schien ein großes Fest gefeiert zu werden. Eine Prozession schob sich wie ein Heerwurm durch die breite Straße, die vom Haupttor bis zum Palast führte. Die Fahnen, die dem Zug vorangetragen wurden, trugen große, goldene Schriftzeichen auf rotem Grund und erklärten jedem, der lesen konnte, dass diese Stadt nun Cheng Zhou genannt wurde und die Hauptstadt der in Frieden vereinten Reiche war. Die Feier galt aber nicht dieser Namensgebung, sondern der Hochzeit des jungen Königs Zhong Huang mit der Prinzessin Gan Lan, der Tochter des verstorbenen Königs Wuya.

Hinter den Fahnen schritt eine Gruppe von Priestern her, die die Abbilder des Himmlischen Jadekaisers, der Göttin Xiwangmu und des Stadtgottes Shirliang Po trugen. Den Priestern folgten Höflinge in prunkvollen Rüstungen und mit kunstvoll geformten, glückbringenden Hellebarden in den Händen. Sie wurden von einem uralten, verwitterten Mann angeführt, der das Gewand und die Abzeichen eines Generals trug. Es war niemand anders als Tie Hus treuer Waffenmeister Buku. Hinter den Kriegern ritten die ebenfalls sehr alt gewordenen Grafen Po und Yü in der Kleidung von Fürsten und mit den Abzeichen des Kanzlers und des

Kriegsministers. Diese Titel standen auch auf den Fahnen, die vor ihnen hergetragen wurden.
Ihnen folgten die Sänften mit den beiden Personen, die im Mittelpunkt dieses Aufzuges standen. In der ersten, der größeren, saß Zhong Huang, ein Jüngling von etwa fünfzehn Jahren, dessen Körper schon jetzt die Massigkeit seiner Mutter erkennen ließ. Aber sein Gesicht glich ganz unverwechselbar dem seines Vaters. Von seiner Braut in der zweiten Sänfte war nur das prunkvolle Gewand zu erkennen, da ein Perlenschleier ihr Gesicht verbarg. Aber ihre Haltung verriet ihren Stolz und ihre Zufriedenheit.
Auch die Zuschauer im Himmel waren zufrieden, bis auf Shirliang Po und Jin Mau. Der Stadtgott beklagte sich heftig beim Obersten Himmelsherrn, dass er durch seinen Aufenthalt hier oben alle wichtigen Dinge versäumt hatte und so von seiner Pflicht abgehalten worden war.
Der Jadekaiser lächelte und wies auf den Tempel des Stadtgottes, den die Prozession gerade zu umkreisen begann. Dort saß er, Shirliang Po, sehr zufrieden auf einem hochlehnigen Stuhl und segnete die Menschen, die ihren Beschützer natürlich nicht wahrnehmen konnten. Aber sie schienen seine Gegenwart zu ahnen, denn sie grüßten immer wieder zum Tor seines Tempels hinüber.
»Ich habe mir erlaubt, einen Schatten von dir zu schaffen, ihn mit meiner Segenskraft zu erfüllen und ihn in die Welt des roten Staubes zu schicken, damit er an deiner Stelle deine Pflichten übernimmt«, erklärte der Jadekaiser lächelnd.
Shirliang Po bedankte sich für diese weise Voraussicht und atmete erleichtert auf.
Noch einmal wandte sich das Zauberauge Zhong Huang zu und zeigte ihn und den alten Buku, der sein Pferd neben seine Sänfte gelenkt hatte. Die beiden hatten einander bei der Hand gefasst und sahen hoch zum Firmament, als spür-

ten sie die Blicke Tie Hus und der anderen Unsterblichen auf sich ruhen. Zhong Huang legte die andere Hand auf sein Herz und grüßte ehrerbietig zum Himmel. Buku aber starrte nur mit Tränen in den Augen nach oben und winkte. Sein Lächeln aber zeigte, dass es Freudentränen waren.
Tie Hu und Jin Mau winkten zurück, obwohl sie wussten, dass der Alte und sein Schützling sie nicht sehen konnten, und Tie Hu verbarg seine Tränen hinter seinem Ärmel. Jin Mau aber starrte wieder auf die Fahnen mit den ihr unverständlichen Schriftzeichen und fragte kläglich: »Kann mir bitte jemand erklären, was dort unten vor sich geht?«
Alles lachte, bis auf Nü Ying, die eine strenge Miene aufsetzte. »Mein Herr Gemahl, mit Eurer Erlaubnis werde ich meiner Eheschwester als Erstes Lesen und Schreiben beibringen. Sonst gerät sie noch einmal in eine peinliche oder gar gefährliche Situation.«

ENDE